MW01043747

[德国]雅各布·格林　威廉·格林　著　杨武能　杨悦　译

格林童话全集

Kinder-und Hausmärchen

凤凰出版传媒集团

译林出版社

图书在版编目(CIP)数据

格林童话全集／(德)格林(Grimm,J.),(德)格林(Grimm,
W.)著;杨武能,杨悦译.-南京:译林出版社,2007.3 重印
(译林世界文学名著)
书名原文:Kinder-und Hausmärchen
ISBN 978-7-80567-221-2

Ⅰ.格… Ⅱ.①格… ②格… ③杨… ④杨 Ⅲ.童话-作品集-
德国-近代 Ⅳ.I516.88

中国版本图书馆 CIP 数据核字(1999)第 11238 号

书 名	格林童话全集	
作 者	〔德国〕雅各布·格林 威廉·格林	
译 者	杨武能 杨 悦	
责任编辑	施梓云	
原文出版	Philipp Reclam Jun. Stuttgart, 1989	
出版发行	凤凰出版传媒集团	
	译林出版社(南京湖南路47号 210009)	
电子信箱	yilin@yilin.com	
网 址	http://www.yilin.com	
集团网址	凤凰出版传媒网 http://www.ppm.cn	
印 刷	盐城印刷总厂有限责任公司	
开 本	850×1168毫米 1/32	
印 张	20.5	
插 页	5	
字 数	527千	
版 次	1993年5月第1版 2007年3月第19次印刷	
书 号	ISBN 978-7-80567-221-2	
定 价	(精装本)25.00元	

译林版图书若有印装错误可向承印厂调换

格林兄弟像：威廉（1786～1859），左；
雅各布（1785～1863），右。

永 远 的 温 馨

——代译序——

奇妙啊，这哥儿俩的小宝盒！
你听听，孩子，听它给你唱
一只只婉转动人的歌——
歌唱勤劳善良，歌唱忠诚正直，
歌唱助人为乐的勇士，
为唤醒长睡不醒的女孩，
一往无前，不怕挫折……

奇妙啊，这哥儿俩的小宝盒！
你瞧瞧，孩子，瞧它的收藏
精美绝伦，五光十色——
闪光耀眼的水晶鞋，
自动上菜的小木桌，
巧克力蛋糕做成的林中小屋，
还有一把金钥匙呢，
它会帮你打开智慧之锁！

你，我，他——你们和我们，
今天的孩子们和过去的孩子们，

一代又一代枕着这只小宝盒，
进入梦乡，进入幻想的天国，
变成美丽的公主，勇敢的王子，
变成聪明又机智的小裁缝，
变成害怕也不会的傻大个，
去环游世界，去踏平坎坷，
去斗巨人，斗大灰狼，斗老妖婆！

即使在严寒的冬夜，
我们不慎落入食人者的凶窟，
多么地紧张，多么地恐怖！
可噩梦总会在曙光中消逝，
醒来，我们更爱身边的一切。
即使多少年过去了，
我们已成为老头儿老太婆，
每当想起善良的小矮人儿，
想起灰姑娘和白雪公主，
我们心中仍会感到温馨，
感到慰藉，充满欢乐——
多么幸运啊，这奇妙的小宝盒，
它曾经进入我的家庭！
它永远永远属于我！

目　次

儿童和家庭童话

6

儿童宗教传说

附　录

儿童和家庭童话

1. 青蛙王子

或名铁胸亨利

　　在愿望还能变成现实的古代，有过一位国王。他的女儿个个都长得很漂亮，尤其是那个小女儿，就连什么东西都见过的太阳每次照在她脸上，也要对她的美丽感到惊讶。国王的宫殿附近有一片幽暗的大森林。森林中，在一株老菩提树下，有一口水井。天气很热的时候，小公主常常到森林里去，坐在清凉的井边上，要是感到无聊了，她就取出一个金球来，把它抛到空中然后又接住。这个金球成了她最心爱的玩具。

　　可有一次，公主伸出手去接金球。它却没落进她的小手中，而是掉到地上，一滚滚到井里去了。公主两眼紧盯着它，可金球还是没影儿啦，因为那水井深得看不见底。她于是哭起来，哭得越来越响，哭得伤心到了极点。就在她这么痛哭不已的时候，突然听见有谁喊她："公主，你这是怎么啦？你这么大声哭泣，连石头也会心疼的。"公主四处张望，想弄清楚喊声是从哪儿钻出来的，却发现一只青蛙，从井水里伸出它那丑陋的大脑袋。"唉，原来是你呀，划水老手，"她说，"我在这儿哭，因为我的金球掉进井里去了哟。""别难过，别哭了，"青蛙回答，"我想我有办法帮助你。可要是我把你的金球给捞上来了，你拿什么报答我呢？""你要什么都行呵，亲爱的青蛙，"公主说，"我可以给你我的衣服，我的珍珠、宝石，还有我头上戴的这顶金冠。""你的衣服、你的珍珠宝石和你的金冠，我统统不想要，"青蛙回答，"可要是你喜欢我，就让我做你的朋友，陪你一起玩儿，和你同坐一张小餐桌，同用你的金盘子吃东西，从你的小杯子中喝酒，晚上还睡你的小床——要是你答应这一切，我就愿意下井去，把金球给你捞上来。""好吧，"公主说，"我答应你所有这些要求，只要你替我找回金球。"话虽如此，她心里却想："这个傻青蛙吹什么牛！它只配和别的青蛙一起蹲在井里呱呱呱叫，做不了任何人的朋友。"

青蛙呢，得到了许诺就把脑袋往水里一沉，潜下井去，不多一会儿功夫又游到水面上来，嘴里衔着金球。它把球吐在草地上，公主重又见到自己心爱的玩具，说不出有多高兴，一拾起来就飞快地跑了。"等一等！等一等！"青蛙大声喊叫。"把我带上，我可跑不到你那么快呀！"可是它尽管拼命地呱呱呱叫喊，也一点没有用。公主不听它的，很快回到家，不一会儿便把可怜的青蛙忘记啦，它只好又跳回它的井里去。

第二天，公主跟国王和大臣们坐上餐桌，正从她的小金盘子里拿东西吃呐，突然听见啪啦啪啦地，从大理石台阶爬上一个什么东西来，到了上面它便一边敲门一边喊："公主，小公主，给我开门。"公主跑过去，想看外边谁在叫，打开门一看，却是青蛙蹲在门前。她赶紧关上门，坐回到桌子边，心里怕极了。国王见她心慌意乱的样子，问："孩子，干吗这么胆战心惊，该不是门外有个巨人要抓你走吧？"

"唉，不是的，"她回答，"不是巨人，是一只讨厌的青蛙。""青蛙找你干什么呢？""唉，好爸爸，昨天我坐在森林中的水井边上玩儿，突然我的金球掉到了水井里。我哭得很伤心，青蛙就替我把它捞了上来。因为它坚持要求，我答应让它做我的朋友。可我压根儿没想到，它真能从水井里爬出来。这会儿它就在门外，想要上我这儿来。"这时候，只听外边又敲起门来，并且在喊：

"小公主啊小公主,

快给我把门开开!

难道你已经忘记,

昨天说过什么话,

在那清凉的井台?

小公主啊小公主,

快给我把门开开!"

国王听了说:"你不管答应了什么,都得办到。去,给它开门吧。"公主去打开门,青蛙一蹦就进来了,而且一步一步地紧跟着她,到了椅子前。它蹲在那儿喊道:"抱我上来呀!"公主犹豫不决,直到国王命令她抱。青蛙起先被放在椅子上,它却想上桌子;上了桌子又说:"现在把你的小金盘子推过来一点,我们好一块儿吃。"公主也这么做了,可看样子却很不情愿。青蛙倒是吃得津津有味,她呢却什么都咽不下去。终于,青蛙说:"我吃饱了,也疲倦了,现在抱我去你的小卧室,整理好你的缎子被盖,咱们躺下睡觉吧。"公主一听哭起来,她怕这只冷冰冰的青蛙,碰都不敢碰它一下,更别提让它在她又漂亮又干净的被盖里睡觉呐。可是国王生气了,说:"在你困难的时候无论谁帮助了你,过后你都不应该瞧不起!"这样,她才用两根指头把青蛙拈起来,放到卧室的一个角落上。可是等她在床上睡好了,它却爬过来说:"我累了,想和你一样舒舒服服睡一觉。抱我上去,要不我告诉你爸爸。"这一来公主真气坏了,一把抓起青蛙,狠命朝墙上摔去:"这下你该老实啦,你这讨厌的家伙!"

谁知它一落在地上,已经不是青蛙,而变成了一位王子,一位长着又美丽又善良的眼睛的王子。于是,遵照国王的旨意,他做了公主亲密的伴侣和丈夫。这时候,他才告诉她,他原来被一个狠毒的妖婆施了魔法,除了公主一个人,谁也不能救他出那水

5

井。明天，他们就要一道回他的王国去。说完，他俩便睡着了。第二天早上，太阳唤醒了他们，门外已驶来一辆八匹白马拉的马车，马头上都插着白色的驼鸟毛，马身上套的链子金光闪闪。车后边站着王子的仆人，他就是忠诚的亨利。在他的主人被变成一只青蛙的时候，这位忠诚的亨利真叫伤心极了，他让人在自己胸口上箍了三道铁箍，免得他的心难过痛苦得破碎掉。这会儿，马车来接王子回他的王国去。忠诚的亨利扶他夫妇俩上了车，自己又站到车后边，心中因为王子获救而充满了喜悦。他们走了一段路，王子听见后面发出咔啦咔啦的响声，像是有什么东西破了。他于是调过头，大声说：

"亨利，车子破了。"
"不，主人，不是车子，
是我心口上的铁箍；
我的心啊，当你变成
青蛙，困在井里，
真是非常非常痛苦。"

路上，一会儿咔啦响一声又咔啦一声，每次王子都以为是车裂了，其实哩，只是因为主人获得了拯救和幸福，忠诚的亨利一高兴，心口上的三道铁箍全崩掉喽。

2. 猫和老鼠

从前一只猫认识了一只老鼠，于是喋喋不休地大谈自己多么地爱它，多么地渴望与它交朋友，直到老鼠终于答应与它住在一起，共同过日子。"咱们可是应该做过冬的准备啦，不然到时候会挨饿的，"猫说，"你，亲爱的老鼠，可别到处乱跑啊，我真担心你到头来会闯进笼子里去的。"好心的劝告得到了接受,买来了一罐猪油。可它俩不知道把油放到哪里才是,考虑了好久好久,猫才说:"我想,要藏猪油,没有地方比教堂更合适,在那儿谁也不敢偷东西。咱们就把罐子搁在祭坛底下,不到必须的时候不去动。"这样,油罐就放到安全的地方。可是没过多久,猫已经想吃猪油,对老鼠说:"亲爱的,我告诉你,我表姐生了一个小儿子,雪白的皮毛带着褐斑,她要我做孩子的教父,我这会儿得抱它去受洗礼。让我去一趟吧,你一个人要看好家。""好,好,"老鼠回答,"去吧,上帝保佑你。如果吃什么好东西,可别忘了我,产妇喝的甜蜜蜜的红葡萄酒,我也乐意喝一点点喽。"但一切全不是真的,猫没有什么表姐,也没谁请它当教父。它直接来到教堂,溜到油罐跟前,开始舐啊舐啊,把猪油上边的一层硬皮全吃掉了。随后它又在城市的屋顶上散起步来,瞅准时机便躺下去晒晒太阳,每当想到那个猪油罐,都抹一抹胡子。到了晚上,它才回家去。"啊,你到底回来了,"老鼠说,"这一天你肯定过得挺快活吧?""还不错,"猫回答。"那孩子取的什么名字?"老鼠问。"没了皮儿,"猫干巴巴地回答。"没了皮儿?"老鼠叫起来,"好稀罕奇怪的名字!在你们家难道都兴这样取名儿么?""那又有什么?"猫说,"总不见得比你的那些教父叫什么'面包屑小偷'更差劲儿!"

没过多久,猫的嘴又馋了。它对老鼠说:"你得帮我个忙,再独自管管家。又来请我去做教父喽。这回孩子颈项上有一道白圈,我实在不好推辞。"好心的老鼠同意了。猫便从城墙后边溜进教堂,吃掉了半罐猪油。它说:"只有吃在自己嘴里,味道才再好不过!"于是对它过的这一天心满意足。它回到家,老鼠问:"这个孩子又取的什么名字?""剩一半,"猫回答。"剩一半!你说什么呀?这样的名字我一辈子还没听见过。我敢打赌,就连历书上也不会有。"

不久,猫又对那美味流起口水来,对老鼠说:"好事成三嘛。这不,我又要去当教父了,孩子周身黑黝黝的,只有爪子雪白,除此以外便没有一根白毛。这可是难逢难遇呀。你同意我去，是不是?""没了皮儿，剩一半!"老鼠回答，"好稀奇的名字呵，真叫我想不通。""瞧你穿着你那深灰色绒袍，拖着条长辫子，成天坐在家里胡思乱想，怎么想得通? 这都怪你大白天呆在家里不出门啊!"猫说。

猫走了，老鼠便趁机打扫房间，把家里弄得整整齐齐，可那馋猫呢，却已把一罐油吃了个精光。"只有吃光舔尽，心里才得安定，"它自言自语，拖着吃得饱饱的圆圆的身子，在夜里才回到家。一见面，老鼠立刻问第三个孩子叫什么名字。"大概也不会叫你喜欢呵，"猫说，"它叫全完了。""全完了!"老鼠叫起来，"这样的名字太叫人纳闷儿，我从来还没在书上见过。全完了! 这是什么意思?"它摇着头，蜷缩起身体，躺下睡了。

打这以后，再没谁请猫去当教父。可是，冬天到了，外面已找不到任何吃的东西，老鼠想起它们的储备粮，便说:"走吧，猫，咱们取储存的猪油去。那玩意儿一定很对咱们的味口的。""可不，"猫回答，"它准叫你满意，满意得就像你把你那尖尖的舌头伸出窗外去喝西北风!"它们离开家，来到教堂里，油罐虽说还在老地方没动，罐里却已空空的。

"哈，现在我明白是怎么回事了，"老鼠说，"现在才真相大白:好你个忠实的朋友! 你说去当教父，却把油吃得精光，先是吃掉皮儿，接着吃去一半，最后……""你给我住嘴!"猫吼道，"再敢吱一声，看我不吃掉你!""……全完了，"可怜的老鼠话已到了嘴边。一当它吐出这三个字，猫一纵身便扑住它，把它吞进了肚子。你瞧瞧，世界上的事情就这个样。

3. 圣母玛利亚的孩子

在一片大森林跟前，住着一个樵夫和他的妻子。他们只有一个独生女儿，小姑娘刚满三岁。可是他们非常非常穷，连每天必需的面包都不再有，不知道该拿什么给女儿吃才好。一天早晨，樵夫忧心忡忡地出了家门，去森林中干活儿。他正在砍柴，忽然面前出现一位美丽、高大的女子，头戴一顶星光闪灼的宝冠，对他说："我是童贞圣母玛利亚，耶稣基督的母亲。瞧你多么贫苦，把你的孩子给我吧，我愿意带她走，做她的母亲，关心照顾她。"樵夫听从圣母玛利亚，去把孩子带来交给她，她便领小姑娘上天堂去了。在天堂里，小姑娘过得挺舒服，吃的是糖面包，喝的是甜牛奶，还穿金戴银，并且有小天使陪着一块儿玩耍。她不觉已满十四岁，一天，圣母玛利亚叫她去，对她说："亲爱的孩子，我要出远门，这儿是天国的十三道门的钥匙，你拿去保管吧。其中的十二道门你可以开，可以进去看看里边的美妙的景象；可用这把小钥匙开的那第十三道门不准你进去。当心别去开它，不然你会遭到不幸的！"小姑娘答应听话。圣母玛利亚走了，她就开始参观天堂里的住宅，每天打开一处房门，十二道很快便开完了。在每一道门里都坐着一位使徒，周围一片光辉灿烂；还有无数美丽奇妙的东西，都令小姑娘赏心悦目，经常陪伴她的小天使们也很让她喜欢。眼下还剩下的只是那道禁止开的门了，小姑娘感到十分好奇，想知道门内究竟藏着些什么，就对天使们说："我不想把它全打开，也不准备走进去，可我想开它一条缝，好往里边瞅一下。""啊，别去开，"天使们说，"那样做是罪过。圣母玛利亚禁止开，一开你很可能要倒霉的。"小姑娘不吱声了，可她的好奇心却不肯沉默，而是狠狠地折磨着她，使她再也得不到安宁。一次，天使

9

们全都出去了，她便想：这会儿我单独一个人，可以去瞅瞅了，不会有谁知道的。她把钥匙找了出来，一把它拿在手里自然就插进了锁孔，一插进锁孔自然就转动起来。刚一转，那门便一下子大开了，只见里面在火与光之中坐着"三位一体"①。小姑娘呆住了，惊讶地望着那一切，过了一会儿才伸出一个指头去挨了挨火光，整个指头马上变成了金的。小姑娘顿时害怕得要命，猛地一下关上门，逃走了。谁知她还是感到害怕，不管想什么办法全没有用，心一个劲儿地砰砰直跳，再不肯安静；手指头上的金子也还在，不管她洗多少次擦多少次，都去不掉。

没过多久，圣母玛利亚就旅行归来了。她把小姑娘叫到跟前，要她交还天国的钥匙。当她把钥匙串递过去的时候，圣母盯着她的眼睛问："你该没有开第十三道门吧？""没有，"小姑娘回答。于是圣母把手扪在她的心口上，感觉到她的心跳得很厉害，明白她已经犯了戒律，开过了那扇不准开的门。于是她又一次问："你肯定没有开吗？""没有，"小姑娘第二次回答。这当儿，圣母看见了她那根碰过天火变成了金子的手指，知道她犯了罪，再第三次问："你当真没开？""没有，"小姑娘第三次回答。这下圣母玛利亚才说："你没听我的话，而且还撒谎；你不配再住在天堂里。"

说话间，小姑娘昏昏沉沉地睡着了，等她醒来，已经躺在人世上的一片荒野里。她想喊，可是发不出任何声音。她爬起来想逃走，可是不管走哪个方向，总有密密匝匝的荆棘丛拦住她，怎么钻也钻不过去。在包围着她的荒野上，立着一棵空心的老树，她只得以它作自己的家。天晚了，她爬进树洞去睡觉；刮风下雨，她在洞里寻求保护。这样的生活真叫可悲哟！每当想起在天国中的好时光，想起和小天使们一起玩耍的情景，她都伤心痛哭。草根和野莓子是她唯一的食粮，还得努力去寻找。秋天她收集树上掉

---

① 基督教相信天上有圣父、圣子、圣灵，并以为三者原本是一码事，所以叫"三位一体"。

下来的野核桃和落叶，把它们搬进树洞，核桃到冬天可以吃。遇上下雪结冰，她只好像只可怜的小动物似地钻进枯叶堆，免得冻死。不久，她的衣服就扯破了，一块一块地从身上掉下来。当太阳重新温暖照耀大地，她便爬出来坐在树跟前。她的头发已经长得能从四面遮盖住她，像件斗篷。就这样，她一年又一年地坐在那儿，感受着人世间的不幸和悲苦。

一天，正当树木又披裹上新绿，国王到森林中打猎来了。他追赶一头狍子，狍子钻进包围着那一片荒野的灌木丛。国王下马来，分开杂乱的枝条，用剑为自己砍出一条路。终于，他钻过灌木丛，来到老树下，看见了那儿坐着的美丽非凡的少女，一头金发已齐脚跟把她盖住。国王呆住了，无比惊讶地打量了她好一阵，然后才招呼她，问："你是谁？为什么坐在这儿的荒野里？"可是姑娘不回答，因为张不开嘴。国王又问："你愿意跟我回宫里去吗？"这回她也只点了点头。国王便把她抱起来，放到马上，带着她回到宫中，到了那儿就让人给她穿华丽的衣服，什么东西都给了她许多许多。姑娘尽管不会讲话，却又美丽又温柔，国王打心眼儿里爱上了她，没过多久，就娶她做了自己的妻子。

差不多过了一年，王后生下一个儿子。当天夜里，她独自躺在床上，圣母玛利亚又出现了，对她讲："要是你愿意说真话，承认自己开过那道禁止开的门，我就准备打开你的嘴，把语言还给你；可你要死不悔悟，顽固否认自己的罪孽，我就带走你初生的婴儿。"这时王后已能够回答，可她仍吞吞吐吐，还是说："没有，我没开那道禁止开的门。"于是，圣母便从她怀里夺走初生婴儿，回天国去了。第二天，人们找不着孩子，便开始叽叽咕咕，说王后是吃人的妖婆，竟杀死了自己亲生的儿子。她听见所有的一切，却一句话也没法讲。好在国王非常非常爱她，不相信她真是吃人妖婆。

过了一年，王后又生一个儿子。夜里圣母玛利亚再次出现在

11

她房中，对她说："你要肯承认开过那道禁止开的门，我就愿意还给你孩子，解开你舌结；可要是你执迷不悟，不肯认罪，我就连这个新生的孩子也一块儿带走。"这回王后仍旧回答："没有，我没开过那道禁止开的门。"圣母只好又夺走她怀抱中的婴儿，回天国去。第二天早上，孩子再一次无影无踪，人们便闹起来，说王后把他给吞食啦。接着，大臣们也纷纷要求审判她。可是呢，国王非常非常爱自己妻子，不肯相信人家的话，并且禁止大臣们再提这件事，违禁者一律处死。

再过一年，王后生了一个美丽的女儿。圣母玛利亚又第三次在夜里显形，对她讲："跟我来！"拉着她的手领她进了天国，让她见她的两个大孩子：小哥儿俩正在玩地球仪，看见她都满脸笑容。这情景叫王后很高兴，圣母趁机劝她："你的心还没软下来吗？只要你承认开过那不准开的门，我就把两个小儿子还给你。"可是王后第三次回答："不，我没有开那道不准开的门。"于是圣母让她坠落回地上，把第三个孩子也给夺了去。

第二天早上，事情一传出去，所有人都吼起来："王后是个吃人妖婆，非审判她不可！"国王没法再阻拦他的大臣们，于是对她进行审判。她呢，不能回答，不能辩解，结果被判处在火刑堆上烧死。柴禾架好了，她被绑在木桩上，周围已经燃起火来。这时骄傲的坚冰才开始融化，她的心才为悔恨所动，于是想："要是临死前我还能承认开过那道不该开的门就好啦！"突然，她的嗓音恢复了，不由大声喊道："是的，圣母玛利亚，我开过那门！"刹那间天降大雨，浇灭了火焰。在她头顶上，一道霞光穿过云雾，圣母玛利亚从天而降，一边一个小王子，怀里还抱着新出生的小公主。她慈祥地对王后说："一个人只要忏悔和承认自己的罪孽，就会得到宽恕。"说完，便把三个孩子交给她，解开她的舌结，让她过了一辈子幸福生活。

4. 傻大胆学害怕

有位父亲养了两个儿子。大儿子聪明又伶俐，事事都能应付自如；小儿子却呆头傻脑，什么也不懂，什么也不学，难怪人家一见他都说："这个包袱还够他父亲背呀！"遇上有什么事，总得大儿子去办，可要是天晚了，或者深更半夜父亲还叫他去取东西，而且路又穿过墓地或者其它阴森可怖的地方，他多半就会回答："啊，不，爸爸，我不去，我害怕哩！"他呀，确实会胆战心惊。有时，夜里围着火炉讲故事，当讲到令人毛骨悚然的时候，听的人经常会说："啊，真可怕！"小儿子坐在屋角里，听见人们讲"害怕"，却不明白是什么意思。"他们总说'我害怕！我害怕！'我呢就是从来不害怕。没准儿呐，这是一种本领，一种我完全不会的本领吧，"他心想。

终于有一天，父亲对他说："你呆在角落里听好了，你已经长得又高又壮，也该学点什么挣饭吃啦。你瞧，你哥哥多肯干；可你呢，真不中用！""嗨，爸爸，"小儿子回答，"我非常愿意学点本领。对了，要是可以，我很想学习害怕，我真是一点儿还不会害怕哩。"他哥听见这话笑了，心想：亲爱的主呵，我兄弟怎么是这么个傻瓜。他一辈子甭想有出息。俗话说，钩子得早弯，成才看幼时嘛。父亲叹了一口气，回答小儿子说："你想学害怕就去学好了，不过靠它你是挣不来饭吃的。"

过了不久，教堂的执事来家访问，父亲向他诉苦，说他的小儿子糟糕透顶，什么也不会，什么也不学。"您想想，我问他将来打算靠什么挣饭吃，他竟要求去学习害怕！""如果别的没什么，"执事回答，"那他可以上我那儿学习去。只管送他来好了，我会打磨好他的。"

13

父亲挺满意，心想：这小子到底会有点治啦。于是，教堂执事把小儿子带回家，交给他打钟的任务。几天后的一个深夜，执事把他从床上叫起来，要他爬到钟楼上去打钟。"你小子该学会害怕啦，"执事想，同时偷偷赶到了他的前面。等小伙子爬上钟楼，转过身来正打算抓打钟的绳子，却看见楼梯上正对着传声口立着一个白色的人影子。"谁在那儿？"他大声问。影子却不回答，一动也不动。"快回答，"小伙子吼道，"要不就滚开，深更半夜的这儿没你的事！"执事呢仍旧站着不动弹，想使小伙子相信他是个鬼怪。小伙子第二次吼："你在这儿干吗？讲，要是你是个好东西；不讲我摔你下楼去。"执事想：不会这样严重吧，因此仍旧一声不响地站着，活像一根石柱。小伙子又第三次冲他吼，还是没有用，他就猛地一下蹿过去，把鬼怪推下了楼梯，叫他接连滚了十多级，才躺在墙角上不动了。小伙子打完钟回到房里，一句话不讲就上床继续睡觉。执事的太太一等二等总不见丈夫回来，终于感到害怕，就唤醒小伙子问他："你不知道我丈夫在哪儿吗？他在你前边上钟楼去了。""不知道，"小伙子回答。"只是在传声口对面的楼梯上站着个人影子。因为他又不答话又不走开，我想一定是个坏家伙，就把他给推下去了。去看看是不是他呗。要是，我真抱歉。"

执事太太急忙跑去，发现丈夫正躺在墙角落哎唷哎唷叫唤：他的一条腿摔折啦。他妻子把他背下钟楼，随后跑到小伙子的父亲面前大喊大叫："你那小子闯了大祸！他把我丈夫从钟楼楼梯上往下扔，摔断了一条腿。把你这废物给我领回去吧！"父亲吓坏了，跑来大骂小伙子一顿："你着了魔怎么的，竟干出这等混账事！""爸爸，"小伙子回答，"先听我说，我一点儿没有错。他深更半夜站在那里，像个心里有鬼的坏蛋。我不知道是谁，一连三次警告他要么开腔，要么滚开。""唉，"父亲说，"有你在我只会倒霉。给我走得远远的吧，我不想再看见你。""好的，爸爸，我很愿意走，只是得等到天亮。天一亮我就离开家去学习害怕，将来也好有一

14

种自己养活自己的本领嘛。""你爱学什么学什么，"父亲说，"对我反正全一样。这儿有五十个银币，拿去闯荡世界吧，可别告诉任何人你从哪儿去的，你的父亲是谁。我真为你感到羞耻呀。""好的，爸爸，就照您说的办，如果再没别的要求，我是很容易办到的。"

天亮了，小伙子把五十个银币塞进袋里，走出家门，上了大路。一路上，他口中不住地念叨着："但愿我会害怕！但愿我会害怕！"迎面走来一个人，听见小伙子自言自语，就陪他走了一段，到了能看见绞架的地方，对他说："瞧见啦？那儿有棵树，树旁有七个人和绳匠的闺女结了亲，正在学荡秋千哩。你坐到下边去等着夜晚到来，这样你准能学会害怕的。""如果没有别的要求，那好办，"小伙子回答。"我要真这么快学会了害怕，我这五十个银币就归你；明儿一早你可得再来呵。"说完，小伙子走到绞架前，坐在被绞死的人底下，等着夜晚来临。由于感到冷，他生起了一堆火。可是半夜里刮着寒风，他尽管有火烤仍旧不暖和。这时风吹得吊着的人相互碰撞，荡来荡去，小伙子就想：嗨，你呆在火堆旁还冷，难怪上边那几位要冻得蹦去蹦来喽。他心肠怪好的，搭起梯子爬到了绞架上，一个接一个地解开绳子，把七个人全放下了绞架。然后他架好柴，吹旺火，把他们抱来围着火堆坐成一圈，让他们暖和暖和。可他们坐在那里一动不动，火烧着了他们的衣服。"喂，小心点，要不我把你们再挂上去，"小伙子说。可死鬼们不听他的，仍旧不哼不哈地让自己的破衣烂衫继续燃烧。这下子他真火了，道："你们不当心，我没法再帮你们；我可不愿和你们一道被烧焦。"说着，又挨个儿把死鬼送上绞架。事完后，他坐到火堆旁，睡着了。第二天一早，那人来看他，想得他的五十银币，问他："怎么样，现在知道什么是害怕了吧？""不知道，"他回答，"叫我打哪儿知道呢？上边那些家伙口都不开，蠢得让火把穿在身上的破烂也给烧焦了。"那人看出今天是甭想得那五十个银币了，一边离开，一边说："这样的傻大胆我真还没碰见过。"

　　小伙子又上了路，重新开始自顾自地念叨："唉，只要我会害怕就好啦！唉，只要我会害怕就好啦！"一个从背后赶上来的车夫听见了，问："你是谁?""我不知道，"小伙子回答。车夫继续问："你打哪儿来?""我不知道。""谁是你的父亲?"——"我不能告诉你。"——"你一个劲儿在嘀咕些什么?""唉，"小伙子回答说，"我想要害怕，可没谁能教会我。""别说蠢话啦！"车夫告诉他。"走，跟我去，看我给你找个住的地方。"

　　小伙子跟着车夫，傍晚来到一家旅店，他俩打算在里边过夜。在进屋时，小伙子又大声念叨起来："只要我会害怕就好啦！只要我会害怕就好啦！"店主听见笑起来，说："要是你真有兴趣，这儿倒有的是机会。""唉，别扯啦，"店主太太说，"好些个冒失鬼已经送了命。一旦你那漂亮的眼睛再也看不到阳光，那是多么可悲又可惜啊！"小伙子却回答："不管多么艰难，我还是想学一学；就是为这个我才离家远行的呵。"

　　他缠住店主不放，直到店主告诉他，离此不远有一座魔宫，谁要是想尝一尝害怕是啥滋味儿，只要去那里面呆三个晚上就够了。据说，国王答应把公主许配给敢于住进魔宫的人，而这位公主，无疑是天下最美的少女。在宫里，还藏着巨大的财富，由恶魔们守护着；有勇敢者住进去，魔法就会破除，足以使一个穷光蛋变成大富翁。已经有许多人冒险进去了，但至今没见一个出来。第二天早上，小伙子来到国王面前，说："要是您允许，我打算去魔宫里呆三夜。"

　　国王看了看他，觉得小伙子挺不错，回答说："你还可以请求带三件东西，但绝不能是有生命的。""那我就请求带进去一把火，一台车床和一座带刀的刨台，"小伙子说。

　　国王让他在白天把所要的东西全搬进魔宫去，天晚了，小伙子也住进来，在一间屋子里生起一大堆火，把带刀的刨台放在旁边，自己则坐到车床上。"唉，只要我会害怕就好啦!"他说。"看来，在这儿我还是学不会的。"快到半夜，他想把火堆拨得旺一点儿，正当他使劲儿吹火的时候，突然从一个屋角传来叫声:"噢——，喵——!咱们好冷好冷哟!""你们这些笨蛋!"小伙子大声道，"有什么好叫的?要真冷，就过来坐在火旁烤烤得啦。"话音刚落，就一下子跳过来两只大黑猫，挨着他一边一只坐上来，还瞪大忽闪忽闪的眼睛盯着他。过了一会儿，它们烤暖和了，又说:"伙计，咱们玩玩儿牌怎么样?""那敢情好!"小伙子回答。"不过嘛，先让我看看你们的爪子。"两畜牲果真伸出脚爪来。"哎呀，"小伙子又说，"指甲好长啊!等一等，我先给你们修剪一下。"说着就捏住它们的脖子，把它们提上刨台，夹紧它们的脚爪。"我仔细观察了你们，失去了跟你玩儿牌的兴趣，"他说。接着，他便将两只黑猫打死，扔进了水池里。他刚打发走它们回来坐在火边，从所有屋角落里又钻出来无数黑猫黑狗，身上全戴着烧红了的链子，而且越来越多，越来越多，搞得他几乎没有呆的地方。畜牲们怪叫着，逼近他的火堆，想要拖散它，弄灭它。小伙子先是冷眼旁观，等他感觉闹得太不像话了，就一把抓起刨刀来大声喝道:"给我滚开，你们这帮混蛋!"同时刀已经砍过去。一部分猫狗迅速逃掉了，一部分被他砍死，扔进了外边的水池中。他回房后重新吹旺火堆，暖和暖和身子。他这么坐着坐着，眼睛渐渐睁不开。他真的瞌睡来了。这时他回头一瞅，发现屋角立着张大床。"正好我用得着，"他说，并且立刻躺上去。谁知他刚要合眼，那床却开始自己移动起来，紧接着就像车子似地在整个宫中四处乱跑。"挺好挺好，"他说，"再加点油吧!"那床果真像驾了六匹马似的，飞快向前滚去，越过一道道门槛，冲上冲下楼梯。猛然间轰隆隆一声巨响，床跑着跑着翻了个个儿，来了个底朝天，小伙子像是被压在了大山底下。可他却一下把被子枕头掀到天上，自个儿钻了出来，说:"喏，谁还有兴趣谁就乘好啦，"说着便躺在火堆旁，一觉睡到了第二天。早上国王来看见小伙子躺在地板上，以为是妖怪们已经结果了他，感叹说："这个英俊的青年死得真可惜啊！"小伙子听见了，坐起来说："还没这么严重。"国王又惊又喜，问他情况怎样。"蛮好蛮好，"他回答，"第一夜算是过去了，后两夜也会过去的。"

小伙子回到旅店，店主惊讶得瞪大了眼睛。"我没想到还能活着见到你，"他说。"这下你该学会害怕了吧？""没呐，"小伙子回答，"一切都白费力气！真有谁能告诉我怎么办就好了！"

第二夜，他又走进古老的宫殿，坐在火堆旁唱他的老调："但愿我能学会害怕哟！但愿……"到了半夜，突然听见一片吵吵嚷嚷和乒乒乓乓的声音，先是轻轻的，接着越来越响，随后又安静了一点，临到头却随着一声大喊，从烟囱里跳下来半截人的身子，一蹦蹦到了小伙子跟前。"啊哈！"他嚷起来。"还该有一半，这样子不成话。"话刚出口，嘈杂声重新响起，随着一阵疯狂的咆哮和嚎叫，另外半截身子也落了下来。"等一等，"小伙子说，"让我先替你把火吹旺一点。"当他吹完火转过头来，发现两半截身子已合在一起，变成一个狰狞可怕的人，还把他座位给占了。"咱们可没玩儿这个游戏，"他说，"这凳子是我的。"那可怕的家伙想挤开他，可小伙子哪里愿意，鼓足劲儿推开对方，重新坐在了自己的位子上。这一下便一个接着一个，从烟囱中掉下来更多的凶汉；他们带来九根骷髅腿和两颗骷髅头，往地上一竖就玩起地滚球来。小伙子一见也来了兴趣，问："喂，我说，我也参加行吗？""行，要是你有钱。""钱有的是，"他回答。"不过你们的球不够圆。"说着他已抓起骷髅头，放到车床上车圆了。"好啦，现在它们会滚得更顺溜儿，啊哈！这才叫有趣哩。"小伙子跟着一块儿玩，输掉了一点钱。可是钟一敲十二点，眼前的一切全消失了。他躺下去睡得很安稳。第二天早上国王来看动静。"这一夜你过得怎么样？"他问。"我玩了地滚球，"小伙子回答，"输掉了几个银毫子。""难道

18

你就不害怕?""什么呀!"他说。"我玩得挺开心。我要知道什么是害怕就好罗!"

第三夜,他又坐在他的凳子上,很不耐烦地念叨:"只要我会害怕就好啦!"深夜里,走进来六个巨人,抬着一口棺材。他一见道:"哈哈,准是我几天前死掉的那个表弟,"边说边用食指招一招,并且喊:"表弟,过来过来!"巨人们把棺材放到地上,他便走过去揭开盖子,只见里边躺着一具死尸。他摸了摸尸体的脸:已经冷得像冰。"等一等,"他说,"我给你暖和暖和。"说着走到火堆旁去烤了烤手,然后又用手去摸死尸的脸:死人仍然冰冷。他干脆把他抱出来,自己坐在火堆旁,让尸体靠在自己怀中,并且给他磨擦手臂,想使血液重新流动起来。等到一切都没有用,他又想起如果两人同睡一张床,没准儿都会暖和起来,就把尸体抱到床上,盖好被子,然后自己躺在旁边。过了一会儿死人也真暖和了,开始动起来。于是小伙子说:"你瞧,表弟,我这不把你倦暖了吗?"死尸却一跃而起,叫道:"现在我要掐死你。""什么!"他说,"你就这样感谢我吗?我马上叫你回棺材去!"说着举起死鬼,扔进棺材,盖紧盖子;那六个巨人又走进来,把棺材重新抬走了。"我还是没害怕,"小伙子说,"在这儿我一辈子也别想学会害怕啦。"这当儿走进来一个人,比刚才所有那些人还要高大,样子也十分可怕;只不过他已经老了,长着长长的白胡子。"喂,你这个小家伙,"他吼道,"我要叫你马上学会害怕,因为你死到临头了。""没这么快,"小伙子回答,"如果我真要死,我自己也得出把力。""我这就逮住你。"老怪物说。——"慢一点,慢一点,别吹牛皮。我也和你一样有力气,没准儿力气还更大哩。""那咱们瞧瞧好了,"老巨人说,"要是你力气比我大,我就放你走。来,咱俩比试比试。"说完,他带领小伙子穿过一些黑暗的通道,来到一座铁匠炉前,举起一把斧头,猛地一击把铁砧砸进了地里。"我会比你干得更好些,"小伙子边说边走到另一个铁砧前;老头子也走到旁边去看，白胡子拖了下来。小伙子抓起斧头，一下劈开铁砧，把老家伙的胡子夹在了中间。"这下我逮住你了，"小伙子说，"死到临头的是你不是我。"说着便抓起一根铁棍，朝老家伙一阵乱打，打得他嗷嗷直叫，恳求小伙子住手，说愿意送给他巨大的财富。小伙子拔出斧头放了他。他领着小伙子回到宫，指点他找到了一个地窖中的三箱黄金，对他说："一箱分给穷人们，另一箱归国王，第三箱是你的。"这当儿钟敲十二点，老妖怪不见了，剩下小伙子一个人站在黑暗中。"我会自己找出去的，"他说，边说边在四周摸索，真找到了回房间的路。在房里的火堆旁边，他又睡着了。第二天早上国王来问："你终于学会害怕了吧？""没有，"他回答。"害怕究竟是什么呢？我死去了的表弟来过；还来了一个白胡子老头儿，让我去下边看了金子。可谁都没告诉我，害怕是什么。"国王听了说："你使宫殿解除了魔法，应该娶我的女儿。""那可太好啦，"他回答说，"可我仍旧不明白什么是害怕。"

金子被取了出来，婚礼也举行了。年轻的王婿尽管非常爱他的妻子，非常快乐幸福，却老还在说："要是我会害怕就好喽！要是我会害怕就好喽！"终于听得他的妻子不耐烦了。她的贴身使女对她讲："我愿想个办法，准保叫他学会害怕。"说罢走到流过花园的小溪边上，让人帮助捉来了一满桶梭子鱼。半夜里，年轻的王婿睡着了，王后拽走他被子，把一桶冷水和梭子鱼倒在他身上，小小的鱼儿在他全身乱跳乱蹦。他一下惊醒过来，大叫："哎呀呀，真可怕，真可怕，亲爱的！是啊，这下我明白什么叫害怕了。"

5. 狼和七只小山羊

从前有一只老母羊，养了七只小山羊。它很爱它们，就像母亲都很爱自己的孩子一样。一天，它要去森林里取食物，就把它们七个全叫到身边，说："亲爱的孩子，我要到森林里去，你们可得提防着狼啊。它要进了屋，会把你连皮带毛通通给吃掉的。这个坏蛋经常化装成别的样子，不过嘛，从它那沙哑的声音和黑色的脚爪，你们立刻可以认出它来。"小羊儿们回答："好妈妈，我们会注意安全，你放心去吧。"老母羊咩咩叫了几声，安安心心地走了。

没过一会儿，有谁在外边敲起门来，还高声叫："开门，我的乖乖，你们的妈妈回来了，给你们每个人都带来了点东西。"可小羊儿们一听声音那么沙哑，便知道是狼，一起叫起来："我们不开门。你不是我们的妈妈，它的声音又柔和又好听，你的嗓门却这么沙哑；你是狼！"狼没法，只得去找杂货商，买来一大块浆糊，吞下去使嗓子变得细柔了一点。随后它又回来敲门，喊道："开门呀，我的小乖乖，你们的妈妈回来了，给你们每个人都带来了点东西。"可是狼把自己的黑脚爪搭在了窗户上，羊儿们一见就叫起来："不开不开，咱们的妈妈才没你这样的黑爪子呐。你是狼！"狼没法又只得跑去找面包师，说："我把脚给碰伤了，替我用湿面敷一敷吧。"面包师给它敷好以后，它又跑去找磨坊主，说："请你给我洒点白面粉在脚爪上。"磨坊主心想，这家伙打算去骗人，不肯给它洒。可狼对他讲："你要是不照办，我就吃掉你！"磨坊主害怕了，把狼的脚爪搞成了白颜色。可不，人就是这个样子！

紧接着，那坏蛋第三次来到羊的家，一边敲门一边喊："开门吧，小宝贝儿，你们亲爱的妈妈从森林里回来啦，给你们每个人都带得有东西哩！"羊儿们大声道："先让我们看看你的脚，让我们知道你是不是我们的妈妈。"狼于是把爪子伸进窗口，小羊们一见是白的，就相信它说的全是真话，马上开了门。可进屋来的却是头狼！小羊儿们吓坏了，想躲起来，一个逃到桌子下，第二个跳到了床上，第三个钻进灶孔，第四个跑进了厨房，第五个藏在柜子中，第六个躲在洗脸盆下边，第七个挤进了挂钟的盒子里。可是，狼把它们全找到了，毫不迟延，一个一个地吞进了它那大嘴中。只有藏在钟盒子里那只最小的羊羔，狼没有发现。它满足了食欲，慢吞吞地离开羊的家，到草地上的一棵树下躺倒身子，开始睡起大觉来。

没过多久，羊妈妈从森林里回到家中。啊，怎么会这个样子！房门敞开着，桌子椅子板凳全撞翻了，洗脸盆打成了碎片，被盖枕头也从床上扯到了地上。它找它的孩子，可哪儿也找不着。它挨个儿叫它们的名字，可没有一个应声。终于，在叫到最小那只羊儿的时候，传来一声稚嫩的呼叫："妈妈，妈妈，我在钟盒子里呐！"母羊把它抱出来，它讲给妈妈听，狼怎么来了，怎么吃掉了所有的哥哥姐姐。你们想象得出，羊妈妈该多么伤心地哭它那些可怜的孩子呵！

终于，它一边痛哭流涕，一边出了家门；最小的那只山羊也跟着跑去。它来到草地上，狼还躺在树下打鼾，鼾声震得树枝都颤抖起来。它前后左右地观察狼，发现这家伙胀鼓鼓的大肚皮里有什么东西在动个不停，在一蹦一蹦。上帝啊，母羊想，那莫不是我那些让它当晚餐吞食了的可怜的孩子，莫不是它们还活着吗？于是，最小的山羊奉命跑回家去，取来了剪刀和针线。接着母羊便剪开那凶汉的肚皮。刚剪第一下，一只小羊已经探出头来；它继续剪下去，所有六只羊羔便一个个蹦了出来，而且全都活着，全都没受一点儿伤。要知道，那坏蛋太馋啦，是一口一个把它们整吞了下去。这下大伙儿才叫高兴喽！小家伙们拥抱了自己的妈妈，欢蹦乱跳得像个当新郎的裁缝。羊妈妈却对它们说："现在去找些大石头来，趁这坏东西还在睡觉，给它满满地塞进肚子里。"话音一落，七只小山羊急忙拖来石块，拼命往狼肚子里塞呀，塞呀。母羊飞快地把狼肚皮缝好，结果狼一点没发觉，一点没动弹。

狼终于睡醒了，满肚子石块叫它口渴得要死，站起来想去井边找水喝。谁知它一迈腿儿，身子便东倒西歪，肚子里的石头碰碰撞撞，哗啦直响。它叫起来：

"什么东西哗啦哗啦，
在我的肚皮里头？
我原以为是六只羊儿，
那晓得全变成了石头！"

它走到了井边，弯下腰去准备喝水，不料沉重的石块向下一坠，它便惨死在了井中。七只小山羊看见了，跑过来高声欢叫："狼死喽！狼死喽！"一边叫一边拉着它们的妈妈，高高兴兴地围着井跳起舞来。

6. 忠诚的约翰

从前，有个老国王病倒了。他心里想：我现在大概已经躺在灵床上了吧。于是他吩咐："给我把忠诚的约翰叫来。"忠诚的约翰是他最心爱的侍从，因为一生对国王忠心耿耿，所以就叫这个名字。约翰来到床前，国王便对他说："最忠诚的约翰啊，我感到我快死了。现在我唯一担心的是我那儿子：他年纪还轻，遇事常常不知道怎么办。要是你不答应教会他必须知道的一切，做他的养父，我死不瞑目呵。"忠诚的约翰立刻回答："我绝不离开他，愿意忠诚地为他服务，哪怕为此牺牲自己的生命。"老国王听了说："那我就可以心平气和地死去啦。"过了一会儿又继续说："我死以后，你要带他去看整个宫殿。看宫中所有的房间、厅堂、仓库以及存放在里边的全部宝藏，可是长廊尽头那最后一间屋子不能让他看，因为里边立着金屋公主的塑像。他一瞧见这像就会对她产生热烈的爱情，就会晕倒在地，就会为了她而冒巨大的危险。你要提防他出现这样的情况呵!"忠诚的约翰再次向老国王作了保证,他便不再作声,头往枕头上一沉,死了。

老国王下葬以后,忠诚的约翰便告诉年轻的国王,他曾经对他的父王下过怎样的保证,他说:"我一定信守诺言,对你也像对他一样忠诚,即使为此牺牲自己的生命。"悲哀的日子过去了,忠诚的约翰于是对年轻国王讲:"是时候了,你该去看看你继承的遗产,我领你去见识见识你父亲的王宫。"说罢,就带着他四处走,四处转,让他看了所有的金银珠宝和全部华丽的房间;只有那间立着危险的塑像的屋子约翰没有开。要知道,那像立的位置正好是一开门就看得见,而且它是塑得那样成功,叫人一见真以为它是活生生的,整个世界似乎没有什么东西更美丽、更可爱。年轻国王自然发现了,忠诚的约翰总是从一道门边擦身而过,便问:"为什么你从来不给我开这扇门?""因为里边有点叫你害怕的东西。"约翰回答。可是国王道:"整座宫殿我都看完了,也希望知道这里边是什么,"说着走去便用力推门。忠诚的约翰赶紧拉住他,说:"你父王临终前,我答应过他不让你看这屋子里的东西,不然你和我都会遭到巨大的危险。""才不哩,"年轻国王回答,"我要进去不了,才一定会遭毁灭:在没有亲眼目睹它之前,我将日夜不得安宁。现在你不打开门,我绝不离开!"

忠诚的约翰眼看事已至此,没有别的办法,只得怀着沉重的心情,唉声叹气地从一大串钥匙中找出那把钥匙。他一打开门,立刻抢先进屋,想用身体挡住塑像,不让国王看见。可有什么用呢?国王踮起脚尖,视线越过他的肩膀,一下子便瞅着了那少女塑像。只见她是那么美丽动人,浑身闪烁着黄金和宝石的光彩,年轻的国王立刻晕倒在了地上。忠诚的约翰抱起他来,放到他的床上,忧心忡忡地想:大祸临头了,上帝啊,怎么办喽!后来,他用酒喷国王,使他苏醒了。醒来后,他说的第一句话是:"啊!那美丽的塑像是谁哟?""是金屋公主,"忠诚的约翰回答。国王接着说:

24

"我对她的爱情太深厚啦，就算所有的树叶儿全变成了舌头，也诉说不尽呵！为了得到她，我愿付出生命！你是我最忠诚的约翰，你必须帮助我。"

忠诚的约翰想了很久，也不知该怎么办；要知道，单单去见一见公主，就非常困难呐。终于，他想出一个主意，对国王说："她周围的一切，桌子、椅子、碗、杯子、盆子和所有用具，全都是金的。你的宝库中有五吨黄金，让王国的金匠把其中一吨打成各式各样的器物用具，各式各样的飞禽走兽以及珍奇动物，她一定会喜欢；我们就可以带着这些东西去见她，碰一碰运气。"国王于是下令招来全国的金匠，让他们日夜赶工，直至做好那些美不胜收的东西。一切全装到船上了，忠诚的约翰才换上商人的服装，国王也一个样，叫人不再能认出他们。接着他们便飘洋过海，航行了很久很久，终于来到金屋公主居住的城市。

忠诚的约翰让国王留在船上等他。"也许我能把公主带来，"他说，"所以你得使船上秩序井然，让手下把金器陈列好，把整艘船打扮得漂漂亮亮。"随后，他在自己肚兜里装了各式各样金饰，上岸迳直朝皇宫走去。到了宫里，只见井边站着一个美丽的少女，用两只金桶在打水。正当她提着亮晶晶的水转过身来想要离开，发现面前有一个陌生人，便问他是谁。忠诚的约翰于是回答："我是个商人，"说着趁机打开他的肚兜，让她往里看。"啊，多美的金器！"她干脆放下提桶，一件一件地观赏起来。最后，她说："一定得让公主看看，她最喜欢金子做的东西啦，会给您全买下来的。"她拉住约翰的手，领他往里边走去。原来这姑娘是公主的贴身侍女。公主看过货色，非常高兴，说："打得挺漂亮，我全部给你买了。"谁知约翰却回答："我只是一位富商的仆人。我这儿给您看的东西，与我主人在船上陈列的真算不了什么，他那些才是从古至今最精美、最珍贵的金制品哟！"公主要他去全部搬上岸来。可他说："那得花许多天时间，东西太多了，而且要无数大厅来陈列，殿下宫里地方不够哩。"这一来，更激起了公主的好奇心和亲眼看看的欲望，她终于说："那就领我去船上吧，我要好好观赏一下你主人的那些珍宝。"

于是，忠诚的约翰满心欢喜地领着公主，朝他们的船走去。国王一眼瞅见她，发现她本人比塑像还要美丽得多，真叫欣喜若狂。眼看她上了船，他接她进了舱中，留在船尾舵手身边的约翰却一声令下，船便撑离了岸。"把帆通通升起来，船要快得像飞鸟一样!"他叫道。可船舱里面，国王仍在一件一件向公主展示那些金器，那些金碗、金杯、金盘和金鸟、金兽、以及种种黄金的珍奇动物。许多小时过去了，她还在看啊看啊，心里高兴得竟未察觉船早已开航。直到观赏完最后一件，她才向商人道了谢，打算回宫去。可她来到船舷边，一看船已远远离开陆地，正在大海上满帆向远方急驶，不由得发出一声惊叫："天呐，我受骗了!我遭到绑架，落进了一个商人的手里!我还不如死了好些!"国王赶紧抓住她的手，说："我不是商人，我是一位国王，出身不比你低贱;我之所以用计骗你，是因为我太爱你啦!我第一次看见你的塑像，就晕倒在了地上人事不省。"金屋公主听他这么说，心才宽了，而且也对他产生了倾慕，终于，她心甘情愿做他的妻子。

可是，当他们继续航行在大海上，却出了一件事:那天，忠诚的约翰坐在船头弹琴，忽然看见空中飞过三只乌鸦。他不再弹，留神听它们的谈话，因为他通鸟语。只听一只乌鸦叫道："嘿，他带金屋公主回家去了。""是的，"第二只乌鸦回答，"不过他还没有得到她。""为什么没有?"第三只反驳。"她不已坐在他船里吗?"第一只重新开了腔，叫道："那又有什么用!等他们一登岸，就会冲他跑来一匹枣红马，他会忍不住跳上马背;可一等他上去了，马就会驮着他飞走，从此他就再也见不着自己年轻的未婚妻。""完全没救了吗?"第二只问。——"呵，有倒有，如果另一个能抢先骑上去，把插在马笼头上的火枪拔出来，用它把马射死，年轻的

26

国王才得救了。可是谁会知道这个！就算有人知道，要是告诉了他，这人也会从脚趾到膝盖变成石头！""还有还有，"第二只又抢着说，"就算马被打死了，国王还是得不到他的未婚妻。当他俩一起回到宫中，便会看见盘子里摆着一件现成的结婚礼服，就跟用金丝银线织成的一样，其实呢，纯粹是沥青和硫磺，只要他一穿上身，就会烧得一根骨头不剩！"完全没救了吗？"第三只乌鸦问。"呵，有倒有，"第二只回答，"如果有谁戴上手套，抓起它来扔进火里，礼服自己烧掉了，年轻的国王也就得了救。可这又有什么用！谁要知道这办法并告诉了他，谁就会从膝盖到心脏，半个身子都变成石头。""还有呐，还有呐，"第三只乌鸦也说，"就算结婚礼服烧掉了，年轻国王仍旧得不到他的未婚妻。等婚礼结束举行舞会，年轻的王后一跳舞便会突然脸色苍白，昏死过去。要是没谁从地上抱起她来，从她右边的乳房吮三滴血然后又吐掉，她便真会死去。可有谁知道这办法又告诉了人，谁就会从脚趾到头顶，整个身体全变成石头呵！"乌鸦们一边交谈，一边飞走了。忠诚的约翰听懂了一切，从此便沉默寡言，暗自悲伤。要知道，他要不把听见的话告诉主人，主人必定遭到不幸；他要告诉了主人呢，他自己就准得牺牲性命。可是，他终于还是对自己说："我要救我的主人，就算自己因此毁灭！"

这时候，他们上了岸，果真如乌鸦说过的，迎面跑来一匹极漂亮的枣红马。"太好啦，"国王说，"它是让我骑着回宫的！"说着就想跨上去。可忠诚的约翰抢在他头里跃身上马，拔出笼头中的枪来，一枪把马打死了。国王的其他侍从本来就对忠诚的约翰没好气儿，这时便一齐嚷起来："真缺德哟，多漂亮的马驹，让国王骑回宫去多好，他竟给杀死了！"国王呢，却说："住嘴！别管他！他是我最忠诚的侍从约翰，他这样做准有道理。"接着，他们进了宫殿，看见殿中摆着一只盘子，盘里盛着一件现成的结婚礼服，完全像金丝银线织成。年轻的国王走过去取，忠诚的约翰却推开他，戴上手套抓起礼服，很快扔进火里，让它烧成了灰烬。其他侍从又嚷嚷开了，说："瞧瞧，他竟敢烧毁国王结婚礼服！"年轻的国王却说："他这样做准有道理。随他去吧，他是我最忠诚的约翰。"随后便行了婚礼，开始跳起舞来；新娘子也走进舞池，忠诚的约翰马上留神地望着她的脸，见她突然脸色苍白，昏死在地上了。约翰赶紧跑过去，从地上抱起她，走进一间卧室，把她放在床上，跪在她跟前，从她右边乳房吸吮了三滴血，然后又吐掉。这一来，王后又有了呼吸，恢复了精神。年轻的国王把整个过程全看在眼里，却不明白忠诚的约翰为什么这样干，一怒之下便喝道："把他给我关进监狱！"第二天，忠诚的约翰被判处绞刑，押上了刑场；可当他已站上绞刑台就要被处决的时候，却问国王："每一个被处死的人在临刑前都允许再讲讲话，你是否也给我这个权利呢？""是的，"国王回答，"也赐给你这个权利。"忠诚的约翰于是说："我是冤枉的，我对你一贯忠心耿耿呐。"接着就讲他在海上听见乌鸦们谈了些什么话，他为了救自己的主人，怎么不得不干先前所干的那一切。国王听后高喊："呵，我最忠诚的约翰，我赦免你，我赦免你！快放他下来呀！"哪想到，忠诚的约翰刚说完最后一句话，已经摔下台来没了生气，变成了一具石像。

国王和王后为这事非常难过。国王说："唉，对他的一片忠诚，我竟这么忘恩负义！"随后便命人把石像搬回宫中，竖在他卧室里的床边。他每次瞅见石像，都流着眼泪说："唉，我最忠诚的约翰呵，我要能叫你死而复生就好啦！"过了一些时候，王后生了一对双胞胎，一对小王子。小哥儿俩渐渐长大了，成了王后的心肝宝贝儿。一天，王后上教堂去了，两兄弟坐在父亲房里玩儿。这当儿国王又伤心难过地望着石像，叹了口气，大声说："唉，我最忠诚的约翰呵，我要能叫你死而复生就好啦！"突然，石像开始讲起话来，说道："能，你能够使我复活，只要你肯牺牲你最心爱的东西。"国王一听高声回答："为了救你，我愿牺牲我在世界上拥有

28

的一切!"石像继续说:"要是你亲手砍下你那两个孩子的头,把他们的血涂在我身上,我就会活转来。"国王听说要他杀死自己最心爱的孩子,吓了一跳,可是他想到约翰对自己的耿耿忠心,想到他是为自己而死的,还是拔出宝剑,亲手把两个孩子的头给砍了。接着,他把他们的血涂抹在石像身上,石像立刻恢复生气,忠诚的约翰又健壮活泼地站在了他的面前。他对国王讲:"你的忠诚也不应得不到报答,"说着,便拾起两孩子的脑袋,把它们又接在脖子上,并用他们的血抹了抹伤口,小哥儿俩一眨眼便活了,又蹦蹦跳跳玩儿起来,像什么事也没发生一样,国王满心欢喜,看见王后回宫来了,就把忠诚的约翰和两个孩子藏进一只大立柜。王后跨进他房间,他问她:"你在教堂祈祷了吗?""祈祷了,"王后回答,"可我心里一直惦着忠诚的约翰,为了我们,他是那样地不幸。"国王听了说:"亲爱的妻子,我们可以使他复活,可代价是我们的两个孩子,我们必须拿他们作牺牲。"王后一听脸色苍白,大为震惊,可到底还是说:"他对我们一片忠心,我们应该这样。"国王高兴极了,她想的竟和他完全一样,便走过去打开立柜,把两个孩子和忠诚的约翰放了出来,说:"赞美上帝,他得救了,我们也没失去自己的儿子,"并对她讲了全部经过。从此以后,他们在一起过着幸福美满的生活,直到离开人世。

7. 好买卖

一个农民把他的一头母牛赶上集市,卖了七个银元。回家的路上,他得经过一片池塘,大老远就听见青蛙们叫:"呱——呱——呱——呱——""嗨,真是胡扯蛋。"他自言自语,"我卖的是七个银元,不是八八八八!"走到了池塘边上,他便冲青蛙喊:"你们这些蠢货!未必我还没你们清楚?是七个银元,不是八个。"青蛙却仍旧叫:"呱,呱,呱,呱。""喏,你们要是不相信,我可以数给你们看,"农民说着从袋里掏出钱来数,遇上铜毫子就二十四个换算成一银元,总共还是七个银元。可青蛙根本不管他数不数,又叫起来:"呱,呱,呱,呱。""唉,"农民生气了,叫道,"你们硬以为比我清楚些,那就自个儿数去吧!"说着把钱全部扔进了池塘中。他站在塘边上,想等青蛙数好了还他的钱;青蛙却固执己见,仍一个劲儿地叫:"呱,呱,呱,呱。"钱呢,再也不肯交出来。农民等了好久好久,天终于黑了,他只好回家去。临走时他大骂青蛙:"你们这些水鬼,你们这些傻大头,你们这些鼓眼睛,你们这些阔嘴!你们吵得要人命,却连七个银元也数不清!你们以为我愿站在这里等你们一直算完吗?"他一边骂,一边走;青蛙却还在他背后"呱,呱,呱,呱",使他回到家仍一肚子气。

过一些时候,他新买了一头母牛。他宰了牛准备去卖肉,一算除了赚回两头牛钱,还白得一张牛皮。眼下他正运肉到城里,不想在城门口碰见一大群狗,跑在头里的是只大狼犬。这畜牲围着牛肉蹦来跳去,又是嗅又是"呼哧呼哧"地发出声音。见它一直不肯罢休,农民就说:"是啊,我听懂了,你想要一点肉,所以说'我吃我吃'。可要是我给了你,我就倒霉喽。"狼犬呢,除了"呼哧呼哧"没别的反应。"怎么,给你一块你不衔起走,还想为你同伴要?"农民说。"呼哧呼哧",狼犬仍旧说。"好好好,既然你坚持,我就都给你。我可认识你,知道你在谁家里当差。你给我听好了,三天后必须把钱付给我,不然我叫你好看!你得把钱送到我家里去。"说着,他就把肉卸在地上,转身往回走。群狗一下子扑向牛肉,并大声地"呼哧呼哧"。农民远远地听见了,自言自语说:"听吧,这下谁都要一点吃,可账得由那头大畜牲付。"

三天以后,农民想:"今儿晚上你口袋就装满钱啦!"心里好不乐滋滋的。谁知根本没人来还他钱,他就说:"再不能相信任何人!"并且终于失去耐心,只好自己进城找屠户收钱去了。屠户以

30

为他是开玩笑，农民却说："谁开玩笑，我要我的钱！三天前，那条大狼犬不是把一整头牛的肉给你送来了吗？"屠户一听火了，抓起扫帚就把他赶出了门。"你等着，"农民说，"这世界上还有公道在！"说着便跑进王宫去喊冤。他被领到国王跟前，公主也坐在旁边。国王问他遭了什么冤枉。"唉，"他回答，"青蛙和狗拿走了我的钱，屠户不但不认账，还让我吃扫帚头！"接着，便从头到尾把事情详细讲了一遍。公主听罢哈哈大笑，国王于是对他讲："我这儿不能为你主持公道，却可以让你娶我的女儿。她一辈子还没像刚才笑你那样大笑过；我许过愿，要把她嫁给能使她笑的人。你可以感谢上帝让你交了好运气。""呵，"农民回答，"我才不要她哩！我家里只有一个老婆，可已经嫌太多，每次回到家里，我都觉得旮旮儿儿全站着她似的。"国王一听生了气，说："你真是个笨家伙！""嗨，国王老爷，"农民回答，"黄牛除了产肉，你还能要求它什么呢！""等一等，"国王又说，"我要给你别的奖赏。现在滚吧，过三天再来，我要给你整整五百银元。"

农民走出宫门，卫兵问他："你把公主逗笑了，该会领到什么厚赏了吧？""我想是喽，"农民回答，"将赏给五百银元。"听着，"卫兵讲，"分一点给我，你拿那么多钱干嘛！""好，因为是你，我给你两百，"农民答应他，"过三天你去见国王，让他付给你好啦。"旁边站着个商人，听见他们的谈话，就追上农民，拽住他的衣服说："乖乖，你老兄真是个幸运儿！我愿和你兑换一下：你拿银元去怎么用，我给你换成小钱得啦！""刮皮鬼，"农民回答，"你还有三百银元好拿！马上给我小钱吧。三天以后，国王会如数付给你。"商人高兴自己占了便宜，因为他兑给农民全是些坏铜钱，三四枚的价值只能当两枚。三天过去了，农民奉命来到国王面前，只听国王喝道："脱下他的裤子，给他五百板子！""嗨，"农民说，"它们已不属于我；两百我送给了卫兵，三百让商人换了去，公平合理地讲，已经没有一点归我了。"正说着，卫兵和商人进来领他们从农民处赚取的好处，结果被狠狠地揍了一顿。卫兵还咬牙忍着，因为他已尝过这滋味儿；商人却痛得嗷嗷叫，边叫边问："这就是硬梆梆的银元么？"国王忍不住对农民笑了，怒气也就烟消云散，说："既然你还没领到赏赐就已失去了，那我现在愿意赔给你。到我的金库中取钱去吧！想拿多少，就拿多少！"这话农民一听就懂，把他的两只大口袋塞得满满的，然后走进一家酒馆，数起他的钱来。商人跟着他也溜进了酒馆，听见他独自嘀咕："国王这无赖可真把我给坑了！他要自己给我钱，我就知道是多少；现在任随我自己装，叫我怎么晓得究竟是多少呢？""天啊，"商人心里说，"这小子辱骂咱们的主上，我赶快去告他，一定会得到奖赏，他奖得不成还要受罚！"国王听了农民说过的话，勃然大怒，让商人去把他抓来。商人跑去告诉农民："国王陛下要你马上去见他，不得迟延！""我知道怎么去更好，"农民回答，"得先请裁缝给我做件新外套。你难道以为，一个像我这样有钱的人，能够穿得破破烂烂的去见国王么？"商人看见农民穿着旧衣服无论如何不肯去，又担心国王会消了气，他自己将失去奖赏，农民将免于受罚，只好说："得，纯粹出于友谊，我愿意暂时借一件漂亮外套给你。为了友爱，人什么事情做不出来呵！"农民心想不错，穿上商人的外套，跟他一块儿去了。国王质问农民，为什么竟敢讲商人向他告发的那些话？"唉，"农民回答，"这家伙净在胡说八道，从他嘴里出不来一句真话！他甚至还可讲，连我身上的衣服也是他的哩。""这是什么意思？"商人叫起来。"难道你那外套不是我的？难道不是出于纯粹的友谊，我才把它借给了你，好让你穿上来见国王陛下吗？"国王听他这么讲，便说："商人肯定骗了人，要么我，要么农民。"说完又下令再赏他一些硬家伙。农民呢，却穿着他的漂亮外套，口袋里钱装得鼓鼓的，走回家去，一边走一边说："这次买卖做得不赖！"

8. 怪乐师

　　从前有个怪乐师,他孤零零一个人在森林里走,脑子还不停地想来想去。当他终于想不出个名堂,就自言自语说:"在这森林中我也呆得无聊了,必须找个伙伴才好。"说罢便从背上取下提琴,拉起一支曲子,拉得琴声传遍了树林。不一会儿,从树丛中踅出来一头狼。"嗨,来了一头狼! 它可不是我想要的,"乐师说。可狼呢,却一步步向他靠近,并且对他讲:"喂,亲爱的乐师,你拉得太美啦! 我想跟你学,好吧?""你很快就能学会,"乐师回答它,"只是你得我叫你做什么,就做什么。""呵,太好啦,"狼说,"我将像学徒听师傅的话一样对你百依百顺。"于是,乐师就让狼跟着自己,他俩走了一段路,来到一棵老橡树前。树身已经空了,中间还裂了口。"瞧这儿,"乐师说,"你要想学拉琴,就把前脚爪伸到这裂口里去。"狼照办了,乐师飞快抱起一块石头,一下子把它的两只爪子嵌得死死的,使狼一直站在那里,像一个俘虏。"等着吧,直到我回来!"乐师说,说完又走自己的路。

　　走了一段时间,他又对自己说:"在这森林里真无聊,我得另外找个伙伴。"说完取下提琴,朝着树林深处拉起来。不一会儿,树丛中溜出了一只狐狸。"唉,来了只狐狸!"乐师说,"我想的可不是它呵。"狐狸却慢慢靠拢来,说:"喂,亲爱的乐师,你拉得太美啦! 我也想学哩。""很快可以学会,"乐师回答说,"只是你得我说什么,就干什么。""呵,太好啦,"狐狸答应,"我愿意听从你的吩咐,就像徒弟对自己师傅。""跟着我,"乐师说。他们走了一段,来到一条小路上,路两旁长着高高的灌木。乐师停住脚,从一边拽下一棵小榛子树,使树梢一直弯到地上,并且用脚踏住;然后他又从另一边拽下一棵小树来,说:"成了,小狐狸,你要是想学会点什么，那就把你左前爪伸给我。"狐狸照办了，他把它的爪子捆在了左边的树梢上。"小狐狸，"乐师又说，"现在伸给我右脚爪。"狐狸的右脚爪也给捆上了。随后，乐师检查绳结，看见够牢的，就一松手，小树立刻带着狐狸弹了回去，搞得狐狸悬在半空中，乱蹬乱蹦。"等着吧，直到我回来，"乐师说完又自顾自地走了。

　　一会儿他又自言自语："在这森林里真是无聊，我想再另外找个伙伴，"说罢便拉起琴来，琴声响彻森林。马上跳出来一只小兔。"咳，一只小兔！"他说，"我才不要它哩。""你好，亲爱的乐师，"小兔说，"你拉得真美！我也想学呵。""很快就能学会，"乐师应道，"只是我叫你干啥，你就得干啥。""呵，先生，"小兔回答，"我愿听你的话，就像徒弟对师傅一样。"他们一起走了一段路，来到一片林间空地上，那儿只长着棵白杨。乐师用一根长绳拴住小兔的脖子，把另一个绳头捆在白杨树干上。"快，兔崽子，绕着树给我跑二十圈！"乐师命令道。小兔听话地跑了二十圈，绳子便在树干上绕了二十次，把个小兔栓得牢牢的，无论它怎么拉怎么拽都没有用，反倒使绳子勒进了自己柔软的脖子里。"等着吧，直到我回来！"乐师说着继续往前走。

　　这期间，狼又是耸，又是拽，还用嘴咬石头，折腾了好久好久，终于把爪子从树裂口中挣脱了出来。它满腔怒火地追赶乐师，决心把他撕成粉碎。狐狸看见它跑过，开始哭哭啼啼，拼命喊道："狼大哥，来救救我哟，乐师把我给骗啦！"狼于是拽下小树，咬断绳子，放开狐狸。狐狸跟着它跑，决心找乐师复仇。它俩看见小兔，同样救了它，三个一道去追踪它们的仇敌。

　　乐师呢，走着走着又拉起琴来，而且这次运气好一些。琴声飘进一位穷樵夫的耳中，他愿也好，不愿也好，都得放下工作，挟着斧头，走过来欣赏音乐。"终于来了位真正的伙伴，"乐师说，"我找的是人，而不是野兽。"说着，他又拉起来，拉得那样美妙，那样动人，樵夫站在那儿听得入了迷，听得心花怒放。他正这么听着，狼、狐狸、兔子跑过来了，他看出它们一定不怀好意，于是抡起亮晃晃的斧头，站到乐师跟前，那架势好像是讲："谁想靠近他就当心点，有我在这儿呐！"野兽一见害了怕，都逃回林子去了。乐师感谢樵夫，再为他拉了一支曲子，拉完才继续往前走。

9. 十 二 兄 弟

从前有一个国王和一个王后。他俩生活得和睦安宁，生了十二个孩子，可全都是淘气的男孩。于是，国王对妻子说："要是你生的第十三个孩子是女的，我就下令杀掉那十二个淘气鬼，使她得到更多的遗产，并且继承王位。"不只说说，他真下令做了十二具棺材，在棺材内装满了刨花，并给每一具里配上一只寿枕，让人把它们通通锁进一间密室里。然后，他把钥匙交给王后，不准她告诉给任何人。

可是，做母亲的从此就整天坐在那儿伤心难过，她那经常呆在她身边的最小的儿子——他依照《圣经》取名叫本雅明——忍不住问："亲爱的妈妈，你干吗这样难过啊？""我的宝贝儿，"王后回答，"我不能够告诉你。"小家伙缠住母亲不放，逼得她终于去打开密室，让他看了那十二口塞满刨花的棺材。她随后说："我最心爱的本雅明呵，这十二口棺材是你父王让人为你和你的十一个哥哥准备的；我要是生个妹妹，你们全都要被处死，用这些棺材埋葬掉啊！"母亲一边讲，一边哭，儿子却安慰她，说："别哭了，好妈妈，我们自会有办法，我们可以逃走。"王后却讲："和你的十一个哥哥逃进森林里去吧！而且永远得有一个蹲在能找到的最高的树顶上放哨，注视着这边宫里钟楼。我要再生个小弟弟，就会插上一面白旗，你们也可以回来的了。我要生的是个女孩，就会插一面红旗，你们得赶紧远走高飞，望上帝保佑你们。每天夜里我都会起来为你们祈祷，到了冬天，祈祷你们总有一堆篝火温暖身子；到了夏天，祈祷你们别热着渴着。"

王后祝福了自己的儿子，他们便来到森林中。兄弟十二人一个接一个轮流蹲在最高的橡树上，了望宫里的钟楼。十一天过去后，轮到了本雅明，他突然发现钟楼上插着一面旗子，不是白旗，而是一面血红血红的旗子，这意味着他们全要被处死。他的哥哥们听到这个消息，都气坏了，说："为了一个小女孩让我们全都去死！我们发誓，我们要报仇：不管在哪儿，只要见到女孩，我们就叫她流淌鲜红的血液！"

说罢，他们便走向密林深处。到了林子里最幽暗的地方，发现有一所小屋，一所着了魔法的空荡荡的小房子。他们于是说："咱们就住在这儿吧。你，本雅明，年纪最小，身体最弱，呆在屋里管家得啦，我们其他人出去找吃的东西。"随后，他们便去林子里射野兔、狍子、各色各样的鸟和斑鸠，只要能吃的都行，把它们带回家给本雅明，由他做好，给他们填肚子。在小屋中，他们共同生活了十年，也不感觉时间有多长。

这期间，他们母后生的小姑娘也长大起来，她心眼儿很好，模样也俊俏，额头上还有一颗金晃晃的星星。一天大扫除，她发现洗的衣服里有十二件男衬衫，便问母亲："这十二件衬衫是谁的呵？它们让爸爸穿可太小了。"母亲心情沉重地回答："好孩子，它们是你那十二个哥哥的。"女孩问："我的十二个哥哥在哪儿呀？我从来没听说过他们。"母亲回答："只有主知道他们在哪儿！他们四处流浪，无家可归哟。"说着，她牵着女儿的手，领她去打开密室，让她看那十二口装着刨花和寿枕的棺材。"这些棺材，"她说，"是给你的哥哥们准备的；可在你出世之前，他们偷偷逃跑了。"王后把事情的全部经过告诉了女儿。女孩听了说："别伤心，亲爱的妈妈，我要去把哥哥们找回来！"

说罢，女孩拿起那十二件衬衫，离开王宫，径直朝大森林中走去。她走了一天一夜，晚上来到那所中了魔的小屋前。她走进去，发现一个男孩子。男孩问她："你从哪儿来？要去什么地方？"男孩见她模样儿那么俊，穿着华丽的衣服，额头上还有一颗金星，非常惊讶。她回答："我是这个国家的公主，来找我的十二个哥哥，哪怕走遍天涯海角，都非找到他们不可。"说着，她让他看她哥哥们的十二件衬衫。本雅明立刻明白，她是他的妹妹，就说："我叫本雅明，是你最小的哥哥呐！"小姑娘高兴得哭起来，本雅明也一样。兄妹二人亲热得又是接吻，又是拥抱。接着，男孩说："亲爱的妹妹，现在还有个问题：我们哥儿几个说好了，碰见任何一个女孩都要杀掉她，因为是为一个女孩，我们被迫离开了自己的王国。"妹妹听了回答："我乐意被杀死，只要这样能救我的哥哥！""不，"本雅明说，"不能让你死！藏到这只桶下面，等十一个哥哥回来，我会说服他们的。"女孩照着做了。晚上，打猎的哥哥回家来，晚餐已经摆好。他们坐到桌边吃起来，边吃边问："有什么新鲜事吗？"——"你们一点不知道？"本雅明反问。——"不知道，"他们回答。本雅明便讲："你们去了森林里，我一个人留在家中，却知道得比你们多。""那快讲吧！"他们齐声叫起来。他于是回答："那你们也得答应我，不杀死我们遇见的第一个女孩子，好吗？""好，"他们一齐喊，"咱们饶恕她。快讲呀！"——"咱们的妹妹来啦！"本雅明这时才说，说着掀开桶，公主便走出来，衣着高贵，额头上有着一颗金星，真是又美丽，又温柔，又文雅啊。大伙儿一见都很高兴，都吻她和拥抱她，都打心眼儿里爱她。

　　随后的日子，她和本雅明一起留在家里，当他的帮手。十一个哥哥仍旧去森林里抓野物，什么狍子呀雀儿呀斑鸠呀，为的是他们有吃的。小妹妹和本雅明呢，负责把饭烧好。小姑娘拣来柴禾烧饭，采来花草当蔬菜，把锅子架在火塘上，每次十一个哥哥回来，饭总已经做好了。她还注意小屋里的整洁，给小床铺都铺上漂漂亮亮的白单子，哥哥们总是很满意，很高兴能和小妹妹生活在一起。

有一天，留在家里的兄妹俩做成功了一餐很可口的饭菜。大伙儿全到齐以后，便坐到桌边又吃又喝，高兴极了。在这中了魔的小屋旁边，有座小花园，园里长着十二朵百合花。小妹妹想叫哥哥们更快活，就去摘下这些花，打算在吃完饭以后送给他们。哪晓得她刚一摘下百合花，十二弟兄顿时变成十二只乌鸦，从森林上空飞去，还有那所小魔屋连同小花园，也不知去向了。这一来可怜的小姑娘孤零零一个人，留在大森林里。她转头四处张望，却见旁边站着一个老太婆。老婆子对她说："我的孩子，瞧你干的好事！为什么你不让那十二朵花长着啊？它们是你的哥哥，现在永远变成乌鸦啦。"小姑娘哭着问："难道没有任何办法救了么？""没有，"老婆子回答，"全世界都没有，除非你做到一件事，可它呀太难太难喽。因为，你必须做七年哑巴，不准说话也不准笑，这样你才能救他们。你只要说了一个字，只要差一小时不到七年，那就一切都白费——你的哥哥们就会被你说的那个字杀死。"

姑娘心里却说："我清楚，我一定能救回哥哥们！"于是就去找一棵很高的树，爬上去坐在上面纺起线来，既不说话，也不笑。过了一些时候，一位年轻国王来森林打猎，带着一条大狼犬。狼犬跑到了姑娘坐的树下，围着树跳来蹦去，不断朝树上吠叫。国王赶过来，发现了额头上有一颗金星的美丽公主，一下子让她的漂亮容貌给迷住了，大声地问她愿不愿做他的王后。姑娘不回答，却微微点了一下头。国王于是亲自爬上树去抱她下来，放上马鞍，带她回到宫里。婚礼举行得既豪华，又热闹，只是新娘子却不说一句话，也不笑一笑。夫妇俩幸福地一道生活了一些年。国王的母亲本是个刁婆子，开始说起年轻王后的坏话来。她对国王讲："你娶回来了个下贱的女乞丐，谁知道她偷偷在干些什么亵渎上帝的勾当呢？就算她是哑巴，不会讲话，她至少也可以笑一笑啊。而

38

一个压根儿不笑的人，肯定有着坏心肠！"国王开始不相信。可老太婆一直喋喋不休，说了王后许许多多坏话，国王终于给蒙住了，判了王后死刑。眼下在院子里已燃起一大堆火，准备把王后用火烧死。国王呢，站在楼上的窗口前，眼泪汪汪地看着，因为他还非常非常爱自己的妻子啊。当她已绑在木桩上，红红的火舌已舐着她的衣裙，七年的最后一刹那正好过去了。突然，空中传来一阵卜卜卜的声音，从远方飞来十二只乌鸦，徐徐降落在院子里。它们刚一触到地面，就变成她的十二个哥哥——是她把他们救了。哥们几个拆散火堆，扑灭火焰，解下自己的妹妹，又是亲吻又是拥抱。现在她可以开口讲话了，就告诉国王她为什么做了哑巴，为什么从来不笑。国王听见她是清白无辜的，非常高兴。他俩一直和和睦睦生活到了百年。那刁恶的老王后受到审判，被罚关进一只装着沸油和毒蛇的大桶，死得很惨。

10. 二流子

小公鸡告诉小母鸡："眼下是胡桃成熟的季节啦。咱们一块儿上山去吃它个饱饱的吧，再晚就要让松鼠给全弄走了。""对呀，"小母鸡回答，"走，咱们去享受享受！"说着，它们一道上了山，因为天气晴朗，它们在山上一直呆到了晚上。也不知道是吃多了撑的呢，还是变得心高气傲了，一句话，它俩竟不愿意再步行回家去。于是乎，小公鸡用胡桃壳造一辆小车。车造好了，小母鸡坐进去对小公鸡说："你就只管在前边拉吧。""想得美！"小公鸡回答它，"我宁肯步行回去，也不愿来拉车。不，我们又没有打赌！让我坐在车夫座上赶赶马还凑合，要我亲自拉车我不干！"

它俩正在那儿争论，一只鸭子嘎嘎嘎地叫着跑过来说道："你们这两个小偷，谁让你们上我的胡桃山来的？等着我来给你们一点儿教训!"一边就张开大嘴,向小公鸡扑去。小公鸡呢也不示弱,狠狠地回击鸭子,用脚爪冲它一阵猛蹬猛踢,鸭子没法子只好讨饶,作为惩罚,甘愿给鸡们当马使。于是,小公鸡跳上了车夫座,小车便顺顺溜溜向前驶去。"鸭子,"小公鸡吆喝,"尽量给我跑快!"它们跑了一段路,遇上两个步行者,一个是大头针,一个是缝衣针。"停一停,停一停!"它俩喊道。它们说,天很快就漆黑了,叫它们寸步难行,加上路又那么脏。它们问能不能让它们搭一段车;说是在城门前的裁缝铺里喝了点啤酒,所以耽搁晚了。因为它俩瘦筋筋的,占不多少位置,小公鸡同意它们上了车,条件是它们保证不踩着它和它那小母鸡的脚。夜里很晚的时候,它们一行到了一家旅店前。它们不愿意继续赶夜路,加上鸭子脚力已不行,跑起来已歪歪倒倒,于是就进了店里。店老板一开始还提出很多异议,什么房间全住满了呀,什么照他看它们不是高贵的客人呀,可它们一个劲儿地对他甜言蜜语,答应把小母鸡半道上下的那只蛋给他,说每天生一只蛋的鸭子也留下归他所有,他终于才开了口:它们可以在店里过一夜。这一下它们又来了劲儿,要了些东西来大吃大喝。第二天清早,天蒙蒙亮,店里的人全在睡梦中,小公鸡就叫醒小母鸡,取出它的那只蛋来啄开一块儿吃了,蛋壳却扔在火炉上,然后它们溜到还睡着的缝衣针旁边,拎着它的脑袋,把它插进店主的坐垫里;大头针则被插进了他的毛巾中。事一完,它们就不顾一切地撒开双腿,远走高飞。鸭子生来喜欢在露天睡,夜里留在院子中没进屋,这时听见它俩呼噜呼噜的奔跑声,也打起精神,找到一条小溪,跳进水里游向远方——这比起拉车来,轻快得多啦。过了几个小时,店主才从床上爬起来,洗了脸准备用毛巾擦一擦,大头针便在他脸上划过去,给他留下了一道直至耳根的长长血印。随后,他走进厨房,想吸袋烟,刚走到火炉旁,蛋壳正好落进他眼里。"今天早上我什么都不对劲儿!"他说,同时气呼呼地往他的安乐椅里一坐;可他一下子便跳起来,直叫"哎唷！哎唷！"可不是吗，缝衣针狠狠地刺了他一下，比大头针划他脑袋更厉害！这下店主完全火了，开始怀疑起昨天很晚才住进来的那帮客人。他赶去找它们，可早已不知去向。他于是起了誓，从此店里不再接待任何二流子——这帮家伙吃得多，不付一个钱，还忘恩负义地对你恶作剧。

11. 小弟弟和小姐姐

　　小弟弟拉着他小姐姐的手，说："自从妈妈死后，我们没过一天好日子。继母天天打我们，我们一走到她跟前，她就用脚把我们踢开。我们吃的是硬梆梆的剩面包皮，就连桌子底下的小狗也不如：她有时还丢一点好吃的给它。愿上帝可怜我们，让妈妈知道就好啦！走，咱们一块儿逃出去吧！"他们越过草地、田野和石岩，走了一整天。这时候下起雨来，小姐姐就说："瞧，上帝和我们的心一起在哭泣啦！"傍晚，他们走进一片大森林，由于悲伤、饥饿和长途跋涉，他们已非常疲倦，一钻进棵空树干，马上睡着了。

　　第二天早上，他们醒来时太阳已高高挂在空中，很温暖地照进他们的树里。小弟弟于是说："姐姐，我口渴了，要知道哪儿有一道泉，我就去喝点水。我觉得，我听见了流水的声音似的！"他说着便站起来，拉住姐姐的手，想和她一道去找那泉水。他哪知道，继母是个女巫，晓得两个孩子逃走了，就跟着溜了来，和所有女巫一样，悄悄地对森林里的所有泉水都使了妖术。这会儿他们真找到一小股泉水，正清清亮亮地漫过石岩。小弟弟马上想喝，小姐姐却听见水流的声音说："谁喝我就会变成老虎！谁喝我就会变成老虎！"小姐姐赶快叫："弟弟，我求你别喝，要不你会变成一头野兽，把我咬死！"小弟弟不喝了，虽然渴得要命。他说：

"我愿意忍着，等找到第二股泉水。"他们找到了第二股泉，这时小姐姐又听见泉水说："谁喝我就会变成一头狼！谁喝我就会变成一头狼！"小姐姐于是喊："弟弟，我求你别喝，喝了你会变成一头狼，把我吃掉！"弟弟没有喝，说："就等找到第三股泉吧。到那会儿我是非喝不可了，你爱说什么就说什么，我可渴得受不了啦！"他们找到了第三股泉，小姐姐又听见泉水说："谁喝我就会变成一只鹿！谁喝我就会变成一只鹿！"小姐姐听了叫道："弟弟啊，我求求你，别喝！喝了你会变成一只鹿，从我身边跑掉哟！"可小弟弟已经跪在泉边，弯下腰去要喝了；而一当嘴唇沾着几滴水，伏在泉边的他已经是一只小鹿了。

　　见此情景小姐姐哭了起来，小鹿也蹲在她身旁伤心地哭泣。终于，小姑娘对自己中了魔法的可怜的小弟弟说："别哭了，亲爱的小鹿，我永远也不愿离开你！"说着就解下一根金袜带，拴在小鹿颈上，并且拔一些灯芯草，编成一根软绳，然后把小鹿系在绳上，牵着它继续向森林深处走去。他们走了很久很久，终于到了一幢小屋前。小姑娘瞅瞅屋里，原来是空的，就想："我们可以留下来，住在里边。"她搜集来许多树叶和苔藓，替小鹿铺成一张软软的床。每天清晨，她都出去采集草根、莓子和坚果，还带回来嫩草喂小鹿。小鹿从她手里吃着草，总是高兴得围着她跳来跳去。晚上，小姐姐疲倦了，做完祷告便把头往小鹿背上一靠，像靠在枕头上一样安安稳稳地睡去。唉，要是她的小弟弟还保持着人形，这样的生活倒是挺美的呀！

　　他们这么孤零零地在野外呆了一段时间。一天，当地的国王来森林中围猎。只听号角声、狗吠声和猎人们的欢叫声远远传来，小鹿听见了，非常想去看一看。"嗨，"它对小姐姐说，"让我去参加围猎吧，我再也忍不住了！"它请求来请求去，直到姐姐答应了它。"不过，"姐姐对他说，"傍晚得给我回来，对那些粗野的猎人我将关上我的房门！为了让我知道是你，你可以一边敲门一边说：

'我的小姐姐，放我进去吧！'你不这么说，我绝不开门。"小鹿飞快离开了家，自由自在地真感觉舒服，真是快乐。国王和猎手们看见这只美丽的动物，就跟着追来，可是却赶不上它。每当他们以为一定能抓到它了，它总跃过树丛，没了踪影。天黑了下来，它跑到小屋前，一边敲一边说："我的小姐姐，放我进去吧！"小小的房门马上对它开了，它跳进去，在它的软床上休息一整夜。第二天早上，围猎重新开始，小鹿又听见猎号声和猎人嗬嗬嗬的吆喝声，再也安静不下来，说："小姐姐，开门，我必须出去！"小姑娘给它开了门，说："可你傍晚必须回来，并且仍旧讲那句暗语！"国王和猎手们瞅见这只带着金色项圈的小鹿，又紧紧追赶，只是它对他们来说是太快了，太机灵了。花了整整一天，他们才终于把它包围住，一个猎手还把它的脚射伤了一点儿，它只得一瘸一拐慢慢往前跑。这时候，一个猎人悄悄跟踪它到了小屋前，听见它喊："我的小姐姐，放我进去吧！"并且看见门果然对它开了，它一进去马上又关起来。猎人牢牢记住一切，回去向国王讲了自己的所见所闻。国王于是说："明天就再围猎一天。"

　　小姐姐呢，一见小鹿受了伤，吓坏了。她替它揩掉血污，敷上药草，说："亲爱的小鹿，去你的床上躺下，养好你的伤！"但那伤很轻，第二天早上小鹿便一点感觉也没有了。当外面又传来围猎欢叫声，它说："我受不了啦，非去参加不可！我跑这么快没谁能逮着我。"小姐姐哭着说："他们会杀死你的！我一个人在森林里，会无依无靠呀！我不让你去。""我在屋里会闷死愁死！"小鹿回答，"一听见猎号，我就觉得自己的心已经飞出去！"小姑娘没有其他办法，只好心情沉痛地给小鹿开门。它呢，门一开就健康快乐地跑进森林。国王发现了它，对猎手们说："追它一整天，一直到夜里，但谁也不准再伤它一根毫毛！"太阳不久就下山了，国王对那个猎手说："来，现在指给我那幢林中小屋。"到了小屋前，他边敲门边喊："我的小姐姐，放我进去吧！"门开了，国王走进屋，见到一位他从未见过的这么美丽漂亮的姑娘。小姑娘发觉进来的不是小鹿，而是一个头戴金冠的男子，吓了一跳。国王却和善地望着她，向她伸出手来，说："你愿不愿意跟我回宫去，做我亲爱的妻子？""愿意，"姑娘回答，"只是呢，小鹿必须一块儿去，我离不开它。"国王说："叫它终生留在你身边，而且不缺少任何东西。"正说着，小鹿跑了进来，小姐姐又把它拴在灯芯草绳上，亲手牵着它，跟国王一起离开了林中小屋。

国王把美丽的姑娘抱上马鞍，领她回到王宫，在那里举行了很辉煌的婚礼，从此她便成了王后，和丈夫过了很久的幸福生活。小鹿呢，也受到细心的照料、喂养，整天在御花园中跳来蹦去。那个凶残的继母，为了她的缘故孩子们才离家出走的，她原以为小姐姐肯定已在森林里让野兽吃了，小弟弟变成小鹿后也早给猎人射死，现在却听说他们不但很幸运，而且生活挺美满，心中顿时燃起了嫉妒和怨恨之火，从此便再不得安宁。她一门心思就是要设法把姐弟俩再推进不幸的深渊。她自己的亲生女儿丑得跟黑夜一样，又是个独眼儿，这时也抱怨她说："瞧你，当王后的幸运不给我留着！""别闹！"老婆子安慰她说，"等时候一到，我会帮你如愿的。"时候果真到了，王后生了一个漂亮小男孩，这时国王不巧打猎去了。老巫婆便装扮成一个使女，跨进王后的卧室，对产妇说："走，洗澡水烧好了，洗一洗对你有好处，会使你恢复精力。"她的亲生女儿也在旁边帮忙，母女俩把虚弱的王后抬进洗澡间，放进澡盆，然后锁上门跑了。原来，她们在浴室里生起了地狱里一样的熊熊大火，王后一会儿就窒息啦。

接着，老婆子拉着她女儿，给她戴上一顶软帽，让她照样躺在王后床上，还使她有了王后的身段和模样，只是没法再还她那只瞎眼。不过，为了不让国王发现破绽，她只得侧向没有眼珠的那一边睡。傍晚，国王回家来听说王后给他生了个小儿子，非常高兴，马上要去爱妻床前看望她。老婆子一见忙叫："千万别拉开

44

窗帘，王后还不能见光，必须静养着呐！"国王从床边退出来，不知道床上躺的是个假王后。

可是，等深夜所有人都睡了，坐在婴儿室摇篮旁独自守夜的保姆却突然看见，门慢慢被推开，真正的王后走进房来。她从摇篮中抱起婴儿，搂在怀里喂他奶吃，随后她又抖一抖孩子的小枕头，重新把他放进摇篮，给他盖好小被子。她也没有忘记她的小鹿，走到它躺的屋角上，抚摸着它的脊背。做完这一切，她才悄没声儿地又出了房门。第二天早上，保姆问卫兵们，夜里有没有谁进宫里来过。卫兵们却回答："不，我们谁也没看见。"就这样，王后接连来了许多夜，从来不说一句话。保姆每次都看见她，可就是不敢对谁吐露一点点。

这样过了一些时候，王后开始在夜里说起话来："我的孩子怎么办？我的小鹿怎么办？最后再来两次，我就永远来不了啦！"

保姆没有回答王后，可等她一走，就跑去见国王，向他报告了一切。国王说："啊，上帝，这是怎么回事！明晚上我要亲自守在婴儿身边。"天晚了，他来到婴儿室；等到半夜，王后果真又出现了，并且说：

"我的孩子怎么办？我的小鹿怎么办？现在我还能来一次，以后就永远不能来啦！"

接着，她又像一贯那样喂了孩子的奶，然后才离去。国王不敢与她搭腔，但第二晚仍然去守夜。只听王后又说：

"我的孩子怎么办哟？我的小鹿怎么办哟？我就来这一次了，永远永远不能再来！"

国王已没法克制自己，一下子跑过去，对她说："你不会是其他人，就是我的妻子！"她回答："是啊，我是你亲爱的妻子！"就在这一瞬间，靠着上帝的恩典，王后突然恢复了生命，又变得健康、红润和鲜艳了。接着，她向国王控诉了那凶恶的巫婆和她女儿对自己犯下的罪行。国王当即下令审判她俩，法庭判了她俩死刑：女儿被赶进森林，让野兽吃掉了；老巫婆被投进火中，很可悲地烧成了灰烬。而就在她变成灰的一刹那，小鹿也变了，又恢复了人形。从此，姐姐和弟弟就幸福地生活在一起，直到老死。

12. 莴苣姑娘

　　从前有一个丈夫和一个妻子，他俩早就想要生一个孩子却不能如愿。最后，妻子只好寄希望于仁慈的上帝了。夫妇俩的后屋有一扇小窗，从窗口望出去，可以瞧见一座幽雅的花园，花园中长满了美丽无比的花和草。可是，花园被一道高高的墙包围着，谁也不敢进去，因为呐，花园属于一个巫婆，她魔力很大，世人没有不怕她的。一天，妻子站在窗口朝园子里望，看见一片菜畦里种着极好的野莴苣，那么新鲜，那么嫩绿，不觉嘴馋起来，非常想吃它们。妻子对莴苣的食欲一天天强烈，当她知道根本吃不到时，便一下子消瘦苍白起来，一副可怜的样子。她丈夫很吃惊地问："你哪儿不舒服，亲爱的？""唉，"妻子回答，"我要吃不着后面园子里的莴苣，我就会死掉。"丈夫很爱她，心里想：别看着你妻子死去啊，无论付出什么代价，也得给她弄来莴苣。黄昏时分，他翻过围墙，溜进巫婆的园子，急急忙忙割了一大把莴苣来给他妻子。妻子马上把莴苣做成凉菜，津津有味地吃完了。可她觉得太好太好吃啦，第二天胃口更是大了两倍。为了满足她，丈夫只有再一次翻墙进巫婆的园子。于是，他又在黄昏时分溜进去；可他刚一爬下墙，就吓了一大跳，因为巫婆就站在他跟前。

　　"你好大的胆子，"她眼冒凶光地说，"竟敢溜进我园子里来，像个贼似的偷我的莴苣！我要叫你苦头吃够。""唉，"他回答，"饶了我吧。我是不得已，才决定来冒险：我妻子从窗口看见了您的莴苣，想吃得要命，吃不着就会死去的呀。"巫婆听罢气消了一点，对他说："你要讲的是真话，我就允许你随便采多少莴苣，只是我提个条件：你必须把你妻子将来生的孩子给我。我会让他过得好，愿意像母亲一样关心他的成长。"丈夫由于害怕，答应一切照办。后来他妻子真分娩了，巫婆立刻到来，给孩子起名儿叫做"莴苣"，随后带走了她。

莴苣是天底下最漂亮的女孩。十二岁那年，巫婆把她关进一座塔。塔在森林中，既没楼梯也没门，只在顶高顶高的塔尖上有个小窗户。每当巫婆想进去，就站在塔下叫：

> 莴苣，莴苣，
> 垂下头发，接我上去。

莴苣长着一头金丝般细长美丽的头发。她一听见巫婆的叫声，就松开她的发辫，把顶端绕在一个窗钩上，然后放下来二十公尺的样子，让巫婆顺着爬上去。

过了一些年，一天王子骑着马穿过森林，从塔旁边经过。突然，他听见美妙动人的歌声，不禁停下来留神细听。是莴苣姑娘在寂寞中放开了甜美的歌喉，以便消磨光阴。王子想爬到塔顶去见她，四处找门却找不着。他回到家，可那歌声深深打动了他，他每天都骑马去森林中倾听。一次，他藏在一棵树后看见巫婆来了，听见她冲着塔顶叫：

> 莴苣，莴苣，
> 垂下头发，接我上去。

叫罢果然看见莴苣姑娘垂下发辫来，巫婆顺着它爬了上去。王子想："既然那是供人上塔的梯子，我也要来碰一碰运气。"第二天，天快黑的时候，他就来到塔下叫：

> 莴苣，莴苣，
> 垂下头发，接我上去。

头发马上垂了下来，王子立刻爬上塔去。

一开始莴苣姑娘大吃一惊，当她发现爬上来的是个男子。要知道她一生还从未见过男人呐。可是，王子和她说话非常和蔼，告诉她，她的歌声如何打动了他的心，叫他再也不得安宁，非来见见她的面不可。莴苣不再害怕了。当他问她愿不愿嫁给他，她见王子年轻英俊，心想：这个人会比那教母更喜欢我，就回答愿意，同时把手伸给了王子。她还说："我乐意跟你走，可不知道怎样下塔去。你每次都带根丝线来吧，我要用它们编一架梯子；梯子编好了我就爬下来，你再抱我到你马上。"他们商量好，为怕白天撞着老婆子，他每天傍晚都去，直到事情成功。这老巫婆呢，也没发现什么，如果不是有一天莴苣问她：

"告诉我，教母你怎么让我拉起来比那个年轻王子重得多？他可是一眨眼工夫就上来了呀。""哈，你这小没天良的！"巫婆嚷起来，"你说什么来着？我以为已经使你与世隔绝，你却欺骗了我！"巫婆气坏了，抓住莴苣姑娘的辫子，在自己左手上缠了几转，右手拿起一把剪刀，喳喳喳几剪子，美丽的发辫断了，散落在地上。接着，她还狠心地把可怜的莴苣姑娘送到一处荒野里，让她只能过痛苦难熬的日子。

在赶走莴苣姑娘的当天晚上，巫婆把剪下来的辫子拴牢在塔顶的窗钩上面。王子走来喊：

> 莴苣，莴苣，
> 垂下头发，接我上去。

巫婆放下头发来，王子爬了上去，可他在塔上找不着他心爱的莴苣，却见到了恶狠狠地瞪着他的巫婆。"啊哈，来接你的心上人儿了吧，"她嘲弄王子说，"可美丽的鸟儿已不在窝里，不再唱歌；老猫抓走了她，还要把你的眼睛也给挖出来。你的莴苣完了，你一辈子休想再见到她！"王子悲痛到了极点，绝望中从塔顶跳了下去。他掉进刺丛中，虽然保住了性命，双眼却被扎瞎了。他在森林里胡乱走着，吃的只是草根和莓子，终日为失去了爱人而哀号哭泣。就这样，他一年一年地在困苦中流浪，终于有一天，不期然闯进了莴苣领着她的一对双胞胎受苦的荒野。她生的是一个儿子一个女儿。王子听到一个嗓音，觉得非常熟，便奔过去。他走近了，莴苣认出他来，扑进他怀里痛哭不已。她的两滴泪水润湿了他的眼睛，使它们突然明亮了，王子又能和从前一样看见一切。他带着妻子儿女回到自己的王国，受到臣民们兴高采烈的迎接。他们幸福快乐地生活了很久，很久。

13. 森林中的三个小人儿

从前，有一个男人死了妻子，有一个女人死了丈夫。男人有一个女儿，女人也有一个女儿。两个小姑娘相互认识，常在一块儿散步。有一天一起来到了女人的家里。一会儿，女人对男人的女儿说："听着，告诉你父亲，我愿意嫁给他，从此你每天早晨会有牛奶洗脸，有葡萄酒喝；我的女儿呢，却只让她用水洗脸，只喝清水。"小姑娘回到家，把女人的话转告给父亲。父亲却说："叫我怎么办呢？结婚是快乐的事，可也有痛苦。"由于拿不定主意，他终于脱下一只皮靴，对女儿说："这只靴子底上有一个洞。拎它到搁楼，把它挂在一根大钉子上，然后往靴里灌些水。水要不漏出来，我就再娶个妻子；水要漏了，就不娶。"姑娘遵照父亲的话做了。可是水使洞胀拢在一起，靴子里装得满满的也不见漏。她把结果报告父亲。父亲亲自爬上楼看果然如此，就去向那寡妇求婚，于是便举行了婚礼。

第一天早上，两个姑娘起床来，在男人的女儿面前果然摆着洗脸的牛奶和喝的葡萄酒，女人的女儿却只有洗脸的清水和喝的清水。可第二天早上，男人的女儿面前和女人的女儿面前一个样，都只摆着洗脸和喝的清水了。到第三天早晨，男人的女儿还是用清水洗脸和喝清水，女人的女儿却有了牛奶洗脸和葡萄酒喝；而且往后情况就一直如此。那女人成了她继女的死敌，恨的只是不知道如何一天比一天更狠地虐待她。她而且妒忌她继女生得美丽又可爱，她的亲生女儿却又丑又讨厌。

冬天到了，屋外冰冻像石头一般硬，山顶山谷全积了雪。一天，女人用纸糊了件衣服，叫过姑娘来对她说："喏，穿上这件衣服，去森林里采一提篮草莓，我很想吃呵！""上帝啊，"姑娘说，"冬天里地都冻结，哪儿长得出草莓！再说，雪也埋住了一切喽。而且，干吗让我穿这纸衣服出去？外边冷得呼气都要冻起来，这衣服风一吹就往里钻，还有荆棘也会撕去它呀！""还想跟我顶嘴么？"女人叫起来，"快滚出去。不采满一篮草莓不许回来见我！"说着往姑娘手里塞进一小块硬梆梆的面包，告诉她，"这是你一天的口粮。"心里却想：她在外边准会冻死饿死，从此再不会来碍我的眼睛。

姑娘只得顺从地穿上纸衣服，提着篮儿走出家门。外面真是一片冰天雪地，一棵绿草也找不到。到了森林中，她看见一幢小房子，房里有三个小人儿正朝外张望。她问了他们好，然后才轻轻地敲门。三个小人儿叫"进来"，她才跨进小房间，坐到火炉旁的长凳上，想暖一暖身子，同时吃她的早饭。小人儿们说："也分点儿给咱们！""很高兴。"姑娘回答，说着就把那一小块面包一分两半，给了他们其中的一半。他们问："大冬天穿着你那薄薄的衣服，来这森林里干什么？""唉，"姑娘回答，"我得采一篮子草莓哟，采不着就不准回去。"面包吃完了，他们给她一把笤帚，说：

"去替我们清扫门前的积雪吧。"可等她一到外面，三个小人儿便商量起来："叫咱们送她什么好呢，她那么有礼貌，那么善良，还分面包给咱们吃？""我送给她一天比一天更加美丽，"第一个说。"我送给她一开口讲话就吐出来金子，"第二个说。"我送给她一位国王，让国王娶她当王后，"第三个说。

　　姑娘呢，这会儿却遵照他们的吩咐，用笤帚把积雪扫到小屋背后。可你猜一猜，她发现什么啦？发现从雪里边，滚出来许多红彤彤的草莓，全都已熟透了！她真高兴喽，连忙装了满满一篮子，连忙道谢那三个小人儿，并跟他们一个一个握了手，然后跑回家，满足继母的口福去啦。谁料，她跨进门，刚道一声"晚上好"，咕噜就从嘴里掉出一块金子！接着，她讲自己在森林中的遭遇，也是每讲一句，都有金块，一会儿就把房间堆满了。"瞧瞧这副傲慢劲儿，"继母的女儿叫起来，"竟这么乱扔钱！"骨子里呢，却妒忌得要命，自己也巴不得去森林里采采草莓。她母亲却说："不，我亲爱的乖乖，太冷了，你会给冻死的。"可她缠着母亲不放，母亲只得依她，给她缝了件皮袍子要她一定穿上，还给一个蛋糕才让她上了路。

　　这个姑娘进了森林，径直朝小屋走去。三个小人儿又在屋里探头张望，她却不问候他们，甚至连瞅都不瞅他们一眼，就大摇大摆冲进屋去，一屁股坐在靠火炉的长凳上，吃起自己的奶油面包和蛋糕来。"分给我们一点点吧，"三个小矮人儿说。她却回答："我自己都不够哩，哪儿还能给别人！"她吃完了，小人儿们告诉她："喏，这儿有把笤帚，拿去把房门前扫干净。"——"嗨，要扫自己扫，"她回答，"咱又不是你们的丫头！"看情形他们不会给她任何礼物了，她便自己冲出了房门。三个小矮人儿赶紧商量："她这么不讲礼貌，狠心得不肯施舍给人任何东西，而且好妒忌，咱们送什么给她好呢？""我送她一天比一天变得更丑！"第一个说。"我送她每讲一句话嘴里就蹦出一只癞虾蟆！"第二个说。"我送她不得好死!"第三个说。这当儿,姑娘在外边找草莓,可一个也找不着,只好气鼓鼓地回家去。她刚开口给母亲讲自己林子里的遭遇,每讲一句嘴里就一蹦蹦出来只癞虾蟆,叫所有人都对她感到恶心。

这一来继母更气坏了,一门心思就想怎么尽量折磨丈夫的女儿;而姑娘呢,却一天天长得更美。终于,继母取出一只锅子,把锅架在火上,在锅里煮线团。水烧沸了,她把线捞出来搭在姑娘肩上,又塞给她一把斧头,要她去结冰的河上敲一个洞,在洞里漂洗线团。姑娘顺从地来到河上,在冰上凿洞,正凿着,岸上驶来一辆华丽的马车,车里坐着国王。车停住了,国王问:"姑娘,你是谁,在那儿做什么呢?"——"我是个可怜的女孩儿,在这儿漂线。"国王听了很同情她,见她又美极了,就说:"愿意跟我去吗?""哎,打心眼儿里愿意呵!"她回答,因为能不再见继母和姐姐,心里很高兴。

姑娘上车跟国王去了,一到宫里他俩就很排场地结了婚,正像三个小矮人儿许诺给她的一样。一年后,年轻的王后生了个儿子。继母听见她福气这么好,带着亲生女儿来到宫中,装作来看产妇的样子。可是,一等国王离开,旁边没有了其他人,狠心的婆子就抓住王后的头,她女儿就抓住王后的脚,把她从床上拽起来,扔进了打窗前流过的大河里。接着,继母的丑女儿爬到床上,老婆子从头到脚把她盖了起来。国王回到房中,想与妻子说话,老太婆忙喊:"别响!别响!现在不能讲话,她正在发汗,您得让她安静!"国王完全没起疑心,第二天早上才又来与妻子谈话,哪知她刚回答第一句,就从嘴里蹦出来只癞虾蟆,而不像往常似的滚出来金子。国王问怎么回事,老婆子却回答,这是发汗的结果,不久一定会好的。

可当天夜里,御厨的小帮工看见从下水道中游出一只鸭子在说道:

"国王国王，你在干啥哟？

你是睡着了，还是醒着呢？"

见他没回答，它又问：

"我那两个客人在做什么？"

小帮工回答：

"她们睡得很死。"

她继续问：

"我的小宝宝在做什么？"

小帮工回答：

"他在摇篮里睡得很香。"

突然，鸭子变成了王后的模样，走上去喂孩子的奶，摇他的小摇床，替他盖严实被子，然后才重新变成鸭子从下水道游走了。她这样一连来了两晚上。第三天夜里，她对小帮工说："去告诉国王，请他带上宝剑，站在门槛上，对我头顶舞三下。"小帮工赶快跑去报告国王；国王提着剑走来，在那幽灵的头顶上舞了三次，刚舞第三下，他的妻子突然活生生地站在他面前，健康鲜艳如同往日。

国王高兴得要命，可他却把王后藏进密室里，单等礼拜天婴儿受洗的日子到来。洗礼已毕，他才说："有人把别人从床上抬起来，丢进了河里，这人该得到什么？""不能便宜他！"老婆子回答，"一定得把这坏蛋钉在木桶里，从山坡上滚进河里去。""你正好判决了你自己！"国王说，立刻命令搬来一只大圆桶，把老婆子和她女儿按进桶中，钉牢桶盖，然后把桶从山坡轰隆轰隆滚下去，一直滚进了河心。

14. 三个纺纱女

从前有个女孩，她不肯纺线。不管母亲怎么说怎么劝，她不肯就是不肯。终于，母亲火了，失去了耐性，给她一顿揍，揍得她大声哭起来。这时正巧王后从门前经过，听见哭声吩咐停车，进屋来问母亲为什么揍自己女儿揍得这么狠，让她哭得连外面街上都听见了。母亲不好意思说自己的女儿是个懒虫，就回答："我叫她别纺线了她不听，仍一个劲儿地纺啊纺啊；要知道我很穷，买不起那么多亚麻！"王后听了说："我可是最爱听纺纱啦！多会儿纺车嗡嗡一响，我就再高兴不过。让你女儿跟我进宫去吧，我有的是麻，她喜欢纺多久，就可以纺多久。"这正合母亲的心意，王后便带着女孩走了。到了宫中，王后领她去楼上的三间库房，只见从地面到天花板都装满了亚麻。"喏，你就给我纺这些麻吧，"王后说，"你什么时候纺完了，我就让我的大儿子娶你做妻子。我不在乎你穷，你那不知疲倦的勤劳，已是很好的陪嫁。"姑娘一听心里可怕啦。要知道她即使每天从早纺到晚，直纺到她满三百岁也休想把那么多麻纺完。现在剩下她一个人，她就哭起来，一坐坐了三天，连手也不曾动一动。第三天，王后来见她一点儿没有纺，感到很奇怪。姑娘却解释说，她离开娘家心里太难过，所以还不能开始。王后觉得这话也有理，只是在离开时说："明天你可必须给我开工！"

又剩下姑娘一个人，她再也不知如何是好，忧心忡忡地踱到了窗户前。这时她看见走来三个女人，第一个长着只走起路来叭哒叭哒的大平脚，第二个长着片长得一直拖到下巴尖儿的下嘴唇，第三个长着宽阔的大拇指。她三人在窗下停住脚，仰起头问上边的姑娘有什么忧心的事。她向她们诉苦，她们答应给她帮助，说："只要你请我们来吃你的喜酒，不因我们感觉丢人，称我们是你表姐，还让我们与你同桌，那我们就可以把这些麻替你纺完，而且很快很快。""我太乐意啦！"姑娘回答。"快进来马上开始干吧！"说着，她把三个女人放进房来，在第一间库房中腾出一个角落，让她们坐到那儿开始纺线。第一个女人管抽纱和踏纺轮，第二个管舔湿纱线，第三个管捻线和用指头敲桌子，她每敲一下，就有许多线团掉到地上，而且都纺得十分精细。每当王后来视察，姑娘便藏起这三个纺纱女，让王后看已纺好的许许多多线团，叫她真是赞不绝口。第一间库房的麻纺完了又轮到第二间；终于，第三间也很快被纺得一点不剩。这时，三个女人便告别姑娘，对她讲："可别忘了你答应我们的话哟！这关系着你自己的幸福。"

姑娘领王后看了三间空库房和一大堆线团，王后便安排举行婚礼。新郎很高兴能娶上这么一位能干勤劳的妻子，对她大加称赞。"我有三位表姐，"姑娘说，"她们待我都非常非常好，我在自己幸福得意的时候也不愿忘记她们。允许我邀请她们来参加婚礼，并且同我坐在一桌吧！"王后和新郎问："我们怎么会不允许呢？"婚宴开始了，三个女人穿得怪模怪样地走进来，新娘马上说："欢迎欢迎，亲爱的表姐！""哈，"新郎却讲，"你的亲戚怎么是这样些丑八怪？"随后，他走到那个大脚女人身边，问："您哪儿来这么一只大脚？""踏纺车踏的，"她回答，"踏纺车踏的。"新郎又走到第二个女人处，问："您哪儿来这片往下吊的嘴唇？""舔麻线舔的，"她回答，"舔麻线舔的。"新郎再问第三个女人："您哪儿来这么宽的大拇指？""捻麻线捻的，"她回答，"捻麻线捻的。"王子听罢大吃一惊，说："原来这样。从今后我绝不准自己美丽的妻子再碰纺车！"如此一来，她就摆脱了纺线这讨厌活儿喽。

15. 亨塞尔与格莱特

在一座大森林跟前，住着一个贫苦的樵夫和他的妻子。他们有一双儿女，男孩叫亨塞尔，女孩叫格莱特。樵夫家里平时已缺吃少喝，这一年碰上国内物价飞涨，他就闹得连每天的面包都弄不来了呵。夜里他躺在床上动脑筋，愁得翻来覆去睡不着，终于叹了口气对妻子讲:"咱们可怎么得了哟!自己都一点没吃的,又能拿什么去养咱们可怜的孩子呢?""听我说,他爹,"老婆回答,"明儿个一大早,咱们把孩子领到森林中最稠密的地方去,在那儿给他们生一堆火,再给他们每人一块面包,然后咱们就去干自己的活儿,让他们单独留在那里。他们找不到回家的路,这样咱们就省心啦。""不行啊,老婆,"丈夫说,"这我不能干。我不忍心把我的孩子们单独丢在林子里;真那样,野兽很快会来吃掉他们的!""你这个傻瓜啊,"女人说,"不那样,咱们四个全得饿死,你能干的就只是刨棺材板啦!"接着又对他叽哩呱啦没个完,逼得他只好同意了。"可我还是可怜我这些苦命的孩子!"丈夫说。

那天晚上,两个孩子也饿得睡不着,听见了继母对父亲说的话。格莱特伤心地哭起来,对亨塞尔讲:"这下我俩完啦!""别吱声,格莱特,"亨塞尔回答。"不要难过,我自有办法!"等两个大人终于睡着了,他便下床来穿上小外套,打开下边的门,溜出房外。正是月光皎洁的时候,房前地上白色小石子闪闪发亮,完全就像一块块银子。亨塞尔弯下腰,尽量往外套口袋里塞了一些。随后他回屋对格莱特说:"放心吧,好妹妹,只管静悄悄地睡好了,上帝永远跟我们在一起!"说完,他也回到了床上。

天刚亮,太阳还没出来,女人已来唤醒两个孩子:"起床啦,起床啦,你们两个懒虫!咱们这就进林子去拣柴。"说着,她给一个孩子一小块面包,讲:"这样你们就有中饭啦。可别提前吃掉啊,因为你们再也甭想得到任何东西!"格莱特接过面包藏在围裙底下,亨塞尔口袋里已装满石子。随后他们全体上了路,朝着森林走去。走了一会儿,亨塞尔便停下来,回头瞅瞅自己的家,并且一再反复这么做。父亲见了说:"亨塞尔,你落在后边瞅什么哟?当心你脚下,别摔跤!""唉,爸爸,"亨塞尔回答,"我在瞅我的白猫哩;它高高地蹲在屋顶上,想对我说'再见'!"继母讲:"傻瓜,那不是你的小猫,那是早上的太阳照耀在烟囱上。"其实呢,亨塞尔也并非真在瞅小猫，而是把亮亮的石子从袋里掏出来，一颗一颗地抛扔在路上。

到了密林中，父亲说："喏，孩子们，去拣些柴来，我给你们生堆火，免得你们冻着。"亨塞尔和格莱特拾来枯枝，堆得高高像一座小山。枯枝点着了，火焰升起老高，这时继母才讲："现在躺在火边去吧，你两个，给我悄悄呆着，我和你们爹去林中砍木头。等活儿干完了，我们再来接你们回家。"

亨塞尔和格莱特于是坐在火边。到了中午，各人吃掉那一小块面包。因为一直听得见斧子砍树的响声，他们相信自己的父亲就在近旁。哪知那才不是斧子呐！它是一根绑在棵小树上的枯干，让风一吹便撞来撞去。兄妹俩坐了好久好久，由于疲倦眼皮儿便打起架来，很快他俩便呼呼睡着了。等他们终于醒来，已是漆黑的夜晚。格莱特开始哭道："这下看咱们怎么出得了森林！"亨塞尔却安慰她说："别着急呀！一会儿月亮出来了，我们准能找到路。"果然，当一轮满月升起来时，他便牵着小妹妹的手，循着那些像新铸的银币似的在地上闪闪发光的石头子指的路，向前走去。他俩走了整整一个通宵，在黎明到来时又回到了父亲的家。他们敲门，继母开门一见是亨塞尔和格莱特，说："你这两个坏孩子，怎么在森林中睡这么久？我们还以为你们真不想回来了哩！"父亲却喜出望外；把两孩子孤零零地扔在林子里，他心中难受呵。

不久以后，全国又发生饥荒。一天夜里，孩子们又听见继母在床上对父亲说："东西全吃光了，就还有半个面包，再往后便没戏啦！孩子必须扔掉！咱们可以领他们进更深的密林，叫他们再也走不出来。除此别无它法。"丈夫心情很沉重，暗想：你和你的孩子们分食最后一口面包，不更好么？可是，不管他说啥，老婆都听不进去，还一个劲儿骂他，责备他。谁套上了笼头，就得拉车；既然丈夫第一次让了步，就非让第二次不可喽。

可是呢，孩子们仍然醒着，听到了他们的谈话。等他两睡着了，亨塞尔又爬起来，想像上次一样去外边拣石头子儿；谁知门却叫继母锁死了，他出不去。可是，他安慰小妹妹说："别哭，格莱特，乖乖儿睡觉吧，上帝会帮助咱们的。"

大清早，继母就来把孩子们拽下了床。他们每人得到一块面包，但比上次还更小一些。在去森林的路上，亨塞尔在口袋里捏碎面包，不时停下来把面包屑洒在地上。"亨塞尔，你站在那儿瞅什么？"父亲说，"只管走你的路吧！""我在瞅我的小鸽子，它站在房顶上，想对我说再见哩，"亨塞尔回答。"笨蛋！"继母叫道，"那不是你的小鸽子，那是早上的太阳照耀在烟囱上边！"亨塞尔呢，却一点一点地洒完了他的面包屑。

继母把孩子们领进他们一辈子没到过的深深密林，到了那儿又生起一大堆火。继母说："好好呆在这儿，你们两个！要是困了，可以睡一会儿。我们去林子里砍木头，傍晚活儿干完了就来接你们。"到了中午，格莱特让亨塞尔分着吃她的面包，因为他的一块已经洒在路上。随后，兄妹俩又睡着了。过了半夜，仍没谁来接这两个可怜的孩子。等他们醒来，四周已一片漆黑。亨塞尔安慰自己的小妹妹说："别着急，格莱特！月亮一出来，我们便看得见洒在地上的面包屑；它们会指给我们回家的路。"月亮升起来了，兄妹俩准备动身，可却不见一点面包屑，因为有成千上万只鸟儿在林间和田野上飞来飞去，面包屑全让它们给啄走啦。亨塞尔对格莱特说："我们肯定能找到路！"可事实上却没找到。他俩走啊走啊，走了一个通宵又从早到晚走了一天，可就是走不出森林。他们已经很饿很饿，因为除去地上长的几颗草莓，他们什么也没吃喽。同时，他们已疲倦得两腿再也走不动，就倒在一棵树下睡着了。

自打离开父亲的家，现在已是第三天早上啦。他们又开始走，却越走越陷入密林深处；要是不能马上得救，他们注定将饿死累死了。走到中午，他们突然发现一只雪白漂亮的小鸟；小鸟站在

58

一棵树丫上唱着歌,唱得动听极了,兄妹俩不由得停下来倾听。唱完了,它便振动翅膀,飞到他们面前。他们于是跟着小鸟走去,直到一幢小屋前面。小鸟降落在屋顶上,他俩到跟前才发觉,小屋竟是面包做的,屋顶上铺盖着蛋糕,窗户却是明亮的糖块儿。"这下该咱们美美吃一顿啦!"亨塞尔说。"我要吃一块屋顶,格莱特,你可以吃窗户,它准甜。"说着,他便举起手掰下一小块屋顶来,尝味道怎么样。格莱特却贴近窗户,吱儿吱儿地吮那糖玻璃。正吃着吮着,冷不丁地从屋里传出一点细小的嗓音:

"吱儿吱儿吱儿,吱儿吱儿吱儿,

谁在吮我的小房子儿?"

孩子们回答:

"是风啊,是风啊,

是天上的这个小娃娃。"

他们边吃边答,一点不受干扰。亨塞尔觉得屋顶的味道特别美,便扯下一大块来;格莱特也干脆捅出一整扇小圆窗,坐在地上享用。这当儿,房门突然开了,悄没声儿地走出来一个拄着拐杖的很老很老的老太太。亨塞尔和格莱特一见吓呆了,拿在手里的食物也掉到了地上。老太太却颤颤巍巍地开了口:"哎,你们这两个小乖乖,谁带你们来的这儿?只管进屋吧,呆在我这儿不会有事的。"她说着拉住兄妹俩的手,领他们走进小屋。在屋里她端上桌来好吃的东西,牛奶呀、糖饼呀、苹果呀、核桃呀什么的。孩子们吃过以后,又铺了两张雪白漂亮的小床,亨塞尔和格莱特往上一躺,马上觉得进了天堂。

谁想呢,老太太只是装出一副和善的样子,其实却是个专引诱孩子们上当的恶妖婆,她造那幢面包小屋,纯粹为的这个目的。一旦哪个孩子落在她手中,她就杀死他,把他煮来吃掉,而这天便是她的节日。巫婆们生着红红的眼睛,看不远,但嗅觉却灵得跟野兽一样,老远就能发觉有人来了。当亨塞尔和格莱特刚才走近她的时候，她便冷笑一声，狠狠地说："这俩小东西是我的啦，绝不让他们从我手心里跑掉！"第二天一早，还不等孩子们醒来，她已起了床。看着俩小人儿睡得那么乖，脸蛋儿又丰满又红润，她忍不住嘀咕说："好一顿美餐呐！"说着便抓住亨塞尔的细胳膊，把他扛进一间小厩舍，用铁钎子门把他锁起来，不管他怎么大叫大喊，都一点没有用。随后，老婆子走去把格莱特摇醒，冲她吼道："起来，懒丫头！去打水来给你哥煮点好吃的，他关在外边的厩舍里，我要把他养得肥肥胖胖。等他长胖了，我就吃掉他！"格莱特听罢伤心地哭起来，可是一点没用处，只得恶巫婆叫干什么，就干什么。

于是，就给可怜的亨塞尔煮了最好的吃的，而格莱特只能吃螃蟹壳。每天早上，老婆子都踅到厩舍前面喊："亨塞尔，把你的手指头伸出来，让我摸摸你长肥了没有！"亨塞尔呢，却伸给她一根小骨头，老婆子眼睛昏花，看不清楚，以为真是亨塞尔的手指，心里好生奇怪，怎么他一点没胖起来。四个星期过去了，亨塞尔仍旧很瘦，老巫婆不耐烦了，不愿意再等。"过来，格莱特，"老婆子喝道："跑快点，去打水！亨塞尔肥也好，瘦也好，明天反正我要宰掉他，把他煮上。"唉，可怜的小妹妹在不得不去打水时，哭得有多么伤心呵！眼泪顺着她的脸颊，一个劲儿地往下掉呀，掉呀！"亲爱的上帝，快帮帮我们，"她发出呼唤，"要是当初在森林里让野兽吃了，还总算死在一起的哟！""你省点劲儿吧，"巫婆说，"怎么叫都没有用。"

第二天清早，格莱特就被逼出来，把盛满水的锅子吊在柴堆上，把火点燃。"咱们首先烤面包，"老婆子说，"我已烧燃了炉子，揉好了面。"她把可怜的格莱特推到烤炉前，熊熊的火舌已从炉口吐出来。"爬进去"巫婆命令，"看看是不是烧得够热了，我们能不能往里送面包。"格莱特真要爬进去了，她就会关上炉门，让格莱特在里边烤熟，然后把她吃掉。好在格莱特看出了她的心思，说：

"我不知道该怎么做。怎样才爬得进去呢?""蠢货!"老婆子骂道。"炉口够大的,你瞧,我自己也能爬进去。"说着便跑过来,把脑袋伸进了炉口。格莱特赶紧给她一推,把她完全推了进去,然后关上铁门,插紧了销子。嗷——嗷——嗷!老巫婆在炉子里嚎叫起来,声音可怕极了。格莱特赶快跑开,万恶的巫婆被烧成了灰烬。

格莱特跑去开亨塞尔的厩舍,打开厩门喊道:"亨塞尔,咱们得救啦,老巫婆已被烧死!"门一开,亨塞尔像只笼中的小鸟飞跑出来。兄妹俩高兴得又是拥抱,又是亲吻,一个劲儿地欢蹦乱跳!现在再不用害怕了,他们又走进巫婆的房间,发现旮旮旯旯都放着一箱箱珍珠和宝石。"这可比石头子儿更好些,"亨塞尔说,边说边往口袋里猛装。"我也想带点回家去,"格莱特说,同样塞了满满一围裙。"现在咱俩该动身啦,"亨塞尔提出,"要从这座魔林中逃出去。"他们走了几个钟头,来到一条大河前。"我们过不去啊,"亨塞尔说,"既不见堤,也不见桥。""是的,连只小船也没有哩,"格莱特回答。"瞧!那儿游来一只白色的鸭子,如果我求它,它会帮助咱们过河的。"她马上喊道:

> "小鸭儿,小鸭儿,
> 格莱特和亨塞尔已等在这儿,
> 河上没有桥,没有船,
> 请把我们驮到河对岸!"

鸭子果真游过来了,亨塞尔坐到它白色的背上,请小妹妹也坐上去。"不,"格莱特回答,"这样对小鸭子太重了。让它一个一个驮咱们吧。"善良的鸭子便这样做了。兄妹俩平安地到了对岸,再往前走了一会儿,开始觉得森林越来越熟悉,越来越熟悉。终于,他们远远地看见了父亲的房子,撒开腿便跑去,一冲冲进房中，投进自己父亲的怀抱。自从把他的孩子丢在了森林里，这个男人便没有一刻快活过，而他的老婆也死了。格莱特抖她的围裙，珍珠宝石满屋乱蹦；亨塞尔还在一把一把往外抓哩。所有的忧愁都已到了头，一家三口过上了快乐幸福的生活。我的童话讲完啦；可那边跑着一只耗子，谁要能逮住它，就可以用它做顶大大大大的皮帽子。

16. 三片蛇叶

　　从前，有一个人穷得连自己的独生儿子也养不活了，儿子便对他讲："亲爱的爸爸，你情况这么困难，我成了你的负担啦。现在我宁愿自己离开家，看能不能挣到饭吃。"父亲给了他祝福，很难过地送他出家门。这时候，一个强大帝国的国王正和人打仗，他便投入他的军队，开上了战场。他抵达前线正赶上激烈战斗，情况危急，周围的战友们都在弹雨中纷纷倒下了。当指挥官也落马以后，其余的人就打算逃走，这时年轻人却站出来鼓舞他们的士气，大喝道："咱们可不能让自己的祖国灭亡啊！"于是，其他人都跟着他，他向前猛冲，打垮了敌军。国王后来听说，胜利全仗他一个人，就提升他到最高的位置上，还赏赐给他许多财富，使他成为了国内的第一显赫人物。

　　国王有一个女儿，她长得非常美丽，但脾气古怪。她发誓绝不要任何男人做丈夫，除非此人答应在她先死的情况下把他自己也活埋掉。"他既然真心爱我，"她说，"我死后他还活着干吗？"反过来，丈夫要先死了，她也同样打算陪他进入坟墓里去。这个奇怪的誓言吓得迄今没谁敢来向她求婚。只有那位年轻人让她的美丽给完全迷住了，不顾一切地向她父亲提出要娶她做妻子。"你也知道吧，你必须作出怎样的许诺？"国王问。"要是我活得比她长，

62

我就必须为她陪葬,"年轻人回答,"不过,我爱她爱得如此深,不在乎这样的危险啦!"国王答应了他,接着便举行了盛大的婚礼。

年轻的夫妇相亲相爱,过了一段幸福时光。突然,妻子得了重病,没有一个医生能治好她。当她终于死了,年轻的王婿就想起自己不得不作出的许诺,想到自己要活活被埋墓穴,不禁毛骨悚然。可是,又没有任何别的办法,老国王已派兵把住所有宫门,他不可能逃脱被活埋的命运。到了尸体移进王室陵墓的那一天,他也被带了下去,随后就关上墓门,加了锁杠。

墓里边,在灵柩旁立着张桌子,桌上摆着四盏灯,四个长面包和四瓶酒。一当准备的这些东西消耗完了,他只得死去。眼下他坐在那儿,好不难过,好不伤心。他每天只吃一丁点儿面包,只喝一小口酒,但仍眼睁睁看着死亡一天天逼近,一天天逼近。他正这么坐着发呆,忽见从墓穴的角落里爬出一条蛇来,渐渐接近了尸体。他以为蛇要去咬它,便拔出剑来说:"只要我还活着,你休想碰她一下!"说完就把蛇砍成了三截。一会儿,角落里又爬出第二条蛇来。一见第一条蛇死了,并被砍成了几段,它便爬回去,但很快又爬回来,嘴里却衔着三片绿色的叶子。随后,它把死蛇的三段按原样拼拢,在每一处伤口上盖一片绿叶。不一会儿,那断蛇便接好了,重新活动起来,接着,两条蛇一起逃掉啦。可是,那三片叶子还在地上。目睹了整个情形的不幸青年突然产生一个想法:这些曾使蛇活转来的叶子的魔力,是不是也能帮助死人复活呢?于是,他从地上拾起它们,把一片盖在死者的嘴上,另外两片盖在她的双眼上。果然出了奇迹,血液开始在她血管里流动,慢慢涌上她的头部,她苍白的脸颊又变得红润了。接着她有了呼吸,眼睛也张开来,问:"唉,上帝,我这是在哪儿呀?""你在我身边,亲爱的妻子!"年轻王婿回答,并给她讲了全部的经过,以及他是怎样帮她死而复生的。随后,他递给她一点酒和面包,她恢复了体力,便从灵柩中爬出来,两人走到墓门前,又是打门又是叫喊，卫兵们听见便去报告了老国王。老国王亲自走下走打开墓门，发现他俩健康而富有生气地在一起，也是喜出望外，庆幸一切危难已成过去。年轻的王婿却带出了那三片蛇叶，把它们交给自己的侍从，说："仔细替我保管好，时刻带在身上，谁知道我们将来还会遭遇什么不幸，用得着它们的帮助呢！"

可是，他的妻子死而复生，却好像变成另一个人：她对自己丈夫的爱，已完全从心中消失了。一些时间以后，他过海去探望自己的老父亲，夫妇俩刚上船不久，她就忘记了丈夫对她表现的深挚的爱和忠诚，忘记了他对她的救命恩情，而可恶地迷上了那个船主。一天，年轻的王婿躺在床上睡着了，她就叫来船主，自己抱住丈夫的头，船主抱住他的双脚，把他抬起来扔进了大海里。干完这可耻勾当，她对船主说："现在咱们可以回去了，告诉人家说，他死在了途中，我会在我父亲面前尽量夸奖你，赞扬你，使他同意我和你结婚，并且立你为他的继承人。"可是，王婿的忠诚侍从目睹了全部经过，从大船上偷偷放下一只小艇，自己坐上去追踪他的主人，不再管那两个叛逆驶往哪儿。他把死者从海里捞了起来，把随身带着的三片蛇叶盖在他的眼睛和嘴上，借助蛇叶的魔力成功地使他活了过来。

他们夜以继日地拼命摇着桨，小船行驶如飞，赶在大船之前回到了老国王住的京城。看见他们独自归来，他很吃惊，问发生了什么事。他听说女儿的罪行后说："我不能相信她竟干得出这样卑劣的勾当，不过很快会真相大白的。"接着，他命令主仆二人藏进一间密室，在任何人面前都不露面。没过多久，大船也到了，凶险的女人带着一脸愁容，来见父亲。老国王问："你怎么一人回来啦？你的丈夫呢？""唉，亲爱的父亲，"她回答，"我好伤心啊！我的丈夫在途中突然得重病死了，要是没有那好心的船主给我帮助，那我就惨喽。我丈夫死时他在场，可以向你讲述整个经过。"国王却说："我想叫死去的人复活！"说着便打开密室，让那主仆二人出来。王后一见自己的丈夫，如同遭雷打了似的一下子跪了下去，请求饶恕。老国王说："绝不能饶恕！他愿意陪着你死，使你重新获得了生命；你却趁他睡觉时害死他，你罪有应得！"随后，她和她的帮凶被押上一条凿了洞的船，赶到海上，不久就在浪涛里船沉人亡。

17. 白　蛇

很久很久以前，有一个以他的智慧闻名全国的国王。他无所不知，无所不晓，似乎就连最秘密的事情，他也总能从空中得到信息一样。国王有一个奇怪的习惯：每天中午，餐桌已经收拾干净，其他人全下席走了，才由一名亲信的侍从给他送来一碗食物。因为碗是盖着的，侍从自己也不知道里面装的什么，也没有任何别的人知道——要晓得不到餐厅里仅仅剩下国王一个人，他绝不揭碗绝不吃。这样过了很久，终于有一天，来端碗的侍从再也抗拒不住自己的好奇心，于是把碗端进了他的房中。他先小心锁上房门，然后揭开碗盖一瞧，里面原来盘着一条白蛇。看见那白生生的蛇肉，他忍不住想尝一尝，便割下一块来送进嘴里。哪晓得舌头刚一碰着，他突然就听见窗前有一些纤细声音在窃窃私语，那情形很是稀罕。他走过去侧耳细听，发现原来是一群麻雀在聊天，讲述着他们田野和森林里的所见所闻。就因为吃了白蛇肉，他现在能听懂鸟兽的语言啦！

事有凑巧，王后刚好在那一天丢失了最漂亮的戒指，因为侍从哪儿都可以去，偷戒指的嫌疑便落在了他身上。国王把他叫去大骂一通，威胁说要是明天他还指不出小偷是谁，那就当他自己是偷儿，将他处决。他怎么保证清白无辜都没用，被国王严厉地赶了出去。他心烦意乱，忧心忡忡，走到院子里考虑来考虑去，怎样才能脱离困境呢？这当儿，在院里的小溪旁边安安静静地坐着一群鸭子，它们一边用喙儿梳理自己身上的羽毛，一边亲亲热热地交谈。侍从停住脚步，仔细听去，鸭子们在讲，它们今天早上都逛过哪些地方，找到了什么好吃的东西。这时，只听一只鸭子抱怨："我胃里真难受啊，都怪自己慌里慌张，把掉在王后窗下的一枚戒指也吞下去了！"侍从立刻抓住这只鸭子的脖颈，把它拎进厨房，对厨师说："宰掉这家伙，它已养得挺肥！""好的，"厨师掂了掂它的重量，回答："这家伙吃起来不要命，早等着进烤炉啦。"说着就砍掉鸭脖子，掏出鸭内脏，王后的那枚戒指果然在它的胃里。这下侍从很容易就对国王证明了自己的清白。国王呢，感到对不起他，就允许他提出一个请求，并答应赐给他希望在宫中得到的最显赫的职位。

侍从谢绝了所有恩典，只请求给他一匹马，一点旅费。他希望出去见见世面，在世界上周游周游。他的请求得到了满足，就上了路。有一天来到一片池塘边。他发现塘中有三条鱼，让芦苇丛给夹住了，嘴一张一张地想喝水。虽然人们常说鱼都是哑巴，他却听见它们在对自己的悲惨下场哀声长叹。他是个好心肠的人，下马来把那三条鱼重新放进了水里。鱼儿高兴得活蹦乱跳，从水里伸出脑袋来对他喊："你搭救了我们，我们会记住你，报答你的！"他骑着马继续往前走，走了一程仿佛又听见脚下的沙土里有一点声音。他留神倾听，听见一只蚂蚁王在抱怨："唉，只要人类和他们的笨畜牲离开咱们远点儿就好啦！瞧吧，这匹蠢马几脚踩死了我多少臣民，真没心肝！"侍从听了赶快把马引到旁边的路上，蚂蚁王于是对他喊："我们会记住你的，报答你的！"他随后走进一座森林，看见一只乌鸦爸爸和一只乌鸦妈妈站在它们的巢边，往外一只只扔自己的儿女。"你们这些该死的，你们给我滚出去！"老乌鸦骂道。"我们再没法喂饱你们；你们够大了，应该自己养活自己。"可怜的小乌鸦躺在地上，不停地扑打着翅膀，哭喊道："我

66

们这些无助的孩子啊，我们还不会飞，就得自己养活自己！我们除了在这儿饿死，不会有别的下场！"好心的青年又跳下来，拔出宝剑把马杀死，留给小乌鸦当粮食。小乌鸦立刻跳过来饱餐一顿，然后叫道："我们会记住你的，报答你的！"

现在他就只得用自己的两条腿周游啦。又走了许多许多路以后，他来到一座大城市里，只见街上行人拥挤，十分热闹。一个骑在马上的人正在发布通告：该国的公主要选丈夫，可求婚者必须完成一项艰难的任务，完不成就得送掉自己的性命。许多人已经尝试过了，结果是白白地送死。年轻人一见公主就被她非凡的美貌迷住了，忘记一切危险，贸然去国王面前求婚。

接着，他被带到大海边，在他眼前扔了一枚金戒指进海里去，然后国王命令他去海底把戒指捞起来，并且说："捞不到它，你一上来我们就重新推你下去，直至你被淹死！"大家都很惋惜这英俊的青年，让他一个人留在了海边。他站在那儿，考虑如何是好。突然，他看见一下子游来三条鱼，而且正好是他救过它们性命的三条。游在中间的一条嘴里还衔着只贝壳，到了岸边便把它吐在了年轻人脚下。他拾起贝壳来掰开一看，那枚金戒指就在里面。他满心欢喜地把它送给国王，等着领取那许诺给他的奖赏。哪知骄傲的公主听说他出身低微，就瞧不起他，要他再完成第二项任务。她走进花园，亲手撒了十袋小米在草坪上，说："你必须在明天日出前全部拣起来，一粒也不准少！"青年坐在花园里，考虑怎么能完成这个任务。可他左想右想毫无结果，坐在那里难过极了，单等着天亮被押去处死。哪知第一束曙光照进花园，他却发现十袋小米已装得满满的排列在旁边，一粒也不少！原来，那只蚂蚁王在夜里率领它千千万万臣民赶来；这些对他怀着感激的小生物，不辞辛劳地拾呀运呀，把小米全装进了袋子。公主亲自来到花园内，惊异地发现青年完成了交给他的任务。可她仍然克制不住自己的骄傲，说："尽管你已完成两项任务，但你在做我丈夫之前，还得去给我从生命树上摘一只苹果来！"年轻人根本不知道生命树长在哪里。他动了身，打算能上哪儿就上哪儿，完全不抱能找到它的希望。他已经漫游完了三个王国，一天晚上走进一座树林，坐在一棵树下，正打算睡觉，忽听头顶的枝丫间发出窸窸窣窣的响声，一只金苹果掉进了他手里！与此同时，树上飞下来三只乌鸦，停在他的膝头上，对他说："我们是那三只你曾使它们免遭饿死的小乌鸦。我们长大后，听说你要找那只金苹果，就飞越大海，到了长着生命树的世界尽头，把苹果为你摘来了。"年轻人满怀喜悦地踏上归途，把金苹果带给美丽的公主，叫她再也没有了推托的借口。他俩一块儿分食了生命之果，她的心便充满对他的爱情。从此夫妇俩过着幸福安宁的生活，而且长寿。

18. 麦秆、煤块和豆子

一座村子里住着个贫穷老太婆，她摘了一碗豆子，想要煮熟。她在炉子里点上火，为了让它燃得快一些，她生火时用了一把麦草。当她往锅里倒豆子时，没发现有一粒掉到了地上的一段麦秆旁边。没过一会儿，一块烧红的煤炭也从火炉中跳出来，和它们呆在一起。于是，麦秆开了腔，问："亲爱的朋友们，你们打哪儿来啊？"煤块回答："幸好我从火里逃走啦；要是我没强行往外跳，我就非死不可，一定会被烧成灰烬！"——"我也安然无恙地逃脱了；要是那老婆子把我倒进了锅中，我也会被毫不留情地煮成糊糊，跟我的同胞们一个样！""我的命运难道就好一点吗？"麦秆说。"我的所有兄弟全被老婆子塞进火里，随着烟消失了。她一把竟抓住六十根，结果了它们的性命！幸好我从她的指头缝里溜掉了。""可现在咱们该怎么办呢？"煤块问。"我想，"豆子说，"既然我们都是侥幸地死里逃生，我们就应团结在一起，成为好伙伴，一道

68

远走他乡，免得在这儿遭遇新的不幸。"

其他两个觉得这建议挺好，大家便一同上了路。可没多久，它们走到了一条小溪跟前，溪上既没桥，也没跳磴，它们不知道该怎么过去才好。麦秆想出个好主意，说："我愿意横躺在溪上，你们可以像过桥一样，从我身上走过去。"说着，它便把身体从这边岸伸展到那边岸，生来性急的煤块已迈着碎步，莽莽撞撞地奔到了刚搭好的桥上。可是，当它走到桥中间，听见脚下溪流的喧响，却害怕起来，停住了脚，不敢再往前走。这一下麦秆被引燃了，断开成两截，掉进了小溪里。煤块也跟着滚下去，碰见水便嗞儿一声，把魂给丢啦。还小心翼翼地留在岸上的豆子，一见这光景忍不住笑起来，笑个没完没了，笑得出气都来不及，肚皮便噗的爆开喽。如果这时不是正巧有个漫游的裁缝在小溪边休息，豆子也完蛋了。裁缝心肠很好，取出针线来把它缝拢；它很好地感谢了裁缝。只是呢，他用了黑线来缝，所以从此以后，所有豆子身上都有一道黑缝。

19. 渔夫和他的妻子

从前，有个渔夫和他妻子住在紧靠海边的一所小渔舍里。渔夫每天都去海边钓鱼，就老是钓啊，钓啊。

有一天，他又拿着钓杆坐在那里，眼睛一直瞅着冰冷的海水，老是这么坐着，坐着。

突然，钓钩往下沉，沉到了很深很深的地方。等他往上拉钩，却拉出来一条很大的比目鱼。哪晓得，比目鱼竟对他说话了："听着，渔夫，我求你放我一条生路。我不真是比目鱼，我是位中了魔法的王子。你要杀死我对你有什么好处？我不会对你的口味的。把我重新放进水里，让我游走吧！"——"喏，"渔夫讲，"你用不着讲这么多。一条会说话的比目鱼，我当然是会放它走的。"说着，他就把鱼扔回清亮的水里；那比目鱼立刻游向海底，只在身后留下了一条长长的血痕。渔夫随即也站起来，回他的小屋和妻子那儿去。

"喂，"妻子问，"今天你什么都没钓到吗？""没有，"丈夫回答。"本来呢，我钓着一条比目鱼；可它说它是一位中了魔法的王子，我就把它又放了。""你没有提出什么希望吗？"妻子问。"没有，"丈夫回答，"我又有什么好希望的呢？""唉，"妻子说，"永远住这么间又破又臭的小房子，实在糟糕，实在恶心。你可以希望得到一幢小楼呀！快去，叫它出来，告诉它，咱们要幢小楼。它一定会满足咱们的愿望！""嗨，"丈夫说，"叫我怎么好再去哟？""咦，"妻子说，"你不是捉住了它，又放它走了吗？它肯定会满足咱们的愿望，快去吧！"丈夫还是不情愿，可又不敢违拗他妻子，只好又来到海边。

他走到的时候，海水已绿得发黄，再也不是清清亮亮。他站上前去，说：

> "小王子啊，小王子，
> 你变成鱼儿住在海里，
> 我那老婆叫伊瑟贝尔，
> 她的想法跟咱不一致。"

那比目鱼果然游来，问："喏，她到底想要什么？""嗨，"渔夫回答，"我把你逮住了。我老婆于是说，我应该向你提出一个愿望。她不乐意再住她那小破屋，希望得到一幢小楼房。""回去吧，"比目鱼说，"她会有楼房的。"

渔夫走回去，他妻子真已不坐在破渔舍里；在原地上已矗立着一幢小楼，她正坐在楼门前的一条长凳上。妻子一见丈夫就拉住他的手，说："快进去吧。瞧，现在不是好多啦！"接着他们便进了屋。楼里有一间小前厅，一间干净的起居室和一间卧室。卧室内为每人准备着一张床；还有厨房和餐厅里也摆着所有必须的家具，各种锡制铜制的餐具也一应俱全，都安放布置得整整齐齐，漂漂亮亮。在小楼后面，还有一个养着鸡鸭的小院落，一片长满蔬菜水果的小园子。"瞧，"妻子说，"这不美吗？""美，"丈夫回答，"这就行了，现在让咱们好好过日子吧。""这咱们还要想一想，"妻子说。随后夫妇俩吃了点东西，才上床睡觉。

这样大约过了一两个星期，妻子突然又开了口："听着，当家的，这房子简直太挤啦！还有后院和园子也小得很！那比目鱼本该送一幢大一些的给咱们。现在呀，我真想住一住石头建造的大宫殿哩。去找比目鱼，叫它送一座宫殿给咱们！""唉，老婆，"丈夫说，"这楼房够好的啦，咱们干嘛还要住在宫殿里？""什么话！"妻子说，"你只管去吧，比目鱼会满足咱们愿望的。""不，老婆，"丈夫回答，"比目鱼先已给了咱们一幢房子，我不能现在又去要；去要他会不高兴的。""去吧去吧，"妻子说，"它容易办到，也乐意办到。你只管去得啦！"

丈夫心情很沉重，本不想去。他对自己说："这不对啊！"可是他还是去了。

他走到海边，这时海水不再是绿得发黄，而已变得时而深紫，时而暗蓝，时而灰黑，不过仍然平静。渔夫站上前去，说：

> "小王子啊，小王子，
> 你变成鱼儿住在海里，
> 我那老婆叫伊瑟贝尔，
> 她的想法跟咱不一致。"

"啊，她到底想什么？"比目鱼问。"唉，"渔夫情绪低落地回答，"她呀，想住进一座石头造的大宫殿。"

"只管回去吧，她已经站在门前，"比目鱼说。

渔夫于是往回走，心想快到家吧。谁知走到一看，那儿已矗立着一座石头建造的宏大宫殿，他老婆站在高高的台阶上，正想往里走。她一见丈夫就拉住他的手，说："只管进去呀!"这样他便跟她到了里面。宫内有一座大理石铺地的大厅；许多仆人候在那儿，为他们拉开一扇又一扇的大门；所有的墙壁全糊着精美的墙纸；一间间房里摆的尽是金桌子金椅子；从天花板上垂挂下来许多枝型水晶吊灯；每一处卧室都铺了地毯；桌上摆着食物和最名贵的葡萄酒，丰盛得快把桌子压塌了似的。房屋背后还有座大院子，院内是马厩牛圈和车棚——而且全都是最好的。除开这些，还有座又宽阔又美丽的花园，占地大约好几里；园中饲养着鹿子、狍子和小兔，只要希望有什么，就有什么。"喏，"妻子说，"这样不美么?""美，"丈夫回答，"这就成啦。让咱们住在这漂亮的宫殿里，从此心满意足!""这个嘛，我们倒要想一想，"妻子说，"现在该上床睡觉了。"

第二天，妻子先醒来，正好是白昼开始的时候，从她的床上看得见面前的富饶美丽的国土。丈夫还在伸懒腰，她便用胳膊肘捅了捅他的腰，说："喂，起来瞧瞧这窗外啊! 我说，咱们不可以当这个国家的国王吗? 去告诉比目鱼，咱们要当国王!""唉，老婆，"渔夫说，"咱们干吗要当国王? 我可不愿意当国王。""喏，你不愿意我愿!"妻子说。"去找比目鱼，我要当国王。""唉，老婆，"渔夫说，"你当国王干吗呢? 我对它说不出口哟。""为什么说不出口?"妻子道，"马上给我去，我非当国王不可!"丈夫垂头丧气地走了，为她老婆想当国王而不高兴。"这不对啊，这不对啊!"他想。可尽管不情愿，却还是去了。

他来到海边，大海已成黑灰一片，波涛从下向上翻涌，还发出恶臭味。他站上前去，说：

"小王子啊，小王子，
　　你变成鱼儿住在海里，
　　我那老婆叫伊瑟贝尔，
　　她的想法跟咱不一致。"

　　"啊，她到底想什么?"比目鱼问。"唉，"渔夫回答，"她想当国王。""只管回去吧，她已经当上了，"比目鱼说。渔夫离开大海，回到宫前，发现那宫殿又大了许多，还增加了一座塔楼和许多精美的装饰。一排警卫守在宫门口，还有许多士兵和鼓手号手。他进门一看，殿内一切是纯金和大理石制成的，到处都铺着天鹅绒毯，垂挂着大大的金流苏。一道接一道的门打开了，他走进聚集着满朝文武的大殿，只见他的老婆高高坐在镶嵌着无数钻石的金交椅上，头戴一顶大大的金冠，手握着用纯金和宝石做成的王杖。在她两旁，六名宫女站成一排，依次一个比一个矮一个脑袋。渔夫走上前去，说："嗨，老婆，你真当国王了么?""当了，"妻子说，"咱现在就是国王!"渔夫站在那儿打量着妻子，他这么打量了好一阵，又说："唉，老婆，你如今当了国王该很不错了吧!往后咱们别再要什么啦。""不，男人，"妻子说，口气十分烦躁不安，"我已经感到无聊，已经再也受不了!去告诉比目鱼，我既然当了国王，就必须再当皇帝!""唉，老婆，"渔夫说，"它不能使人成为皇帝，我不愿对它提这个要求;整个帝国只有一个皇帝，比目鱼没法让谁做皇帝!"
　　"什么!"妻子喝道。"我是国王，你不过是我男人，你敢不马上去? 马上去! 他既然能使人当国王，就一定也能使人当皇帝;我非成为皇帝不可! 马上给我去!"渔夫只得去了。可走在路上，他心里非常害怕，一边走一边想道："这不行啊，这不行啊! 想当皇帝，太厚颜无耻! 到头来比目鱼准生气的。"

想着想着，渔夫已到海边。只见海水一片墨黑，还稠糊糊的，已开始翻腾汹涌，泡沫飞溅，海面猛烈刮起阵阵旋风，海涛便铺天盖地扑来。渔夫感到十分恐怖。他站在那儿，说：

> "小王子啊，小王子，
>
> 你变成鱼儿住在海里，
>
> 我那老婆叫伊瑟贝尔，
>
> 她的想法跟咱不一致。"

"啊，她究竟想什么？"比目鱼问。"比目鱼啊比目鱼，"渔夫回答，"她老想当皇帝哟！""你回去吧，"比目鱼说，"她已当上了。"渔夫走回去，发现整座宫殿都变成由研磨过的大理石砌成的，而且有许多石膏浮雕和纯金装饰。宫门前士兵们正列队行进，他们吹着号，打着大鼓小鼓。而在宫里却有许多伯爵、侯爵和公爵走来走去，活像是些奴仆。他们替他打开一道道纯金铸成的门；他走进去，到了妻子坐着的宝座前。这宝座是用整块金子锻造成的，大约有两千公尺高。她头戴一顶大金冠，高约两公尺半，而且镶满了金刚钻和红宝石。她一只手握着皇权杖，一只手托着象征帝国权威的金球，左右两边各站着两列侍从；他们一个比一个矮小，最高的是个足足有两千米的巨人，最矮的是个小侏儒，只有我小指头这么一丁点儿。在她的面前侍立着许许多多侯爵、公爵，渔夫从他们中间挤过去，说："老婆，你这下当皇帝了吗？""唔，"她说，"我当皇帝了。"渔夫往前站一点，想好好看看她。看了半天，他终于说："嗨，老婆，你当皇帝也真不错。""喂，你还站着干吗？"妻子对他讲。"我现在当了皇帝，可我还想当教皇，快去告诉比目鱼！""唉，老婆，"渔夫说，"你怎么啥都想当啊？你当不了教皇；教皇在整个基督教世界只有一位，比目鱼没法让你当教皇。""听着，别说蠢话！"妻子吼道。"它既然能让我当皇帝，也就能让我

74

当教皇！马上去！我是皇帝，你只是我的男人，你去不去？"渔夫心里怕极了，只好去海边，一路上，他有气无力，浑身颤抖，膝盖和小腿更是哆哆嗦嗦，晃晃荡荡。这时岸上狂风大作，乌云飞过头顶，天一下子黑得像已到了傍晚，树叶纷纷飘落下来，海水汹涌咆哮，就像煮沸了一样，激浪拍打着海岸。渔夫看见远海上有一些船在狂涛中颠簸跳荡，燃放求救的信号。天空只有中央还有一点点蓝色；四周却越来越红，越来越红，眼看一场可怕的暴风雨就要到了。渔夫战战兢兢地走去，满怀恐惧地说：

> "小王子啊，小王子，
> 你变成鱼儿住在海里，
> 我那老婆叫伊瑟贝尔，
> 她的想法跟咱不一致。"

"啊，她究竟想什么？"比目鱼问。"唉，"渔夫回答，"她想当教皇。""去吧，她已经当上啦。"比目鱼说。

渔夫往回走，走到一看，皇宫已变成一座大教堂，周围却全是宫殿。他挤过人群，里边的一切被千万支蜡烛照得雪亮通明。他老婆穿戴的全是金子，坐在一个还要高得多的宝座上，头上顶着三重大金冠，周围簇拥着教会中的众多显贵。在她的两旁竖立着两排蜡烛，最粗大的大到像一座钟楼；最细小的小得跟老百姓厨房里用的差不多。所有的皇帝和国王都跪在她面前，争着吻她的鞋。"老婆，"渔夫看清楚她后说，"你现在是教皇了吧？""唔，"妻子回答，"我是教皇。"他再走近一点，盯着她更仔细地观看，觉得眼前仿佛是一轮明亮辉煌的太阳。看了好长时间，他终于说："嗨，老婆，你当教皇也真不错！"她呢却坐得像棵树一样直挺挺的，纹丝不动。渔夫又说："老婆，你当了教皇，现在该满意了，不可能再成为更大的什么。""这我得考虑考虑，"妻子回答。说完夫妇二人就睡觉去了。可她呢仍旧不满足，贪欲使她无法入睡。她想过来想过去，定要想出她还能成为什么。

丈夫却睡得又香，又沉——他白天跑的路太多啦。妻子可就是一点睡不着，一整夜在床上翻来翻去，还是一个劲儿考虑她能再成为什么，但是又什么都不再想得出来。这时候，太阳快出来了。她看见了曙光，从床上坐起来，眼睛瞪着面前发呆。接着，她看见窗外一轮红日冉冉升起，突然想到："哈，我不是还可以命令太阳和月亮吗？""喂，起来起来！"她用胳膊肘捅着丈夫的肋巴骨，喊道。"快去告诉比目鱼，我要当上帝！"丈夫还睡得迷迷糊糊的，一下子吓得从床上滚到了地下。他以为自己听错了，揉了揉眼睛问："嗨，老婆，你说什么？""什么！"妻子说。"要是我不能命令太阳月亮升起落下，我——我将忍无可忍，我将一会儿也不得安宁，除非我能亲自指挥它们升起！"她说时恶狠狠地瞪着丈夫，使他不寒而栗。"快去，我要和全能的上帝一样！""唉，老婆，"她丈夫一下子跪在她跟前，说，"这个比目鱼办不到，他只能使你成为皇帝和教皇。我求你收收心，就当教皇算啦！"可妻子勃然大怒，脑袋上的头发也野草一般竖立起来，冲他吼道："我不能忍受！我再也不能忍受！你还不去吗？"渔夫赶紧提起裤子，疯子似地跑了。

野外狂风大作，刮得他脚都站不住。房屋树木被掀翻了，山岳在震颤，岩石纷纷滚落海中。天空一片漆黑，不断地打雷和闪电，大海掀起黑色的排空巨浪，顶端却白沫翻涌，一浪一浪高如教堂的钟楼和山峰。渔夫嘶声喊叫，自己也听不清自己的话：

> "小王子啊，小王子，
> 你变成鱼儿住在海里，
> 我那老婆叫伊瑟贝尔，
> 她的想法跟咱不一致。"

76

"啊，她究竟想什么？"比目鱼问。"唉，"渔夫回答，"她想成为亲爱的上帝。"——"去吧，她已经重新坐在她那破渔舍里。"

可不，他们在里面一直坐到了今天！

20. 勇敢的小裁缝

夏天的早上，一个小裁缝坐在他靠窗的桌子旁，兴致很好，劲头儿十足地缝着他的活计。这时街上走来一个农妇，边走边吆喝："卖果酱啊！卖上好的果酱啊！"这声音在小裁缝听来挺悦耳，他于是从窗户内伸出他那小脑袋瓜儿，喊道："上这儿来，亲爱的太太，这儿要买您的货！"农妇提着她沉甸甸的篮子，登上三级台阶，来到小裁缝跟前，应他要求在他眼前打开了所有的瓶瓶罐罐。小裁缝挨罐看着，还把它们举在空中，凑拢他的鼻子去闻，最后终于说："这果酱看样子不错，给我来二两，亲爱的太太；就算二两五也没关系。"农妇原指望做一笔大买卖，把小裁缝要的那一点点东西称给他，很气恼地嘟囔着走了。"喏，愿上帝祝福我这果酱，"小裁缝大声说，"让我吃了身强力壮！"他说着从橱柜里拿出一个长面包，顺着它切下一片来，把果酱涂到上面。"这下子一定蛮可口罗，"他说，"不过让我先缝完这件背心，然后再来吃它吧。"说着便把面包放在一边，继续地缝着缝着，心里一高兴，针脚一针比一针大。这当儿，果酱的甜味儿散布到墙上，把聚在那儿的一大群苍蝇招引了下来，三三两两落在面包上。"哎，谁邀请你们来着？"小裁缝说，同时驱赶走那些不速之客。苍蝇呢，才不理会你那一套，怎么赶也不肯走，倒是越往后来得越多。终于，小裁缝就像俗话说的给气得大动肝火，一把从墙洞中抓来一块抹桌帕，说："等我来治你们！等我来治你们！"说着就狠狠打了下去。随后，他扯开抹桌帕一数，至少有七只苍蝇伸直腿脚地死在了他面

77

前。"瞧你可不是好样儿的吗?"他说,不禁对自己的勇敢沾沾自喜起来,"是的,这事得让全城都知道!"说罢,他急急忙忙为自己裁剪一条腰带,缝好它,并在上面绣了几个大字:一家伙揍死七个!"嗨,什么全城!"他又说。"该让全世界都知道!"说到此,他的心真乐得摇摇摆摆,活像一只羊羔儿的小尾巴。

小裁缝把腰带缠在身上,决心去闯荡世界,因为他认为,小小的作坊太委屈他的勇气。动身之前,他在房里寻视了一周,看看有什么好带的没有;可他发现的仅仅是一块陈干酪,就把它藏进袋里。在城门前,他发现灌木丛中绊住一只鸟,也抓来放在袋里和干酪一起。随后他便勇敢地上了路,由于身轻敏捷,他走起来不感觉疲倦。一路行来,他走到一座山上。到了山顶,碰见那儿坐着一个非常健壮有力的巨人,正悠悠闲闲地东瞅瞅,西望望。小裁缝大着胆儿走过去,招呼他说:"你好,伙计,坐在这儿观看广大的世界,对吗?我也正要去闯闯世界,怎么样,有兴趣一块儿走吗?"那巨人轻蔑地瞟了他一眼,道:"你这个小瘪三!你这个可怜虫!""放屁!"小裁缝回答,同时解开上衣,让巨人看他腰间的带子。"你可以念一念,然后就知道我是怎样的人!"巨人念道:"一家伙揍死七个,"心想这裁缝揍死的一定是人喽,开始对眼前这个小不点儿产生了几分敬意。不过他还想先试试他,就拣起一块石头用力一捏,捏得石头滴出了水来。"也来一下吧,"巨人说,"要是你有力气的话!""就这点本领么?"小裁缝问。"对咱们来说简直是儿戏!"说着从袋里掏出那块软乎乎的干酪,轻轻一捏就捏得乳汁直冒。"怎么样,厉害点吧?"小裁缝说。巨人不知讲什么好,却不相信这小人儿真有那么大的力气。他又拾起块石头,一下子扔向空中,叫人用眼睛几乎看不见了,说:"喏,小侏儒,再来试试!""扔得不错,"裁缝回答,"可石头最后还是掉回地上来了。咱给你扔一块,叫它永远不回来。"说着伸手进口袋抓出那鸟儿,把它扔进空中。鸟儿惊喜自己获得了自由,一下子蹿上高空，头也不回地飞向了远方。"这手还行吧，伙计？"小裁缝问。"扔石块你看来可以，"巨人回答，"可现在咱们再瞧瞧，看你是不是能扛点重东西。"他把小裁缝领到一棵已砍倒在地的大橡树前，说："你要真有力气，就帮我把这棵树抬出森林去！""好的好的，"小男子汉回答，"你只要把树干扛上肩，我就愿把枝枝丫丫全抬起来，这可是比你的重得多喽！"巨人扛起了树干，小裁缝却坐到一根树枝上；巨人没法回头看，不得不扛着整个的树还外加坐在上边的小裁缝。这小子在后边挺开心，兴致一来竟吹起口哨，吹的是"三个裁缝骑马出了城"这只歌子，抬树仿佛对他也是儿戏。巨人扛着沉重的树走了一段路，脚再也拖不动了，大声嚷道："注意，我要放下啦！"小裁缝机敏地往下一跳，用两条胳臂抱住树身，就像抬着它的样子，一边对巨人说："亏你这么大个块头，连这棵树都扛不起！"

他们一道往前走，来到一棵樱桃树前。巨人伸手扳下挂满熟樱桃的树冠，递给小裁缝，让他摘果子吃。小裁缝可是太瘦弱了，拽不住那树，巨人手一松，树就直起去，把小裁缝一下子弹到了空中。当他又安然无恙地落回地上时，巨人便说："什么玩艺儿，连拽住这根小枝条的力气都没有！""力气咱不缺，"小裁缝回答，"你以为一家伙揍死七个的好汉还在乎这个吗？我是故意跳过树顶去了，因为那边山下有猎手在向林子里放枪。照着跳跳看，要是你有能耐！"巨人试了一下，但没能跳过树去，而是挂在了枝丫间。这样子，得胜的还是小裁缝。

巨人说："既然你是这么了不起的勇士，那就请跟我一道去我的山洞过夜吧。"小裁缝乐意跟他走。他们来到洞中，那儿的火塘旁边还坐着其他一些巨人，一个个手里捏着一只烤羊在那里吃。小裁缝四下瞅瞅，心想："这儿的确比我的作坊宽敞得多。"巨人指给他一张床，叫他上床睡觉。可这床对小裁缝太大太大啦，他没躺在中间，而是爬到了一个角落上。半夜里，巨人以为他睡熟了，爬起来拿了一把大铁钳，照准床上猛地砸下去，床从中断开，他于是想："那'小蝗虫'肯定没命啦！"第二天一大早，巨人们动身到森林里去，压根儿忘记了还有个小裁缝。不想他却忽然高高兴兴地、趾高气扬地跟了来，巨人们一下子吓坏了，生怕他把他们全揍死，赶忙逃跑了。

小裁缝漫不经心地一直朝前走。走了很久很久，他来到一座王宫的院子里，因为感到疲倦，就躺在草坪上睡觉了。这时候来了许多人，四面围着他打量，读到了他腰带上的"一家伙揍死七个"。"哎呀呀，"人们惊呼，"和平时期这么位战争英雄来这儿干吗？他这位了不起的勇士！"他们急忙去报告国王，说一旦爆发战争，此人大有用场，千万不能放他走啊。国王很赏识这个主意，派了一个大臣去小裁缝那儿，等他一醒来就请他为国王的军队效力。这位使者在酣睡的勇士身旁站着。直等到他伸起懒腰，张开眼睛，才向他提出了建议。"我正是为此而来，"小裁缝回答，"本人很乐意为国王效力！"他于是受到隆重的接待，获得了一处特别的住所。

可是，其他军官却跟小裁缝过不去，巴不得他滚得远远儿的才好。"这可怎么办呢？"他们背地里商量，"要是咱们和他发生争吵，他一下子就会打倒七个。这咱们可是谁也吃不消呵！"最后，他们下定决心，一块儿去见国王，请求同意他们辞职。"咱们这号人，"他们说，"可没法呆在一位一下就揍死七个人的好汉身边！"国王很难过，为了小裁缝一个就得失去自己所有忠诚的军官，真希望自己眼前从来没出现过他，巴不得能摔掉这个累赘。可是呢，他又没胆量对小裁缝说再见，怕的是这家伙把他连同他的臣子都打死，自己登上王座。他左思右想，终于想出一个办法。他派人去告诉小裁缝，他既然是位了不起的战争英雄，国王就准备交给他一桩差使。原来，在他的王国有一座大森林，森林中住着两个巨人，他两个真叫抢劫、杀人、放火无恶不作，为害大极了。还没谁能靠近他们不冒生命的危险。要是他能去制服和杀死这两个

80

巨人，国王就愿意把自己的独生女儿许配给他，并拿他王国的一半作为陪嫁。而且，准备派一百名骑士给他当随从，为他助阵。"这对于你这么个汉子算是有点意思，"小裁缝想，"一位漂亮的公主和半个王国，这买卖并非每天碰得到的喽！"他于是回答："行啊，那两个巨人咱一定制服他们，而且用不着一百名骑士去助阵！我一家伙能揍死七个，才不怕他两个哩。"

小裁缝上了路，一百骑士跟在他后面。到了森林边上，他对随从们说："就呆在这儿好了，我要独自去收拾那两个家伙。"随后他就奔进林子，东望望，西瞅瞅。过一会儿，他发现了那两个巨人；他俩躺在一棵大树下，正打鼾，打得树枝都弯上弯下哩。小裁缝抓紧时机，拣了两大口袋石头，爬上树去。到了树干中央，他便溜到一根树枝上，下边正好睡着一个巨人。他坐稳身子，随即把石块接二连三地扔在巨人胸口上。这家伙好久都没知觉，可最后终于醒来，推了推身边的伙伴，说："你干吗打我？""做梦！"另一个回答，"谁打你来着？"说完，两个又躺下睡了。这当儿，小裁缝冲第二个巨人扔去一块石头。"什么意思？"第二个嚷起来，"干吗拿石头扔我？""我才没扔你呐！"第一个回答，口气很不耐烦。他们你一句我一句地争了一会儿，但由于疲倦，都忍住气，又阖上了眼睛。小裁缝呢却重新开始玩他的把戏，挑选出最大的一块石头，狠命地砸在了第一个巨人的心口上。"太过份啦！"第一个巨人大吼一声，疯子似地从地上跳起来，把他的伙伴朝树上一推，撞得树直发抖。第二个以牙还牙，两个家伙怒不可遏，拔出大树你打我我打你，直打到终于两败俱伤，都倒在地上死了。这下小裁缝才跑过去，说："幸好他们没拔我坐的那棵树，不然我就得像只小松鼠似地跳到另一棵树上去；不过真拔了也不要紧：像咱这样的，灵敏着呐！"他说着拔出剑来，在每人巨人的胸口上都狠狠砍了几剑，然后才走出森林对他的骑士们说："行啦，我结果了这两个家伙！可真够险的，他们见势不妙就拔出树来进行顽抗。

可是面对咱这位一家伙揍死七个的勇士，一切都没有用！""您难道没伤着吗？"骑士们问。"没这么容易，"小裁缝回答，"他们连咱的一根汗毛也没碰弯！"骑士们不信他说的，驱马进林中一看，血泊中果然躺着两个巨人，四周还有连根拔出的棵棵大树。

小裁缝要求得到国王答应给他的奖赏，国王却后悔了，又考虑怎样能摆脱这个好汉。"你在得到我的女儿和一半王国之前，"他对年轻人说，"还得完成一桩业绩。在那森林里有头危害不浅的独角兽，我要你先把它捕捉住。"——"比起两个巨人来，一头独角兽我更没什么好怕的。一家伙揍死七个，这才算咱的本事！"说罢，小裁缝便带上一根绳子，一把斧头，向森林走去；派给他的那些随从们呢，仍旧等在林子外边。他没找多一会儿，那头独角兽就出现在眼前，并且直冲向小裁缝，像是毫不客气地想一角把他戳死似的。"慢慢来，慢慢来，"他说，"用不着这么着急嘛！"说时仍站着不动，直等那畜牲逼近了，才一下子敏捷地跳到树后。独角兽使出浑身力气向树冲来，把角牢牢地戳进了树干里，想再拔掉已力不从心，只好做了俘虏。"这下小鸟儿到手啦！"小裁缝从树后转出来，边说边用绳子捆紧独角兽的脖子，然后才用斧头劈开树干，松开兽角。等一切都做好了，他便牵着独角兽，去见国王。

国王还是不肯兑现诺言，给他奖赏，又对小裁缝提出了第三个要求。他要他先去逮住一头在森林里危害很大的野猪，然后再举行婚礼，并派了一些猎手给他做帮手。"很高兴，"小裁缝回答，"一定怪好玩儿的。"猎人他却没带进森林，这使他们挺满意，因为那头野猪已多次叫他们吃苦头，他们已没有去与它打交道的兴趣。这当儿，野猪一见裁缝，就口里翻着白沫，磨着牙齿，猛地向他冲来，想一头把他撞翻在地。敏捷的勇士却一跳跳进旁边一座小教堂，随即又从背面的窗口跳了出去。野猪追进了教堂，他赶快从背后蹦到前面，关住了门。气势汹汹的野猪就这样就擒了，

82

因为它又重又笨，没法从窗口往外跳。小裁缝叫来猎人，让他们亲眼看一看浮虏；咱们的勇士呢，却一个人回去见国王。这一次，愿也罢，不愿也罢，国王都只好兑现自己的诺言，把自己的女儿和半个王国赏给了他。要是知道站在面前的不是什么战争英雄，而是个小裁缝，国王一定会更加心疼喽！婚礼举行得排场很大，却欢乐不多，小裁缝可到底当上了国王。

过了一些时候，年轻的王后在夜里听见丈夫说梦话："徒弟，给我缝短袄，把那些裤子补好，不然我赏你脑袋几尺子！"这样，她便发现了年轻的丈夫是什么出身，第二天一早就对父亲叫命苦，求他帮助自己摆脱这个下贱的裁缝丈夫。国王安慰女儿说："今晚你开着卧室门，我派侍从守在外面，一等他睡着就进去把他绑起来，送到一艘船上，载他去远远的天涯海角。"公主心满意足了，可国王有个卫士一向钦佩年轻的主人，在一旁听见了父女俩说的一切，便向小裁缝报告了整个的密谋。"我要叫他们枉费心机！"他说。到了晚上，他又按时上床，躺在妻子身边。当她以为他已睡着，就起来开了门，然后又重新躺到床上。小裁缝呢只是装做睡着的样子，这时开始高声大喊："徒弟，给我缝短袄，把这些裤子补好，不然我赏你脑袋几尺！我一家伙揍死了七个，还杀死过两个巨人，抓来一头独角兽，逮住一只野猪，难道还怕你几个站在门外的小子不成！"门外的侍从听他这么一喊，都吓得要死，就像后面来了追兵似的一溜烟逃走啦，没有哪个敢冒险向他靠近。这一来，小裁缝仍旧当他的国王，当了一辈子。

21. 灰 姑 娘

一位富人的妻子病了。她感到快临终的时候，就把独生女儿唤到床前，对她说："亲爱的孩子，你要永远忠诚、善良，这样仁慈的上帝就会永远保佑你，我也乐意从天上注视着你，对你关心照顾。"说完她就阖上眼，离开了人世。小姑娘每天都去屋后母亲的墓地上哭，并且保持着忠诚和善良的本性。冬天到了，雪花给坟包盖上一块白头巾；当春天的太阳又把这白头巾揭下来的时候，富人便另娶了一个妻子。

她带了两个亲生女儿来丈夫家；两个女儿都脸蛋漂亮而白皙，但是心很坏、很黑。从此，前妻可怜的女儿就没了好日子。"能让这蠢丫头呆在咱们房里吗！"她们说。"谁想吃面包，谁就得干活儿。滚进厨房去吧！"她们夺走她美丽的衣裙，给她穿上一个灰色的旧外套，一双木头做的鞋子。"瞧瞧这骄傲的公主打扮得有多美！"她们嚷着，笑着，把她推进厨房。在厨房中她从早到晚干重活儿粗活儿，天不亮就起来挑水、生火、煮饭和洗衣服。这还不算，两个姊姊还想方设法叫她伤心，讥讽她，把豌豆和扁豆倒进炭灰里，害得她坐在那里再一粒粒拣出来。夜晚，她干活儿干累了，没有床铺睡觉，只好躺在灶旁边的炭灰里。因此，她总是脏兮兮的，满身灰尘，她们就叫她"灰姑娘"。

一天，父亲打算去赶交易会，问两个继女，要他给她们带什么东西。"漂亮的衣服，"一个回答，"还有珍珠和宝石，"另一个也说。"可你呢，灰姑娘，"父亲问，"你想要什么？""爸爸，在您回家的路上碰着您帽子的第一根树枝，您就把它折下来给我吧。"

富人果真为两个继女买了漂亮的衣服、珍珠和宝石。在回家的路上，他骑马穿过一座绿色的灌木林，一根榛树条碰着他，把他的帽子给打掉了；他便把它折断了带回家里。他按继女们的心愿给了她们礼物；给灰姑娘的呢只是那根榛树条。灰姑娘谢过父亲，来到母亲的墓前，把榛树条种在了坟头上，同时伤心地哭着，哭得眼泪不断落下来，浇灌着榛树条。树条长大起来，变成了一株美丽的树。灰姑娘每天都要去树下三次，在那儿哭泣和祈祷；每次总有一只白色的小鸟飞来停在树上，只要她说出什么愿望来，小鸟儿就会把她希望得到的东西扔给她。

　　有一次，国王要举行一连三天的招待会，邀请全国所有漂亮的女孩子去参加，她让他的儿子为自己挑选未婚妻。两个姐姐听说她们也受到了邀请，高兴得不得了，喊来灰姑娘说："给我们梳头，擦皮鞋，扣紧鞋绊，咱们要去王宫里赴宴啦！"灰姑娘听凭姐姐支使，却流下泪来，因为她也很想去跳舞呵，便请求继母允许她去参加。"你？灰姑娘？"继母说，"你一身是灰，脏头脏脑，还想参加宴会！你没有漂亮衣服和鞋，还想去跳舞？"灰姑娘呢，一个劲儿地请求，继母终于说："那好吧，我把一大碗小扁豆倒进炭灰里，要是两小时内你能全部挑出来，我就允许你一起去。"姑娘走出后门来到园子里，叫道："你们驯良的小鸽子、小斑鸠和天空中所有鸟儿们啊，请飞来帮助我拣豆子吧：

　　　　　好豆子拣进小盆子，
　　　　　坏豆子吞进自己肚子。"

　　刚这么一唱，厨房的窗口便飞进来两只小白鸽，接着又来了一些斑鸠，最后天空中所有的鸟儿都一群群飞来，唧唧喳喳降落在炭灰周围。首先是鸽子点着小脑袋，突突突地开始拣豆子；紧跟着，其它鸟儿也开始行动：突，突，突，突，全部好豆子都拣进了盆子中。没过一小时，它们已干完活儿，一起飞走了。姑娘于是高高兴兴端着豆子去见继母，以为这下就该被允许去参加招待会了。谁知继母却说："不，灰姑娘，你没衣服，不能去跳舞；去了只会让人耻笑。"姑娘哭起来，她又说："你要是用一个钟头能从灰里拣干净两满碗豌豆，那就让你一块儿去。"继母想，这下灰姑娘绝对办不到了。在她把两碗小豌豆倒进灰堆以后，姑娘又走出后门，来到园子里喊道："你们驯良的小鸽子、小斑鸠和天空中所有的鸟儿们啊，请飞来帮助我拣豆子吧：

　　　　　　好豆子拣进小盆子，
　　　　　　坏豆子吞进自己肚子。"

　　马上有两只白鸽从厨房的窗口飞起来，接着又来了一些斑鸠，最后天空中所有的鸟儿都一群一群飞来，唧唧喳喳地降落在灰堆周围。鸽子先开始小脑袋一点一点地啄："突，突，突，突，突，突"；其它鸟儿也跟着"突，突，突，突"，把好豆子全拣进了盆子里。不到半个钟头，它们已干完活儿，又一起飞走了。姑娘高高兴兴端着两碗豆子去见继母，以为这下会准她去参加舞会啦。谁知继母却说："一切全没有用，你不能一块儿去。你没有衣服，不好跳舞；你去我们脸往哪儿搁！"说完一转身，带着她的两个骄傲的女儿赴宴去了。

　　现在家里剩下灰姑娘孤零零一个人，她就走到母亲墓前的榛子树下喊道：

　　　　　　小树啊，你摇一摇，你晃一晃，
　　　　　　把金子银子抖在我身上。"

　　刚喊完，小鸟就给她扔下来一件金丝银钱缝成的裙子，一双镶银的缀子绣花鞋。小姑娘急急忙忙穿戴好，来到舞会上。她穿着这一身金光闪闪的舞衣真是美极啦，两个姐姐和继母都没认出她来，还以为准是位外国公主哩。她们压根儿想不到是灰姑娘，相信她还坐在家里，穿着一身脏衣服，正从灰堆中拣豆子什么的。这时王子走到她面前，牵着她的手和她跳舞。他除她之外不愿和任何人跳，因此一直拉着她的手不放。每当有另外的青年来邀请姑娘，他都说："她是我的舞伴。"

　　她跳到天晚了，就想回家去。王子却说："我一块儿走，送送你。"因为他想看一看,这美丽的姑娘是谁家的。可她却从王子身边逃开,一跳跳进了鸽舍里。王子等啊等啊,等到她父亲来了,就告诉他,一位不知姓名的姑娘跳进他家的鸽舍里去了。老爷子想:莫不是灰姑娘吧?他们不得不拿来斧子和砍刀,让他把鸽舍劈成两半;可里面根本没人。他们走回家,灰姑娘已穿着一身脏衣服睡在灰堆里,还在烟囱的窟窿内点了一盏昏暗的小油灯。原来,灰姑娘飞快地从后边跳出了鸽舍,跑到那株榛子树下。在那儿,她脱下漂亮的衣服来放在母亲的坟头上,让鸟儿又给衔走了。随后,她再穿上自己那灰色旧罩衣,坐到了厨房中的灰堆里。

第二天,招待会重新开始,父母亲和两个姐姐又去了,灰姑娘才来到榛树下,大声说:

> "小树啊,你摇一摇,你晃一晃,
> 把金子银子抖在我身上。"

很快,小鸟又扔下来一套比昨天更加华丽得多的舞衣。姑娘穿上这套衣服出现在舞会上,人人见了都惊异于她的美貌。王子一直在等她到来,一见她立刻牵着她的手,只单单和她跳舞。另外的男人走过来邀请姑娘,他总说:"她是我的舞伴。"跳到天晚了,她想走,王子就跟在后面,希望看看她走进哪所房子去。可是,姑娘一下跳开了,消失在了最后的花园里。园中长着一株高大美丽的树,树上挂满最鲜美的梨子;姑娘像只小松鼠似的敏捷地钻过树枝,王子不知道她的去向。他等啊等啊,等到灰姑娘的父亲回来了,又对他说:"那个不知姓名的女孩从我身边逃跑了,我相信她爬到了梨树上。"老爷子想,不会是灰姑娘吧,让人拿来斧子砍倒了树,结果还是谁也没有。他们走进厨房,灰姑娘已和往常一样躺在灰堆里,因为她从梨树另一边跳下来,把漂亮的舞衣还给榛树上的鸟儿,又穿起她那灰罩衫来啦。

第三天，父母亲和姐姐走后，灰姑娘又来到母亲墓前，对着榛树呼道：

> "小树啊，你摇一摇，你晃一晃，
> 　　请把金子银子抖在我身上。"

小鸟给她扔下来一套她从未有过的华丽灿烂的衣裙，舞鞋完全是金子的。她穿着这套衣服来到舞会上，众人全都惊讶得说不出话来。王子始终只和她跳舞；要是有谁想邀请姑娘，他就说："她是我的舞伴！"

天晚了，灰姑娘想走，王子希望送她，可是她飞快逃开了，王子没能追上。不过他早使了一条计策，让人在楼梯上涂满了沥青；姑娘在跑下楼去时，左脚的鞋就给粘住了。王子拾起鞋，看见它是那么小巧，那么精致，完全是金子的。第二天，他带着鞋去找灰姑娘的父亲，对他说："我不要任何别的姑娘做我妻子，我只娶穿这只鞋刚好适合的那位。"一听这话两个姐姐可高兴啦，因为她们的脚生得挺美。老大提着鞋进房间去试穿，她母亲站在旁边帮忙。可惜的是她的大脚趾穿不进去，对她来说鞋太小。母亲于是递给她一把刀，说："砍掉大脚趾；只要你当了王后，就用不着再走路。"姑娘真砍掉脚趾，硬把脚给塞进鞋中，咬紧牙忍住疼痛，出房来见王子。王子把她当作未婚妻抱上马，领着她走了。可是他们必须从灰姑娘母亲的墓前经过。坟头的榛树上蹲着两只小鸽子，一等他们过来就唱道：

> "快看看，快看看，
> 鲜血已流进鞋里面；
> 鞋太小，鞋太小，
> 真未婚妻还得在家里找。"

88

王子一瞅她的脚，只见血已涌到鞋外。他调转马头，把假未婚妻送回她家，说，这不是他找的那个姑娘，应该让她的妹妹来试试。于是，妹妹又进房间去试鞋，倒算运气，脚趾头都穿进去了，不料脚后跟却太大。无奈何母亲又递过一把刀，说："削掉一块脚后跟吧；你当了王后不再需要走路的！"姑娘削掉了一块脚后跟，硬把脚塞进鞋里，忍着疼痛出来见王子。王子把她当作未婚妻抱上马，领着她走了。当他们经过榛子树的时候，蹲在枝头的两只小鸽子又唱起来：

　　　　　"快看看，快看看，
　　　　　鲜血已流进鞋里面；
　　　　　鞋太小，鞋太小，
　　　　　真未婚妻还得在家里找。"

　　王子低头一瞅，只见鲜血已从鞋里涌出来，把上边的袜子全都染红了。他立刻调转马头，把假未婚妻送回家里。"这一个也不是真的，"王子说，"你们没有别的女儿了吗？""没有，"老爷子回答，"有的只是我前妻留下的一个小可怜儿的灰姑娘，她不可能是你找的未婚妻。"王子叫他领灰姑娘出来见见。继母赶紧回答："哎别，别，她太脏啦，见不得人！"可王子非见不可，他们只好把灰姑娘叫出来。事先，她已把手和脸洗得干干净净，然后走到王子面前对他一鞠躬；他呢，也把金鞋递给她，接着，她坐在一张小凳上，脱下笨重的木头鞋，把小脚伸进金鞋中——鞋就像比着她的脚铸的，再合适不过。她站起来，王子看见她的脸，一下子认出她正是那个和他跳过舞的姑娘，忍不住喊道："她是我真正的未婚妻！"继母和她的两个女儿大吃一惊，气得脸色苍白。王子却把灰姑娘抱上马，带着她走了。他俩经过榛子树前，那两只小白鸽唱道：

"赶快看看，赶快看看，
没有血流进鞋里面；
鞋子不小，鞋子不小，
真新娘领回家去了。"

小白鸽唱完，便双双飞下来，落在灰姑娘的肩膀上，一边一只，再不离开。

王子举行婚礼了，两个虚情假意的姐姐也来讨好，想沾灰姑娘的光。一对新人进教堂去，老大便挤到她右边，老二也挤到她左边。突然，两只鸽子各啄走了她们的一只眼珠。等到出教堂时，老大便换到左面，老二也换到右面；这一来，两只鸽子又啄掉了她们的另一只眼睛。都怪她们太狠太坏啦，活该一辈子当瞎子。

22. 谜 语

从前有一个王子，他一时兴起去周游世界，身边只带了一个忠实的仆人。一天，他们走进一片大森林，走到天晚了还找不到住处，不知道在哪儿过夜。突然，王子看见一个女孩向一所小屋走去，便跑到跟前一看，原来她年轻而又美丽。王子于是招呼女孩，说："好姑娘，能让我和我的仆人在这小屋里过一夜吗？""唉，"姑娘哀伤地回答，"可以是可以，但我劝你们还是别进去吧。""为什么我不能进去呢？"王子又问。姑娘叹了口气说："我继母会巫术，对陌生人不怀好意。"这一来王子才明白，他已经闯到一个巫婆的屋子跟前啦。可是呢，天黑了，他不能再走，再说他也并不害怕，于是跨进了屋子。老巫婆坐在火炉旁边的一张靠椅上，用红红的眼睛瞅着陌生人。"晚上好，"她哑声哑气地说，装得倒和和气气，"坐下来，歇歇腿儿吧。"她吹旺炭火，用炉子上的一只小罐罐煮着什么。姑娘警告两位客人什么也别吃，什么也别喝，因为老婆子熬的是魔汤。他们安安静静地睡到了第二天早上。当他们已经准备好动身，王子已经骑在马上，老巫婆却说："等一等，我想请你们喝杯饯别酒再走。"当她去端酒时，王子一催马便走了，只有正紧鞍子的仆人还单独留在那儿，看见老巫婆端着杯子走来。"这杯酒带给你少爷，"她说，可就在这一刹那，杯子碎了，毒酒溅在马身上，药性大作，马往地上一倒便立刻死了。仆人赶紧追上王子，给他讲了发生的事，可他舍不得扔下那鞍子，又跑回去取。他跑到一看，那死马身上已蹲着只乌鸦，正在吃马肉。"谁知道呢，今儿个还找不找得到更好的东西，"他说着便打死了乌鸦，拎着它走了。主仆二人在森林中继续转了一整天，仍旧没找到出路。天晚了，他们发现一家小旅店，就走进去。仆人把乌鸦递给店主，要他做好给他们当晚餐。可是，他们落到了一家黑店里啦，黑暗中已潜来十二个凶手，想杀死陌生人，抢劫他们的财物。不过呢，在动手之前，他们坐上桌子，店主和那老巫婆也参加了进来，一起吃一钵汤。这汤里边，煮的正是砍成了一块一块的乌鸦肉。他们刚咽下几口，就全都倒在地上死了，因为毒汁已经从马肉传到乌鸦身上。这下在客店里没剩任何人，只有店主的一个女儿。她是个诚实的姑娘，没参加那些罪恶勾当。她为陌生人打开所有的门，让他们看见了堆积如山的宝藏。谁知王子却说，全由她一个人留着吧，他自己什么也不要，说完就骑着马带上仆人走了。

　　主仆二人又周游很久以后，来到一座城市。城里住着位美丽却非常骄傲的公主。她让手下宣布，谁能出一个她猜不出来的谜语，谁就做她的丈夫；谁的谜语她要猜中了，谁就得被砍头。她有三天的考虑时间；但她聪明极了，总是在规定的期限之前猜出了人家出的谜语。王子抵达的时候，已经有九个男人送掉了性命。可他让她非凡的美丽迷住了，决心拿生命去一试。他来到公主面前，说出自己的谜语："有什么不杀任何人，却杀死了十二个人？"公主不知道这是什么，想了又想，还是摸不着一点头脑。她翻遍自己的一本本谜语书，里边也没有。一句话，她的智慧到了头。没有办法，她便命令她的使女，溜进王子的卧室，偷听他说梦话，心里想，他在睡梦里说不定会泄露谜底。谁知聪明的仆人却装做王子躺在床上，使女一溜进来他便拽掉她的斗篷，露出她的本来面目，然后一顿鞭子把她赶了出去。第二夜，公主派来她的贴身使女，让她试一试运气是否好点，结果仆人又拽掉了她的斗篷，用鞭子赶跑了她。第三夜，王子心里有数了，自己躺在床上。这时公主披裹着一件夜雾似的灰色斗篷，亲自溜进来坐在了他的身边。他以为，王子已经进入睡梦，就与他搭腔，希望他会像许多人一样在梦里回答她。谁知道王子却清醒得很，把她的一举一动全听在了耳里。她问："不杀任何人的是什么？""乌鸦，"王子回答，"它吃了一匹中毒的死马肉，就死啦。""那一下杀死十二个人的又是什么呢？"公主继续问。——"十二个凶手，他们吃了乌鸦肉，也死啦。"公主知道了谜底，便想溜走，可王子拽住她的斗篷，她只得让它留下了。第二天，公主宣布她猜中了谜底，召来十二个法官，当他们的面解开王子的谜。可王子却请求发言，说："她昨天夜里溜进了我的卧室，对我盘根问底，要不，她才猜不出来哩！"法官们说："拿证据来。"这时候，仆人已抱来那三件斗篷，而其中那灰蒙蒙的一件，法官们一下认出正是公主经常穿的，于是齐声说："用金丝银线把这件斗篷绣起来吧，它将作你的结婚礼服哩。"

23. 耗子、小鸟和香肠

从前，有一只耗子、一只小鸟和一截香肠，它们交了朋友，在一起过日子，长时间地生活得和和睦睦，舒舒服服，财产也增加了不少。小鸟的工作是每天飞进树林里去拾柴。耗子负责挑水、生火和摆桌子。香肠则分工烧饭。

人生活得太安逸了，总忍不住要搞出点新花样！这不是吗，一天，小鸟在路上碰见另一只鸟儿，对它得意地讲起了自己的美好境况。谁知另一只鸟儿却骂它是个可怜的傻瓜，自己做粗笨的工作，而让那两个呆在家里享福。要知道，耗子一生起火挑完水，就钻进它的小屋休息，直到有谁叫它，才出来摆桌子。香肠更懒得动，只是守在饭锅旁，等进餐时间快到了，才跳进汤里或蔬菜里去滚一转，这样就算放了油加了盐煮好啦。小鸟回到家里，放下柴禾，他们便上桌子吃饭。吃完饭，它们又舒舒服服睡大觉，一睡睡到第二天早上。这样的生活有多美啊！

于是，第二天，小鸟受了挑唆，不肯再去拾柴，说什么它当奴隶够久了，完全受它们两个的愚弄摆布。它要求改变分工，另外试一试看情况会怎么样。不管耗子和香肠怎么请求，小鸟仍然固执己见。于是只好豁出去了，由抽签决定命运：香肠抽到了拾柴，耗子负责煮饭，水就由小鸟去打。

结果如何呢？香肠出发拾柴去了，小鸟生着了火，耗子已把锅架在火炉上，就单等香肠拿柴禾回来啦。谁知香肠老是回不来，它们两个觉得不妙，小鸟就飞出去看情况。原来在不远处的路上有一条狗，它把可怜的香肠当作没人要的东西，抓住了按在地上，正准备吃下去。小鸟对狗严加斥责，说它公开抢劫，可是斥责有什么用，因为狗讲，它在香肠身上搜出来一些伪造的信件，因此非要它的命不可。

小鸟只得自己背上柴，飞回家，讲了自己看见的情况和听见的话。它俩都很难过，比较来比较去，还是生活在一起最好。于是，小鸟负责摆桌子，耗子负责煮饭。而为了调味，耗子也像当初香肠似的跳进锅里打滚，哪晓得还没滚到中间，它就动不了啦，不仅连毛带皮烫掉了，而且也丢了生命。

　　小鸟来端菜上餐桌，厨师却不知去向。小鸟惊惶失措得在柴禾里乱翻一气，又是叫又是找，仍然哪儿都找不着厨子。不小心，火掉到了柴堆中，一下子熊熊燃烧起来。小鸟急急忙忙去打水，水桶却失手掉进井中，把它也给带了下去，挣扎了几下子，它最后还是被淹死了。

24. 霍勒太太

　　一个寡妇有两个女儿，一个美丽而勤劳，一个又丑又懒惰。寡妇呢，偏偏爱又丑又懒的一个，因为她是她的亲生女儿；另外一个却不得不干所有的活儿，成了家里的灰姑娘。可怜的姑娘必须每天坐到水井旁的大路上去纺线，纺啊纺啊纺得手指都出了血。有一天纺锤完全让血给染红了，姑娘只好拿着纺锤探身到井口中，想把它洗干净，谁想纺锤却脱了手，沉进了井底。姑娘哭起来，跑到继母跟前，向她诉说自己的不幸。继母却痛骂她一顿，心肠狠得竟然对她讲："你既然把纺锤掉下去了，那也必须由你去捞起来！"没奈何，姑娘回到了井边，不知该怎么办才好。她又急又怕，就真跳进井里去捞纺锤，她在水中失去了知觉。等到苏醒转来时，她发现自己到了一片美丽的草地上，头顶阳光照耀，四周有万紫千红的花朵开放。她向草地前方走去，来到一座烤饼炉旁，炉子里装满了面包。没想到面包竟发出喊叫："喂，抽我出去，抽我出去！不然我就要焦啦，我早已经烤熟。"姑娘于是凑近炉口，用面包铲把它们一个一个地取了出来。随后，她继续往前走，来到一株结满果实的苹果树下，苹果树冲着她喊："喂，摇一摇我，摇一摇我，我满树的苹果全熟透啦！"姑娘于是摇动树干，苹果像下雨似的纷纷落下来，直到树上一个都不剩了，她又把所有果子捡成一堆，然后继续朝前走去。终于，她来到一幢小房子跟前，房里有一个老太婆在朝外边张望；一见她长着大大的牙齿，姑娘害怕起来，打算马上逃走。可老太婆却在背后喊："干嘛害怕呀，亲爱的孩子？留在我这儿吧！要是你愿意干好家里所有的活儿，我就会让你交上好运。只是千万注意理好我的床，要经常地抖我的被子，抖得羽绒都飞起来，这样世界上就下雪了。我嘛叫做霍勒太太。"老太婆对她说话挺和蔼的，这样姑娘便鼓起勇气，答应替她做工。她也真的把一切做得合乎老太婆的心意，经常使劲儿地抖动她的被子，抖得羽绒像雪花似的四处飘来飘去。作为报偿，她在老太婆家里生活得确实不错，从来没挨过骂，每天都吃的是炖的烧的。这样在霍勒太太家住了好长一段时间，姑娘渐渐变得忧伤起来，一开始自己也不知道是怎么搞的，后来才终于明白是想家喽。尽管姑娘在这里比在继母家过得好一千倍，一万倍，她仍然患了思乡病。临了儿，她只好对霍勒太太讲："我想家想得很痛苦。尽管在这下边我过得非常好，我还是不能再呆下去，我必须回到井上的亲人身边。""你要求回家去，我觉得挺好，"霍勒太太说。"因为你很忠心地为我干活儿，我愿意亲自再送你上去。"说完，她牵着姑娘的手，领她走到一扇大门前。大门打开了，姑娘刚刚跨到门下，顶上突然落下很急的金雨，所有的金子都粘在她的身上，把她全盖了起来。"这是你应得的报偿，因为你很勤劳。"霍勒太太说，并且把她掉进井里的纺锤也还给她。接着，大门自己关了，姑娘呢已回到上面的世界，回到了她继母的家附近。当她走进院子的时候，蹲在井口上的公鸡突然叫起来：

咯—咯—咯—
我们的金姑娘回来罗！

她走进母亲的房间，因为满身粘满金子，受到了继母和妹妹的亲热接待。

　　姑娘讲述了全部遭遇：继母听见她怎样获得巨大的财富，就想让另一个又丑又懒的女儿也有同样的好运气。为此，这女孩也不得不坐到井边去纺线；她想使纺锤染上血污，把手伸进刺篱笆去扎破了手指。接着，她朝井底扔下纺锤，自已也随即跳了进去。她像姐姐一样到了美丽的草地上，顺着同一条小路向前走去。她走到烤饼炉前，炉中的面包又喊："喂，抽我出去，抽我出去！不然我就要焦啦，我早已经烤熟了。"懒姑娘却回答："我才不高兴弄脏我的手呐，"说完就往前走。很快她便走到苹果树下。树喊："喂，摇一摇我，摇一摇我，我满树的苹果全熟透啦！"她却回答："你想得倒美，果子落下来砸着我脑袋怎么办！"说着又往前走去。最后她到了霍勒太太的小屋前。因为，懒姑娘已听说过她的大牙齿，所以一点不害怕，立刻自愿当了她的女仆。第一天，她强装着勤快，霍勒太太说什么也照着做，因为想着人家会送给她许多金子。可是第二天，她已经懒起来；到第三天越发懒得厉害，早上竟然不起床了。她也不按规定替霍勒太太整理床铺，也不抖被子，使羽绒飞起来。对这些，霍勒太太很快就厌烦了，告诉她不再用她。懒姑娘可满意啦，以为马上就会下金雨。霍勒太太也真领她到了那扇大门前，可当她站在门下，却没有落金雨，而是泼下来一大锅沥青。"这是你干活儿的报酬，"霍勒太太说，说完便关紧了大门。懒姑娘回到家，全身糊满了沥青。井台上的公鸡看见她便叫起来：

　　　　咯—咯—咯—
　　　我们的脏姑娘回来罗！

　　沥青牢牢地粘在她身上，一辈子也甭指望弄得掉。

25. 七只乌鸦

一个男人有七个儿子，尽管非常非常想再养一个小女儿，却一直不能如愿。终于，他的妻子又替他怀孕了。当孩子生出来时，果然是个小姑娘。父母亲高兴得很，可孩子却又瘦又小，身体虚弱得连洗礼都不能去行。作为应急办法，父亲赶紧派一个男孩去教堂中取圣水，其他六弟兄也跟着跑去，而且每一个都想第一个取到水，结果罐子就掉进井中去了。七弟兄站在那儿不知所措，又没谁有胆量回家去。一等二等老不见他们归来，父亲不耐烦了，说："这几个坏小子，一定又是玩儿得忘了正事！"他耽心小姑娘来不及受洗礼就死去，心里一气恼便脱口喊出来："真恨不得这几个小子全给我变成乌鸦！"谁想话音未落，他便听见头顶上有振动翅膀的响声，抬头一看，只见七只羽毛黑得像煤似的乌鸦，向远方飞去了。

父母亲再也收不回自己的诅咒，为失去他们的七个儿子异常悲痛，能感到一点欣慰的是自己心爱的小女儿很快健康起来了，而且一天比一天长得更美。很长时间，她压根儿不知道自己有过一些哥哥，因为父母亲非常留意不提起他们，直到有一天，她偶然听见人家议论自己，说这个姑娘长得确实很美，可就是为了她的缘故，七个哥哥全遭到不幸。姑娘因此很难过，去问父母亲她是否有过几个哥哥？他们后来到哪儿去了？父母不好继续瞒下去，只是说这是天意，她的出生虽然看来是原因，但仍然无可怪罪。可是，姑娘每天都自己责备自己，认为必须去拯救她的哥哥们。她饮食无味，坐立不安，终于偷偷离家出走，去广大的世界上寻找她的哥哥，决心不惜牺牲一切，也要解救他们。她随身仅仅带着父母亲的一枚戒指作纪念，一个长面包准备充饥，一壶水用来解

97

渴，一张小椅儿打算走累了坐坐。

　　她一个劲儿地走啊，走啊，一直走到了世界的尽头。她走到了太阳跟前；在那儿太阳可是热极了，可怕极了，还生吞小孩儿。她赶紧逃走，逃到了月亮那里，可月亮又太冷，太残忍，一发现小姑娘就说："唔，我闻到了人肉味儿！"她又连忙跑开，跑到了星群中，星星们却很亲切友善，每一颗都坐在自己特定的椅子上。只有启明星站起来，给了她一条断椅子腿儿，说："你没有这条断椅子腿儿，就打不开玻璃山；而正是在玻璃山里，关着你的七个哥哥。"

　　姑娘接过椅子腿儿，仔细包进一方帕子里，然后又往前走啊，走啊，终于走到了玻璃山。山的大门牢牢锁着，她想取出椅子腿儿来；可当她打开手帕，却是空空的，善良的星星送的礼物让她给丢啦！现在怎么办？她想救自己的哥哥却没开山门的钥匙。好心的姑娘于是掏出刀来，割断自己的一根手指，把断指头塞进锁孔，门就顺顺当当开了。她走进去，迎面过来一个小矮人儿，对她说："孩子，有什么事？""我找我的哥哥，那七只乌鸦！"姑娘回答。"乌鸦先生不在家，要是你愿在这儿等他们回来，就请进来吧，"小矮人儿说。随后，小矮人儿用七只小盘子和七只小杯子，端进来了乌鸦的饮食。小姑娘从每只盘子里吃了一小块儿，从每只杯子里喝了一小口，可是却把她带来的戒指，放进了最后一只杯子里。

　　突然，天空中传来一阵振翅的声音和呼呼的风声，小矮人儿说："乌鸦先生们回来了。"果然，它们进来准备进餐，各自寻找着盘子杯子。这一下，一只接着另一只嚷起来："谁吃过我盘里的东西？谁喝了我杯里的酒？看来是一张人的嘴碰过！"当第七只乌鸦快喝干杯子的时候，戒指滚到了它嘴边。它仔细一瞧，是自己父母亲的戒指，便说："上帝保佑，要是咱们的小妹妹来了，咱们就得救啦！"躲在门背后偷听的小姑娘听见这个愿望，立刻走出来，乌鸦们于是全部恢复了人形。他们相互拥抱，亲吻，一起高高兴兴返回了故乡。

26. 小 红 帽

　　从前有一个可爱的小女孩，谁见都喜欢。最疼爱她的要数她的奶奶，她真不知再给她的孙女儿些什么才好。一次，奶奶送给她一顶红绒缝制的小帽。这小帽她戴在头上非常好看，从此不愿再戴任何别的帽子，于是人们就只管她叫"小红帽"了。一天，妈妈对她说："来，小红帽，这儿有一块蛋糕和一瓶葡萄酒，给你住在村外的奶奶送去；她有病，身子虚弱，吃了会好一些的。趁天热之前动身吧，到了野外得乖乖儿地走，别离开大路乱跑，不然你会跌倒和摔坏瓶子的；真那样奶奶就什么也没有啦。还有，你进她的房间时，别忘了说'早上好'，别一进屋就东瞅西瞅的。"

　　"我会做好所有的事，"小红帽对妈妈说，说完就和她拉拉手告了别。奶奶可是住在村外的大森林中，离村子有半小时路程呐。小红帽一走进森林就碰着一头狼，可她却不知道这是一种多么凶残的动物，因此并不怕它。

　　"你好啊，小红帽？"狼说。"谢谢，狼先生。""这么早出村干吗来啦，小红帽？""去看奶奶。""你那围裙下边拿的什么来着？""蛋糕和葡萄酒呗。昨天我们烤了蛋糕；奶奶病了，身子虚弱，吃了有好处，身体会健康起来。""小红帽，你奶奶家在哪儿？""进了林子还得走整整一刻钟，在三株大橡树底下就是她的房子，低处围着胡桃树的篱笆，你一定知道的，"小红帽回答。

　　狼肚子里嘀咕：小东西细皮嫩肉儿，一定很可口，味道准保比那老太婆还要好；你得放聪明些，叫她俩都逃不出你的手心儿。一边想，狼一边陪着小姑娘往前走；过了一会儿，它说："小红帽，瞧瞧周围那些花开得多么鲜艳！干吗连头都不转一转？我想，你压根儿没听见小鸟们唱得有多么动听吧？你这样只顾往前走，就像去上学似的，不知道这森林里有多么快活哟。"

小红帽抬起眼帘，看见阳光在树木间来回跳荡，四周鲜花盛开，心里想：要是我给奶奶捎一束鲜花去，一定也会使她高兴；天色还早着呐，我不会迟到的。她于是离开大路，进密林中采花去了。她采下一朵，心想前边没准儿还有更漂亮的，又往前走，一直走到了密林深处。这当儿，狼却直接赶到奶奶的房前，敲起门来。"外面是谁呀？""是小红帽，给你送蛋糕和葡萄酒来啦，快开门吧。""你只管拉把手好啦，"奶奶大声回答，"我身子虚弱，起不来哟。"狼一拉把手门就开了；它二话没说已冲到床前，把奶奶给吞进了肚子。接着，它穿上奶奶的衣服，戴上她的软帽，钻进她的床铺，扯严了帐幔。

小红帽呢，这时还在跑来跑去摘花。直到采集了许多许多，再采就拿不了啦，她才又想起奶奶，重新上了路。她感到奇怪，奶奶的房门怎么大开着？走进房间，她心里立刻觉得很异样，想：唉，上帝啊，今天我怎么这样害怕，平常我来奶奶家不总是高高兴兴的嘛！她大声喊："早上好！"——没有回音。她随即走到床前，撩开帐幔，只见奶奶躺在床上，软帽拉得低低的一直盖住了面孔，样子好奇怪。

"哎，奶奶，你的耳朵怎么这样大啊？"——"为了听你说话更清楚呗。"——"哎，奶奶，你的眼睛怎么这样大啊？"——"为了看你更清楚呗。"——"哎，奶奶，你的手怎么这样大啊？"——"为了抓牢你呗。"——"可是奶奶，你的嘴怎么大得可怕呀？"——"为了很快把你吃掉！"话音未落，狼从床上一跳而起，把可怜的小红帽张口吞掉了。

狼满足了食欲，重新上床睡大觉，一会儿就震天价响地打起鼾来。碰巧猎人从房前经过，心想：这老太婆鼾打得好厉害！她莫不是病了吧，我得去看看。他于是进了房。可等他走到床边，一看床上竟躺着狼。"你这个老坏蛋，我找了你很久，你竟在这儿！"他说。正当他准备举起猎枪时，他突然想到，这狼可能把老奶奶给吃了吧？嗯，她还有救。猎人没有开枪，而是找来一把剪刀，动手把睡着了的狼的肚皮剪开。刚剪了几下，他就看见一顶漂亮的红色小帽子，再剪几剪，小姑娘已经跳出来，大声嚷嚷："哎呀，可吓坏我啦，这狼的肚皮里好黑哟！"接着，老奶奶也走了出来，还活着，只是上气不接下气。小红帽却赶快去搬来一些大石头，把它们塞进狼的肚皮里。狼一醒过来就想逃走，可石头沉甸甸的，它一站起来马上又倒下去，摔死了。

　　三个人全都很开心。猎人剥下狼皮，回家去了。奶奶吃着小红帽送来的蛋糕，喝着葡萄酒，精神好了起来。小红帽呢却想：如果妈妈不允许，你一辈子可别再独自离开大路，跑进森林了。

　　人们还讲，有一天小红帽又给奶奶送糕饼去，在路上另一头狼跟她搭讪，想引诱她离开大路。小红帽呢没有上当，并且告诉奶奶她碰见了狼，那家伙嘴上对她说"你好啊"，眼睛却露出凶光，好像在说："要不是在大路上，看我不活吞了你！"

　　"快，"奶奶说，"咱们把门关紧，免得它钻进来。"一会儿，狼果然一边敲门一边喊叫："开门呀，奶奶，我是你的小红帽，给你送烤饼来啦！"她俩却悄悄地呆着不去开门。那灰毛鬼围着房子溜过来又溜过去，最后跳到了屋顶上，想等到傍晚小红帽回家去时偷偷跟在她后面，然后在黑暗中把她吃掉。可奶奶知道这家伙安的什么心。她想起房前立着一个大石头槽子，便对小姑娘说："去拿个桶来，小红帽。昨天我煮了许多香肠，提些煮香肠的水倒进石头槽里。"小红帽提了很久很久的水，直到把那个挺大挺大的石槽装得满满的。一会儿，香肠的气味飘进了屋顶上的狼的鼻孔。它先是深深地吸气，同时眼睛往下瞅，到最后就把脖子伸得老长老长，长得自己都站不住了，开始往下滑。就这样，狼从屋顶上摔下来，刚好掉进大石槽里，淹死了。小红帽呢，便高高兴兴回家去，再没谁伤害她。

27. 布来梅市的乐师

从前有人养了一头驴。很多年来，这头驴就任劳任怨，一袋一袋地替他往磨房驮麦子。可眼下，驴的体力渐渐用完了，干起活儿来一天比一天不如人意。于是，主人想除掉它，好节省一份饲料。可驴发现情况不妙，就逃走了。它走在前往布来梅的大路上；它以为，它总可以去当一名市立乐团乐师吧。它走了一会儿，发现在路上躺着一条猎狗。猎狗气喘吁吁的，像是跑得很累。"喂，狗老兄，干吗喘得这么厉害？""唉，"猎狗叹道，"咱老啦，身体一天一天虚弱，也不能再去打猎，主人就想打死我，我只好溜了。可现在叫我拿什么挣饭吃呢？""告诉你，"驴说，"我正要去布来梅，准备当市立乐团的乐师。一块儿走吧，让乐团也收下你；我弹琉特琴，你敲铜鼓。"

狗挺满意，它们便一起往前走。走了不多会儿，它们看见路边上蹲着一只猫，一脸晦气倒霉的样子。"喂，猫老弟，什么事这么不顺心啊？"驴问。"命都快保不住，还能开心吗？"猫回答。"我因为上了年纪，牙齿钝了，喜欢呆在火炉背后打呼噜，不肯再奔来跑去逮耗子，主妇就想淹死我。眼下我虽说逃出来了，可谁能告诉我该上哪儿去啊？"——"跟咱们一块儿去布来梅，你可是奏小夜曲的行家，同样好当一名市立乐团的乐师。"

猫觉得这个主意不错，也跟着去了。随后，三个逃亡者打一座农庄前边经过，看见大门上蹲着的一只公鸡在拼着老命叫。"你想干什么哟，叫得人家毛骨悚然的？"驴问。"我是在预报好天气，"

公鸡回答，"因为今天是圣母玛利亚为圣婴基督洗晒小内衣的日子。可是明天星期日要来客人，我家主妇已狠下心告诉女厨子，她明儿个要吃用我炖的汤；今天晚上我就得让人砍掉脑袋啦！这会儿我伸长脖子拼命喊，不喊就没有机会了哟。""哎，瞧你说的！"驴道。"跟咱们走不更好吗？咱们去布来梅，到哪儿不比等死强！你有一副好嗓子；要是咱们一道奏起乐来，准保不赖喽。"公鸡接受了建议，四个伙计便一同前进。

可是，它们一天赶不到布来梅城，傍晚就走进一片树林，准备在里边过夜。驴和狗躺在一棵大树下，猫和鸡却上了树，而鸡更飞到了树梢顶，那儿对它来说最安全。快睡着时，鸡再一次环视四面八方，突然觉得看见远处有一点亮光，便对伙计们喊道，在不很远的地方必定有所房子，还点着灯哩。驴说："那咱们就起来搬过去吧。这边睡的地方太糟糕。"狗也认为，要能找到几根带着点儿肉的骨头，对这来说倒挺好。于是乎，它们就向有亮光的地方迁移，并且很快看见那亮光越来越鲜明，越来越巨大，最后，在它们面前出现了一座灯光明亮的强盗窝。它们中驴的个头儿最大，便走到窗户前，窥探房里的动静。"瞅见什么啦，老灰毛儿？"公鸡问。"噢，"驴回答，"一张餐桌上摆满了好吃的好喝的，强盗们正围着桌子大饱口福呐。""这对我们倒是不错。"鸡说。"可不，可不，唉，要是我们坐在那里就好喽！"驴说。

于是动物们赶紧商量怎么才能把强盗们赶出去，并且终于想出了一个办法。那就是驴必须把两只前脚搭上窗台，狗再跳上驴背，猫又跳到狗背上，而最后鸡才飞上去，蹲在猫的头顶。架势摆好了，随即发出一个暗号，它们便齐声合唱起来。只听驴在吼，狗在吠，猫在叫，鸡在啼；紧接着它们就冲破窗户，进入房内；破碎的玻璃哗啦哗啦掉到了地上。强盗们让这可怕的吼叫吓得跳起来，硬以为是鬼来了，惊恐万状地逃进了森林里。这下四个伙计就坐上桌子，高高兴兴地吃喝剩下的东西，那样子就像已饿了四个星期肚皮似的。

四位乐师吃饱了，便吹熄灯火，各人就其习性为自己选择一个舒舒服服睡觉的地方。驴躺在粪堆上，狗趴在门背后，猫缩在灶头温暖的炭灰中，鸡则飞上了屋梁。大伙儿走长路都疲倦了，很快就已睡着，半夜过后，强盗们远远地瞅着房子里不再有亮光，似乎一片清静，他们的头目便说："咱们可不能当胆小鬼！"说罢派了一个同伙去侦查房子内的情况。这家伙发现四处静悄悄的，于是摸进厨房，想点上灯，他把忽闪忽闪的猫眼睛当成了燃着的炭块儿，便伸过一根火柴去接火。可猫却不喜欢开玩笑，一下子蹦到他脸上，又是吼，又是抓。强盗吓得要命，拔腿就跑，想从后门逃出房子，睡在那儿的狗跳起来，一口咬住了他的腿。他从院子里的粪堆旁跑过，驴又用后蹄子狠狠给他一记。睡在房梁上的公鸡被响声吵醒，来了精神，也冲着下边"咯—咯—咯—"大叫起来。强盗没命地逃回到头目跟前，说："哎呀呀，那屋里蹲着个可怕的老妖婆，她冲着我又是吼，又是用她的尖指头抓我的脸。在门口埋伏着一个拿刀子的人，把我的腿刺了一刀。院子里还躺着个黑呼呼的大怪物，用棒槌狠狠地揍我。屋顶上却坐着审判官，大叫着：'把坏蛋抓过来！'我只好逃跑啦。"从此，强盗们不敢再进那所房子。四位布来梅的乐师在里边却过得挺自在，不想再搬出来。讲这故事的最后一个人，他眼下还活着呐。

28. 会唱歌的骨头

从前，有一个国家被一头野猪闹得叫苦不迭。这家伙不仅咬死牲畜，还用它的獠牙撕碎了许多人的身体。不管是谁，只要能使国家免除这个灾难，国王都答应给他重赏。可是那野猪太大太凶啦，谁也不敢贸然走近它住的林子。终于，国王不得不宣布，谁要抓住或者杀死野猪，他就让谁娶他的独生女儿作妻子。

当时那个国家有出身贫寒的兄弟二人，他俩一起前来应征，愿意去冒险除害。哥哥聪明刁猾，做这事是出于骄傲；弟弟天真单纯，做这事是因为心地善良。国王对他们说："为了更有把握找到那畜牲，你俩应该分别从相反的方向进林子去。"于是哥哥从西向东走，弟弟从东向西走，弟弟在林子里走了一会儿，碰见一个手执黑矛的小矮人儿。"我把这支黑矛送给你，因为你心地纯洁、善良，"小矮人儿对他说，"拿着它，你可以放心大胆去斗那野猪，它不会再给你任何伤害。"弟弟感谢了小矮人儿，勇敢无畏地向前走去。没过多久，他看见了野猪，这家伙立刻向他冲来。他呢，赶紧用矛对准它，狂怒的野猪猛地一下撞在矛尖上，猪心被戳成了两半。随后，弟弟便扛起这庞然大物，准备回去向国王交差了。

他从森林的另一边走出来，发现路边上有一幢房子，一些人在里面跳舞和饮酒作乐。他的哥哥也早来到这里，因为他想，野猪反正逃不出他的手心，他要先喝喝酒，壮壮胆。这时候，他看见弟弟扛着猎物从林子里走出来，心里又是妒忌又是恼恨，再也不得安宁。他大声招呼弟弟："喂，进来呀，亲爱的弟弟！来休息休息，喝杯酒提提精神呗！"弟弟毫无戒备之心，走进去，给哥哥讲了他碰见好心的小矮人儿，得到一支矛杀死野猪的经过。哥哥拖住他一直到了天黑，两人才一起往回走。他们摸着黑，来到一道跨越小溪的桥头，哥哥让弟弟走前面。可是，到了桥中央，他却从背后猛地一击打死了他，使他从桥上摔了下去。他把尸体就地埋在桥下，然后扛着野猪去见国王，谎称是他杀死的，于是就娶到了公主作妻子。他的弟弟再也没回来，他说："多半是让野猪咬死了吧！"所有人都信以为真。

只是呢，没有什么瞒得过上帝，这件罪行也注定会暴露。很多年以后，一天一个牧童赶着羊群过桥去，突然发现桥下的沙泥里有一根雪白雪白小骨头，心想可以用来做个很好的号嘴子吧。他

105

果然爬下去拾起来，替自己的号雕成了一个嘴子。当他第一次吹的时候，小骨头嘴子竟自动唱起歌来，使他大为惊讶：

> "你我亲爱的小牧童啊，
> 你吹的是我的小骨头，
> 我的哥哥杀死了我，
> 把我埋在了桥下头，
> 为的是抢去那野猪，
> 好把我的公主夺走！"

"多奇妙的号嘴子啊，竟会自动唱歌！"牧童说，"我应该把它献给国王陛下。"于是，他带着号角到了国王跟前，只听它自动地又唱起了那只歌。国王立刻明白歌中的含义，命令挖开桥下的沙泥，受害者的全部白骨便暴露了出来。狠毒的哥哥否认不了自己的罪行，被缝进一条口袋里，丢进河里淹死了。弟弟的白骨被移进教堂公墓内一座很雅致的坟茔中，得到了安息。

29. 魔鬼的三根金发

从前，一个穷苦的妇人生了一儿子。这孩子出世时头上还包着胎膜，所以有人预言他十四岁时将娶国王的女儿为妻。事有凑巧，没过多久国王就来到了村子里。因为谁都不知道他是国王，当他问有什么新闻时人家就回答："前几天这儿生了一个有胎膜的孩子；这样的孩子将来不管干什么，都一定会如意。还有人预言，他十四岁那年要娶公主作妻子。"国王心眼很坏，对这个预言非常生气，就去找到孩子的父母，装得很和善地对他们说："你俩这么贫苦，把孩子送给我得啦！我会很好照料他的。"一开始夫妇俩不同意，可是当陌生人答应给许多钱，他们就想："这孩子是个幸运儿，不管怎样也会逢凶化吉的。"便终于点头同意，把儿子交给了国王。

国王把孩子放进一只匣子内，骑着马离开村子，来到一条水很深的河边，把匣子扔进河中，心里想："这下我便帮助女儿摆脱了一个讨厌的求婚者！"可那匣子呢，却并未沉下去，而是像只小船似地浮着，一滴水也没能浸到里边。就这么浮啊飘啊，它一直飘到离国王的京城只有两里远的一座磨坊前，靠在了一条堤上。磨坊的一个小帮工正好站在旁边，发现了匣子就用钩子把它钩过来，以为拣到什么了不起的宝贝啦。谁知他打开一看，匣子里却是一个漂亮的小男孩，又健康又活泼。他把小家伙抱去给磨坊主夫妇；他俩正愁没有孩子，真叫喜出望外，说："是上帝的恩赐，是上帝的恩赐！"因此精心教养这个弃儿，使他渐渐长成一个品行完美的人。

一天，为了躲避雷雨，国王正巧来到磨坊，问磨坊主夫妇，眼前那个高个子少年是不是他们的儿子。"不，"他们回答，"这孩子是拣来的。十四年前，他装在一只匣子里飘来靠在堤埂上，咱们的小帮工把他从水里捞了上来。"国王一听，就知道是他扔进河里的那个幸运儿，于是说："你们是两个善良人。可不可以叫孩子送封信给王后，我想赏他两块金子？""谨遵陛下的旨意！"磨坊主夫妇回答，并叫孩子作动身的准备。国王给王后写了一封信，信里说："送这封信的男孩一到，立刻把他杀死埋掉。在我回来之前，必须办好这一切！"

少年带着信出发了，可是却迷路了，傍晚来到一片大森林中。在黑暗里，他看见一点点儿亮光，便走过去，到了一间小屋跟前。他走进小屋，里面只有孤零零的一个老太婆坐在火炉边上。老太婆看见他吓了一跳，问："你打哪儿来？想上哪儿去？""我从磨坊来，"少年回答，"奉命给王后送信去。可我在森林里迷了路，所以希望在你这里过夜。""可怜的孩子，"老太婆说，"你落进强盗窝里啦，他们一回来，就会杀死你！""谁爱来就来好啦，"他说，"我不害怕。可我累极了，再也支持不住，"说着便躺平在一条长凳上，睡着了。一会儿，强盗们回来果真气势汹汹地问，这是哪儿来的个野小子。"唉，"老太婆回答，"这是个善良纯洁的男孩，在森林里迷了路，出于怜悯，我便收留了他。他奉命要给王后送一封信去。"强盗拆开信读起来，里边写着，男孩一送到信，就把他杀掉。读完信，铁石心肠的强盗们也对少年产生了同情，他们的头儿两把撕碎国王的信，然后另写了一封；信里写着，一等少年把信送到，立刻让他与公主结婚。随后，他们让他安安稳稳地在长凳上一直睡到第二天早上，等他醒来便把信给他，并且替他指了正确的路。王后收到信读了，就按信里的要求下令举行豪华的婚礼，把公主嫁给了幸运儿。因为少年又英俊又和善，公主与他生活得挺快乐，挺满意。

过了一些时候，国王回到宫中，发现预言应验了，幸运儿已经与他的女儿结为夫妇。"这是怎么搞的？"他质问。"我在信里写的完全是另外的命令！"王后听了把信递给他，要他自己看看写的是什么。国王一读便发觉，他信被换掉了。他问少年，那托付给他的信跑到哪儿去了，为什么竟送交的是另一封信。"我压根儿不知道。"少年回答，"想必是夜里我在森林中睡觉，它被人换掉啦。"国王勃然大怒，说："不能这么便宜了你！谁想娶我女儿，他必须去地狱里从魔鬼头上给我拔来三根金头发。你能弄来我所要的东西，我才让你继续做我女儿的丈夫！"国王希望这一下能永远摆脱他。可是幸运儿却回答："我很乐意去取金头发，对那魔鬼我才不怕呐！"说完，他就告了别，开始他的旅程。

他走着走着，到了一座大城市，守城门的卫兵盘问他会什么手艺，有什么知识。"我无所不知，"幸运儿回答。"那就劳驾你告诉我们，"卫兵们说，"咱们城里市集上那口本来涌出葡萄酒的井为什么干了，连水都不再出？""这个我会告诉你们的，"他回答，

"等我回来吧。"说完他继续往前走,到了另一座城市前。守城的卫兵又问他会什么手艺,有什么知识。"我无所不知,"他回答。"那就劳驾你告诉我们,"卫兵们说,"咱们城里那棵本来结金苹果的树,为什么现在连树叶都不长啦?""这个我会告诉你们的,"他回答,"等我回来吧。"说完他继续往前走,到了一条大河岸边,必须过河去。船夫问他会什么手艺,有什么知识。"我无所不知,"他回答。"那就劳驾你告诉我,"船夫说,"为什么我得一直把船撑来又撑去,永远没人来接替我?""这个我会告诉你的,"他回答,"等我回来吧。"

幸运儿过了河,找到了地狱的入口。地狱里黑沉沉的,到处是煤烟灰。魔鬼不在家,只有他的老祖母坐在一张挺宽大的安乐椅里。"你有什么事?"她问幸运儿,样子看上去一点不凶。"我想要魔鬼头上的三根金发,"他回答,"不然我就会失去我的妻子。""你要的太多啦,"她说,"魔鬼回来看见了你,会要你命的!不过我可怜你,愿意看一看能不能帮你的忙。"说着,她把幸运儿变成了一只蚂蚁,告诉他:"爬进我的衣褶子里去,在那儿你挺安全。""是的,"他回答。"这样挺好,可我还希望知道三件事:为什么一口从前涌葡萄酒的井干了,连水都不再出?为什么一棵从前结金苹果的树,现在连树叶都不长了?为什么一个船夫得一直把船撑来又撑去,没有人接替?""这是些很难回答的问题,"她说,"不过你只要悄悄地呆着,等我拔他的三根金头发时,注意听魔鬼说些什么就成啦。"

天晚了,魔鬼回到家里。他刚一进门,就发觉气味儿不对。"我闻到了人肉的气味,"他说,"是的,真的不正常。"他边说边四处瞅,四处找,可是什么也没找着。他的祖母却骂开了:"刚才打扫过,一切都理得整整齐齐的,这下你又来给我翻得乱七八糟!"她说。"你鼻子里才永远有人肉味儿!快坐下吃你的晚饭吧。"魔鬼吃喝完了,感到疲倦,把脑袋枕在祖母怀里,要她替他捉一捉虱子。没过多久，他就睡着了，呼噜呼噜打起鼾起。祖母于是拈住根金发，一下子拔出来放在旁边。"哎唷！"魔鬼叫起来，"你干什么？""我做了个噩梦，梦里正扯你的头发呐，"祖母回答。"你梦见了什么？"魔鬼问。""我梦见市集上有一口井，从前井里涌出葡萄酒，现在却干得连水都不再出，不知是什么在作怪？""嘿，城里的人哪儿会知道！"魔鬼回答。"在井里的一块大石头底下住着只癞蛤蟆，他们只要杀死它，就又会有葡萄酒流出来。"祖母又开始替魔鬼捉虱子，直到他再睡着了，打鼾打得连窗户都颤抖起来。祖母趁机拔下了第二根金发。"嗷！你干什么？"魔鬼生气地叫。"别见怪，"祖母回答，"我做梦来着。""你又梦见什么了？"他问。"我梦见在一个王国有一棵树，这棵树本来结金苹果，现在却连树叶都不长了。不知原因究竟是什么？""嗨，人们哪儿会知道！"魔鬼说，"有只老鼠在啃树根，他们只要杀死它，树又重新会结金苹果；而如果让它继续啃下去，树就会完全枯死掉。可是别再拿你的梦来搅扰我！你要再弄醒我一次，我就给你一耳光。"祖母用好言好语诳他，继续替他捉虱子，直到他又睡着了打起鼾来。这时她拈住他的第三根金发，把它拔出来了。魔鬼一下子跳起老高，怪叫着要找她算帐；她呢，又安抚他说："老做噩梦，真没办法！""你又梦见什么啦？"魔鬼问，心里到底还是好奇。"我梦见一个船夫，他一直把渡船撑来又撑去，老是没人去接替他，因此在抱怨。也不知原因是什么？""嗨，这个傻瓜！"魔鬼回答，"只要有谁来要求渡河，他立即把篙往这人手里一交，以后就得这个人撑船，他不就自由啦！"祖母既已拔下三根金头发，得到了对于三个问题的答案，也就不再打搅这恶鬼，让他一觉睡到了大天亮。

魔鬼又出门去了，老祖母从衣裙里捉出蚂蚁，让幸运儿恢复了原形。"这儿你有了三根金头发，"她对他说，"魔鬼对你那三个问题说的话，你大概也听见啦。""是的，"他回答，"我听见了，并且会牢牢记住。""我算给你帮到了忙，"她说，"现在你可以走自己的路了。"幸运儿向老祖母道了谢，感谢她在危难中给他帮助。随后他便离开了地狱，心里对事事都这么顺利而充满了喜悦。他见到那个船夫，船夫要他兑现诺言。"先撑我过去，"幸运儿说，"然后我就告诉你怎么能够得救！"到了彼岸，他把魔鬼的建议转告船夫："如果又有人来要求渡河，你把篙交给他得啦！"他继续往前走，来到树不再结果的那座城市，卫兵们也要他回答问题。他于是说了从魔鬼口里听来的话："杀死啃树根的那只老鼠，这样树又会结金苹果喽！"卫兵感激他，送给他两头驮着金子的毛驴，他便牵着它们走了。最后，他到达井干涸了的城市，对卫兵们说了魔鬼说的那些话："有只癞蛤蟆蹲在井里的一块石头底下，必须找到它，把它杀死，这样井又会直涌葡萄酒的！"卫兵感激他，同样给了他两头驮着金子的毛驴。

　　幸运儿终于回到家里的妻子身边。重新见到他，听他说一切都圆满成功，她打心眼儿里高兴。他把国王要的东西——那三根魔鬼的金头发，呈了上去。国王看见除此而外还有四头驮着金子的毛驴，高兴极了，说："现在所有的条件都满足了，你可以继续做我女儿的丈夫。不过呢，亲爱的女婿，请告诉我，你这许多金子从哪儿来的？它可是一宗很大的财富啊！""我过了一条河，"幸运儿回答，"发现河边满是金子，而不是沙，就搬回来了。""我也可以去搬一些吗？"国王问，一副贪心的样子。"你想搬多少都成，"女婿回答，"河上有一个船夫，你让他渡你去彼岸，你就可以装金子进你口袋了。"贪心的国王急急忙忙上了路，赶到河边，向船夫招手，要船夫渡他过河。船夫撑过船来，请他上去。当他们到了彼岸，船夫便把篙塞进他手中，自己跳上岸跑了。国王呢，为了赎补他的罪孽，从此便被罚在河上撑船。

　　"他还在撑吗？"——"怎么不呢？没有任何人去接过他手里的篙嘛！"

30. 虱子和跳蚤

一只虱子和一只跳蚤，两个一块儿生活，同用一个蛋壳酿啤酒。一天，虱子掉进啤酒锅，烫死了。跳蚤因此大哭大叫起来。一扇小房门听了说："哭什么哟，跳蚤？"——"虱子它烫死啦！"

于是，房门也跟着嘎嘎嘎叫，屋角里一把扫帚问："你叫什么哟，小门？"——"我怎能不叫呢？

> 虱子烫死啦，
> 跳蚤已哭了！"

于是，扫帚也跟着发了疯似地扫起来。这时一辆小车经过，问："干吗发疯似地扫啊，扫帚？"——"我能不扫吗？

> 虱子烫死啦，
> 跳蚤已哭了，
> 门也嘎嘎叫！"

于是小车说："那我也得快跑。"说着就拼命跑起来。它经过一堆垃圾，垃圾问："干吗跑这么快，小车？"——"我能不跑吗？

> 虱子烫死啦，
> 跳蚤已哭了，
> 门也嘎嘎叫，
> 扫帚在狂扫！"

于是垃圾说:"那我也要猛烈烧燃。"说着就燃起熊熊火焰。一棵长在垃圾堆旁的小树见了,问:"垃圾堆啊,你干吗烧这么猛?"——"我能不烧吗?

> 虱子烫死啦,
> 跳蚤已哭了,
> 门也嘎嘎叫,
> 扫帚在狂扫,
> 小车拼命跑!"

于是小树说:"我也该摇动才是。"说着便摇得树叶纷纷落下。一个捧着水罐的小姑娘走过来,问:"小树小树,你为什么摇得这么厉害啊?"——"我能不摇吗?

> 虱子烫死啦,
> 跳蚤已哭了,
> 门也嘎嘎叫,
> 扫帚在狂扫,
> 小车拼命跑,
> 垃圾猛燃烧!"

于是小姑娘说:"那我也要摔碎我的水罐。"说着便把罐子摔得粉碎。那眼突涌着的泉水问:"小姑娘,干吗摔碎你的罐子?"——"我能不摔碎它吗?

> 虱子烫死啦,
> 跳蚤已哭了,
> 门也嘎嘎叫,

　　　　　扫帚在狂扫，
　　　　　小车拼命跑，
　　　　　垃圾猛燃烧，
　　　　　小树死劲摇!"

　　"唉，"泉水说，"那我也该流起来。"说着就可怕地泛滥起来。所有一切，小姑娘啊，小树啊，垃圾堆啊，小车啊，扫帚啊，门啊，还有跳蚤虱子啊，通通叫水给淹没了。

31. 没有手的女孩

　　有个磨坊主渐渐变穷了，除去他的磨房和磨房后的一棵大苹果树，不再有任何财产。一天，他进树林砍柴，一个从没见过的老头子走过来对他说："干嘛受这份儿砍柴的罪呵！我愿意叫你富起来，只要你答应把在磨房后的东西给我。"

　　那儿除去一棵苹果树什么也没有呀，磨坊主想，于是说"好的"，答应了陌生人的要求。可这人冷笑了笑，说："三年后我来取属于我的东西。"说罢便走了。磨坊主回到家，妻子迎面跑来，问："告诉我，当家的，咱们家从哪儿突然来的这么多财富？一眨眼箱子柜子满是钱，又没见谁拿来，真不知是怎么搞的？""是我在林子里碰见那个陌生人送的，"磨坊主回答，"他答应让我发大财。我呢，许诺了把在咱们磨房后的东西给他；多半就是那棵大苹果树呗。""嗨，老头子，"妻子害怕了，说，"那家伙准是个魔鬼！他要的不是苹果树，而是咱们闺女；她刚才正好在磨房后边扫院子啊。"

　　磨坊主的闺女是个美丽而虔诚的姑娘，在这三年中她敬畏上帝，没任何罪孽。三年期满，魔鬼来带走她的那天到了，她便洗
114

干净身子，然后用粉笔在自己周围画上个圆圈。魔鬼来得很早，可就是不能靠近她。他怒气冲冲地对磨坊主说："把所有的水都搬开，叫她再不能洗澡，不然，我就没有控制她的力量。"磨坊主怕魔鬼，照着他的话做了。第二天一早魔鬼又到来，姑娘先已把眼泪洒在手上，仍旧把身子洗得干干净净。这样，他还是不能接近她，就怒气冲冲地对磨坊主说："砍掉她的双手，不然我拿她毫无办法。"磨坊主大为惊恐，回答："我怎么能砍掉自己亲生女儿的手啊！""你要不砍，那你就归我所有，"魔鬼威胁他说，"我就把你自己给抓了去！"

磨坊主害怕了，答应听从他。随后，他走到女儿面前，说："孩子，我要是不砍掉你的手，魔鬼就要抓走我，我一害怕便答应了他。帮我解除苦难吧。原谅我，要是我对你犯下罪过。""亲爱的爸爸，"姑娘回答，"您要把我怎么办就怎么办好啦，我是您的孩子。"说着，她伸出双手，让他砍掉了。

魔鬼又来第三次，可是姑娘先已对着自己的断臂哭啊，哭啊，结果身子仍然被冲洗得干干净净。这一来，魔鬼只好认输，失去了对她的一切权利。磨坊主对女儿说："多亏你，我获得了巨大的财富，我要一生一世供你过最舒适的生活。"女儿却回答："不，这儿我呆不下去，我想离开。好心的人们会给我需要的一切。"说完，她请人把断臂绑在她背后，等太阳一升起就上了路，走了一整天，直到黑夜降临。这时候，她来到了一片国王的花园外。月光下，她看见园内的树木结满了鲜美的果实。可是她进不去，园子周围有一条小河。她呢，走了一整天没吃一口东西，饿得很难受，就想："唉，要是能上里边吃几个果子就好啦，不然我会饿死的！"想着想着她跪在了地上，呼唤着上帝，向他发出祈祷。这时面前来了一位天使，他关住水中的一道闸门，河沟干了，姑娘走了过去。她随即进了园子，天使仍陪着她。她看见一棵果树，上面结着漂亮的梨子，可全是点了数的。她走到树下，用嘴咬下一个来吃掉了，解了解饥，对别的梨却一个未碰。园丁发现了，但因为有天使在旁边，心怀敬畏，以为她也是个仙女，既不敢叫喊，也不敢与仙女搭话。姑娘吃下梨后觉得饱了，就走进小树丛中藏起来。第二天早晨，国王来到他的园子里，数树上的梨子发现少了一个，便问园丁到哪儿去了。国王认为树下没梨子，准是被偷走了。园丁赶快回答："昨天夜里来了一位仙女，没有手，用嘴咬下一个梨子吃了。""仙女怎么过得了河？"国王问，"她吃完梨又上哪儿去了呢？"园丁回答："一个穿着雪白衣服的什么人从天上降下来，关住闸门，放干河水，好让仙女走过河沟。那想必是天使，我害怕了，没敢问，也没敢喊。仙女吃完梨，便回去了。"国王说："你要说的是实话，今天夜里我就和你在一起守园子。"

天黑了，国王来到园中，并带着一位准备与仙女谈话的祭师。三个人坐到树下，注意着动静。半夜，姑娘从小树丛中钻出来，走到树跟前，又用嘴咬梨子吃；在她旁边，站着一身衣服雪白的天使。这时祭师走出来，问："你是来自天国，还是来自人世？你是神，还是人？"姑娘回答："我不是神，而是一个被大家抛弃了的可怜人，只有上帝没有把我遗弃。"国王说："要是世人都抛弃了你，那我不愿意也抛弃你。"说完把她带回宫里。由于她美丽又虔诚，国王打心眼儿里喜欢她，让人用银子替她打了一双假手，娶她做了妻子。

一年后，国王去出征，临行把年轻的王后托付给他母亲，说："如果她生孩子。请你好好照顾她，给她营养，并且立刻写信告诉我。"她果然生下一个漂亮儿子，老婆婆赶紧写信向国王报告喜讯。谁料信使半路上在一道小溪旁休息，因为长途跋涉太疲倦，便睡着了。这时那个老想害虔诚的王后的魔鬼走来，掉换了信，在假信中说什么王后生了一个怪胎。国王读完信大惊，心情十分忧郁，不过仍然回信要家人好好照料王后，等他回去再说。信使回去时在同一个地方休息，又睡着了。魔鬼走来放了另一封信在他袋里，信中说，把王后和她儿子一起处死。老太后接到信吓得要命，不相信真有这事，又写一封信给儿子。可是，回答仍旧一个样，因为魔鬼每次都把信使的袋子给换了。在最后一封信里还写着，必须在处死王后时留下她的舌头和眼珠作凭证。

老太后痛哭流泪，不忍心看清白无辜的人被杀死，便让人在夜里捕来一头母鹿，挖出它的舌头和眼珠保存起来。然后她告诉王后："我不忍按国王的命令处死你，可你再不许留在宫中，带着你的孩子走得远远的吧，永远别再回来呀。"说完她把婴儿绑在媳妇背上，可怜的女人只好眼泪汪汪地走了。她走到一片原始森林里，双膝跪下祈求上帝，上帝的天使出现了，领着她来到一幢小屋前。小屋门上挂着个小牌儿，牌上写着：人人可以自由居住。从屋里走出来一位衣裙雪白的少女，说："欢迎您，王后娘娘！"接着领她进了屋。在屋里少女替她解下背上的婴儿，把婴儿放进她怀里吃奶，吃完奶又放他到一张铺好了的精美小床上。这时候，可怜的女人才问："你从哪儿知道我是位王后呢？""我是个天使，"白衣少女回答，"上帝派我来照顾你母子。"随后，她在小屋中一住七年，得到很好的照顾。由于她的虔诚，上帝保佑她，使她被砍掉的手又长了出来。

终于，国王打完仗，回到家，第一件事就是要见她的妻子和孩子。他母亲一听就哭起来，说："你这凶残的人啊，你凭什么写信给我，要我害死两个清白无辜的善良人！"说着让他看那两封被魔鬼做了假的信，继续说："我已经按你的命令做了。"并且把物证给他：一条舌头，两颗眼珠。国王也开始哭泣，哭他可怜的妻子和小儿子，哭得还要悲痛得多。老母亲忍不住怜悯起他来，对他说："放心吧，她还活着。我偷偷让宰了一头母鹿，取来这些凭证；而把婴儿绑在你妻子背上，让她远走他乡啦。临行我强迫她保证永不回来，因为你恨死了她。"国王听罢说道："我要走遍蓝天下的所有角落，不吃也不喝，直到找回我亲爱的妻子和孩子，只要她们这期间没有丧命，没有饿死。"

随后国王便四处漂泊，差不多有七年之久，找遍了所有石缝和岩洞，可哪里也找不着妻子和儿子，心想她们已饿死了。在整个七年里，他不吃不喝，然而上帝维护了他的生命。最后，他走进一片大森林，发现林中有一幢小屋，门上挂着块小牌子，牌子上写着：人人可以自由居住。这时屋里走出来一位白衣少女，拉住他的手领他进屋，说："欢迎您，国王陛下。"并且问他从什么地方来。国王回答："我四处漂泊快七年啦，寻找我的妻子和孩子，可是找不到她们呵！"天使给他送上吃喝，他却没有动，只希望休息一下。他躺下睡觉，用一块帕子盖住了面孔。

随后，天使去到王后带着她孩子——她总把她孩子叫作"苦儿"——住的房间，对她说："领着儿子出来吧，你丈夫到了。"她走向躺卧着他的地方，正好帕子从他脸上掉了下来。她于是说："苦儿，替爸爸把帕子拣起来，再给他把脸盖上。"孩子拣起手帕，盖好了。国王在迷迷糊糊中听明白了，故意让手帕又掉到地上。小男孩不耐烦起来，说："妈妈，我在世界上根本没爸爸呀，怎么能盖上他的脸呢？我只学会了祈祷：'我们在天上的圣父啊！'你曾告诉我，我父亲在天上，他就是仁慈的上帝。现在怎么能叫我认这个野人做爸爸？他不是，他不是！"国王听见了坐起来，问她是谁。她回答："我是你妻子，这是你儿子苦儿。""我妻子有一双银手，"国王盯着她活动自如的真手说。她回答："真手是仁慈的上帝让我重新长出来的。"这时候，天使去王后房里取来了银手让他看。他看了才真相信找到了自己心爱的妻子和孩子，吻了她们，高兴地说："一块大石头终于从我心上掉下啦！"天使还请他们一起吃了饭，然后她们就回家去见老奶奶。全国上下欢天喜地，国王和王后又举行了一次婚礼，他们快乐地生活着，直至生命完结。

32. 机灵的汉斯

汉斯的母亲问:"上哪儿去,汉斯?"汉斯回答:"去找格莱特。"——"把事情办好,汉斯!"——"会办好的。再见,妈妈!"——"再见,汉斯!"

汉斯来到格莱特家。"你好,格莱特!"——"你好,汉斯!带什么好东西来了吗?"——"什么也没带来。请给我点什么吧。"格莱特送给汉斯一根针。汉斯说:"再见,格莱特!"——"再见,汉斯!"

汉斯接过针,把它插进干草车中,跟着车回到家。"晚上好,妈妈!"——"晚上好,汉斯!你上哪儿去了?"——"我上格莱特家去了。"——"你带给她了什么?"——"我什么也没带给她,她送了东西给我。"——"格莱特送给你什么?"——"送给我一根针。"——"你把针放在哪儿了,汉斯?"——"放在干草车里了。"——"你办得真傻,汉斯,应该把针插在衣袖上!"——"没关系,下次一定办好。"

"你上哪儿,汉斯?"——"去找格莱特,妈妈。"——"把事情办好,汉斯!"——"会办好的。再见,妈妈!"——"再见,汉斯!"

汉斯来到格莱特家。"你好,格莱特!"——"你好,汉斯!带什么好东西来了吗?"——"什么也没带来。请给我点什么吧!"格莱特送给汉斯一把刀。"再见,汉斯!"——"再见,格莱特!"

汉斯接过刀,把它插在衣袖上,走回家。"晚上好,妈妈?"——"晚上好,汉斯!你上哪儿去了?"——"上格莱特家去了。"——"你带给她了什么?"——"什么也没带给她,她送了东西给我。"——"格莱特送给你什么?"——"送给我一把刀。"——

"你把刀放在哪儿了，汉斯?"——"插在衣袖上了。"——"你办得真傻，汉斯，应该把刀藏进口袋里!"——"没关系，下次一定办好。"

"上哪儿去，汉斯?"——"去找格莱特，妈妈。"——"把事情办好，汉斯!"——"会办好。再见，妈妈!"——"再见，汉斯!"

汉斯来到格莱特家。"你好，格莱特!"——"你好，汉斯! 带什么好东西来了吗?"——"什么也没带来。请给我点什么吧!"格莱特送给汉斯一只羊羔。"再见，格莱特!"——"再见，汉斯!"

汉斯接过羊羔，捆住它的腿，把它塞进口袋里。等他回到家，羊儿已经闷死了。"晚上好，妈妈!"——"晚上好，汉斯! 你上哪儿去了?"——"上格莱特家去了。"——"你带给了她什么?"——"什么也没带给她。她送了东西给我。"——"她送给你什么?"——"送给我一只羊羔。"——"你把羊羔放在哪儿了，汉斯?"——"藏在口袋里了。"——"你办得真傻，汉斯，应该把羊拴在绳子上!"——"没关系，下次一定办好。"

"上哪儿去，汉斯!"——"去找格莱特，妈妈。"——"把事情办好啊，汉斯!"——"会办好的。再见，妈妈!"——"再见，汉斯!"

汉斯来到格莱特家。"你好，格莱特!"——"你好，汉斯! 带什么好东西来了吗?"——"什么也没带来。请给我点什么吧!"格莱特送给汉斯一块猪油。"再见，格莱特!"——"再见，汉斯!"

汉斯接过猪油，把它拴在一根绳子上，拖在身后往回走。一群狗跑来吃掉了猪油。等他回到家，手里仅仅拽着根空绳子。"晚上好，妈妈!"——"晚上好，汉斯! 你上哪儿去了?"——"上格莱特家去了。"——"你带给了她什么?"——"什么也没带给她。她送了东西给我。"——"她送给你什么?"——"送给我一块猪油。"——"你把猪油放在哪儿了，汉斯?"——"我把它拴

120

在绳子上牵回家，让狗给叼走啦。"——"你办得真傻啊，汉斯，应该把猪油顶在头上！"——"没关系，下次一定办好。"

"上哪儿去，汉斯？"——"去找格莱特，妈妈。"——"把事情办好，汉斯！"——"会办好的。再见，妈妈！"——"再见，汉斯！"

汉斯来到格莱特家。"你好，格莱特！"——"你好，汉斯！带什么好东西来了吗？"——"什么也没带来。请给我点什么吧！"格莱特送给汉斯一头小牛。"再见，格莱特！"——"再见，汉斯！"

汉斯接过牛，把它顶在脑袋上，牛踢破了他的脸。"晚上好，妈妈！"——"晚上好，汉斯！你上哪儿去了？"——"我上格莱特家去了。"——"你带给了她什么？"——"什么也没带给她。她送了东西给我。"——"格莱特送给你什么？"——"送给我一头小牛。"——"你把牛放在哪儿了，汉斯？"——"我把牛顶在头上，它踢破了我的脸。"——"你办得真傻啊，汉斯，应该牵着它，把它拴在饲料槽前边！"——"没关系，下次一定办好。"

"上哪儿去，汉斯？"——"去找格莱特，妈妈。"——"把事情办好，汉斯！"——"会办好的。再见，妈妈！"——"再见，汉斯！"

汉斯来到格莱特家。"你好，格莱特！"——"你好，汉斯！带什么好东西来了吗？"——"什么也没带来。给我点什么吧！"——格莱特对汉斯说："我愿意跟你去。"

汉斯抓住格莱特，把她拴在一根绳子上拽着就走，牵她到饲料槽前边，捆在桩子上。他随后去见自己母亲。"晚上好，妈妈！"——"晚上好，汉斯！你上哪儿去了？"——"我上格莱特家去了。"——"你带给了她什么？"——"什么也没带给她。"——"格莱特送了什么给你？"——"什么也没送，她自己跟我来了。"——"你把格莱特扔在哪里了？"——"我把她牵来，拴在料槽前边的桩子上啦。"——"你办得真傻啊，汉斯，应该给她一

121

些好眼色!"——"没关系,我马上办好。"

汉斯走进畜栏,把所有牛的眼睛羊的眼睛通通挖出来,扔到格莱特脸上。格莱特气坏啦,挣断绳子,跑回家去,不再做汉斯的未婚妻。

33. 三种语言

从前,在瑞士住着一位老伯爵,他有一个独生儿子。可这小家伙挺蠢,真是什么也学不会。一天,父亲对他说:"听着,我的孩子,我想尽了一切办法,你还是什么也装不进脑袋里去。你只好离开家,我要把你交给一位名师,让他来管教你试试。"于是,小伙子被送到一座陌生的城市里,在名师家中呆了整整一年。一年过后,他又回到家里,于是父亲问他:"喏,我的儿,你学到了什么?""爸爸,我学会了听狗叫,"他回答。"上帝怜悯呵,"父亲一听嚷起来,"这就是你所学的一切吗?我要送你去另外一座城市,把你交给另一位老师管教!"小伙子于是又去另一座城市,在另一位教师处也呆了一年。他回家来,父亲又问:"我的儿子,你学到了什么?"他回答:"爸爸,我学会了听鸟语。"父亲勃然大怒,说:"呵,你这没出息的东西!花了这么宝贵的时间啥也没学会,还有脸来见我吗?我决定送你去第三位老师那儿,可要是你这次仍旧什么也学不会,我就不再做你的父亲!"儿子在第三位教师那里同样呆了一年。他回到家,父亲问:"我的儿,你学到了什么?"他回答:"亲爱的爸爸,我学了一年,学会了听蛙鸣。"父亲一听火冒三丈,跳起来,召集拢全家,宣布说:"这个人不再是我的儿子,我要赶他出家门。我命令你们,把他带进森林里去杀掉!"家里人带他进了森林,可要杀他却狠不下心,只好放他走了。他们挖出一头鹿眼睛和舌头,拿回去给老伯爵作物证。

小伙子无目的地往前走，过了一些时候来到一座城堡前，请求在那儿投宿。"行啊，"城堡的主人说，"你要是乐意在下边那座古塔里过夜，就请便吧！不过我警告你，当心你的小命，因为那里边到处是野狗，它们一个劲儿地狂吠乱叫，过几个钟头就得丢一个人给它们，它们也立刻把他吃掉！"整个地区也真为这事叫苦连天，可是谁都毫无办法。小伙子呢，却毫无畏惧，说："让我去野狗那儿好啦。只是得给我些东西，让我一开始就扔给它们。它们不会伤我一根毫毛的。"喏，既然他自己非去不可，人家就给他一些野狗吃的东西，把他带到了下边的古塔跟前。他走进塔去，那些狗没冲他吠叫，反倒围着他很友好地摇摆尾巴，吃掉了他扔给它们的东西，一根毫毛也没碰他的。第二天早上，他安然无恙地走回去，令所有人都大吃一惊。他对城堡主人说："那些狗用它们的语言告诉我，它们为什么聚集在那儿，给本地造成祸害。原来呀它们是中了魔法，不得不在那儿守护埋在塔楼底下的一宗财宝。只有把财宝取走了，它们才安静得下来。而取财宝的唯一办法，我同样从它们的话里听明白了。"大伙儿听了都很高兴，城堡主人说愿意收他做义子，要是他把事情办成功了的话。小伙子于是又爬进下边的钟楼，因为他知道怎么办，成功地取出来一只装满黄金的柜子。从此再听不见野狗的吠叫声，它们突然间便无踪无影，地方上也免除了祸患。

过了一段时间，小伙子心血来潮，想去罗马。途中，他经过一片沼泽，看见有一些青蛙蹲在里边呱呱呱叫。他侧耳细听，明白了它们话里的意思，一下子变得心事重重，非常地难过起来。终于，他到了罗马，正碰上教皇死了，大主教们拿不定主意，不知定谁做他的继承人好。最后他们一致同意，要选那个上帝在他身上显了圣迹的人当新教皇。就在作出这个决定的一刹那，年轻的伯爵刚好跨进教堂，突然飞来两只雪白的鸽子，落下来一直蹲在他的两边肩上。教士们断定这就是上帝的圣迹，当场问他愿不愿意当教皇。小伙子犹豫不决，不知道配不配做此事；两边肩上的鸽子却劝他，说他配做配做，他最后才说："好吧。"接着，他便行了涂油礼，接受了加冕。这样，他在途中听青蛙说的那些令他大为震惊的话，就应了验：他果真做了神圣的教皇。随后，他必须唱弥撒了，却一个字也不知道，好在那两只鸽子一直蹲在他左右两肩上，冲着他耳朵告诉他一切。

34. 聪明的艾尔莎

从前，一个男人有一个女儿，名字叫聪明的艾尔莎。当她长大了，父亲对母亲说："咱们让她出嫁吧。""好的，"母亲回答，"只要有谁来娶她。"终于从很远的地方来了一个人，名字叫汉斯，向她提出求婚。只不过呢，他还有个条件，就是聪明的艾尔莎必须真正聪明。"噢，"父亲说，"她脑瓜灵着呐！"她母亲也说："嗨，这丫头看得见风在街上跑，听得见苍蝇咳嗽！""是的，"汉斯说，"她要不真聪明，我就不娶她。"随后，他们坐下来吃饭，母亲叫："艾尔莎，去地窖里取啤酒来！"聪明的艾尔莎立刻从墙上拿下酒壶，下地窖去，途中她已揭掉酒壶盖子，为了节省时间。到了窖里，她首先搬一张椅子坐到啤酒桶前边，免得弯腰背，使身体受到意外伤害。然后，她才把酒壶放在自己面前，拧开桶上出酒的龙头。当酒往壶里灌的这段时间，她的眼睛也不闲着，而是顺着墙壁向上看。看来看去，突然发现一把十字镐正好悬在她头顶上，是泥瓦匠挖在那里忘记了的。聪明的艾尔莎立刻哭起来，说："要是我嫁给汉斯，我俩就会有孩子，孩子长大了，我们就会叫他下地窖来取啤酒，这样十字镐可能落在他头上，把他给砸死！"她坐在那儿，对未来可能发生的不幸，放开喉咙哭啊，喊啊。人家在上面等着啤酒喝，聪明的艾尔莎却总不见回来。母亲便吩咐女仆：

"下酒窖去看一看，艾尔莎上哪儿去了。"女仆下到地窖，发现艾尔莎坐在酒桶前大声哭喊。"艾尔莎，你哭什么呀？"女仆问。"唉，"艾尔莎回答，"叫我怎么能不哭哟？要是我嫁给汉斯，我俩就会养孩子，孩子长大了，我们就会叫他下地窖来取啤酒，这样十字镐可能落在他头上，把他给砸死呐！"女仆一听也说："咱们的艾尔莎才叫聪明哩！"说完便坐到一起去，也为未来的不幸大哭起来。过了一阵女仆还不回去，上面的人急着要喝啤酒，父亲又对男仆说："下窖去看看，艾尔莎和女仆跑哪儿去了！"男仆走下来，见聪明的艾尔莎和女仆两个坐在一起哭啊，哭啊，就问："你们到底哭什么？""唉，"艾尔莎说，"叫我怎么能不哭哟？要是我嫁给汉斯，我俩就会养孩子，孩子长大了，我们就会叫他下地窖来取啤酒，这样十字镐可能落在他头上，把他给砸死呐！"男仆听了说："咱们的艾尔莎才叫聪明喽！"说完也坐到一起去，开始大声嚎啕。上边等男仆一等不回来，二等不回来，丈夫就告诉妻子："你下去看看吧，看艾尔莎到哪儿去了！"母亲走进地窖，见三个人都在哀声哭泣，问原因是什么。艾尔莎又对母亲讲，等将来她的孩子长大了下地窖来取啤酒，十字镐会落下来，孩子就可能让它给砸死。母亲听了同样说："嗨，咱们的艾尔莎好聪明啊！"说完也坐下去一块儿哭。父亲在上面又等了一会儿，谁知妻子还是有去无回，他又想喝啤酒想得要命，就说："我必须亲自去看看艾尔莎在哪儿！"他走下地窖，见所有人都坐那儿哭啊，哭啊。当他听了哭的原因是艾尔莎将来可能生一个孩子，这孩子可能被十字镐砸死——要是他正好在它往下落的时候坐在下边接啤酒，他不禁大呼："好一个聪明的艾尔莎啊！"并且马上坐下去跟着哭起来。未婚夫一个人在上面呆了很久，由于谁都不回去，他就想："没准儿他们在下面等你哩。你应该下去看看他们打算干什么。"他下到窖里，见五个人全坐在那儿痛哭流涕，一个比一个哭得更伤心，一个比一个叫得更凄惨。"究竟出了什么事呵？"他问。"唉，亲爱的汉斯，"艾尔莎回答，"要是我俩结了婚，就会有一个孩子，孩子长大了，我们多半会叫他来这儿取啤酒，要是挖在墙上那把十字镐这时掉下来，就可能砸破他的头，叫他永远倒下起不来！叫我们怎么能不哭哟？""嗐，"汉斯说，"要管好我的家，这么多智慧已经足够！好个聪明的艾尔莎，我决定娶你啦！"说着就拉住她的手，牵她上去，和他举行了婚礼。

婚后过了一些时候，汉斯说："太太，我要出去做事挣钱；你呢，去地里割些麦子来，咱们好烤面包。""好的，亲爱的汉斯，我就去。"丈夫走了以后，她为自己熬了一锅很好的粥，带到了地头上。站在地里，她自言自语起来："我怎么办？是先割麦子呢，还是先吃粥？嗨，先吃得啦。"于是就把一锅粥吃光了。等肚子胀得圆圆的，她又说："我怎么办？是先割麦子呢，还是先睡觉？嗨，先睡得啦。"于是倒在麦草里就睡着了。汉斯早已到了家，艾尔莎却总不见回来。他于是说："我的艾尔莎太聪明了，又这么勤快，连饭都不肯回家来吃！"谁知她仍旧不回来，天也黑了，汉斯只得下地去，看她割了多少麦子。可一看却什么都没割，她反倒躺在麦地里睡着了。气得汉斯飞快跑回家，取来一张拴着许多小铃铛的捕鸟网，缠在老婆身上；她呢，还一个劲儿地睡睡睡。随后，汉斯跑回家，锁上房门，坐在椅子上工作。聪明的艾尔莎终于醒来，天已经完全黑了。她站起身，只觉得周围有响动，她每跨一步，那些铃铛都丁冬响个不停。她吓了一大跳，糊里糊涂地不晓得自己还是不是聪明的艾尔莎，于是说："我是呢，还是不是？"然而她不知道该如何回答才好，犹豫不决地站了好一会儿，终于想到："我要回家去问，到底我是呢还是不是；家里人会知道的。"她跑到家门外，可门已上了锁。她敲了敲窗户，喊道："汉斯，艾尔莎在家里吗？""在，"汉斯回答，"她在家里。"她大吃一惊，说："哎呀，上帝，这么说我就不是喽！"她只好去下一家门前，可别人听见铃铛的声音，都不肯开门，她就哪儿也找不到归宿。最后，她跑出了村外，从此谁也没再见到她。

35. 天国里的裁缝

有一天天气晴朗，亲爱的上帝想起去天国花园中散步。他带上了所有的使徒和圣者，天堂里只留下圣彼得一个人看守。上帝命令他在他出游时别放任何人进去，圣彼得于是就站在门口当守卫。

不久有人来敲门。彼得问是谁，干什么。"我是一个贫穷而诚实的裁缝，"一条纤细的嗓子回答，"请放我进去吧。""是的，诚实，"彼得说，"诚实得和绞架上的强盗一样！你指头长着呐，没少偷人家的布料。你进不了天堂。上帝禁止我当他不在时放任何人进来。""您行行好吧，"裁缝哀求说，"那些小布头儿自己从桌上掉下去的，算不得偷，不值一提。您瞧瞧，我一瘸一拐的，老远跑来脚全打起了泡，不可能再回去啦！放我进去吧，我愿做所有的粗活儿。我愿抱小孩，洗襁褓，擦拭他们在上面玩儿的板凳，缝补他们穿破了的衣服。"圣彼得被说动了，给瘸裁缝把天堂的大门打开了一条缝，让他把瘦骨嶙嶙的身子挤了进来。他还必须不声不响地呆着，免得上帝回来发现他会生气。裁缝很听话。可是，一等圣彼得跨出房门，他就站起来，满心好奇地在天堂里东转西转，瞅这瞅那。终于，他来到一块广场上，看见那儿摆着许多漂亮华丽的交椅，而正中间的一把完全是纯金的，而且镶着亮晶晶的宝石；它比其它椅子都高出许多，面前还有一张金踏脚凳。它呀，就是上帝在家时坐的宝座啦。坐在上面，他可以看见尘世上发生的所有事情。裁缝站在它前边瞅了好一会儿，因为这把椅子他再喜欢不过。终于，他实在忍不住好奇心，就爬上去坐在椅子上。这一来，他便看见了人世间发生的所有事情，发现在一条小溪边，一个丑老婆子在洗衣服，洗着洗着把两条纱巾偷偷地摆在了一边。裁缝见此情形勃然大怒。一把抓起金踏脚凳，从天堂里向地上那老女贼掷去。可这样他就再收不回踏脚凳喽，于是只好轻轻从宝座上溜下来，到门背后的老地方去呆着，不动声色就像什么也没干一样。

上帝和他天国的随从们回来了，虽然没看见门背后的裁缝，但在登上宝座时发现踏脚凳没啦。他问圣彼得，踏脚凳在哪儿，圣彼得不知道。他又问圣彼得，有没有放什么人进来。圣彼得回答："除去门背后坐着的那个瘸裁缝以外，我想没有任何人。"上帝于是派人去带来裁缝，问他是不是拿走过踏脚凳，把它搞到哪儿去了。"噢，主啊，"裁缝很痛快地回答，"我一发火，把它扔去砸地球上那个老婆子去啦！我看见的，她在替人洗衣服时偷了两条纱巾！""呵，你这个坏蛋，"上帝说，"我要像你审判她这样审判你，你早挨揍了，是不是？我自己呢，也早没了椅子、板凳、安乐椅，是的，甚至火钳，而是把一切一切通通扔向了尘世上的罪人！从今后不许你再呆在天堂，你必须马上滚出去。去哪儿是你自己的事。这儿除去我上帝之外，谁也没权给人惩罚！"

圣彼得只好把裁缝重新领出天堂。他因为鞋破了，脚上又满是泡，便拄了一根棍子，一瘸一拐走向等候处，那儿坐着一些虔诚的卫兵，正在说说笑笑。

36. 自动上菜的桌子、吐金子的毛驴和自个儿从口袋里蹦出来的棒子

很久很久以前，一个裁缝养了三个儿子，却只有一头羊。这头羊呢，因为他们全都要喝它的奶，所以就必须有好饲料，就每天要牵到外边去吃草。三个儿子轮流做这事。一天，老大把它牵

到草再丰美不过的墓地里，让它在那儿尽情地吃啊，跳啊。傍晚，是回家的时候了，小伙子问："羊啊，你吃饱了吗？"羊回答：

> "我吃得很饱，
> 一片叶子也吃不下了，
> 咩——咩——"

"那咱们回去吧。"老大说，说着就牵着羊回到圈里，拴了起来。"喏，"老裁缝问，"羊有足够的草料吗？""噢，"儿子回答，"它可吃饱啦，一片叶子都不想再吃。"父亲呢，却要自己去看个究竟。他来到圈里，摸着心爱的牲口，问："羊啊，你真吃饱了吗？"羊却回答：

> "我吃饱什么哟？
> 我在荒坡上跳来跳去，
> 一片草叶也找不着，
> 咩——咩——"

"岂有此理！岂有此理！"裁缝吼起来，跑回去冲儿子说："呸，你这个撒谎的家伙，你说羊吃饱了，却让它挨饿！"一怒之下，他从墙上摘下尺子，把儿子打出了家门。

第二天，轮到老二放羊，他在花园的篱笆旁边找到一块草很茂盛的地方，羊在那儿把草吃得一点不剩。傍晚，他想回家了，问羊："羊啊，你吃饱了吗？"羊回答：

> "我吃得很饱，
> 一片叶子也吃不下了，
> 咩——咩——"

"那回家去吧。"小伙子说，于是把羊牵到圈里拴起来。"喏，"老裁缝问，"羊吃够草了吗？""噢，"二儿子回答，"它饱得一片草叶也不想再吃啦。"老裁缝却不相信，又走到圈里问："羊啊，你真吃饱了吗？"羊却回答：

> "我吃饱什么哟？
> 我在荒坡上跳来跳去，
> 一片草叶也找不着，
> 咩——咩——"

　　"这个坏小子！"裁缝吼起来，"竟让这么温驯的牲口挨饿！"他跑回去，抓起尺子把老二打出了家门。

　　现在轮到老三放羊。他想把事情做好，就找了一片枝繁叶茂的小丛林，让羊去吃。傍晚，他想回家了，就问："羊啊，你真吃饱了吗？"羊回答：

> "我吃得很饱，
> 一片叶子也吃不下了，
> 咩——咩——"

　　"那咱们回家去。"小伙子说，于是把它牵回圈里拴起来。"喏，"裁缝问，"羊吃够草了吗？""噢，"老三回答，"它吃得很饱，饱得一片草叶也不想再吃。"裁缝不信，到圈里问："羊啊，你吃饱了吗？"刁恶的羊却回答：

> "我吃饱什么哟？
> 我在荒坡上跳来跳去，

一片草叶也找不着，
咩——咩——"

"呵，你这个骗子！"裁缝吼起来。"全都一样地坏，一样地不负责任！你们休想再拿我当傻瓜！"他气急败坏，跑回去抓起尺子朝可怜的小伙子背上一阵猛打，老三也只好逃离了家门。

这一来，就剩下了老裁缝和他的羊。第二天早上，他走进圈去，对羊表示了一下爱抚，说："走，我心爱的小畜牲，我亲自去放你。"他拉住绳子，把羊牵到绿色的篱笆旁，那儿长着蓍草和其它羊爱吃的植物。"这下你可以痛痛快快地吃个够啦！"他对羊说，然后让它在那儿一直放到了晚上。这时他问羊："羊啊，你吃饱了吗？"羊回答：

"我吃得很饱，
一片叶子也吃不下了，
咩——咩——"

"那就回家去吧。"裁缝说，随即把它牵回圈里拴起来。临走了他再一次转过身来说："喏，这回你总算吃饱啦！"哪知羊对他也并不客气一点儿，叫道：

"我吃饱什么哟？
我在荒坡上跳来跳去，
一片草叶也找不着，
咩——咩——"

听羊这么说，老裁缝不由得一愣，明白自己毫无道理地赶走了他的三个儿子。"等着吧，"他吼起来，"你这忘恩负义的畜牲，赶你出去还太便宜了你！我要给你打上标记，叫你不敢再到正直的裁缝中间露面！"他三脚两步奔回去取来了刮胡刀，给羊脑袋抹上肥皂，把它剃得跟手掌心似的精精光。他认为尺子对于羊太客气了，就拿来一条鞭子，给它狠狠儿鞭，抽得它没命地逃跑了。

裁缝孤零零一个人坐在家里，陷入了深沉的悲痛，他非常希望把儿子们找回来，可谁也不知道他们流落到了哪里。实际上，大儿子去跟一位细木工当了学徒。他学习勤奋而有恒心，满师了要去漫游，师父就送他一张小桌子。这小桌子形状没什么特别，材料也普普通通，可却有一种非凡的本领，你只要把它摆上，说："小桌子，开饭吧！"这好样儿的桌子立刻便铺上干干净净的台布，摆好了一只盘子和刀叉，还有一满碗一满碗的烧烤美味，还有一大杯亮晶晶的红葡萄酒，叫谁见了都会打心眼儿笑出来。年轻的木工想："有了这张桌子，你一辈子就够啦！"于是快快活活地周游世界，从不担心饭馆好或不好，饭馆里有没有可吃的东西。他要是高兴，就根本不进饭店，而是随心所欲地要么在田野里，要么在森林中，要么在草地上，把背在背后的小桌子取下来往面前一摆，说："开饭吧！"桌上便有了所有他心里想的东西。终于有一天，他产生了回到父亲身边去的渴望，心想：他的怒气该已平了吧！有了这张自动开饭的小桌子，父亲会乐意收留他的。一天傍晚，在回家的途中他走进一家饭店；店里已坐满客人。他们对他表示欢迎，邀请他坐到一块儿去吃喝，说不然他恐怕就什么也难吃到了。"不，"年轻木工回答，"你们本来不多，我哪能再分你们的吃？倒不如我招待你们更好！"众人笑起来，以为他是在开玩笑。他呢，却把小桌子摆在店堂中央，说："小桌子，开饭吧！"一眨眼，桌上已满是精美的食物，连饭店老板也休想拿得出来的。诱人的香味儿直朝客人们的鼻孔里面钻。"请啊，亲爱的朋友们！"木工说。客人们一看真是这么回事儿，就不等第二次邀请，都纷纷围拢来，攥起刀叉，勇敢地开始行动。最令他们惊喜的是，一碗

132

吃光了，立刻又会自动地换上来另外的满满一碗。店老板站在角落上看傻了眼，压根儿不知道该说什么，心里却在嘀咕："这样个厨子你饭店真用得着哩！"木匠和他的客人一直闹到了深夜，终于躺下来睡觉。小伙子也上了床，他那张宝贝桌子则靠在墙边。只有店老板思来想去不得安宁，突然想起他堆破烂儿的屋子里有张旧桌儿，形状跟那宝贝桌子正好一样，就轻脚轻手地搬了来，把小宝桌给换了。第二天早上，年轻木匠付了住宿费，背起桌子，根本没想到竟是一张假的，又上了路。中午他回到了父亲家里，父亲见着他非常高兴。"喏，我亲爱的孩子，你学到了什么手艺？"他问老大。——"爸爸，我当了细木工。""唔，好手艺，"老头子说，"可你漫游这么久带回来了什么？"——"爸爸，我带回来的最好的东西，是这张小桌子。"老裁缝从四面八方打量了桌子一通，说："你这活儿做得可不算怎么样，一张又旧又孬的桌子。""可它是一张宝桌，"儿子回答，"只要我把它摆上，说一声'开饭吧'，上面立刻会满是好菜好酒，叫人打心眼儿高兴。尽管去邀请亲戚朋友，让他们来痛痛快快吃喝一顿，小桌子会让他们全都满足的。"客人们到齐了，老大把小桌子摆在屋中央，说："小桌子，开饭吧！"谁知它毫无动静，跟另外一张不懂人话的桌子一样光溜溜的。这时可怜的木匠才发现，桌子被人换掉了，羞得就像个被揭穿了的说谎者。亲友们嘲笑了他一通，最后只好空着肚子回去了。父亲搬出他布料来，继续做他的裁缝；儿子呢又离开家，给一位木匠师傅当帮工去了。

　　二儿子去到一位磨坊主那里当学徒。学习年限满了，师父对他说："因为你表现很好，我送你一头特别的毛驴，虽然它不会拉车，不会驮粮袋。""那它有什么用处呢？"年轻的磨工问。"它会吐金子，"师父回答，"你只要让它站在一块布上，说'布利克勒布利'，这好牲口就会给你吐出金条来，前后一个样。""这真太妙啦！"小磨工说，说完道谢了师父，便开始漫游。什么时候需要金子了，他只用对毛驴说"布利克勒布利"，金条就像下雨似地落在地上，他只须花点力气去拣起来。无论走到哪儿，他总要最好的东西，而且越贵越高兴，因为他的钱袋永远是胀鼓鼓的。他在世界上周游了一段时间，终于想："你该回去看看你父亲啦。你带回去一头金驴子，父亲会忘了气恼，好好待你的。"事有凑巧，他也落进了那家换他哥哥桌子的旅店中。他牵着毛驴进店来，店主想接过牲口去拴住，年轻的磨工却说："不劳您的驾。我自己牵我这灰毛儿去厩里拴起来，因我得知道它在什么地方。"老板听了觉得挺奇怪，心想一个自己照料毛驴的客人，吃不起多少东西的。哪知陌生人把手往口袋里一伸，就掏出来两条金子，说，只管给他上好吃的来，惊得老板睁大了眼睛，连忙跑去弄来了所能弄到的最好的东西。吃完饭，客人问多少钱；老板才不肯客气呢，说还得添几条金子。磨工伸手进口袋，钱正好完了。"等一会儿，老板，"他说，"我去取金子来，"可是却带走了桌布。店主莫明其妙，心里很好奇，就偷偷跟上他。客人闩上了厩门，他就凑着门上的树节疤眼儿往里瞅。只见陌生人把桌布铺在毛驴脚下，口里念道："布利克勒布利！"那畜牲便前吐后屙，雨点一般地落在桌布上的都是亮闪闪的金子。"我的老天！"店主说，"简直像在铸币厂里！这样一个钱袋真不坏！"客人付完账，躺下睡觉了，老板夜里却溜进厩舍，牵走了铸币厂厂长，另外拴了一头驴在原地。第二天一大早，年轻磨工牵着驴上了路，自以为跟着他的还是他那金毛驴呐。中午他走到了父亲那里。父亲再见到他很高兴，把他迎进了家中。"你当上什么了，我的儿？"老头子问。"我当了磨工，亲爱的爸爸，"二儿子回答。——"你四处漫游，带回了什么东西？"——"只带回来一头毛驴。""毛驴此地有的是，"父亲说，"我倒宁肯要一头肥壮山羊喽。""也是，"二儿子回答，"只不过，它并非普通驴子，而是头金驴，我只须说一声'布利克勒布利'，它就会给你吐一大包金子出来。只管把亲戚们全叫来吧，我要使他们都变成

134

富翁。"这我就满意啦。"裁缝说，"从今后我不用再辛辛苦苦摆弄针线什么的！"说着亲自赶去叫来了亲戚们。等人到齐了，小磨工就腾出一块地方，在地上铺好单子，把毛驴牵进房来。"现在注意！"他说，随后大叫一声，"布利克勒布利！"哪晓得掉下来的却不是金条。显然，这畜牲压根儿不懂他那一套，因为并非每头驴子都有那么大的能耐。可怜的小磨工拉长了脸，知道自己受骗了，只好求亲戚们原谅，害得他们两手空空地来了又两手空空回去。没有别的法子，老裁缝只好又做起针线来，小伙子只好去替一个磨坊主当帮工。

老三是去跟一位车木师傅当学徒，因为这门手艺挺精巧，他学的时间也最长。这其间，两个哥哥都写信告诉他，他俩的遭遇多么糟糕，在到家前的最后一晚，店老板怎样偷走了他们有求必应的宝贝。现在小车工出师了，要去漫游。因为他表现很好，师父送给他一只口袋，说："里边有一根棒子。" —— "口袋我可以背起来，对我有一些用处，可装根棒子在里边干什么？只会使口袋变沉。""这我愿意告诉你，"师父说。"要是有谁伤害你，你只须说'棒子，出来！'棒子立刻就蹦出口袋。到那些人的背上去跳舞，跳得那么带劲儿，叫他八天二夜也不能再动弹，你不说'棒子，进去！'它绝不停止。"徒弟谢过师父，背上口袋走了。途中，有人威胁他，欺侮他，小车工就说："棒子，出来！"棒子立刻就跳出口袋，挨个儿地在人们背上敲打，就像给他们外套或短袄拍灰，叫他们脱都脱不赢，它来得那样地神速，还不等一个人闹清怎么回事，他便轮上啦。傍晚时分，年轻的车工走到了两个哥哥受骗的那家旅店。他把背上的口袋放在面前的桌上，开始讲在世界上的奇异见闻。"不错，"他说，"人们是发现了会自动上菜的桌子呀，会吐金子的毛驴呀等等等等，净都是些好东西，给我我不会嫌弃。可是呢，跟我弄来装在这儿我的口袋里的宝贝相比，它们又全都不算什么喽。"店主立刻竖起了耳朵。"那会是什么稀罕物儿呢?"他想。"口袋里肯定装满了宝石吧。我还是得弄到手,合情合理,好事成三嘛!"到了睡觉的时间,客人往长凳上一躺,把口袋枕在了脑袋底下。当店主以为他睡熟了,就溜过去,轻轻地,小心翼翼地扯动那口袋,看能不能拽出来,再换进去另一个袋子。哪知车工早就等着啦,正当店主想要大着胆子猛扯那一下的一忽儿,他大喝一声:"棒子,出来!"棒子立刻蹦出来,飞到店主身上,开始为他舒筋捶背,捶得他大叫饶命。可是他叫得越凶,棒子捶得越快越狠,直捶得他瘫倒在地上。这时车工才说:"你要是不交出自动上菜的桌子和吐金子毛驴来,我就叫它重新开始在你背上跳舞!""呵,快别!快别!"他有气无力地央求,"我乐意把一切都交出来,只请你快让这魔棒回袋里去!"小车工回答:"交出来我就饶了你,可当心别弄坏了!"随后,他说:"棒子,回去!"棒子才罢休了。

第二天早上,车工带着自动上菜的桌子和吐金子的毛驴,回到了父亲的家。老裁缝再见着小儿子很高兴,也问他在外乡学了什么手艺。"亲爱的爸爸,"他回答,"我当上了车木工啦。""这是一门很精巧的手艺,"父亲说,"你漫游各地带回来了什么?""一件很贵重的东西,亲爱的爸爸,"小儿子回答,"一根装在袋里的棒子。""什么?"父亲惊呼,"一根棒子!这值得吗?哪棵树上你砍不到啊!"——"可这样的棒子不行,爸爸。我只要说:'棒子,出来!'它马上会蹦出来,与那个对我没安好心的人亲亲热热地跳舞,直跳到他躺在地上,求爹叫娘才罢休。你瞧,这张自动上菜的桌子,这头吐金子的毛驴,那个贼老板从我哥哥们手里偷了去,我就用这根棒子把它们又弄了回来。现在让人去叫两位哥哥,并请所有的亲戚都来吧!我要招待他们吃喝,还给他们袋里装满金子。"老裁缝不怎么相信,可仍然召集来所有的亲戚。年轻车工铺了一块布在房间里,把吐金子的毛驴牵进来,对老二说:"喏,亲爱的哥哥,和它讲讲吧!"磨坊帮工就念道:"布利克勒布利!"一眨眼，金块儿已纷纷掉到布上，好像下起了阵雨，直到所有人都拣得多得搬不动了，毛驴才停了下来。（我看你这样子也恨不得去拣一点，不是吗？）随后，老三搬来小桌子，说："亲爱的大哥，和它讲讲！"老大刚把"小桌子，开饭吧"说出口，桌上就摆满了精美的饮食。于是大吃大喝起来，那情景是老裁缝在自己家里从未见过的。亲戚们一个个兴高采烈，心满意足，一直玩到了深夜。老裁缝把针、线、尺子和熨斗锁进了柜子，和三个儿子一块儿过着快乐幸福的生活。

那头害得裁缝赶走了自己三个儿子的山羊，它现在又在何处呢？这个嘛，我愿意告诉你。它呀，因为秃了头，害羞，就跑去钻进了一个狐狸洞里。狐狸回家来，看见对面的黑暗中有两只忽闪忽闪的大眼睛，吓得又逃了出去。熊碰见它，见它那么惊慌失措的样子，问："你怎么啦，狐老弟？瞧你脸色多难看！""唉，"狐狸回答，"一头恶兽强占了我的窝，用一双火红的眼睛瞪着我！""咱们把它马上给赶出来！"熊说，说着就一道来到狐狸窝，往里窥探，可是一当它看见那对火红的眼睛，也胆怯起来，它不愿跟这恶兽有任何关系，便撒腿跑了。蜜蜂碰见它，发现它样子不对劲儿，问："熊，你怎么哭丧着脸，干吗不高兴？""你倒会说！"熊回答。"狐狸的家里来了头巨眼恶兽，咱们没法赶它出去喽。"蜜蜂说："我同情你，熊。我虽然是只可怜巴巴的小生物，你们平常根本瞧不起的，但是我相信，我能给你们帮助。"说着它就飞进狐狸窝，落在羊剪得光光的脑袋上，狠狠地蜇它，蜇得羊跳起来，咩咩叫着就往外跑，像是疯了一样。眼下再没谁知道，它流浪到了何方。

37. 大 拇 指

从前，有一个贫苦的农民。每天晚上，他都坐在灶孔前烧火，他的妻子则坐在旁边纺线。一天，他说："真伤心啊，咱们没有孩子！瞧其他人家里多热闹，多快活，咱们家却冷清清的！""是啊，"妻子叹了一口气，回答说，"哪怕只有一个孩子，哪怕只是个大拇指一样的小不点儿，我也会心满意足呵。我们照样会打心眼儿里疼爱他的。"

不久，妻子像是得了病，过了七个月生下一个孩子来，手啊脚啊全都正常，可整个就只有大拇指那么一小点儿。夫妇俩于是讲："嗨，就跟咱们希望的一样，他应该成为我们的宝贝儿。"按照孩子的身高，他们就叫他"大拇指"。尽管他们没少给他吃营养的饮食，孩子却不再长高，而是始终和刚生下来时一个样儿，只不过，他那双眼睛看上去挺懂事的，果然很快成了个聪明灵巧的小家伙，不管干什么都能干得很不错。

一天，农民准备好去树林里砍柴，临行前自言自语："真希望有个人随后把车送来啊！""噢，爸爸，"大拇指高声说，"车我一定赶来，你放心好啦，它会准时驶进树林里。"农民笑起来，说："怎么个赶法呀，你这么小，连拉马缰都不成！""没问题，爸爸，只要妈妈套好马，我就坐进马耳朵里，冲它喊，告诉它该怎么走。""好吧，"父亲回答，"咱们就试一次。"

时间到了，母亲套好马，把大拇指放进马耳朵中，这小家伙果然吆喝着指挥起马来："驾！驾！嗬——吁——吁——"马很听话，就像赶车的是位老把式。车沿着大道向树林驶去。刚转过一个弯，大拇指正"吁——吁——"地吆喝着，迎面走来两个陌生人。"我的天！"其中一个说，"这是怎么啦？车子在走，又听见马夫在吆喝，却看不见人！""对，有问题！"另一个说。"咱们跟着车去，看它停在什么地方。"马车一直驶进树林深处，正好在农民砍柴的地方停下来。大拇指见到父亲，朝他喊："你瞧，爸爸，我把车赶来了，快抱我下去吧。"父亲左手拉住马缰，右手把小儿子从马耳朵里掏出来，小家伙高高兴兴地坐在了一根麦杆上。两个陌生人一见大拇指，惊讶得简直说不出话来。过后一个人把另一个拉到旁边，说："听着，咱俩运气来啦！咱们要把这小东西弄到大城市去展览，去赚门票钱！买下他吧。"两人走到农民面前，对他讲："把这小人儿卖给我们行不行？他和我们一块儿会过得很好的。""不行！"大拇指的父亲回答。"他是我的心肝宝贝儿，就给我全世界的金子也不卖。"可大拇指听见他们谈生意，就顺着父亲的衣褶子往上爬，爬去站在他的肩膀上，凑近他耳朵低声说："爸爸，卖给他们吧，卖给他们吧，我一定会回来的。"父亲就把大拇指卖给陌生人，得了一大笔钱。

"你愿意坐在哪儿？"他们问大拇指。"嗨，就把我放在您帽檐上吧，我可以在那儿散步，欣赏周围的风景，不会掉下来的。"他们顺了他的意，等大拇指和父亲告过别，就带着他走了。这样子，他们一直走到黄昏时分。突然，小家伙说："快接我下去，我要拉屎啦！""就拉在上边好了，"脑袋上坐着大拇指的那个陌生人说，"我不在乎，有时鸟儿们也在我帽子上拉过。""不，"大拇指说，"我自己知道该怎么做。快接我下去！"陌生人只好摘下帽子，把小家伙放在路旁的庄稼地里。只见他在一些土块中间跳来跳去，爬上爬下，突然钻进了一个他选中的老鼠洞。"再见，先生们，回家去吧，别等我喽。"他大声告诉他们，嘲笑他们。两个陌生人冲过来，用小棍掏老鼠洞，然而白费劲儿，大拇指越钻越深。天很快完全黑下来，他俩只好气冲冲地往回走，钱包却空空的了。

大拇指发现他们走了，才从地洞里爬出来。"田野上黑漆漆的，赶路非常危险，"他说，"很容易摔断脖子和腿！"幸好他找到一个空蜗牛壳。"感谢上帝，"他说，"这下我可以安全过夜啦，"说着便爬了进去。一会儿，他刚要睡着，就听见两个过路的男人说话的声音。一个道："咱们去弄那个富有的牧师的钱和银子，怎么下手才好呢？""我可以告诉你们怎么办，"大拇指拉开嗓门插进来说。

"怎么回事？"一个小偷惊慌不安地问，"我听见有人在说话！"

他们站住脚，仔细听，突然大拇指又讲："你们带我去，我就帮助你们。""你究竟在哪儿呐？""在地上仔细找找，就会发现声音是从哪儿来的，"他回答。

两个小偷终于找到了他，把他捡起来。他们问："小家伙，你打算怎么帮助我们？""嗯，"大拇指回答，"我从铁栅栏中间爬进牧师的房间，把你们要的东西递出来。""行啊，"两小偷说，"那咱们就看你的啦。"

到了牧师的家，大拇指钻进房间，立刻拉开嗓门大喊："你们想要房里所有的东西，对吗？"两小偷吓一大跳，忙说："轻一点，别把谁吵醒了！"大拇指呢，仍旧装糊涂，继续大声喊叫："你们想要什么？你们想要屋里所有的东西吗？"

睡在小屋里的厨娘听见叫声，从床上坐起来侧耳细听。两小偷害了怕，从房前退回去一段路，最后又大起胆子，心里想：小家伙是拿咱们开心罢了。他们回到房前，悄声对大拇指说："该动真格的啦，快递东西吧！""我把什么都递给你们，只管伸手进来好了，"大拇指又喊，嗓门能多大就有多大。厨娘听得清清楚楚，一下子跳下床来，磕磕碰碰地冲出了房门。两小偷慌忙逃跑，就像被猎人狂追猛赶的兔子似的。厨娘在房中什么也没发现，就去点了一盏灯。等她端着灯走回房来，大拇指已经溜进外边的谷仓，没被任何人发现。厨娘搜遍了所有屋角，什么也没搜到，终于又上床睡觉去。她以为，她只是眼睁睁地做了一场梦来着。

大拇指在干草堆中翻来爬去，找到了一个睡觉的好地方。他打算一觉睡到大开亮，然后回爸爸妈妈那里去。可他注定了还要经历另外一些事情！可不是吗，在这世界上困苦和磨难多着呐！天蒙蒙亮，女仆已经起床来喂牲口。她走进草料棚，抱起一抱干草，可怜的大拇指不巧偏偏就睡在这抱草里面，而且他睡得那么沉，竟一点儿不知道。等他醒来时，已经让母牛和着草料一起衔在嘴里。"天啊，"他惊叫，"我怎么掉进辗米机里来啦！"可他很快发现事

140

实上在哪里，就提醒自己当心别滑到母牛的牙齿之间去，被磨得粉身碎骨。可是，他没能逃脱滚落进牛胃中命运。"这个小斗室忘记开窗子了，"他说，"既没阳光射进来，也不点灯。"他压根儿讨厌住在这破地方，而最糟不过的，是不断有新的草料从门外塞进来，里边越来越挤。终于，因为恐惧，他拼命地喊起来："别再给我送草啦！别再给我送草啦！"厨娘正在挤奶，听到了喊声却不见人，而且又是她昨天夜里听见过的声音，吓得从她坐的小凳子上摔了下来，挤奶桶也打翻了。她慌慌张张跑到主人面前，惊呼："上帝啊，牧师先生，母牛说话啦！"，你疯了吧？"牧师回答，不过仍走进牛圈，要亲自看个究竟。他刚跨一只脚进圈门，大拇指重新叫起来："别再给我送草啦！别再给我送草啦！"牧师自己也吓了一跳，认为牛肚子里钻进了妖怪，忙吩咐把牛杀掉。母牛被宰了，可大拇指栖身的牛胃呢，却被扔进了垃圾堆。为了往外爬，可费了大拇指的老力喽。不过呢，他的努力还是达到了目的，终于开出来一条通路。谁知祸不单行，他刚探出小脑袋，一头饿狼已跑过来，一口吞掉了整个儿牛胃。大拇指并不灰心，他想，狼也许是通商量的吧，就从肚子里对它喊："亲爱的狼，我知道你有机会美美地吃一顿。""在什么地方？"狼问。"在一所房子里，你得从阴沟爬进去，然后就可以找到糕饼、猪油和香肠——你想吃多少有多少啊！"接着，他给狼详详细细描绘了父亲家的情况。狼才用不着一劝再劝哩，当晚就从阴沟硬钻进贮藏室，开心地大吃了一顿。吃饱了，它想溜走，可是肚子胀鼓鼓的，从原路出不去。这情况大拇指早已料到，这会儿便在狼肚子内拼命大喊大叫，大吵大闹起来。"请你安静一点，"狼说，"别把人全给吵醒啦。""什么话！"小家伙回答，"你已吃得饱饱的，我也想开心开心嘛。"说完，又开始拼命叫喊起来。他的父母亲终于被吵醒，跑到贮藏室外，透过门缝往里瞅。他们看见一头狼，赶忙跑回去，父亲抓起一把斧头，母亲拿了一把镰刀。"跟在后边，"在跨进贮藏室的时候，父亲说，"如果我砍它一斧头它还没死，你就得再砍一镰刀，把狼的身子砍破！"

"爸爸，爸爸！"大拇指听见父亲的声音，马上喊，"我在这儿呐！我藏在狼的肚皮里！""感谢上帝！"父亲甭提多高兴，说，"咱们亲爱的孩子回来了！"马上叫妻子放下镰刀，别伤着大拇指。接着，他抡起斧头，朝狼脑袋猛地一劈，狼就倒下去死了。然后他们找来刀子和剪子，剖开狼的肚皮，把小儿子拖了出来。"嗨，"父亲说，"我们为你好担心啊！""是啊，爸爸，我在世界上到处流浪；感谢上帝，现在又呼吸到了新鲜空气！""你到底去过哪些地方？""唉，爸爸，我到过一个老鼠洞，一头母牛的胃里和一只狼的肚皮里。从现在起，我要永远留在你们身边。""我们也不再卖掉你，即使给我们世界上的全部财富！"父母亲说，同时拥抱和亲吻了他们心爱的大拇指。他们给他吃的和喝的，叫裁缝给他缝新衣服；他原来的衣服呢，已在旅途中穿旧磨破了。

38. 狐狸太太的婚事

第一个童话

从前有一只长着九条尾巴的老狐狸。他怀疑自己的妻子对他不忠，因此想要试她一试。这老家伙伸开四肢往板凳下一躺，然后便一动不动，装做已经死去。狐狸太太回到她房里，把自己锁了起来；她的使女猫小姐坐在灶头上，煮着食物。老狐狸死了的消息一传出去，求婚者便纷纷到来。眼下使女已听见有谁站在外面敲门，走过去开门一看，原来是只年轻狐狸。只听他道：

　　　　　"请问猫小姐，你在做啥？
　　　　　是在睡觉，还是已起床啦？"
　猫回答：

　　　　　"你想知道我在做什么吗？
　　　　　我没睡觉，我已经起床啦。
　　　　　我在暖啤酒，还加进奶油，
　　　　　先生你是想做咱的客人吧？"

　　"多谢你的好意，小姐！"年轻狐狸说，"狐狸太太在做什么？"
　使女回答：

　　　　　　"她坐在自己房里，
　　　　　　一个劲儿哀声叹气，
　　　　　　小眼睛哭得通通红，
　　　　　　狐狸老爷已经死去。"

　　"请告诉她，小姐，这儿有一位年轻狐狸，希望向它求
婚。"——"好的好的，我年轻的先生！"

　　　　　　于是猫跑得踢嗒踢嗒，
　　　　　　于是门敲得啪啦啪啦。
　　　　　　"狐狸太太，您在吗？"
　　　　　　"我的猫咪，在呀在呀！"
　　　　　　"外面有一位求婚的男子。"
　　　　　　"快说，他长得像啥样子？

他是不是也有九条蓬松漂亮的尾巴，像你已故的老爷？""噢，没有，"猫回答，"他只有一条。"——"那我才不愿嫁给他呐。"

猫小姐走下楼来，打发走了求婚者。一会儿又敲起门来，门外站着另一只狐狸，也是打算向狐狸太太求婚的。他有两条尾巴，可遭遇也并不好过前面那位。随后还来了许多狐狸，而且后来的总比先遭拒绝的多一条尾巴，直到最后一位也是只九尾狐，就像那上了年纪的老爷一样。寡妇一听心花怒放，对猫说：

> "快快给我把门打开，
> 把那老东西往外面抬！"

谁知正要举行婚礼，躺在板凳下的狐狸老爷却跳了起来。他给坏蛋们一顿饱打，把他们连同狐狸太太一道赶出了家门。

第二个童话

狐狸老爷终于死了，狼跑来敲门求婚，给狐狸太太当使女的猫为它开了门。他招呼猫说：

> "你好，尊敬的猫女士，
> 干吗一个人在这儿坐着，
> 你这是在干什么好差事？"

猫回答：

> "我在掺牛奶，瓣面包，
> 先生，你请进来好不好？"

144

"非常感谢，猫女士，"狼回答，"请问狐狸太太可在家？"
猫回答：

> "她坐在楼上的房间里，
> 一个劲儿地痛哭流涕，
> 哭自己命运多么悲惨，
> 哭狐狸老爷已经死去。"

狼说：

> "要是她愿另外嫁个丈夫，
> 就请她下楼来我这里。"
>
> 猫急急忙忙爬上楼梯，
> 留下弯弯扭扭的足迹，
> 一直跑到长长的厅前，
> 用五枚戒指把门敲击：
> "狐狸太太，你可在厅里？
> 要是你愿另外嫁个丈夫，
> 就请你下楼去狼那里。"

狐狸太太问："这位先生穿的是小红裤子吗？有一张尖嘴吗？""没有，"猫回答。——"那他不会合我的意。"
打发走了狼，又先后来了一只狗，一头鹿，一只兔子，一头狗熊，一头狮子和种种野兽。可是，它们总缺少某一样已故狐狸老爷所有的好品德，猫只得把求婚者一个个都赶走。终于来了一只年轻狐狸。狐狸太太又问："这位先生穿的是小红裤子吗？有一张尖嘴吗？""是的，是的，"猫回答，"他是这样。""那快请他上来吧！"狐狸太太说，并且吩咐猫准备婚礼。

"猫啊，快打扫房间，
把老狐狸丢出窗外边！
从前他抓了许多肥老鼠，
可总是独自大吃大嚼，
一只也不分给我解馋。"

于是，她与年轻的狐狸举行了婚礼。他们一起欢庆、跳舞；要是他们没有停下来的话，那么今天还在跳着呢。

39. 小 精 灵

第一个童话

从前有个鞋匠，他没有什么过错，却越来越穷，直穷到了一无所有，唯一只剩下来做一双鞋的皮子。这一天晚上，他剪裁好皮料，准备第二天早上把鞋缝起来。他由于良心清白，上床后也就心平气和，怀着对仁慈上帝的信赖睡着了。第二天早上，他做完祷告便坐下来工作，没想到工作台上已经放着一双完全缝好了的鞋子。他很奇怪，不知道是怎么回事。他把鞋拎在手里细细观察：活儿干得很干净，没有一针马虎，就像是一件杰作。没过一会儿，走进来一个顾客，因为他很喜欢这双鞋，就付了比通常更多的钱。鞋匠拿这钱去买了能做两双鞋的皮子。晚上他把两双鞋裁好，准备第二天早上精神饱满地将它们缝起来，谁知他根本什么也不用干了，因为他起床时鞋已经做得好好的。而且，也不缺少顾客，他们付给他许多钱，足够他去买来做四双鞋的皮子。第二天早上，他发现四双鞋又做好了放在那儿。如此反反复复，他

146

头天晚上裁好的皮料，第二天一早都变成了好好的鞋子，于是他有了像样的收入，终于成为一个有钱人。那是在圣诞节之前不久的一个晚上，鞋匠又裁好了皮料，在睡觉前对妻子说："今晚上咱们不上床，看一看是谁给咱们这么多的帮助，好不好？"妻子表示同意，点上了一盏灯，随后他俩便藏在挂在屋角里的衣服背后，注意着动静。半夜，来了两个光着身子的漂亮小人儿；他们坐到鞋匠的工作台旁，拿起裁好的鞋料，用他们很纤细的小手指开始干起来，又是锥、又是缝、又是敲打，动作迅速而敏捷，叫鞋匠惊讶得不敢眨眼睛，两小人儿一个劲儿地干着，直到所有的活儿做完，成品全摆在了台上，他们才很快离去。

第二天早上，鞋匠的妻子说："那两小人儿使我们有了钱，我们应该感谢他们。他们跑来跑去身上精光，一定会冻着的。你看怎么样？我想为他们缝些小衬衫、小外套、小袄子和小裤子，再为他们每人织双袜子；你呢，给他们每人做一双小鞋，好吗？"丈夫回答："我很赞成。"晚上，一切都做好了，他们就把礼物全部摆在往常放鞋料的地方，自己又躲起来，看小人儿们会怎么办。半夜里，两小人儿跑来，想马上坐下去干活儿，可当他们没找到裁好的皮料，而发现一些可爱的小衣服时，先非常惊讶，接着便高兴得什么似的。他们飞快地穿好了，然后抚摸着身上漂亮的衣服唱道：

"咱们两个小伙子，穿得光鲜又漂亮，
为什么还要老是当鞋匠？"

他俩接着又跳起舞来，在椅子和板凳上面跳来蹦去，最后终于跳出了门。从此小人儿没有再来；可鞋匠一直过得很好，干什么事情总是能成功。

第二个童话

从前有一个使女，她虽然贫穷，却又勤劳，又清洁。她每天扫屋子，把垃圾倒在屋门前的一个大垃圾堆上。一天早晨，她正想去干活儿，却发现垃圾堆上有一封信。她因为不识字，就把扫帚靠在屋角里，把信拿去给她的主人。原来，那是小精灵们给姑娘的一封邀请信，请她去帮他们的一个孩子行洗礼。姑娘不知怎么办好。经过别人一再劝说，告诉她这种事不好拒绝，她终于同意去了。这时走来三个小矮人儿，把她领进了一座他们生活的空山中。在那儿一切都小小的，但却说不出的精致、美丽。产妇躺在一张镶嵌着珍珠的乌木床上，被盖是金丝绣成的，摇篮用象牙做成，澡盆纯粹是金子。姑娘做了孩子的教母，行完洗礼便准备回家；小精灵们却一再挽留，请她在他们那里再住三天。她也就留了下来，快快活活地打发光阴，小精灵们想方设法使她满意。终于要回家了，他们先给她口袋里塞满了金子，然后才领她出山来。一回到家，她想马上干活儿，拿起仍然靠在屋角的扫帚，又开始扫屋子。突然房里出来一些陌生人，问她是谁，想干什么。事实上啊，她离开家不是她所想的三天，而已经住在小精灵们山里过了整整七年，她从前的主人在此期间已经死啦。

第三个童话

有位母亲被小精灵偷走了摇篮里的亲生孩子，而给她放了一个大脑袋丑八怪在里面。这小东西呆目瞪眼，只知道要喝要吃。她很苦闷，只好去请女邻居想办法。女邻居叫她把小丑八怪抱进厨房，放在灶台上，生起火，用两只蛋壳烧开水，说这会使小东西发笑，而他只要一笑，就完蛋了。母亲完全照女邻居的话去做。她

148

刚把盛满水的蛋壳放到火上，那傻东西就说：

> "我已跟西边的森林一般老，
> 却没见过谁用蛋壳来把水烧！"

说罢就笑起来。他这么一笑，立刻出现一群小精灵。他们抱来了母亲的亲生孩子，把他放在灶头上，又带走了那个小丑娃娃。

40. 强盗未婚夫

从前有个磨坊主，养了一个漂亮的女儿。女儿长大了，他希望她生活美满，能嫁一位好丈夫。他想："要是有个正派像样的人来求婚，我就把她嫁给他。"不久，果然来了一个求婚者，看样子还挺富有。磨坊主没啥好挑剔的，就把女儿许配给了他。姑娘呢，却不像一个未婚妻该爱自己未婚夫那样爱这个人，对他总不信任：每次见到他或者想到他，她心里都感到害怕。有一天，未婚夫对她说："你是我的未婚妻，也该去我家里看看才是。""我不知道你的家在哪儿，"姑娘回答。未婚夫于是说："我的家在城外幽暗的森林里。"她却寻找借口，说不知道去那儿的路怎么走。未婚夫又讲："下礼拜天，你一定得上我那儿去，我已经请好了客人。为了使你找到通过森林的路，我准备为你在沿途撒上灰。"礼拜天到了，姑娘已准备动身，自己也不明白为什么又非常害怕起来。为了把路做上记号，她揣了两口袋满满的豌豆和扁豆。在森林入口处撒得有灰，她便跟着走去，不过每走一步都在左右两边丢几粒豌豆。她走了差不多整整一天，才来到森林中间最幽暗的地方。这儿立着一幢孤零零的房子，看上去又阴森又神秘，她很不喜欢。进了屋，她却不见一个人影，屋里头静极了。突然，一个声音叫道：

　　　　　"快转去，快转去，年轻姑娘啊，
　　　　你已落到强盗窝里！"

　　姑娘抬头一望，看见声音来自一只小鸟，小鸟被关在挂在墙壁上的一个笼子里。小鸟又叫了一遍：

　　　　　"快转去，快转去，年轻姑娘啊，
　　　　你已落到强盗窝里！"

　　美丽的未婚妻继续走过一个房间又一个房间，整幢屋子都走遍了，却仍旧空空的鬼都不见一个。终于，她走进了地下室，才见那儿坐着一个很老很老的老婆子，脑袋已经颤颤巍巍的。"您能不能告诉我，"姑娘问她，"我未婚夫是不是住在这里？""唉，可怜的孩子，"老婆子回答，"你以为你到了什么好地方！你是在一个盗窟里啦。你以为，你是一个未婚妻，马上就要举行婚礼，可在婚礼上你会送命的！你瞧，我已奉命烧了一大锅水，你一落进他们手心，他们就要毫无心肝地把你砍成一块块，煮起来吃掉你，因为他们是一帮食人者。要是我不可怜你，搭救你，你就完了。"

　　随后，老婆婆把姑娘领到一个大桶背后叫人看不见的地方。"像只小老鼠一样悄悄地呆着，"老婆婆说，"别动弹，别吱声，要不你就倒霉。半夜里，等强盗们睡着了，咱俩一块儿逃走。我已经等了很久的机会。"姑娘刚藏好，一帮凶恶的强盗就回来了。他们拖来另一个少女，已经喝得醉醺醺的，根本不听她的哭喊叫苦。他们灌她酒喝，满满的三大杯，一杯白色，一杯红色，一杯黄色，姑娘喝下去心就炸裂了。然后他们剥去她漂亮的衣服，把她放在桌上，将她美丽的躯体砍成一块一块，撒上一些盐。可怜的未婚妻藏在桶背后直发抖，直哆嗦，她看得清清楚楚，强盗们为她安

150

排的是怎样的命运。一个强盗发现被杀的姑娘小手指上戴着枚金戒指，想捋又一下子捋不掉，就抓起斧头，把手指砍断了。谁料手指头却高高跳起，飞过大桶，正巧落进未婚妻怀中。那个强盗端起灯找戒指，却找不到。这时另一个强盗说："那大桶背后你也找了吗？"老婆婆一听马上喊："来吃来吃！明天找吧，指头是逃不出你们手心的。"

强盗都说："老婆子讲得对。"便停止寻找，坐下去吃起来。可老婆婆滴了些催眠水在他们酒里，他们一喝下去马上倒在地窖里，呼噜呼噜睡着了。未婚妻听见后从桶背后转出来，必须跨过一排一排躺在地上睡觉的强盗，生怕他们会惊醒。可是上帝帮助她顺利走过来了。老婆婆和她一道爬上楼梯，打开大门，急急忙忙逃出了强盗窝。撒在路上的灰已让风刮走，豌豆扁豆却发了芽，出了苗，在月光中为她们指示道路。她们走了一整夜，第二天早上终于回到磨坊。姑娘向父亲讲了全部的遭遇。

举行婚礼的日子到了，未婚夫露了面，磨坊主也邀请来他的全部亲友。大伙儿坐到了席上，他却请每个人都讲一段故事。只有新娘子静静地坐着，一言不发。新郎见了，对她说："喏，我的宝贝儿，你什么都不知道吗？给大伙儿讲点什么吧！"于是新娘回答："好，我讲一个梦。我在梦中独自穿过一片森林，终于来到一幢屋子前。屋里一个人影儿都没有，却在墙上挂着个笼子，笼子里关着一只鸟。只听鸟叫道：

> '快转去，快转去，年轻姑娘啊，
> 你已落到强盗窝里！'

它叫了一次又叫一次。我的好人呵，我只是在做梦罢了。随后我穿过一个个房间，所有的房里全是空的，真是怕人极了。终于我进了地窖，那儿坐着个很老的老太婆，脑袋已颤颤巍巍的。我问她：'我的未婚夫住在这里吗？'她回答：'唉，可怜的孩子，你落到了一个盗窟里。你的未婚夫是住这儿，可他要把你杀死，剁碎，煮来吃掉呵！'我的好人啊，我这只是做梦罢了。幸亏老婆婆把我藏在一个大桶背后，刚藏好强盗就回来了。他们拖回一个姑娘，给了她三种酒喝，一种白的，一种红的，一种黄的，她一喝下去心就炸裂了。我的好人呵，我这只是做梦罢了。接着他们扒去她漂亮的衣服，在桌上把她美丽的身体砍成一块一块，撒上了盐。我的好人呵，我这只是做梦罢了。一个强盗看见她指头上戴着金戒指，因为摘起来困难，就抢起斧头把她指头砍了，谁料指头跳起来，落到桶背后，掉进了我怀里。瞧，这就是那根带着戒指的手指头儿！"说到这儿，她取出那手指来，给在座的人看。

听着姑娘的故事，强盗未婚夫已经脸色煞白，这时跳起来想逃跑。可是宾客们抓住他，把他交给了法庭。这样，他和他的整个强盗帮，都因为自己的罪行遭到了处决。

41. 科尔伯斯先生

一次，一只公鸡和一只母鸡准备一道旅行。于是，公鸡造了一辆漂亮的车，车上装着四个红轮子，并且在前边套了四只拉车的小老鼠。母鸡跟公鸡坐上去，车子就载着它俩向前行驶。没走多久，它们碰见一只猫。猫问："你们上哪儿去？"公鸡回答：

> "我们出远门，
> 到科尔伯斯先生家里去。"

"带我一起去吧，"猫说。公鸡回答："好的，请坐到后边去，免得在前边掉下车。

你们得留神啊，
别弄脏我的红轮子。
轮子啊，快快转动，
老鼠啊，吹起哨子，
送咱们出远门，
去科尔伯斯先生家里！"

接着又碰见一块磨盘，又碰见一个鸡蛋，又碰见一只鸭子，又碰见一根别针，最后还来了一枚缝衣针，它们全都上了车，一起乘着往前走。可是它们到了科尔伯斯先生家，他却不在。小老鼠便把车拖进谷仓里，母鸡和公鸡飞到一根横梁上，猫钻进壁炉里，鸭子蹲在水管旁边，鸡蛋把自己裹在毛巾中间，别针插在坐垫里面，缝衣针跳到床上藏进枕头，磨盘则横躺在了房门上边。一会儿，科尔伯斯先生回家来，走到壁炉前准备生火，猫却撒了他一脸的灰。他跑进厨房，想要洗一下，鸭子又喷了他满脸的水。他拿起毛巾来准备擦一擦，鸡蛋正巧滚到他脸上，碰碎了，糊住了他眼睛。他想休息休息，一坐到椅子上，别针就刺了他一下。他生气了，猛地往床上一倒，可脑袋刚挨枕头就被缝衣针扎得叫起来，完全疯了似的想要往外跑。可是，一跑到门边，磨盘刚好落下来，砸死了他。这个科尔伯斯先生啊，准保是个大坏蛋。

42. 教父先生

一个穷人有许许多多孩子，他已经请了所有能请的人来作他们的教父，当他又添了一个孩子，就再没有谁可请了。他不知怎么办好，苦闷得倒在床上，一会儿便睡着了。睡着睡着，他梦见

153

自己出了家门，头一个遇见谁，就请谁当他孩子的教父。他醒来后决定照梦里办。出了门，碰见一个陌生人，向他提出了自己的请求。陌生人送给他一小杯水，说："这是一杯神水，你可以用它治好病人。你只须看清楚死神的威胁在哪里：要是在头，你给病人一点水喝他就会恢复健康；可要是在脚，一切努力都白费，他只好死喽。"从这以后，穷人总能够预言一个病人是有治还是没治。渐渐地，他凭这本事出了名，发了财。一天，他被召去替国王的孩子看病。他进了病房，看见死神正站在孩子的脑袋旁边，就用神水治好了他。后来他第二次替王子看病，情况也一样。可是第三次，死神站在脚旁边，王子就死了。

　　于是，他准备去找那位教父，给他讲使用神水的情况。谁想他跨进教父住的房子，里边却真叫稀奇得很。在第一道楼梯上，铲子和扫帚正你扑向我，我扑向你，打得不可开交。他问它们："教父先生在哪里？"扫帚回答："在上面一层楼。"他来到第二道楼梯，看见躺着许多死人的手指，又问："教父先生在哪里？"一根手指回答："在上面一层楼。"在第三道楼梯上，躺着一堆骷髅头，它们也叫他再上一层楼。到了第四道楼梯，他看见火炉上架着一只锅子，锅里有一些鱼正在滋儿滋儿煎自己。它们还是讲："再上一层楼。"爬上了第五道楼梯，他终于走到一间斗室前，透过锁孔往里一瞅，看见了教父，奇怪的是头上长着一对长长的角。他推开门，走进去，教父却飞快躺在床上，用被子把自己蒙起来。客人于是说："教父先生，您府上怎么这样奇怪？我走上第一道楼梯，就看见铲子和扫帚在打架，打得难解难分。""你头脑真简单，"教父回答，"那是男仆和女仆，他俩正在谈情说爱。"——"可在第二道楼梯上，我看见一些死人的手指。"——"嗨，你好蠢！那是一把大葱。"——"在第三道楼梯上躺着些骷髅头。"——"傻瓜！那是圆白菜。"——"在第四道楼梯上，一只锅子里有许多鱼，它们正滋儿滋儿煎自己。"他刚说完，那些鱼就来了，并且自己上了桌子。"当我爬上第五道楼梯，透过房门上的锁孔一瞅，就看见你，教父，头上长了一对长长的角。""哎，胡说八道！"客人害怕起来，连忙逃走——谁知道教父先生会怎样整治他哟。

43. 特露德太太

从前有个小姑娘，她固执又自作聪明，每当父母对她讲什么，她总是不听。像这个样子，她怎么会有好结果呢？一天，她对父母说："我已听见许多有关特露德太太的事，想自己去她那儿看看。人家讲，她那儿可奇怪呐，还说她那屋子里有许许多多稀罕的东西，真叫我好奇得要命。"父母亲呢，却严厉禁止她去，说："特露德太太是个坏女人，干的是罪恶的勾当，要是你去她那儿，就别再做我们的女儿！"可小姑娘不理会父母的警告，仍然去找特露德太太了。她到了她家，特露德太太问："你为什么这样苍白？""唉，"她回答时浑身哆嗦，"我看见的东西太叫我害怕啦！"——"你看见什么来着？"——"我在您的楼梯上看见一个黑糊糊的男人。"——"那是烧炭夫嘛。"——"接着我看见一个绿荫荫的男人。"——"那是猎人嘛。"——"随后我看见一个血红血红的男人。"——"那是屠夫嘛。"——"唉，特露德太太，我真害怕哟！我从窗外往里瞅，没看见您，却看见脑袋上冒着火的魔鬼。"——"啊哈，"特露德太太说，"那你算看见了女巫的真实面目！我等你已经好久了，想你已经好久了。我要叫你燃烧，给我照明！"说着便把小姑娘变成一块木头，扔进火里。木头燃旺了，她坐到旁边一面取暖，一面说："这下就明亮罗！"

44. 死神教父

一个穷人养了十二个孩子。仅仅为了给他们面包吃，就得夜以继日地干活儿。如今第十三个孩子又出世了，他愁得没有办法，就跑到大路上去，想第一个碰见谁就请谁当孩子的教父。他碰见的第一个人是仁慈的上帝。上帝已经知道他的心事，对他说："贫穷的人啊，我怜悯你，愿意抱着你的孩子受洗礼，关照他，使他在人世间过得幸福。"穷人问："你是谁？"——"我是仁慈的上帝。""那我不要你当我孩子的教父，"那人说，"你把东西都赐给富人，却让我们穷人挨饿！"他说这话是因为不了解，上帝在分配贫富时是多么英明。这样子，他便离开了上帝，继续往前走。迎面走来魔鬼对他说："你在找什么？要是你愿意让我做你孩子的教父，我会给他许多许多金子，还让他获得世上的所有欢乐。"穷人问："你是谁？"——"我是魔鬼。""那我不要你做我孩子的教父了，"他说，"你总是欺骗人，诱惑人！"说完继续往前走。这时瘦骨嶙嶙的死神冲他走来，说："让我当你孩子的教父吧！"穷人问："你是谁啊？"——"我是死神，我对谁全一个样儿。""你是公正的，你不分穷富抓走所有的人，"穷人于是说，"请你当我孩子的教父吧！"死神回答："我要把你的孩子变得又有钱又有名，因为谁拿我当朋友，谁就该过美满丰足的日子。"穷人说："下个礼拜天行洗礼，你请准时来吧！"死神真就如他许诺的来了，并且像模像样地帮孩子受了洗礼。

男孩长大了。教父有一天来叫他一块儿出去。他把孩子带进森林里，指给他看一种长在林中的草，说："现在该让你得到教父的礼物啦。我要把你变成一位名医。每次有人请你看病，我都会为你显形：我要是站在病人脑袋旁边，你就可以大胆地说，你决心把他治好，然后你再给他服一点这种草，他便会恢复健康；可是，我要是站在他脚旁边，那他已经归我所有，你必须说，一切治疗都是枉然，世界上再没任何医生救得了他。可你要当心，别不按我的意思使用这药草，不然你会倒霉的！"

不久，小伙子果然成了全世界最有名的医生。人们都说："他

156

只需看一下病人，就知道情况如何，病人是还能康复呢，还是一定会死。"于是，远远近近的人都来接他去看病，给了他许多钱，使他很快成为一个富翁。这时候，国王正巧生了病，派人来接医生去，要他讲还能不能康复。可当他走到病榻前，死神呢已经站在病人的脚边上，也就是说国王已没治了。谁料这时小伙子却在心里嘀咕："要是我欺骗一回死神呢，他自然很不高兴。不过，我是他教子，他大概会睁一只眼，闭一只眼。我要大胆试一次！"他扶起病人，让他掉了个个儿，这样死神就站在国王的头旁边了。随后他给国王服了一点药草，他便渐渐好起来，最后又恢复了健康。可死神却去医生那儿，阴沉着脸，举起食指模样挺凶地威胁说："你小子骗了我！这一次嘛我原谅你，因为你是我的教子。可你再敢来一次，我就要你的命，把你一起抓走！"

不久以后，国王的女儿患了重病。她是他的独生孩子，国王因此没日没夜地哭啊哭啊，哭得眼睛都瞎了。他于是告示天下，谁要治好公主，谁就可以娶她做妻子，并且继承王位。医生走到病人的床前，看见死神站在她的脚旁边。他本该想一想教父的警告才是啊！可是公主的无比美丽和做她丈夫的幸福，使他昏了头脑，把教父的话忘记得干干净净。他看不见死神向他投来愤怒的目光，举起手臂，摇着瘦骨嶙峋的拳头在威胁他。他扶起病人，让她的头睡到原本放脚的地方。随后他给她服药草，她的脸颊马上便泛起红色，生命重新复苏了。

眼看自己的所有物第二次被夺走，死神气得跑到医生那儿，吼道："你小子完啦，现在就轮到了你！"说着伸出他那冰冷的手来一把抓住教子，叫他反抗不得，随后就把他拽进了脚底下地狱里。在那儿，他看见千千万万朵烛光，一长排一长排地燃烧着不见头尾，有一些大，有一些小一点，还有一些很小很小。每一瞬间都有一些熄灭掉，有另一些重新燃烧起来，于是，看上去就像那些火苗在不断替换，在不断地跳过来蹦过去。"你瞧，"死神对他说，

"这就是人类的生命之光。大的属于孩子，小一些的属于结了婚的中年男女，最小的属于老年人。不过，经常有些孩子和青年也只有一朵小小的生命之火。""请让我看看我的生命之火吧，"医生说，他以为它一定还挺大哩。死神却指了指一点儿即将完全熄灭的小蜡烛头，回答："瞧吧，这就是。""哎呀，亲爱的教父，"吓坏了的医生说，"快请给我点一支新的；行行好吧，让我去享受我的生命，去当国王，做美丽的公主的丈夫！""我办不到，"死神回答，"在点新的之前，必须有旧的熄掉。""那就把旧的接在新的上，让旧的没烧完新的立刻燃起来吧！"医生请求。死神做出愿满足他的愿望的样子，拿起一支没动过的大蜡烛；其实呢，却存心报复，在接蜡烛时故意失手，让小蜡烛头儿翻倒在地，熄灭了。医生立刻倒在地上，自己也落进了死神的手心。

45. 大拇指儿漫游记

一个裁缝养了个儿子。这男孩长得小小的，跟正常人的大拇指差不多，所以也就名叫"大拇指儿"。他身体小，胆量却很大，对父亲说："爸爸，我应该去，也必须去世界上闯一闯啦。""说得对，我的儿子，"父亲回答，立刻拿来一根长长的缝衣针，点上一滴在灯上烤化了的火漆当护腕，"这，你上路时也有了一把宝剑。"

那小裁缝呢，还想最后和爸爸妈妈一起吃一顿饭，就蹦蹦跳跳来到厨房里，看妈妈做的什么好东西。可是菜刚刚做好，碗还摆在灶台上。小家伙于是问："妈妈，妈妈，今儿个吃什么？""你自己去看吧，"妈妈说。大拇指儿一跳跳到灶台上，鼓起眼睛朝碗里瞅。可他脖子伸得太长，让食物的蒸气给托起来，使他整个顺着烟囱飞了出去。他驾着蒸气在空中游游荡荡，最后终于落下地来，这样，小裁缝就来到广大的世界上，四处漫游。他曾在一位师傅的铺子里做过工，但是师傅家的伙食却叫他不满意。"师娘，您要不给我吃好点儿，"大拇指儿说，"我就上别处去，并且明天一早用粉笔在您的门上写：马铃薯太多，肉太稀罕，再见吧，马铃薯老板！""你究竟想吃什么，你这只蝗虫？"老板娘勃然大怒，同时一把抓起块抹桌帕，朝大拇指儿打去。咱们的小裁缝却敏捷地钻到一枚顶针下边，还伸起脑袋来瞅，冲着老板娘吐舌头。她拿开顶针去抓他，小小的大拇指儿却已跳进抹桌帕中；老板娘抖开抹帕找他，他又藏进了桌子里。"这儿呐，这儿呐，师娘，"他伸出脑袋来喊。老板娘刚要打去，他已跳进下边的抽屉。可是最后，她还是抓住了他，把他赶了出去。

小裁缝继续漫游，走进一片森林。在森林中他碰见一伙强盗，正合谋偷窃国王的财宝。他们看见小裁缝，心里嘀咕，这么个小不点儿锁孔定能钻过去，正好给咱们当万能钥匙。"喂，过来，你这个巨人，"一个强盗喊，"你愿意一起去金库吗？你可以不声不响钻进去，把钱扔出来。"大姆指儿考虑了一会儿，终于答应"好"，就和强盗们一同来到金库。他从上到下细看库门，想知道门上有无裂缝。不久，他发现了一道足够他往里钻的宽口子。他也想马上钻进去，可两个站在门外的卫兵中的一个发现了他，对另一个说："瞧，多丑一只蜘蛛在那儿爬！我真想踩死它。""放那它可怜虫走吧，"另一个说，" 又没碍着你。"

这样，大拇指儿就侥幸地钻进了库中，打开了强盗们等在外边的那扇窗户，把银币一枚一枚地扔给他们。小裁缝干得正带劲儿，听见国王视察他的金库来了，急忙躲了起来。国王发现少了许多银元，却想不通谁能把它们偷了去，因为锁和门闩全都完好无损，保卫工作看来毫无问题。国王离开金库时告诉卫兵："你们得留神，有人在偷钱。"当大拇指儿重新干起来的时候，他们果然听见里边有响动：咔啦，叮当，叮当，咔啦。他们迅速冲进去抓贼。可小裁缝听见他们来了逃得更快，一下子跳到角落里，拿一块银币盖在头上，一点身体不暴露在外面。这小子！竟然还寻卫兵们的开心，冲他们喊："我在这儿！"卫兵们跑过来，可刚一到他已跳进另一个角落，钻到另一枚银币底下喊："喂，这儿呐！"卫兵们赶紧追过去，大拇指却早跳到第三个角落，喊道："呵，这儿，这儿！"他就如此地愚弄卫兵们，逗得他们长时间地在库里团团转，直到累得自动走开。接着，他一枚一枚地把全部银币扔了出去；扔最后一枚他拼足了全身的力气，同时自己敏捷地趁势跳到银币上，随着一块儿飞出了窗户。强盗们大加称赞他："你真是个了不起的英雄，"他们说，"当咱们的头儿好不好？"大拇指儿却谢绝了，说他想先去见见世面。强盗们开始分赃，小裁缝只要了一个银毫子，因为多了他也拿不动。

随后，大拇指又把剑挂在身上，对强盗们道声"再会"，继续漫游去了。他一路上给好几位师傅帮过工，却总是不对他的味口。终于，他在一家旅馆当了佣人，可女仆们又不喜欢他，因为在她们看不见他的情况下，他却看得清她们偷偷摸摸干的一切，并且去向老板告发，告发她们从盘子里捞了什么，从地窖中弄走了什么东西。所以女仆们说："等着吧，我们会跟你算账的。"并真的私下商量好整一整他。不久，一个女仆在园子里割草，看见大拇指儿在旁边跳跳蹦蹦，在草里爬上爬下，就很快连他一起割下来，通通裹进一大块布里，再悄悄扔到牛群跟前。牛群中有条大黑母牛，它和着草吞掉了大拇指儿，一点儿没有咬痛他。可他很不喜欢呆在牛肚子里，因为那地方太黑，又没点灯。给母牛挤奶的时候，他就喊：

"滴嗒滴嗒，滴沥滴沥，
牛奶快要装满桶里？"

但是挤奶的声音很大，没谁听出他的声音。随后，老板来到

160

牛圈，说："明天把这头牛宰掉。"大拇指一听着了急，扯起嗓门喊道："先放我出来，我还在里边哩！"老板听倒听见了，可不明白声音是哪儿来的。"你在哪儿呀？"他问。"在黑牛里边，"大拇指儿回答。可是老板莫名其妙，只好走了。

第二天早上，牛被宰了。幸好在砍破割碎牛肉时刀子没碰着大拇指儿，不过呢他却掉进了灌香肠的肉堆中。当屠户进来干活儿时，大拇指儿拼命喊："别剁太深呀，别剁太深呀，我在下面哩！"可谁听得见他哟，剁肉的声音那么响。可怜的大拇指儿真是大难临头，然而灾难教人躲避，只见他一跃而起，那么机灵地从两把刀之间穿过而未让任何一把挨着，平平安安地脱离了险境。可是呢他还未完全自由。他别无出路，只好和肥肉一起让人灌进一根血肠里。那地方真有些拥挤，而且他还被挂在烟囱里熏，使他觉着度日如年。终于到了冬天，他被取了下来，因为香肠要拿去招待客人。当老板娘把香肠切成片片的时候，他老当心不把脑袋伸太长，生怕脖子给一块儿切下去了。终于，时机到了，他捅个洞跳了出来。

可在这所倒霉的房子里，小裁缝再也不肯呆下去，立刻踏上了继续漫游的路。谁知他的自由没有保持多久。在旷野里，他撞上了一头狐狸，让它一口给吞掉了。"哎，狐狸先生，"小裁缝喊，"是我呀，被卡在你喉咙管里的人，放了我吧！""你说得有道理，"狐狸回答，"我吃你简直没意思。只要你答应把你父亲院子里那些鸡送给我，我就愿放了你。""非常乐意，"大拇指儿回答，"鸡全部送给您，我发誓。"

这样，狐狸又把他吐出来，并且亲自把他背回家。父亲见到自己心爱的小儿子，高高兴兴地把他所有的鸡送给了狐狸。"作为赔偿，我也给你带回来一些钱，"说着，大拇指儿把自己漫游途中挣的那个银毫子递给了父亲。"可为什么要让狐狸吃掉那些可怜的小鸡崽哟？""哎，傻瓜，比起院子里的那些鸡来，你爸爸自然更

161

疼他的孩子啊。"

46. 菲切尔的怪鸟

　　从前有个巫师，他变成一个穷人的样子，到人家门前去乞讨，为的是抓走人家的美丽少女。没谁知道他把她们弄到哪儿去了，因为女孩子们一去就再没露过面。一天，巫师又出现在一家门前，这家有三个漂亮女儿。他看上去像个体弱有病的穷叫花子的样子，背上背着个似乎是用来装施舍的篓子。他求人家给他一点吃的。大女儿出来给他一块面包，他只碰了她一下，姑娘立刻跳进了他的背篓里。接着他撒开腿就跑了，把姑娘背进一片阴沉沉的大森林，背到了他在密林深处的家里。他家中一切都很华丽，不管姑娘想要什么，他都给她。他对她说："我的宝贝儿，你会喜欢我这儿的，你会得到你渴望的一切。"这样了几天，他又说："我得去旅行，只好让你一个人呆一段时间。这儿是家里的钥匙，你可以到处走走，看看，只是别进用这把小钥匙开的那间小屋子去；我禁止你，不然我要你的命。"他还给了她一个蛋，说："替我把这个蛋仔细保管好，最好是随身带着，要是丢了就会酿成大祸。"姑娘接过钥匙和蛋，答应一切照办。巫师走了，她就从下到上地在整个房子里转起来，看了所有的一切，只见一间间房里全是灿烂耀眼的金子银子，她相信自己一辈子从来没有见过这么多的财富。最后，她也来到那扇禁止她开的房门前，打算走过去，可是好奇心却使她不得安宁。她细看那把钥匙，发现与其它钥匙没什么两样，就把它插进锁孔轻轻一转，门突然一下便弹开了。可她走进去看见的是什么哟！一只血淋淋大盆子摆在屋中央，盆里躺着些砍碎了的死人，旁边立着个木砧，砧上横着把亮闪闪的斧头。她吓得要命，拿在手里的蛋便卟咚一起掉进了盆里。她把蛋捞出来，揩去上面的血，可是白费劲儿，血迹立刻又显现了出来。她揩呀，刮呀，可就是去不掉那血迹。

不久，巫师旅行归来，要求她的第一件事便是交出钥匙和蛋。她递过蛋去，手却不住地哆嗦。他从蛋上的红色迹印看出，她进过那血屋了。"你不听我的话，私自进了那间屋子，"他说，"现在我要你再进去，尽管你不乐意。你已活到头了！"说着把姑娘推倒在地上，抓住她头发拖她进了血屋，把她的脑袋往木砧上一按，用斧头砍碎了她，让她的血流了一地。随后，他把她扔进血盆，和其他死人在一起。

"现在我要去抓第二个。"巫师说，说完又变成一个穷人，去那家人门前乞讨。第二个姑娘给他拿来一块面包，也像第一个一样，也只碰她一碰就把姑娘抓走了。她呢，遭遇并不比姐姐好，也是受好奇心的引诱开了血屋，看了里边的情况，等巫师回来便送了命。他眼下又去抓第三个女儿，这小姑娘可是聪明又机灵呐。在他给了她钥匙和蛋出去旅行以后，她先把蛋小心收藏起来，然后才去参观房子，而进那间禁止她入内的血屋是在最后。啊，她看见了什么哟！她的两个亲爱的姐姐遭到残酷杀害，被肢解了扔在盆里！可她鼓起勇气，把她们的肢体找拢来，拼接她脑袋、身子和手脚。当一切都齐备了，她们的四肢开始动弹，并且长到了一起，紧接着，两个姑娘睁开眼睛，又活了过来，姐妹三个真叫高兴呵，相互又是亲吻，又是拥抱。巫师回来了，立刻要小女孩给他钥匙和蛋。他在蛋上没发现血迹，说："你经住了考验，我要让你做我的新娘子。"现在他不再有摆布她的魔力，只得按她的要求办了。"好的，"姑娘回答，"可我要你先送我爸爸妈妈一篓金子，而且得亲自去。我呢，这期间正好准备婚礼。"接着她又跑到躲在一间斗室里的两位姐姐那儿，说："时机到了，我这会儿就可以救你们。我要叫那坏蛋自己把你俩背回家去，可你们一到家，得马上让人来救我哟！"她把两个姐姐藏进一个背篓，在上面用金子

163

遮盖严实，让她们一点儿形迹不露，然后才叫巫师进来，说："现在把背篓背到我家去，只是半道上不准停留，不准休息；我打窗户里看着，对你进行监视。"

巫师背起背篓走了。可背篓重得要命，直压得他汗流满面。他于是坐下来，想歇口气；谁料背上立刻有一个声音喊道："我打小窗里看着哩，看见你在休息。还不给我快走！"他以为是新娘子在喊他，又站起来往前走。第二次他正想往下坐，背上又嚷开了："我打小窗里看着哩，看见你在休息。还不给我快走！"就这样，他一停背上就喊，一停背上就喊，只得气喘吁吁地，上气不接下气地走下去，走下去，直至终于把两个姑娘和半篓金子背到她们父母亲家里。

那新娘子呢，却在巫师家中筹办起婚礼来，并且向他的朋友们发出了邀请。随后，她拿起一颗露齿狞笑的死人脑袋，给它插上首饰，戴上花环，把它端到顶楼上的窗洞前，使它好像在向外张望的样子。一切准备好了，她便跳进一只蜂蜜桶，剪开被子，裹住身子在蜜里打滚，直到变成一只怪鸟的模样，叫谁也认不出她来。随后，她走出巫师的房子，半道上碰见一些来参加婚礼的客人，问她：

"怪鸟，怪鸟，你从哪儿来？"
"我从巫师菲切尔的家里来。"
"请问我们年轻的新娘在干啥？"
"她从楼下一直爬到了顶楼，
为了看新郎，仍然坐在窗口。"

最后，她碰见慢慢往回走的新郎。他同样问：

"怪鸟，怪鸟，你从哪儿来？"

164

"我从巫师菲切尔的家里来。"

"请问那年轻的新娘在干啥?"

"她从楼下一直爬到了顶楼,

为了看新郎,仍然坐在窗口。"

巫师抬头望去,看见那个打扮起来的死人的脑袋。他以为那是他的新娘,就冲它点头,很亲热地招呼它。可当他和宾客们进了屋,被派来救三姑娘的兄弟和亲戚也赶到了。他们关闭了屋子的所有门户,叫谁也没法逃脱,然后点上一把火,把巫师和他的一伙儿通通烧死了。

47. 杜松子树

这是很久很久以前的事情。大约在两千年前吧,一个富翁有一位漂亮而虔诚的妻子。他俩相亲相爱,却总没孩子。他们非常希望有孩子,因而妻子便日夜祈祷,可他们还是一直没得到孩子。他们的房前有一个院子,院子里长着棵杜松子树。有一年冬天,妻子站在树下削苹果,削着削着割破了手指头,血流出来滴在雪地上。"唉,"女人叹了一口气,望着面前的血,心里很难过,"要是我有个孩子,红得像血,白得像雪,就好啦!"她说完心里很高兴,以为这下愿望可以实现了。随后她回到家里,等了一个月,雪融化了。等了两个月,大地泛了青。等了三个月,地里长出了鲜花。等了四个月,森林里的树木都枝繁叶茂,绿荫成片,小鸟的歌声响彻林间,树上的花开始落到地上。五个月过去了,女人站在杜松子树下了,树上发出阵阵清香,叫她闻得心花怒放,情不自禁地就跪在地上。第六个月过去了,树上已硕果累累,这时她的心情十分平静。过了第七个月,她摘杜松子吃,吃得很多很

165

多，结果难受得病倒了。过了第八个月，她叫去她丈夫，涕哭着对他说："如果我死了，就把我埋葬在杜松子树下。"说完，她心情倒变得十分轻松愉快。谁想到，第九个月过去以后，她竟生下一个孩子，真是红得像血，白得像雪，她看着非常非常高兴，自己因此反倒死了。

丈夫把她埋在杜松子树下。起初，他哭得很厉害。过了一些日子，他哭得少些了。再过一些日子，他停止了哭泣。又过一些时候，他重新娶了一个妻子。

他和第二个妻子生了一个女儿。他第一个妻子的孩子是个漂亮男孩，嘴唇血红血红，皮肤雪白雪白。那女人每当见到她亲生的女儿都非常疼爱，每当看见男孩心里就怪不是滋味儿，认为他永远挡住了她的路。她老盘算着怎样使她女儿独得家产。魔鬼迷了她的心窍，使她对男孩恨之入骨，不是把他推来搡去，就是这儿敲他一下，那儿拧他一把，搞得可怜的男孩时刻地提心吊胆。每天放学回家来，他就再也得不到安宁。

一次，女人走进卧室，小女儿也跟进来说："妈妈，给我一个苹果。"——"好的，我的孩子。"女人说着就从箱子里抓出一只很漂亮的苹果，给了她。箱子有一个又大又重的盖子，盖子上挂着把很严实的大铁锁。"妈妈，"小女孩问，"哥哥不可以也吃一只吗？"这话叫女人不高兴，可她还是说："好，等他放学回来吧。"这当儿，她从窗口看见男孩恰好回来了，就像是魔鬼唆使似的，她一把夺回女孩手里的苹果，说："该让你哥哥先吃！"说着把苹果扔回箱中，锁了起来。这时男孩进了门，魔鬼又教她装出一副笑脸，说："孩子，你想吃个苹果吗？"同时却恶狠狠地瞪着他。"妈妈，"男孩说，"你模样怎么这样可怕！好的，给我一只苹果吧。"她觉得该劝劝他，说："走，跟我来，你自己取一只好了。"说着便揭开箱盖。谁想到，男孩刚弯下腰，探头进箱子，魔鬼就唆使女人砰地关下箱盖，一下子轧断了男孩的脑袋，滚到了红红的苹果中间。她害怕起来，心里想："我得和这事脱掉关系！"跟着就跑进楼上自己的房间，从衣橱顶上拿出一条白单子，把男孩的头装在脖子上，用单子缠起来，叫人看不出一点痕迹，然后放他坐在门前的一把椅子上，给他手里塞进一只苹果。

过一会儿，小玛莲到厨房找她妈妈，她站在火炉旁，正不住地搅动面前的一锅热水。"妈妈，"小玛莲说，"哥哥坐在房门前，脸色白极了，手里拿着个苹果。我要他把苹果给我，他不回答，我真害怕呀！""再去找他，"母亲说，"他要再不回答，就给他一耳光。"于是，小玛莲又去说："哥哥，把苹果给我！"可他仍旧一声不响，女孩就打他一个耳光，结果他的头便掉了下来，吓得小玛莲哭起来，赶紧跑去告诉母亲："妈妈呀，我把哥哥的头给打掉啦！"边说边哭，一个劲儿地哭啊哭啊，怎么劝也不停下来。"玛莲，"母亲说，"瞧你做的好事！还不悄悄儿的，别让任何人发现！事情反正这样了，咱们拿他来炖汤吧。"说罢女人就抱来男孩，把他砍成一块一块，丢进了汤锅里。可小玛莲站在旁边还是不停地哭，哭；哭得泪水流进锅里，连盐也一点都不用放了。

这时父亲回到家，坐上饭桌，问："我儿子哪儿去啦？"正巧女人端来一大钵黑颜色的汤，小玛连一见又哭得没完。父亲于是又问："我儿子哪儿去啦？""嗨，"母亲回答，"到乡下去了，去看他外婆，要在那里住一段时间。"——"他去干什么？怎么对我连说都不说一声？"——"噢，他很想去，求我准许他在那里住六个礼拜。他在那里过得很不错。""唉，"父亲说，"我挺难过，事情看来不妙啊。他无论怎样也该对我讲一讲的！"说着就吃起来，吃着吃着又问："小玛莲，你哭什么？哥哥会回来的。"他又对妻子说："啊，太太，肉味道怎么这样好？再给我一些！"他越吃越觉得好吃，就说："再给我，你们就一点别吃啦，我真想把它吃下去！"他吃啊吃啊，吃剩的骨头都扔在了桌子底下。小玛莲去她衣柜最下边一格抽屉里拿来最漂亮的绸手巾，从桌子底下拣出大大小小

167

的骨头，用手巾把它们包好，一边拿到门外去，一边痛哭，哭得流出了血泪。随后她把一包骨头埋在杜松子树下的绿草丛中。埋好之后，心里觉得轻松一点，不再哭了。突然，那树活动起来，树枝彼此分开又合拢，看上去就像一个人高兴得拍起手来似的。接着，从树里冒出一股烟雾，雾中像是燃烧着一团火，从火里蓦地飞出一只美丽的鸟儿。它动听地鸣叫着，飞上了天空。鸟儿飞走以后，树恢复了原样，那一包骨头也不见了。小玛莲一下子变得十分轻松快活，好像她的哥哥还活着似的。她高高兴兴回到房里，坐到桌边吃起饭来。

那鸟儿飞走后落在了一位金匠屋顶上，在那儿唱道：

> "我的母亲她宰了我，
> 我的父亲他吃了我，
> 我的妹妹小玛莲啊，
> 她拣起我所有的骨头，
> 包在一条绸手巾里头，
> 埋在那棵杜松子树下。
> 克威，克威，我变成只
> 　　多么美丽的小鸟啦！"

金匠坐在作坊里，正做一条金项链，听见落在屋顶上的鸟儿唱得那么美妙动听，就站起来往外走，但在过门槛时掉了一只拖鞋。他呢，就穿着一只拖鞋一只袜子，跑到了街中间。这时候，他胸前系着围裙，一只手拎着金项链，一只手捏着钳子，站在那儿，细看屋顶上的小鸟；太阳照在街上非常明亮。"鸟啊鸟啊，"他说，"你唱得真叫动听！再给我唱一遍吧！""不行，"小鸟回答，"我不能白白唱两遍。你把金项链给我，我才为你再唱一遍。"它飞下来用右爪子攫取了项链，便落在金匠跟前唱起来：

168

　　　　　"我的母亲她宰了我，
　　　　　我的父亲他吃了我，
　　　　　我的妹妹小玛莲啊，
　　　　　她拣起我所有的骨头，
　　　　　包在一条绸手巾里头，
　　　　　埋在那棵杜松子树下。
　　　　　克威，克威我变成只
　　　　　　　多么美丽的小鸟啦！"

　　随后它飞去落在一位鞋匠的屋顶上，唱道：

　　　　　"我的母亲她宰了我，
　　　　　我的父亲他吃了我，
　　　　　我的妹妹小玛莲啊，
　　　　　她拣起我所有的骨头，
　　　　　包在一条绸手巾里头，
　　　　　埋在那棵杜松子树下。
　　　　　克威，克威，我变成只
　　　　　　　多么美丽的小鸟啦！"

　　鞋匠听得很高兴，穿着背心就跑出门来，朝屋顶上张望。为了不让太阳耀花了眼，他不得不举起手来罩在额头上。"鸟啊鸟啊，"他说，"你唱得太好听啦！"接着他又冲门里喊："老婆，快出来，这儿有只鸟儿。你瞧瞧它唱得有多动听！"随后他又叫他的女儿、儿子、伙计、学徒和使女，大伙儿一起跑到街上，看那只鸟儿。它呢，确实非常美丽：羽毛是翠绿中间杂着鲜红，颈项像围着一圈纯金，眼睛明亮得跟星星一样。"嗒，小鸟，"鞋匠说，

169

"再给我唱一遍吧!""不行啊,"小鸟回答,"我不能白白唱第二遍。你得送点什么给我。""老婆,上搁楼去,"鞋匠告诉妻子,"在最上边一层板子上有一双红鞋,把它拿来吧!"妻子很快拿来了鞋。"这儿,给!"鞋匠说。"小鸟,现在你该唱了吧?"小鸟飞来用左边爪子攫走鞋,飞回到屋顶上,唱道:

> "我的母亲她宰了我,
> 我的父亲他吃了我,
> 我的妹妹小玛莲啊,
> 她拣起我所有的骨头,
> 包在一条绸手巾里头,
> 埋在那棵杜松子树下。
> 克威,克威,我变成只
> 多么美丽的小鸟啦!"

它唱完又飞走了。它右边爪子抓着金项链,左边爪子抓着红鞋,远远地飞到了一座磨房顶上。磨轮在克哩卡啦、克哩卡啦地转动,磨房里坐着二十个伙计,在咔嚓咔嚓、丁当丁当地凿打一面磨盘。磨轮克哩卡啦、克哩卡啦地转动着,转动着;小鸟却飞到磨房前面的一株菩提树上,唱起歌来:

> "我的母亲她宰了我,"

有一个伙计听见后放下了工作,

> "我的父亲他吃了我,"

又有两个伙计停下来听它唱,

> "我的妹妹小玛莲啊,"

又有四个伙计停止了工作,

"她拣起我所有的骨头。

　　　　包在一张绸手巾里头，"

现在只剩下八个伙计还在干活儿，

　　　　"埋在那棵……"

现在工作的只剩七个人，

　　　　"……杜松子树下。"

现在还剩一个人，

　　　　"克威，克威，我变成只

　　　　　多么美丽的小鸟啦！"

　　这时最后一个伙计也停止了工作，听见了它唱的结尾一句。
"鸟啊，"这个伙计说，"你唱得太美啦！给我再唱一遍，让我也听
听吧！""不行啊，"鸟儿回答，"我不能白唱第二遍。把那面磨盘
给我，我才愿意再唱一遍。""行，"伙计说，"如果它归我一个人
所有，你就可以拿去。""可以，"其他伙计说，"只要它再唱一遍，
就给它好啦。"小鸟飞了下来，二十个伙计用木杠子哼哧哼哧地好
不容易抬起磨盘，它却把脖子往磨盘眼儿里一钻，就象戴个领圈
似地托起磨盘，飞回树上去唱道：

　　　　"我的母亲她宰了我，

　　　　我的父亲他吃了我，

　　　　我的妹妹小玛莲啊，

　　　　她拣起我所有的骨头，

　　　　包在一条绸手巾里头，

　　　　埋在那棵杜松子树下。

　　　　克威，克威，我变成只

　　　　　多么美丽的小鸟啦！"

它唱完，便展开翅膀，右脚爪抓着金项链，左脚爪抓着红鞋，脖子上挂着磨盘，飞呀飞呀，要飞回到父亲家里。

　　父亲、母亲和小玛莲坐在桌旁。父亲说：“哈，我真高兴，心里非常舒服。”“不，”母亲说，“我心里怕极了，看样子就要有暴风雨了吧！”小玛莲只是坐在那儿哭啊，哭啊。这当儿，小鸟飞来落在屋顶上，父亲正好说：“嗨，我觉得挺快活，太阳这么美丽明朗，我倒觉得是有老朋友要来喽。”“不，”他妻子说，“我怕极了，怕得上下牙打架，血管里像火在烧！”她把胸前的衣服扯开了一些。小玛莲坐到屋角上，用围裙蒙住眼睛继续哭，泪水湿透了围裙。突然，鸟儿飞到杜松子树上唱道：

　　　　“我的母亲她宰了我，”

　　那女人赶紧蒙住耳朵，闭上眼睛，想不看也不听；可歌声却像巨雷一样灌进她的耳朵，她的眼前也火光阵阵，就像是在闪电。

　　　　“我的父亲他吃了我，”

　　“瞧啊，太太，”那男人说，“树上有只美丽的鸟儿，它唱得多么动听！阳光是这样温暖，肉桂花也在吐放芬芳。”

　　　　“我的妹妹小玛莲啊，”

　　小玛莲这时把头埋在膝盖上，还是一个劲儿地哭泣。父亲却说：“我得去跟前仔细瞅瞅那鸟儿。”“唉，别去别去，”他老婆说，“我仿佛觉得整个屋子在震动，在燃烧啊！”可她男人还是看那只鸟去了。

"拣起我所有的骨头，
包在一条绸手巾里头，
埋在那棵杜松子树下，
克威，克威，我变成只
多么美丽的小鸟啦！"

刚唱完，小鸟便放开金项链，它正好落在父亲的脖子上，让他戴着真是太合式了。他马上回到屋里，说："瞧，这只鸟多好！它送我一条好漂亮的金项链哟，看上去真美！"可是女人吓得倒在了屋里，头上的帽子也掉啦。这时小鸟又唱起来：
"我的母亲她宰了我，"
"唉，我真恨不得钻到地底下去啊，只要不听见这声音！"
"我的父亲他吃了我，"
那女人倒在地上像死了一样。
"我的妹妹小玛莲啊，"
"唉，"小玛莲说，"我也出去看看，小鸟是不是也会送点什么给我。"说着她便到了门外。
"她拣起我所有的骨头，
包在一条绸手巾里头，"
小鸟把红鞋扔给了玛莲。
"埋在那棵杜松子树下。
克威，克威，我变成只
多么美丽的小鸟啦！"
玛莲感到又轻松，又快活，穿起新红鞋来蹦蹦跳跳地回到房里，说："嗨，我出去的时候还很悲伤，现在已经快快活活，它真是只好鸟儿呐，还送了一双红鞋给我！""呸，"她母亲从地上跳起来，头发竖着像熊熊的火焰，说，"我觉得地球都要毁灭了！不过我也愿出去一下，看心情是不是会好一点。"谁知她刚跨出门，轰隆一声，鸟儿把磨盘往她头上一扔，把她砸了个稀巴烂，死啦！父亲和小玛莲听见了跑出来，只见眼前腾起一阵烟雾和火焰。烟消火灭之后，原地便站着玛莲的小哥哥。他拉起父亲和妹妹的手，三人高高兴兴回屋吃饭去了。

48. 老狗苏尔坦

一个农民有条忠实的老狗，名叫苏尔坦。它老得牙都全掉了，再也咬不住任何东西。一天，农民在大门外对老婆说："明儿个我就开枪把老苏尔坦打死，它一点用处也没有了。"妻子可怜这忠实的畜牲，便回答："它为咱们出了这么多年的力，忠实正派，咱们还是养着它更合适。""哎，什么！"丈夫说，"你真蠢：它嘴里已经没牙，没哪个小偷还怕它，该滚蛋啦。要说它给咱们出过力，可它也得到了好的饲养啊！"

可怜的狗正伸开四肢躺在不远处晒太阳，听见了他俩全部谈话，知道明天就是自己的末日了，真是伤心得很。它有一个好朋友，就是狼呗。傍晚，老苏尔坦悄悄溜出家门，到了森林中，向狼诉说自己面临的厄运。"听着，老哥，"狼说，"放宽心吧！我乐意帮助你摆脱困境。明儿一早，你主人和他妻子要去干草棚，并且会带上他们的小娃娃，因为家里没有人嘛。他们干活儿的时候，总爱把孩子放在篱笆后的荫凉地里，你就躺到旁边去，装做是照看孩子吧。我随即从林子里钻出来，把小家伙抢走。你呢，必须拼命追赶，好像非夺回它去不可似的。我便扔下孩子，于是你送他回他们父母那儿，他俩相信是你救了小宝宝，对你感激不尽，哪儿还会害你喽！相反，他们会对你无比宠爱，叫你什么都不缺！"

这个主意很合老狗口味，于是怎么策划就怎么干了。农民看见狼叼着孩子跑过田野，大声呼叫，等老苏尔坦又衔回来小宝宝，他真高兴极了，抚摸着狗说："我绝不动你一根毫毛，要你活一天

174

就养你一天!"他对自己的妻子又讲:"快回家去,给老苏尔坦煮碗白面糊糊,这它用不着牙齿咬。另外再把我床上的枕头拿来,我要送给它垫着睡觉。"从此以后,老苏尔坦过得心满意足,要想多好就有多好。不久,狼来看他,很高兴事情圆满成功。"不过呢,老哥,"它说,"如果我有时候来弄走你主人一只肥羊,你可要睁一只眼,闭一只眼啊。这年头儿,过日子艰难着喽!""别做好梦!"老狗回答,"我要永远忠于自己主人,不能答应你那样干。"狼呢,以为狗说的话并不当真,夜里就偷偷跑来抓羊。可是,老苏尔坦事先向主人告发了它,农民早有提防,结果叫狼狠狠吃了儿连枷。狼只得逃窜,一边却冲着狗喊:"等着吧,你这个叛徒,我要叫你自作自受!"

第二天早上,狼派猪来叫狗到森林里去,要在那儿和它算账。老狗苏尔坦除去一只猫以外找不到别的帮手,而这只猫又只有三条腿。它们一块儿往森林里走,可怜的猫一瘸一拐地跟在后面,由于疼痛尾巴翘得老高。狼和它的助手早已等在约定的地方,可当它们看见自己的对手走来时,却把猫朝天竖着的长尾巴当成了狗带的一把剑。而且,可怜的三脚猫每瘸一步,它们都以为它是在弯腰拣石头,准备用来掷它们。于是它俩胆战心惊,野猪一头钻进了灌木丛,狼也跳到了树上。狗和猫走到后挺纳闷儿,怎么谁都见不着。野猪呢,却没完全藏好,耳朵还伸在树丛外面。猫警觉地环视四周,发现猪耳朵在摆动,以为是一只老鼠,扑上去就狠狠咬一口。野猪大吼一声,爬起来就跑,边跑边喊:"真正的罪犯——蹲在那边树上!"狗和猫抬头一望,看见了狼。狼为自己胆小懦弱的表现很害臊,同意了与狗讲和。

49. 六只天鹅

一次,有位国王在大森林里打猎。他在追赶一头野兽时跑得太急了，随从们没有谁能够跟上。等到天色渐渐晚了，他停下来环顾四周，才发现自己已经迷了路。他想出森林去，可不知道该怎么走。这时，他看见向他走来一个脑袋摇摇晃晃的老太婆，可她呀，是个女巫。"老太太，"国王对她说，"您能不能告诉我出森林的路？""行啊，国王陛下，"女巫回答，"我当然能告诉您，只不过有个条件。您要不答应这个条件，就永远出不了森林，只好在森林里饿死喽。"

"是什么条件呢？"国王问。"我有一个女儿，"老婆子回答，"她生得很美，您在世界上再找不到第二个，完全配做您的妻子。您同意娶她作王后，我就指给您出森林去的路。"

国王心里害怕，答应了女巫的条件。老婆子把他领到她的小屋。在屋里，她女儿正坐着烤火。她好像早料到国王会来似的迎接着他。国王看见她确实挺美，可是并不喜欢她，一瞅着她就不由得暗暗感到害怕。等他把姑娘抱上了马，老婆子才给他指点出森林的路。国王回到宫中，和姑娘举行了婚礼。

国王曾经结过一次婚。第一个妻子生有七个孩子：六个男孩和一个女孩，他爱他们胜过了世界上的一切。国王担心后妻不善待他们，甚至可能让他们受苦，就把孩子们送进森林中间一座孤零零的宫殿单独居住。宫殿深藏在密林里，路非常非常难找，要不是有位身穿白袍的女人送国王一个线团，连他自己也休想找到啊。这线团可奇妙了，只要他往前一抛，它就会自己滚动，为他带路。国王经常去探望他的孩子们，王后发现他不在，很是好奇，想知道他独自一人去森林中究竟干什么。她给国王的随从许多钱，随从们便向她泄露了秘密，并把那个领路的线团的情况也告诉她了。从此她便心神不定，直到找出国王藏线团的地方才安了心。随后，她缝了几件白绸的小衬衫，她因为跟母亲学过巫术，就缝了一道符咒进衬衫里。一天，国王骑着马打猎去了，她就带上衬衫走进森林，线团呢，便在前面给她领路。孩子们看见远远地有谁来了，以为是自己亲爱的父亲，都欢天喜地地跑去迎接。继母突然向他们每人抛出一件小衬衫，他们的身体一被挨着，孩子们便一个个变成天鹅，飞上天空，消失在远方。王后心满意足地回到家，以为从此赶走了她的那些继子。可是，她哪知道，女孩没有和兄长们一齐跑来迎接她。第二天，国王去看他的儿女们，却发现只有女儿一个人在。他问："你的哥哥们上哪儿去了？""唉，父王，"女孩回答，"他们走了，丢下我孤零零一个人。"接着，她给父亲讲她从小窗里看见，兄长们一个个变成天鹅，飞过了林子上空。她还拾了一些他们掉在院子里的天鹅羽毛，现在也拿出来给父亲看。国王很难过，但他没想到是王后干的坏事。他担心女儿也被夺走，想带她回去。女儿呢，却怕继母，请求国王允许她在林中的宫里再呆上一夜。

可怜的姑娘想：我在这里呆不长了，我要去寻找我的兄长们。黑夜来临，她逃出宫门，径直朝密林中走去。她一个劲儿地走啊走啊，走了一整夜又一个白天，直到精疲力竭。这当儿，她看见一间猎人栖身的小屋，便走进去，发现屋里有六张小床。可是，她不敢躺在床上，而是爬到了一张床下，准备就在硬邦邦的地上睡着过夜。不一会儿，太阳快落山了，她突然听见嗖嗖的响声，一看是六只天鹅飞进窗户来啦。天鹅们落在地上，开始相互吹气，吹掉了身上的所有羽毛，接着，它们的天鹅皮也像衬衫一般地脱落了。姑娘再注意瞧它们，认出了她的几位哥哥。她喜出望外，赶紧从床下爬出来。他们一见自己的小妹妹，也非常高兴；只不过，他们高兴的时间很短。"你不能呆在这里，"他们对她说，"这是个强盗窝。他们回来发现了你，会杀死你的。""难道你们不能保护我吗？"小妹妹问。"不能，"他们回答，"因为我们每晚只有一刻钟时间脱掉天鹅皮，恢复人的形状，随后又要变成天鹅。"小妹妹哭了，说："难道你们就没法获得解脱了吗？""唉，不行啊，"哥哥们回答，"条件太苛刻啦！你六年不许讲话，不许笑，在这期间还必须用翠菊替我们缝六件衬衫。只要你嘴里漏出一个字，一切努力都白费。"话刚说完，一刻钟已经过去，哥哥们又变成天鹅，从窗口飞走了。

可是姑娘却下定决心救她的哥哥，不怕为此会付出自己的生命。她离开小屋，走进密林，爬到树上过了一夜。第二天早上，她便四处采集翠菊，开始缝衬衫。她没有任何人可以讲话，笑同样缺少情绪。她坐在那儿，只顾低头缝啊缝啊。这么过了很长时间，有一天当地的国王来森林里打猎，猎手们走到了姑娘坐的那棵树跟前。他们喊她，问："你是谁呀？"她不回答。"下来吧，"他们说，"我们不会碰你一根毫毛的。"她只摇了摇头。他们继续问个不休，她给他们扔下来一条金项链，心想这下可以使他们满足了吧。谁料人家还是不放松。于是她又把腰带扔给他们，还是没用。她接着扔下吊袜带，扔下身上所有而又并非必须的一件件东西，直至仅仅只穿着内衣。可是就这样，猎手们仍未被打发走，而是爬到树上把姑娘抱下来，领她去到国王面前。国王问："你是谁？在树上干什么？"她不回答。国王用自己会的所有语言问她，她仍然不声不响，像条鱼一样。然而她是那么美丽，国王被打动了，深深地爱上了她。他给姑娘披上外套，抱她上马坐在自己前面，把她带回王宫。随后他给她许多漂亮衣服穿，使她更加光彩照人，美丽如晴朗的白昼，可就是仍然没法使她吐出一句话。吃饭时，国王让她坐在自己身边。她模样谦逊，举止端庄，深得他的欢心。他忍不住说："我希望娶她，而不要世界上任何别的女子。"几天后，他和她举行了婚礼。

不幸的是，国王有个刁恶的母亲。她不满意这桩婚事，常讲年轻王后的坏话。"谁知道这丫头从哪儿来的呢，"她说，"又不会讲话，根本不配当王后！"过了一年，王后的第一个孩子刚出世，老婆子就给她抱走，并趁她睡着了在她嘴上涂了一些鲜血。接着她便去国王面前告状，说王后是吃人妖婆。国王不肯相信，不容许人家伤害自己妻子。王后呢，仍一个劲儿坐着缝衬衫，对别的一切全不在意。第二次，当她再生下一个漂亮的男孩，恶婆婆又搞了同样的鬼，国王却拿不定主意，不知究竟该不该相信母亲的话。国王说："她那么虔诚、善良，做不出这种事。她要不是哑巴，一定会替自己辩解，很快证明自己的清白无辜。"可是，当老婆子第三次偷走婴儿，控告王后，王后又一句辩解的话没有，国王便毫无办法，只得把她交给法庭。法庭的判决是用火刑将她处死。

执行判决的日子到了；这刚好是她不能说话和不能笑的六年的最后一天，她已经把亲爱的哥哥们从魔法的控制下解脱。六件衬衫也缝好了，只有最后一件左边还少一只袖子。当她被带向火刑柱时，她把衬衫搭在胳臂上；当她上了火刑柱，木柴即将点着时，她环顾四周：瞧啊，空中正好飞来六只天鹅。她明白，她即将得救，心里又高兴又激动。天鹅们嗖嗖地落在她近旁，她可以把衬衫扔给它们了——它们一被碰着，身上的天鹅皮就脱掉了，她的哥哥们又站在她面前，一个个生气勃勃，英俊漂亮。只有最小的一个哥哥缺少左胳臂、背上仍然长着只天鹅翅膀。兄妹们相互拥抱，亲吻。接着，王后走到不胜惊讶的国王面前，开口讲话："亲爱的丈夫啊，现在我可以说话了，可以向你表明，我是清白的，无辜受到了诬告。"她告诉国王，婆婆欺骗他，抱走了她的三个孩子，把他们藏了起来。孩子很快被送到国王面前，使他高兴极了。恶婆婆受到惩罚，被绑在火刑柱上，烧成了灰。国王、王后和她的六个哥哥，幸福安宁地生活了许多许多年。

50. 玫瑰公主

很久很久以前，有一位国王和一位王后。他们每天都说："嗨，要是我们能生个孩子就好啦！"可就是一直没有生。一天，王后在河里洗澡，一只青蛙从水里爬上岸来，对她说："你的愿望快实现了，不出一年，你就会生下一个女儿来的。"青蛙的话应了验，王后果然生下一个非常非常漂亮的小女孩。国王高兴得不得了，因此举行了一个盛大的宴会。他不仅邀请来他的亲友和熟人，而且还邀请了那些女预言家，希望孩子能赢得她们的欢心和照顾。在他的王国有十三个女预言家，可是呢，他只有十二只金盘子给她们吃饭，所以有一个女预言家不得不留在家中。宴会进行得极为豪华铺张，临结束时，女预言家们纷纷向孩子赠送她们的奇异礼物：一个赠给她"德行"，另一个赠给她"美貌"，第三个赠给她"财富"，其他人赠给她世界上一切值得渴求的东西。十一个女预言家已经祝福完了，这时突然走进来那第十三的一个。她没被邀请，因此来报复啦！她谁也不理，谁也不瞧，就大声喊道："让公主在十五岁时被纺锤刺伤，倒在地上死去吧！"说完，她没再讲任何话，一转身离开了大厅。所有的人都吓坏了，这时还不曾祝福的第十二个女预言家走上前来，她没法完全消除那恶毒的诅咒，只能减轻它，因此便说："可别让公主死去，而是让她沉睡一百年！"

国王急于使自己的爱女免遭不幸，下令在全国烧掉所有的纺锤。而在小姑娘身上呢，果然应验了女预言家们的全部祝福，长得异常的美丽，异常的贤慧、和善和聪明，叫谁见了都不能不喜欢。到了她满十五岁的那一天，国王和王后偏巧不在家，只有小姑娘一个人留在家里。她于是随心所欲地东走西走，观看宫里大大小小的房间，最后来到了一座古塔前面。她爬上塔内狭窄的旋梯，走到一扇小门前，见锁孔里插着一把锈钥匙，就转了它一下，门立刻弹开了。小屋里坐着个老婆子，手拎着一支纺锤，正起劲地纺着麻线呐。"你好，老奶奶！"小公主说，"你在做什么呢？""我在纺线呗，"老婆子冲她点点头，回答。"那是什么东西，转得真好玩儿？"公主问，说着便接过纺锤来想自己也纺一下。可是她一挨着纺锤，那咒语已经应验，她真的刺伤了自己的手指。

就在她被刺伤的那一瞬间，公主便倒在旁边的一张床上，沉沉地睡去。而且，这样的沉睡弥漫了整个王宫：国王和王后刚好回来，一进大厅便睡着了，他们所有的大臣侍从也睡着了。还有厩舍里的马、院子里的狗、房顶上的鸽子、墙壁上的苍蝇，是的，甚至连炉膛内袅袅燃烧的火苗，都已静静入睡。正在炸着的牛排不再滋儿滋儿作响。小帮工做错了事，厨师正想去揪他的头发，这时也住了手，自顾自地睡起大觉来。就连风也停息了，王宫前的那许多树上，再没有一片叶儿哪怕动上一动。

可是，在王宫四周，却长出来一道玫瑰刺篱笆，而且一年年越长越高，终于把整个王宫包围起来，然后又从顶上合拢去，把它完全密封住，连屋顶上的旗子也一点没露在外面。只不过呢，国内仍传说着美丽的长睡不醒的玫瑰公主的故事——这时人们已这么称呼她，所以不时地就有一些王子来到这个国家，想要钻过篱笆进宫里去。可是毫无希望，那些刺玫就像长着手似的，将他们紧紧抓住，叫他们困在篱笆中怎么也挣脱不出来，最后都可悲地死去。过了很多很多年，一天又有一个王子来到这个国家，听见一位老人讲起那刺篱笆的故事，说是在它中间矗立着一座宫殿，宫殿内沉睡着一位叫玫瑰公主的漂亮极了的少女，她睡了已经一百年，和她一道沉睡不起的还有国王、王后以及宫里所有的人。老人还讲，他听自己祖父说曾经来过许多王子，企图钻过刺篱笆去结果都困在了里面，可悲地死去啦。年轻的王子却说："我不怕，我偏要进去看看美丽的玫瑰公主！"好心的老人再怎么劝阻，他都不听。

幸好一百年过去了，刚巧快到玫瑰公主应该苏醒的日子。王子来到刺篱笆前，只见到处都开满又大又鲜艳的玫瑰花；花篱自动地分开，让他安然无恙地走进去，在他身后又合拢在一起。走到宫内的院子里，他看见马匹和花毛猎狗都躺在地上睡觉，一群鸽子蹲在屋顶上，全把小脑袋埋在了翅膀下边。他跨进屋，苍蝇仍在墙壁上睡着；厨房里，厨师仍把手伸在空中，像要去抓小帮工的样子；女仆坐在那儿，面前是一只正准备拔毛的黑母鸡。王子继续往前走，在大厅里看见宫里所有的臣仆全躺在地上呼呼大睡，在上方的宝座旁边则倒着国王和王后。他再往前走，四周静得能听见自己的呼吸。终于，他走到古塔前，打开了玫瑰公主睡在里边的那间小屋的门。她躺在床上，模样儿美极了，王子目不转睛地望着她，忍不住弯下腰去吻她。他刚刚一吻到玫瑰公主，她便睁开眼睛，苏醒转来，非常温柔地注视着王子。他们一起走下古塔，这时国王、王后和宫里所有的人也都醒了，正瞪大眼睛你望着我，我望着你。院子里的马站起来在抖动鬃毛；猎狗在摇着尾巴跑来跑去；屋顶上，鸽子从翅膀下伸出了小脑袋，东瞅瞅西瞅瞅，最后飞到了田野里；一群群苍蝇继续在墙壁上爬动；厨房里，炉火又熊熊燃烧起来，煮着食物，锅里肉又炸得滋儿滋儿响；厨师扇了小帮工一记耳光，小家伙大声叫起来；女仆已经把鸡的毛拔光了。随后，王子和玫瑰公主举行了盛大热闹的婚礼，两人快快活活地过完了一生。

51. 鸟弃儿

从前，有一护林人去森林里打猎。当他走进林子时，却听见哭叫的声音，好像有一个小孩子。他循着哭声找去，终于找到一棵高高的树跟前，看见树上坐着一个小孩子。原来是一位母亲带着孩子在树下睡着了，一只老鹰看见她怀里的小孩，就飞来叼走他，把他放在了眼前这棵高高的树上。

护林人爬上树去，取下孩子，心里想：你就把孩子带回家，和你的小勒妮一道抚养大吧。他果真把孩子带回家里，两个小家伙便一起长大起来。那个在树上捡来的孩子呢，既然他是让鸟叼走的，所以就叫"鸟弃儿"。鸟弃儿和小勒妮相亲相爱，是啊，他们只要一个见不着另一个，就会心里难过。

护林人家有一个老厨娘。一天傍晚，她拿着两只桶去井边打水，去了不只一次，而是许多次。小勒妮见了问："告诉我，老桑涅，你干吗打这么多水？"——"我愿意告诉你，要是你不再对任何人讲。"小勒妮答应不再对任何人讲，厨娘于是说："明儿早上，等林务官打猎去了，我就烧水；等水烧开了，我就把鸟弃儿丢进锅里煮起来。"

第二天一大早，护林人就起身去打猎。在他走的时候，两个孩子都还躺在床上。小勒妮对鸟弃儿说："要是你不离开我，我也绝不离开你。""永远不离开！"鸟弃儿回答。于是，小勒妮讲："现在我愿告诉你，昨晚上老桑涅提回来许多桶水，我问她做什么，她说要是我不告诉任何人就对我讲；我答应不告诉任何人，她才说明天早上等父亲打猎去了，她要烧一大锅水，把你丢进锅里煮起来。咱们可得快起床，穿好衣服一块儿逃走才好啊！"

两个孩子于是下了床，飞快穿上衣裳跑了。这时候锅里水已烧开，厨娘走进卧室准备抓鸟弃儿去下锅。可她到床边一看，两个孩子全都逃跑了。她害怕得要命，自言自语说："等林务官回来看见孩子没了，叫我怎么交代呢？赶快去追，把他们抓回来！"

说罢，厨娘就派三个帮工去追赶和捉拿孩子。孩子们呢却坐在森林前面，远远地看见那三人追来了，小勒妮便对鸟弃儿说："要是你不离开我，我也绝不离开你。""永远不离开！"鸟弃儿回答。于是小勒妮说："你快变成一株玫瑰吧，我要变成你枝头上的一朵小花！"一会儿，三个帮工追到森林跟前，只看见一株玫瑰树和它枝头上的一朵小花，却哪儿也找不着孩子们。他们于是讲："这儿没啥可干。"便回去告诉厨娘，他们除去一株玫瑰和它枝头上的一朵小花，什么也没看见。厨娘一听骂道："你们这些蠢猪，你们该砍断玫瑰树，摘下它那小花，把它们带回家来呀！快去，照

183

我说的做!"他们只好又一次去寻找。可孩子们老远就看见他们来了,小勒妮又说:"鸟弃儿,要是你不离开我,我也绝不离开你。""永远不离开!"鸟弃儿回答。小勒妮于是讲:"那你快变成一座教堂,我要变成里边的大吊灯。"一会儿,三个帮工赶到了,面前除去一座教堂和教堂里的大吊灯,什么也没有。他们又相互说:"这儿有什么好干呢?还是回家去吧。"回到家,厨娘问他们是否什么也没发现,他们回答没有,除去一座教堂和教堂里的大吊灯,就什么也没发现。"你们这些笨蛋!"厨娘骂道,"你们为什么不拆毁教堂,把吊灯拿回来呢?"说罢,老厨娘便亲自出马,领着三个帮工去追孩子们。可孩子们呢,远远地已看见三个帮工来了,那老婆子却颤颤巍巍地在后面追赶。小勒妮于是说:"鸟弃儿,要是你不离开我,我也绝不离开你。""永远不离开!"鸟弃儿回答。小勒妮说:"那你快变成池塘,我要变成池塘里的一只鸭子。"老厨娘赶到了,看见池塘就趴在边上,想要把水喝干。谁知鸭子很快游过来,用喙子咬住她的脑袋,所她拖进了水里。就这样,老巫婆被淹死了。两个孩子一同回到家里,有说不出的高兴。他俩要是没有死掉,现在准还活着呢。

52. 画眉嘴国王

一位国王有一个女儿,她长得异常的美丽,可是却格外骄傲和自命不凡,没有一个求婚者中她的意。她一个又一个地赶走他们,还对人家恣意嘲弄。一天,国王下令举行盛大集会,邀请来了远远近近所有希望结婚的男子。他们全都按门第等级排成一队:最先上来的是一些国王,然后才是公爵、侯爵、伯爵、男爵,最后还有其他的贵人们。这时候,公主被领着走过他们的队伍,可是对每一个人,她总有一点可挑剔之处。这一个她认为太胖,就

184

说:"像只酒桶!"那一个她觉得太高,就说:"晃晃悠悠的,走没走相!"第三个又太矮,"矮胖矮胖的,一点不灵活!"第四个太苍白,"活像具死尸!"第五个却脸太红,"一只火鸡!"第六个又身板儿不够直,"像一根鲜树枝,在炉子背后给烤干啦!"总之,她看谁都不顺眼。

特别是有一位站在顶前边的国王,他为人善良却下巴长得翘了些,更是遭到她的大肆嘲笑。"哎呀呀,"她大笑道,"瞧他这下巴,真跟画眉的长嘴一个样呵!"打这以后,这位国王就落了个画眉嘴的诨名。可老国王呢,见女儿除去嘲弄人家什么都不干,对召集来的求婚者全都看不上,便非常生气,发誓要把她嫁给第一个上门来的叫花子,不管他是谁。

几天以后,一个街头卖唱的在王宫的窗下唱起歌来,想讨一点施舍。国王听见了便说:"去叫他上来!"街头歌手于是穿着他又肮脏又破烂的衣服,来到国王和公主跟前唱歌,唱完就请求给他一点赏赐。国王说:"你的歌我很喜欢,我愿意把自己的女儿许配给你。"公主大吃一惊,于是国王告诉她:"我起过誓,要把你嫁给闯上门来的第一个叫花子,也准备遵守自己的誓言。"公主说什么都没有用,牧师被请了来,她不得不马上和街头歌手举行婚礼。婚礼结束后,国王说:"现在你已是一个叫花婆,不好继续呆在宫里,跟着你的丈夫一道去吧。"

街头歌手于是牵着她往外走,她只得跟随他步行离开王宫。

他俩走进一片大森林,公主问:

"啊,这片美丽的森林是谁的?"
"它呀,是画眉嘴国王的;
当初你要嫁给他,这森林现在就是你的。"
"我这可怜的小女子呵,
唉,我真后悔没嫁给画眉嘴!"

随后他俩走过一片草地，公主又问：

"啊，这片美丽的绿草地是谁的？"
"它呀，是画眉嘴国王的；
当初你要嫁给他，这草地现在就是你的。"
"我这可怜的小女子呵，
唉，我真后悔没嫁给画眉嘴！"

接着他俩到了一座大城市，公主又问：

"啊，这座漂亮的大城市是谁的？"
"它呀，是画眉嘴国王的；
当初你要嫁给他，这城市现在就是你的。"
"我这可怜的小女子呵，
唉，我真后悔没嫁给画眉嘴！"

"你老是想嫁给另一个男人，叫我很不高兴，"街头歌手说，"难道我对你来说还不够好吗？"终于，他俩走进了一所很小很小的房子，她又问：

"唉，上帝，这房子真叫小！
这又小又破的房子是谁的呢？"

街头歌手回答："这是我和你的家，我们要住在里面。"公主为了从小门走进去，不得不弯下腰。"佣人在哪儿呀？"她问。"什么佣人！"叫花子丈夫回答。"你想要干什么都得自己动手。快生起火来，把水烧上，给我煮饭，我已累坏啦。"谁知公主呢，压根

186

儿不会生火呀烧饭呀什么的，叫花子丈夫只好自己干，也还凑合。他俩吃罢简单的饮食，就躺下睡了，可第二天一大早他就赶她下床，要她收拾房子。这样勉勉强强过了几天，他们的存粮吃完了。丈夫于是说："老婆，咱们这样光吃不挣，没法子活下去。你得编筐子！"说完他便出门去砍了些柳条，扛回家里来。公主于是开始编筐子，粗硬的柳条戳伤了她娇嫩的双手。"我看呐，这样不行，"丈夫说，"还是纺线吧，也许你这会在行些。"她便坐下去试着纺起来，可是粗糙的纱线很快勒进她柔软的手指，勒得流出了血。"你瞧，"她丈夫说，"你什么事都干不了，娶你我算倒了霉！现在我要试一试做陶器生意，你得坐在市场上去卖货。"唉，她想，要是我父亲王国里的人来赶集，见我坐在那儿卖东西，他们会嘲笑我的呀！可是呢，没有办法，他俩不愿意活活饿死，她只得按丈夫的要求办。一开始情况不坏，人们见这女人长得漂亮，都乐意买她的东西，她要什么价钱也照给，是的，有许多人甚至给了钱还不要货。夫妇俩靠卖来的钱生活了一段时间，丈夫又进了一批新的陶器。她于是坐在市场的一个角落上，把盆盆罐罐摆在自己周围卖起来。哪晓得突然急驰而来一个喝醉了酒的骠骑兵，正好冲进她的盆盆罐罐堆里，把一切全踩得粉碎。公主哭起来，吓得不知怎么办好。"唉，我真倒霉呀！"她喊道。"我丈夫会怎么骂我哟！"她跑回家，讲了碰见的不幸。"谁会坐到市场角上去卖陶货呵！"丈夫说。"别哭啦！我看呀，你是任何像样子的事情也做不了的。我去过咱们国王的宫里，打听了一下是不是需要一名厨房的女仆；人家答应我雇佣你。你在那儿可以白吃饭。"

这一来，公主变成了厨房的女仆，给厨子当下手，不得不干最粗重的活儿。她在自己衣服两边的口袋里各装了一只小陶罐，用来盛人家吃剩下来给她的东西，带回家去养活自己和她丈夫。不久，国王的长子举行婚礼，可怜的女仆偷偷上去站在大厅门口观望。当灯烛一齐点燃，宾客们一个赛一个漂亮地走进来，整个场面真是富丽堂皇到了极点。这时她不禁想起自己的命运，心情十分沉痛，开始诅咒自己的骄傲和自命不凡来，怪它把自己推进了眼前这样屈辱和贫穷的境地。端进端出的美味佳肴，向她飘过来一阵阵的香气。有时候，仆人们扔给她一些残渣剩菜，她便装进小陶罐，准备带回家去。忽然王子走进大厅，身穿着天鹅绒和绸缎衣服，脖子上挂着许多金项链。他看见站在门口的美丽妇人，拉住她的手要和她跳舞。她呢，却不肯和他跳并且吓了一跳，因为她发现这位王子正是画眉嘴国王，曾经向她求过婚，她不但拒绝了他，还嘲笑过人家！可是反抗没有用，王子仍把她拉进了大厅。就在这时，她拴口袋的绳子却断了，陶罐滚了出来，汤流到地上，残渣剩菜撒得到处都是。人们一见哄堂大笑，纷纷说风凉话，羞得可怜的女人恨不得深深地钻到地底下去。她跳出厅门想要逃跑，可在楼梯上又让一个男人抓住，拉了回来。她定睛一看，这男人又是画眉嘴国王。国王很和蔼地对她讲："别害怕，我和那个跟你一块儿住在破房子里的叫花子，原本是同一个人。为了帮助你，我才化了装；那个踩碎你陶货的骠骑兵，也是我装扮的啊。所有这一切，都是要克服你的自命不凡，惩罚你嘲笑我的傲慢无礼。"公主听罢痛哭流涕，说："我太不应该了，不配做你的妻子。"画眉嘴国王却安慰她："别哭啦，不幸的日子已经过去，现在让咱们举行婚礼吧！"宫女们随即走过来，给她穿上最华丽的衣裙。她的父亲和宫里所有的人也来了，都祝贺她和画眉嘴国王结为夫妇。这下才开始真正的欢庆活动。我希望，你和我，我们也在场就好喽。

53. 白雪公主

　　寒冷的冬天，雪花像羽毛一样从天上飘落下来，一位王后坐在乌檀木框子的窗户前，做着针线。她一边缝着，一边望着空中飞舞的雪花，针一下子扎破了手指头，血流出来，滴了三滴在雪地里。血红红的，衬着白雪，格外美丽。王后于是想："要是我有个孩子，有个白得像雪，红得像血，黑得像乌檀木的孩子，就好啦！"过了不久，她生下一个女儿，果真皮肤雪白，嘴唇血红，头发像乌檀木一样黑油油的，因此就给她取了一个名字叫"白雪"。可是，白雪公主生下不久，王后就去世了。

过了一年，国王娶了一位新王后。她是个漂亮女人，只不过又骄傲又自负，容不得任何人比她更美丽。她有一面魔镜，每当她走到面前照一照，总要问：

　　　　　"镜子镜子，挂在墙上，
　　　　　全国上下，哪个女人最漂亮？"

镜子便回答：

　　　　　"王后娘娘，全国您最漂亮。"

王后心满意足，因为她知道，镜子讲的是真话。

可是，白雪公主慢慢长大了，而且越来越美，到七岁那年已美丽得如同晴朗的白昼，甚至超过了王后本人。一天，王后又问镜子：

　　　　　"镜子镜子，挂在墙上，
　　　　　全国上下，哪个女人最漂亮？"

镜子便回答：

　　　　　"王后娘娘，这里数您最漂亮；

可公主是比您漂亮一千倍的姑娘。"

　　王后大吃一惊，忌妒得脸都青了。从此，一见白雪公主，她心里就怪难受，因此恨死了小姑娘。忌妒和骄傲像野草一样，在她心中越长越高，使她白天黑夜再没有安宁。于是，她叫来一个猎人，对他说："把这孩子带进森林里去，我讨厌见到她。你得把她杀死，把她的肺和肝带回来当证据。"猎人遵命把白雪公主带进了森林，拔出猎刀来准备刺穿她纯洁无邪的心脏，白雪公主一下子哭起来，说："亲爱的猎人啊，饶了我的命吧，我情愿跑进森林深处去，永远不再回来！"她生得那样的美，猎人对她产生了同情，说："可怜的孩子，你就快跑吧！"他心想，野兽很快会吃掉她，不过他无需再杀死她，心上仍像掉下了一块大石头似的。这时候，正好有只小野猪蹦蹦跳跳地跑过来，他就一刀把它戳死，掏出它的肺和肝，带回去给王后当证据。厨子奉命把它们用盐烧好了，它们随后就被狠毒的妇人吃得干干净净。她还以为，她吃的真是白雪公主的肺和肝呐。

　　可怜的小姑娘一个人孤零零地留在大森林中，心里害怕极了。她瞅着各式各样的树叶，不知怎么办才好。突然她开始跑起来，跑过尖锐的石头，穿过带刺的灌木丛；野兽在她身边跳来跳去，却没给她一点伤害。她跑啊，跑啊，只要腿还动得了。她跑到天快黑的时候，突然发现一幢小屋，就进去休息。小屋内所有的东西都小小的，但却说不出的精致，说不出的整洁。一张铺着白台布的小桌儿，桌上摆着七只小盘子；每只盘里放着一把小勺儿，旁边还有总共七副小刀叉和七个小杯子。靠墙并排摆着七张小床，床上铺的被单雪白雪白。小公主又饿又渴，忍不住从每只盘子里吃掉一点儿蔬菜和面包，从每个杯子里喝一滴儿葡萄酒；要知道，她可不想把一只盘子和一个杯子的东西全吃喝光啊。她太疲倦了，吃喝以后立刻躺在一张小床上。可是床都不合适，这张太窄，那张太短，直到第七张总算马虎可以，她才躺着不再动弹，让上帝带进了梦乡。

天全黑下来以后，小屋的主人回来了，他们是七个小矮人儿。为了找到矿石，他们每天去山里掘呀，挖呀。他们点着七盏小灯，小屋里一下子变得很明亮，这时他们就发现家里来了生人，因为东西已不完全像他们离开时摆放的样子。

"谁坐过我的小椅子？"第一个小矮人说。

"谁吃过我小盘儿里的东西？"第二个说。

"谁把我的面包吃掉了一点儿？"第三个说。

"谁吃了一点儿我的蔬菜？"第四个说。

"谁用我的小叉子叉过？"第五个说。

"谁用我的小刀儿削过？"第六个说。

"谁喝过我杯子里的葡萄酒？"第七个说。

这时，第一个小矮人回头一看，发现他的床铺上陷下去了一小块，又说："谁踩过我的小床？"其他小矮人也跑来，惊呼道："我的床也有谁躺过啦！"

可第七个小矮人一看自己的床，就看见了躺在上面的白雪公主。他一喊，其他小矮人全跑过来，用他们的七盏小灯照着白雪公主，发出惊讶的呼叫："哎，我的天！哎，我的天！多么漂亮的小女孩啊！"他们高兴极了，不忍心唤醒她，让她在床上继续睡觉。第七个小矮人因此和他的伙伴合睡，在每个床上睡一小时，这样就过了一夜。

清晨，白雪公主醒来，看见七个小矮人吓了一跳。可是他们却和和气气，问她："你叫什么名字？""我叫白雪公主，"她回答。"你怎么到了我们的屋里？"小矮人们继续问。于是，小姑娘就讲了她的继母想害死她，猎人却饶了她的命，她一整天跑啊跑啊，最后发现了他们的小房子。小矮人们说："你要愿意替我们管家，替我们煮饭、铺床、洗衣服、缝衣服和织毛衣，把房间弄得整整齐

191

齐，干干净净，你就可以留在我们这里；我们一点儿不会亏待你的。"

"好，"白雪公主回答，"我打心眼儿里愿意，"于是就继续住在小矮人家中，替他们料理家务。每天早晨，他们进山去找铁和金子，晚上回家来，这时饭菜已经摆好。一整天，小姑娘都一个人在家，好心的小矮人们因此提醒她说："当心你的继母啊，她很快会知道你在这儿。可不能放任何人进来哟！"

王后呢，自以为吃了白雪公主的肺和肝以后就坚信，她又成了全国的第一大美人儿。她走到魔镜前，说：

> "镜子镜子，挂在墙上，
> 全国上下，哪个女人最漂亮？"

镜子便回答：

> "王后娘娘，这里数您最漂亮；
> 可是白雪公主越过了山岗，
> 住在七个小矮人家里，
> 是比您漂亮一千倍的姑娘。"

王后大吃一惊，知道镜子不讲假话，就发现猎人把她骗了：白雪公主还活着。于是她想来想去，怎样去害死白雪公主才好呢？只要还不是全国最美的女人，她就得不到安宁，终于想出个好主意，往脸上涂抹些颜色，换上一身破衣服，装成个做小买卖的老太婆，叫人完全认不出来了。她就这样子越过七座山，来到七个小矮人的屋子前，敲敲门喊道："卖好东西喽！卖好东西喽！"白雪公主从窗口往外瞧，问："您好，亲爱的老婆婆，您卖什么东西？""好东西，漂亮极了，"老婆子回答，"扎头发的丝带，各种颜色全有，"

说着，就掏出一卷用彩色丝线编成的带子来。

这位诚实的老太婆我可以放她进来，白雪公主想，就打开门，买下了那卷漂亮丝带。"孩子，"老婆子说，"瞧你这模样！过来，我好好替你扎一扎。"白雪公主毫无戒心，站到她面前，让她替自己扎上新发带。谁知老婆子飞快拴住她的脖子，紧得使白雪公主透不过气来，倒在地上像已经死去。"看你还是不是最漂亮的女人！"老婆子一边嘀咕，一边就急忙溜走了。

过了好久，到了吃晚饭的时间，七个小矮人走回家来，看见他们亲爱的白雪公主倒在地上，都吓得不得了。小姑娘一动不动，就像已经死了。他们抬起她来，发现她脖子上紧紧勒着根带子，赶快把它剪断。这样，小姑娘开始有了细微的呼吸，渐渐渐渐地活了过来。小矮人们听她讲了事情的经过，同声说："卖东西的老婆子不是别人，就是那个邪恶的王后！当心，我们不在的时候别放任何人进来。"

恶毒的妇人回到宫里，站在镜子前面问：

> "镜子镜子，挂在墙上，
> 全国上下，哪个女人最漂亮？"

镜子像上次一样回答：
> "王后娘娘，这里数您最漂亮；
> 可是白雪公主越过了山岗，
> 住在七个小矮人家里，
> 是比您漂亮一千倍的姑娘。"

王后听了又急又怕，浑身的血液一齐涌向心房。她明白，白雪公主又活过来了。"哼，"她说，"我会有办法要你的命的！"说着，她用她会的巫术做了一把有毒的梳子。随后她又乔装打扮，变成另外一个老婆子。她爬过七座山来到七个小矮人的小屋前，敲着门喊道："卖好东西罗！卖好东西罗！"白雪公主从窗口往外望了望，说："走你的吧！我不能放任何人进来。""你看看总可以吧？"老婆子说着取出有毒的梳子，高高举起。

　　姑娘很喜欢这把梳子，于是又上了当，开门放老婆子进了屋。买卖谈好以后，老婆子说："现在让我给你好好梳梳头吧。"可怜的白雪公主毫无心眼儿，同意了老太婆；梳子刚一插进她的头发，毒性便出来了，姑娘立刻倒在地上不省人事。"你这个美人儿样板，这下倒霉了吧！"恶毒的老婆子说完便逃走了。幸好天很快黑下来，七个小矮人回到了家。一看见白雪公主像死了一样倒在地上，他们立刻猜到是继母干的。他们找到了有毒的梳子，刚把它拔下来，白雪公主便恢复知觉，给他们讲了白天发生的事。他们再一次劝告她要有警惕，别给任何人开门。

　　在宫里，王后又走到魔镜前，问：

　　　　　　"镜子镜子，挂在墙上，
　　　　　　全国上下，哪个女人最漂亮？"

　　镜子仍然回答：

　　　　　　"王后娘娘，这里数您最漂亮；
　　　　　　可是白雪公主越过了山岗，
　　　　　　住在七个小矮人家里，
　　　　　　是比您漂亮一千倍的姑娘。"

　　王后听了魔镜的回答，气得浑身发抖。"我非叫白雪公主死不可，哪怕赔掉我自己的性命，"她吼道，随即钻进一间任何人进不去的密室，做成了一只毒苹果。这只苹果看上去很美，白里透红

194

像美人的脸蛋儿一样，谁见了都会馋涎欲滴，可只消咬上一口就肯定死去。苹果做成后，王后又在脸上涂了颜色，换了衣服，装扮成一个农妇，翻过七座山到了七个小矮人处。她敲了敲门，白雪公主从窗口探出头来说："我不能放任何人进来，那七位小矮人不允许。""我无所谓，"农妇回答，"我的苹果已快卖完了。这儿，我送你一个。""不，"白雪公主回答，"他们不许我要人家任何东西。""你是怕有毒吗？"老婆子说。"瞧，我把它切成两半；红的一半你吃，白的一半我吃。"

可这苹果有意识做得只是红的一半有毒。白雪公主盯着它好不喜欢，看见农妇吃掉白的一半，就再也忍不住了，伸出手来接过了有毒的一半。她刚咬一口，立刻倒在地上死了。王后目光凶残地打量着她，狂笑道："好一个白得像雪，红得像血，黑得像乌檀木！这回那七个小矮子再也救不活你啦！"她一回到家立刻问魔镜：

> "镜子镜子，挂在墙上，
>
> 全国上下，哪个女人最漂亮？"

镜子终于回答：

> "王后娘娘，全国您最漂亮。"

这样，她那颗忌妒的心才勉强安定下来，因为，一颗忌妒的心是得不到真正的安宁的。

小矮人晚上回到家，发现白雪公主躺在地上，嘴里不再有气息，已经死了。他们抬起她来，寻找是不是有毒药。解开了她头上的发带，梳理她的头发，用水和酒擦洗她的脸颊，可是全都没有用。可爱的小姑娘死了，永远地死了。小矮人们把她放在灵柩上，七个人一块儿坐在她旁边，哭啊哭啊，哭了三整天。三天后，他们想埋葬她，可她还像活人一般容光焕发，脸蛋儿红红的，非常漂亮。他们说："这样的孩子咱们不能埋进黑暗的地下！"于是做了一个透明的玻璃棺材，把她放进去后从四面都能看得见，还用金字拼写上她的名字，说明她是一位公主。然后他们把棺材搬到外面的山上，并且总是留一个在那儿守护着她。山林中的雀鸟也飞来哭白雪公主，先是一只猫头鹰，随后是一只乌鸦，最后是一只小鸽子。

白雪公主就这么在玻璃棺材中躺了好久好久，没有腐烂，而是像睡着了的样子，皮肤还雪白雪白，嘴唇还血红血红，头发还黑黑的如乌檀木。一天，一位王子进了森林，来到七个小矮人家里过夜。他看见了山上的棺材和棺材中美丽的白雪公主，读了写在上面的金字，就对小矮人们说："把棺材卖给我吧，你们要什么我都给。"小矮人却回答："即使给我们世界上的所有金子，我们也不卖呀。"王子又说："那就送给我吧，我见不到白雪公主活不下去；我会待她像最心爱的人一样，珍惜她，敬重她。"

听他这么一说，善良的小矮人对王子产生了同情，把玻璃棺材送给他了。他立刻叫佣人们扛在肩上，抬它回去。谁知半道上他们让一棵小树绊了一跤，猛地一震，那块白雪公主咽下去的毒苹果从喉咙里掉出来了。不一会儿，她睁开眼睛，推开棺材盖，坐起身来，重新活了。

"啊，上帝，我在哪儿哟？"她喊出来。王子高兴极了，说："你在我身边！"接着讲了发生的事，随后又说："我爱你胜过爱世界上的一切。跟我回我父王的宫里去吧，我要你做我的妻子。"白雪公主也喜欢王子，跟着他去了。他们的婚礼安排得很盛大，很隆重。

白雪公主邪恶的继母也受到了邀请。她穿上美丽的衣服，走到魔镜前说：

> "镜子镜子，挂在墙上，
> 全国上下，哪个女人最漂亮?"

镜子回答:

> "王后娘娘，这里数您最漂亮。
> 可还有个比您美一千倍的新娘。"

　　恶毒的妇人狠狠咒骂了一句，非常吃惊，非常生气，气得简直晕了头。一开始，她压根儿不想去参加婚礼，可是不看见年轻的新娘，又不得安宁，只好去了。她刚一踏进大厅，立刻认出了白雪公主，吓得呆呆站着，一点儿动弹不得。这时候，早已放在炭火上烧红的铁鞋子被钳子夹过来，放在了她的跟前。她被迫穿上火红的铁鞋跳舞，一直跳到倒在地上死去。

54. 背囊、帽子和号角

　　从前有兄弟三人，他们的家境每况愈下，最后竟穷得一点吃的东西也没有，只好忍饥挨饿。于是，他们说："这样下去不行啊，还不如去世界上碰碰运气!"他们果真上了路。走了很久很久，到了许多许多地方，可运气还是没碰着。一天，他们走进一片大森林，在森林中央有一座山。他们走拢去一看，那山完全是银子堆积成的。老大于是说："这下我找到了想要的幸福啦，不再希望有更大的幸运。"说罢，能搬多少就搬多少银子，一转身回家去了。另外两弟兄却说："咱们希望的运气不光是银子哩。"对那银山一碰未碰，就继续前进。又走了几天，他俩来到一座完全是金子堆成

197

的山跟前。老二站住想了想，一时拿不定主意。"怎么办呢？"他说，"我该拿回去够我一辈子用的金子，还是继续往前走？"终于，他下定决心，往口袋里尽量装满了金子，对弟弟说一声再见，也回家去了。老三却说："银子也罢，金子也罢，都不能叫我动心；我不愿放弃自己的幸福追求，也许会得到什么更美好的东西。"他继续往前走，又走了三天，来到一片森林里。这片森林比以前的两片还要大，简直就无边无际。由于找不到任何吃的和喝的东西，他差点儿就快饿死渴死。这时他爬上一棵大树，想知道在树上能不能望见森林的边沿；可是目力所及，他除去无数的树梢，什么也看不见。他又爬下树来，可是实在饿得难过，于是想：我只要能再饱饱地吃一顿就好啦！哪知他刚下到地上，就惊异地看见树底下有了一张桌子，桌上摆着丰盛的食物，正向他送来阵阵热气。"这下我的愿望算是及时得到满足喽！"他说，也不问那些食物是谁送来的，谁烧的，就站到桌旁大吃起来，直吃到完全不感饿。吃饱了，他想，让这么漂亮的桌布在森林里糟蹋掉太可惜，就把它叠好，放进口袋里，随后他再往前走，到了傍晚又感到饥饿，就试着把那桌布铺开来，说："我希望你再摆上一些好吃的！"话音未落，桌布上就摆着一碗碗精美的食物，连一点空余的地方也没剩下。"现在我可知道在哪个厨房为我烧的饮食啦，"他说，"我不稀罕那银山金山，而宁肯要你！"因为他明白，这是一张会自动上菜的宝贝桌布。不过呢，这桌布还不足以叫他安安心心坐在家里，他宁愿继续闯荡世界，碰自己的运气。一天傍晚，在座孤寂的森林里，他遇见一个满身黑灰的烧炭夫。烧炭夫正在烧木炭，并在火旁烤着一些马铃薯，准备当晚餐。"晚上好，黑乌鸦，"他说，"你孤零零一个人怎么过啊？""今天像昨天一样过，"烧炭夫回答，"每天晚上都吃马铃薯。乐意我招待你吃一顿吗？""谢谢，"漫游者说，"我不愿抢走你嘴边的食物，你没有准备来客人。不过，你要肯赏脸，我倒想邀请你一起用饭哩。""可谁替你摆饭呢？"烧炭

198

夫问，"我看你什么都没带，周围几小时路程以内，又没有任何人会给你送来食物。""就算这样仍旧有饭吃，"他回答，"而且还是你从来不曾尝过的美味可口。"说着他便从背囊中抽出桌布，铺在地上，说："小桌布，快上菜来！"桌布上立刻摆满了炸的烧的，而且都热气腾腾，就像刚出厨房一样。烧炭夫惊得张大了眼睛，却也不等一请再请，便动手吃起来，把一块比一块更大的肉食塞进他那黑洞洞的嘴里。他俩吃完了，烧炭夫笑了笑，说："听着，你这桌布很合我的意，在这座森林里，没任何人替我烧好吃的东西，它对我正好合式。我建议与你进行一次交换。瞧，那边角落里挂着一只士兵用的背囊，它虽然又旧又不起眼，却有着奇异的魔力。我反正不再用得着，所以愿意拿它换你的桌布。""我先得知道那是怎样一些魔力，"小伙子说。"这我愿意告诉你，"烧炭夫回答，"你只要用手在上面拍打，每拍一次就会来一名军士和六个士兵，他们都有枪和刺刀；你命令干啥，他们就干啥。""好吧，"小伙子回答，"如果你一定要换，那就换呗。"说完把桌布递给烧炭夫，自己则取下挂钩上的背囊，挎在肩上，与烧炭夫告了别。他走了一程，想试一下他背囊的魔力，便在上面拍了拍。立刻在他面前出现七个战士，那领头的问："我的主子有何吩咐？"——"跑步走，去烧炭夫那儿把我的小桌布取回来！"大兵们于是向后转，不一会儿，也不问烧炭夫乐意不乐意，就拿走他的桌布，给小伙子送来了。他命令他们退下，自己继续往前走，希望能有更好的运气。太阳落山，他走到了另一个烧炭夫那儿，烧炭夫正在火旁做晚餐。"你要是愿意和我一块儿吃，"这黑伙计说，"就请坐下吧，盐煮马铃薯，只可惜没有油。""不，"小伙子回答，"这次该我请你。"说着便铺开桌布，桌布上立刻摆满了许多的美味。他们一块儿又吃又喝，心情好极了。吃完饭，烧炭夫说："在那边的板凳上放着顶很破旧的帽子，这帽子可神啦！只要你戴起来，在头上转它一圈，面前就会有十二门野战炮一字儿排开，一开火任何东西都得摧毁，没谁抵挡得住。这帽子对我毫无用处，我希望拿它换你的桌布。"
"很好很好，"小伙子回答，拿起帽子来戴在头上，把桌布递给了
烧炭夫。可他走出去不远，就拍拍背囊，命令大兵们又为他取回
了桌布。"一样一样地增加，我的好运气似乎还没完哩，"他想。他
想得的确也没错。又走了一天，他遇到了第三个烧炭夫。和前两
个一样，他也邀请漫游者一块儿吃他没放油的马铃薯。小伙子却
让他共同享用宝贝桌布上的美味，他吃高兴了，最后便提出用一
把号角换小伙子的桌布，而这号角又有一些与那帽子完全不同的
神奇力量。你只要一吹它，所有的墙垣、堡垒，最后还有一切城
市和村庄，都会纷纷坍塌倾倒成瓦砾堆。小伙子虽然给了烧炭夫
桌布，但不久又派士兵们去要了回来，结果是背囊、帽子和号角
全集中在他一人手里。"这下咱可成为一个了不起的人啦！"他说。
"是时候了，该回去看看咱那两个哥哥过得怎么样。"

　　他回到家，两个哥哥已用他们的银子金子建了一幢美丽的住
宅，过着优裕富足的生活。他跨进他们的家门，可由于穿着烂外
套，戴着破帽子，背上的袋子也很旧，他们就不肯认他是自己的
弟弟。两个哥哥还讥讽他说："你自称是我们那瞧不起银子金子，
而要寻找更大的幸福的弟弟，那你肯定会像位凯旋的国王一般衣
锦荣归，怎么倒成了个叫化子呢！"说着就赶他出家门。这一来他
勃然大怒，接连着拍打他的背囊，直至面前整整齐齐地排列着一
百五十个士兵。他命令士兵们把哥哥的住宅团团包围起来，让其
中两个去取来榛树条子，给他骄傲的哥哥们一顿猛抽猛打，痛得
他俩再也不知他俩是什么人。四邻们听见喧闹便聚集拢来，想要
解救那两个受难者，可是却拿大兵们毫无办法。终于有谁去禀报
了国王。国王生气了，派一名上尉带队伍来，要把这些扰乱治安
的家伙赶出城去。谁知小伙子拍拍背囊召来更多的士兵，把上尉
和他的部队打得鼻青脸肿，狼狈而逃。国王说："得好好治一治那
野小子！"第二天又派去一支更大的部队，结果同样奈何不得年轻

人。他不但用更多的兵对抗，而且为加快取胜还一连转了几下头上的帽子，于是乎大炮轰鸣，打得国王手下的人仓皇逃命。"现在我绝不再跟他讲和，"小伙子说，"除非国王把女儿嫁给我，并让我继承他的王位。"他派人把自己的要求通知国王，国王便对女儿讲："这是个不得不吞的苦果。除去接受他的要求，我还有什么办法？要想得到和平，保住头上的王冠，我不得不牺牲你啦！"

于是举行了婚礼，可公主很不高兴，因为她的丈夫是个平民，头上戴着顶破帽子，背上背着个旧背囊。她恨不得甩掉他，没日没夜地在心里盘算。突然，她想起，他那些神奇的力量大概藏在背囊里吧？于是就装做对他十分亲热，等他的心软了，她说："你真该把这破背囊取下才是呵，它破坏你的仪表，叫我都为你害臊呐！""不，宝贝儿，"他回答，"这背囊是我最重要的宝物，有了它，我永远不怕世界上的任何力量。"接着就把背囊的神秘魔力，泄露给了公主。公主一听扑到他的脖子上，像是要吻他的样子，实际却敏捷地取下他肩上的背囊，拎着跑开了。一当只有她一个人，她便拍打背囊，命令士兵们去逮捕他们先前的主子，把他押解出王宫。士兵奉命办了，那坏女人又派更多的士兵去追他，一直要把他驱逐出王国才罢休。他要是没戴那顶小帽子，就真完啦。可不是，当他的手被松开，他便连连转动头上的帽子，于是大炮齐鸣，轰倒了所有的士兵，公主只得亲自跑来求他饶命。由于她求得那么恳切，又保证改过自新，他被说动了心，同意与她和解。她呢也装得对他挺和善，看上去已非常非常爱他，过了一些时候甚至迷住他的心窍，使他对她透露出，即使有谁夺去了背囊，也奈何他不得，只要他还有那顶帽子。公主知道了秘密，等他睡着后就摘掉他的帽子，让人把他扔到街上。可是他还剩得有号角呐，一气之下便拼命地吹起来，一吹所有的墙垣、堡垒、城市、村庄都纷纷倒塌，把国王和公主都砸死了。他要是没有放下号角，只要再吹那么一刹那，整个王国都会坍毁，变成一片废墟。因为没有

201

谁能反抗他，他便做了统治整个王国的国王。

55. 名字古怪的小矮人儿

从前有个磨坊主，他很穷，可是有一个漂亮的女儿。一次，一个偶然的机会使他见到了国王。为了撑门面，他就对国王说："我有一个女儿，她能把麦秸纺成金子。"国王回答磨坊主："这样的本领我很喜欢；你的女儿真要像你讲的这么能干，明儿个就带她进我宫里来，我要亲自考一考她。"第二天，姑娘被送到了宫里，国王把她领进一间装满麦秸的屋子，给她一架纺车、一个纱框，说："现在干起来吧，这一通宵你得把麦秸全给我纺成金子，不然天一亮你就必须死去！"说完他亲手锁上门，让姑娘独自呆在屋子里。

这一来可怜的磨坊主闺女就坐在那儿，不知道任何办法逃命：她压根儿没有什么把麦秸纺成金子的本领呀！她越想心里越害怕，终于哭了起来。突然门一下子开了，走进来一个小矮人儿，说："晚上好，磨坊主小姐！干嘛哭得这样伤心？""唉，"姑娘回答，"他们要我把麦秸纺成金子，我不会纺。""要是我替你纺成了，你拿什么谢我？"小矮人儿问"我把项链给你，"姑娘说。小矮人儿接过项链，坐到纺车跟前，吱儿吱儿摇了三转，一个纱筒上便绕满了金线。接着他换上另一个筒子，又吱儿吱儿摇它三转，第二个纱筒又绕好了。如此地一直搞到天亮，满屋的麦秸都已纺完，所有的纱筒上全绕满了金线。太阳刚升起国王就跨进屋来，一见那许多金子真是又惊又喜，可这一来他那心里却生出来对金子更大的贪欲。他命人把磨坊主的女儿关进一间更大的屋子，屋里装满了麦秸；他要求她也在一夜间把麦秸纺完，如果她还想活命的话。姑娘不知如何是好，又哭起来，这时房门再次开了，小矮人儿又出现在眼前，说："你拿什么谢我，要是我替你把麦秸纺成金子？"

"我给你手上这枚戒指，"姑娘回答。小矮人儿收了戒指，又吱儿吱儿转动纺车，到第二天早晨已把所有麦秸全纺成了亮闪闪的金丝。国王一见高兴得要命，可仍然不感到满足，让人把磨坊主的女儿带到一间装满麦秸的更大的屋子，说："这些麦秸你必须今天夜里给我纺好。你要办到了，我就娶你做我妻子。"尽管她是个磨坊主的闺女，他想，可更有钱的老婆你在全世界也找不出啊！等到剩下姑娘一个人，那小矮人儿又第三次来对她说："你拿什么谢我，如果这次我又帮你把麦秸纺成金子？""我再没有什么可以给你啦，"姑娘回答。"这样你就得答应我，等你做了王后以后，把你生的第一个孩子给我。"姑娘想，谁知道将来会怎么样喽，加之又急得没有别的办法，就答应了小矮人儿的要求。小矮人儿呢，因此又把麦秸纺成了金子。早上国王来看果然如了他的愿，便和姑娘举行婚礼，于是美丽的磨坊主女儿当上了王后。

一年过后，她生下一个漂亮女孩，却压根儿忘记了自己许诺小矮人儿的事。突然小矮人儿来到她房里，说："请把答应的东西给我！"王后大吃一惊，提出来送给小矮人儿王国的所有财富，只要他同意把孩子留给她。谁知小矮人儿回答："不行，我宁要一点有生命的东西，不要全世界的所有财富！"王后一听大声痛哭起来，哭得小矮人儿也可怜她了，说："我给你三天时间，如果在三天以内你知道了我的名字，我就把孩子留给你。"

这一来，王后便通宵达旦地想啊想啊，想她曾经听见过的所有名字。她还派出一名使者跑遍全国，打听其它还有什么名姓。第二天小人儿来了，她就开始卡斯帕尔呀，麦尔修呀，巴尔扎尔呀，总而言之，把她知道的所有名字挨个儿背出来。可是呢，对每一个，小矮人儿都说："我不叫这个！"第二天，她又派人调查邻近国家的人们叫什么，把那些最奇特、最稀罕的姓名对小矮人儿背了一通："你也许叫里彭比斯特，或者哈默尔斯瓦德，或者舒尔服拜恩吧？"谁知小矮人儿仍旧回答："不，我不叫这个！"第三天，使者回来报告："我再也没找到任何新的姓名。只不过，当我走近一座高山，绕过森林的一角，在一处狐狸和小兔相互道晚安的地方，发现了一所小房子。房子前面燃着一堆篝火，一个可笑极了的小矮人儿围着火，用一只脚蹦过来，跳过去，嘴里不住地喊：

> "今儿个我烤饼，明儿个我酿酒，
> 再过一天王后的孩子就归我所有；
> 没有谁知道我叫龙佩尔施迪尔钦，
> 啊哈，真妙喽，真妙喽，真妙喽！"

你们可以想象，王后听见这个名字有多高兴。一会儿，小矮人儿走进来，问："喏，王后娘娘，我叫什么来着？"王后先回答："你叫孔兹吧？""不！""你叫汉茨？""不！"

"你该不叫龙佩尔施迪尔钦吧？"

"肯定是魔鬼告诉你了，肯定是魔鬼告诉你了！"小矮人儿嚷嚷着，气得猛地一跺右脚，把整只脚齐腿根陷进了地里。接着他大发脾气，双手抱住左脚一拽，就自个儿把自个儿撕成了两半。

56. 爱人罗兰

从前有个女人，她是一个真正的巫婆，养着两个女儿，一个又丑又凶狠，她却挺爱她，因为是她的亲生闺女；一个又美又善良，她却恨极了，因为是继女嘛。一次，继女有了条漂亮裙子，另一个女儿很喜欢，很忌妒，就对她母亲说，她想要那条裙子，非得到它不可。"放心吧，我的孩子，"老巫婆说，"我会让你得到的。你姐姐早该死啦。今天夜里，等她睡着以后，我就去给你砍掉她的脑袋。你只要注意靠里睡，把她尽量推到外面。"可怜的继女准

204

完啦，要是她当时没正好站在屋角里，听见了那母女俩说的一切！一整天她都被禁止出门去，到了睡觉时又不得不先上床，为的是让丑妹妹睡在里边。可是一等她睡着了，继女便轻轻地把她推到外面，自己睡到了靠墙的位置上。半夜，老巫婆溜进来，右手提着斧头，左手先摸了摸是不是有谁睡在外面，随后就双手举起斧头砍下去，一下砍掉了自己亲生女儿的脑袋。

她离开后，继女爬起来，跑到她叫做罗兰的爱人家敲门。罗兰出来了，她对他说：“听着，亲爱的罗兰，我们得赶快逃走！继母想杀死我，却错杀了她的亲生女儿。天一亮，她看清楚自己干的事，咱俩就完啦！”“可我却劝你先去偷出她的魔杖，”罗兰说，“不然她来追赶咱们，咱们还是逃不脱。”姑娘去偷到了魔杖，随后拎起死人的头，滴了三滴血在地上：床跟前一滴，厨房里一滴，楼梯上一滴。滴完，她跟着自己的爱人赶紧跑了。

早上，老巫婆起床后叫自己的女儿，准备给她裙子，可是却没人来。她于是喊：“你在哪儿呀？”“唉，我在这儿楼梯上扫地哩。”第一滴血回答。老婆子出去一看，楼梯上人影儿都没有，又喊：“你在哪儿呀？”“唉，我在厨房里烤火哩。”第二滴血回答。她跑进厨房，仍然不见人影儿。于是她再喊：“你在哪儿呀？”“唉，我在床上睡着哩。”第三滴血回答。老婆子冲进卧室，走近床前。她看见了什么哟！她的亲闺女躺在血泊里，她自己砍掉了她的脑袋！

老巫婆勃然大怒，一下跳到窗前，因为有千里眼，就看见了她的继女正跟着自己的爱人罗兰远走高飞。“这对你们也没有用，”她大叫，“即使逃得再远，也出不了我的手心！”说着已穿上七里靴，跨一步就等于他们跑一个钟头，没多久，她便赶上了他们。可是，姑娘一见老婆子追来，立刻用魔杖把她的爱人罗兰变成一片湖，她自个儿呢，却成了一只在湖中间游来游去的鸭子。巫婆站到湖边上，扔过去许多面包屑，极力地引诱鸭子游近她，谁知那鸭子不上她的当，天一黑只得灰溜溜地回去了。她一走，姑娘和她的爱人罗兰又恢复人形，继续赶了一通宵路，直到天亮。这时姑娘变成了一朵美丽的鲜花，开放在一道刺篱笆的中间；她的爱人罗兰呢，被变成了一个拉提琴的人。不一会儿，巫婆就跑来对琴师说："亲爱的琴师，允许我摘下这朵美丽的花吗？""呵，好的，"他回答，"我还乐意为你拉琴哩。"巫婆急急忙忙爬上篱笆去摘那朵花，因为她自然知道这花是谁，可就在这节骨眼儿，罗兰拉起琴来，她愿意也罢，不愿意也罢，都只得跟着跳舞，要知道这是一种魔舞嘛！罗兰拉得越快，她跳得也越带劲儿，篱笆刺撕破她的衣服，扎得她鲜血淋淋，遍体鳞伤；罗兰一个劲儿地拉个不停，她就只得跳啊，跳啊，直跳到倒在地上死去。

他们得救了，罗兰说："现在我要去我父亲那儿，准备举行婚礼。""那我就留在这里等你，"姑娘说，"为了不让任何人认出我来，我要变成一块红色的石头。"罗兰走了，她就站在野地里，成了一块红石头，等着自己的爱人回来。哪晓得罗兰到家后，却中了另一个女人的圈套，他把姑娘给忘啦。可怜的姑娘站了很久很久，终于不见他归来，非常非常伤心，就变成一朵鲜花，心想：一定会有谁来，让他把我踩死算啦！

可正好有个牧羊人来野外放牧，看见这朵花非常美，就摘下它，带回家去放在自己箱子里。打这时起，牧羊人家里便出了奇迹。他每天早晨起床，所有的事情已全做好啦：房间已经扫过，桌子凳子都已抹干净，炉子里已升好火，水也打回来了；中午他一进屋，桌上已摆好刀叉，还有可口的食物。他不明白是怎么回事，要知道从来没见家里一个人，再说呢房间小得谁也藏不下。有这么好的伺候自然使他高兴，可日子一久他到底害怕了，就去找一位女先知出主意。女先知说："这是有魔法在暗中起作用。你得一大早留神观察，看屋子里有没有动静。如果你看见什么，不管它是什么，都赶快丢快白布把它盖住，这样魔法就破了。"牧羊人依计而行，第二天早晨天刚亮，他看见箱子打开了，跳出来他摘回

206

家的那朵花。他飞快跑过去，丢一块白布把花盖住。转瞬之间，魔法解了，他面前站着一位漂亮的姑娘，她向牧羊人承认，花是她变的，前一些日子一直在为他料理家务。她还告诉他自己的身世。他因为喜欢她，就问她愿不愿意嫁给他。她却回答："不。"因为她要始终忠于自己的爱人罗兰，尽管他已把她抛弃。但是，她答应不离开牧羊人，而愿继续替他料理家务。

这时候，罗兰结婚的日子到了。按照当地的古老风俗发了通报，请年轻的姑娘们都去唱歌，向一对新人表示祝贺。忠心的少女听见消息，难过得心都快要碎了，不打算去参加婚礼。可是呢，别的一些姑娘却跑来硬把她拖了去。轮到该她唱了，她总往后退，直到最后只剩下她一个人，她再没别的办法。谁知啊，她一唱，歌声一送到罗兰耳朵里，他便跳起来，大声宣告："这声音我熟悉，这才是我真正的新娘子，我不要任何其他姑娘！"他所遗忘的一切又突然回到了心中。于是，忠诚的姑娘和自己的爱人罗兰举行婚礼，她的苦难便到了头，开始了快乐的生活。

57. 金 鸟

古时候有一位国王，他的宫殿后面有一座美丽的花园，花园中长着一棵结金苹果的树。苹果熟了，它们被记了数，哪知第二天早上就少了一个。国王得到报告，下令每天夜里都在树下看守。国王有三个儿子，当天晚上他派了大儿子去花园里守夜，可是到了半夜里，他熬不住睡着了，第二天早晨苹果又少了一个。接下来的一夜二儿子奉命去看守，可他的情况同样糟糕；钟敲十二点时他也睡着了，早上同样少了一个苹果。现在轮到第三个儿子了，他也作好准备去守夜，但是父亲却不怎么信赖他，以为他会比两个哥哥更不中用，不过他最后还是允许他去了。话说小伙子躺在苹果树下，睁着眼睛就是不向睡魔低头。钟敲十二点，空中突然传来嗖嗖嗖的响声，他看见月光中飞来一只小鸟，浑身的羽毛都是金灿灿的。小鸟降落在树上，刚啄下一只金苹果，小伙子便一箭射去。小鸟飞走了，可箭射中了它的羽翼，一片金羽毛落到了地上。小伙子拾起它，第二天早上送给国王，向他报告了夜里看见的情形。国王召集大臣们商议，人人都讲这样一片羽毛比整个王国还珍贵。"就算这样的羽毛挺贵重，"国王宣称，"单独一片对我也没什么好处，我非要那整只鸟儿不可！"

大王子马上动了身，自以为他很聪明，抓到那只金鸟没问题。他走了一程，发现树林边上蹲着只狐狸，就举起枪来向它瞄准。狐狸忙喊："别开枪别开枪！我愿给你一个忠告。你去找金鸟路是走对了，今天晚上将走进一座村子，村子里正好门对门开着两家旅店。一家灯火通明，热热闹闹，可你不能进去，而要住进另一家店里，尽管它给你的印象不好。"一头蠢畜牲能给我出什么好主意啊？大王子想，于是扣动扳机，可是并没打中狐狸；它尾巴一翘，就蹿进了森林。接着，大王子继续赶路，傍晚走到了那座有两家旅店的村子：在一家店里又是唱歌又是跳舞，另外一家看上去却很冷清寒碜。"如果我住进那家蹩脚旅店，而对这漂亮的一家置之不理，那我准是个傻瓜！"他想。于是，他便进了这热热闹闹的一家，在里边吃喝玩乐起来，把那只金鸟，把他的父亲连同父亲的所有教诲，通通忘记了。

过了一些时候，老不见大儿子回来，二儿子于是也动身去找金鸟。他像老大一样碰见了狐狸，狐狸也给他忠告，他却不在意。到了那两家旅店前，他看见一家闹得挺欢，他哥哥还站在窗口叫他呐，就经不住诱惑，也走进去只顾享乐起来。

又过一些时候，最小的王子也想出门去试一试运气，他父亲却不同意。"没有用啊，"国王说，"你的两个哥哥找不回金鸟，你更别想！要是再遇上什么不幸，你才没办法喽；你兄弟三个数你最幼稚。"可是，小王子一直吵着要去，父亲最后还是同意了。他在森林边上又发现蹲着只狐狸，狐狸求他饶命，给了他同样的忠告。小王子心肠很好，说："别怕，小狐狸，我不会伤你一根毫毛。""这样做你不会后悔的，"狐狸回答，"骑到我尾巴上来吧，这样你走得更快。"小王子刚一骑上，狐狸就飞跑起来，越过了树桩和岩石，毛在风中飕飕飘着。到了那座村子，小王子爬下来，遵照狐狸的忠告，头也不回地进了那家寒碜的旅店，在里边静静过了一夜。第二天早上他出店外，狐狸已经蹲在那里，对他说："我愿意再告诉你该怎么做。你要一直往前走，最终会走到一座宫殿前面。在那儿躺着一大群士兵，你可别管他们，他们都会睡着和打鼾的。你要从他们中间穿过，一直走进宫里去，在宫里穿过所有的厅堂，最后到一个房间，房里的一架木笼子中就关着只金鸟。在木笼子边上还摆着个当装饰的金鸟笼，空空的，可你得注意：别把金鸟从它呆的孬笼子里捉出来，放进这华丽的笼子里去，否则你就糟啦。"狐狸说完又伸长尾巴，小王子一骑上它便飞跑起来，越过树桩跃过岩石，毛在风中飘得飕飕直响。到了宫殿前，他发现情况完全像狐狸说的。他走进金鸟关在一架木笼子里的房间，旁边果然还有一只金鸟笼。可是三个金苹果却胡乱扔在地上。小王子想：真可笑，如果他让美丽的金鸟仍然关在那架又普通又难看的木笼里！于是他打开木笼门，把小鸟捉出来放进金笼子中。谁知就在这一刹那，那鸟发出一声响彻四野的鸣叫，士兵们醒了，冲进来把他关进了监牢里。第二天早上他被送上法庭，对一切供认不讳，结果判了死刑。不过该国的国王讲，他愿意饶他的命，条件是年轻人得弄匹金马来；这匹金马要跑得比风还快。而且，作为奖赏，国王还答应把金鸟送给他。

小王子出发了，可一路上唉声叹气，发愁难过：叫他去哪儿弄那匹金马哟？正在这时，他突然看见自己的老朋友狐狸蹲在路边上。"你瞧，"狐狸说，"这就是不听我劝告的下场！可是别灰心，我愿继续帮助你,告诉你怎样找到那匹金马。你必须一直往前走,走到一座宫殿里,金马就拴在那儿的厩舍中。厩舍前躺着些马夫,可他们都睡着了,在打呼噜,你可以放心大胆把马牵走。可是有一点得注意:要给它装上用木头和皮革做的孬鞍子,绝不能装挂在旁边的金鞍,否则你会倒霉的!"狐狸说完伸长尾巴,小王子一骑上它便越过树桩跃过岩石,跑得毛在风中飕飕飕响。情况果然跟狐狸讲的完全一样,他走进了拴着金马的厩舍。可是,他正要给马装上那木鞍子,心里却嘀咕:我要不给它装一副能配上它的好鞍,不糟蹋了这匹漂亮牲口吗?可是那马刚一挨着金鞍子,立刻大声嘶鸣起来,马夫们醒了,抓住年轻人把他投进了监狱。第二天早上他被法庭判了死刑,不过国王答应饶他的命并且送给他金马,只要他能去金宫殿带来那位美丽的公主。

　　小伙子心情沉重地上了路,幸好很快又找到那只忠诚的狐狸。"我本来该让你自己倒霉喽,"狐狸说,"不过我还是同情你,准备再解你一次危。你这么一直走就会走到那座金宫殿。你傍晚时分到达,等夜深人静了,美丽的公主就会去浴室里洗澡。她一走进来,你立刻冲上去吻她一下,她便跟着你,你于是可以带她走了。只是千万别允许她走之前去与父母亲道别,否则你要遭殃!"狐狸说完伸长尾巴,小王子骑上去,它便越过树桩跃过岩石,快得毛在风中飕飕直响。到了金宫殿,情况跟狐狸说的一样。他等到半夜,所有人都睡熟了,美丽的公主果然走进浴室,他便跳上去给了她一个吻。公主说,她乐意跟他一块儿走,只是眼泪汪汪地恳求他允许她先和父母亲告一下别。小王子起初不肯答应,可她越哭越厉害,哭得跪在了他的脚下,他终于让步了。哪知公主一走到父亲床前,国王和宫里的所有人全醒了,小伙子被抓住投进了监狱。

　　第二天国王对他讲:"你的命是完啦,要想我饶恕你,除非你把我窗前这座山搬掉,它挡住了我的视线;而且,你必须在八天内干完。你要成功了，我就把女儿赏给你。"王子动手挖起来，铲起来，一刻也不停息。可是过了七天，他看成绩那么少，所有辛劳都跟白费了似的，不禁非常难过，放弃了一切希望。幸亏第七天晚上，狐狸来对他说："你本来呢不值得我同情；不过去睡你的大觉吧，活儿由我来替你干。"第二天早晨，他醒来一瞧窗外，山没有啦！小伙子好不高兴，急忙去报告国王，事情办到了，国王呢乐意也罢不乐意也罢，都只好兑现诺言，把女儿赏给他。

眼下他俩一起往回走，没走多久又碰见了忠心的狐狸。狐狸对他说："你虽然得到了最珍贵的东西，可是，金宫殿的公主，还必须有金马来匹配。""我怎样才能得到金马呢？"王子问。"这个嘛，我愿告诉你，"狐狸回答，"你先把漂亮的少女带给派你去金宫殿的那位国王。他一定高兴得要命，乐意赏给你金马，并让人牵它到你面前。你马上骑上去，跟大家握手告别，最后也把手伸给美丽的公主。可是，你一抓住她，便猛地拉她到马上，飞快跑掉。没谁能追上你的，因为这匹马跑得比风还快。"

一切都顺利，王子已骑着金马，带走了美丽的公主。狐狸呢，也没拉下，它对年轻人说："现在我还要帮助你得到金鸟。你走近关着金鸟的宫殿，就让公主下马来，我愿替你保护她。然后，你骑着马走进宫里的院子，人们一见必定非常高兴，便把金鸟拎出来给你。你抓到笼子立刻飞驰来我们这儿，接走你这位少女。"狐狸的计谋成功了，王子带着他的宝贝，准备骑着金马回家去，这时狐狸说："我帮助了你，现在你该报答我啦。""你想要什么呢？"王子问。"等我们进了那边的森林，你就开枪打死我，砍掉我的脑袋和脚爪！""这叫什么报答！"王子说，"这我不可能对你干。"狐狸说："你不肯干我就必须离开你，不过在走之前我再给你一个忠告。有两件事你不能做：一不能买绞架上的肉，二不能坐在井边！"说完，狐狸便跑进了森林。

小王子想：这真是只奇怪的畜牲，满脑袋滑稽念头！谁会去买绞架上的肉呢?我还一辈子没产生过去井边上坐坐的兴趣哩。他带着美丽的公主继续往前走,又来到了两个哥哥逗留在那儿的那座村子。这时村里正聚集着许多人,一片闹闹嚷嚷,他问出了什么事,回答是有两个家伙要被绞死。他走近一看,那两个人正是他的哥哥。他俩花天酒地,把自己的钱财花了个精光。他问可不可以释放他们。"要是您肯替他们还债,"人家回答,"可是,您干吗为这两个坏蛋耗费金钱,替他们赎身呢?"小王子却不加考虑地付了他们的债,等他们得到释放,就一块儿回家去。

一行人走进他们当初碰见狐狸的那片森林。林中又荫凉又安逸,林外却烈日炎炎,两个哥哥于是说:"咱们坐在这井边休息休息,喝口水,吃点东西吧。"小王子同意了,说话间不知不觉地坐在了井沿上,压根儿没想到有什么危险。哪晓得两个哥哥却从背后一推,把他推进井中,夺走公主、金马和金鸟,回父亲那儿去了。"瞧,我们不只捉来了金鸟,"他们说,"我们还搞到了金鸟和金宫的公主呢!"父子三个非常高兴。可是,那马却不吃草料,那鸟也不开口鸣啭,那公主只是坐着哭啊,哭啊。

小兄弟呢,并没有死。井幸亏是枯的,他摔在软软的苔藓上,没有受伤,只是爬不出来了。即使在眼前的困境里,忠心的狐狸仍旧没抛弃他,又跳下井来骂他不该忘记它的忠告,然后说:"我啊没法子看着不管,愿意帮你重见天日。"它叫小王子抓紧它的尾巴,然后把他拽了上去。"你现在还没脱离所有危险,"狐狸对他说,"你的两个哥哥不能肯定你已经死了,派兵把森林包围了起来,只要你一露面,他们就会杀掉你。"这当儿,正巧路旁坐着个穷汉,小伙子和他调换了衣服,改装回到了王宫中。谁也没认出他,只是小鸟又开始鸣叫,金马又吃起草来,美丽的少女也停止了哭泣。国王感到奇怪,问:"这是怎么回事?"公主回答:"我也不知道,我只是刚才挺难过,现在却很愉快了。我仿佛觉得,我真正的未婚夫已经到来。"接着,她向国王讲了途中发生的事情,尽管两个

212

大王子曾经威胁她，只要走漏一点风声就把她杀死。国王下令召来宫里所有的人，小王子也穿得破破烂烂地混在人群中，可是公主一眼认出了他，扑到了他的怀中。两个没心肝儿的哥哥被逮起来处死了，他呢和美丽的公主成了亲，做了国王的继承人。

可那只可怜的狐狸怎样了呢？很久很久以后，小王子有一天又走进森林，突然那只狐狸跑来对他讲："你现在有了所希望得到的一切啦，而我呢，不幸却没个头。可只有你有能力解救我。"于是又一次恳求王子开枪打死它，把它的脑袋和脚爪子砍掉。王子照办了，哪知狐狸马上变成一个人，而且不是别个，正是美丽的公主的哥哥；罩在他身上的魔法终于解除！从此，他们生活得幸福而美满，一辈子都是如此。

58. 狗和麻雀

一条牧羊犬没遇上好主人，它现在的主人老叫它饿肚子。狗在他家实在呆不下去，就很伤心地出走了。在街上，它碰见一只麻雀，问它："狗大哥，你干嘛这么难过？"狗回答："我饿了，什么东西也没得吃呵！"麻雀听了说："好老哥，跟我一块儿进城去，我让你吃个饱。"于是，它俩一道走进城，到了一家肉铺前面，麻雀对狗讲："你等在这儿，我去替你衔一块肉来。"说完就降落在案桌上，东瞅瞅，西望望，看有没有人留意到它，然后衔着案边上的一块肉，拽呀，扯呀，搞了很久很久，终于使肉从案桌上掉了下来。狗一下子扑上去咬住，跑到街角上把肉吃得干干净净。麻雀说："现在咱们去另一家铺子，我再给你拖一块下来，让你吃个饱。"狗把第二块肉也吃完了，麻雀问："狗大哥，你现在饱了吧？""是的，我肉吃饱了，"狗回答，"可我还没吃面包哩。"麻雀说："面包也要让你吃，只管跟我走吧。"说着它领狗到一家面包铺前，它啄啊，拽啊，终于使几个小面包滚到了地上，狗吃完还嫌不够，它又领狗去另一家面包铺，再给它滚下来几只面包。狗又吃完了，麻雀问："狗大哥，这下饱了吧？""饱啦，"狗回答，"现在咱们可以去城外走走喽。"

它俩到了一条乡村公路上。天气挺暖和，走了一段以后狗就讲："我困了，想要睡睡觉。""好的，你就睡好了，"麻雀说，"我可以飞到一根树枝上等着。"狗往路上一躺，便睡着了。正当它死死地睡在那儿，来了一个车夫，他驾着一辆三套马拉的大车，车上载着两桶葡萄酒。麻雀一看不好，车夫不肯绕着走，而是径直朝狗躺的路中间驶来，忙叫："车夫，别这么干，要不我叫你倒霉！"车夫嘟囔说："你办不到！"说着抽了一个响鞭，把车赶了过去，狗让车轮给辗死啦。麻雀一见大叫："你压死了我的狗哥哥，我要叫你失掉车和马！""嗯，车和马？"车夫说，"我看你能把它们怎么样！"说着继续往前驶去。麻雀呢，却钻到车上的帆布底下，啄起酒桶的出酒孔来，啄呀，啄呀，直到塞子掉了，整桶酒流得一点不剩，车夫却没发觉。后来，他偶然回转头，才看见车在滴水，一检查酒桶，发现一只已经空了。"唉，我这个倒霉蛋！"他嚷起来。"还倒霉得不够呐！"麻雀说，说完飞到了一匹马的脑袋上，啄掉了它的双眼。车夫一见便抓起镢头，朝麻雀打去，可麻雀飞起来，他打中马脑袋，马就死了。"唉，我这个倒霉蛋！"他叫道。"还倒霉得不够呐！"麻雀说。当车夫驾着两匹马继续往前走，麻雀又钻到帆布底下，啄掉第二只桶上的塞子，使酒全部流跑了。车夫发现以后，又叫道："唉，我这个倒霉蛋啊！"可麻雀却说："还倒霉得不够哩！"说着飞到第二匹马的脑袋上，啄掉了它的眼睛。车夫跑上去，举起镢头就打，麻雀向上一飞，打中的又是马的脑袋，马倒下死了。"唉，我这个倒霉蛋！""你还倒霉得不够！"麻雀说，说着已落在第三匹马的头上，啄起马眼睛来。车夫气坏了，举起镢头就朝麻雀打去，可是没打着，却把自己的第三匹马也打死啦。

214

"唉，我真是个倒霉蛋！"他喊道。"还倒霉得不够，"麻雀回答，"现在我还要毁掉你的家！"说着就飞走了。

车夫扔下马车，气急败坏地跑回家里。"嗨，我真叫倒霉！"他对老婆说。"酒漏光了，三匹马全死了！""唉，当家的，"老婆回答，"家里也来了一只凶鸟啊！它邀约来了全世界的鸟儿，落在我们的晒台上，吃掉了我们的小麦。"车夫爬上晒台去一看，只见成千上万只鸟儿正在那儿啄啊吃啊，而那只麻雀则坐在它们的正中间。车夫大叫："唉哟，我这个倒霉蛋！""你倒霉得还不够，车夫，"麻雀说，"你还得以命偿命！"说完便飞走了。

车夫失去了所有财产，回到下面房间中，坐在火炉背后，气得咬牙切齿。麻雀却飞到他的窗前，冲他喊："车夫，你得以命偿命！"他抓起镢头，朝麻雀扔去，可却砸破了窗上的玻璃，没打着麻雀。麻雀反倒蹦进屋里，落在火炉上，叫道："车夫，你得以命偿命！"车夫简直气疯了，追着麻雀乱砸乱打，麻雀飞来飞去，他就先砸开了火炉，再砸碎了镜子、板凳、桌子等所有的家什，最后还砸破了屋子的四壁，可就是没打着麻雀。终于，他总算捉住了它，他老婆说："让我来打死它吧。""不，"他叫道，"这太便宜它啦！我要叫它死得惨的多，我要活活吞掉它！"他果然拿起麻雀，一口吞了下去。可麻雀呢，却开始在他肚子里卜扑卜扑振动翅膀，又飞到了车夫的嘴里，探出小脑袋来叫道："车夫，你一定得以命偿命！"车夫把镢头递给老婆，说："老婆，快给我把嘴里的鸟打死！"他老婆一镢头砸去，不偏不倚砸在车夫的脑袋上，他倒下死了。麻雀呢却高飞远走喽。

59. 弗里德尔和卡特丽丝

从前，有个男人叫弗里德尔，有个女人叫卡特丽丝。他俩结

215

了婚，在一起过着年轻夫妇的生活。一天，弗里德尔说："现在我要下地去，卡特丽丝。等我回来时，桌子上得摆好了烤肉，给我充饥；还要一些新鲜饮料，给我解渴。""只管去吧，亲爱的弗里德尔，"卡特丽丝回答，"你只管去，我会替你准备好的。"临近吃饭的时间，她从烟囱里取出一截熏香肠，放在煎锅里，加一些黄油，架到火上。香肠开始滋儿滋儿煎起来，卡特丽丝守在一旁，手握着煎锅柄。她突然想到：香肠还得煎一会儿才好，何不趁此去地窖里把酒取来。于是她架稳煎锅，提起酒壶，下地窖接啤酒去了。啤酒慢慢流进壶里，卡特丽丝在一旁看着，突然想起：坏啦，上面的狗没拴起来，会衔走锅里的香肠；多亏我及时想到了！她呼地一趟冲上楼去，可尖嘴巴狗已咬住香肠，拖在地上走了。好个卡特丽丝也不含糊，她立刻冲上去追，一直追到野地里，可狗跑得比她快，还不肯扔下香肠，而是拖着它越过了田野。"丢掉就丢掉了呗！"卡特丽丝说着往回走。她因为跑累了，就走得慢吞吞的，想要凉快凉快。这时候，啤酒却仍在往外流，要知道她没有拧紧龙头嘛。酒壶灌满了，再没有地方装，酒便流进地窖里，直到一桶都流光了才停下来。还在梯子上，卡特丽丝已看见闹的乱子。"见鬼！"她叫起来，"要让弗里德尔不发现，我该怎么办？"她想了一会儿，终于想起去年秋后还留着一袋面粉在阁楼上，她打算去搬下来，撒在啤酒上。"唔，"她说，"及时省下一点东西，就可解未来的急喽！"说着爬上阁楼，扛下来面粉口袋，把它一扔正好扔在那一满壶啤酒上，酒壶翻了，准备给弗里德尔喝的酒也流进了地窖。"蛮好蛮好，"卡特丽丝说，"这就叫一不做，二不休！"说着把面粉撒了一地。撒完了，她挺满意自己的成绩，说："瞧有多么白，多么干净！"

中午，弗里德尔回家来了。"喏，老婆，你给我准备好什么啦？""唉，亲爱的弗里德尔，"妻子回答，"我原想给你煎一根香肠，可等我去接啤酒的时候，狗把它从锅里叼跑了；我去追狗，啤酒又流到了地上；我用面粉撒在啤酒上，又打翻了酒壶。不过呢，你可以放心，地窖又完全干了。"弗里德尔喝道："好你个卡特丽丝，你搞的什么鬼名堂！你让香肠被狗叼走，一桶啤酒流完还不算，还撒掉了我的精面粉！"——"不错，亲爱的弗里德尔，我不知道这样不行，你本该告诉我嘛。"

丈夫想：你老婆就这个德性，所以你得更加当心。不久后，他攒了一堆银元，把银元换成了金币，对卡特丽丝说："瞧好了，亮黄黄的，响当当的，我把它们藏进罐子，埋在牛圈中的料槽底下。你可给我滚远点，不然叫你好受。""不，亲爱的弗里德尔，我一定不去碰它，"妻子回答。后来，弗里德尔出门去了，村里来了两个卖瓦盆瓦罐的小贩，他们问年轻的太太想不想买点什么。"噢，你们这些好人，"卡特丽丝说，"我没钱，什么也不能买。不过呢，你们要是肯收黄的响的东西，我也愿买一些。"——"黄的响的东西？为什么不可以收呢？让咱们瞧瞧吧。"——"那就请你们去牛圈料槽下挖一挖，你们会找到黄的响的东西，我不能呆在旁边。"两个滑头走进牛圈，挖了几下找到许多金子，赶紧包起来拿着跑了，把瓦盆瓦罐扔在了房里。卡特丽丝心想：这些新盆罐她一定也用得着。因为厨房里本来不缺少用的，她就把一个个罐底都敲掉，全部插在屋子周围的篱笆桩上当装饰。弗里德尔回家来见到这些新玩艺儿，问："卡特丽丝，你这是干什么？"——"亲爱的弗里德尔，是我用你埋在料槽下的黄的响的东西买的呗。可我没到旁边去，那两小贩只好自己动手挖。""唉，老婆，"弗里德尔说，"你干的好事！那不是纽扣什么的，那是纯金子，是咱们的全部家当！你真不该这样做！""是呵，亲爱的弗里德尔，"妻子回答，"我不知道呢，你该早告诉我。"

卡特丽丝站着想了一会儿，说："听着，弗里德尔，金子我们一定要拿回来，咱们追那两个强盗去吧！""好的，"弗里德尔说，"咱们可以试一试。可得带些奶油和干酪，这样我们路上才有吃的。"——"行，亲爱的弗里德尔，我带上就是。"夫妻两人动了身，弗里德尔腿快些，卡特丽丝跟在后面。"这样我就占便宜喽，"她想，"咱们回去时，我可就先了一步。"这当儿，她到了一座山前，看见路的两边留下了深深的车辙。"瞧啊，"她说，"人们把可怜的土地压得四分五裂，折磨得真叫惨喽！它一辈子也甭想好了。"出于怜悯，她掏出黄油来抹在车辙上，右边抹完又抹左边，为的是不让车轮再压裂土地。就在她这么好心地躬着腰抹油的时候，口袋里的干酪掉出来，滚到山下去了。卡特丽丝说："我已经上来了，不好再下去，就让另外一块去追它回来吧。"说着掏出另一块干酪，把它滚下了山。可干酪都一去不回，她又滚下去第三块，心想：也许它们不喜欢孤单，等着伙伴去呢。三块干酪全没回来，她说："不知是怎么搞的！也许第三块找不着路，走迷了方向，我只好派第四块去喊它们。"可第四块和第三块一般糟，卡特丽丝生了气，又把第五块第六块扔下去，干酪就全没啦。她站在那里张望着，好久仍不见干酪回来，就说："呵，你们去死鬼那儿了吧，你们老赖着不回来！你们以为我会老等着你们吗？我可要走喽，你们年轻些，可以来追嘛！"卡特丽丝往前走，赶上了弗里德尔；他站在那儿等她，因为想吃东西了。"喏，把带来的吃的给我。"妻子递给他干面包。"黄油和干酪呢？"丈夫问。"嗨，亲爱的弗里德尔，"卡特丽丝说，"黄油我用去抹车辙了，干酪很快会来的：一块滚出了我的口袋，我已派其余的去叫它回来。"弗里德尔说："你干的好事，卡特丽丝，竟用黄油抹路，把干酪滚下了山！"——"是的，弗里德尔，你早该告诉我呀。"

他俩只好一起吃干面包，吃着吃着弗里德尔说："卡特丽丝，你在出门时，把咱们的房子锁好了吗？"——"没有，弗里德尔，你该早告诉我。"——"那快回去先锁好，咱们再往前追。同时也带点别的吃的来，我等着你。"卡特丽丝回到家，心想：弗里德尔想吃别的东西，黄油和干酪准是不对他的胃口了，那我就给他带一包梨子干去吃，带一壶醋去喝吧。随后，她闩好上边的门，下边的门却卸下来扛在肩上去了，因为她以为，把门看住了，房子必定也安全喽。卡特丽丝不慌不忙地走去，心想：这样弗里德尔就可休息得久一些。赶上他以后，她说："这儿，亲爱的弗里德尔，你的房门——这下你可以自己看住家了。""呵，上帝！"弗里德尔说，"我的老婆才叫聪明呐！你把下边的门卸了，谁都可以跑进屋去，还把上边的门反闩起来。现在再走回去已来不及，可门是你搬来的，你还得继续扛着。"——"门我可以扛，弗里德尔，只是梨子干和醋壶对我来说太沉了。我把它们挂在门上吧，它可以替我分担。"

这时他们走进一片森林，寻找那两个骗子，可是没找着。天终于黑了，他们爬到一棵树上去过夜。他俩刚刚在上面坐稳，就走来几个惯会顺手牵羊和拾别人未曾丢失的东西的家伙。这伙人这儿不坐那儿不坐，偏偏坐到了那夫妇俩栖身的树下，生起一堆篝火，准备分赃。弗里德尔从树背后溜下来，捡了一些石头，然后再爬上树去，想要砸死那伙小偷。石头却没砸准，小偷们叫道："天快亮了吧，风把松果都摇下来了。"卡特丽丝呢还一直扛着房门，她感到压得慌，心想都怪那些梨子干，就说："弗里德尔，我必须把梨子干扔下去。""不，卡特丽丝，现在别扔，"弗里德尔回答，"那会暴露咱们的。"——"唉，亲爱的弗里德尔啊，我必须扔，它们压得我太厉害啦！"——"真见鬼，那你就扔吧！"于是，梨子干从枝杈中间滚了下去，小偷们说："鸟儿拉屎啦。"过了一会儿，门压得仍旧厉害，卡特丽丝又讲："唉，弗里德尔，我得把醋倒掉。"——"不，卡特丽丝，你不能倒；那会暴露咱们！"——"唉，亲爱的弗里德尔，我非倒不可，它压得我太厉害啦。"——"见鬼，你就倒吧！"她一倒，醋便溅到小偷身上，他们相互提醒："已经在下露，已经在下露。"终于，卡特丽丝想起：压得我这么厉害的大概是门吧？就说："亲爱的弗里德尔，我得把门丢下去。"——"别丢,卡特丽丝,现在别丢,那会暴露咱们。"——
"唉,弗里德尔,我非丢不可,它太重啦。"——"不,卡特丽丝,
抓紧它!"——"唉,弗里德尔,我抓不住啦!"——"呸!"弗里
德尔生气地回答,"你就丢它个鬼呀!"门于是乒乒乓乓地落下来,
树底的小偷一起大叫:"鬼来了,鬼从树上下来了!"他们拔腿就
跑,赃物全扔下不管。第二天清早,夫妇俩从树上爬下来,找到
他们的所有金币,拿回家去了。

到家后,弗里德尔说:"亲爱的卡特丽丝,从今后你也该勤快
些,干点活儿才是。"——"好的,亲爱的弗里德尔,我愿意干活
儿,我这就下地收割去。"到了地里,卡特丽丝自言自语说:"在
收割之前,我是先吃好呢,还是先睡好呢?嗨,还是先吃吧!"她
于是吃了,而一吃就来了瞌睡,开始收割时竟迷迷糊糊地把自己
的所有衣服,什么围裙呀裙子呀衬衣呀,统统当作麦子割断了。等
她睡完一大觉醒来,已是露胳膊光腿儿地站在那里,不禁对自己
说:"这到底是我呢,或者不是? 唉,我看不是!"说话间已经到
半夜,卡特丽丝跑回村里,敲着丈夫的窗户喊:"弗里德尔吗?"——
"有什么事?"——"我想问一问,卡特丽丝在不在家。""在,在,"
弗里德尔回答,"她已上床睡觉了吧。"她于是说:"好啦,我肯定
已经在家里。"说完就跑了。

到了村外,卡特丽丝碰见几个小偷正准备去偷东西。她走过
去,对他们说:"我愿帮助你们偷!"小偷们认为她熟悉本地的情
况,挺高兴。哪知卡特丽丝走到房前大叫:"老乡们,你们有什么
东西? 我们偷来啦。"小偷们想:"糟糕!"于是希望摆脱卡特丽丝,
对她说:"牧师在村外种得有些萝卜,去给咱们拔点来吧!"卡特
丽丝走到村外的地里,开始拔萝卜,可却懒得腰都不肯直起来。一
个人从旁边经过,看见她就站在脚,想:那在萝卜地里乱翻的准
是魔鬼喽!他跑回村去报告牧师:"牧师先生,魔鬼在您地里拔萝
卜呢。""呵,上帝,"牧师回答,"我的一条腿瘫了,没法出村去

220

驱赶它呀。"来人说："那我背你去吧。"说着把牧师背到了村外。他们刚好走到地头，卡特丽丝站起来伸懒腰。"哎哟，有鬼！"牧师大叫一声，两人便逃走了。恐怖之中，别看牧师有一条瘫腿，他可跑得比刚才背他的有两条好腿的家伙还要快呐！

60. 两兄弟

从前有两兄弟，一个富裕，一个贫穷。富的一个在当金匠，心眼儿很坏；穷的一个靠扎扫帚养活自己，为人善良而诚实。穷的这个有两个孩子，是一对双胞胎，模样像得跟一滴水和另一滴水一样。两个小男孩不时地去有钱的伯父家走走，捡一点剩菜剩饭吃。一天，穷弟弟去森林里打柴，看见一只鸟，浑身全是金的，美丽得他从来没见过。他于是拾起一粒石子扔过去，也侥幸打中了，但是只掉下来一片羽毛，鸟却飞走啦。穷人拾起羽毛，拿去找他哥哥。哥哥仔细看后说："这是纯金子。"给了弟弟许多钱。第二天，弟弟爬上一棵白桦树，想砍几根枝桠，那知那只鸟又从里边飞了出来。弟弟去察看它出来的地方，发现一个鸟窝，窝里有一只蛋，也是金的。他把蛋带回家，拿给哥哥看，哥哥又说："这是纯金的。"给了他蛋可以值的钱。随后，金匠讲："我很想得到那鸟本身。"于是穷弟弟第三次去到森林，又见金鸟蹲在树上，就捡起一块石头把它打了下来，拿回去给他哥哥，哥哥付给了他一大堆金币。"现在我会好过啦。"弟弟想着，心满意足地回家去了。

金匠呢，却老奸巨滑，很清楚弄到的是怎样一只鸟，他叫来老婆说："给我烧熟这只金鸟，当心别丢去任何一点点，我要一个人把它全部吃掉！这只鸟啊，可不平常，是一种神鸟，谁要吃了它的心和肝，每天早上都会在枕头下发现一块金子。"金匠太太抓住鸟，穿到一根铁扦上，放在火上烤起来。一会儿，她想起还有其它事必须做，就出了厨房。这时候，穷弟弟的两个儿子刚好走进来，站在铁扦前面，把它转了几转。烤着的鸟身上掉了两小块在平底锅里，一个男孩说："这一点点儿咱们把它吃掉吧，我真饿啊，没有谁会发觉的。"于是小哥儿俩吃起来，哪晓得金匠太太正巧回来看见了，问："你们在吃什么？""吃鸟身上掉下来的一点小渣，"他们回答。"那是心和肝。"女人吓了一跳，说。为了不让丈夫发现少了什么而生气，它赶紧宰掉一只小鸡，掏出它的心和肝来，塞进金鸟身体里。鸟烧烤熟了，她给丈夫端去，金匠一个人大吃大嚼起来，一点儿没剩下。第二天早上，他伸手朝枕头下一抓，以为会抓出一块金子，不料却跟往常一样啥都没有！

两个孩子呢，没想到他们会交多么好的运气。第二天早上，他们一起床，就有什么东西咣当一声掉在地上，拾起来却是两块金子。他们拿去交给父亲，父亲很奇怪，问："这是怎么回事？"第二天早上小哥俩又捡到了，如此地一天又一天，扎扫帚的弟弟就去找金匠哥哥，向他讲了这件怪事。哥哥听罢立刻明白事情的原因，知道是孩子们吃了金鸟的心和肝。他这个人生性狠毒又好忌妒，决心要报复，就对弟弟说："你的孩子和魔鬼打上交道啦！不能拿那金子，马上赶他们出家门，因为魔鬼控制了他俩，还会把你自己也给毁掉的！"孩子的父亲惧怕魔鬼啊，他虽然很难过，还是把双胞胎兄弟领进了森林，心情沉痛地把他们扔在那里。

两个孩子在林中跑来跑去，寻找回家的路，可是找不着，反倒越跑越远。他们终于碰见一个猎人。猎人问："你们是谁家的孩子？""我们是一个扎扫帚的贫苦人的孩子。"他们回答，并且告诉猎人，他们的父亲不愿留他们在家里，因为每天早上他们的枕头下都发现一块金子。"哟，"猎人说，"这才不是什么坏事哩，只要你们仍旧老老实实，不因此懒惰起来。"善良的猎人喜欢小哥俩，自己又没有孩子，就把他们领回家，说："我愿意做你俩的父亲，把你们养大。"他们跟着他学狩猎，他们每个人早上起床时捡的金

222

子呢，他便替他们积攒起来，以备他们将来急需。

两兄弟慢慢长大了。一天，义父带他们走进森林，说："今儿个你们要独立打一次猎，好让我宣布你们学习期满，成为正式的猎手。"他们跟随他走到隐蔽的地方，等了很久都不见野兽到来。猎人望望头顶，发现一队雁鹅排成三角阵形飞过，便对一个男孩说："嗒，从每个角上都射一只下来吧！"男孩弹无虚发，经受住了考验。马上又飞来一队雁鹅，排的是 Z 阵形。猎人叫另一个孩子同样从每个角上射下一只来，他也考试合格了。义父于是说："我宣布你们学习期满，可以自由打猎了。"随后兄弟俩一道进入密林深处，商量好了要办一件事。傍晚，他们坐到餐桌旁，对自己的义父开了口："我们不吃一口菜，不碰一片面包，除非您答应我们一个请求！"义父问："你们究竟请求什么呢？"他们回答："我们学习期满了，我们必须去世界上闯一闯，允许我们漫游去吧！"老猎人很高兴地讲："这才是真正的猎手说的话哩；你们的要求正是我的愿望，去吧，你们会交好运！"说罢，三人便快快活活地一起吃起来，喝起来。

预定动身的日子到了，义父送给年轻人每人一支枪，一条狗，让他们从他积攒起来的金子里想拿多少就拿多少。随后他送了他们一程，临分别又给他们一把锃锃亮的刀子，说："你俩什么时候分开，就把刀砍在三岔路口的一棵树上，这样一个走回来就看得出他的兄弟情况怎样。因为刀在他走去的一边生了锈，表示他快要死了；而只要他活着，刀就一直会发亮。"兄弟俩一个劲儿地走啊走啊，走到了一片森林里。森林非常非常大，他们一整天也没能走出去。他们只好留在林中过夜，吃狩猎袋里的东西。可是继续又走了两天，他们仍旧没出林子。吃的东西一点没有了，一个小伙子就说："咱们得打一点野物，要不就得饿肚子。"边说边装枪弹，边两眼环视附近。突然跑过来一只老兔子，小伙子举起枪，兔子却叫起来：

　　　　　"亲爱的猎人,请让我活命,
　　　　　我愿送两只小崽子给你们!"

　　叫完立刻跑进灌木丛,领出两只小兔子。两小家伙蹦蹦跳跳的,活泼极了,可爱极了,两个猎人不忍心杀死它们,于是留它们在身边。小兔呢,也紧紧跟着哥儿俩。不一会儿一只狐狸从旁边溜过,他们想射死它,狐狸却叫起来:

　　　　　"亲爱的猎人,请让我活命,
　　　　　我愿送两只小崽子给你们!"

　　它真领来两只小狐狸。猎手们也不忍心杀死它俩,让它们给小兔作伴。它们也跟着哥儿俩走了。不久,密林中钻出一头狼,猎手举枪瞄准它,它也叫:

　　　　　"亲爱的猎人,请让我活命,
　　　　　我愿送两只小崽子给你们!"

　　猎人把两只小狼崽放到其它野物一起,它们紧跟着哥儿俩。随后又来了一头熊,它希望能继续东跑西颠,就喊:

　　　　　"亲爱的猎人,请让我活命,
　　　　　我愿送两只小崽子给你们!"

　　两只小熊便成了其它小东西的伙伴,加在一块儿已总共八只。最后,谁又来了?来了一头雄狮,正抖着鬃毛哩。可两个猎手并不害怕,举起枪瞄准它;狮子却同样喊:

224

"亲爱的猎人，请让我活命，
我愿送两只小崽子给你们！"

它也把它的孩子领了来，这样猎人便有两头狮子、两头熊、两只狼、两只狐狸和两只小兔跟在身后，听他们使唤喽。只不过，他们并没能止住肚子饿，他们于是对小狐狸说："听好了，你两个走起路来悄没声儿的小家伙，去给我们弄点儿吃的来吧，你们反正够机灵，够狡猾的。"小狐狸回答："离这里不远有座村子，我们已经在那儿偷过几次鸡。我们愿意为你们领路。"说着他们到了村里，买了一些饮食吃，也让人喂了他们的牲畜，然后继续赶路。狐狸对这一带哪儿有鸡舍什么的都挺熟悉，到哪儿都没少给猎人指点。

哥儿俩漫游了一段时间，可就是找不到可以呆在一块儿干的工作，于是说："没有别的法子，咱们只好分开啦。"他们把牲畜作了分配，每人分到一头狮子、一头小熊、一只狼崽子、一只小狐狸和一只小兔。分好他俩才告了别，发誓至死保持兄弟情谊，并且把义父送他们的刀砍在一棵树里，临了儿，他们一个走向东，一个走向西。

一个兄弟带着他的野兽来到一座城市，城里到处披着黑纱。他走进一家旅店，问店主能不能给他那些牲畜一个住处。店主给它们一间墙上有个洞的厩舍，于是小兔爬出去弄来一个圆白菜，狐狸钻出去抓来一只母鸡，母鸡吃掉了又去抓来只公鸡。可是呢，狼、熊和狮子块头儿太大，钻不出去。店主只好领它们到草地上，那儿躺着只母牛，它们吃了个饱。猎人把他的牲畜全安顿好了，才问店主，城里为什么挂着黑纱？老板说："因为明天咱们国王的独生女儿就要死去。""是病得快断气了吗？"猎人问。"不，"店主回答，"她精力旺盛着哩，不过必须死去。""这是怎么搞的？"猎人

225

问。——"城外有座高山，山上藏着条凶龙，它每年必须得到一个童贞少女，不然就要降灾给整个国家。到现在所有的少女都献给它了，剩下的仅仅只有公主一个人。尽管这样凶龙还是不放过这个国家，公主必须献给它，而且就在明天呐！""为什么不把凶龙杀死呢？"猎人问。"唉，"店主回答，"已经有许多骑手去试过，结果全丢了命。国王答应，谁战胜了凶龙，谁就可以娶公主做妻子，而且国王死后还要他继承王位。"

年轻的猎手没有再讲什么。可是第二天一早，他就带着自己的野兽上龙山去了。龙山上耸立着一座小教堂，教堂内的祭坛上摆着三只盛满酒的杯子，杯子上刻着字："谁喝完这几杯酒，他将成为世界上最强壮的汉子，并且能使用埋在门槛前边那把宝剑。"猎人没喝酒，先出去找到了埋在地里的宝剑，可是却一点儿弄不动它。于是他走回去，饮完酒，立刻变得力大无穷，提起剑来舞得非常轻松。向凶龙献少女的时辰到了，国王送公主上山来，元帅和大臣们在前面开道。公主远远看见站在龙山上的猎手，以为是凶龙在那儿等她，不愿再往上走，可是一想全城因此就完了，终于不得不继续走上死路。国王和大臣们悲痛万分地回去了，元帅却奉命留下来，从远处观察全部经过。

公主到了山顶，那儿站着的不是凶龙，而是年轻的猎手。猎手安慰她，说他准备救她的命，把她领进教堂里锁了起来。刚刚锁好，那条七头怪龙就大声咆哮着奔来。一见猎人，它好不惊讶，问："你来山上干什么？"猎人回答："来和你斗呗！""许多骑士都在这儿丧了命，"凶龙说，"我也一样要干掉你！"说着从七张口里喷出火来。它想叫火烧着山上的枯草，让猎人在烈火中烧死，在浓烟中呛死，哪晓得野兽们却冲上去，把火踏灭了。凶龙无奈又冲向猎手，他呢，就呼呼呼地舞动宝剑，砍掉了三个龙脑袋。这一下凶龙才真的勃然大怒，猛然腾飞到空中，朝猎人的头顶喷吐着烈焰，准备向他扑下来。小伙子却再次挥舞宝剑，又斩掉它三

226

个头。凶龙软了劲儿，掉在地上，然而还想扑向猎手；他呢，鼓起最后的劲儿一剑砍下了龙尾巴，因为已无力再战，便唤来他的那些野兽，由它们把龙撕扯成了一块一块。战斗结束了，小伙子打开教堂，发现公主躺在地上人事不省，让刚才的恶斗吓得失了知觉。他把她抱到外面，等她苏醒转来，睁开眼睛，他就指着撕碎了的凶龙对公主说，她已经得救啦。公主喜出望外，说："现在你将成为我亲爱的丈夫——国王曾作过许诺，把我嫁给杀死凶龙的勇士。"说完她解下脖子上的珊瑚项链，把它拆散了赏给众野兽，狮子分到了上面那把小金锁。她的绣着名字的手绢呢，则送给了猎人。小伙子走过去割下了七个龙头里的舌头，把它们包在手绢里，仔细保存起来。

办完这事，他因为刚才经受了火烤，又战斗那么久，已感到筋疲力竭，就对公主讲："咱们俩都很累了，躺下睡一会儿吧。"公主说"好"，他们就躺在地上；猎人又吩咐狮子道："你担任守卫，不让谁在我们睡着时袭击我们。"说完，他们两人很快睡着了。狮子躺到他们身边当守卫，可这家伙同样战斗得疲倦了，就叫来熊说："躺在我身边，我得睡一会儿，发生什么事就叫醒我！"熊于是躺在狮子旁边，可它也疲倦了，叫来狼说："躺在我身边，我得打个盹儿，发生什么事就叫我！"狼于是躺在熊旁边，可它同样疲倦，叫来狐狸说："躺在我身边，我得迷糊迷糊，发生什么事就叫我！"狐狸于是躺在狼旁边，可它也疲倦了，叫来小兔说："躺在我身边，我得睡一会儿，发生什么事就叫我！"小兔于是躺在狐狸旁边，可是啊，可怜的小兔同样疲倦，它却没有谁可以叫来替自己守卫，一会儿也睡着了。这样，公主、猎人、狮子、狗熊、狼、狐狸和小兔，他们全都进入了沉沉的睡梦中。

这时候，在远处观察动静的元帅没见凶龙抓住公主飞走，发现山顶上倒是安安静静的，便壮着胆子爬上来。只见凶龙被斩断了，撕成一块一块地掉在地上，不远处躺着公主、猎人和他的野兽，全都睡得死死的。元帅是个生性阴险凶残的家伙，他拔出猎人的宝剑，砍掉他的脑袋，抱起公主下山去了。公主醒来大吃一惊，元帅却对她说："你已在我手里，我要你讲是我杀死了凶龙！""这我办不到，"公主回答，"因为是猎人和他的野兽杀死它的。"元帅一听拔出宝剑，威胁公主她不顺从就把她杀死，硬逼着公主答应了。接着他把她带到国王面前。国王原以为女儿已经死了，一见爱女竟活着回来了，真是喜不自胜。元帅对他说："我杀死凶龙，救出了公主，解放了整个王国，因此要求她做我的妻子，像您许诺的那样。"国王问公主："他讲的是事实吗？""唉，是啊，"公主回答，"恐怕是事实。不过，我请求一年后再举行婚礼！"因为她想，在这期间也许能听到她心爱的猎人的消息。

这当儿，在龙山顶上，野兽们还躺在自己死去的主人身边，睡得沉沉的。突然飞来一只大野蜂，落在小兔的鼻头上，小兔却用脚爪抹去它，继续睡着。大野蜂第二次飞来，小兔又抹去它，继续呼呼大睡。于是蜂儿第三次落在它鼻头上，猛刺一下子，它醒过来了。小兔一醒来就叫狐狸，狐狸一醒过来就叫狼，狼一醒过来就叫狗熊，狗熊一醒过来就叫狮子。狮子呢醒过来一瞅，公主不见了，主人死了，就可怕地咆哮起来，大声喝道："谁干的好事？熊，你为什么不叫醒我？"熊也问狼："你为什么不叫醒我？"狼又问狐狸："你为什么不叫醒我？"狐狸又问小兔："你为什么不叫醒我？"可怜的小兔崽子没话可说，只得独个儿承担罪责。大伙儿眼看就要扑向它，它赶紧请求说："别结果我，我愿意使咱们的主人活转来。我知道一座山，山上长着一种草，谁把这种草衔在嘴里，他的一切疾病和伤口都会好。可那座山离这里有两百个小时路程哩！"狮子却说："我限你二十四小时跑去跑回，弄来草药！"小兔一听连蹦带跳跑了，不到二十四小时已带着药草回来。狮子把猎人的脑袋接上去，小兔把药草塞进他嘴里，他的伤口立刻长拢在一起，心脏又开始跳动，生命便复苏了。年轻的猎手醒过来不见公主，大吃一惊，想：她大概想摆脱我，趁我睡觉时逃跑了吧？狮子匆匆忙忙地替主人装反了脑袋，可他呢一心只想着公主难过，竟没察觉。直到中午想吃东西了，他才看出自己的面孔对着脊背，感到莫名其妙，就问牲畜们，他睡觉时出了什么事。狮子这才告诉他，它们大家也疲倦得睡着了，醒来发现他被砍掉了脑袋，死啦！是小兔找来救生草，它狮子呢，却在匆忙中接反了脑袋，不过它愿意把它重新接好。说完，它又把猎人的脑袋扭下来，转了过去；小兔又用药草使它长牢在了脖子上。

猎人心里却挺悲伤，他在世界上四处流浪，让他的野兽为人们跳舞。偏巧在整整一年之后，他又来到他斩杀凶龙搭救公主的同一座城市里；而这次全城却披红挂彩，一片喜气。他于是问店主："这是怎么回事？一年前全城披着黑纱，今儿个怎么到处红彤彤的？"主人回答："一年前，咱们的国王不得不把自己的女儿献给凶龙，是元帅去与龙斗，杀死了它。明天公主和元帅就要举行婚礼。所以嘛，那时城里披黑纱表示哀痛；今儿个挂红花表示喜庆。"

第二天，该举行婚礼了，猎人在正午对店主说："您信不信，老板，我今天要在您这儿吃到国王宴席上的面包？""是吗？"店主说，"我赌一百个金币：这不可能！"猎人同意打赌，押上了一袋同样多的金币。随后他叫来兔子说："去，亲爱的飞毛腿，去给我拿些国王吃的面包来！"兔子因为最渺小，没法把任务推给任何人，只好上了路。唉，它想，我这么独自从街上跑过，屠户家的几条狗准会来追的。结果担心啥事偏出啥事，几条狗紧跟小兔崽子追来，想替它好端端的皮毛上补几个疤。可它呢，你瞧见了吗！飞快逃进了皇宫前的岗亭，连卫兵也没发现。那几条狗赶来，想抓它出去，哪知当兵的却不会开什么玩笑，一阵枪托子就揍得它们汪汪汪地逃跑了。小兔发现没了危险，才跳进宫去，径直跑到公主坐的椅子底下，搔起她的脚来。公主说："给我滚开！"她以为是一条狗。小兔搔第二次，公主又说："给我滚开！"还以为是她的狗。小兔并不气馁，又搔第三次，她才埋头一瞅，从它脖子上的珊瑚项链认出了兔子。公主于是把它抱在怀里，回到卧室，问："亲爱的小兔，你有什么愿望？""我的主人，那个杀死凶龙的勇士，"小兔回答，"现在在城里，派我来求你给他一些国王吃的面包。"公主一听满心欢喜，派人叫来面包师傅，命令他送了一个国王吃的那种面包来。可兔子说："还得麻烦面包师傅替我送去，免得屠户的狗来找我捣蛋。"面包师傅替它送到了旅店门口，小兔就用后脚爪站立起来，用前脚爪接过面包，捧给了它主人。猎人接过去说："您瞧，老板，一百金币归我啦！"店主好生奇怪，猎人却继续说："是的，老板，面包我已有了，现在呢，我还要吃国王的烧肉。""这我倒想瞧瞧，"店主回答，可是赌已不肯再打喽。猎人叫来狐狸，说："亲爱的小狐狸，去给我弄些国王吃的烧肉来吧。"红毛狐狸机灵一些，沿着街角溜来拐去，没让任何一条狗发现，就钻到了公主的椅子底下，搔起她的脚来。公主低头一瞅，从项链认出了狐狸，把它领进卧室，问："亲爱的狐狸，你有什么愿望？""我的主人，那位杀死凶龙的勇士，"狐狸回答，"现在在城里，他派我来求你给他一块国王吃的烧肉。"公主于是传来厨师，命令他做一份国王吃的烧肉，替狐狸一直送到旅店门前。狐狸接过盆子，先用尾巴拂去爬在肉上的苍蝇，然后才端去给自己的主人。"您瞧，老板，"猎人说，"面包和肉都有了，现在我还想要些蔬菜，跟国王吃的一样。"说着又叫来狼，告诉它："亲爱的小狼，去给我弄些国王吃的蔬菜来。"狼径直走进宫去，因为它谁都不怕。它走进公主房中，扯她衣服的后摆，她只好转过头来看。看见项链，公主认出了狼，带它去她卧室，问："亲爱的狼，你有什么愿望？""我的主人，那位杀死凶龙的勇士，"狼回答，"现在在城里，他派我来求你给他一些国王吃的蔬菜。"公主于是叫来厨师，命令他做一份国王吃的蔬菜，替狼送到旅店门前；狼接过盘子，端去给了自己的主人。"您瞧，老板，"猎人说，"现在我已有面包、烧肉和蔬菜，可我还想尝尝国王吃的甜食。"于是，熊又笨拙地向王宫走去，所有的人都为它让道。可到了岗亭前，卫兵们却用枪对着它，不准它闯进王宫。熊呢，跳起来用它的大脚爪左边一耳光，右边一耳光，几下子把整个卫队都打趴下啦，自己却径直走到公主的身后，站在那儿轻轻吼叫。公主回头一看，认出了熊，叫它一起走进卧室，问："亲爱的熊，你有什么愿望？""我的主人，那位杀死凶龙的勇士，"熊回答，"现在在城里，他派我来求你给他一些国王吃的甜食。"于是，公主叫来烤甜饼的面包师，命令他烤一些甜食，要跟国王吃的一样，替熊送到旅店门前去。熊先舐食了掉到盘子里的糖豌豆，然后站立起来，接过盘子，端去给了自己主人。"您瞧，老板，"猎人说，"现在我面包、烧肉、蔬菜和甜食全有了，可我还想喝国王喝的那种酒。"他叫来狮子说："亲爱的狮子，你不是喜欢喝酒吗？去，给我弄点国王喝的酒来。"狮子大摇大摆走过大街，人们见了纷纷逃避。它走到岗亭前，卫兵们想阻拦，它只大吼一声，所有卫兵全都飞快跑开了。狮子来到宫殿外，用尾巴敲门。公主走出见着狮子差点吓了一跳，但马上从项链的小金锁认出了它，叫它跟她去卧室，问："亲爱的狮子，你有什么愿望？""我的主人，那位杀死凶龙的勇士，"狮子回答，"现在在城里，他派我来求你给他一些国王喝的酒。"公主传来御酒监，命令他给狮子一些国王喝的酒。狮子却说："我想一块儿去看看，为了拿到真正是国王喝的。"于是它跟着酒监，走下地窖，到了那儿这家伙就想接一壶国王的侍从喝的普通酒给它，狮子却吼起来："等一等！咱要先尝尝，"说着接了壶酒，一口喝了下去。"不，"它说，"这不是真货！"酒监瞟了它一眼，可还是走到另一只酒桶前，想给它接一壶国王的元帅喝的酒。狮子又吼起来："等一等！咱还要尝尝，"说着又接半壶喝了，"这种好一点，但还不是咱们要的。"酒监生气了，骂道："一头蠢畜牲哪儿懂什么酒！"狮子却给他一耳光，打得他重重摔在地上，等他再爬起来就再也不敢吭声，乖乖儿地领狮子进了一间特别的小酒窖中。这里面的酒啊，才是除国王以外任何人没喝过。狮子先接半壶尝了尝，然后说："这可能是真的了。"就叫酒监灌了满满六瓶。灌完他往上走，可是走出酒窖，狮子已经脚步踉跄，歪来倒去，有些喝醉了。酒监只得替它把酒送到旅店门口，它才用嘴咬着提篮，给主人送去。猎人说："您瞧，老板，我这下有了国王吃的面包、烧肉、蔬菜、甜食和酒，现在要和我的牲畜们一块儿进午餐啦。"说着就坐下去又吃又喝，也给小兔、狐狸、狼、狗熊和狮子吃的和喝的，心情非常愉快，因为他看出来，公主还爱着他。吃喝已毕，他说："老板，我已经像国王一样吃过了，喝过了，现在呢，想到王宫里去，娶公主做我的老婆。""这怎么成啊？"店主问。"要知道她已经有个未婚夫，今天正要结婚哩！"这时猎人取出公主在龙山上送给他的手绢来，里边还包着那凶龙的七条舌头，说道："我这儿手里拿着的东西，会帮助我成功。"店主瞅了瞅手绢，说："我什么都相信，唯独不信你这个，我愿意拿出店铺和房产和你打赌！"猎人呢，掏出一个装有一千金币的布包往桌子上一放，说："我拿这个奉陪！"

这当儿，国王在宴席上问他女儿："那些来找你，在我宫中进进出出的野兽，它们想干什么？""我不敢说，"公主回答，"请父亲派人去把它们的主人找来吧，您这样做有好处。"国王派一名侍从去旅店邀请猎人。侍从走到那里正碰上他和店主在打赌。猎人于是讲："您瞧，老板，国王这不派侍从来请我了吗？不过我还不马上去。"他转过身又告诉侍从："你代我请求国王，希望他派人给我送些王家的礼服来，另外还要一辆六匹马拉的车，一些伺候我的佣人。"国王听了这个回答，问公主："这是什么意思？"公主回答："把他要的东西送去吧，您这样做有好处。"国王于是派人送去礼服、一辆六匹马拉的车和伺候猎人的佣人。看见东西送来了，猎人又说："你瞧，老板，他们照我的要求来接我了。"说着

232

穿上礼服，带着包有七条龙舌头的手绢，乘车见国王去啦。国王见他来了，问公主："我该怎样接待他？"公主回答："迎上前去吧，您这样做有好处。"国王于是迎上去，领他走进宴会厅；他的动物尾随在主人身后。国王请他坐在自己和公主旁边，元帅作为新郎坐在对面，可这家伙已经不认识他。正好，这时候那凶龙的七个脑袋被搬进来展览，国王解释说："这七个头啊，是元帅从凶龙身上斩下来的，所以嘛，我今天就把女儿给他做妻子。"猎人一听站了起来，扳开龙嘴问道："龙的七条舌头上哪儿去啦？"元帅吓得脸色苍白，不知道该如何回答，过了好久才怯生生地说："龙没有舌头吧。"——"骗子才没有舌头，而龙舌头却是胜利者的标志！"猎人边说边打开手绢，七条龙舌头全部都在里面，接着他把它们一一装回到龙嘴里，都刚好适合。然后他拿起绣着公主名字的手绢请她自己看，问公主把它送给谁了，公主回答："送给杀死凶龙的勇士了。"猎人又叫来他的野兽，取下它们的项链和雄狮脖子上的小金锁，请公主看看是谁的。公主回答："这项链和金锁原本是我的，我把它们分别送给帮助战胜凶龙的动物了。"这时猎人才讲："等我斗凶龙斗累了，躺在地上睡着以后，元帅就来砍掉了我的头。他抱走公主，自称是他杀死凶龙的。可现在我用这些舌头、手绢和项链，证明他说了谎！"随后猎人又讲动物们如何用神奇的药草救活他，他如何带着动物们流浪了整整一年，又终于来到这座城市，从旅店店主的口里听到了元帅行骗的事。国王问女儿："真是这个人杀死了凶龙吗？""是的，真是他杀死的，"公主回答，"现在我可以揭露元帅的罪行了，它反正已经败露，因为他曾强迫我起誓保持沉默。也正因此，我才坚持在整整一年之后举行婚礼哟。"事情清楚了，国王召来十二位枢密大臣，让他们审判元帅；他们判他四牛分尸。元帅被处死了，国王把公主嫁给猎人，并且任命他为整个王国的总督。婚礼举行得很热闹，年轻的总督派人接来他的生父和义父，给了他们无数珍宝。旅店老板也没被忘记，他派人请他来，对他说："您瞧，老板，我娶了公主，您的店铺和房产归我喽。"老板回答："是的，理所应当，理所应当！""可我要给你恩典，"年轻的总督却说，"店铺和房产你留着吧，还有那一千金币我也送给你啦！"

从此，年轻的总督和公主就快快活活地一起过日子。他经常出去打猎，这是他的爱好；他那些忠实的牲畜每次都陪伴着主人。离王宫不远有一片森林，据说里边有妖怪作祟，谁一进去就很难出得来。可他非常想去林中打猎，因此缠着国王不放，终于获得了他的允许。眼下，年轻的总督就带着一大群随从，骑着马出发了。到了林中，他瞅见一头雪白的母鹿，便对手下人说："你们留在这里等我回来，我去打那漂亮的野物！"说着已催马追进密林，只有他的牲畜跟在他身后。手下们等在原地一直到天黑，仍不见他的人影儿，就回到宫里报告公主："总督追赶一头白母鹿进了魔林，进去后没再回来！"公主听了非常为他担心。可他呢，一直跟在美丽的母鹿后面追啊，追啊，却总赶不上它。每当他追到以为可以开枪了，可一瞧那畜牲立刻又窜得老远，到最后完全不知去向。这时候，他发现已远远地深入到大森林里，便取下猎号吹起来，但是没有回应，手下人听不见。一会儿夜幕也降临了，他看出当天已回不去，就下马来，在一棵树脚下生一堆篝火，打算烤火过夜。他坐在火旁，动物们也挨着他躺在地上，这时他突然觉得仿佛听见人的声音，可转头四下望望，他又什么也没发现。过了一会儿，他重新听见头顶上似乎在呻吟，抬头一望果然看见树上坐着个老婆子。只听她一个劲儿地哀号："嚯嚯嚯嚯，我好冷哟！""你冷，就下来烤烤火吧，"总督说。"不，"老婆子却回答，"你的野兽会咬我！""它们不会伤害你的，老婆婆，你只管下来好啦，"他讲。哪知这老婆子是女巫哩，她因此说："我从树上扔给你一根枝条，你如果用它抽抽它们的背，它们就不会伤害我。"说着，她扔下一根小枝条，总督拿起来一抽他的牲畜，它们立刻躺着不再动弹，全部变成了石头。女巫不再害怕野兽，跳下来用枝条也碰总督一下，把他同样变成石头啦。随后她怪笑着，把总督和他的动物拖进一个坑里；坑内已经躺着不少同样的石头。

年轻的总督一直不回家，公主一天天越发担心，越发害怕。恰好在这个时候，总督分手后往东去了的兄弟到王国来了。他想找个差事一直不成功，只好东游西荡，让他的牲畜给人家跳舞。一天，他突然想起去看看他哥儿俩分别时砍在树上的刀，为了知道自己的兄弟情况怎么样。他走到那儿见兄弟的一面已一半生了锈，一半仍然光亮。他吓了一跳，想：我的兄弟一定遭了大难，不过我也许还能救他，因为刀的一半还亮锃锃的！他于是带着他的野兽向西走去，走进城门，卫兵迎上来问，要不要他们去报告公主她丈夫回来了。已经好些天，他年轻的妻子为他的外出未归担心极了，生怕他已经在魔林中丧了命。原来卫兵们以为他就是小总督，他跟他不只像得要命，身后也同样跟着一群野兽。可他一听知道是讲他兄弟，心想：最好我就自称是他，这样肯定容易救他一些。他让卫兵送自己进宫去，在那里受到很高兴的迎接。公主一点儿不怀疑他是丈夫，问他为什么在外面呆这么久。他回答："我在森林里迷了路，在这之前一直出不来啊。"天晚了，他被领去就寝，可他把那把双刃宝剑摆在了自己与公主之间的御床上。公主不明白这是什么意思，却又鼓不起勇气问他。

这样过了几天，他打听清楚了那魔林的全部情况，终于讲："我还得再去那儿打一次猎。"老国王和公主想劝阻他，可他坚持要去，还是带着大队随从去了。到了森林里，他遇见与他兄弟相同的情况。他看见一头白色母鹿，就对自己手下说："你们呆在这儿等我回来，我去打那头漂亮畜牲，"说罢驱马深入林中。他的野兽也跟着去了。可他呢赶不上母鹿，却在密林中越跑越远，最后只得在里边过夜。当他升起篝火，就听见头顶上有呻吟声："嚯嚯嚯嚯，我好冷哟！"他抬头一望，树顶上坐的还是那巫婆。"冷你

235

就下来烤烤呗，老婆婆！"他说。"不，"巫婆回答，"你的野兽会咬我。"他却讲："它们不会动你一根毫毛。"可她大声喊："我扔一根枝条下来，你用它打它们，它们就不会再伤害我啦。"听老婆子这么讲，猎人才不相信哩，说："我不打我牲畜，你自个儿下来吧，不然我来拖你。""你想干什么？"巫婆一听大叫，"你可不能把我怎么样！"猎人却回答："你不下来，我就开枪打你。""只管开枪吧。"巫婆说，"我是不怕你那子弹的。"猎人于是瞄准她放了一枪，子弹却打不进她的身体，只听那巫婆笑得格格格的，大声说："你还得好好瞄准呐！"猎手明白过来，从外套上扯下三枚银纽扣装进猎枪中，朝巫婆一扣板机，她的巫术便不灵了，立刻怪叫着从树上摔了下来。猎人一脚踏着她，说："老巫婆，你不马上招出我兄弟在哪儿，我就举起你来扔你进火里！"巫婆怕极了，连声求饶，回答说："他已变成石头，和他的野兽一起躺在坑里。"随后，猎人逼她去到坑边，威胁她说："老妖怪，马上把我兄弟和躺在坑的所有生命救活，不然扔你进火里去！"巫婆只得拿起枝条，碰了碰那些石头。瞧！猎人的兄弟和他的野兽马上复活了；其他许多人，有商人，有手艺匠，有牧童，都站立起来，感谢猎人救了他们，然后都回家去了。双胞胎兄弟久别重逢，拥抱亲吻，打心眼儿里欢喜。随后他俩抓住巫婆，把她捆绑起来丢进火里。她烧死了，森林突然自行向两边分开，眼前豁然明亮，几小时路程以外的王宫已经清晰可见。

　　两兄弟一块儿往回走，路上互相讲述了自己的遭遇。一个说，他当了国王在全国的总督，另一个回答："这我已知道喽。因为我进城时被当成了你，享受了一切总督的荣誉。公主以为我是她丈夫，硬让我与她同席进餐，并且睡在你的床上。"一听到这里，他兄弟忌妒得火冒三丈，拔出剑来砍掉了他的脑袋。可等他死在了地上，他兄弟见他鲜血流淌，才痛悔不已："我兄弟救了我的命，"他大声哭喊，"我倒反而杀了他！"这时他的小兔跑上来，自告奋

236

勇要去取活命草，并很快跑去取来，及时地救活了死者，让他一点伤痕没落下。

随后哥俩继续往前走，当了总督的一个对另一个说："你跟我一模一样，也和我似的穿着总督的衣服，背后也跟着同样的野兽，让咱俩从两道相对的城门进城，从不同的方向同时走到老国王跟前吧。"于是哥儿俩分了手。一会儿，一道城门的卫兵和另一道城门的卫兵同时来到老国王跟前，报告说总督带领着野兽打猎回来了。老国王讲："不可能，两道门之间有一小时路程哩！"可说话间，两兄弟已从不同方向走进宫院，上殿来了。老国王一见问女儿："快讲，哪个是你丈夫？瞧他俩一个模样，我真弄糊涂喽！"公主也吓得说不出话来，好久好久终于想起她送给野兽们的项链，一找便在一边的那个狮子颈上找到了她的小金锁。她于是高兴得叫起来："这头狮子紧跟着的那个，他是我真的丈夫！"年轻的总督哈哈大笑，说："不错，我是你的真正丈夫。"随后他们一起坐上宴席，吃啊，喝啊，非常快活。晚上，年轻的总督上床就寝，他妻子问："不知前几夜你干吗总在床中间放一把双刃剑？我还以为你要杀死我哩！"这样，他便看出，他兄弟多么忠实。

61. 小 农 民

从前有座村子，村里住的净是些富农，只有一个农民很贫困，因此人家叫他小农民。这个小农民连一头奶牛都没有，也没有钱去买一头。他和他妻子却想有一头奶牛想得要命。一天，小农民对妻子说："听着，我想到个好办法：咱们的教父是位木匠，何不请他用木头给咱们做一条小牛，漆成棕色，叫它看上去和其它牛一个样，慢慢地它就会长大起来，变成一条母牛。"妻子也觉得不错，木匠教父于是砍啊刨啊，把小牛做成了，漆上漆，按照真牛

237

的样子，而牛脑袋被做得向下垂着，就像在吃草一样。

　　第二天早上牛群被赶出去放牧时，小农民把牧童叫到自己家里，对他说："瞧，咱有了只牛犊，只是它还小，得请你抱着。"牧童回答："行啊！"说着抱起小木牛，到了牧场上，把它放到草地里。小木牛一直那么站着，像在吃草的样子，牧童于是说："它很快会自己跑了的，瞧它吃得多带劲儿！"傍晚该赶起畜群归圈了，他对小木牛说："你既然能站在那儿吃饱肚子，那就可以用自己的四条腿走回去，我不愿再抱你啦！"小农民呢，这时已站在家门外，等他的小牛回来。当他看见牧童赶着牛群穿过村子，单单少了他那只小牛，就问怎么回事。牧童回答："那小家伙还站在村外的牧场上一个劲吃草哩。它不肯停下来跟着回村。"小农民却说："哎，什么，我得去把它弄回来。"于是他俩一同回到牧场上，谁知有人偷走了小木牛，它已不知去向。牧童说："准是自己跑丢了。""我才不信哩！"小农民却讲，一边就把牧童拉到村长面前评理。村长断定牧童疏忽大意，判他用一头母牛赔偿小农民丢失的小牛犊。

　　这下小农民和他老婆终于有了盼望已久的母牛，可是却没有一点草料喂它，不得不很快把它宰了。他们把牛的肉用盐腌了起来，皮却由小农民拿到城里去出卖，想用卖的钱再买头小牛犊。半道上，他走近一间磨坊，看见那儿蹲着一只折断了翅膀的乌鸦，出于怜悯就把它抱起来，包在牛皮里。可突然天变坏了，风雨大作，他没法再赶路，只好进磨坊借宿。磨坊主太太一个人在家里，对小农民说："你就睡在这干草上吧，"说完还给他一块夹着干酪的面包。小农民吃过面包躺下睡了，牛皮就摆在身边。磨坊主太太心里好笑：这家伙疲倦了，睡着啦。一会儿，牧师走来，她殷勤地接着他，说："我丈夫不在，咱俩正好喝几杯哩。"小农民竖起耳朵，听见他们要喝酒，心里挺生气，气自己只能凑合吃干酪夹面包。这当儿，磨坊主太太已端上来各式各样的饮食，烧肉啊，

238

凉拌菜啊，糕饼啊，葡萄酒啊。

　　她和牧师坐下来正打算吃，外边突然敲起门来。磨坊主太太说："唉，上帝，我男人回来啦！"她赶紧把烧肉藏进壁炉，把酒藏在枕头底下，把凉拌菜藏在床上，把糕饼藏到床下头，把牧师藏进门厅中的一只柜子里。随后，她给丈夫开了门，说："感谢上帝，你回来了！外面天色这么糟，就像到了世界末日！"磨坊主看见小农民睡在干草上，问："这家伙来干什么？""嗨，"她妻子回答，"这穷鬼碰上了暴风雨，进屋来请求借宿，我给了他一个干酪面包，让他睡在草堆上。""对这我没啥好讲的，"丈夫说，"可是快给我弄点吃的来吧。"妻子回答："除去干酪面包我可什么也没有。""我觉得有什么都不错，"丈夫说，"干酪面包也成啊，"说时瞅着小农民，喊道："喂，再来一块儿吃点吧！"小农民呢一点不客气，爬起来便跟着吃。一会儿磨坊主看地上包在牛皮里的乌鸦，问："你那是啥东西？"小农民回答："那里面是只会算命的鸟儿。""它也能替我算一算吗？"磨坊主问。"为什么不可以？"小农民回答，"只不过它只能讲四件事，第五件知道却不肯告诉人啦。"磨坊主挺好奇，说："那就让它讲一讲吧！"这时，小农民按了按乌鸦脑袋，只听它"呱呱呱，克尔克尔"地叫起来。磨坊主问："它讲什么来着？"小农民回答："第一，它讲枕头底下藏着酒。""鬼才这么干！"磨坊主叫起来，走过去却找到了葡萄酒。小农民让乌鸦又叫几声，然后说："第二，它讲壁炉里有烧肉。""是鬼弄来的吧！"磨坊主叫道，走过去却找到了烧肉。小农民再让乌鸦作预言，然后说："第三，它讲床上放着凉拌菜。""什么鬼名堂！"磨坊主大叫，走过去却找到了凉拌菜。小农民最后一次按得乌鸦"克尔克尔"叫，然后说："第四，它讲床下还摆有糕饼。""活见鬼！"磨坊主吼了一声，走过去又找出糕饼来。

　　接着，他俩一起坐下又吃又喝，磨坊主太太却吓得要死，躺到床上，把所有的钥匙全藏在身边。磨坊主本来很希望知道第五件事，小农民告诉他："咱们先安安心心把这四样东西吃掉吧，要知道，第五件不怎么好哩。"于是，他们先吃完了，然后才讨价还价，直至取得一致意见：为了那第五个预言，磨坊主得给小农民三百银元。接着，小农民又把乌鸦按得呱呱直叫，磨坊主问："它讲什么来着？""它讲啊，"小农民回答，"在外边门厅的柜子里，蹲着一个魔鬼。"磨坊主说："一定得把他撵出去！"说着打开房门，逼着妻子交出钥匙，开了柜子。牧师别无它法，只好逃跑。磨坊主说："我亲眼瞅见那黑家伙啦，你算得真不错。"可小农民呢，第二天天蒙蒙亮就带着三百银元，一溜烟儿跑了。

回到家，小农民慢慢变得阔绰起来，建了一幢漂亮房子，同村的其他农民都说："这家伙准是去了下金雪的地方，挑回来了两桶金子喽！"这样，小农民被村长叫去了，要他坦白怎么一下子就发财的。他回答："我拿牛皮在城里卖了三百银元呗。"富农们一听都想讨这个便宜，纷纷跑回家宰掉自己的牛，剥下皮准备进城卖高价去。村长讲："要去咱家的女仆得走前头！"女仆跑到城里，商人给她一张皮最多三个银币，对其他人他连三银币都不肯出，还说什么："这么多皮叫我拿来干什么？"

富农们气坏了，认为上了小农民的当，决心报复，一起到村长面前控告他骗他们。无辜的小农民被众人判了死刑，准备装进一只钻了洞的木桶扔进水中。小农民被押到河边，一个教士来听他临死前作忏悔。这时其他人必须离开；小农民一看教士，认出正是在磨坊主太太那儿碰见的那位牧师。他对牧师说："我当初救你出了柜子，现在从桶里放我出去吧！"这当儿，正好有一个牧羊人赶着羊群走过。小农民知道他早就想当村长，便拼命喊："不，我不愿意！"牧羊人听见了过来问："你想干什么？什么事你不愿意？"小农民回答："他们想叫我当村长，只要我坐进桶里就成了，可我不愿意。"牧羊人说："要是就这个条件，为了当村长，我乐意马上钻进桶里！""只要你肯钻进去，你就是村长啦，"小农民回答。牧羊人心满意足地坐进了桶里，小农民立刻盖上桶盖，然后接管了牧羊人的羊群，赶着走了。牧师呢却去向村民们报告，临终弥撒已经做完。村民就跑回来，把木桶滚向河里。当桶一滚动，牧羊人就喊："我要当村长喽！"村民们完全以为是小农民在里边喊，说："我们也是这么想的，只不过你先得去下边看看情况，"说着已把桶滚进河里。

办完事儿，富农们回家去。哪知道一进村，小农民也回来了，而且悠悠闲闲地赶着一群羊，心满意足的样子。富农们大吃一惊，问："小农民，你从哪儿来？从河里上来吗？""自然喽，"他回答，"我沉下去后，蹬掉了桶底，爬了出来。河底下是一片片美丽的草地，只见草地上有许多羊羔在吃草，我就赶了一群回来啦。""那儿还有羊吗？"富农们问。"噢，有！"小农民回答，"我要都要不完哩！"于是，富农们商量好也要去赶羊，一人赶一群；村长却说："我第一个去！"他们随即一同来到河边，正巧当时蓝天上飘着朵朵常被人称作羊羔的白云，在河中映出了美丽的倒影，富农们一见发出欢呼："看见啦，看见啦，河底的羊群！"村长急忙挤到前面，说："我首先下去看看情况；如果好，就叫你们。"说着，他便往下跳，只听水里发出来卜隆卜隆的响声。富农一听，认定是他在叫他们："来喽来喽！"争先恐后也一起跳进河里。这样，村里人便死绝了；作为唯一的继承人，小农民成了富翁。

62. 蜜 蜂 王 后

有一次两位王子出外冒险，过起放荡堕落的生活来，根本不想再回家了。名叫"小傻瓜"的最年幼的王子离开家，去寻找自己的两个哥哥，哪知找到后他们却奚落他说：他头脑这么简单，还想出来闯世界！他俩不是精明得多吗，可都不行哩！于是三兄弟一道往前走，来到一个蚁穴边。两位哥哥想掘开蚁穴，看一看小小的蚂蚁怎么惊慌失措，扛着它们的卵四处乱爬；小傻瓜却说："让这些小虫儿安安宁宁的吧，我不高兴你们捣它们的乱！"随后哥儿三个走到一片池塘前，池中游着许多鸭子。两位哥哥想抓几只烤着吃，小傻瓜却不同意，说："让这些动物安安宁宁的吧，我不高兴你们杀死它们！"哥儿仨终于走到一只蜂巢旁，巢中满是蜂蜜，正顺着树干往下淌呐。两位哥哥打算在树下生火熏死蜂儿，好取走蜜。小傻瓜呢又拦住他们，说："让蜂儿们安安宁宁的吧，我不高兴你们把它们烧死！"最后，哥儿仨到了一座王宫中，宫里的厩舍内尽站着些石马，也不见一个人影儿。他们穿过一间间厅堂，直到顶里边的一扇门前，只见门上锁着三把锁；门的中央有一道小小的格子窗，透过它可以看到屋里。他们凑拢一瞅：屋里的一张桌子前，坐着头发灰白的小人儿。他们呼唤他，一次没听见，两次还没听见。他们唤第三次，他终于站起身，打开锁，走了出来，可是一言不发，却把他们领到一桌丰盛的酒席前。哥儿仨吃饱了，喝足了，他又领他们每人走进一间卧室。第二天早上，头发灰白的小人儿来到大王子那里，示意他跟着走，把他带向一块石碑，碑上写着解救这座宫殿必须做的三件事。第一件：森林里的苔藓底下埋着公主的珍珠，数量有一千颗，必须全部挖出来，日出前只要还少一颗，去挖的人就会变成石头。大王子进森林去挖了一整天，可一天完了才挖出一百颗，他果然像石碑上说的变成石头了。第二天，二哥冒险去了，可结果不比老大好多少，他挖出不到两百颗，也变成了石头。最后轮到了小傻瓜，他在苔藓里找啊，找啊，可要找到珍珠非常困难，非常地慢。

没办法，他坐在一块石头上，哭了起来。

正哭着，他救过命的蚂蚁王来了，身后带着五千蚂蚁。不一会儿，这些小昆虫就找到所有珍珠，扛来堆在了一堆。可第二件事，是从湖底里把公主卧室的钥匙捞上来。小傻瓜一走到湖边，他搭救过的鸭子便游过来，潜下水去，从深深的湖底捞出了钥匙。第三件事才最困难喽，要从三位睡着了的公主中认出最小最可爱的一位。她们姊妹三个真是像极了，完全没有一点差别，只是在睡着以前吃的甜食不一样，老大吃了一块糖，老二喝了一点糖浆，老三吃了满满一勺蜂蜜。这时候，受小王子保护才没被杀死的蜜蜂王后突然飞来，把三位公主的嘴唇检查了一番，最后停在吃过蜂蜜的嘴上，小王子一认就认准了。这一来，魔法破除了，人和动物全从酣睡中救活过来，石头人都恢复了真人模样。小傻瓜王子和最小最可爱的公主结了婚，公主的父亲死后他接着当了国王。他的两个哥哥呢，也娶了另外两姊妹。

63. 三片羽毛

从前，一位国王有三个儿子；大的两个儿子聪明又伶俐，小的一个却寡言少语，头脑简单，被人叫做"小呆子"。国王渐渐年老体衰，开始考虑后事，不知道自己死后让哪个儿子继承王位才好。于是，他对他们说："你们都给我出发，谁能找回来最精美的地毯，我就让谁在我死后当国王。"为避免争论，他把他们领到宫外，吹三片羽毛到空中，说："它们朝哪儿飞，你们就到哪儿去！"一片羽毛飞向东方，另一片飞向西方，第三片却一直朝前飞，飞不多远就掉在了地上。这时大儿子向右走，二儿子向左走；他俩都笑跟着第三片羽毛的小呆子，因为羽毛落在地上了，他只得原地停下来。

小呆子坐到地上，非常悲哀。哪知他突然发现羽毛旁边有一道上下开的门。他把门推上去，发现一道楼梯，便走下去。到了另一扇门前，他敲了敲，就听见里面叫：

> "青衣小女孩,
>
> 瘦腿儿小女孩,
>
> 还有她的狗崽,
>
> 蹦来又蹦去,
>
> 快看,门外有谁来。"

门蓦地开了,他看见一只又大又肥的虾蟆坐在里边,四周围着许许多多小虾蟆。肥胖的虾蟆问想要什么。他回答:"我想要一块精美地毯。"大虾蟆叫出一只小虾蟆,说:

> "青衣小女孩,
>
> 瘦腿儿小女孩,
>
> 还有她的狗崽,
>
> 蹦来又蹦去,
>
> 快,给我拿那大匣子来。"

小虾蟆搬来匣子,大虾蟆开开它,取出一块地毯送给小呆子——这地毯又漂亮,又精致,世界上真是没谁织得出来。他道谢了大虾蟆,然后回到地面上。

他的两个哥哥呢,硬以为自己的弟弟蠢得要命,相信他什么也找不到,也弄不回去。"干嘛费这么大劲儿去找!"他们说,于是碰见一个牧羊人的老婆,就解下人家裹在身上的粗呢毡,拿回去给国王。与此同时,小呆子也回宫来,把精美的地毯交上去了,国王一看大为惊讶,说:"按照道理,王国该属于小王子啦!"可另外两个儿子不与他罢休,说小呆子什么事都胡里胡涂,当国王简直不可能,他们恳求父亲定一个新的条件。父亲于是又说:"谁能给我找来最漂亮的戒指。谁就继承王位吧,"说完又领三兄弟到宫前,吹三片羽毛到空中,让他们跟着羽毛走。两个大儿子又各奔东西，老三的羽毛一直朝前飞，在地窖门旁边落了下来。他又走到胖大虾蟆那儿，对它说，他需要一枚漂亮的戒指。胖虾蟆立刻叫搬来匣子，取出一枚戒指送给他。这戒指闪着宝石的光彩，漂亮得人世间没哪个金匠打得出来。两个哥哥呢，笑小呆子也想找金戒指，自己却一点儿不肯卖力气，随便从个旧轮箍上敲去钉子，就拿回去给国王。可是，一当小呆子亮出他的金戒指，父亲马上又说："王国属于他！"两个大儿子仍不甘休，把老国王缠来缠去，直到他提出第三个条件，说谁能带回来最俊俏的妻子，谁就执掌国家大权。他再吹三片羽毛到空中，三兄弟像前两次一样跟着去了。

小呆子径直来到胖虾蟆跟前，说："我得带回去最俊俏的妻子。""哎唷，"胖虾蟆回答，"最俊俏的妻子！这可不是说要就要得到的。不过，我还是让你得到她。"说罢，胖虾蟆给小呆子一根掏空了的胡萝卜，胡萝卜前面套着六只小耗子。他一见悲哀地说："我拿它有什么用呵？"胖虾蟆回答："只管放一只我的小虾蟆进去好啦！"他随手从她身旁抓起一只，放进那小耗子拉的黄色小马车里，谁知小虾蟆一坐在里面，立刻变成一位漂亮得像仙女的小姐，胡萝卜也成了大马车，小耗子成了真马。他吻了吻小姐，驾着马车驰回父亲宫里。他的两个哥哥也回来了，只是压根儿没花力气寻找漂亮的女子，而是随便带了两个农妇回来。国王一看，说："我死后，王国归小王子所有！"两个大儿子重新大吵大闹，几乎吵聋国王的耳朵，说："小呆子当国王我们绝不干！"要求谁的妻子能一跳钻过那只挂在大厅中央的铁环，就由谁当国王。他俩以为：农妇身强力壮，肯定能行；那娇小姐呢一跳准摔死。老国王仍旧同意了。接着，两个农妇跳是跳过去了，可却扑通一声摔在地上，摔折了她们粗笨的胳膊腿儿。跟在她们后边，小呆子带回来的俊俏小姐也跳了过去，轻快得像只梅花鹿。这下再也没啥可反对的啦。小呆子因而戴上了王冠，长时间贤明地统治着王国。

64. 金 鹅

一个男人养了三个儿子。最小的儿子叫做小傻瓜，常被人轻视和嘲笑，遇事总吃亏受气。一次，大哥要去树林中砍柴，临行前母亲给他一块美味的蛋糕和一瓶葡萄酒，生怕他饿着了，渴着了。到了树林中，他遇见一个老得头发白了的小矮人儿，小矮人儿向他道过一声好，说："给我一块你袋里的蛋糕吧，让我喝一口你的酒吧，我非常饿，非常渴哟！"聪明的老大却回答："给了你我的蛋糕，我的酒，那我自己啥也没得了。还是给我滚吧！"他说完便不管小矮人儿自己走了。随后，他开始砍树，可没砍一会儿就出了问题，斧子砍伤了自己胳膊，只得回家去包扎。

可这是白头发小矮人儿作的祟。

接着，二哥也去树林砍柴，母亲像给老大一样给了他蛋糕和酒。他又同样碰见白发小矮人儿，求他给他一块蛋糕吃，一口酒喝。可老二呢，话说得同样理智："给了你我自己就没啦，去去去！"他不理小矮人儿，自己走了。但惩罚马上就到——他没砍几下，便砍伤了腿，只得被抬回去。

这时，小傻瓜说："爸爸，让我去砍一次柴吧！""不，"父亲回答，"你的哥哥都砍出了事，别去啦，你一点不会。"小傻瓜却求啊求啊，父亲终于说："那就去吧，只为你吃一堑，长一智！"母亲呢，仅仅给他一只用水合面在余烬中烤的饼子，一瓶发酸的啤酒。他来到林中，同样碰见那老得白了头的小矮人儿向他问好，求他说："给我一块你的饼子，一口你的酒吧，我真饿极了，渴极了！"小傻瓜回答："可我只有炭灰里烤的饼子和酸酒啊。你要不嫌弃，咱们就一块儿坐下吃吧。"他俩于是坐在地上，但是小傻瓜掏出他那灰仆仆的饼子来，它突然变成精美的蛋糕，还有酸啤酒也变成上好的葡萄酒啦！他俩又吃，又喝，吃喝完了，小矮人儿说："你心眼好，乐于把自己的东西分给别人，所以我愿使你获得幸福。那边立着棵老树，去砍掉它，在树根中你会发现什么的。"说完，小矮人儿告别走了。

小傻瓜走过去砍那老树，树干一倒下，他便看见树根中间蹲着一只鹅，羽毛是纯金的。他把金鹅抱出来，带着它走进一家旅店，打算在店里过夜。店主有三个女儿，看见金鹅都很好奇，想知道是只什么神鸟，更巴不得得到它的一片金羽毛。大姐想：准有机会让我拔它一片羽毛的。因此一等小傻瓜离开房间，她一把抓住金鹅的翅膀，谁料指头和手掌都粘牢在上面了。一会儿，二姐溜进来，还是想拔一片金羽毛，可是她刚挨着自己姐姐，便粘到了一起。终于，三妹也来干同样勾当，两个姐姐赶紧喊："快离远些，看在老天份上！"小妹妹不明白为什么要她别过去，心里嘀咕："她们能拔，我也能拔，"随即冲过去，谁知一碰她们，也粘上了动不得。这样，三姊妹不得不呆在金鹅身边熬一夜。

第二天早晨，小傻瓜抱起金鹅就走，也不管鹅身子上粘成一串的店主小姐。她们只得跟在他屁股后面跑，左右左右，一二一二，他爱怎样跑都得和他步调一致。到了郊外，碰见一个牧师。他看着这支奇怪的队伍，说："真不害臊，你们这些傻丫头！跟在个小伙子后面到处跑什么？像话吗！"说着，牧师伸手抓第三个姑娘，想拽走她。哪知刚一挨着姑娘，他同样被粘住了，自己也不得不紧跟在后面跑起来。没过一会儿，走来个教堂执事。他看见牧师先生跟在三个姑娘屁股后面追，惊讶极了，喊："嗨，牧师先生，这么着急去哪儿呀？别忘了，咱们今天还得给一个婴儿行洗礼！"边喊边跑上去抓牧师的衣袖，结果也粘住脱不了手。一行五人正这么一个跟着一个往前跑，地头上走来两个扛着镢头的农民。牧师喊住他们，求他们把他和教堂执事解脱出去。可他们一碰教堂执事，自己也粘上去了，于是跟在抱着金鹅的小傻瓜背后跑的已是七个人。

随后，他走进一座大城市。统治这座城市的国王有一个女儿。这姑娘非常严肃，谁也别想使她笑一笑。国王因此立了一条法律：谁能逗笑她，谁就娶她做妻子。小傻瓜听见了，就牵着鹅带上它的一大串随从来到公主面前；公主一见这七个老是紧紧相随难分难解的人，立刻哈哈大笑，笑个没完。这样，小傻瓜便要求娶公主做妻子。可是国王却不中意这个女婿，因此提出种种的条件，说他得先找来一个能喝完满满一窖葡萄酒的人才成。小傻瓜想到白发小矮人儿，以为他也许能帮助他，便走进森林。在他砍倒老树的地方，坐着一个男人，一副愁眉苦脸的样子。小傻瓜上前问他有什么心事。他回答："我渴得要命，却没法子解渴。凉水我受不了，喝干了一桶酒，却像一滴水掉在烧红的石头上，不顶事儿！""这我能帮你解决，"小傻瓜说，"跟我去吧，我让你喝个够！"他随即领这人到国王的酒窖里，这老兄便趴在大酒桶边喝啊，喝啊，喝得腰身发痛，还不到一天，就把整酒窖给喝干了。小傻瓜又要求得到他妻子，国王非常恼火：一个人人唤做小傻瓜的蠢小子竟想娶走他的千金！他于是又提出新条件，要小傻瓜先找来一个人把山一样多的面包吃掉。小傻瓜没多考虑，而是马上走进树林子，在老地方看见坐着一个汉子。这老兄把裤带束得紧紧的，哭丧着脸说："我吃了整整一炉脆皮面包，可是不顶事儿，我饿得太厉害啦！我的肚皮仍旧空空的，要想不饿死，只好勒紧裤带喽。"小傻瓜听了很高兴，说："站起来，跟我走，我叫你吃个饱！"他把这人领进国王的宫院里。国王下令运来全国的面粉，把面粉烤成一座大得不得了的面包山。那老兄站到山前便吃起来，不到一天，整座山已经不见啦！小傻瓜第三次要求得到未婚妻，国王却让他先弄来一艘既能在水里又能陆上行驶的船，说："一当你驾着这样的船归来，我立即把公主给你做妻子。"小傻瓜径直走进树林中，那个他给过烤饼的白发小矮人儿已坐在老地方，说："我替你喝了，

248

吃了，现在还要给你那艘船。我干这一切，因为你曾经对我心肠很好。"说完，白发小老头儿就把一艘水上陆上都能走的船，给了小傻瓜。国王见到这条船，没法再扣住自己女儿不给他，于是举行了婚礼。国王死后，小傻瓜继承王位，和他妻子长久地过着快乐的生活。

65. 杂毛丫头

从前，一位国王有一个金发妻子。她非常非常漂亮，人世间再也找不出任何人能和她相比。可是，她病倒了。当她自己感觉快要死去，便叫来国王，说："我死后，如果你想再结婚，那绝不能娶不跟我同样漂亮的，并且跟我似的长着这样一头金发的女人。你必须答应我！"国王答应了，妻子才阖上双眼，死去了。

国王久久地悲痛不已，根本没想娶第二个妻子。终于，大臣们说话了："这样不行呵，国王必须再结婚，让我们有一个王后！"于是派出钦差，到全国各地搜寻一位完全可以与死去的王后比美的未婚妻。可这样一个美女全世界都找不到，就算找到一个了，她又没长同样的金头发。钦差们结果都空忙一阵，又回来了。

国王有一个女儿，漂亮得跟她已故的母亲一个样，而且也是满头同样的金发。她慢慢长大起来。一天，国王瞅着她，发现她长得完全像自己已死去的妻子，突然感到深深地爱上了她。于是，国王告诉大臣们："我想娶我女儿，因为她跟我死去了的妻子一模一样；要不我就别想找到和她相像的未婚妻啦！"大臣们一听都吓坏了，说："上帝禁止父亲娶女儿做妻子呵。这样造孽绝不会有什么好结果，整个王国会跟着遭殃的！"公主听见父亲的决定更吓得要命，可她希望还能使他改变主意，于是对他说："在满足您愿望之前，我先必须有三件衣服，一件像太阳，金灿灿的；一件像月亮，银晃晃的；一件像星星，光闪闪的。除此而外，我还要一件用一千种皮毛镶拼成的斗篷，您王国中的每一种动物都得有一块皮子拼在斗篷里。"公主想："这些是完全办不到的，因此我就能叫父亲放弃他的坏念头了。"可国王不肯罢休，下令全国最能干的女孩子一起去织那三件衣服，一件要金灿灿像太阳，一件要银晃晃像月亮，一件要光闪闪像星星。还有他的猎手们，也奉国王之命在全国捕猎各种动物，剥下它们一块皮来，拿去缝那件千种皮毛的斗篷。终于，斗篷缝成了，国王就让送去，把它摊开在公主面前，说："婚礼定在明天！"

这时，公主看出已没希望让父亲回心转意，便决定逃走。到了夜里，等所有人都已入睡，她才下床来，从自己的珍宝里取了三件：一枚金戒指，一个金纺轮，一架小小的金卷线车。那三件像太阳、月亮和星星一般华丽的衣服，她把它们放进一只胡桃壳，却披上用千种皮毛缝的斗篷，用煤烟抹黑了双手和脸。然后她祷告一下上帝，就出走了。走了一整夜，她终于进了一片大森林，因为很疲倦，便蹲进一根空树干里，睡着了。

太阳出来了，她仍然睡着，大晌午了，她还在一个劲儿地睡。这当儿，碰巧拥有这片森林的另外一位国王来林中打猎，他的狗跑到树前嗅了嗅，就围着蹦蹦跳跳叫起来。国王命令猎手们："看看里边躲着什么野物吧！"猎手们奉命去了，一会儿回来报告说："空树干里躺着头怪兽，我们从来还没见过哩！它的皮毛有一千种花纹，只不过还睡着没醒来。"国王说："你们看能不能活捉它，捉住后绑在车上，带回宫去吧。"猎手们抓住姑娘，她马上醒来，吓得要命，哀求他们："我是个可怜的女孩，被父母亲遗弃了，可怜可怜我，带我走啊！""杂毛丫头，"猎手们回答，"你这模样下厨房倒不错。走吧，你可以在那儿扫煤灰。"于是，他们把她带上车，送到了宫里。在那儿，他们指着一间楼梯下不见天日的小畜圈，对她说："小畜牲，你就住这里边，睡这里边！"随后，她被领进厨

250

房，在那儿搬柴提水，生火扫灰，拔毛摘菜，干种种粗活脏活儿。

　　杂毛丫头就这样可怜巴巴地生活了好长时间。唉，你美丽的公主呵，你未来还会碰上怎样的厄运呢?! 可没想到，一天宫里开舞会，她问厨师："允许我到上边去瞅瞅吗?我只想站在大厅门外。""好，去吧，"厨师回答，"只是半小时后必须回来清扫煤灰。"于是，她端上自己的小油灯，回到她小畜圈中，脱去皮毛斗篷，洗干净手和脸，这样又露出了昔日的全部美貌。然后她揭开胡桃壳，取出那件像太阳一样金灿灿的衣服来穿上，再去上边大厅。人们一见她纷纷退开，没有谁认识她，都以为她一定是位美丽的公主。国王自个儿却迎上来，伸手给她请她跳舞，心里想：这么漂亮的女孩我这双眼睛还没见过哩。舞跳完了，她鞠了一躬，等国王再四处找她，她已没了踪影，谁也不知道那美人儿去哪里了。站在宫前的卫兵被传来询问，可一个也没看见她。

　　她呢，早已跑回自己的小畜圈中，飞快脱去漂亮衣服，涂黑手和脸，裹上千种皮毛拼的斗篷，又成了杂毛丫头。当她走进厨房，正准备干她扫煤灰的活儿，厨子却说："等明儿个再扫好啦。现在替我给国王煮一碗汤。我呢，也想到上边去开开眼。不过别给我掉一根毛到汤里，否则将来你什么吃的也别想再得到！"厨师说完走了，杂毛丫头动手煮汤。她使出全部能耐，为国王烧了一份撒有面包丁儿的汤。烧好了，她回自己的畜圈取来那枚金戒指，把它放进盛汤的碗里面。舞会结束后，国王让送汤去，喝着汤，觉得味道非常非常美，简直从来没喝过更好喝的汤。可是，喝到了碗底，国王突然发现一枚金戒指，不明白戒指怎么会到汤里。他于是命令带厨子来。厨子一听吓坏了，对杂毛丫头说："准是你掉了一根毛在汤里。真这样，看我不揍你！"他被带到了国王跟前，国王问，谁烧的汤？厨子回答："我烧的呗。"国王却说："撒谎！今晚的汤不一样，比往常的可口得多。"厨子回答："我只好实说了，汤不是我烧的，而是那个杂毛小畜牲。""去叫她来，"国王命令。

杂毛丫头来了，国王问她："你是谁?"——"我是一个苦孩子，父亲母亲全没有啦。"国王继续问："你来宫里干什么?""我什么都干不了，"她回答，"只配人家扔靴子砸我脑袋。"国王追问道："你从哪儿弄来汤里的那枚戒指?""我压根儿不知道什么戒指呀，"她回答。国王因为问不出任何结果，只得让她回去了。

过了一段时间，宫里又举行舞会，杂毛丫头像上次一样请求厨师允许她去看看，厨师回答："好的，可是半小时后得回来，为国王烧他爱吃的面包丁汤！"她跑回自己的小畜圈，飞快洗干净手和脸，从胡桃壳中取出那件像月亮一般明晃晃的衣服，穿到身上。然后她走进上边的大厅，俨然像位公主。国王迎过来，很高兴又见到她，舞会正好开始，他俩便一起跳起来。一支舞跳完，她却又一溜烟儿跑了，国王没来得及发现她去了哪儿。她冲进自己的小畜圈，重新打扮成杂毛丫头，回厨房烧汤去了。等厨子到上边看热闹，她便取来小小的金纺轮，丢进汤碗中。随后，汤送到国王面前，他一喝，觉得跟上次一样鲜美，便传厨子来问。厨子这次也只得承认，汤是杂毛丫头烧的。杂毛丫头又到了国王跟前，可她的回答还是：她只配人家拿靴子扔她脑袋，对汤里的金纺轮却一无所知。

国王第三次举行舞会，经过情形跟前两次没什么两样。厨子尽管骂："你是个巫婆，你这杂毛畜牲！你总是放点什么进汤里，用它提味，让国王比喝我烧的更喜欢！"可她一再恳求，他还是允许她上去一会儿。她于是穿上像星星一般光闪闪的衣服，跨进大厅里。国王又和美丽的少女翩翩起舞，觉得她比啥时候都更漂亮。跳着跳着，他偷偷戴了一枚戒指在她手指上，她没发觉。而且，国王还命令，把那个舞曲拖得尽量长。终于跳完了，他想紧紧拉住她的手，可她却挣脱了，飞快冲进人群，消失在他的眼前。她拼命快跑，跑进她楼梯下的小畜圈中。可是，她已耽搁太久，超

252

过半小时了，就来不及脱去那华丽的衣裙，而只是披上了皮毛斗篷；还有在匆忙之中，也没能把自己完全抹黑，有根指头儿还白生生的。这时候，杂毛丫头回到了厨房，为国王烧面包丁汤，一等厨子走开，她就取来小小的金绕线车放进汤中。国王发现了碗底上的金绕线车，让人叫去杂毛丫头。他突然瞅见她那根白生生的手指，一看正好有他在跳舞时给她戴的戒指。他一把抓住她的手不放，她呢，想挣脱逃走，挣着挣着皮毛斗篷敞开了一点，里边的衣服便星辉一般闪现出来。国王拽住斗篷，扯掉了它。看呐，她露出满头的金发，站在那儿无比美丽，想再藏已经不行啦！等她洗去了脸上的煤烟和灰，越发美丽动人，美丽得啊世界上从没人见过哟。只听国王说："你是我亲爱的未婚妻，我们永远不分离！"接着举行了婚礼。两人幸福生活直到百年。

66. 兔子新娘

从前有个妇人带着一个女儿，住在一个种着白菜的美丽园子里。一只小兔常跑进园子里来，在冬天吃光所有的白菜。妇人于是对女儿讲："去园子里，把那小兔崽子赶走！"姑娘便冲着兔子说："去！去！你这小兔，还想吃光所有白菜！""来，小姑娘，"兔子却回答，"请坐在我的短尾巴上，我带你去我的兔房子！"姑娘不乐意去。第二天，小兔又来吃白菜，妇人对女儿说："去园子里赶走那兔崽子！"姑娘再冲小兔叫："去！去！你这小兔，还想吃光所有白菜！""来，小姑娘，"兔子却回答，"坐在我的短尾巴上，我带你去我的兔房子！"姑娘还是不乐意去。第三天，小兔又来吃白菜，妇人对女儿说："去园子里赶走那兔崽子！"姑娘于是冲小兔叫："去！去！你这小兔，还想吃掉所有白菜！""来吧，小姑娘，"兔子却回答，"坐在我的短尾巴上，我带你去我的兔房子！"姑娘终于坐上短短的兔子尾巴，小兔一下把她远远地带到了野外的兔窝中，对她说："现在给我煮青菜和小米粥，我要请客来吃喜酒喽！"一会儿，宾客们果然来齐了。他们到底是谁呢？这个嘛，我可以把另一个人对我讲的，如实告诉你：他们全是些兔子，除此还有只乌鸦，它是为新郎新娘行婚礼的牧师；还有只狐狸，充着教堂执事。而祭坛就在露天底下。

姑娘却很悲伤，因为一个人孤零零的。这时兔子走来说："开门，开门，宾客们玩儿得可开心哩！"作新娘的那位却不讲话，只是哭。兔子走了，一会儿又回来说："开门，开门，宾客们都饿啦！"新娘仍旧一言不发，只是哭。兔子走了，一会儿再回来说："开门，开门，宾客们等着呢！"新娘不吭声。兔子走了；她呢，用麦草做个假人儿，穿上她自己的衣服，塞把勺子在假人手里，把它立在煮小米粥的锅旁边，自己却跑回母亲家里去了。小兔子再一次来叫："开门，开门！"它把门推开，抓起什么朝假人的头上扔去，它的帽子便掉了。小兔一看，不是它的新娘，伤心地走啦。

67. 十二个猎手

从前，一位王子有个未婚妻，并且非常非常爱她。这一天，他正十分幸福地坐在她身旁，突然传来消息：他的父亲躺在床上已经奄奄一息，想要在临终前再见他一面。于是王子对他的爱人说："我不得不走了，不得不离开你，就给你一枚戒指作纪念吧。我当了国王，马上来接你回去。"说完，他骑上马奔驰而去，赶到父亲那儿，老人病得已快咽气。他对王子说："亲爱的儿子，我在临死前要求见你一面，是想你答应我，按照我的意愿娶一个妻子，"接着国王便说出一个公主的名字，要儿子和她结婚。王子原本非常难过，根本没考虑父亲说的什么，就回答："好的，爸爸，一定照你的意思办。"听了这话，国王眼一闭，死了。

于是，他儿子被宣布为国王，一等丧期过去，就不得不实践自己对父亲的许诺，派人去向那位公主求婚。公主呢，也答应了。可是他的第一个未婚妻听见消息，对王子的不忠气恼得差点儿死去。她的父亲见了对她讲："亲爱的女儿，干什么这样伤心？你希望什么，我让你得到就是。"她想了一会儿，回答说："爸爸，我希望有十一个女孩子，相貌、身材、高矮全跟我一样。"她父亲也是一位国王，因此说："只要可能，一定满足你的心愿，"说罢就下令在全国寻找，直到找出了十一个和他女儿长相、身材、高矮一模一样的少女来。

少女们来见公主，公主让缝了十二套完全一样的猎人服装，命令她们每人穿上一套，她自己则穿了剩下的第十二套。随后她告别父亲，带领十一个少女骑马去到她从前的未婚夫的王宫，想当初，他是多么爱她啊。到了宫里，她问国王需不需要猎手，能不能让她们一起替他当差。国王打量着她，却未认出是谁来。既然都是些漂亮小伙子，国王说，好的，他乐意雇用她们。这样，她们便成了国王的十二个猎手。

可是国王有一头狮子，这狮子却是只异兽，能知道一切隐秘的事情。一天傍晚，狮子就对国王说了："你以为，你有十二个猎手了吗？""是的，"国王回答，"是有十二个猎手。""你错了，"狮子接着说，"那是十二个女孩子！""绝不可能。你有什么证明？"国王回答。"噢，只要让人撒些豌豆在你前厅就行了，"狮子说，"你马上会看见的。男人脚步沉稳，从豌豆上走过，它们一粒也不会动；姑娘们脚步细碎，蹦蹦跳跳，或者拖拖沓沓，一走豌豆会全滚动起来。"国王觉得这主意不错，就让人撒了豌豆。

哪知国王有个侍从和猎手们挺要好，他听见要试验她们，立刻跑去对她们全说了："那狮子想让国王相信，你们是些女孩子哩。"公主感谢了侍从，然后告诉她那些少女："使出劲来，稳稳踏在豌豆上！"第二天，国王果然叫去猎手，让她们走进撒着豌豆的前厅。她们于是一步一步，踏得又重又稳，结果一粒豌豆也没滚动。猎手们又离开了，国王对狮子说："你欺骗了我，他们走得跟男子汉一样！"狮子回答："她们知道了你要试验她们，走得特别卖劲儿喽。只须再搬十二架纺车到前厅里，她们走来一见准喜欢。任何男子都不会这样。"国王喜欢这主意，又叫人放了十二架纺车在前厅里。

可是，对猎手们很忠实的侍从又去对她们揭露了阴谋。侍从走后，公主对她的十一个女孩子说："控制住自己，别转头瞅那些纺车！"第二天，国王派人叫猎手去，她们在穿过前厅时就对那些纺车完全没有看。国王于是又说狮子："你骗了我，那是些男人！他们对纺车瞅都不瞅。"狮子回答："她们知道了要被试验，所以控制住啦。"国王呢，却再不肯相信狮子。

十二个猎手老是陪国王去打猎。他与她们在一起越久，越是宠爱她们。一天正在打猎，突然有手下报告：国王的未婚妻来了。他原来的未婚妻一听难过得心快碎了，一下子晕倒在地上。国王以为自己心爱的猎手受了伤，跑过去扶她。他不注意拉掉了她的手套，一眼发现自己送给第一个未婚妻的那枚戒指，再看看她的脸便认出她了。国王非常感动，禁不住吻起她来，见她睁开了眼睛，就说："你是我的，我是你的，世界上任何人不能使我们改变！"说罢，他派了一个使者去另一个未婚妻那儿，请她回自己的国家去，因为他已经有了妻子。谁又找到了旧钥匙，就不再需要配新的喽。接着举行了婚礼。狮子呢，又重新受起宠来，它到底说的是真话嘛。

68. 骗子和他的师傅

　　扬打算叫自己儿子学一种手艺，就去教堂里祷告上帝，想上帝告诉他学哪种好。教堂的执事一见赶紧躲在祭坛后面，说："当骗子，当骗子！"扬于是回去告诉儿子，他该学当骗子，是上帝说的。扬带着儿子，去寻找一个懂得骗术的人。他们走了很久很久，来到一片大森林里。森林中有幢小房子，房子里住着个老太婆。扬问她："你知道一个会骗术的人吗？""这个你们就在这儿学得啦，"老太婆回答，"咱儿子是位骗术大师。"扬于是和她儿子谈，问他是否真会行骗？骗子师傅回答："我包教好您的儿子，一年后只管来看好啦。到那时，您要还能认出您的儿子，我就完全不收学费；可要是认不出，您就得给我两百银元。"父亲回家去了，儿子努力地学习巫术和骗术。

　　一年过去了，父亲忧心忡忡地上了路，不知道怎么才能认出自己的儿子来。他正这么一边走，一边想心事，却迎面过来一个小矮人儿，问他："喂，您怎么啦？瞧您这愁眉苦脸的样子！""呵，"扬回答，"一年前，我留我儿子在一位骗子师傅那儿学徒。师傅叫我一年后再去，如果我认不出自己的儿子了，就要我付给他两百银元；可我要认出了他，就什么也不用给。现在呢我很担心认他不出，要这样，我真不知去哪儿弄钱啊！"小矮人儿听了告诉他可带一块面包皮去，站在烟囱底下，在挂锅子的横木上放着只篮子，篮子里会有只鸟儿伸出脑袋往外瞅，它就是扬的儿子。

　　于是，扬走去丢一片黑面包皮在那篮子前。果然，小鸟探出头来仰望着他。"太好啦，我的儿子，你在这儿！"父亲说。儿子见着父亲也很高兴。可那位师傅却说："准是魔鬼告诉您的，不然您怎么认得您的儿子？""爸爸，咱们走吧，"小伙子说。

257

父子俩往家里走，半道上碰见一辆马车。儿子见了对父亲讲："我要变成一条猎犬，这样您可赚许多钱。"果然，马车里的老爷对扬喊："喂，你那只狗卖吗？""卖，"扬回答。——"要多少钱？"——"三十银元呗。"——"噢，朋友，这价钱可不低。不过也成啊，它确确实实是条很漂亮的猎犬，我要啦。"老爷把狗抱上了马车，可是车没驶多远一点儿，狗就跳出车窗逃跑了。回到了父亲身旁，他已不再是猎犬了。

他们一起回到了家。第二天，邻村赶集，小伙子对父亲说："我现在要变成一匹骏马，你把我卖掉吧。只是成交后得取下我的缰绳，要不我就变不成人啦。"父亲牵着马到了集上，偏巧是骗子师傅来花一百银元把马买下，父亲却忘记取下缰绳。这会儿，师傅牵马回到家，关进了厩中。马突然看见女仆走过晒台，就叫："把缰绳替我取掉！把缰绳替我取掉！"女仆停住脚，听了听说："嗯，你还会讲话？"说着走上去取掉了缰绳。马呢，一眨眼变成只麻雀，飞出门去。可骗子师傅也变成只麻雀，跟着追来，一追上就相互撕咬。哪知师傅打败了，落到河里，变成一条鱼。他的徒弟也变成一条鱼，师徒二人再你咬我，我咬你，还是师傅败了。不得已，他变成一条狗，徒弟却变成只狐狸，咬掉了他脑袋。骗子师傅死了，尸体今天还躺在那儿呐。

69. 约林德和约林格

从前，一片大森林的深处有座古老的宫殿，殿内住着孤零零的一个老太婆，她是一个大巫女。白天，她变成猫或者猫头鹰，到了晚上才完全恢复人形。她能诱捕野兽和鸟儿，然后杀死它们，把它们煮来烧来吃掉。谁只要走到离宫殿一百步处，谁就会定身在那里，再也动不了脚，直到她念咒放走他。可要是一个童贞少女进了这个范围，老婆子就把她变成一只鸟，关进笼子里，把笼子提到宫殿的一间小屋中。在宫里，关着这种稀罕的鸟儿的笼子，大巫婆准有七千只。

当时，有一个少女叫约林德，是姑娘们中最美最美的了。她和一个叫约林格的漂亮小青年已经订了婚。在订婚后的那些天，他们在一块儿真是幸福极了。眼下，他们为了说说知心话，就一同散步来到森林里。"当心，"约林格说，"别太走近那座宫殿！"时间是美丽的黄昏，夕阳穿过树干间明亮地照射到墨绿的林中，斑鸠在苍老的山毛榉上唱出悲哀的歌声。

约林德突然哭起来，坐到夕阳里哀声叹气。约林格也跟着叹息。他们惊惶不安，就像要死了似的，回头四处望望也心里茫然，不知怎样才能走回家去。太阳一半还露在山尖外，一半已沉落下去。透过灌木丛，约林格瞅见那老宫殿的破围墙已近在眼前，一下子吓得要命。约林德却唱道：

> "我的鸟儿戴着红圈子，
> 它歌声好—苦，好—苦
> 它唱自己的小鸽子快死去，
> 它歌声—苦——
> 叽咕，叽咕，叽咕。"

约林格一瞅约林德，见她已变成一只夜莺，正叽咕叽咕啼叫呐。一只目光灼灼的猫头鹰绕着他俩飞了三转，叫了三声："唬，唬，唬。"约林格挪不动腿，站在那儿像块岩石，不能哭，不能说话，手脚也动弹不得。这时太阳已完全落山，猫头鹰飞进树丛，马上从那儿钻出一个驼背老婆子来：脸又黄又干瘪，两只红彤彤的大眼睛，一条尖端直伸到下巴的弯弓鼻子。她嘀咕着，捉住夜莺，攥着走了。约林格说不出一句话，也走不动，眼看着夜莺离去。终

259

于，老婆子又走回来，嘎声哑气地说："你好，扎希尔，月光已照进笼子，是时候了，扎希尔，放掉他吧！"突然，约林格手脚又活动起来。他一下子跪在老婆子跟前，求她还他约林德。老婆子却说，他休想再得到她，说完就走了。约林格叫啊，哭啊，喊啊，全都没有用。"上帝呵，我该怎么办？"终于，他走了，走到一座陌生的村子里，在那儿替人放了一段时间羊。经常地，他围着那古老的宫殿转来转去，但不敢太靠近。终于，在一天夜里，他梦见自己找着一朵血红血红的花，花的中心缀着颗很美很美的黄珍珠。他摘下花，拿着它朝宫殿走去，用这花一碰什么，什么便解除了魔法。他还梦见，他也这么解救了自己的约林德呵。早上醒来，他便开始满山遍野地找啊，找啊，一心想找着那样一朵花。这样到了第九天，他果然在大清早把那朵血红血红的花找着啦！在花心儿里，有一大滴露水，跟梦里的美丽珍珠一般大。约林格于是捧着花走了一天一夜，一直走到宫殿跟前。他又到了离它一百步远的地方，可是没被定住，而是继续朝宫门走去。约林格好高兴，用花碰一碰宫门，门就自动开了。他走进门，穿过大院，侧耳细听哪儿有许多鸟叫。终于，他听见了，便走去找着那间大厅。这时，巫婆也正在厅里喂那七千只笼子内鸟儿哩，一见约林格就气急败坏，冲他又是骂，又是喷吐毒液和胆汁，可老离他两步远，近不了他的身。约林格呢，也不理睬她，而是走过去细看那些鸟笼，想怎样找出自己的约林德。他正看着，一下发现老巫婆偷偷取下一只笼子，朝门口走去。他飞快冲向她，用花碰碰笼子，也碰碰这老东西。这一来，她再使不出任何巫术，约林德也站在眼前，搂住了约林格的脖子，模样儿跟先前一样的美。随后，他也使其它鸟儿全部还原成少女，再带上自己的约林德回到家中，在一起快乐地生活了很久，很久。

70. 三个幸运儿

　　一位父亲把他的三个儿子叫到跟前，送给大儿一只公鸡，二儿一把长柄镰刀，三儿一只母猫。"我已经老了，"他说，"离死已经不远，可在死以前还想关心关心你们。我没有钱，现在给你们的东西呢，看起来没多少价值，不过就看你们会不会用喽。只要你们能找到一个还不知道这些东西的地方，你们也便找到了幸福。"父亲死后，老大带着公鸡离开家，可是走到哪儿，公鸡都已有了：在城里，他老远就看见公鸡站在高塔上，随风转动；在乡村，他亲耳听见不止一只鸡在啼，谁都不以他那鸟儿为奇。看样子啊，它根本不可能为他带来幸福。可是终于，他胡闯乱闯到了一座岛上，那儿的居民一点儿不知道公鸡是什么东西，甚至也不懂得划分时辰。天亮了或者天晚了，他们自然是知道的，可在夜里如果没睡死，那就谁也弄不清时辰喽。"瞧瞧，"老大说，"这是一只多么骄傲的动物，头上戴着红宝石一样的高冠，脚上穿着骑士一样的马刺。夜里它准时叫三遍，叫最后一遍，太阳马上就要出来了。要是它在大白天叫，你们快作好准备：天快变喽。"岛民喜欢公鸡极了。他们通宵不眠，高高兴兴地听它在夜里两点、四点和六点钟时引颈高叫，报告时辰。他们问老大，这动物卖不卖，卖多少钱。"卖，大概一头驴能驮的那么多金子吧，"他回答。"太便宜啦，一只这么珍贵的动物！"岛民们一起欢呼，给了老大要的那么多金子。

　　他带着财宝回到家，两个弟弟好不惊讶。老二于是说："那我也出去走走，看咱这镰刀能不能同样卖个好价钱。"可他看来没有运气，因为到处都碰见一些跟他似的肩上扛着把镰刀的农民。直到最后，老二侥幸来到一座岛上，那儿的人们对镰刀什么的一无所知。每当岛上的麦子成熟了，他们就拖些大炮到地头，把麦子轰倒。这么干可是没准头，有的炮放高啦，有的没打准麦秆打着了穗儿，打飞许多，浪费很大，再加上还响得要命。这当儿，老二走到地里，不声不响地挥动镰刀，飞快地刈倒了庄稼，看得岛民们都惊奇地大张着鼻孔和嘴。他们同意买下老二的镰刀，照他要求付给他钱。这样，他得到了一匹驮着金子的马；他可是尽马的力气便劲儿地装啊，装啊。

现在，老三也想替他的母猫找个恰当的买主。他的情况和两位哥哥一样，多会儿还留在大陆上，多会儿就一事无成，哪儿都有的是猫，而且还太多了，因此多数的猫崽一生下来便被主人按进水里呛死。终于，他搭船到一座岛子上。正好，那儿从未见过一只猫；而老鼠却闹翻了天，不管房主人在还是不在家，都跑到桌子椅子上跳舞。人们叫苦连天。国王在自己宫里也拿老鼠没办法：它们无处不在，一个劲地吱吱吱叫，只要牙齿能咬住的东西，就给他啃个稀巴烂。这时候，母猫开始追捕老鼠，不多一会儿功夫，已扫荡了几座大厅。于是，人们纷纷请求国王，为岛国买下这宝贝动物吧。国王同意老三要的价钱：一头满载金子的骡子。这样，小弟弟就带回家了比谁都多的财宝。

母猫呢，在王宫里捉老鼠捉得真高了兴，咬死的老鼠再没法数。终于，它跑热了，口渴起来，站住脚，仰起脑袋，叫道："喵——喵——"国王和他的手下们听见这稀罕的叫声，吓得要命，一窝蜂逃出宫外。国王在海边召集大臣开会拿主意，最后决定派一位传令官去见母猫，要求它离开王宫，否则用武力对付它。大臣们说："咱们宁肯受那些老鼠的折磨，苦是苦反正已经习惯了啊，这总比把老命送给这样一个怪物好！"一名侍从不得不回宫去，问猫愿不愿自动撤出王宫。猫呢，只感觉更渴了，就一个劲儿地："喵，喵，喵，喵！"侍从却听成是："不好，不好，不好！"并且照这样给国王回了话。"喏，"大臣们说，"那就武力赶走它吧！"

262

说着开来炮队，把王宫轰得燃烧起来。火漫延到猫蹲在里面的大厅，它侥幸地跳窗跑了。可围攻的炮队仍没停歇，一直把王宫轰成平地才算罢休。

71. 六好汉走遍天下

从前有一个男人，他会各种各样的技艺。战争中，他当过兵，表现得勇敢又善战。可战争结束，他只领到三个银毫子伙食费，就被打发上了路。"等着吧，"他说，"这我可受不了！一当我找到些好伙计，就叫你国王把全国的财宝给我交出来。"说着，他怒冲冲地走进一片树林。他看见林中站着一个汉子，这老兄一气拔出来六棵树，就像拔的是麦草一样。他对汉子说："肯当我的伙计，和我一块儿走吗？""好的，"那汉子回答，"只是我想先给母亲弄捆柴回去，"边说边用一棵树把另外五棵捆起来，往肩上一搁，走了。一会儿他走回来，跟着主人上了路，他主人说："就让咱们两个走遍天下吧！"他俩走了一会儿，看见一个猎人，正跪在地上，举着枪瞄准。主人对他说："猎人，你要射什么？"猎人回答："两里开外一棵橡树的枝杆上停着只苍蝇，我要射它的左眼。""噢，跟我一块儿去吧，"从前的士兵说："咱们三个在一起，可以走遍天下！"猎人高兴地跟他走了。三人走到七座风磨跟前，看见风车的叶片飞快旋转，左右两旁却一丝儿风没有，树叶全都一动不动。老兵说："我不知道是什么在转动风磨，一丝儿风都没有嘛！"说着带上他的伙计继续往前走。走了两里地，他们看见树上坐着一个人，正捏紧一个鼻孔眼儿，用一个鼻孔眼儿吹气。老兵问："朋友，你在树上干什么？"那个人回答："两里开外有七座风磨，瞧，我正吹它们转动哩。""噢，跟我一块儿去吧，"从前的士兵说，"咱们四个在一起，一定能走遍天下！"用一个鼻孔吹动风磨的好汉从树上爬下来，跟着走了。走了一些时候，他们看见一个人用一条腿站着，把另一条腿卸下来放在了旁边。老兵说："你这样休息倒挺舒服哩！""我是一个赛跑家，"那人回答，"为了不致跑得太快，才卸掉一条腿；我要用两条腿跑起来，那就比飞鸟还快呀。"——"噢，跟我走吧，咱们五个在一起，一定能走遍天下！"赛跑家跟着走了。不一会儿，他们碰见一个人，此人戴着顶小帽子，但完全是戴在一边的耳朵上。老兵对他说："真时髦，真时髦！我说还是别把帽子扣在一只耳朵上吧，这模样看起来像个傻瓜。""不行啊！"那人回答，"我要把帽子戴正了，就会出现严寒，天下的鸟儿全都要冻死，掉到地上。""噢，跟我一块儿走吧，"老兵说，"咱们六个在一起，一定能走遍天下！"

这时候，六位好汉来到一座城市。城里的国王宣布，谁要和他女儿赛跑跑赢了，就让谁做她的丈夫；可要是输了，他就得掉脑袋。老兵去报名参加比赛，说："我只让一个我的佣人代我跑。""那你也得搭上他的生命，也就是说拿他和你两人的脑袋作赌注。"条件谈妥了，老兵替赛跑家装上另一条腿，对他说："跑快些，咱们一定得赢！"按照约定，谁先从远处的一只井里打来水，谁就是胜利者。于是，赛跑家得到一把壶，公主也得到一把，然后两人同时起跑。可是公主刚跑出一小段距离，赛跑家已跑得任何观众都见不着了，他们只听见嗖的一声，就像一阵风刮过面前。不一会儿他已跑到井边，打了满满一壶，转身往回跑。谁知跑到半道上，他感到很疲倦，放下水壶，便倒在地上睡着了。不过呢，他用地上的一个马的头骨当枕头，睡在上面硬硬的，为的是很快醒来。这当儿，在凡人中也算是很会跑的公主已到井边，急忙打了一满壶水往回跑。当她看见赛跑家躺在那儿睡大觉，非常高兴，说："对手已经栽在我手里！"说着还倒掉他壶里的水，自己赶快跑了。这下子全完喽，要不是猎人幸好站在王宫的顶上，用他敏锐的双眼看见了一切。他于是说："不能让公主战胜咱们！"说着举起枪

264

来，一枪准确地射中枕在赛跑家脑袋底下的马头骨，马头骨飞掉了，人却没感到疼痛。一醒来，赛跑家跳起一看，水壶空了，公主已远远跑在前面。他并不泄气，提着水壶跑回井边，重新灌满水，回到城里仍旧比公主早十分钟。"你们瞧，"他说，"我这才算撒开了腿，先前压根儿不能叫做跑！"

可让一个退役老兵娶走公主，国王觉得丢了面子，公主本人更是这样。父女俩于是商量，怎样摆脱他和他那些伙计。国王告诉女儿："我有办法了，别担心，他们再也回不来。"随后他对六位好汉讲："你们该一块儿乐一乐，一块儿吃一吃，喝一喝才是啊！"说罢领他们去一间屋子。这屋子的地板是铁的，门也是铁的，窗户上还装了铁栅栏。屋里摆着一桌精美的酒席，国王告诉他们："请进去享用享用吧。"他们一进屋，他就锁门，并且加上了杠子。随后，他叫来厨子，命令他在小屋下边烧起火，直到把地板的铁烧红。厨子遵命行事，坐在上边吃喝的六位好汉开始感觉有些热，以为是吃东西的结果。谁知热得越来越厉害，他们想出房去，却发现门和窗都关死了，终于明白国王存心险恶，想要烤死他们。"绝不能让他得逞！"戴小帽子的好汉说，"我要降下一场严寒，叫火自觉不如，躲到一边去。"说着他戴正小帽子，天上顿时降下大寒，屋里热气全消失了，碗中的菜肴开始冻结。过了几个钟头，国王心想他们准热死喽，命令打开门，想亲自进去看看。没想到门一开，他们六个全站在那儿，精神抖擞，身强力壮，说道：实在是太高兴啦，能出来暖和暖和；屋里真冷，碗内的菜都冻硬喽。国王气冲冲地下去骂厨子，责问他为什么不执行命令，厨子回答："火够旺的啊，您自己看看！"国王一看，铁屋子底下是烧着熊熊大火，这才明白过来：像这样是伤不了那六个家伙一根毫毛的。

国王重新动脑子，怎样才能甩掉这些讨厌的客人。他叫来老兵，说："如果你愿意放弃娶我女儿的权利而索取金子，你想要多

265

少金子都成呵！""噢，行啊，国王陛下，"老兵回答，"我的仆人能搬多少就给我多少吧，这样我不再要求娶您的女儿。"国王对他的回答挺满意，他却继续说："十四天后，我回来取金子！"接着，他召来全国的裁缝，让他们一坐十四天，缝一条大大的口袋。口袋缝好了，那位一下子拔出六棵树的大力士把它往肩上一撂，就找国王去。国王一见就说："好个大块头儿，肩上扛着捆齐屋高的麻布！"他是吃了一惊，心里嘀咕：这家伙会搬走多少黄金啊！他命令抬一吨金子来，为此不得不动用十六名最壮实的汉子。可大力士单手一抓，就把一吨金子塞进了口袋里，说："干吗一次不多抬些，还没铺满袋底儿哩！"国王叫手下一点一点搬来他全部的宝藏，大力士全塞进口袋，仍旧还是没装满一半。"再搬来，再搬来！"他嚷嚷，"三点儿两点儿装不满。"于是用七千辆车，搜集来全国所有的金子，大力士却连车带拉车的牛，统统塞进他的口袋。"我不细看了，"他说，"来什么拿什么吧，好把袋子装满。"一切都装进去了，尽管还空着许多，他仍然说："我只想把事情了结，虽然没装满，还是扎紧袋口吧。"随后，他背起大袋子，同伙伴们一起走了。

国王眼看一个人弄走了他全国的财富，大为恼怒，命令骑兵上马去追那六个人，要他们从大力士背上把口袋抢回来。两团骑兵很快追上他们，对他们喊："你们被俘了，留下装金子的口袋，不然把你们砍成肉酱！"——"什么什么？"吹风磨的好汉问，"我们被俘了？我叫你们先全部去空中给我跳舞吧！"说着，他捏住一个鼻孔眼儿，另一个对准那两个骑兵团猛一呼气，官兵们立刻被吹散了，一飞飞上蓝天，一个往东，一个往西，落在千里之外。一个上士大叫饶命，说他受过九次伤，是个好样儿的军人，不该受此羞辱。鼻孔吹风的好汉停了停，上士安然无恙地掉回到地上，好汉对他说："现在回去告诉你那国王，他只管多多派骑兵来好了，我要把他们全部吹上天！"国王得到报告，回答说："让这些人走吧，他们不寻常！"六位好汉把财宝搬回家分了，快快乐乐地生活了一辈子。

72. 狼 和 人

一次，狐狸对狼讲人有多厉害，说没什么动物能抵抗他，要想保住自己，只有对人使用计策。狼回答："什么时候看见人，我偏要和他斗一斗！""想见人我可以帮助你，"狐狸说，"明天早上到我家来吧，我指一个给你看。"狼第二天早早地到了狐狸家，狐狸便领它去猎人每天都走的那条路。路上先走来一个退伍老兵。狼问："这是个人吗？""不，"狐狸回答，"只不过曾经是。"随后走来一个上学去的小男孩。"这是个人吗？"——"不，只是将来会成为人的。"终于来了一位猎手，背着双筒猎枪，腰挂长猎刀。狐狸对狼说："快瞧，那边来了一个人！你就冲上去吧，我可要回洞里去啦。"狼果真冲向猎人，猎人看见狼说："可惜呀，我只装了铁砂弹！"说着举起枪来，把原本准备打鸟的铁砂子儿射了狼一脸。

狼的脸变得不成样子，可它并不畏惧，继续往上冲，猎人给了它第二枪。狼忍住痛，直扑向猎人。猎人拔出明晃晃的猎刀，左一刀，右一刀，几刀砍得狼浑身鲜血淋淋，嚎叫着跑回狐狸洞去了。"喏，狼大哥，"狐狸问，"你跟人斗的结果如何？""唉，"狼回答，"我没想到人会有这么厉害：他先从肩上取下一根棍子，往里一吹，什么东西就飞到我脸上，痒得我要命；接着他再吹一次，我鼻子周围就像闪电下冰雹似的难受；等我冲到他身边，他便从腰间抽出一根亮闪闪的肋巴骨，对我猛打一气，我险些儿就死在那里啦！""你瞧瞧，你吹牛吹得多厉害，"狐狸说，"正是：说来容易做起难，眼高手低喽。"

73. 狼 和 狐 狸

狼身边带着只狐狸。狼想什么，狐狸都得去干，因为它是弱者嘛。狐狸很希望摆脱这位老爷。一天，它俩穿行在森林中，狼突然说："红毛狐狸，去给弄点吃的来，要不我吃掉你自己！"狐狸回答："我知道一个农庄，那儿有几只小羊羔。你要有兴趣，咱们去捉一只来就是。"这话正中狼的下怀，它们便去农庄。狐狸偷出一只羊羔，交给狼，自个儿走了。狼把羊羔吞食个干干净净，仍然不满足，想再吃一只，就自己去抓。可它呢，笨脚笨爪，让羊妈妈发现了，咩咩咩地大声喊叫起来，农民们赶来找着狼，给它一顿饱打，打得它惨叫着，一瘸一拐地逃到狐狸那儿。"你害得我好苦！"它说，"我想再偷只羊羔，让农民们逮住了，把我揍扁啦！"狐狸回答："谁叫你是个永远不知饱足的家伙哩！"

第二天，它们走进田野，贪馋的狼又说："红毛狐狸，去给我弄点吃的来，要不我吃掉你自己！"狐狸回答："我知道一家农户，今晚上女主人煎馅饼，咱们去弄些来吧。"它们说去就去。狐狸围着农舍转来转去，东瞅瞅，西嗅嗅，直至发现放饼碗的地方，拖走六只馅饼，带回去给狼。"这下有你吃的呐，"它对狼说，说完走自己的路。狼一眨眼功夫已吞下馅饼，说："味道绝了，咱还要一些，"说着就去连碗一起拖，结果碗掉下地，摔个粉碎。这一下弄出了很大的响声，农妇跑来看见狼，大声叫人；人们赶来给狼一顿狠揍，揍得它跛了两条腿，哀号着逃进森林，回到狐狸身旁。"你整得我好惨！"它吼道，"农民们逮住我，打得我皮开肉绽。"狐狸却回道："谁叫你是个永远不知饱足的家伙哩！"

第三天，它俩在野外漫步，狼尽管一瘸一跛，仍然说："红毛狐狸，去给我弄点吃的来，要不我吃掉你自己！"狐狸回答："我知道一个人宰了猪，肉腌好后藏在地窖中的一只桶里。咱们去偷吧。"狼说："可这次一开始我就跟着去，要是我逃不出来，你也好帮我。""我随你便，"狐狸说，说着便领狼七弯八拐，走一些暗道小路终于钻进地窖。窖里肉多得不得了，狼立刻大嚼起来，心想，有的是时间吃呐。狐狸也吃得津津有味儿，只不过一边吃一边四下张望，还不时跑到它们钻进来的洞口，试一试身体是否还不太粗，仍旧能钻过洞去。狼见了问："狐狸老弟，告诉我，你干吗跑来跑去，钻出钻进？""我得看看是不是有人来了，"狡猾的狐狸回答，"只是别吃得太多啊！"狼却讲："我不把这桶肉吃干净，绝不出地窖！"就在这时，农民听见狐狸跳跳蹦蹦的响声，进地窖来了。狐狸看见他，一纵身就跳出洞外；狼想跟上狐狸，可是吃得太胖了，再也钻不过去，反倒卡在了洞里。农民提着大棒跑来，几棒揍死了狼。狐狸呢，逃回森林中，庆幸自己摆脱了那个永不知足的老馋鬼。

74. 狐狸和亲家母太太

一头母狼生了只小狼，邀请狐狸去当教父。"他和咱们是近亲，"母狼说，"很有头脑，非常机灵，能教育好我的小儿子，帮助他飞黄腾达。"狐狸呢也显得格外诚恳，说："亲爱的亲家母，我感谢您给我这么大的荣幸，我一定努力，不辜负您的期望。"接着，在宴席上它吃得痛快，玩得开心，吃过玩过又说："亲爱的亲家母，咱们有责任关心小宝宝，您得给他好的营养品，让他长得健壮有力。我知道一个羊圈，从那儿弄一只羊咱们不费什么力气！"这只歌子母狼挺爱听，它就马上跟狐狸去那座农庄。狐狸远远地指着羊圈对亲家母说："那儿，你爬进去不会被看见；我呢，去另一边，看能不能逮只小鸡什么的。"说是这么说，它却并没去逮鸡，而是在森林边上四脚一伸，躺下休息起来。母狼钻进羊圈，躺在圈里的狗吠叫开了，农民们跑来逮住狐狸的亲家母太太，给它一顿饱打。母狼终于逃脱，挣扎着回到森林边。狐狸躺在那儿装出一副可怜相，说："唉，亲爱的亲家母太太，我好倒霉哟！我中了农民们的埋伏，四条腿全给打折了。你得背我回去，要是你不忍心扔下我让我在这儿虚弱而死！"母狼自己只能慢慢往前爬，可仍很关心狐狸，就把这位完全结实健康、安然无恙的教父背起来，一步一步送回家中。到家后，它对母狼喊："再见，亲爱的亲家母太太，去享用你的烧羊肉吧！"狐狸狠狠嘲笑母狼一通，逃跑了。

75. 狐狸和猫

一次，在一片森林里，母猫遇见了狐狸先生。猫心想：它机灵能干，老于世故，在世界上很吃得开。所以，猫便满脸堆笑地和狐狸搭讪："您好，亲爱的狐狸先生！身体怎么样？心情怎么样？这么艰难的世道您用什么办法对付啊？"狐狸骄傲得什么似的，从头到脚打量了母猫一通，久久不知道是不是该给它一个回答。最后，它终于说："呵，你这只知抹胡子的可怜虫，你这花皮傻子，你这追赶耗子的饿鬼，你到底打的什么主意？竟敢问我过得怎么样？你学过些什么？会多少本领？""我只会一种本领，"母猫非常谦逊地回答。"那又是怎样的本领呢？"狐狸问。"就是那些狗追来的时候，我会跳到树上逃命。""就这个吗？"狐狸问，"我可精通一百种本领，除此之外还有满满一口袋计谋哩！我可怜你。跟我走，我教你怎样逃脱狗的追赶。"正说着，一位猎人带着四条猎犬走来。猫一见敏捷地跳到树上，爬上了被枝叶全部掩盖起来的树顶。"快打开口袋，狐狸先生，"猫在树上喊，"快打开口袋呀！"哪知猎犬已经紧紧抓住狐狸。"唉，狐狸啊狐狸，"猫感叹道，"您有一百种本领，仍然逃不脱厄运。要是你也能像我一样爬上树来，就不丢老命了呀！"

76. 丁 香 花

有个王后由上帝注定了不能生孩子。她因此每天早上都去花园里，祈求天上的主赐给自己一个儿子或者女儿。终于，一名天使从天上来对她说："你该满意了，上帝打算让你生个'如意儿'，也就是说他想有世界上的什么就一定会有什么。"王后赶去向国王报告了喜讯。时间一到，她果真生下一个儿子；国王高兴得要命。

从此，王后每天早晨都带着儿子去宫中的动物园，在一口清亮的水井边洗脸。孩子慢慢长大点了，一天，她怀里抱着他，不知不觉睡着了。这时，那个知道小王子"如意儿"的老厨子走来，偷走了孩子，同时抓来一只母鸡杀掉，把鸡血滴在王后裙子和衣服上。随后他把王子抱到一个隐秘的地方，叫一个奶妈喂他，并且跑去国王跟前告王后，说她让野兽把王子抢走啦。国王看见王后衣裙上有血，信以为真，大为震怒，下令修建一座日光月光全照不进去的高塔，把他妻子关进塔中，把塔门封死。他要让她关七年，不吃不喝，饿死渴死。幸好上帝派了两位天使变成白鸽，一天两次飞到塔中送饮食给王后，直到七年过去。

那厨子呢，心里盘算："那孩子想什么就会有什么，我现在呆在这儿，他也很可能叫我遭到不幸。"于是，他辞了宫里的差事，去到孩子身边。这时候，孩子已经长大到会讲话了，厨子对他讲："快说，你想要一座漂亮宫殿，还有附带的一座花园和其它一切！"话刚刚从孩子口中吐出，眼前便出现了他希望有的全部东西。过了一段时间，厨子告诉小王子："你这样一个人孤孤单单的不好，希望有位漂亮少女来给你作伴吧！"王子说出希望，少女马上站在他面前，真是比任何画家画的还要美。从此他俩一起玩耍，真心相爱，老厨子呢就经常像位大老爷似的去打起猎来。只是他老不放心，怕小王子有朝一日希望去自己父亲身边，那他就要倒大霉啦。所以，他带上少女到了外边，对她说："今晚上等男孩睡着了，去他床边，捅他胸口一刀，把他的心脏和舌头给我剜出来。你不肯干，我就要你的命！"他说完走了。可第二天，他来时姑娘还没照他吩咐办，反倒说："一个还没伤害过任何人的无辜孩子，我干吗害死他呢？"厨子又威胁她："你不照我说的做，你自己休想活命！"厨子走后，姑娘让人牵来一只小母鹿，宰了它，取出它的心和舌头，放在一只盘子里。一见老厨子走来，她赶紧告诉男孩："藏到床下去，用被单盖住自己！"

坏蛋走进来，问："男孩的心和舌头在哪里？"姑娘把盘子递给他；这时王子却掀开被单，说："你这个老罪人，干吗想害死我？我现在要判你的刑：你给我变成一条黑色卷毛狗，脖子上戴条金链子，并且吞食烧得红红的炭，让火焰从你喉咙管冒出来！"话刚出口，老坏蛋已经成了一只脖子上戴着金锁链的黑色卷毛狗，厨师们得拿烧得正旺的炭来喂他，火舌从他喉咙里直往外冒。王子在那儿又生活了不长一段时间，有一天想念起他的母亲，不知道她是不是还在人间。终于，他告诉姑娘："我要回祖国去了，你要是乐意随我去，我会养活你的。""唉，"姑娘回答，"路途这么遥远，叫我在一个不了解自己的陌生国家做什么好啊？"因为要去呢她不十分情愿，不去呢他俩又不忍心分开，于是，王子把她变成了一枝美丽的丁香花，带在自己身边。

他动身了，黑卷毛狗不得不跟在后面跑，回到了他的祖国。这时他来到关母亲的塔下。塔非常非常高，他希望有架梯子，一架长梯便一直搭到了塔顶。他爬上去，瞅着塔里喊："亲爱的母亲，尊贵的王后，您是活着还是已经死去？"母亲回答："我刚吃过饭呀，肚子饱着哩！"她当成是送饭的天使又来了。王子说："我是

272

您亲爱的孩子，人家以为野兽从您怀里把我咬走了，可我还活着，想马上来救你！"他爬下梯子，请人去国王面前报告，说一名外来的猎手，想替陛下效力。国王回答：好的，如果他学过打猎，能替他备办野味，就叫他进宫去。可当时全国各地从来见不着野兽。猎人呢，却答应只要国王的餐桌上用得着，要多少野味他都愿意供应。接着，他叫整个狩猎队集合，跟他一起进森林去。到了林中，他让他们围一个大圈，只在一头留个口子；他自己站到口子边，发起愿来。一眨眼功夫，两百多头野物窜进圈内，猎手们纷纷射击。最后，全部猎物装满了六十辆牛车运回王宫。好多好多年没尝着野味了，这下国王又可以大饱口福喽。

国王异常高兴，决定第二天请宫里所有的人到他那儿吃一顿，因此大张筵席。宾客们到齐了，他对外来的猎手说："你这么能干，就挨着我坐吧。"王子回答："国王陛下，您给了我太大的恩宠，我只是个普通猎人啊！"国王坚持自己的要求，说："我命令你坐在我身边。"王子终于遵命，可坐在那儿想起自己亲爱的母亲来，于是希望国王的大臣们哪怕只有一个提起她，问王后在塔里现在怎样了，是不是还活着，或者已经饿死。他刚这么一想，元帅已经开始说："陛下，我们在这儿欢宴，可王后在塔中怎样了呵？她还活着吗，还是已经死去？"国王却回答："她让野兽咬死了我心爱的儿子，我根本不想再听见她的情况！"这时候猎手站起来说："仁慈的父亲呵，她还活着呐，我就是她的儿子。不是野兽把我抢走了，而是那个坏蛋，那个老厨子干的好事！他趁王后睡着了，从她怀里抱走我，把鸡血滴在了她的裙子上！"说着他牵来拴在金链子上的狗，说："这就是那个坏蛋，"并叫人送来烧红了的煤炭，强迫狗当着大家的面吃下去，直吃得狗喉咙冒出火苗来。随后他问国王，想不想看看狗的本来面目，问完就又变它成厨子；这家伙马上穿着白围腰站在那儿，手里拎着把菜刀。国王看见他，非常气恼，下令把他丢进了死牢。猎人接着说："父亲大人，您也见

273

见那个待我很好的姑娘吧。厨子逼她结果我性命，她却没这样做，甘冒牺牲自己生命的危险！"国王回答："好的，我很乐意见她。"王子说："尊贵的父王，我想让您看一下她变成了鲜花的模样。"说着伸手进口袋，掏出丁香花来插在父亲桌上。这花啊是那样美丽，连国王也从来没见过。随后，王子说："现在我想也让您看看她本来的样子。"边说边发愿让她变成少女，一眨眼，她已站在面前，比任何画家能够画的还要美。

国王派了两名使女和两个侍从去塔里接出王后，带她来参加宴会。可坐在筵席上，王后却什么也不吃，说："仁慈的上帝帮助我在塔里活了下来，不久他会彻底救我出苦海啦。"她果真还活了三天，就得到善终。她下葬时，那送饮食进塔里的天使变成的两只白鸽也跟着飞去，落在了她的墓上。老国王下令把厨子四牛分尸，尽管这样还是心如刀绞，不久也死了。王子娶了他变成花带回来的美丽少女；他俩是否还活着，只有上帝知道。

77. 聪明的格蕾特

一个女厨子名叫格蕾特。她穿着双红后跟的鞋子，每次出门都踮起脚转来转去，得意极了，心想："你可是个漂亮姑娘哩！"回到家，她心里高兴就喝一口酒，而喝了酒又增进食欲，于是再尝一尝自己烧的最可口的菜，这么尝啊尝啊直至吃饱了肚子，才说："厨师嘛，就该清楚菜的味道怎么样。"

一天，主人对格蕾特说："格蕾特，今晚家里要来位客人，好好给我烧两只鸡！""一定烧好，老爷。"她回答。女厨师于是杀了两只鸡，用开水烫一烫，拔掉毛，穿在铁扦上，等到傍晚时分已放上火炉去烤。鸡已烤得发褐，变熟，客人却仍不见到来。格蕾特大声对主人说："客人还不来，我的鸡可得出炉啦。不马上趁

274

热吃，趁油漉漉的时候吃，真是太可惜呵！""那我只好亲自跑一趟，去请客人。"主人回答。主人一转背，她已把叉鸡的铁扦放到炉旁，心想："这么一直站在火旁边，又流汗又口渴，谁知他们什么时候才回来呢！趁空子，我跑进地窖喝一口吧。"边想边跑下地窖，提起酒壶，说："上帝祝福你，格蕾特！"说完便喝了一大口。"酒这玩艺儿得接着来，"她继续说，"不好断气儿的，"接着再狠狠喝上一口。现在行啦，她又把鸡放在火上，抹上黄油，把铁扦敏捷地翻来翻去。因为烤得挺香的，格蕾特于是想："没准儿还差点佐料，唔，得尝一尝！"她用手指头摸一下来舔了舔，说："哎唷，这鸡烤得真棒！不马上吃真叫作孽，真叫罪过！"她跑到窗口，看主人是否领着客人来了，见鬼都没有一个，又回去站在烤鸡旁边，想："一个翅膀已经焦了，不如吃掉还好些！"于是割下它来吃掉了，觉得味道挺美。吃完，她想："嗯，另一只翅膀也必须吃掉，要不主人会发现缺少什么。"两只翅膀都吃完以后，她又去窗口望主人，没有看见他。"谁知道呢，"她突然想起，"他们也许根本不会再来，而是上别的什么地方去喽。"于是，女厨师说："嗨，格蕾特，放宽心，一只鸡既然已经动过了，那就去再喝一口，把它整个吃掉啦！吃光以后，你才心安理得：这么好的上帝的赏赐，怎么能让它糟蹋掉呢？"于是，她又跑下地窖，老打老实喝了几口，高高兴兴吃光了那只鸡。一只鸡下肚，主人仍旧不回来，格蕾特瞅着另一只鸡，说："一只在哪里，另一只也该在那里，两只本来是一起的嘛。对这个不错，对那个也就要公平，我想啊，要是我再喝两口，绝不会有什么害处。"也就是说，她又痛痛快快喝了几口，让第二只鸡跑去跟第一只作伴啦。她正吃得津津有味，主人回来了，高声喊道："快快快，格蕾特，客人马上就到！""好的，老爷，这就端来。"她回答。这时候，主人看了桌子有没有摆好，再拿着准备分解烤鸡的大刀在走廊上磨起来。正磨着，客到了，正很轻很礼貌地敲门。格蕾特跑去看是谁，一见客人便把

275

食指放在嘴唇上："嘘！嘘！别响！您赶快离开，要是我老爷抓住了您，您就完啦！他虽说请您来吃饭，想的却实在是要割掉您的两只耳朵。您听听，他在嚯嚯磨刀哩！"客人听见真在磨刀，没命地冲下台阶跑了。格蕾特还不松劲儿，跑去主人跟前大叫大喊："瞧您请的什么好客人！"——"嗨，怎么啦，格蕾特？你什么意思？""瞧，"她说，"我正要端两只鸡上桌子，他一古脑儿从我盘里抢去，跑啦！""这像什么话！"主人说，心里很可惜那两只美味的烤鸡，"是啊，他至少也该留下一只让我尝尝才是！"他追着客人喊："请等等，请等等！"客人呢，装做没有听见。他于是加紧追，手里提着刀子，口里直喊："只要一只！只要一只！"意思是只求客人留下一只鸡，别两只全拿走。可客人呢，却偏偏理解为只割他一只耳朵，仍然火烧裤裆似地跑，为了把两只耳朵都带回家。

78. 老爷爷和小孙子

从前有个很老的老人，他耳朵已经聋了，眼睛已经昏花，两腿已经颤颤巍巍的。坐上桌子吃饭，他已捏不稳勺子，经常把汤洒在桌布上，要不就从嘴里流出什么来。他儿子和媳妇见着恶心，因此老爷子终于不得不坐到灶台后的角落去。他们用一个土瓦钵给他装食物，而且不让他吃饱；他颤抖的双手捧不住小瓦钵，掉在地上摔破了。媳妇骂他，他什么也没说，只是叹息。于是儿子媳妇花几个小钱，买来只小木碗给老爷子吃饭。不久，夫妇俩坐在房里，四岁的小孙子搬来一些小木块，在地上拼拼凑凑。"你在干什么？"父亲问。"我在做只小碗，"孩子回答，"等我长大了，我让爸爸妈妈用它吃饭哩。"儿子媳妇你看着我，我看着你，过了一会儿终于哭起来，立刻把老爷爷牵到桌边，从此让他一块儿吃饭，即使他又泼泼洒洒的，也不再说什么了。

79. 水　　妖

小兄妹俩在一处井边玩耍，玩着玩着"扑通"，两个人一起掉到了井里。井底下住着个水妖，她说："这下你们是我的啦，你们得老老实实替我干活儿！"说着就带走了他们。她给小姑娘一团又乱又脏的麻，让她纺，还逼她用一只漏桶打水。小男孩呢，得用一把钝斧头砍树。他俩除去硬得像石头的面团子，得不到任何吃的。终于，孩子们忍无可忍，在一个礼拜天，等水妖上教堂去，便逃跑了。做完弥撒回来，水妖看见井中飞出两只鸟儿，就大步赶上去。可是，孩子们老远已看见她，小姑娘急忙丢一把刷子在身后。刷子变成一座大山，山上荆棘千千万万，水妖爬起来吃力极了，可她终于还是翻了过来。孩子们看见这情况，小男孩又扔一把梳子在身后。梳子也变成座大山，山上立着千千万万尖齿，可水妖知道抓紧它们不跌倒，最后还是翻过去了。这时小姑娘扔一面镜子在背后。镜子变成一座光溜溜的山，水妖根本爬不过去了。她于是想："我得赶快回去拿来斧头，把这镜子山砸烂。"谁知，等她回来砸烂了镜子，小兄妹俩早已逃得远远的，她只好滚回自己井里去了。

80. 小母鸡之死

一次，小母鸡和小公鸡走上胡桃山，约好了谁找着一个胡桃，就和同伴分。这当儿，小母鸡发现一个大大的胡桃，却一声不响，想独吞这一果实。哪知道胡桃太大了，她吞不下去，卡在了喉咙里，叫她害怕起来，以为自己准要憋死啦。小母鸡连忙叫："小公鸡，我求求你，尽快跑去给我弄些水来呀，要不我就憋死啦!"小公鸡拼命跑到井边，说："井，快给我水，小母鸡倒在胡桃山上啦，吞了一颗大胡桃，说她快憋死了!"——井回答："先去新娘子那儿，让她把红绸子给我。"小公鸡跑去对新娘子说："新娘子，井要你把红绸子交给我。等我给了它，它才肯给我水；我要把水倒在胡桃山上的小母鸡送去，她吞了一个大胡桃，快要憋死啦!"——新娘子回答："先跑去替我把花环取来吧，它挂在一棵柳树上。"于是，小公鸡跑到柳树下，从枝桠上扯下花环，拿去送给新娘子；新娘子因此给了他红绸子；他把红绸子给井送去；井又因此给了他水。这时候，小公鸡端着水去救小母鸡，可他赶到时，小母鸡已经憋死了，一动不动地躺在山上。小公鸡难过得大声啼叫，动物们纷纷走来，对小母鸡之死表示哀悼。六只老鼠建造一辆小车，准备让小公鸡坐着去墓地。车造好了，老鼠套在前面拉车，小公鸡坐在车上驾驭。半道上走来一只狐狸，问："你要去哪儿，小公鸡?"——"我去葬我的小母鸡。"——"我可以搭个车吗?"

"可以，但你得坐到车后去，坐在前面我的小马儿拉不起。"于是狐狸坐到了后面，接着又来了狼、熊、鹿、狮和森林中的所有动物。车就这么往前行驶，它们一行到了一条小溪跟前。"咱们现在怎么过去呢?"小公鸡问。一根麦秸正好躺在溪边，说："我愿意横卧在溪上，让你们从我身上驶过去。"谁知六只老鼠刚上桥，麦秸滑动一下，它们全掉进水里淹死了。真叫祸不单行！这时走来一块煤，说："我块头儿很大，可以躺在溪上，让你们从我身上驶过去。"煤果然往溪上一躺，可它不幸一碰着水，就嗞地一声熄灭了，死了。一块石头见这情况，起了同情心，愿意帮助小公鸡，也躺在溪上。这时小公鸡得自己拉车了，可他把车和小母鸡的遗体拉过去，想再拉坐在后边的客人们时，哪知它们太多了，车一

278

下子退回去，客人们和车一起掉进水里，淹死了。这下就只剩下孤零零一只小公鸡和他死去的小母鸡。他挖了一个坑，把小母鸡放进去，在上边垒起一个坟丘。他蹲在丘山，久久地难过伤心，直到死去。就这样，大家全部死了。

81. 快 活 老 兄

　　从前爆发过一场大战。战争结束时，许多士兵退了役。这时候，"快活老兄"也领到了退伍津贴，而那不过是一个小小的长面包和四枚铜钱罢了。他带着它们上了路，可是圣彼得却变成一个穷叫花子坐在路边上，等快活老兄走来就向他乞讨。快活老兄回答："亲爱的乞丐，你叫我给你什么好呢？我刚当完兵，领了退伍津贴；可这津贴仅只是一个长面包和四个铜板。这点东西用完了，我也得跟你一样讨饭哩。不过，我还乐意给你点什么。"说完，他把面包分成四份，给了一份和一个铜板给那位使徒。圣彼得道过谢走了，一会儿又变成另一个乞丐坐在路旁，等士兵走过去又像上次一样求他给一点施舍。快活老兄说了刚才说过的那些话，还是给圣彼得四分之一个面包和一枚铜板。圣彼得道过谢走了，一会儿却变成第三个乞丐坐在路边上，开口向快活老兄要施舍。快活老兄给了他面包的第三个四分之一和第三枚铜板。圣彼得道了谢，快活老兄继续赶路，口袋里只剩下了四分之一个面包和一枚铜钱。他走进一家客店，吃掉面包，用那枚铜钱买了啤酒喝。吃喝完，他又上了路，这时圣彼得变成个和他一样的退伍老兵，走过来和他搭讪："你好，伙计。可不可以给我一块面包和一个铜板换酒喝？"——"我哪儿来面包和铜板哟？"快活老兄回答，"我退了伍，领到的仅仅是一个面包和四枚铜钱。刚才在路上碰见三个叫花子，我已给他们每人四分之一个面包和一枚铜钱。最后四分

279

之一我已在客店里吃掉，最后一枚铜板也买了酒喝。现在我两手空空，要是你也不比我富，那我们倒可以一块儿讨饭去喽。""不，"圣彼得回答，"讨饭还不必。我懂一点医术，凭着它我想挣自己的一口面包没问题。""是啊，"快活老兄说，"咱不懂医术，只好一个人讨饭去罗。""嗟，一块儿走吧，"彼得说，"只要挣到什么，我都分一半给你。""这我没意见，"快活老兄回答。于是，他便结伴同行。

　　这时，他们来到一个农家，听见屋里哀声哭叫，便走进去。原来，这家的男人奄奄一息地躺在床上，眼看快病死了，所以妻子在大声哀嚎，大声哭喊。"别哭啦，别叫啦！"圣彼得说，"我治好你男人就是。"说着从袋里掏出一种油膏，给病人一抹上，他立刻就起床来，完全恢复健康啦。夫妻俩高兴得很，问："叫我们怎么报答您呢？叫我们送您什么好呢？"圣彼得却什么都不肯收，农民夫妇越求他收，他拒绝越坚决。快活老兄这时便撞一下圣彼得，说："那就收一点呗，咱们也用得着啊。"最后，农妇牵来只小羊羔，告诉圣彼得他一定得牵走；他呢，还是不要。快活老兄又捅捅他的肋巴骨，说："拿着吧，蠢货，咱们用得着哩！"这下子，圣彼得终于说："好，羊羔我收了；可是我不想扛它，你愿意就得你扛。"——"这不要紧，"快活老兄回答，"我扛就扛吧。"说着，把羊羔往肩上一搁。他俩继续朝前走，来到一座森林里。这时，快活老兄已觉得羊非常非常重，他自己呢又饿了，便对圣彼得说："瞧，一块多美的地方，咱们在那把羊烧来吃掉吧。""我同意，"圣彼得回答，"可我不会烧。你愿烧，这儿有一只锅。我打算溜达溜达，等羊烧好了再回来。在我回来之前，你可不能先吃啊。我会来得及时的。""只管去吧，"快活老兄说，"我会烧，一定烧好。"圣彼得走了，快活老兄宰掉羊羔，生起火来，把肉丢进锅里煮上了。可羊肉早已煮熟，使徒却老是不回来，快活老兄忍不住从锅里捞出肉来切开，发现了羊的心。"据说这是最好吃的哩。"他自言自语，开始尝羊心，哪知最后竟全吃掉了。终于，圣彼得回来说："整只羊你一个人吃吧，我只想吃羊心，把它给我。"快活老兄于是拿起刀叉，假装在羊肉中起劲儿翻，起劲儿找，可就是找不到心，最后干脆说："根本没心呵！""哪，会到哪儿去了呢？"使徒说。"这我不知道，"快活老兄回答，"可你瞧，咱们两个有多傻，在这儿找羊羔的心，竟谁也没想到，小羊是不长心的啊！""嗨，"圣彼得说，"这可真新鲜，每个动物都有一颗心，干吗偏偏小羊不长心呢？"——"没长，肯定没长，老兄！小羊就是没有心；你只要好好想想一定明白，它当真没长呵！""得啦得啦，"圣彼得说，"既然没心，我也什么都不想要了，你可以一个人吃喽。"——"要是我吃不完，我就装进背囊带走。"说着，快活老兄吃掉了半只羊羔，把剩下的一半塞进了他的背囊中。

他们继续往前走。走着走着，圣彼得使一条大河横流过大路，他俩必须涉水去对面。圣彼得说："你走前头吧。""不，"快活老兄回答，"你走前头。"他心想：他要是淹着了，我就不往前走。圣彼得于是走过河去，水只淹到他的膝盖。快活老兄也想跟着走，哪知水涨了，淹齐他的脖子。他大叫："伙计，救命啊！"——"你现在愿意承认，你偷吃羊心了吗？""不，"他回答，"我没吃。"水涨得越来越大，已淹齐他的嘴边。"救命啊，伙计！"快活老兄喊。圣彼得又一次问："你现在愿意承认，你偷吃羊心了吗？""不，"他回答，"我没吃！"可是呢，圣彼得并不想淹死他，就让水退了，帮助他过了河。

他俩又继续赶路，来到一个王国。听那儿的人讲，国王的女儿害了不治之症。"哈哈，伙计，咱们又好捞一把喽！"快活老兄说，"只要咱们治好那女子，就一辈子不用发愁了。"他嫌圣彼得走得不够快，又讲："喂，步子跨大点儿，老兄，让咱们及时赶到。"圣彼得呢，反倒越走越慢，不管快活老兄怎么催，怎么推。终于，他们听见，公主已经死了。"这下咱们好啦！"快活老兄说，"都怪你走得慢吞吞的。""别抱怨,"圣彼得回答,"我不只能医治病人,我还可以叫人死而复生哩。""啊,要真这样,我就没话讲喽。"快活老兄说,"凭这本领,你必定至少能给咱们赚来半个王国!"随后,他们走进王宫。宫里人人都十分悲痛,可圣彼得告诉国王,他准备使公主复活。圣彼得被领到了公主的遗体旁,然后讲:"给我送口装着水的大锅来!"锅送到了,其他人全被他叫出去,只留下了快活老兄一个人在旁边。接着,他割下死者的所有肢体,把它们扔进锅中,在锅底下升上火,开始煮起来。直煮到肉全部离了骨,他才捞出白生生的骨头,放在桌上,排列拼凑得规规矩矩,和本来的一个样子。排好拼好了,他走到面前,连念三遍:"以至神至圣的三位一体的名义,死者啊,起来吧!"念到第三遍,瞧,公主真的复活了,又健康,又美丽!国王这下高兴死了,对圣彼得说:"讲你要什么报酬吧!就算你要半个王国,我也给你。"圣彼得却回答:"我什么也不要。"——呵,你这个傻瓜!快活老兄暗自想。他捅捅圣彼得的肋巴骨,说:"别太傻气!如果你什么都不要,我却要点什么。"圣彼得仍旧不要,可国王看见另一个想得到报酬,就命令司库大臣替快活老兄装了一背囊金币。

随后,他俩又上了路,走进一片森林。这时候,圣彼得对快活老兄说:"现在咱们来分金币吧。""好的,咱们来分。"快活老兄回答。于是圣彼得动手,把金币分成了三份。又发什么神经!快活老兄想,我们就两个人,他竟分出三份来!哪知圣彼得却说:"我分得很准确,一份归你,一份归我,一份归那个吃了羊心的人。""噢,是我吃啦!"快活老兄回答,边说边飞快收起了金币,"请你相信我。""怎么可能呢,小羊不是没长心吗?"圣彼得问。——"哎,什么话,老兄,你想哪儿去了!一只羊羔准有一颗心,和任何动物都一样,干吗偏那只羊会没有呢?""喏,这就对喽,"圣彼得说,"金币你一人留着吧,可我不再和你同行,准备自己走自己的路。""随你的便吧,老兄,"退伍的士兵说,"再见。"

282

圣彼得走上另一条路，快活老兄却想："他走了也好，真是个怪人！"现在，快活老兄尽管有了够多的金币，但不知道怎么派用场，胡乱地花，胡乱地送，过一段时间又两手空空。这时他来到一个王国，听说它的公主死了。哈哈，他想，这下好喽，我一定把她救活，让他们给我像样的报酬！他于是去见国王，提出要让死者复活。国王已经听见有个退伍兵在四处漫游，能把死了的人治活，心想快活老兄就是他喽。可是，国王还不信赖他，便先征求大臣们的意见。大臣们讲，国王不妨大胆一试，公主嘛反正已经死了。快活老兄于是叫人送去一口盛着水的大锅，让所有人全离开屋子，然后肢解了尸体，扔进水中，在锅底下升起火来，就跟他从圣彼得那儿看来的一样。水开了，肉从骨头上掉下去；他便捞出骨头，放在桌上。可他不知排列的顺序，把所有骨头拼得乱七八糟。随后他站到前面说："以至神至圣的三位一体的名义，死者，起来吧！"这样一连说了三遍，骨头却一动不动。他再说三次，还是白费。"你这聪明伶俐的姑娘啊，站起来，要不叫你倒霉！"他话刚出口，圣彼得突然从窗户走来了，还是先前那退伍老兵的样子。他说："你这可恶的家伙，干的什么哟！你把死者的骨头胡乱扔成一堆，她怎么起得来？""老兄啊，我已尽了最大的努力，"他回答。——"这一次我愿解你的危；可我告诉你，你要什么时候再干这样的事，你准倒霉！还有，你不准向国王要哪怕一丁点儿报酬，也不得接受他给你的报酬！"说完，圣彼得理顺骨头，连念三遍："以至神至圣的三位一体的名义，死者啊，起来吧！"公主站起来了，美丽健康和从前一样。这时圣彼得又从窗户出去了。快活老兄很高兴有这样的结局，但却气愤他什么也不准接受。他想："我不明白，那家伙脑子出了什么毛病！这好比他一只手给你东西，另一只手又拿了回去，不是发了疯吗？"这时候，国王告诉快活老兄想要什么报酬都可以，可他却不敢接受；不过，他到底用暗示和狡计，让国王命令手下替他装了满满一背囊金币，背着走了。他刚出宫门，圣彼得已站在那里，冲他说："瞧你是个什么人啊！我不是禁止你接受任何报酬吗？你竟背了满满一背囊金币。""我有什么办法，"快活老兄回答，"人家硬要塞给我？"——"我告诉你，这种事不准再干第二次，要不叫你倒霉！"——"哎，老兄，别担心，眼下我有金币了，犯不着再洗死人骨头去。""好，"圣彼得说，"但愿金币用得久！为防止用完了你又走上邪路，我愿给你背囊一种力量，就是你希望里面有什么就会有什么。多保重吧，你不会再见到我了。""祝你一路平安。"快活老兄说，心里却想：你走了我倒高兴，真是个怪人，我才不愿跟着你喽！

对他那背囊的神奇力量，快活老兄没有多想。

快活老兄带着他的金币东游西荡，像上次似的，胡乱花光送光了它们。眼下，当他经过一家饭店门前时，他仅仅只剩四个铜板了，心里想："这点钱留着干啥！"就花三个铜板买了酒，一个铜板买了面包。他坐在那儿吃着喝着，一股烤鹅的香味儿飘送到他鼻孔中。快活老兄抬头一瞅，看见老板有两只鹅烤在炉子里。这时他才想起，他那伙计对他说过，他希望自己的背囊里有什么，便会有什么。"哈哈，你一定得拿烤鹅来试一下！"他于是走出店外，在门前说："我希望炉子里那两只烤鹅进我的背囊里来！"说完，他解开背囊一看，两只鹅果然已在里边。"啊，他真不错，"他说，"这下我算保了险啦！"说着走到一块草地上，取出背囊中的烤鹅。他正吃得津津有味，走来两个年轻的手艺人，用饥饿的目光盯着那只还没动的烤鹅。快活老兄想："你自己吃一只够啦。"便叫那两小伙子过来，说："把这只鹅拿去，吃掉它，祝我健康！"两小伙子道过谢，带着鹅走进饭店，要半瓶葡萄酒，一个面包，从袋里取出快活老兄送给他们的烤鹅，吃起来。老板娘见了，对丈夫说："那两个在吃只烤鹅，瞧瞧去，看是不是从咱们的炉子里拿去了一只。"老板跑过去一瞅，炉子空了，骂道："好你两个贼娃子，想吃烤鹅没这么便宜！马上付钱，要不我剥你们的皮！"两手艺人回答：“我们不是贼，这烤鹅是在外边草地一个退伍兵送我们的。”——“你们别想骗我。那士兵是来过这儿，可后来规规矩矩地离开了，我注意到了的。你们是贼，我要你们付钱！”可两手艺人没钱可付，老板抓起棍子便打，打得他逃出了店门。

快活老兄继续漫游，到了一个地方。这地方矗立着一座辉煌的宫殿，离宫殿不远有家蹩脚旅店。快活老兄请求在店里住宿，老板却赶他走，说什么：“没有床位了，店里已住满上等客人！”“我真奇怪，”快活老兄说，“上等人竟来您这儿，不去那座漂亮宫殿。”“是的，”老板回答，“在那儿过夜有问题嘛，谁想去试一试，就休想活着出来。”“如果有其他人已经试过，”快活老兄说，“那咱也想去试试。”“算了吧，”老板说，“会要你的命的！”“不会立刻就要命，”快活老兄说，“给我钥匙，还有好吃的和好喝的！”于是，老板给了他钥匙和饮食，快活老兄拿着走进宫殿，先美美吃了一顿，终于疲倦了，因为没有床，倒在地上便睡。他也很快睡着了，可半夜里却被一阵巨大的噪声吵醒。他打起精神一看，只见房里有九个狰狞的魔鬼，在他周围围成一圈，正狂舞乱跳，蹦来蹦去。快活老兄说：“你们跳吧，蹦吧，想蹦跳多久都成啊，只是别太靠近我！”可是魔鬼们却越来越逼近他，丑陋的脚丫子差点儿踩着他的脸。“静一静，你们这些死鬼！”快活老兄嚷嚷道。哪知魔鬼变本加厉，越闹越凶。快活老兄火了，吼道：“呵呵，我要叫你们马上出不了声！”说着抓起一条椅子腿，朝魔鬼堆里乱打。然而，一个士兵对九个魔鬼，实在寡不敌众，他打前面的一个，其他魔鬼便在背后揪着头发，扯得他生疼。“鬼东西，欺人太甚，忍无可忍！”他叫起来：“等着，九个通通进我背囊去！”只听呼地一声，魔鬼们全冲进去了。他扎紧背囊，扔到了屋角里。这一来便静悄悄的了，快活老兄又倒在地上，一觉睡到大天明。天亮后，旅店老板和拥有这座宫殿的贵族走来，想看看情况怎么样了。当他们发现快活老兄安然无恙，精神抖擞，便惊讶地问：“那些鬼怪没打搅你吗？""怎么没有？"快活老兄回答，"所以我把他们九个全请进了我背囊里。现在您可以安安心心搬回自己的宫殿住了，从今后再没一个魔鬼在里面作祟！"贵族向他表示感谢，送给他许多礼物，请他留在宫里做事，答应很好地供养他一辈子。"不，"快活老兄回答，"我习惯了到处流浪，想到别处去。"说罢又走了。他走进一家铁匠铺，把装着九个魔鬼的背囊放到铁砧上，请铁匠师傅和他的伙计们捶一捶。铁匠们抡起他们的大铆头使劲捶打，打得魔鬼们嗷嗷怪叫起来。最后解开背囊，八个魔鬼已经死了，可有一个藏在折缝里的还活着，钻出来逃回地狱去了。

　　随后快活老兄又长期在世界上流浪，谁要知道详情，就会讲许多有趣的故事。可终于，他老了，考虑到临终问题，便去找一位以虔诚著称的隐士，对他说："我流浪得疲倦了，希望现在上天堂。"隐士回答："有两条路，一条宽敞舒适，通向地狱；另一条狭窄崎岖，通向天堂。"快活老兄想：我要是走狭窄崎岖的一条，我准是傻瓜。他于是走上了那条宽敞而舒适的路，最后来到一扇黑色的大门前。这门呐，就是地狱的门。快活老兄打起门来。守门的鬼瞅了瞅外边是谁。可他看见快活老兄，便吓坏了，原来呀，他正好是在背囊里呆过，好容易才鼻青脸肿地逃了出来的第九个魔鬼！因此他飞快插上顶门杠，跑去报告鬼王："外边有个带背囊的家伙想要进门来，可千万别放他进来哟，要不他会叫整个地狱都进他背囊里去！有一次，我在里边让他狠狠捶了一顿呢。"于是，看门鬼在里边大声通知快活老兄，他休想进地狱来，还是滚吧。快活老兄想：既然他们不要我，我就天堂看看能不能落脚；咱总得有个呆的地方嘛。他于是一转身，往前走啊，走啊，终于走到天门外，也敲了敲。坐在门里值班的正好是圣彼得，快活老兄一眼认出了他，心想：这儿你找到了你的老朋友，情况会好一些。哪知圣彼得说："我不信，你难道也想进天堂？"——"放我进去吧，好老哥，我可非进去不可哩。要是他们地狱里肯收留我，我也不

286

会上这儿来了呀。""不行,"圣彼得回答,"你不能进来。""那好,你不放我进去,就请也收回你这背囊:今后咱再不跟你打交道!"快活老兄说。"那就拿背囊来,"圣彼得回答。说着,背囊通过栅栏递进了天国中,圣彼得接过去,挂在了靠椅旁边。这时,快活老兄突然说:"现在我希望我自己进背囊去!"呼——他到了背囊里。这一来,快活老兄便进天堂啦,而圣彼得也只好让他留在里面了。

82. 赌鬼汉斯

从前有个汉子,他除了赌博什么都不干,因此大家只叫他"赌鬼汉斯"。他不停地赌啊赌啊,赌得输掉了房子,输掉了全部家什。眼下已到了债主们要赶他出门的最后一天,偏偏上帝和圣彼得来对他说,希望他留他们在家里过一夜。赌鬼汉斯回答:"留下过夜吧,我没问题的,只是我既不能给你们床,也不能给你们任何东西吃。"

上帝听了说,他只要留下他们,他们自己会买点东西吃。赌鬼汉斯同意了。于是,圣彼得给他三个铜钱,让他去面包铺买个面包回来。赌鬼汉斯马上去了。可当他走到其他赌鬼们聚在一起的房子前面,这些赢走了他一切的家伙又冲他大喊大叫:"进来呀,汉斯!""进来呀,汉斯!""哼,"汉斯说,"你们想把我这三个铜板也赢去吗?"可赌友们仍不放过他。他现在果真进去了,又输掉了那三个铜板。圣彼得和上帝在家一等不来,二等不来,老等还是等不到汉斯,就出门迎他去。赌鬼汉斯呢,看见他们走来,便装作把铜钱掉进了水坑里,起劲儿地在水中搅过来,搅过去。可是,我们的上帝已经知道,他把钱输掉了。没法子,圣彼得又给汉斯三个铜板。这次他没再受引诱,而是把面包给他们买了回去。

上帝问他，有没有酒。汉斯回答："噢，先生，所有酒桶全空了。"这时上帝告诉他，只管下酒窖去，那儿还有一桶上好的葡萄酒呐。汉斯不肯相信，可他最后还是说："我下去就下去，不过我知道，窖里根本没酒。"不料他一拔开桶塞子，上好的酒便流了出来。汉斯把酒送给他们，他俩在汉斯家过了一夜。

第二天一大早，上帝告诉汉斯，他可以请求得到三种恩赐。上帝以为，赌鬼汉斯会请求升天堂，谁知他请求得到的却是：一副牌，用这牌他可以赢来一切；一副骰子，用这骰子他可以赢来一切；一棵长着各种果实的树，谁爬上这棵树都再下不来，除非汉斯命令他下树。这时上帝给了他要的三件东西，带着圣彼得离开了。

现在赌鬼汉斯才真开始大赌特赌，很快就赢到了半个世界。圣彼得见此情况对上帝说："主啊，事情不妙，他到头来会把整个世界赢去的，咱们必须派死神去捉他。"于是他们派去死神。死神赶到时，汉斯自然正坐在赌桌上。死神对他说："汉斯，跟我出去一会儿！"赌鬼汉斯却回答："只等我打完这一盘；你先爬到外边的树上去，摘一点果子咱们路上吃好吗？"死神爬到了树上，可他想下来却不能够啦。汉斯让他在上边一蹲七年，七年中便没死一个人。圣彼得见了对上帝说："主啊，情况不好，一个人也不再死去，咱们得亲自走一趟。"现在他们亲自来了。上帝命令汉斯让死神下树来。汉斯马上去对死神说："你下来吧！"死神一下来马上捉住他，把他掐死了。随后他俩一起上路。到了另一个世界。这时，赌鬼汉斯走到天门外敲起门来。"门外是谁呀？"——"是赌鬼汉斯呗！"——"嗨，这样的人我们不需要，走开！"于是他又走到炼狱敲门。"外边是谁呀？"——"是赌鬼汉斯呗！"——"哎唷，咱们这儿不幸与祸患已经够多了，不想再赌博，你请走吧！"没办法，汉斯走到地狱门外，那儿放他进去了。地狱里只有老魔王和几个弯腰驼背的小鬼，身板儿笔直的都到世界上办事去了。汉斯马上坐下来，又开始赌博。老魔王除去几个弯腰驼背的小鬼一无所有，赌鬼汉斯就从他手里把他们赢了去，因为他有副能赢去一切的牌嘛。好个赌鬼汉斯，他这时竟带他那些小鬼去到霍恩福特，从地里拔了些长长的蛇麻秆子，拿去捅天，捅得天堂哗啦哗啦响起来。圣彼得一见又说："主啊，不好啦！咱们只好放他进来，否则他会把咱们天捅掉了的。"这下便放赌鬼汉斯进了天堂。可是他马上又开始赌，而且那么个吵吵嚷嚷呵，真叫人连自己讲话都听不清了。圣彼得忙说："主啊，不行不行，咱们必须扔他出去，否则他会给咱们把天闹翻！"

他们马上冲过去揪住赌鬼汉斯，把他扔出天国。赌鬼汉斯的灵魂摔碎了，附到赌徒们身上，一直活到了今天。

83. 汉斯交好运

汉斯在他主人家里干了七年活儿。这一天他告诉主人："东家，我的期限干满了，很想回到母亲那儿去，请付我工钱吧。"主人回答："你替我干活儿挺老实，挺忠心。活儿干得怎样，报酬也该怎样。"说完，就给了汉斯一块大得跟他脑袋似的金子。汉斯掏出他的手帕来裹好金块，扛到肩上，动身回家去了。他一步一步，走着走着，突然有一个骑手闯进他的视野。此人雄赳赳地骑着一匹快马，兴冲冲地跑过来。"哈，"汉斯大声感叹，"骑马可真叫美哟！就跟坐在椅子上一样，脚不会踢着石头，又省鞋子，不知不觉已往前走了。"骑手听见了，勒住马大声问汉斯："嗨，那你干嘛又步行呢？""我非步行不可呀，"汉斯回答，"我得扛一大块东西回家去，尽管是块金子，却害得我脖子也伸不直，肩膀压得很痛。""你考虑一下，"骑手说，"咱们可以交换嘛：我给你马，你给我那块东西。""太高兴了，"汉斯回答，"不过我得告诉你，你扛起来会挺吃力的。"骑手下马来，接过金子，扶汉斯爬上马，把缰绳交给他捏着，然后告诉他："如果你要它快跑，就得用舌头弹出'得尔，得尔'的声音，并且喊'霍卜，霍卜'。"

汉斯自由自在地骑在马上往前走，心里头好不高兴。走了一会儿，他想起可以跑快些，便用舌头弹出"得尔，得尔"，并且高叫"霍卜，霍卜"。马立刻撒开四蹄飞奔，汉斯还没回过神来，已经被甩下来，掉在了大路和田地之间的沟渠里。如果不是有个农民赶着头母牛经过，替他拉住了马，马肯定也跑掉啦。汉斯浑身疼痛，好不容易才爬起来，垂头丧气地对农民说："这骑马真不是好玩儿的，加上又遇着这样头畜牲，它几蹦几跳就甩你下来，叫你摔断脖子。咱从今以后再不上马了！我真羡慕您的母牛。您可以慢吞吞地跟在后面溜达，而且每天一准还得到它的奶、黄油和乳酪。嗨，只要有这样一个母牛，我什么代价都肯出啊！""喏，"农民说，"我就大大地成全老兄吧，愿意拿我这母牛和您的马交换。"汉斯满意欢喜地同意了。农民跳上马背，飞驰而去。

汉斯不慌不忙地赶着牛，心里还老想着做了一笔好交易。"只要咱有一块面包——面包咱总不会缺的，就可以抹上黄油和乳酪，什么时候想吃什么时候都可以抹；要是口渴了，咱就挤牛奶喝。心啊，你还想要什么呢？"想着想着到了一家饭店。他停下来，高高兴兴地吃光了带着的午饭连同晚饭，还用仅剩的几文钱买半杯啤酒喝了。随后他又赶着母牛，继续朝着母亲住的村子走去。时间慢慢接近正午，天气越来越热。汉斯走在一片荒原上，大概还要一个钟头才走得出去。这时他已觉得非常热，已口渴得舌头粘住了上腭。有办法啦，汉斯想，现在我来挤牛奶，喝牛奶吧。他把母牛拴在一棵枯树上，没有桶就把自己的皮便帽摆在下边接奶，可是不管他怎么拼命挤啊挤啊，都不见流出一滴奶来。而且，他笨手粗脚的，弄得牛不耐烦起来，终于抬起后蹄朝他脑袋上一下子踢去，踢得他栽倒在地上，好久不省人事。幸好来了一个屠夫，用

290

小车推着一只猪崽。"这是搞的什么名堂!"他嚷嚷着,扶起汉斯。汉斯讲了发生的事情,屠夫把自己的水壶递给他,说:"先喝点儿解解渴吧。这母牛多半不会出奶了,是头老牲口,充其量只能拉拉车,或者宰掉。""唉,唉,谁想得到哟!"汉斯抹着脑袋上的头发,说。"要是能在家里宰掉这畜牲,肉准很多,那自然好。可我不怎么喜欢吃牛肉,觉得没多少油水。对,要有您那样一头小猪才好呢!猪肉味道不一样,还可以灌香肠。""我说,汉斯,"屠夫讲,"为了成全你,我愿和你交换,猪归你,牛给我。""您真够朋友,上帝保佑您!"说着,汉斯把牛给了人家,自己从小车上解下猪崽,拉着绳子牵猪走了。

汉斯边走边想,他真叫事事如意,每当发生什么不称心的情况,立刻就会出现好的转变。没过多久,来了个抱着只漂亮白鹅的小伙子,与他同路。他们相互问了好,汉斯开始讲自己多么有运气,如何在交换东西时总占便宜。小伙子也告诉汉斯,他那只鹅是送去给一个孩子行洗礼时聚餐用的。"拎一拎,"他抓住两只鹅翅膀,继续说,"瞧它有多重!它才养两个月哩。谁一咬红烧鹅,嘴角两边都会流油!""是的,"汉斯用一只手掂了掂,说,"它是有些份量,可是咱的猪崽也不差啊。"小伙子却神情严肃地左看看右看看,摇了摇脑袋,然后说:"听着,你这只猪有点问题。在我刚才经过的那个村子里,村长正好有一只猪被人从圈里偷走啦。我担心,我担心它正是你手里这只呐。他们已派出人来找,要是把你连猪一块儿逮了去,那就不妙了:最少也关你进黑牢。"善良的汉斯害了怕,说:"啊,上帝!你解解我的危吧,这一带你更熟悉,牵走我的猪,把你的鹅给我吧!""那我就冒险喽,"小伙子回答,"不过,我也不愿袖手旁观,看着你遭不幸。"他于是接过绳子,牵着猪很快走上了一条岔路。善良的汉斯呢抱着鹅,心情轻松地向家里走去。"仔细想起来,"他自言自语,"我换得还是合算:第一有美味的烧鹅肉,第二可滴出很多油,足够涂三个月面包吃,最

291

后还有雪白美丽的鹅毛，可以请人替我装一个枕头，让我安安稳稳地睡在上面。我的母亲会多么高兴啊！"

汉斯走过最后一座村子，看见一个磨剪刀的人站在他的小车旁，车上的砂轮骨碌碌地转着，磨刀人唱道：

> "我磨剪刀，转动砂轮，
> 看风使舵是咱的本领。"

汉斯停下来在一旁瞧着，终于忍不住和人搭讪："你真舒服，一边磨刀一边取乐。""是的，"磨刀人回答，"这是门金不换的手艺。一个好磨刀人什么时候伸手进口袋，都可以掏出大把的钱。可是，你在哪儿买到这么只漂亮的鹅呢？"——"这鹅不是买的，是用我的猪崽换的。"——"那么猪崽呢？"——"是我用一头母牛换来的。"——"那么母牛呢？"——"是我用一匹马换来的。"——"那么马呢？"——"换这马我用一块金子，这金子跟脑袋一般大。"——"那么金子呢？"——"唉，它是我干七年活儿的报酬呗。"——"你真是永远有办法，"磨刀人说，"你现在可以使自己一站起来钱就在口袋里叮铛响，从此好远不断。""我该怎样办呢？"汉斯问。——"你得像我一样当个磨刀人，为此只需要一块磨刀石，有了磨刀石就别的全有了。我这儿正好有一块，虽然缺了一点儿，你却不用拿更多东西跟我换，只把鹅给我得了，愿意吗？""还用问吗？"汉斯回答，"我会成为全世界最幸福的人——我什么时候伸手进口袋都有的是钱，还用发什么愁呵？"说着把鹅交给人家，接过了磨刀石。"喏，"磨刀人从旁边的地上拾起一大块普通石头，说，"这儿再添给老兄一块大大的，它是个好砧，你可以在上边锤你的旧钉子。喏，好好拿着！"

汉斯扛起石头，心满意足地往前走，两眼高兴得发着光彩。"我出生时一定带着胎膜，"他叫道，"要不怎么总是称心如意，像

292

个幸运儿!"因为天一亮就上了路,这时候他已开始感到疲倦,再加上他在换到牛后一高兴吃掉了全部干粮,肚子又饿得挺难受,他只能咬紧牙往前走,走一会儿就歇一歇,而且那两块石头也压得他够受。这一来,汉斯到底忍不住想,如果现在不用再扛它们,有多好啊!慢慢地,像只蜗牛,他挪动到了一口井边,想歇歇气,喝口凉水提提神,可为了不在坐下时摔坏石头,他小心翼翼地把它们搁在旁边的井沿上。石头放好后,他才坐下来,打算趴下去喝水。哪知他一不留神,稍微碰着一点点,两块石头扑通扑通都落到了井里。汉斯眼看着它们沉下去,突然高兴得跳了起来,随后他跪到地上,眼泪汪汪地感谢上帝,感谢他还赐给自己这样的恩典。让他以这么好的方式摆脱那两块完全成了累赘的沉重石头而一点不用自己责备自己。"在世界上没任何人像我运气这么好!"汉斯叫起来。这下子,他摆脱了一切负担,心情轻松地往前跑,一直跑回到母亲家里。

84. 汉斯成亲

从前,有个年轻农民名叫汉斯,他表哥很想替他找一个有钱的妻子。一天,他叫汉斯坐在火炉背后好好暖和一下身子,然后给他一罐牛奶,好些个白面包,并塞一枚新铸的亮锃锃的银元在他手里,说:"汉斯,银元捏牢了,白面包慢慢掰进牛奶里,坐在这儿别离开,一直等我回来!""好的,"汉斯回答,"一切照办。"于是,表哥穿上一条打着补丁的旧裤子,去邻村向一个富农的闺女提亲了。他说:"你不愿嫁给我表弟汉斯吗?你会得到一个聪明能干的丈夫,包你称心如意哩!"姑娘贪财的父亲问:"他的财产怎么样?有吃有喝吗?""好老哥,"求亲者回答,"咱表弟住得暖和,手头捏着白花花的银元,有吃又有喝。他的田产不比咱身上的补丁少，"说时拍了拍自己的补丁裤子，"老哥要不嫌麻烦，就请跟我去，马上叫您看看咱说的全是真话！"老吝啬鬼不肯放过好机会，说："如果真是这样，我对这门亲事没啥好反对。"

　　这样便定好日子结了婚。婚后，新娘子想去地里看看丈夫的田产，汉斯在去之前先脱掉礼拜天穿的好衣服，换上了一件补丁裤子，说："咱可不能糟蹋好衣服。"接着，他们来到地头上，沿途每见一片做了标志的葡萄园或是一块块分隔开的庄稼地和草场，汉斯就指点着自己裤子上大大小小的补丁说："这一块是我的，那一片也是，我的宝贝儿，你瞧你瞧！"汉斯这么讲，不是要他老婆望那广阔的农田，而是要她看他的裤子，因为嘛，这裤子倒真是他自己的。

85. 金 娃 娃

　　从前有个穷丈夫和穷妻子，他俩除去一间小茅屋便什么都没有，单靠着打鱼为生，穷得吃了上顿没下顿。可是有一天，丈夫在河边撒网，一网拉起来一条鱼，浑身都是金的。他正望着鱼吃惊，不想鱼却开始说话了。鱼讲："听着，渔夫，你如果放我回河里，我就把你那小茅屋变成一座华丽的宫殿！"渔夫回答："宫殿对我有什么用，我连吃的还没有哩？""吃的我也让它有，"金鱼继续说，"宫里将摆着个大柜子，你打开柜子就会看见里面有一碗碗最好吃的东西，要多少有多少。""要这样嘛，"渔夫说，我也可以满足你的心愿。""是这样，"金鱼说，"只不过有个条件：你不能向世界上任何人透露你的幸福是哪来的，不管这个人是谁。你要说出一个字，就一切都完啦！"

　　渔夫把这奇怪的鱼扔回水中，走回家去。在从前立着他那小茅屋的地方，眼下果真矗立着一座大宫殿。他张大眼睛望了一会

294

儿，才走进去，看见他老婆穿戴着一身漂亮衣服，坐在一间华丽的房间里。她满脸喜气，说："当家的，怎么一下子成了这样？我真高兴呵！""是啊，"丈夫回答，"我也高兴；只是我已饿得很厉害，先给我点吃的吧。"妻子说："我没有什么吃的，在这幢新房子里也不知道去哪儿找。""没问题，"丈夫说，"我看见那边有只大柜子，去打开瞧瞧！"妻子一开柜子，里边便蛋糕呀肉呀水果呀酒呀全摆得好好的，叫人看着直冒口水。妻子高兴得叫起来："我的心肝，你还有什么好要的？"夫妻俩马上坐下来，一起吃喝开了。吃饱了，妻子问："可我说，当家的，咱们所有这些财富是哪儿来的呀？""唉，"丈夫回答，"别问我这个，我不能告诉你。我要告诉了任何人，咱们的幸福就失去啦！""好，"妻子说，"既然不能让我知道，我也不想知道了。"可是呢，她讲的并非真话，而是她白天黑夜都不再安宁。她缠丈夫，磨丈夫，直到他最终忍耐不住，讲出来一切一切都是一条金鱼给的，为此，他放掉了曾经捞到的这条怪鱼。话刚出口，华丽的宫殿和柜子立刻消失得没了影儿；他俩又坐在原来的破渔舍里。

　　丈夫不得不从头开始他的打鱼营生。然而命运注定，他又一次打到了那条金鱼。"听我说，"金鱼又讲，"要是你放我回水里，我愿意把宫殿连同那个装满烧烤食物的大柜子再给你，只是你得坚持住，千万别泄露你从谁那儿得到的，否则一切又会失去。""我一定小心，"渔夫回答，同时把金鱼扔回了水中。家里突然一切又恢复到前些时荣华富贵的样子，妻子也喜气洋洋，只是好奇心却不让她安宁，没过几天她又盘问起丈夫来：这是怎么回事呀？他怎样弄到了这一切呀？丈夫沉默了一段时间。可她终于搞得他很恼火，一张口把秘密暴露了出来。转眼间，宫殿没影儿了，他俩坐在从前的小茅屋里。"这下你开心啦！"丈夫说，"这下咱们又该挨饿喽。""唉，"妻子回答，"我宁肯没有那样的荣华富贵，也要知道它的来历，要不我别想安宁！"

丈夫又去打鱼，过了一些时候偏偏第三次捕到了那条金鱼。"听着，"金鱼说，"我看清楚了，我注定要一次次落到你手里。带我回家吧，把我切成六块，两块给你妻子吃，两块给你的马吃，还有两块埋进地里，这样做你会有福的。"渔夫把金鱼带回家，按照金鱼说的做了。于是，埋在地里的鱼块长出来两棵金百合，那马产下两只金马驹，渔夫的妻子呢，则生了两个纯金的娃娃。

两个娃娃慢慢长大了，魁伟而又英俊；两棵百合和两匹马也随着长大起来。一天，他们说："爸爸，我们要骑上自己金马，到世界上去。"父亲却忧伤地回答："要是你俩离家走了，我又不知道你们过得怎么样，我真受不了啊！"儿子们说："这两棵金百合还在家里嘛，看它们你可以知道我们过得怎么样：它们是新鲜的，我们就健康；他们枯萎了，我们就病啦；它们要是倒掉，那我们就已死去。"小伙子骑着马走了，来到一家饭店。店里有许多人，他们看见两个金娃娃，便开始笑他俩，讥讽他俩。其中一个听见嘲讽，感到羞耻，不愿再去见世面，又回到了父亲身边。另一个却骑着马继续朝前走，到了一片大森林前面。他想往里去，人家告诉他："不行，去不得啊，森林里到处是强盗，会害你的，特别是他们见你是金的，你的马也是金的，就一定会把你们杀死啊！"可小伙子没被吓着，而是说："我非走过去不可！"说着拿些熊皮来把自己和马一起裹上，一点金子不露在外边，然后便催马走进森林。他走了一段，突然听见小树丛中响起窸窸窣窣的声音，还有几条嗓子在交谈。一边在喊："那儿来了个人！"另一边应声说："让他去吧，是个披熊皮的穷光蛋，跟教堂里的耗子一样毫无油水，弄他干什么！"这样，金娃娃侥幸地通过了森林，没出任何事情。

一天，他来到一座村庄，见到一个姑娘，这姑娘漂亮极了，他真不信世界上还会有姑娘比她更美。他非常非常喜欢姑娘，就走过去对她说："我打心眼儿里爱你呵，你肯做我的妻子吗？"他呢也很中姑娘的意，她因此回答说："是的，我愿意做你的妻子，一辈子对你忠诚。"于是一起举行婚礼。谁知就在他们最快乐幸福的时候，新娘的父亲回家来了，一见女儿在结婚，惊讶地问："新郎呢？"女儿指指仍旧裹着熊皮的金娃娃。父亲一见大为恼怒，说："一个披熊皮的穷鬼永远别想娶我女儿！"说着就要去杀他。新娘苦苦哀求父亲说："他已经是我丈夫，我打心眼儿里爱他哟！"终于使父亲心软了。可是，他到底还是想不通，第二天一大早就起来，想去看看女婿是否真是个下贱的穷叫花子。哪知道他一看，却看见床上睡着个英俊漂亮的金小伙子，熊皮被脱下来扔在了地上。他连忙退回去，心想："好在我息了怒，不然就干大傻事喽！"

　　当时，金娃娃还在做梦，梦见他正追赶一头美丽的梅花鹿，早上醒来便对新娘子讲："我想出去打猎。"新娘子很担心，求他留在家里，说："你很容易遇到不幸啊！"金娃娃却回答："我一定得去。"他起床来，向森林里走去，没走多久，面前果然出现一只高傲的梅花鹿，跟他梦见的一模一样。他举起猎枪准备射击，梅花鹿却飞快跑了。他跟踪追去，跳过一道道壕沟，穿过一丛丛灌木，追了整整一天仍不知疲倦，可是傍晚，梅花鹿却一下从他眼前消失了。金娃四处张望，看见一所小屋，屋里坐着个巫婆。他敲敲小屋的门，老婆子走出来问："天这么晚了，你到密林里来干什么？"——他说："您没见一头梅花鹿吗？""噢，"老婆子回答，"我知道那头梅花鹿。"说话间，一只跟着巫婆出门来的小狗，冲着小伙子吠叫得很厉害。"住嘴，你这可恶的癞蛤蟆，"他说，"要不我一枪打死你！"老巫婆一听火了："什么，你要打死我的小狗！"说罢把他一变，他躺在地上，成了一块石头。新娘子等啊等啊仍不见他回来，想："一定真出了我非常害怕和担心的事啦！"

　　可是在金娃娃家里，他兄弟站在金百合前，看见一棵已经倒了。"啊，上帝，"他叫起来，"我的兄弟大祸临头了，我一定得去，看还有没有可能救他。"父亲说："别去吧，要是把你也失去了，叫我怎么活哟！"儿子却回答："我一定得去！"说着，他骑上自己的金马走了，走啊走啊，终于到了他兄弟变成石头躺在里边的大森林中。老巫婆走出房来叫住他，打算也对他作法；可他不靠近她，而对她说："你要不让我兄弟活转来，我开枪打死你！"尽管极不愿意，老婆子还是用手指碰了碰那石头。突然，它恢复了人形，活啦！两个金娃娃很高兴又见面了，又是亲吻，又是拥抱，然后一道骑马走出森林，一个去自己的新娘身边，一个回到父亲家里。父亲见他回来，立刻说："我就知道你已救了你的兄弟，因为那棵金百合突然又立起来，照常开花喽。"从此以后，他们快乐地活着，一辈子都这样。

86. 狐狸与鹅群

一次，狐狸走到草地上，见那儿放牧着一群又美又肥的鹅，不禁笑起来，说："我来得太巧啦！你们乖乖儿地蹲在一块儿吧，我好一只一只地把你们全吃掉。"鹅吓得嘎嘎叫，跳起来哭啊喊啊，苦苦哀求饶命饶命。狐狸才压根儿不听哩，说："没什么好饶的，你们都得死！"终于，有一只鹅大起胆子求狐狸："既然我们这些可怜的鹅年纪轻轻就非死不可，那请你至少给我们一个恩典，允许我们先忏悔一下，免得我们带着罪孽死去呀。然后，我们还要排个队，使你每次总能挑出我们当中最肥的来。""好，"狐狸回答，"有道理；这个请求表现了虔诚的信仰。忏悔吧，我等着，等多久都行！"于是，第一只鹅便开始一次长长的忏悔，一个劲儿地"嘎嘎嘎，嘎嘎嘎！"由于它老没个完，第二只鹅等不及轮到自己，也"嘎嘎嘎！"起来。第三只和第四只跟着它叫，不一会儿，所有鹅便一齐嘎嘎嘎地叫开啦。

要等到它们忏悔完，这篇童话才好讲下去，可它们一直还在忏悔，忏悔个没完没了。

87. 穷人和富人

古时候，亲爱的上帝还自个儿在人间流浪，一天傍晚他疲倦了，还没赶到一家旅店天就黑了下来。这当儿，在他面前的路两边，门对门立着两所房子：一所看上去大而漂亮，另一所又小又寒碜。大的一所属于一位富人，小的一所属于一位穷人。咱们的上帝想："对富人我不会成为负担，就去他那儿过夜吧。"富人听见上帝敲他的门，打开窗户问陌生人想干什么。上帝回答："我请求住一夜。"富人从头到脚瞅了流浪汉一通，看见亲爱的上帝穿得普普通通，口袋里不像有许多钱的样子，摇了摇头，说："我不能招待你。我的房间里堆满了蔬菜和粮食，如果谁来敲门都接待，那我自己也只好当叫花子去。你另想办法吧！"话没说完，已砰地关上窗户，让亲爱的上帝站在外面。没办法，上帝转过身，向小房子走去。他刚一敲门，穷人就把门打开，请流浪者进去。"留在我这儿过夜吧，"穷人说，"天已经黑了，今天您反正没法再赶路。"上帝一听很高兴，就进了他的房子。穷人的妻子也握着上帝的手欢迎他，请他随便一些，不要客气，说他们虽然吃的东西不多，却打心眼儿里乐意与他分享。随后，她把马铃薯放到火上，趁马铃薯煮着的时候又去挤羊奶，以便大家还可以喝上一点。桌子摆好了，亲爱的上帝便坐下来和他们一块儿吃。饮食很简单，他却吃得挺有味儿，因为两位主人都是和颜悦色的。吃完饭，到了睡觉的时候，主妇把丈夫悄悄叫到旁边，说："听着，亲爱的，今晚咱俩搭个草铺吧，让那可怜的流浪者睡在我们的床上好好休息休息，他整天价赶路，一定很累的。""非常乐意，"丈夫回答，"我去告诉他。"说着就去上帝那儿，请他考虑是不是睡在他们的床上，好好休息一下胳膊腿儿什么的。仁慈的上帝不忍心占用两位老人的床铺，他们却不肯罢休，直到上帝终于同意了睡在他们床上。他们自己呢，在地上铺上草睡了。第二天天没亮，他俩已起来为客人做早饭，而且拿出了最好的东西。等阳光射进了窗户，上帝也起了床，他和他们一块儿吃饭，吃完便打算上路。已经走到门口，上帝才转过身来说："因为你们富于同情心，又很虔诚，我乐意满足你们三个心愿，你们自己选择三样东西吧。"穷人回答："除了永久的幸福，我还能希望什么呢？其次，希望我们俩活着时都健康并且不缺吃喝。第三项我就不知道希望什么才好啦。""难道你不希望把旧房子换成新房子吗？"上帝问。"噢，对了，"穷人回答，"要是这我也能得到，那敢情好！"上帝于是满足他们的愿望，把他们那旧房子变成了一幢新房子，并且再一次祝福过他们，才上了路。

已经是大白天，富人刚起床。他趴在窗口上，突然发现对面从前立着一所小破房子的地方，现在有了一幢崭新漂亮的红砖房。他张大了眼睛，叫来老婆说："告诉我，是怎么回事？昨天晚上还是一所又破又旧的小屋，今天就变成一幢漂亮的新房子！过去打听打听，是怎么来的。"富人的老婆便去盘问穷人。穷人对她讲："昨晚上来一个流浪者借宿，今天早上临走时他满足了我们三个愿望，就是一：永远幸福，二：一生健康和不缺吃喝，三：把我们的旧屋子换成了一幢漂亮的新房。"富人的老婆急忙跑回去，向丈夫报告了一切的由来。丈夫说："我真恨不得把自己掐死，揍死！我要早知道有多好！那陌生人先上咱们这儿请求借宿，我却把他给赶走了。""快，"老婆说，"快骑上你的马去追，你还追得上那个人。追上了，他一定也会满足你三个愿望！"

富人接受了这个好意见，骑上马猛追，果真赶上了亲爱的上帝。他说话彬彬有礼，殷勤和蔼，请他千万别见怪，说什么昨晚没有马上让他进家里去，当时找房门钥匙来着，钥匙却不见了。上帝要是再走原路回去，一定请去他家里住。"好的，"上帝回答，

300

"我要什么时候回来，愿意住你家。"富人赶紧问，那么，他是不是像他邻居一样，也可以提出三个愿望呢？好，上帝说，他当然可以，只是这样做对他自己不恰当，他还是不提什么愿望好些。富人却认为，只要有把握实现，他就不妨作出选择，愿自己幸福更幸福。"回去吧，"上帝说，"你发的三个愿，我会叫它们实现的。"

现在，富人目的达到了，才骑马往回走，并开始考虑他该希望些什么。他想啊想啊，不知不觉丢掉了缰绳，马开始蹦跳，妨碍了他，叫他根本集中不起思想来。他拍拍马脖子，说："安静点，利斯！"谁知一会儿马又来了情绪，他给气坏了，心烦意乱地大叫一声："我真希望摔断你的脖子！"话刚出口，扑通一声，马倒在地上，一动不动地躺在那，死啦！这样，上帝满足了富人的第一个愿望。他呢，生性吝啬，舍不得扔下那马鞍子，把它割下来驮在背上，只好步行回家。"你还剩下两个愿好发哩。"他想，并拿这个安慰自己。这时，他慢慢地穿过一片沙滩，正午的太阳火烧火燎的，他感到很热，心情也挺烦躁：马鞍子压在背上怪沉的，他又一直想不起该再希望些什么。"就算我希望得到了全世界的王国和财富吧，以后我还是会想要这样那样的东西，这我事先知道，"他自言自语，"可是，我要想出个办法来，叫我以后根本不剩下任何值得再希望的东西才好！"接着，他叹了一口气，说："是啊，我要是个巴伐利亚的农民，也得到允许发三个愿，那我就有主意喽：我第一要有许许多多啤酒，第二要啤酒喝都喝不完，第三，要最后再加一桶啤酒。"有几次，他以为总算想出来了，结果过一阵又觉得太少。这时候，他不禁想起，他老婆这会真叫舒服，坐在家里凉爽的房间里，没准儿还吃什么好东西哩。这一想他生气极了，不知不觉地说来："我希望她在家坐在这马鞍上下不来，免得我把这家伙驮在背上。"最后一个词儿刚出口，他背上的鞍子就没有啦。富人发现，他的第二个愿望也得到了满足。现在他更热得受不了，于是跑起来，想回家把自己一个人关进房间里，为最后一

301

个愿望想出什么大得了不起的东西来。谁知跑到家，推开房门，他看见自己的老婆坐在房间中央的马鞍上下不来，又是叫，又是哭。他于是说："别着急，我要发愿为你弄来全世界的所有财富，你就在上边呆着吧。"老婆骂他是木头脑袋，说："我坐在鞍子上都下不来，要全世界的财富有什么用！是你希望我坐上来的，你也得弄我下去。"富人愿也好，不愿也好，都不得不发第三个愿，使他老婆脱离马鞍子，爬到下边来，而他这个愿也马上应验了。也就是说，富人除去气恼、劳累和咒骂以外什么都没捞到，而且还失去了一匹马。穷人夫妇却生活得快乐、宁静而虔诚，直到安然长眠。

88. 狮子和会唱会跳的百灵鸟

从前，有一个人要作长途旅行。临行时，他问自己的三个女儿，她们要他给带什么。大女儿回答要珍珠，二女儿回答要金刚钻，三女儿却说："亲爱的爸爸，我想要一只会唱会跳的百灵鸟。""好的，"父亲回答，"只要我捉得到，我一定带给你。"说着吻了三个女儿，出发了。过了一些时候，他又踏上了归途，并已经为大的两个女儿买到珍珠和钻石，可到处寻找小女儿要的会唱会跳的百灵鸟却没找着，心里感到挺遗憾，因为他最疼爱他的小女儿嘛。一天，他穿过一片森林，林中有一座漂亮的宫殿，宫殿旁边长着一棵树，就在这棵树的树梢顶上，他看见有一只百灵鸟在那儿又是唱，又是跳。"哎，你来得正好！"他高兴地说，急忙叫他的仆人爬上树去抓那只鸟儿。可谁知道，仆人一走近树，树下立刻跳出来一头大狮子，抖动着鬃毛大声咆哮，震得周围树上的叶子都颤栗起来。"谁想偷走我会唱会跳的小百灵，我就把谁吃掉。"狮子吼道。那位父亲回答："我不知道这只鸟儿是你的，可我愿意

302

改正自己的错误，并且多多地给你一些金子，只求你留下我的性命。"狮子却说："你想活命只有一个办法，就是在这儿起誓：回家后第一个碰见什么，就把什么送给我。你要愿意这样做，我不但饶你的命，还把树顶上那只小鸟送给你女儿。"那位父亲呢，不肯这样做，他说："我很可能失去我的小女儿啊，因为她最爱我，我每次回家去，都是她第一个跑来迎接！"可他的仆人很害怕，因此劝他说："难道一定会是您的女儿吗？也可能是一只猫或者一条狗哩。"那个父亲被说动了，接过了狮子会唱会跳的百灵鸟，答应把回家后碰见的第一件东西送给狮子。

回到家，他一踏进门，第一个碰见的不是别的，正是他最小的女儿！她飞快朝父亲跑来，又是拥抱又是亲吻，一见他带回来了那会唱会跳的百灵鸟儿，更加喜不自胜。父亲却欢喜不起来，反倒开始痛哭流涕，说："亲爱的孩子，这只小鸟儿可花了我大代价啦！为得到它，我被迫答应把你送给狮子，这野兽一得到你，会把你咬死吃掉的！"于是对她讲了全部情况，求她别去狮子那儿，不管发生什么事情。女儿却安慰父亲说："亲爱的爸爸，您许下的诺言还是得兑现。我愿意去狮子那儿，一定设法驯服它，自己安然无恙地回来。"第二天早上，她问清楚路怎么走，就告别家人，到森林里去了。哪知狮子本是一位王子，只因中了魔法，白天才变成雄狮的模样，他身边的所有人也变了狮子，但一到夜里又全部恢复人形。小姑娘到达时受到很亲切的接待，被领进了王宫中。夜幕降临，他变成一位英俊的青年，和姑娘举行盛大的婚礼。他们俩一起过着幸福的生活，白天睡觉，夜里醒着。一天，丈夫对妻子说："明儿个你父亲家里有一个热闹的聚会，因为你大姐结婚。要是你乐意，可以带上我的狮子去参加。"妻子回答乐意，她很想去看看自己的父亲，于是就由狮子陪伴着乘车去了。她一到家，大伙儿真高兴极了，因为都相信她被狮子咬死吃掉而早已不在人世。她告诉他们自己嫁了一个多么英俊的丈夫，日子过得多美满。在婚礼进行期间，她一直住在家里，然后才又回到森林里去。过了一些时候二姐结婚，她又被请去参加婚礼。她对丈夫说："这次我不想一个人去，你得陪我。"雄狮丈夫却回答说，不行，这对他太危险，因为那里的灯光只要一照着他，他就会变成一只鸽子，跟随鸽群在一起飞七年。"唉，"妻子说，"只管跟我去吧，我会保护好你，使你照不到任何灯光。"于是，他俩一块儿去了，而且带着他们的小孩。她让人在家里建一间厅堂，墙壁砌得厚厚实实，一点灯光都透不进去，当婚礼的蜡烛亮起来时，王子就坐在厅堂里面。可没想到，厅门是用新木料做的，开了裂，绽开了一条缝却未被发现。这时候，盛大的婚礼开始了，当人们从教堂回来，打着许多火把举着许多蜡烛从厅堂前经过，一丝亮光落到了王子身上，就在这一瞬间，他已变了。当妻子回来找时，已不见丈夫，在丈夫坐的地方却蹲着只白色的鸽子。鸽子对她说："我得去世界上飞整整七年呵。可是每飞七步，我都要洒一滴红红的鲜血，丢一片洁白的羽毛，为你指路；你只要跟踪找来，就可以搭救我！"

说完，鸽子飞出门去了，妻子紧跟在后面。每走七步，天上就掉下一滴红红的鲜血和一片洁白的羽毛，为她指路。就这样，她走啊走啊，走到了天涯海角，也没有回一回头，也不曾停下歇一歇。终于，七年快满了，她非常高兴，以为丈夫和她马上就要得救，其实她离目的地还远着哩。一天，她正走着，天上既不一再飘下羽毛也没有鲜血往下滴啦，她抬头一看，鸽子已不知去向。她想：人们会帮助我的，于是向高处的太阳爬去，对太阳说："你照射进一切缝隙，一切高峰全在你的照耀下，你曾见到一只白色的鸽子吗？""没有，"太阳回答，"我没见过一只白色的鸽子。不过我送你这个小盒子，你要是遇着危难，就打开它吧。"她向太阳道了谢，继续往前走，直走到天黑了月亮出来。她于是又问月亮："你整夜光明，照彻了一切的田野和森林，难道没见到一只白色的鸽子吗？""没有，"月亮回答，"我没见到一只白色的鸽子。不过我送你这只蛋，你要是遇着危难，就敲破它吧。"她向月亮道了谢，继续往前走，直走到起了夜风，吹拂着她。她又对夜风说："你呀吹过所有树梢，吹进所有叶簇，难道没看见一只白色的鸽子么？""没有，"夜风回答，"我没见过一只白色的鸽子。不过我可以问问另外三种风，它们也许见过。"东风和西风被叫来了，它们说什么也没见过；南风却回答："我见过一只白鸽，它向红海飞去了。在那儿它又变成一头雄狮，因为七年已经满了。狮子眼下正跟一条巨蟒搏斗；巨蟒却是一位中了魔法的公主。"于是，夜风告诉她："我愿意给你出个主意：你去红海，在红海的右岸上长着高大的芦苇，你要数到第十一根，然后把它割下来，拿去抽打巨蟒。这样，狮子便可战胜它，他俩随后也会恢复人形了。你呢马上四处张望，将会看见住在红海边的巨雕格莱弗，你和你爱人得赶快跳到它背上，它会驮着你们飞越海洋，返回家园。你还会得到一枚核桃。当你们飞临海的中央，你得把它扔下去，它马上会绽开，从海水中长出一株高大的核桃树来，让巨雕落在上边休息。它要不歇一歇，就没足够的力气把你们驮过大海；你要是忘记扔核桃，它就把你抛进海里。"

　　她走到红海边，发现一切正像夜风讲的。她数着海边的芦苇，数到第十一根便割下来，拿去抽打巨蟒，雄狮战胜了巨蟒。雄狮和巨蟒于是双双恢复人形。可是，被变成巨蟒的公主一获得解救，立刻搂住年轻的王子，和他一起坐到巨雕背上飞走了。那万里迢迢地跋涉来的可怜女人，这时又被遗弃，坐到海边开始哭泣。哭了好久好久，她终于鼓起勇气，说："我还要风吹多远就走多远，鸡叫多久就走多久，直到找着他！"她于是走啊走啊，走了十分遥远漫长的路，终于找到那一对儿生活的王宫。到了那儿，她听说马上要大事铺张，举行那两人的婚礼。她说道："上帝保佑我。"同时打开太阳送她的小盒子，看见里边藏着一套裙子，光辉耀眼就像太阳本身一样。她取出裙子来穿在身上，向宫里走去；所有人连同新娘自己见了都十分惊讶。新娘太喜欢这裙子啦，心想做她的结婚礼服有多好，就问卖不卖？"不卖金钱和财富，"她回答，"但是可以用血和肉买到。"新娘问这话是什么意思？她回答："意思是让我在新郎睡觉的房中睡一夜。"新娘起初不乐意，但是又非常非常想要那套裙子，最后到底同意了，只不过让仆人给王子服了一杯安眠药水。天晚了，王子已经睡着，她才被领进他卧室里，接着，她坐在床沿上说："我追随你整整七年，到过太阳月亮那儿，到过四方的风那儿，四处打听你的下落，帮助你制服了巨蟒，难道你还想完全忘记我么？"可是王子睡得太沉了，她的话在他耳里只像是屋外枞树林中吹过的飕飕风声。天亮了，她被领出房，不得不交出了那套金光闪闪的裙子。这样做毫无用处，她很伤心，走到外边的草地上坐下又哭起来。她哭着哭着，突然想起月亮还送过一只蛋给她。她敲开蛋，里边跳出一只老母鸡和十二只小鸡，浑身都是金的，小鸡跑来跑去，一会儿又唧唧地叫着钻到母鸡的翅膀底下，世界上真没有任何东西更逗人喜爱了。她于是站起来，赶着它们在草地上走来走去，直到新娘在窗口看见了。她非常喜欢这些小鸡，立刻下来问卖不卖它们？"不卖金钱和财富，只卖血和肉；让我再在新郎睡的房里睡一夜就成。"新娘说"行啊"，又想像上次那样欺骗她。可是王子在上床时问他侍从，夜里老听见飕飕的风声是怎么回事。侍从对他讲了一切，说他奉命给他喝过安眠药水，因为有个可怜的姑娘悄悄睡在了他房里；今天夜里公主又叫给他喝。王子吩咐："把安眠药水倒在床边吧。"到了夜里，他的妻子又被领进房来，开始述说自己的悲惨遭遇，王子一听她的声音便知道是谁，立刻跳起来叫道："我现在才真正得救啦，先前的一切全像在梦中，陌生的公主对我施了法术，使我忘记了一切，可是上帝及时解除掉我的迷惑喽！"随后，夫妻俩趁夜色偷偷逃出了王宫——要知道公主的父亲是个魔法师，他们挺害怕他来着。出宫后，他们坐上巨雕翅膀，向红海飞去。到了海中央，妻子扔下

306

了那枚核桃，一霎时海里长出一棵巨大的核桃树。巨雕停在树上休息了一会，然后驮着他俩一直回到家。在家里，他们发现自己的儿子已长得又高大又英俊。他们从此过着快乐的生活，直到老死。

89. 牧鹅姑娘

　　从前有一位老王后，她的丈夫早已去世，她有个女儿很漂亮。女儿长大了，许配给远方的一位王子，结婚的时间临近，姑娘得动身去陌生国度。临行前，老王后给她行李里包了许多精美的用具和首饰，金子呀，银子呀，杯盘呀，珠宝呀，总之，一个王室的嫁妆所应有的一切，全都有——因为她非常心爱自己的女儿嘛。她还给公主一名侍女作陪伴，让这个侍女负责把她送到新郎手里。公主和侍女每人得到一匹马。公主的马名叫法拉达，还会说话哩。告别的时刻到了，老王后走进女儿的房间，掏出一把小刀来割破自己的手指，鲜血流了出来，她随后用一块白布接着，滴了三滴鲜血在布上面，把它交给女儿说："亲爱的孩子，好好保存它，你路上用得着的！"

　　母女二人很难过地告了别。公主把那一小块白布藏在自己的抹胸里，骑上马去她未婚夫那儿。她们走了一个钟头，公主感到又热又渴，对她的侍女说："下马去，用你替我带着的杯子，从小溪里打一杯水来，我想喝。""你渴了你就自己下马去趴在水边喝吧，"侍女回答，"我可不想当你的女仆！"公主渴得受不了，只好去趴在溪边喝水，而不能用自己的金杯来喝。喝完，她叹了口气："唉，上帝！"这时那三滴鲜血回答："要是你母亲知道了，她的心真会碎呵！"可公主却忍气吞声，一句话没讲，又爬上了马。她们往前走了几里路，天气实在热，太阳晒得火辣辣的，公主一会儿

307

又渴了。她们正好来到一条河边，公主再一次叫侍女：“下马去，请用我的金杯舀点水来我喝。”要知道，她早已忘记怎么恶狠狠地说话。谁知侍女回答得更加放肆：“要喝自个喝，谁爱当谁的使唤丫头！”公主渴得实在不行，只得下马来趴在河边，一边哭，一边说：“唉，上帝啊！”这时那三滴血又回答：“要是你母亲知道了，她的心真会碎呵！”就在公主这么喝水的时候，她身子趴得太下，塞在抹胸里的滴有三滴血的白布掉出来让江水卷走了，她当时心情紧张没有发觉，侍女却在旁边看见了，庆幸自己现在获得了控制公主的力量，因为一失掉那三滴血，公主就变得软弱无力。现在，当她再爬上自己的马去，侍女竟嚷道：“法拉达归我了，你骑这匹驽马吧！”公主呢只得逆来顺受。到后来，侍女更粗言恶语地命令她脱下王室的华贵衣裙，穿上侍女自己的孬衣服，最后还强迫公主对天发誓，到了宫里绝不对任何人提一个字，要是不起这个誓，她立即就要把公主杀死。可是，法拉达目睹着这一切，并且牢记了下来。

眼下侍女骑上法拉达，真正的新娘却换到了驽马上，然后两人继续赶路，终于到了新郎的宫里。见她们到来，宫廷上下非常高兴，王子迎面奔向她们，把侍女抱下马，以为她就是自己的新娘子。侍女被接上楼去了，真正的公主反倒不得不久久站在下边。这时候，老国王从窗口看见她站在院子里，发现她是那样端庄、文雅、秀丽，忍不住走到房中，向新娘打听她带来站在院子里那姑娘的情况，问她是谁。新娘回答：“噢，这丫头是我带在路上作伴的，请您给她一点儿活干，免得她闲站着。”老国王没别的什么活儿给她干，只得说：“我有个牧鹅的小男孩，就叫她去帮他吧。”牧鹅的少年名叫小康拉德，真正的新娘于是被指派当了他的帮手。

没过多久，假新娘告诉年轻的王子：“亲爱的丈夫，我求你满足我一个愿望。”“我非常乐意，”王子回答。“那好，你快召剥皮匠来，让他把我骑来你宫里那匹马的脑袋砍了，它在路上叫我很生气!"其实呢,她是怕法拉达说出她害公主的实情来。现在,事情已糟糕到要忠实的马死的地步;消息幸好也传到了公主耳里,她悄悄答应给剥皮匠一笔钱,要他给她帮个小忙。在城里,有一道黑洞洞的大城门,她一早一晚总要赶鹅经过,她求剥皮匠把法拉达的头钉在黑门洞底下,让她常常能看见。剥皮匠答应了,砍下马头后果真钉在了黑门洞下面。

每天清早,公主和小康拉德赶鹅出城去,她从底下走过总说:

"法拉达啊法拉达,瞧你挂在这里!"

马脑袋于是回答:

"呵,公主,你成了牧鹅姑娘,
要是你的母亲知道了,
她真要心碎的哩!"

随后两人默默走出城门,把鹅赶向郊外。到了草地上,她坐下来,打开她那金黄金黄的头发。小康拉德望着她,喜欢她那亮晶晶的头发,想要拔她几根。她赶紧说:

"风儿啊,吹吧,吹吧,
吹掉康拉德的小帽子,
让他跟在后边追去,
等我梳光编好了辫子,
再把帽子给他戴上去!"

说完立刻刮来一阵狂风,把小康拉德的帽子刮过野地,牧鹅少年只得跟着追去。等他回来,公主已梳好辫子盘在头上,他便

309

一根都拔不到了。小康拉德生气了，不再和她说话。他俩就这么看着鹅直到天黑，然后就走回家去。

第二天早上，他们赶着鹅穿过黑门洞，姑娘又说：

　　　　"法拉达啊法拉达，瞧你挂在这里！"

法拉达回答：

　　　　"呵，公主，你成了牧鹅姑娘，
　　　　要是你的母亲知道了，
　　　　她真要心碎的哩！"

到了郊外，她又坐在草地上，开始梳理她的金发；小康拉德跑上去想拔几根，她赶紧说：

　　　　"风儿啊，吹吧，吹吧，
　　　　吹掉康拉德的小帽子，
　　　　让他跟在后边追去，
　　　　等我梳光编好了辫子，
　　　　再把帽子给他戴上去！"

于是起了风，刮跑了康拉德头上的帽子，他只好跟着追去。可等他回来时，姑娘早已把头发梳好了，他一根也没拔着。他俩放鹅一直放到了天黑。

晚上，他们回家以后，小康拉德却去见老国王，对他说："我不愿再和那女孩一道牧鹅啦！""为什么呢？"老国王问。"唉，她成天惹我生气！"国王命令他讲究竟是怎么回事，小康拉德回答："每天早上，我们赶着鹅从黑门洞里穿过，她总是对挂在里边的一个马脑袋说：

> ‘法拉达啊法拉达，瞧你挂在这里！’

那马脑袋就回答：

> ‘呵，公主，你成了牧鹅姑娘，
> 要是你的母亲知道了，
> 她真要心碎的哩！’”

接着，牧鹅少年又讲了在草地上发生的事，抱怨他老是不得不去追被风刮跑了的帽子。

老国王命令他第二天照样去郊外放鹅，自己在早上却坐到黑门洞后边，听姑娘和马脑袋对话。接着，他也跟到草地上，藏身在灌木丛背后。在那儿，他亲眼看见牧鹅姑娘和小康拉德赶来鹅群，一会儿姑娘便坐在草地上，打散了金光闪闪的发辫。随后，她赶紧说：

> “风儿啊，吹吧，吹吧，
> 吹掉康拉德的小帽子，
> 让他跟在后边追去，
> 等我梳光编好了辫子，
> 再把帽子给他戴上去！”

果然刮来一股风，吹跑了牧鹅少年头上的帽子，叫他跟着跑了好远好远；姑娘呢，继续安安静静地梳和编她的辫子。这一切，老国王都看得清清楚楚。随后，他悄悄地离开了。晚上，牧鹅姑娘回家来，他把她叫到一旁，问她为什么做所有那些事。“我不能

311

告诉您，也不允许对任何人诉苦，因为我对天发过誓，我不发誓就没命啦。"老国王逼她说，不说不让她安宁，可是仍然从她嘴里掏不出真情。最后他讲："要是你什么也不肯告诉我，那你就对这个铁火炉诉诉苦吧！"国王说完走了。于是，姑娘钻进铁炉子，开始痛哭流涕，倾诉出心中的悲愤，说："我本是一位公主啊，现在却坐在这里，被整个世界抛弃了！狠心的侍女强迫我脱下王室的华丽衣裙，夺取了我的未婚夫，我不得不当一个牧鹅姑娘。我的母亲要是知道这一切，她准会心碎的呵！"其实呢，老国王正站在外边的烟筒旁偷听，听见了她说的一切。老国王回到房里，叫姑娘从炉子中钻出来。接着，给她换上了华丽的衣裙，就像一个奇迹似的，她一下子变得多美啊！老国王叫来儿子，告诉他他娶的是个假新娘，她不过是个侍女，真的却站在眼前，就是从前的牧鹅姑娘啊！年轻的王子一见她这么美丽、纯洁，真叫心花怒放。紧接着举行一次盛大的宴会，宫里所有的人以及亲朋好友都应邀出席。王子坐在上席，公主在他旁边，侍女在另一边。可是侍女没认出公主来，让她浑身的珠光宝气耀花了眼。大伙儿吃着，喝着，兴致极好。突然老国王要侍女猜一个谜。他告诉她，一个女人如何如何欺骗主子——老国王趁机讲出全部事情的经过——问她："这个女人该受怎样的判决呢？""不能便宜了她，"假新娘回答，"一定要把她脱得精光，装进一只在内壁钉着尖尖的钉子的桶里，由两匹白马拉着，在大街小巷拖来拖去，直到她被拖死为止。""这女人正是你，"老国王说，"刚才你已对自己作了判决，现在就让你尝尝它的滋味吧！"判决被执行了，年轻的王子和他真正的妻子举行了婚礼，两人一道和平幸福地治理着自己的国家。

90. 年轻的巨人

从前，一个农民有个儿子。这小家伙只有大拇指一般高，而且压根儿不再长，过了许多年也丝毫没变高一丁点儿。一天，农民要下地去犁田，小家伙也说："爸爸，我想一块儿去。""你想一块儿去？"父亲回答，"还是呆在家里吧，在那儿你什么都干不了，还可能给我跑丢了呵！"大拇指哭起来了。为得到安宁，父亲只好把他塞进衣袋，带去了。到了地头，他又把大拇指掏出来，放在一条新开的犁沟里。正当小家伙在犁沟里坐着，从山那边走来一个巨人。"你瞧，那儿有个大妖怪呐！"父亲说，想吓唬吓唬小儿子，让他乖乖的，"他要来捉你！"那巨人呢，大长腿没跨两步，就已经到了犁沟边。他真用两根指头小心翼翼地掂起小不点儿，在空中仔细观察他一会儿，一句话没讲便把他带走了。农民吓得傻了眼，心想儿子准丢啦，今生今世永远别想再见到他。

巨人呢把大拇指带回家，让他吃自己的奶。这下小家伙开始长了，不久也变成一个又高大又强壮的巨人。两年后，老巨人领他进森林中，想试一试他的力气，说："给我拔一棵树出来！"小家伙力气已经挺大，一下就从地里连根拔出一棵小树。老巨人却认为："这还不行啊！"说着又带他回去，再喂他两年奶。等老巨人第二次试验他，他便鼓足劲儿，从地里拔起来一棵老树。老巨人还是觉得不行，又喂他两年奶，然后带他走出森林，说："这次要拔一棵真正的大树出来！"话音未落，只听哗啦一声，小家伙就像闹着玩儿似的，已从地里拔出一棵粗得不能再粗的橡树。"嗯，这下行啦，"巨人说，"你学满了师。"说着领他回到了捉来他的地头上。农民正扶着犁站在那儿，年轻的巨人走过去对他说："你瞧啊，爸爸，你儿子变成一个怎样的男子汉啦！"农民吓了一跳，回答："不，你不是我的儿子，我不想要你，快走开！""我当然是你的儿子，让我干活儿吧。我会犁得跟你一样好，甚至还更好！"——"不，不，你不是我的儿子，也不会犁地，快走吧！"他由于害怕这个巨人，就扔掉了犁把，退到远远的路边上去坐着。小伙子于是扶起犁把来，只用一只手按住，谁知力量却太大喽，犁头被深

313

深按进了地里。他父亲看不下去，喊起来："你如果愿意犁，就别使那么大劲儿按，你那样干出来的活儿不行！"小伙子呢，却解下所有的马，自己拉着犁干起来，并且说："你只管回去吧，爸爸，让妈妈煮一大罐吃的，一会儿，我就把地翻好。"农民只好回家去，让妻子准备饮食。年轻的巨人呢，却独自一人犁完了两亩宽的地，然后又自己同时拉着两张耙，把所有的地全耙好了。接着，他走进树林，拔出两棵橡树，一边肩上扛它一棵，再前头搁一张耙后头搁一张耙，马也是前后各一匹，随后便像扛着捆麦草似地扛着一切，轻轻松松地回父亲家去了。他走进院子，母亲没认出他，问："这可怕的巨人是谁呀？"农民回答："他是咱们的儿子。""不，绝不是咱们的儿子，这样大块头的儿子咱们没有，咱们的儿子是个小不点儿！"她冲那巨人喊："走吧，我们不想要你！"小伙子却不吱声，牵着马进了马厩，撒给它们燕麦和草料，该怎么干就怎么干。干完了，他走进房里，坐在长凳上，说："妈妈，我现在饿了，饭马上好吗？""是的。"母亲回答，说着端上来两大罐食物——这么多东西，够她和丈夫整整吃八天呐，可小伙子一个人吃完了，又问还有没有。"没有，"母亲回答，"咱们全部就这么多啊。"——"这只够我尝一尝，我必须吃更多。"母亲不敢说不行，去端来一口煮猪食的大锅放在火炉上，煮熟满满一锅食物端进屋里。"到底还算有几口了嘛。"他说，说着便全部吃光了，但仍然不够解他的饥。这时候，年轻的巨人说："爸爸，我看得出来，在你这里我是吃不饱啦。你就给我一根粗铁棒，要粗得我顶在膝头上也折不断，我打算带上它闯世界去。"农民一听很高兴，在大车前套上两匹马，去铁匠铺尽马的力气拖来一根铁棒，真是粗极了，大极了。哪知小伙子把它顶在膝头上，嘎啦一声，铁棒被他像根豆秆似的从中折成两半截，扔掉了。农民又在大车前套上四匹马，尽四匹马的力气拖来一根更粗更大的铁棒。儿子又嘎啦一声把它顶在膝头上折断扔了，说："爸爸，这根对我没用处，你得套更多的马，去拖

314

根更结实的来。"农民于是套了八匹马，尽马的全力拖来一根还要粗还要大的铁棒。儿子抓到手里，一下子折断了铁棒的上节，说："爸爸，我看你是弄不来我需要的铁棒啦，我也不想再和你浪费时间。"

小伙子离开了家，对人自称是个铁匠铺的伙计。他来到一座村子，村里住着个铁匠，这家伙是个吝啬鬼，对人一毛不拔，只想独自拥有一切一切。年轻的巨人走进他的店中，问他需不需要雇伙计。"要。"铁匠回答，他打量着小伙子，心想这小子怪棒的，一定会好好抡大锤，挣自己的面包吃。他问："你要多少工钱呢？""我一个子儿都不要，"年轻的巨人回答，"只要每两周在其他伙计领工钱的时候，我揍你两下子，你必须忍住。"吝啬鬼一听打心眼儿里满意，他想这样可以省很多钱喽。第二天早上，新来的伙计被安排打前一锤。可是，师傅刚把烧红的铁棍放上，他一锤就把铁打得飞散开了，铁砧则深深陷进地里，他们再也拔不出。这一下吝啬鬼可火了，说："嘿，怎么搞的，我不雇你了，你太蛮干！你打这一锤要我付多少钱？""什么都不要，"小伙子回答，"只轻轻给你一下就够啦。"说着抬起脚一踢，把铁匠踢到了四座草料堆外去了。随后，他在铁匠铺里找出最粗的那根铁棒，当作手杖提着走了。

走了一会，他来到一座农庄，问管事的需不需要一个工头。"要，"管事回答，"我可以雇个工头。你看上去块儿挺大，一定有些能耐。你一年要多少工钱来着？"小伙子又回答，他一点工钱不要，可准备一年给管事三下子，他可得忍着。管事挺满意，因为他也是个吝啬鬼嘛。第二天早上，长工们要套车去森林里运木材，别人全起床了，只有他一个还躺在床上。有谁喊他："起来，是去运木材的时候了，你也得一道去！""嗨，"他粗鲁而执拗地回答，"你们只管走吧，我可是要比你们所有人都先搬回来呢！"其他长工于是去报告管事，工头还躺在床上，不肯跟大伙儿一道去运木材。管事让他们再去叫他一次，命令他套上马。但这位工头还是跟刚才一样回答："你们只管走吧，我可是要比你们所有人都先搬回来呢！"说完又躺了两个小时，才终于从被窝里钻出来，但是先还从搁楼上搬来两箩筐豌豆，煮成豌豆泥不慌不忙吃完了，然后才慢慢套上车，驶进森林里去。离森林不远有一段低凹路，他必须过去。他把车先驾到前边，然后叫马站住不动，他自己则跑到车后面，搬来一些树干树枝堆成一大堆，叫任何马都钻不过去。他到了林边上，其他人正驾着装满木材的车走出来，准备驶回农庄去，他仍旧对他们说："只管跑吧，我还是要比你们先到家！"他并没驶进森林多远，立刻从地里拔出两棵最粗的树，扔到车上便调头往回走。他到了那堆障碍前，其他人还站在那儿过不去。"你们瞧见啦，"他说，"要是你们留下等我，还是同样时间回家去，多睡一个小时不好吗？"说完，他驾车往前走，可他的马钻不过去；他于是解下套，把马放到车上边，自己拉着辕，只听呼啦一声，他连车带马全拖过去了，而且轻松得像车上装的是羽毛似的。他通过以后，对其他长工说："你们瞧见了，我比你们快。"说完驾着车走了，其他人只得停在那里。进了院子，他抓起一棵树让管事看，说："不是一根挺漂亮的材料吗？"管事看过以后，对妻子讲："这个长工不坏；就算他睡了懒觉，还是比其他人回来得早嘛。"

转眼间，年轻的巨人已替管事干了一年。到结账的那天，其他长工领到了工钱，他说，是他也该得到自己的报酬的时候啦。管事呢，却害怕挨他那三下子揍，一个劲儿求小伙子饶了他，说他宁肯自己来当工头，而请小伙子升任管事。"不，"年轻的巨人回答，"咱不想当管事。咱是个工头，也愿一直当工头，只不过讲好了条件，必须实行。"管事答应他要什么都给他，可没有用，工头对什么都只是说："不"。管事没办法，只得求他延期两周，希望在这段时间里想出什么新招来。工头回答，可以让他延期。于是，管事把他的文书全召集起来，一块儿动脑筋，出主意。文书们想

316

了很久很久，终于说，在那个大块头面前谁也保不住自己的老命，他揍死一个人容易得像打死只蚊子。他们因此建议管事叫工头下井去洗澡，等他下去以后，他们愿意把放在旁边的一扇磨盘滚过来，砸到他脑袋上去，叫他永远别想再见天日。这主意管事挺喜欢，而工头也乐意下井去。等他到了井底，他们便把最大的那扇磨盘滚下去，以为砸破了他的脑袋，哪知他却喊："把井上边的鬼鸡赶走，它们在那儿扒沙子，掉了些在我眼睛里，叫我什么也看不见啦！"管事于是"唉嘶，唉嘶"地装作赶起鸡来。工头洗完了，爬上来说："你瞧，咱这项圈有多漂亮，"原来他把那磨盘像项圈一样戴在了脖子上。现在，工头提出要他的报酬，管事呢恳求他再延期两礼拜。文书们又聚在一块儿想办法，建议派工头夜里去那个闹鬼的磨房磨面，要知道，还没谁第二天早上活着从那儿出来过哩。这个主意管事觉得蛮好，当晚就叫来工头，吩咐他运八袋麦子去磨房，在夜里全部磨好，因为他们急需。工头于是走上顶楼的仓库，放两袋麦子进右边衣袋，左边衣袋也是一样，剩下四袋则装进一个长长的搭裢往肩上一搭，一半在胸前一半在背上，就这么满实满载地向磨房走去。磨工告诉他，白天他可以在那儿很好地磨，夜里却不成，因为磨房里闹鬼，夜间进去的人第二天早上都被发现死在了里面。年轻的巨人却说："我会对付过去的，你只管回家睡大觉吧！"说着走进磨房，把麦子倒进磨里。夜里快十一点，他来到磨工的休息室，往长凳上一坐。他坐了一会儿，门突然自动开了，跑进来一张很大很大的桌子；接着，酒啊、烧肉啊以及许许多多好吃的东西又一一摆到了桌子上，全都是自动地，因为不见有任何人端它们来。随后，椅子也移到桌旁，但仍不见有人出现，直到他突然发现有一些手指开始摆弄桌上的刀叉，把食物捡到一个个盘子里，但仅此而已。他肚子饿了，看见那些饮食便忍不住也坐到桌子旁边，跟着吃起来，吃得津津有味。他吃饱了，其它的盘子碗盆也被吃得干干净净，突然间，他清楚地听见有谁在吹灯。所有的灯全吹熄了，房里一片漆黑，他这时感到脸上像是挨了一耳光似的。他嚷起来："要是再来一下，咱可就要还手啦！"等到挨了第二下耳光，小伙子果真也跟着一阵乱打。这样搞了一通宵，他一点没吃亏，而是来者必报，狠狠地还击，丝毫没有马虎偷懒。可天一亮，全部闹腾便停了下来。磨工起床后去看工头，奇怪他竟然活着。他告诉磨工："咱饱餐了一顿，挨了一些耳光，可也打了一些耳光。"磨工很高兴，说这下鬼从他的磨房里被驱走了，愿意报答工头，给他许多钱。小伙子却回答："钱咱不要，咱有的是钱。"说完，他扛起面粉，回去对管事说，事情办好了，现在他要求得到当初谈好的报酬。管事一听才真叫害了怕，急得在房里冲来冲去，汗水大颗大颗地从额头往下掉。这时他推开窗户，可还没等他回过神来，小伙子已给他一脚，把他踢出窗口，飞到空中，飞啊飞啊一直飞到了谁都再见不到的地方。接着，工头对管事的太太说："要是他不回来，第二下只好您来挨喽。""不行，不行，"太太大呼，"我受不了，我受不了！"她边叫边推开另一扇窗户，因为汗珠也从她额头上不住往下滴。这下年轻的巨人同样给她一脚，使她飞出窗去，她因为轻些，飞得比她丈夫还高许多许多。她丈夫喊："下我这儿来！"她呢也喊："上我这儿来，我去不了你那儿！"这样，他俩就在空中飘呀，飘呀，谁也靠拢不了谁。眼下，他们是不是还飘在空中，我可不知道，年轻的巨人却拎起他的铁棒，又上了路。

91. 小 地 精

从前，一位富有的国王养了三个女儿，她们每天都在王宫的花园里散步。国王爱各式各样的鲜花，是个大花迷，而又尤其喜爱一棵苹果树，谁要摘了它的一只苹果，他便诅咒谁沉到深深的

318

地底下去。眼下正好是秋天，树上的苹果已像血一样鲜红鲜红的。三位公主每天都来到树下，看有没有一只苹果让风吹得掉下，可是她们始终一只也没找着；那苹果树呢，果实却多得它快断掉似的，枝叶一直垂到了地上。看着这光景，最小的公主馋得实在不行，对两位姐姐讲："爸爸他太爱我们了，不会真的诅咒我们的。我相信，只是对外人，他才那样讲来着。"小姑娘一边说，一边已摘下一个很大的苹果，跳到姐姐跟前："啊，快尝尝，亲爱的姐姐，我一辈子还没吃过这么美味的东西呢！"这一来，另外两位公主也咬了苹果吃，而刚一咬，她们三个便一起沉到了深深的地底下，再也听不见公鸡的啼声啦。

到了中午，国王想叫公主们去进餐，可是哪儿都找不着她们。他在宫里和花园里找过来找过去，还是没有她们的下落，因此非常担忧，于是向全国发出通告：谁要替他把女儿们找回来，他就让谁娶她们中的一个做妻子。这一下，便有许许多多年轻人四出寻找，谁都希望能找到那三个女孩子，因为她们不仅对任何人都和蔼可亲，而且模样儿也长得非常美丽。在外出寻找的人中有三个年轻猎手，他们走了差不多八天，来到一座宏大的宫殿里。宫中有许多华丽的房间，在其中一间里摆着一桌筵席；桌上有一些精美的食物，还热腾腾地在冒气哩。可是，整个宫里听不到一点人声，看不见一个人影儿。他们一等等了半天，奇怪，那些食物仍然是热的，仍然在冒气。终于，他们很饿了，坐到桌旁吃起来。他们一边吃，一边商量好留在宫里住下来；为此他们准备抓阄儿，以便决定哪一个留下看家，让另外两个出去寻找公主。他们抓了阄儿，结果该年纪最大的一个看家。第二天，两个更年轻的猎人出外寻找去了，最年长的一个便留守在宫中。中午，一个小矮人儿来求他给他一块面包。他便在宫里找出一个面包来，从上边切下一块，准备给小矮人儿。他把面包递过去，谁知小矮人儿却让面包掉在地上，说想劳驾猎人再拣起来递给他。猎人也愿意这样

319

做，正弯下腰去拣，哪知那小矮子抡起一根棍子，抓住猎人的头发，给了他一顿猛揍。过一天，轮到年纪轻一点的猎人看家，也一样地挨了一顿揍。傍晚，另外两个猎人回到宫里，年长的一个问："喏，你今天情况怎么样？"——"噢，简直糟糕透啦！"他俩于是相互诉起苦来，但对最年轻的那个伙伴却只字不提，因为他们非常讨厌他，总叫他傻瓜汉斯，嫌他太不会处世。

第三天，最年轻的猎人留在了家里，那小矮人儿又来向他讨一块面包。他切好面包递过去，小矮人儿又让面包掉了，说想劳驾他再拣起来给他。傻瓜汉斯一听便嚷开了："什么！你自个儿不能拣一拣？要是你为吃饱肚子连这点儿力气都不肯花，那就活该挨饿！"小矮人儿听罢也火了，说傻瓜汉斯非拣不可。这小伙子呢真叫不赖，抓住咱们可爱的小矮人儿就是一顿狠揍，揍得小东西大叫大喊："住手，住手，求求你饶了我吧！你饶了我，我就告诉你公主她们在什么地方！"

汉斯一听住了手，小矮人儿便告诉他：他是一个小地精；像他一样的小地精，世界上有成千上万；年轻的猎人只需跟着他去，待会儿他会指给他公主们呆的地方。一会儿，小地精带他到了一口很深的枯井前，对他说，他应该知道，他的那两个伙计对他不诚恳，因此嘛，他如果想搭救公主，就只好一个人去。另外两位老兄呢，自然也很想找到公主，但他们却不肯花力气，不愿冒风险。小地精还说，为了救公主，汉斯必须找来只大筐，然后带上一把猎刀和一个铃铛，坐进筐里，让人把自己放下井去。井下边有三个房间，每间房里坐着一位公主，分别在替一条有许多脑袋的怪龙捉虱子，他得把龙的脑袋都砍掉。

小地精说完这一切，突然不见了。到了傍晚，另外两个猎人回家来，问汉斯情况怎样，他回答："噢，还算不错，"接着讲，他一个人影儿都没看见，只是到了中午，走来一个矮人儿向他讨面包。他给他面包那家伙却掉到了地上，并且要他再拣起来给他。他

320

可不愿意听人使唤，那家伙竟威胁起他来。他觉得这太没道理，就揍了小矮子一顿，哪知这家伙反倒告诉了他公主们关在什么地方。听完他的话，另外两个猎人气得脸青面黑。第二天早上，他们一道来到井边，抓阄决定谁第一个坐进筐子去。年纪最大的猎人抓到了阄，只得带上铃铛，坐进了筐子。在下井前，他讲："只要我一摇铃，你们就得赶快拉我上来！"他刚被放下去一点点，铃声便响了，另外两个把他拉出了井口。现在第二个猎人坐进了筐子，可他也一个样。最后轮到小傻瓜汉斯，他却让人家把自己放到了井底上。到了井底，他爬出筐子，提着猎刀，走到第一扇门前侧耳细听，听见怪龙在里边很响地打鼾。他慢慢推开门，看见一位公主坐在房里，怀中枕着九个龙脑袋，她正在捉它们上边的虱子。小伙子举起猎刀一刀刀砍去，九个龙头全砍掉了。公主跳起来，扑到他怀中，热烈地拥抱，真诚地吻他。她还取下胸前的一件金饰，挂在了小伙子颈项上。接着，他又去第二位公主的房间，公主正在为一条七个脑袋的怪龙捉虱子，小伙子同样搭救了她。最后，他也救了最小的公主，她当时是在替一条四个脑袋的怪龙捉虱子。姐妹三人你问我，我问你，真有说不完的话。她们还相互拥抱个没完没了，可汉斯已使劲摇起铃来，直到井上那两个听到了才停止。随后，公主们一个接一个坐进筐子，被拉上去了。可轮到小伙子的时候，他突然想起了小地精说过的话：他那两个伙计对他没怀好意。于是，他抱起旁边的一块大石头，放进筐子中。果然，筐子被拉到差不多一半的地方，上边那个坏伙计割断绳子，筐子和石头落回到井底上，于是他俩以为，傻瓜汉斯已经摔死。接着，他们带着公主离开井边，并要她们答应，对自己的父亲只说是他俩救了她们。

这样，他们去见国王，一人要到一位公主做妻子。

最年轻的猎人呢，当时正异常伤心地在井下的三间房里踱过来、踱过去，心里想，这下子他是非死不可啦。踱着踱着，他看见墙上挂着一支笛子，便说："你挂在这儿干什么哟？这儿可没谁有好兴致啊！"他也瞅了瞅那些龙脑袋，说："你们同样对我没有用处！"他就这么走啊，走啊，走得地面都光溜溜的了。终于，他一时兴起，到墙边取下笛子，用它吹起一只曲子来。这一吹，突然出现了许许多多的小地精。他每吹一个音符，便多来一个小精灵；他吹啊吹啊，直吹到整个房间让小矮人儿挤满了。小地精们齐声问他希望要什么，汉斯回答，他想回到井上边去。话音未落，他们便一齐抓着他脑袋上的一根根头发，带着他飞出井外，到了地面上。接着，他立刻向王宫走去，宫里正要为一位公主举行婚礼。他走进国王和三个女儿坐在里面的房间，姑娘们一见他便都晕倒了。国王大怒，下令马上把小伙子关进监牢，以为是他给了自己的女儿们什么伤害。可是，公主们苏醒过来，立刻恳求父亲放了他。父亲问她们为什么，她们回答，她们不能讲。国王呢于是说，那就告诉火炉吧。说完他走出房间，贴着房门偷听，听清了公主们说的一切。他随即下令绞死那两个坏蛋，把小女嫁给了最年轻的猎手。

在他俩结婚那天，我穿着一双玻璃鞋去吃喜酒，不小心踢着块石头，只听"叮当"一声，鞋子便碎了。

92. 金 山 王

一个商人有两个孩子，一个男孩，一个女孩。两个孩子都还很小，还不会走路。商人呢还有两条满载货物的船航行在海上，而这便是他全部的家财。他原以为这样能赚许多钱，不料传来消息：两条船都沉了。骤然之间，他由一个富人变成一个穷人，除去城外的一块地，就一无所有了哟。为了散散心，解解愁，他走到自己城外的地上，在那儿踱过来，踱过去。他正踱着，身边突然出

322

现一个黑色小矮人儿，问他为什么这样闷闷不乐，心里到底有什么不如意的事。商人回答："要是你能帮助我，我就愿意告诉你。""谁知道啊，"黑色小矮人儿说，"没准儿我就能帮帮你哩？"商人于是讲，他的全部财产都在海上沉没了，现在就只剩下眼前的这块地喽。"别发愁，"小矮人儿说，"我让你要多少钱有多少钱，你只需答应我，把回家去第一个撞着你腿的东西，过十二年再送到这儿来给我。"商人想：除了狗还会是什么呢？他可没想到他那小儿子，就回答：行啊，并在黑色小矮人的文书上签了字，盖了章，回家去了。

哪知回到家，小儿子一见父亲很高兴，便扶着板凳摇摇晃晃地走过来，一把紧抱住了他的腿。父亲大吃一惊，想起了方才的许诺，这下他明白了，他抵押给人家的是什么。可是呢，他在家里翻箱倒柜仍旧找不到钱，又转念一想，那也许只是小矮人开的一个玩笑罢了。一个月以后，他爬上搁楼，想搜些废锌烂铜出来卖，哪知却看见堆着一大堆的钱。于是，他心情又好了，又做起买卖来，成为一个比从前更大的商人，对上帝也心怀感激。

这期间，小男孩长大了，而且聪明又伶俐。可是时间越接近十二年，商人越是忧心忡忡，从脸上便流露出内心的恐惧。一天，儿子问父亲哪儿不舒服。父亲开始不肯讲，可儿子一个劲儿地求啊求啊，他终于说出来：他在预先不知道的情况下，把儿子许诺给了一个黑色小矮人儿，自己因此得了许多钱。他还签过字，盖了章，等十二年一满，就得把他交出去啦。儿子听了说："噢，爸爸，您别害怕，事情会好的，那黑矮子不能把我怎么样！"

儿子请一位教士祝福了自己，时辰一到，他和父亲一起去到城外那块地上。在那儿，儿子画了一个圆圈，和父亲一块儿站了进去。一会儿，黑色小矮人走来，问老头："你把答应我的东西带来了吗？"老头不吭声，他儿子却反问："你来这儿干什么？""我跟你父亲有话要讲，不是跟你，"黑色小矮人说。"你骗了我父亲，引诱他上了你的当,"小男孩回答,"把他的签字交出来吧!""不,"小黑人儿说,"我不放弃我的权利!"他们这么你一言我一语,终于取得一致意见:小男孩既不交给黑色小矮子,也不再属于自己的父亲,而是得坐进一只停在河上的小船,由他父亲蹬船离岸,让它顺流而下,就这样把小男孩的命运交给流水去决定。这时,他与父亲告了别,坐进小船中,就等他父亲去亲自蹬开船了。哪知他一蹬,船翻了个底朝天,船帮全没了在水中。父亲以为儿子淹死了,伤心地走回家去。

可是,小船并没沉,而是静静漂向下游,小男孩也安然无恙地坐在里面。它漂啊漂啊,终于漂到一个陌生的地方,在岸边停住了。小男孩登上岸,看见前方矗立着一座美丽的宫殿,便迳直走去。谁知他一踏进宫门,宫殿就被施了魔法,他穿过一间间厅堂,里边全是空的,直到走进最后一间屋子,才看见地上躺着一条蛇,在那儿盘来扭去。这蛇却是个中了魔法的少女,她一见男孩非常高兴,对他说:"你来了吗,我的救星?我可等了你十二年啦。这整个王国都中了魔法,你得拯救它啊!""我怎么能救它呢?"男孩问。"今天夜里,会来十二个带着锁链的黑人,他们将问你在这儿干什么,你呢只管默不作声,不回答他们,任随他们把你怎么样。他们会折磨你,揍你,刺你,你都得忍着,就是不讲话;一到十二点,他们只好走了。第二夜又来另外十二个黑人;第三夜来二十四个,他们将砍掉你的脑袋;可一到十二点,他们就失去了魔力,你只要坚持不吐一个字,我便得救了。我会来找你,我有一瓶活命水,用它一涂你的伤口,你又会活过来,和从前一般健壮。"男孩回答:"我很乐意搭救你。"一切情形果真如少女说的那样,黑人们没能从男孩嘴里逼出一个字,到了第三天夜里,蛇变成一位美丽的公主;她带着活命水到男孩那儿,救活了他。接着她又拥抱他,吻他,整个王宫都沉浸在欢乐之中。后来他俩结了婚,他便做了金山国的国王。

他们愉快地生活在一起，不久王后生下一个漂亮的小男孩。八年过去了，年轻的国王想念起自己的父亲来，心情很激动，希望回家去探望探望老人。王后却不肯放他去，说："我知道，这会给我带来不幸的。"可是丈夫一直不愿罢休，她终于同意了。临别时，她给了他一枚如意戒指，说："拿这枚戒指去，戴在你的指头上，一当你心中希望去哪儿，你马上就会到那儿；只是你得答应我，你不能用它希望我从这里到你父亲那儿去！"国王答应了王后，把戒指戴上指头，表示了回到父亲生活的那座城市的愿望。转瞬之间，他已站在城门前，准备马上进城去。谁料守门的卫兵不让他通过，因为他的穿戴既稀罕，又体面华丽。于是他走到一座山上，找着一位牧羊人换了衣服，穿上牧羊人的旧外套顺顺当当地进了城。他到了父亲面前，说自己是他的儿子，老人怎么也不相信这是真的，讲他尽管确实有过一个儿子，但早已死了，不过，他见来认父亲的是个穷得可怜的牧羊人，还是乐意给他一大盘吃的。年轻人继续对父母亲说："我真是你们的儿子啊。你们不是知道我身上有颗痣，可以凭它认出我吗？""是的，"母亲说，"我儿子是在右臂下有一颗红痣。"年轻人于是捋起衣袖，老俩口果然在他右胳臂下发现一颗红红的大痣，不再怀疑他是他们的儿子。随后，他给他们讲，自己怎样成了金山国的国王，娶了一位公主做妻子，还说他俩已有一个七岁的漂亮儿子呐。父亲一听道："真有这等怪事！我看你这位国王也太阔气喽，竟穿着一件牧羊人的破外套跑来了！"儿子一下子火了，竟忘记自己答应妻子的话，转动手上的戒指，发愿要她母子二人一起来他身边。她俩果真一眨眼功夫就到了，可是王后又是埋怨，又是啼哭，说他失了言，让她陷入了不幸。他只好说："我是无意中这么做了，并没怀恶意。"又不断安慰妻子，她看样子也不再计较，可实际上却生了歹心。

后来，他领王后去城外他家的地上，指着曾经漂走他和小船的那条河叫她看，然后说："我累了，你坐下吗，我想躺在你怀里

325

睡一会儿。"他把头枕在妻子怀中；她搔搔他的头，直到他睡着了。他睡熟以后，她先捋下他手上的戒指，接着再从他身体下抽出自己的腿，仅仅留下她的鞋子，随即便抱起她们的孩子，发愿回她的王国去了。丈夫醒来发现只剩下自己孤零零一个人，妻子孩子全走了，戒指也不再戴在指头上，唯有旁边还摆着一只鞋作为纪念。"再回父母家去吧，你已不能够，"他想，"他们会说你是一个魔术师！你只有振作起来，一直走回你的王国！"他于是动了身，走啊走啊，终于走到一座山下。山前站着三个巨人，正在那儿争吵，因为他们不知道该如何分配父亲的遗产。他们看见金山国的国王走过，叫住他说，小个子都挺聪明，要他替他们分配遗产。他们的遗产呢，共有三件东西：第一是一把剑，谁拿着这剑说一声："砍掉除我以外所有人的头！"其他所有人的头便掉到了地上；第二是一件斗篷，谁穿上这斗篷，别人便看不见他；第三是一双靴子，谁穿上这双靴子，心想上哪儿一眨眼便到了那儿。金山王讲："把这三件东西给我试试，看它们是不是还管用。"巨人们先给了他斗篷，他一披上立刻隐了身，变成一只苍蝇。他随即变回原来的形状，说："斗篷还管用，现在把剑给我试试吧。""不，"巨人们回答，"剑不能给你。你拿去一讲：'砍掉除我以外所有人的脑袋！'我们就全得人头落地，只有你一个人还有脑袋喽。"不过，他们到底还是把剑给了他，条件是他只能拿一棵树作试验。金山王照着办了，一剑砍断一根树干就像砍的是一茎稻草。这时他又要求试靴子，巨人却回答："不，不能给你靴子，你拿去穿上想登上山顶，我们就会被扔在山脚，两手空空！""不，"他说，"我不会这么干。"他们于是把靴子也给了他。现在三件宝贝全到手了，金山王什么都不再想，一心只想见自己的老婆孩子，于是自言自语道："啊，但愿我回到了金山国！"转瞬之间，他已从巨人眼前消失，他们的遗产呢，也就这样瓜分完啦。快到王宫的时候，他听见一阵阵的欢呼声，一阵阵拉提琴和吹笛子的声音。人们告诉他，他妻子正在和另一个男人举行婚礼呐。金山王一听勃然大怒，说："这个坏女人，她欺骗了我，在我睡着后一个人跑了！"说着，他披上他那斗篷，无形无影地走进王宫。他跨进大厅，只见正大张筵席，宾客们吃着佳肴，喝着美酒，嘻嘻哈哈，有说有笑。他妻子呢，坐在大厅中央的宝座上，穿着一身华丽的衣裙，头上戴着王冠。他站在她身后，但谁都看他不见。她每叉一块肉在自己盘子上，他立刻拿去吃了；她每替自己斟一杯酒，他立刻端走喝掉。下人们不断给她上餐具，她却总是什么也没有，因为杯盘到了她面前立刻不知去向。她一下子傻了眼，羞惭得从席前站起来，跑回自己卧室去哭了，她原来的丈夫呢，尾随在她身后。她说："是魔鬼在对我作祟呢，还是我的救星永远不会来了呢？"金山王啪地给她一耳光，说："你的救星永远不会来？你这个骗子，他正在惩罚你！你怎么竟那样报答我？"说罢，他现出形来，走回大厅，高声宣布："婚礼取消了，真正的国王已经归来！"聚在厅内的王公大臣们纷纷讥笑他，讽刺他；他呢，斩钉截铁地问："你们出去还是不出去？"那帮家伙却想逮捕他，向他一步步逼过来。他便拔出宝剑，说"砍掉除了我以外所有人的脑袋！"一刹时，人头纷纷滚在地上，他又重新做了金山国的国王，独自管理着国家。

93. 乌　　鸦

　　从前，一位王后有个女儿。女儿还很小，还经常得让人抱着。有一段时间，小姑娘非常淘气，王后不管怎么诓她，她仍然不肯安静。王后实在不耐烦了，碰巧当时正有一群乌鸦围着王宫飞来飞去，她便打开窗户说："我真恨不得你变成一只乌鸦飞走，让我清静清静呵！"话刚出口，孩子果真变成一只乌鸦，离开她的怀抱飞出窗外去了。她一飞飞到一片黑沉沉的森林里，在里面呆了很长时间，叫父母亲听不见她一点点音讯。后来，一个男子从森林中经过，听见有乌鸦叫，便追着声音走去，走到了乌鸦跟前，她开口说："我原本是位公主，只因受了诅咒，可你能够救我！""我应该怎么办呢？"那人问。"继续走向森林深处，"乌鸦回答，"你会发现一幢小屋，屋里坐着个老太婆，她将给你吃的喝的，可你什么都不能收；你要吃了喝了什么，马上就会睡着，也就没法子救我喽。在小屋后边的园子里有一个大土堆，你得站在上边等我。一连三天，我每天中午都要乘着车来。第一天拉车的是四匹白马；第二天是四匹红马；到最后那天是四匹黑马。可是呢，你要不是醒着，而是在睡觉，我也没救啦！"那男子保证一切按她的要求办。可乌鸦说："唉，我知道你救不了我，你会吃老太婆给的东西！"那男子再次保证，不管是吃的还是喝的，都肯定一点不碰。谁料，他走进那所小屋，老婆子迎上来对他说："可怜的人啊，瞧你疲乏成了什么样子！来歇口气儿，吃点喝点吧！""不，"他回答，"我不想吃也不想喝。"老婆子不肯放过他，说："你要是不肯吃，那就从这杯里喝一口，一口不算啥。"他被说动了心，喝了。下午快两点时，他走进园子爬上土堆，等着乌鸦到来。可刚一站在上面，他突然觉得挺疲倦，忍不住想躺一躺，只是决心不睡着就是了。谁知道呢，他刚一伸开四肢，眼皮马上自动合拢来，他睡着了，而且睡的沉得世界上没什么能把他惊醒。两点整，乌鸦驾着四匹白马拉的车驶来，途中已难过极了，说："我知道他会睡觉啊！"她驶进园子，他可不是躺在土堆上睡着吗？她下了车，走上去摇他，喊他，他就是不醒。第二天中午，老婆子又给他送来饮食，他起初不肯要。可她不让他安宁，对他说啊劝啊，直到他终于又喝了一口酒。快两点，他走进园子，爬上土堆，等着乌鸦到来，谁想突然又困得要命，双腿已站立不稳，没办法，只得躺到地上，一会儿便陷入了沉沉的睡梦。乌鸦驾着四匹棕红色的马驶来，途中已非常伤心，说："我知道，他睡着啦！"她爬上土堆，他真睡在

328

那里，怎么叫也叫不醒。第三天，老婆子说："这是怎么啦？你不吃也不喝，想死是不是？"他回答："我不想吃喝，也不能吃喝。"可老婆子却把一碗菜和一杯酒摆在他面前，等香味送进了他的鼻孔里，他就禁不住诱惑，又大大地喝了一口。时辰到了，他走进园子，登上土堆，等着乌鸦公主。比起前两天，他现在更加疲倦，往地上一倒就睡得像块石头。两点整，乌鸦驾着四匹黑马来了；连马车和一切的配件也全是黑的。她在途中已伤心得要命，说："我知道他已睡着，不能救我了哟！"她走到他身边，他躺在地上睡得死死的。她推他，喊他，都没有使他醒来。这时，她在他身边放了一个面包，一块肉和一瓶酒，这三样东西，他尽可以想吃喝多少就吃喝多少，永远还会是那么多。随后，她从自己的手上捋下一枚金戒指，把它戴在男子的指头上，在这只戒指上边，镌刻着她的名字。最后，她还在他身边放了一封信，信上写她给了他些什么东西，说这些东西永远不会用完，还写着："我看出来，在这儿你没法救我了；可要是你还愿意救我的话，那就上急流山的金宫去。我清楚，在那里你有力量救我。"所有东西都放好了，乌鸦公主便坐上马车到急流山的金宫去了。

那男子醒来，见自己又睡了一觉，打心眼儿里感到难过，说："肯定，她已经驾着车来过了，我没能搭救她。"然后，摆在旁边的那些东西被他看见了，他读了信上写的，知道是怎么回事。他立刻从地上爬起来，准备动身去金宫，但却不知道金宫在哪里。他在世界上到处流浪，很久以后走进了一座幽暗的森林，在林中一直走了十四天还走不出去。这时候，天又黑了，他已非常疲倦，往小树丛旁边一躺便睡着了。第二天，他继续走，天晚后又准备躺在小树丛边睡觉，却听见一阵吼叫和哀声，叫他睡不着。等到了一般该点灯的时分，他看见前方亮起一盏灯来，便从地上爬起，向着灯光走去。走着走着到了一所房子前面，房子显得很小，因为面前站着一个巨人。他于是暗自盘算：你要进屋去，那巨人会看见你，你的小命儿就难保啦！可他终于还是鼓起勇气，走向巨人。巨人一见他就说："你来得正好，我很久没吃一点东西，马上拿你当晚饭吞下肚去！""最好别这样，"他回答，"我可不高兴让谁吞进肚里去！你要吃东西我有的是，一定让你吃饱。""如果这是真的，那你就没事儿，"巨人说，"我只是因为完全没别的什么吃，才打算吃你。"他俩于是走进屋，坐到桌边；他拿出面包、肉和酒，他们怎么吃仍不见少。"这倒挺合我的意，"巨人说，边说边尽情吃喝。吃完后，他问巨人："你可以告诉我，急流山的金宫在哪儿吗？""让我查查我的地图，"巨人回答，"所有的城市、村庄和房屋全在上面找得着。"他取来放在房里的地图，寻找急流山的金宫，图上却没有。"不要紧，"他说，"我在柜子里还有几张更大的，咱们可以再找一找。"谁知仍旧白费劲儿。那男子想走，巨人却请求他再住几天，等巨人的哥哥出去弄了粮食回来。哥哥回来了，他们问他急流山的金宫在什么地方，他回答："等我先吃饱了，再在地图上找找吧。"他吃饱以后，三人一起去他房里，在他的地图上找来找去还是没找着。他于是又拿来一些老地图，不找着绝不罢休，终于找到了急流山的金宫。可是，它远在好几千里之外。"我怎么去那里呀？"他问。巨人回答："我有两个钟头时间，愿意送你到附近，随后可得回家来喂我们的小孩吃东西。"说罢，巨人就背起他，走到了离金宫还有约莫两百小时路程的地方，说："剩下的路你可以单独一个人走啦。"巨人回去了，那男子呢日夜继续赶路，终于走到了急流山的金宫前。谁知道，金宫矗立在一座玻璃山上，遭了诅咒的公主驾着车绕金宫转了一圈，就进去了。一看见她，他非常高兴，立刻想爬上山去，不料刚一爬就从玻璃上往下滑，一次又一次都这样。他看出，他到不了她那儿啦，心中非常难过，自言自语说："我要呆在山下，一直等着她！"

于是，他为自己建起一间小屋，在里面住了整整一年，每天都看见公主驾着车在山上走，可就去不了。

有一天，他从小屋里看见三个强盗在争斗，就冲他们叫："上帝保佑你们！"强盗一听叫声住了手，可他们看不见一个人影儿，就又动手打起来，而且打得你死我活。他又叫了一次："上帝保佑你们！"强盗们又住了手，调转头东张西望，还是看不见有谁，便重新动手我打你，你打我。他只好喊第三次："上帝保佑你们！"并且想，你得去看看，他们到底打算干什么，便走过去问三个强盗为何相互争斗。一个强盗说，他找到了一根棍子，用这棍子一碰门，门就会自动开开；另一个强盗说，他找到了一件斗篷，披上这斗篷，他便隐了身；第三个强盗说，他抓到了一匹马，骑上这马哪儿都能去，包括上玻璃山。现在他们不知道是共同拥有这些东西呢，还是散伙更好些，因此打起来了。那男子听后说："我想换你们这三样东西。虽说我没有钱，我有的东西却比钱更有价值呐！只不过，我得先试验试验，看你们讲的是不是真话。"随后，强盗们让他骑上了马，给他披上斗篷，把棍子递到他手中；他一得到所有的宝贝，强盗就看不见他了。接着，他狠狠揍三个家伙一顿，说："喏，你们这些懒虫，这就是你们的报应。该满意了吧！"揍完骑着马上了玻璃山，来到金宫门前，见门锁着，就用宝棍一敲，门立即自动开了。他跨进宫门，登上台阶，到了一座大厅，厅内坐着那个受了诅咒的少女，她面前放着一只盛着葡萄酒的金盏。可她看不见他，他披着隐身斗篷嘛。他走到她跟前，捋下她给他的金戒指，扔进金盏中，叮铛响了一声。她喊出来："这是我的戒指，来救我的男子也一定到啦！"她马上在厅里到处找，可是没找着他。他呢已经走出宫去，骑到马上，脱下了隐身斗篷。现在，公主也来到宫门外，一看见他，高兴得发出了欢呼。他赶紧下马来，拥抱公主。她亲吻着他，说："现在你已救了我，明天我们就举行婚礼吧！"

94. 聪明的农家女

　　从前有一个贫苦的农民。他没有一点土地，有的只是一所小房和一个独生女。一天，女儿说："我们该求求国王，让他给咱们一块荒地。"国王听了他们贫苦的情况，真送给他们一块草地。父女俩于是进行翻耕，想在地里种些粮食什么的。他们快翻完地的时候，在土里发现了一个纯金的臼。"我说，"父亲对女儿讲，"咱们的国王很仁慈，送给了我们这块地，所以这个金臼一定得献给他。"女儿却不同意，回答说："爸爸，咱有臼却没有杵，必须找到杵才成，所以嘛不吭声儿更好。"可是父亲不听她的，带着臼就去见国王，说他在野地里拣到了这只臼，现在拿来献给国王，以表敬意。国王接过臼问，是不是没拣到别的什么呢？"没有，"农民回答。于是国王说，他现在应该去把杵也找来。农民回答，他们没有发现杵呀。可是没有用，他的解释人家只当耳旁风，结果农民被关进监狱，一定要找来杵才会被释放。狱卒们每天给他送来牢饭，那不过只是清水和面包而已。他们每次总听见这个犯人在大声哀嚎："唉，要是我听女儿的话就好啦！唉，要是我听女儿的话就好啦！"于是，狱卒去报告国王：农民老是叫"唉，要是我听女儿的话就好啦！"并且不肯吃，不肯喝。国王听罢命令狱卒，去把农民带来。农民来后他问他干吗老是叫："唉，要是我听女儿的话就好啦！"

　　"你的女儿究竟说过什么话？"国王问。

　　"唔，她说过，我不应该把金臼送来；送来您一定还要我弄到杵。"

　　"你的女儿真聪明，让她到我这儿来一下吧。"

　　农民的女儿奉命去见国王。国王问她到底有多聪明，说他要给她出个谜语，要是她猜中，他就娶她做妻子。农民的女儿立刻回答行，她愿意猜一猜。于是国王说："你上我这儿来，既不穿着衣服，也不光着身子，既不骑马，也不坐车，既不走在路上，也不走在路外。要是你办得到，我就娶你。"农民的女儿马上走回去，脱光了身子，这样就没穿衣服，却拿来一张大鱼网，自己钻进去，把身全裹起来，这样就不再光着身子；然后她牵来一头驴，把鱼网拴在驴尾巴上，自己在网里由驴拖着走，这样就既不骑马，也不坐车。而且，只允许驴子沿着车辙拖她，使她只能用大脚趾头点地，这样便既不在路上，也不在路外。当她这样来到国王面前，国王说猜中了，并履行了全部诺言。他下令从监狱释放了她父亲，让她做了自己的王后，把王室的全部财产交给她掌管。

　　过了一些年，国王要去检阅军队，出发前碰见一件事：农民们卖过木材后把车停在了皇宫前面，一些车驾着牛，一些车驾着马。有个农民的车是三匹马拉的，其中一匹产了只小驹，小东西下地后逃走了，跑去躺在了另一辆车的两头牛中间。农民们聚到一块儿吵起来，又是摔东西，又是吼叫。赶牛车的农民想留下小驹子，说它是他的牛生的；赶马车的农民讲"不行"，小驹子是他的马产的，理应归他。争吵报到了国王面前，他判决说，现在东西在哪儿就留在哪儿。这样，赶牛车的农民便得到了原本不属于他的东西。另一个农民呢，只好哭着离开，为失去他的小驹大叫委屈。当他听说王后也出身贫苦，非常仁慈，就来求她帮助自己弄回小驹子。王后回答："好的，只是你得答应不讲出是我的主意，我就愿意告诉你怎么办。明天一早，国王去检阅卫兵时，你站在他必须经过的路中间，拿一张大网装作打鱼的样子，一边拉网一边还要往外倒，好像网里真的装满了鱼似的，"并且告诉农民，如果国王问他话，他该回答什么。第二天早上，他果然站在路中间打鱼。国王经过时看见了，派传令兵跑过来问这傻子在干啥。他回答："打鱼呗。"传令兵问，水都没有怎么好打鱼！农民回答：

333

"好打！就像两头牛能生下马驹一样，我在干地上能打鱼。"传令兵跑回去向国王报告了傻子的回答，他便派人带来农民，对他讲，这样的回答他自己想不出来，必须马上坦白是谁教给他的。可是农民不肯照办，总是讲：上帝保佑，就是他自己想出来的。他们把他推倒在一捆麦草上，长时间地拷打、威逼，最后，农民承认了，是王后教他这样做。回到家中，国王对妻子说："你为什么对我这么虚伪？我不再要你做妻子了。你的好日子已到头，从哪儿来回哪儿去吧！回你那农民的小屋中去吧！"不过他允许王后带走一件东西，一件她觉得最心爱和最珍贵的东西，当作分别的赠物。她回答："好吧，亲爱的丈夫，既然你命令，我照办就是了。"说着扑进他怀里，吻了他，向他告别。随后，她叫人送来烈性的安眠水，当作告别酒。国王大大地饮了一口，她却只呷了一点点。不多会儿，国王就睡得死死的，她见了马上叫一名侍从拿来块白净漂亮的麻布，把国王包在里边。随后，侍从们奉命抬国王到停在门外的一辆车上，她驾着车把他运回了自己的小屋。接着，她把国王放上她的床铺；他呢，一觉睡了一天又一夜。他醒来时，瞅瞅四周，说："上帝啊，我是在哪里？"他喊他的侍从，可一个也不在。终于，他妻子走到床前来说："亲爱的国王，您命令我从宫里带走我最心爱和最珍贵的东西；我觉得，没什么比你更可亲更珍贵，所以就把你带回来了。"国王感动得流出了眼泪，说："亲爱的妻子呵，你应该属于我，我也属于你。"说完把她带回王宫，与她重新成为夫妻，两人说不定一直活到了今天哩。

95. 希尔德布朗老哥

从前有一个农夫和农妇。这农妇很得村里的牧师欢心，他总希望什么时候能和她单独地快活一整天，而这呢也是农妇自己的

334

心愿。有一天，牧师对农妇说："我的宝贝儿，听着，现在我想出了个主意，咱俩可以痛痛快快地在一块儿过上一整天啦。告诉你，星期三你躺在床上别起来，告诉你丈夫你病了，并且呻吟叹气，叫苦连天，这样子一直搞到礼拜天我布道的时候。我在布道中会讲，谁家里有小孩、丈夫、妻子、父亲、母亲、兄弟、姊妹或是其他不管什么人病了，谁就应该去意大利的高克里山去朝圣，在那里用一个铜板买一筐月桂叶回来，这样子在家里生病的孩子、丈夫、妻子、父亲、母亲、兄弟、姊妹或是其他不管什么人就马上会恢复健康。"

"我一定照办，"农妇回答。喏，到了礼拜三，她果真往床上一躺，哭哭哀哀，大叫大喊；她丈夫想尽了办法，她仍然没治。礼拜日到了，农妇开口说："我尽管很难受，就像快要死了似的，可在临终前还是许了一个愿，就是去听今天牧师先生的布道。""唉，我的乖乖，"农民说，"你别去啦，你下了床病会更重的。喏，让我去，我会很注意听他的布道，回来原原本本讲给你听就是。""那好，"农妇说，"你就去吧。要认真听，把听到的全部告诉我！"于是，农民就去听布道。牧师先生一会儿开始讲起来，说什么谁家要有孩子、丈夫、妻子、父亲、母亲、兄弟、姊妹或是其他不管什么人生了病，谁就应该到意大利的高克里山去朝一朝圣，在那里用一个铜板买一筐月桂叶回来，这样家里生病的孩子、丈夫、妻子、父亲、母亲、兄弟、姊妹或者其他不管什么人就立刻会好了；还说谁愿意接受他的劝告，听完弥撒请上他那儿去，他将给谁装月桂叶的口袋，以及买月桂叶的铜板。农民听了比谁都高兴，听完弥撒立刻去找牧师；牧师便给了他装月桂叶的口袋和铜板。随后他回家去，才走到门口就叫起来："好啦好啦，亲爱的老婆，现在有了办法，你肯定会好的。今儿个牧师先生布道说，谁家要有小孩、丈夫、妻子、父亲、母亲、兄弟、姊妹或是其他不管什么人病了，只需到意大利的高克里山去朝一朝圣，用一个铜板买回一筐月桂树叶，他的孩子、丈夫、妻子、父亲、母亲、兄弟、姊妹或是其他不管什么人立刻会恢复健康。现在我已向牧师先生讨来装月桂叶的袋子和一个铜板，打算马上动身，使你尽快恢复健康。"他立即上了路。可他刚一走，农妇就起了床，牧师也立刻来了。现在呢，咱们暂且把他俩丢在一边，跟着农民老哥走上一遭。他一路上紧赶慢赶，想早些走到高克里山。正这么走着走着，他迎面遇上了他的表哥。他这表哥是个蛋贩子，刚去集上卖了鸡蛋回来。"上帝保佑你，"他的表哥问，"你这么急急忙忙上哪儿去啊，表弟？""赞美上帝，表哥，"农民回答，"我老婆病了。今天我听牧师布道说，谁家里要有孩子、丈夫、妻子、父亲、母亲、兄弟、姊妹或是其他不管什么人生了病，只需到意大利的高克里山去朝一朝圣，用一个铜板买了筐月桂叶回来，家里的小孩、丈夫、妻子、父亲、母亲、兄弟、姊妹或是其他不管什么人立刻就会好。我已经从牧师先生那儿拿到装月桂叶的口袋和一个铜板，现在正朝圣去哩！""你等等，老弟，"表哥对农民说，"你头脑真叫简单，竟相信这种鬼话！你知道是怎么回事吗？那牧师想跟你老婆一块儿单独乐一乐，就要你，把你支使开喽。""我的天，"农民说，"我一定要知道是不是真的！""行，"表哥说，"我告诉你，你坐在我这蛋篓子中，我背你回去，让你亲眼看一看。"于是就这么办了，表哥把农民装进背篓中，背到了他家。他们到家一看，妈呀，真好热闹！农妇把养在院子里的家禽通通宰了，还油炸了一个大饼；牧师也光临，并且带来了他的提琴。表哥在外边敲了敲门，农妇问："是谁呀？""是我，他表哥，"表哥回答，"妹子，让我今晚借住一宵吧，我去集上卖蛋没卖掉，得背回家去；怪沉的，我已扛不动，天又黑啦！""噢，你是表哥，"农妇说，"今儿个你来得真不巧。可也没别的办法，就请进来在火炉边的长凳上坐一夜吧。"于是，表哥和他的背篓都被安顿在了长凳上。而与此同时，农妇和牧师却好不快活。终于，牧师来了兴致，说："等等，亲爱的宝贝儿，听说你歌唱得挺好，现在给我唱一只怎么样?""啊，"农妇回答，"现在我不能唱啦! 不错，年轻的时候我挺能唱，可那已是过去的事。""嗨，"牧师又说，"唱吧，只唱一点点!"农妇便唱了起来：

> "我把我男人支走了，
> 让他爬意大利的高克里山去了。"

牧师接着合道：

> "我愿他在那儿呆一整年，
> 上帝保佑，那装月桂叶的口袋
> 咱才不管!"

这时候，后边厨房里的表哥也唱开了——现在咱必须告诉诸位，那农民老哥名字叫希尔德布朗来着——只听表哥唱道：

> "嗨，你呀，亲爱的希尔德布朗，
> 赞美上帝，你干吗哟还呆在这条
> 火炉边的长凳上?"

农民一听就在背篓里合起来：

> "这么个唱法我再不能忍受，
> 我现在必须马上爬出背篓!"

他边唱边爬了出来，几棍子把那牧师打跑啦。

96. 三只小鸟

　　大约一千多年前吧，我们这地方全住着些小国的国王，其中的一个就住在科哀特山上。这位国王非常喜欢打猎。一次，他领着猎手们走出宫殿，碰巧山脚有三位少女在放牛。她们看见国王和他那些侍从，最年长的少女就指着国王对另外两个大声说："喂！喂！除了他，我谁都不嫁。"第二位姑娘指着走在国王右手边的那个人，从山的另一边大声搭话："喂！喂！除了他，我谁都不嫁。"这时，最小的少女指着走在国王左手边那个人，大声说："喂！喂！除了他，我谁都不嫁。"其实那两个人都是大臣。她们的话全被国王听见了；他打猎归来，就派人把那三位少女叫到自己跟前，问她们昨天在山脚说了些什么话。她们现在却不愿说。于是国王就问年纪最大的少女，她是不是想他成为她的丈夫？她回答说：是的。那两位大臣同样问了她的两位妹妹。因为她们三个看上去都很聪明美丽，尤其是王后有着一头亚麻色的秀发。

　　她那两位妹妹都没有孩子。一天，当国王不得不出门远行，为了让王后高兴，他就请她的妹妹来陪伴王后，因为当时正赶上她怀孕了。国王走后，她生了一个小男孩，身上有一颗鲜红的痣。两个妹妹密谋要把那可爱的孩子扔进河里。她们刚把他扔下河——我想是威悉河吧——一只小鸟就飞到空中，唱道：

<blockquote>

"他是否会死，
以后才知道。
变一束百合花吧！
乖孩子，你看好不好？"

</blockquote>

两个姨妈一听，心中十分害怕，转身跑开了。国王回来，她们对他说，王后生了只狗。国王回答："上帝做什么总有道理。"

可是，在那河边住着一位渔夫，他把那个小男孩又捞上来了；当时他还有一口气。渔夫的妻子没有孩子，就收养了他。一年后，国王又出远门去了，恰巧这时王后又生下一个男孩，那两个凶狠的妹妹又抱走孩子，扔进了河里。一只小鸟又飞到空中唱道：

> "他是否会死，
> 以后才知道。
> 变一束百合花吧！
> 乖孩子，你看好不好？"

国王回来时，她们对他说，王后又生了一只狗。他还是回答："上帝做什么总有道理。"渔夫把这个孩子也从水里打捞起来，抱回家去抚养。不久，国王又出门去了，这次王后生了一个小女孩。她也被那两个狠心的姨妈扔进了河里。小鸟再一次飞到空中唱道：

> "她是否会死，
> 以后才知道。
> 变一束百合花吧！
> 乖孩子，你看好不好？"

国王回家来的时候，她们对他说，这次王后生了一只猫。国王终于生气了，将妻子投入监狱。王后在狱中呆了很久。

这期间孩子们长大了。一次，最大的那个男孩和其他孩子一道出去捕鱼，他们不愿和他一起，说："你这个弃儿，走一边去吧！"他十分伤心，就去问老渔夫是不是真的，老渔夫告诉他，他是有一次打鱼时从水里打捞出来的。男孩说，他要去找他的亲生父亲。

渔夫请求他留在这儿，他坚决不肯，直至渔夫最后答应了他的要求。他出发了，走了几天几夜，最后来到一条大河边，河边站着一位老太太在钓鱼。"你好，大妈!"男孩说。"谢谢，"老太太说。"你要钓很长时间，才能钓到一条鱼吗?""你大概也要寻找很长时间，才能找到你的父亲。你打算怎样过这条河呢?"老太太问。"是啊，只有上帝知道喽。"于是，老太太把他驮在背上，背着他过了河。但他找了很久很久，也没能找到他父亲。

　　一年过去了，第二个男孩又离开家，去寻找他的哥哥。他来到河边，遭遇跟他哥哥一模一样。这下只剩小女孩一人在家了，她非常想念她的哥哥。她来到那条大河边，对老太太说:"你好，大妈!""谢谢，"老太太说。"上帝保佑你钓到大鱼!"老太太一听她这句话就变得非常和蔼，把她背过河，递给她一根魔杖，说:"一直沿着这条大路往前走，我的孩子。当你走过一条大黑狗身边的时候，千万别出声，不要笑也莫打量它，要径直走过去。然后，你就来到一座敞开宫门的大宫殿前。站在门槛上，你必须丢下魔杖，迅速穿过宫殿，从一边出去。那儿有一口老井，井底长出一棵树，树上挂着一个鸟笼，里面关着一只鸟儿。你取下鸟笼，再从井里舀一杯水，然后就带着这两样东西原路返回，再从门槛拾起那根魔杖。当你再经过那条狗身边时，就抽打它的脸——可当心一定得打着它。然后就只需回到我这儿来了。"小女孩果然找到了老妇人所说的一切。在回来的路上，她找到了两个哥哥，他们相互寻找，已走遍了大半个世界。这时兄妹三人一起往前走，到了黑狗呆着的路边。少女用魔杖打它的脸，它一下变成了一位英俊的王子，和他们一道来到河边。老妇人还站在那儿，见他们四人到来非常高兴，把他们一一背过河，然后就离开了。这下附在她身上的魔法也得到了解除。四个年轻人一起朝老渔民家走去。大伙儿再见面时都非常高兴。他们把那只鸟笼挂到了墙上。

　　可是二儿子在家里呆不住，拿起弓箭就打猎去了。当他疲倦的时候，就拿起笛子吹上一小段，碰巧国王也在打猎，听见笛声就朝青年走来，看见他就问："谁允许你在这儿打猎的。"——"噢，没有谁。"——"你是哪家的?"——"我是渔夫的儿子。"——"可他没有孩子呀。"——"如果你不信，就请跟我来。"国王去了，问渔夫是怎么回事。渔夫一五一十说，这时墙上的小鸟唱起歌来：

> "母亲独自一人，
> 关在监狱里。
> 尊敬的国王呵，
> 这就是你那些好孩子。
> 那两个凶狠的姨妈
> 想要害死孩子们，
> 把他们扔进河底，
> 多亏被渔夫救起。"

所有的人都大吃一惊，国王带上鸟儿、渔夫和三个孩子回到王宫，下令打开狱门，把妻子接出来。王后已虚弱憔悴不堪，女儿把从井里取来的水给她喝了，她又重新容光焕发起来。两个狠心的姨妈被烧死了。公主嫁给了那位王子。

97. 活命水

从前，有一位国王病了，谁都不相信他还能够活下去。他有三个儿子，他们都因此非常悲伤，一起来到王宫的花园中哭泣。一个老人碰见他们，问他们为什么伤心。他们告诉他，父亲病得快死了，什么办法都救不了他的命。老人听后说："我知道一个办法，就是饮活命水，只要他喝了这种水，就会恢复健康。只是想找到它非常非常难啊。""我一定要找到它，"大王子说，说完就走到重病的父亲跟前，求他允许他出去寻找活命水，因为只有这种水能治好他啦。"不，"国王回答，"那太危险了，我宁肯死去！"大王子却一再请求，国王终于答应了。大王子在心中暗自盘算："我要找来了活命水，我就成了父亲最宠爱的儿子，就将继承王位。"

他于是动了身，骑着马走了一些时候，看见在路边上站着个小矮人儿在大声招呼他，对他说："这么着急上哪儿去？""愚蠢的小矮子，这没必要告诉你！"王子骄傲地回答，骑马往前走了。小矮人儿很气愤，对他发出了诅咒。不久，大王子就误入一道峡谷，越是往前走，两边的山越靠拢在一起，最后路竟窄得一步也没法前进了；可想掉转马头或者爬下马鞍同样不可能，这样，他便卡在了那里。重病的父亲等了很久，却不见他回来。这时二王子说："爸爸，让我出去为你找活命水吧！"他心里却想：要是哥哥死了，王国就归我啦。国王一开始也不同意他去，最后才勉强答应了。二王子于是走上了哥哥当初走的同一条路，也遇见那个小矮人儿。小矮人儿叫住他，问他急急忙忙去哪儿。"愚蠢的小矮子，这个没必要告诉你，"他回答，头也不回地驱马走了。小矮人儿呢也诅咒了他，叫他像另一个似地走进一道峡谷，进退不得。傲慢的人下场可不都是这样吗！

二王子也一去不归，最小的王子便自告奋勇，要去找活命水，国王最后不得不同意了他。他遇见小矮人儿，小矮人儿问他急急忙忙去哪儿，他停下来回答说："我去找活命水，因为我父亲病得快死啦。""你知道上哪儿找活命水吗？""不知道，"小王子回答。"因为你待人有礼貌，不像你那两个坏哥哥似的傲慢，我愿意给你指点，告诉你怎样去找活命水。在一座中了魔法的王宫里有口井，活命水就从井中涌出来。可是你进不了王宫，如果我不给你一条铁棍和两个小面包的话。你用这棍子敲宫门三下，它才会自动打开；门内有两头狮子张着大口，可只要你给每个口里扔进一个面

342

包，它们就会安安静静。接着，你得赶紧在打十二点之前去取来活命水，否则时辰一到，门又关上，你会被关在里边的。"小王子感谢小矮人儿，接过铁棍和面包，又上了路。到了王宫前，一切都跟小矮人儿说的完全一样。棍敲第三下时，宫门自动开了。小王子用面包安抚住狮子，走进宫内一间漂亮的大厅内，厅内坐着几位中了魔法的王子。他脱下他们手上的戒指，随后发现旁边摆着一把剑和一个面包；他把它们也拿走了。他继续往前走进一间屋子，屋里站着一个美丽的少女；她一见小王子非常高兴，吻了他，对他说：他搭救了她，该让他获得整个王国；如果他一年后再来，她就和他举行婚礼。随后，她告诉小王子涌出活命水的井在哪里，说他必须赶在十二点之前去取水。小王子继续往前走，终于到了一间房间，房里摆着一张干净漂亮的床铺，他因为困了，想先休息休息。可谁知一躺下去，他就睡着了。等他醒来，钟已敲十一点三刻。他吓得一下子跳起，跑到井边，用摆在井边上的杯子舀了一杯水，赶紧离开。他刚跑出王宫的大铁门，钟已敲十二点，门猛地关拢来，把他的脚后跟挤掉了一块。

他呢，取到了活命水非常高兴，在回家的路上又碰见小矮人儿。小矮人儿看见他的剑和面包，说："你这样取得了巨大的财富；用这剑你可以打败一支支大军，这面包呢永远也消耗不完。"小王子不和哥哥一道不愿回家去，于是问："亲爱的侏儒，你能告诉我我那两位哥哥在哪里吗？他们先出来找活命水，一直没回去呐！""他们让两座大山卡住了，"小侏儒回答，"是我诅咒他俩这样的，因为他们太傲慢。"小王子听了一个劲儿恳求小矮人儿，直到他放了两个大王子。只是他警告小王子说："得防着他们啊，他们心肠挺坏！"

哥哥们回来了，小王子很高兴，告诉他们他怎样找到活命水并且取来一杯，怎样搭救了一位美丽的公主，公主答应等他一年后去结婚，然后让他得到一个大王国。随后，兄弟三人一起骑马

343

往回走，经过一个正在打仗和闹饥荒的国家；这个国家的国王已经相信自己肯定完蛋啦，因为灾难实在太深重。于是小王子去见国王，给他面包，让他拿去给全国的人都吃饱；然后王子又给他剑，让他拿去打败了一支支敌军，重新过着和平安宁的生活。小王子收回自己的面包和剑，三兄弟继续往回走。可他们还遇着两个闹饥荒和战乱的国家，每次小王子都把面包和剑给了国王，使总共三个王国全得到了拯救。眼下兄弟三人坐上一艘船，准备渡海。航行途中，两个哥哥私下说："老三找到了活命水，咱俩却没有，这样父亲就会把本该给咱们的王国给他；他将夺去咱俩的幸福呵！"说着说着，两人起了坏心，约定要叫弟弟倒霉。一天，他们等到他睡熟了，从他的杯中倒去了活命水，而把苦涩的海水灌进他杯里。

回到家中，小王子把杯子端给重病的国王，希望他喝了杯里的水能恢复健康。谁知国王刚喝一点点苦涩的盐水，病情反倒加重了。他为此哀声叹气，两个大儿子趁机走来告弟弟，说他想毒害父亲，他俩才给他送来了真正的活命水，说着便递给父亲。父亲一喝立刻感到病没有了，身体健壮得就像年轻的时候一样。随后两个哥哥去找小王子，讥讽他，对他说："你虽然找到了活命水，但你只是出力，我们却受奖。你本该放聪明点儿，把眼睛睁大些；当你在海上睡觉时，我们给你弄走啦！一年后，我们中的一个将去娶那位漂亮的公主。你可当心，一点别泄露这事，父王才不会相信你哩！你要说了一个字，就让你把命赔上；不吭声，可以饶你不死。"

老国王对小儿子气极了，以为他想害死自己。于是召集群臣，商量对小王子的判决，决定秘密枪杀他。一天，小王子骑着马去打猎，心中毫无防备，国王的猎手却奉命跟去。他俩到了林中，猎手看上去挺难过，小王子就问他："亲爱的猎手，你怎么啦？""我不能讲，但奉命得干。"猎手回答。"讲吧，怎么回事？"王子说，

"我原谅你。""唉!"猎手回答,"我得枪杀你,是国王下的命令!"
小王子一听吓坏了,说:"亲爱的猎手,饶我的命吧,我把王子的
好衣服脱给你,你把你的坏衣服换给我。""我很愿意,"猎手回答,
"我怎忍心对你开枪呵!"说完,他们换了衣服,猎手回宫去了,小
王子却走向森林的深处。

　　过了一些时候,突然老国王宫里驶来三辆满载黄金和宝石的
马车,说是给他小儿子的。原来,那三位用他的剑打败了敌军、用
他的面包养活了国家的国王,为了表示感谢,派人驾来了这些车
子。老国王于是想:难道我那儿子是无辜的么? 因此对臣下们讲:
"他要还活着就好啦! 我真悔不该下令处死他!""他还活着,"猎
手说,"我没忍心执行您那个命令,"并且向国王讲了当时的情况。
国王这才一块石头从心上掉下了,下令向所有国家发出通告,要
儿子回去,说他将重新得到恩宠。

　　再说那位公主,她下令在自己宫殿前铺了一条纯金的光灿灿
的大路,告诉她手下的人,大路上第一个径直奔来的骑士才是真
未婚夫,应该放他进宫去;相反,从旁边来的不是真的,也不能
放他进宫。一年的期限快到了,大王子想赶快去公主那儿,冒充
她的救命恩人,好娶她做妻子并且得到王位。他于是骑马赶去,到
了宫前,看见那条漂亮的金路,想:骑着马在上面走太可惜啦! 就
拨转马头,走了右边。可走到宫前,卫兵们对他说他不是真的未
婚夫,叫他滚开。很快二王子也出发了,到了金路边,他的马刚
踏上一只蹄子,他就想:这太可惜,可能踩掉一点哩! 于是把马
骑到了左边。可到了宫前,卫兵说他不是真未婚夫,叫他滚回去。
现在一整年过去了,小王子打算骑着马走出森林,去自己爱人那
里,在她身边忘记自己的痛苦。他动了身,心中一直想着公主,恨
不得马上飞到她身旁,根本没注意到金路。他的马从路中央一直
走到宫前,门一下子开了,公主高高兴兴地迎接他,说他是她的
救星,是王国的主宰。接着欢天喜地地举行了婚礼。婚礼过后,公

主告诉他，他的父亲原谅了他，召他回去。他纵马奔回父亲身边，对他讲了两个哥哥如何欺骗他，他为什么保持沉默。老国王想惩罚他俩；可他们早已逃到海上，乘船去了远方，一辈子没再回来。

98. 万能博士

从前，有个贫苦的农民叫克勒卜斯①。一次，他赶着两头牛，拉一车柴进城去卖给一位医生，得到了两枚银币。他得到钱时，医生正坐在桌旁吃饭。他看见人家吃好菜，喝美酒，心里不禁羡慕起来，恨不得自己也当个医生才好。他呆呆地站了一会儿，终于问，他是不是也能成为一位医生。"呵，当然，马上就可以办到，"医生回答。"我该怎么办呢？"农民问。"首先，去买本入门书，要前面印着只公鸡那种；第二，把你的车和两头牛都卖掉，用卖的钱制医生的衣服和其它用具；第三，请人给你漆块招牌。写上'我是万能博士'②几个字，钉在你的门上。"农民一一照办了。他于是当起医生来，可还没当多久，一个很富有的大贵族钱被偷了。人家向他讲，在某某村住着位万能博士，他想必也会知道，钱上哪儿去哩。于是，贵族老爷就让人驾着车，亲自去村里，问农民是不是万能博士。不错，他是的！这样，人家就要请他去，寻找那些被盗的钱。可以可以，只是他的妻子格莱特，得跟着一块儿去。贵族老爷同意了，让他夫妇俩坐上车，一起往回走。到了贵族府里，饭已经摆上，博士立刻被邀入座。好的，不过嘛，他说，他的妻子格莱特最好也一块儿吃。这时候，第一个仆人端着一碗精美菜肴走进来，农民撞一撞他的老婆，说："格莱特，他是第一个。"意思是这仆人第一个来上菜。谁知仆人却以为他想说，这是

————————
① 这个姓有"螃蟹"的意思。
② 医生（Doktor）与博士是同一个德文词。

第一个小偷，而他刚巧又真的是，就心虚害怕起来，回到外边对同伙讲："这位博士知道一切，咱们糟啦，他刚才说我是第一个哩！"第二个仆人干脆不愿进去了，可是又不能不去。当他端着碗走进屋，农民又撞撞他的老婆说："格莱特，这是第二个。"仆人同样心惊胆战，赶紧退了出去。第三个仆人遭遇也不见得好，农民又说了："格莱特，这是第三个。"第四个仆人轮到端一只盖着的碗进来，贵族老爷见了说，请博士显显本领，猜出碗里装着什么。碗里呢，是些螃蟹。农民瞪着碗，不知道怎么办，叹息道："唉，我这可怜的克功卜斯啊！"老爷把他的名字理解为螃蟹，大呼："着啊，他真知道！喏，他同样知道钱是谁偷的。"

那仆人却怕得要死，冲博士使个眼色，要他出去一下。他出去了，四个仆人通通承认偷了钱，心甘情愿交出来，还准备给他一大笔酬金，只要博士不告发他们；不这样，他们就完啦。他们还领他去藏钱的地方。这一来，博士满意了，又回到屋里，坐在桌旁，说："老爷，这会儿我想查一查我的书，找出藏钱的地方。"偏偏有第五个仆人想偷听博士还知道什么，爬进了灶孔里。博士呢，坐在那儿打开他那入门书，翻过来又翻过去，想找那只公鸡。可他老找不着，便说："你是在里面，非叫你出来不可！"藏在灶里的仆人一听，以为是说他，吓得赶快跳出来，大喊："这人什么全知道！"接着，万能博士给贵族指出藏钱的地方，却没讲偷钱的是什么人。这样，他从双方都得到了许多酬金，成了一位大名人。

99. 玻璃瓶中的妖怪

从前有个穷樵夫，他从早到晚只管干活儿干活儿。终于，他积蓄了一些钱，便对他的儿子说："你是我唯一的孩子，我要用我拿血汗挣来的这些钱，供你上学去。好好学点本领，等我老了，手脚不灵了，只好坐在家里，你就可以养活我。"于是，儿子便去上一所高中，学习非常努力，得到了所有老师的称赞。这样过了一些时候，他已完成一门门的学业，可还没等到完全修业圆满，父亲积攒的那一点钱已用光了，不得不辍学回家去。"唉，"父亲很难过地说，"我再没法供给你了；世道这么艰难，除挣口面包吃，一个小钱都剩不下来啊！""爸爸，"儿子回答，"别伤脑筋啦！既然这是上帝的意志，到头来对我会更好些；我决心对付过去。"父亲准备去林中砍点柴卖，儿子说："我愿跟你一道去帮帮忙。""别，孩子，"父亲说，"这对你太困难了，你没习惯干重活儿，会吃不消的！再说我也只有一把斧头，没有再买一把的钱啊。""去找邻居吧，"儿子回答，"他会把自己的斧头借给你一段时间，到时候我就可以自己买一把了。"

　　这样，父亲找邻居借了一把斧头，第二天天一亮，父子二人就一道进森林里去了。儿子帮父亲干起活儿来挺带劲儿。当太阳升到了头顶，父亲讲："咱们歇下来吃中饭吧，吃过了饭，又会有力气的。"儿子拿去一个面包，说："你一个人歇着吧，爸爸，我不累，我想在林子里走一走，找几个鸟窝。""呵，傻孩子，"父亲说，"还跑什么，待会儿累得你胳臂都抬不起来！还是留在这里，坐到我身边来好。"

　　儿子却向森林深处走去了。他吃着面包，心情十分愉快，窥视绿色的枝叶中间，看能不能发现一个鸟窝。他这么走来走去，终于走到一棵很高很苍老的橡树底下。它看样子准有几百年的树龄，主干粗得五个人也合抱不住。小伙子停住脚，望着树想：肯定有些鸟儿在上边筑了窝。突然，他觉得听见一点声音。他摒息静听，果然听见一个很低沉的声音在呼喊："放我出来！放我出来！"有学问的小伙子四处张望，却什么也没发现，倒感觉那声音是从地底下钻出来似的。他于是喊："你在哪儿呀？"那声音回答："我在下边的橡树根旁。放我出来！放我出来！"小伙子开始清除树下的杂草，在树根周围找来找去，终于在一处小土坑里发现一只玻璃瓶。他拾起玻璃瓶，对着日光一照，看见一个青蛙模样的小东西，在瓶中跳上跳下。"放我出来！放我出来！"小东西又喊开了。小伙子没估计会出事，拔掉了瓶上的塞子。那精灵一下子窜出瓶来，立刻开始长大，长大，转瞬之间已变成一个可怕的巨人，个头儿几乎有小伙子跟前那老橡树的一半高。"你知道，你放我出来，会得到什么报酬吗？"大妖怪用非常吓人的声音问。"不，"小伙子毫不畏惧地回答，"我怎么会知道呢？""那我就告诉你，"妖怪大声说，"我为此一定要拧断你的脖子！""这你该早告诉我才是，"小伙子回答，"这样我会让你仍然呆在瓶子里边；我可不想让自己的脑袋被你拧下来，你必须去求更多的人。""什么更多的人不更多的人，现在反正你该得到自己的报酬！"妖怪吼道，"你以为，我被关了这么久，是受谁的恩惠么？不，是惩罚我！我是强有力的墨丘利乌斯啊，谁放我出来，我就一定得拧断谁的脖子。""等一等，"小伙子回答，"这么急不行，我先还得弄清楚，你是不是真在这只小瓶子里呆过，是不是真正的妖怪哩。你要是能再钻进去，我才相信你的话，然后你想把我怎么办，就怎么办好啦。"妖怪很骄傲地说："这还不容易！"说着便把身体缩小，越缩越小，最后和当初逃出玻璃瓶时一个样，又一溜烟儿钻进瓶颈中去了。可他刚到瓶中，小伙子立刻摁上瓶塞儿，把瓶子扔到树根旁的老地方。这样，妖怪就上当了。

这时候，有学问的小伙子想回到父亲身边，那妖怪却大声惨叫起来："唉，放我出来啊！放我出来啊！""不，"小伙子回答，"别想有第二次：谁起过一次害死我的坏心，我关住了他就绝不会再放掉。""只要你放了我，"妖怪叫道，"我愿意给你许多许多钱，叫你一辈子花不完。""不，"小伙子回答，"你会像刚才一样骗我。""这样你就错过了自己的幸福了，"妖怪说，"我不会再碰你的一根毫毛，而要多多地酬谢你呵！"有学问的小伙子想："嗯，可以再冒次险，也许他说话算话哩。而且，他也不能把我怎么样呐。"于是，他又拔掉瓶塞，那妖怪像第一次一样钻了出来，越长越大，越长越大，最后成了一个巨人。"现在你该得到你的报酬了，"巨人说，递给小伙子一块跟橡皮膏差不多的布条，告诉他，"你用它的一端轻轻拂一拂伤口，伤口便会痊愈；你用另一端拂一拂钢和铁，它便会成为银子。""这我得先试试看，"小伙子说，说着走到一棵树跟前，用斧头在树皮上划一道口子，然后用布条的一端拂了它一下，树皮立刻长拢了，一点伤痕没留下。"嗯，确实不错，"小伙子对巨人说，"现在咱们可以分手了。"妖怪感谢小伙子救了它；小伙子也对它送的礼物表示感谢，然后回父亲那儿去了。

"你上哪儿乱跑去了？"父亲问，"怎么忘记了干活儿？我早说过，你干不了嘛。""别生气，爸爸，我会赶上的。""对，赶上，真不像话！"父亲生气地说。"你看好了，爸爸，我立刻砍倒这树，叫它哗地一声折断！"说着，他取出布条，用它轻轻擦拭斧头，然后猛地一斧砍去；可是，由于铁已变成银子，斧刃马上卷了口。"嗨，爸爸，瞧你替我借的什么孬斧头，完全变了形啦！"父亲大惊失色，说："唉，你干的好事！这下我得赔人家斧头，却不知道拿什么赔。这就是你干活儿给我的好处！""别生气，"儿子回答，"斧头我赔就是喽。""呵，你这傻瓜，"父亲吼道，"你打算拿什么赔？我不给你，你什么都没有。你满脑袋书呆子的怪想法，对砍柴一窍不通！"

过了一会儿，小伙子又说："爸爸，我再不能干了，咱们还是收工吧。""嗨，什么话！"父亲说，"你以为我愿意像你一样游手好闲？我还必须干，要回去你自己滚！""爸爸，我是头一回进林子来，一个人不认识路，你陪我走吧。"父亲的怒气已平息了，终于让儿子说服，一块儿收工回家去。到家后，他告诉儿子："把这坏斧头拿去卖了吧。看看能卖多少钱；不够的得由我来挣，以便赔邻居一把新斧头。"儿子拿着斧头去找城里的银匠；银匠验了银斧头的成色，放在天平上一称，说："值四百个银元，可这么多现钱我没有。""您有多少给多少吧，"念过书的小伙子说，"其余的我存在您这里。"银匠给了他三百银元，还欠他一百。随后，小伙子回到家，说："爸爸，我有钱啦，去问一下邻居他那把斧头值多少吧！""这个我知道，"父亲回答，"一个银元加三枚铜钱。""那咱们给他两银元另六个铜板，也就是加倍该够了吧？你瞧，我有的是钱喽！"小伙子马上给父亲一百银元，说，"你再不会缺钱花啦，好好享享福吧！""我的上帝，"老人惊呼，"你怎么得到这些财富的啊？"于是，儿子对他讲了全部事情的经过，说他是由于对幸福充满信心，才有了这么大的收获。用剩下的钱，小伙子又进了高等学校继续学习。后来，他用那布条治愈所有的伤口，成了全世界鼎鼎大名的大夫。

100. 魔鬼的邋遢兄弟

一个退伍士兵失去了生计，不知道怎么活下去。没法子，他走到森林中。走了一会儿碰见一个小侏儒，哪知这家伙就是魔鬼。小侏儒对他说："怎么啦？看样子你还挺烦恼。"士兵回答："我饿了，可又没钱哟！"魔鬼说："你要是让我雇你做我的仆人，我就叫你一辈子有吃有穿。你得替我服役七年，七年以后便恢复自由，可有一点我要告诉你：你七年中不得洗脸、梳头、剪指甲、剪头发和揩眼泪水。"士兵回答："行啊行啊，反正没有别的办法！"说完，他便跟着那小矮子走啊走啊径直去到了地狱里。随后，魔鬼告诉他应该做的事：他得烧旺一只只大锅底下的火，锅里据说煮着地狱里吃的烧肉；他得收拾屋子，把垃圾扫到门背后，注意保持各处的整洁。可是，他如胆敢往锅里瞅一眼，他就要倒霉。士兵说："好的好的，我一定照办。"老魔鬼自己游荡去了，士兵则

351

开始完成他的任务：烧火，扫地，把垃圾堆在门背后。一切都严格遵照主人吩咐。老魔鬼回家来，检查是不是一切全做了，看样子挺满意，又自己游荡去了。这时候，士兵才偷空好好观察周围的环境，只见地狱四周架着一口口大铁锅，下边燃烧熊熊烈火，锅里煮得毕剥毕剥直响。要不是魔鬼严厉禁止他，他豁出老命也要瞅瞅锅里是啥玩艺儿。终于，他实在忍耐不住，就把第一只锅的盖子揭开一丁点儿，往里瞧去。他一下看见锅里坐着的原来是他以前的下士："啊哈，伙计，"他说，"我竟在这儿碰见你！从前你管我，如今我管你。"说着很快盖严锅盖，扇旺火，并且添了些新柴。随后他走向第二口大锅，也揭开一点儿往里瞅，看见里边坐着他从前的准尉："啊哈，伙计，我在这儿碰见了你！从前你管我，现在我管你。"说着，士兵盖严锅盖，并且搬来一块大木头，给他把火烧得更旺。这时他想看看第三口锅里坐着谁，不料竟是一位将军："啊哈，伙计，我竟在这儿碰见了你！从前你管我，眼下我管你。"说着拿来只风箱，把将军脚下的地狱之火鼓得熊熊燃烧起来。这样，士兵在地狱中服了七年役，没洗过脸，没剪过指甲和头发，没揩过眼泪水。他感觉这七年非常非常短，以为只过了半年哩。这一天，期限满了，魔鬼走来说："喏，汉斯，你干过些什么？"——"我扇过火，扫过地，把垃圾堆在了门背后。"——"可你还瞅过锅里！幸好你添了柴，不然你就没命了。现在你服役的期限到了。想回家去吗？"——"想，"士兵回答，"我很想看看我父亲现在怎样啦！"魔鬼说："为了给你应得的报酬，你去把你的背囊装满垃圾，带回家去吧。你走的时候仍得脸不洗，头不梳，留着长长的头发胡子，还有没剪过的指甲，并且眼里泪水迷蒙；当人家问你是谁，你得回答："魔鬼的邋遢兄弟，他也是我的国王。"士兵没有吭声，魔鬼怎么说就怎么做了，可心里对那报酬却一点也不满意。

这时候，士兵已回到上边的森林里，从背上取下背囊，准备

352

倒空。谁知一打开背囊，里面的垃圾却全变成了金子。"真想不到！真想不到！"他高兴极了，说着便走进城去。一个店主站在旅店门前，见他走来吓了一跳——汉斯的样子实在叫人害怕、恶心，简直像个吓唬雀儿的稻草人。店主叫住他，问："你从哪儿来？"——"从地狱里来。"——"你是谁啊？"——"是魔鬼的邋遢兄弟，他也是我的国王。"店主一听不让他进门去；可他冲店主亮了亮金子，店主就去亲自替他开了门。汉斯要了最好的房间，让人细心侍候着吃饱喝足了，才躺下睡觉，但是却不梳头不洗脸，如魔鬼吩咐的那样。可店老板呢，眼前却一直晃动着那满满一背囊金子，坐立不安，直到半夜溜去把它偷走了，才算安心。

第二天早上，汉斯起床来，想付了店主房钱上路，一看背囊没啦。不过他当即镇定下来，心想，你是无辜受害啊，于是一转身，回到地狱里，向老魔头诉苦，求他帮帮自己。魔鬼说："坐下吧，我替你洗洗脸，梳梳头，剪剪头发和指甲，揩去眼泪水。"完事以后，他又给汉斯一背囊垃圾，说："去，告诉店主，他得把金子还你；要不我就来逮他，叫他顶替你烧火！"汉斯回到上边，对店主讲："你偷了我的金子。你要是不还出来，就得去地狱里顶替我，变得跟我先前一阵丑陋吓人！"店主一听还给他金子，还额外加了一些，只求他别声张。这样，汉斯便成了一个富人。

汉斯上了路，回父亲身边去。他买来一件孬麻布褂子穿上，东游西荡，奏乐卖艺——在地狱里替魔鬼当差那会儿，他学会了这一手。当时，执政的是位老国王，汉斯奉命去替他演奏，老国王听得开心极了，把自己的大女儿许配给他做妻子。可公主一听要嫁给一个穿素麻布褂子的平民，便说："我宁可跳海淹死，也绝不答应！"没办法，国王再把小女儿许配给汉斯；小公主呢，很爱自己的父亲，便乐意了。这样，魔鬼的邋遢兄弟娶了一位公主，等老国王死后还当上了国王。

101. 熊皮人

　　从前，有个年轻人应征当了兵。在战斗中他表现得很勇敢，总是第一个冲锋在弹雨里。只要战争还在进行，一切都挺好，可和约一缔结，他就被遣散了。上尉告诉他爱上哪儿上哪儿吧。他的父母已去世，不再有家；没法子，他去找他的哥哥，求他们收留他，直到战争重新开始。谁料哥哥们心肠都很硬，对他说："你叫我们拿你怎么办？你对我们毫无用处，还是自己设法对付下去吧！"退伍士兵除去他的枪一无所有，只好把枪往肩上一扛，去到处流浪。他走到一片大荒原，荒原上除去一圈树木，什么也见不着。他挺忧伤地坐到地上，思考着自己的命运。"我没有钱，"他想，"除去打仗，我没学过任何手艺。现在签订了和约，人家不再需要我了。看起来呀，我只好饿死喽！"正想着，他忽然听见一阵呼哧呼哧的声音，转头一看，跟前站着一个身穿绿外套的陌生人，看样子挺气派的，只可惜长着一只难看的马蹄子。"我已经知道你缺少什么，"陌生人说，"我要给你足够的金钱和财富，你只管拼命花好啦！只是我先得知道，你是否感到害怕，我可不想白白地把自己的钱扔掉。""一个士兵怎能和害怕扯一块儿？"年轻人回答，"不信你可以试试我。""那好啊，"陌生人说，"回头瞧瞧你身后！"退伍士兵回头一瞅，瞧见一头大狗熊，正咆哮着向他跑来。"嚯，"士兵高声道，"咱来搔一搔你的鼻子，叫你失去咆哮的兴致！"说着举起枪一枪射中熊的鼻子，熊倒在地上，不再动弹。"看得出来，你不缺少勇气，"陌生人说，"可还有一个条件，你必须做到。""只要不损害我的灵魂就行，"士兵回答，他已经明白面前这个人是谁，"否则，我不会同意任何交易。""这得由你自己判断喽，"绿衣人说，"在今后七年，你不得洗脸，不得梳理胡须和头发，不得

354

剪指甲，不得念'我的圣父'这段祷文。而且，我要给你一件褂子和一件斗篷，你在这七年里必须穿上。这期间你要死了，你就永远归我；你要还活着，你就自由了，并且会一辈子富有。"士兵想到自己眼下的巨大困境，加上他已多次地出生入死，便打算现在也冒冒险，同意了绿衣人的条件。于是，魔鬼脱下绿褂子来递给士兵，说："只要你把这件褂子穿在身上，无论什么时候往口袋里一摸，都会摸出大把的钱。"随后他又剥下熊皮，说道："这就是你的斗篷，也是你的床，记住，你必须睡在上面，不能睡任何别的床铺。因为这身装束，你就叫熊皮人吧！"说完，魔鬼便没了踪影。

士兵穿上绿褂子，伸手到口袋里一掏，发现果然不假。接着，他披上熊皮，走到人们中间，快快活活地享受着花钱买得的一切一切。头一年，情况还勉强可以；可第二年，他的模样已像个怪物。头发几乎遮住他整个面孔，胡须像一块厚毛毡，指头变成了爪子，脸上积满污垢，仿佛是一片能种出蔬菜来的沃土。谁见他都吓得跑开；只是因为他到处施舍钱给穷人，让他们替他祈祷，使他在那七年中不要死去，而且，他对谁都和和气气，所以总还能得到栖身的地方。第四年，他走进一家旅店，店主不肯留宿他，甚至在马厩里给他一块地方也不愿意，因为怕他惊着他那些马。可是，当熊皮人伸手进口袋掏出一把金币，店主的态度马上变软了，在后楼里给了他一间房间；只不过他必须保证不让人看见，免得旅店坏了名声。

晚上，熊皮人孤单单坐在房中，心里巴不得那七年已经过去。这时候，他突然听见隔壁房里有人在大声哀泣。他很富同情心，推门进去，看见一个老人正双手抱着脑袋，在那儿痛哭。熊皮人再靠拢一点，老人却跳起来想逃跑。终于，当他听出是人的嗓音，才被劝阻住。熊皮人好言好语开导了很久，老人到底讲出他苦闷的原因。原来，他的家产渐渐耗光了，他和女儿们只得挨饿受苦。他

355

穷得甚至付不出欠店主的房钱，已快让人家送去坐牢啦。熊皮人说："要是你愁的只是这些，钱我有的是嘛。"说完叫来店主，把老人欠的钱付给了他，并且还把满满一包金币，塞进那不幸者的衣袋里。

老人从危难中得救了，真不知怎样表示感谢才好。"跟我一道去吧，"他对熊皮人说，"我的女儿全美丽得像天使，你可以挑一个做妻子。只要她听到您为我做了些什么，就不会拒绝的。你模样自然有些稀罕，可她会把你重新弄整洁的。"熊皮人听了挺高兴，跟着去了。哪知大女儿一见他的脸吓得要命，尖叫一声跑开了。二女儿虽说停下来，从头到脚细看了他一通，却说："一个不再有人样儿的男人，我怎么能嫁给他？从前这儿来过一头剃掉了毛装成人的熊，却更叫我喜欢，它至少还穿着轻骑兵制服，戴着双白手套嘛。如果他仅只是丑，我没准儿还能习惯哩。"只有最小的那个女儿说："亲爱的爸爸，他帮助你脱离了困境，必定是个好人；你因此答应嫁一个女儿给他，你的诺言也一定得兑现。"可惜啊，熊皮人的面孔完全让头发和污垢给遮住了，不然父女俩就会看见，他听见她刚才的话怎样心花怒放，喜笑颜开！他从手上捋下一只戒指，掰成两半，一半给了姑娘，一半自己留下来，可却在她那半只戒指写上了他的名字，在自己的半只写上了姑娘的名字，并且请姑娘好好保存她的半只。随后他告别说："我还得流浪三年；三年后我不回来，你就自由了，因为我肯定已死去。祈求上帝，让他保佑我活着才好啊。"

可怜的未婚妻浑身穿上黑衣裙，每当想起自己的未婚夫，眼泪便夺眶而出。从她的姐姐那儿，她得到的只是嘲笑和讥讽。"当心，"大姐说，"你伸手给他，他抓住你的将是一只熊爪子！""你可得留神，"二姐说，"熊都喜欢吃甜食，他要喜欢你，会把你全部吃掉的。""你永远只能顺着他，"大姐又说开了，"要不他会咆哮起来。"二姐立刻接上茬："嗯，婚礼一定蛮热闹，狗熊全都很

356

会跳舞呐。"未婚妻始终沉默无语,不受她们的话影响。熊皮人呢,在世界上到处流浪,从一个地方到另一个地方,到哪儿都一有可能就做善事,给穷人许许多多的施舍,让他们替自己祈祷。终于,七年的最后一天到了,他又走上那片大荒原,坐在那圈树底下。不久狂风大作,魔鬼随即站在他面前,不耐烦地瞅着他,然后扔过他的旧衣服来,这时要他还他那绿褂子。"慢着慢着,"熊皮人回答,"你先还得把我洗干净喽!"魔鬼乐意也罢,不乐意也罢,只好去打来水,把熊皮人浑身洗了洗,替他梳了头,剪了指甲。这一下,他看上去又成了一个勇敢的战士,比从前更英俊了许多。

　　魔鬼侥幸脱了身,熊皮人心里也非常轻松。他走进城,买一身漂亮的天鹅绒外套穿上,坐一辆四匹白马拉的车,驶向他未婚妻的家。谁也没认出他,父亲当他是一位高贵的上校,领他进了女儿们坐在里边的房间,他被安排坐在大姐二姐当中。她们给他斟葡萄酒,把最好的菜放到他面前,说什么在世界上从未见过他这么漂亮的男子。他的未婚妻呢,却穿着一身黑衣裙坐在正对面,眼也不抬,一声不吭。终于,他问她们的父亲,愿不愿嫁一个女儿给他做妻子,两个大女儿一听就跳起来,跑回房去准备换漂亮的衣服。要知道啊,她俩谁都幻想选中的正是自己。陌生人呢,一等房里只剩下他和他未婚妻,就取出半只戒指来扔进一只葡萄酒杯中,递给桌子对面的她。她接着酒杯,喝完了酒,在杯底上发现半只戒指,心立刻狂跳起来。她掏出拴在绳子上挂在胸前的另外半只,把两半一拼,刚好完全合上。这时候,他才说:"我就是你的未婚夫,就是你当初见过的那个熊皮人。多亏上帝的恩典,我恢复了人的形象,又变得干干净净了。"说着,他走到未婚妻跟前,拥抱她,给了她一个吻。这当儿,两个姐姐花枝招展地跑进来,一见漂亮男子已投入妹妹的怀抱,又听说他就是熊皮人,都气呼呼地冲出房去了,随即一个跳井自溺,一个吊死在了一棵树上。晚上有谁敲门,未婚夫打开一看,原来是穿绿褂子的魔鬼。魔鬼说:

"瞧见了，这下我失去你一个灵魂却换回两个来是不是?"

102. 鹪鹩和熊

　　夏天，有一次熊和狼在森林里散步。走着走着，熊突然听见一只鸟美妙的歌声，便问狼："狼兄弟，这是只什么鸟儿，唱得这么好听?"——"是鸟中之王，"狼回答，"在它面前咱们得鞠躬啊!"其实，那只是只鹪鹩。"要是这样，"熊说，"我就很想去看看它的王宫。走，领我去!"——"不行啊，不能想去就去，"狼回答，"你必须等王后到来。"不久，王后来了，嘴里衔着饲料，国王也来了，准备喂它们的孩子。熊立刻冒冒失失想跑过去，狼却拽住他衣袖，说："别! 你得等国王和王后先离开。"于是，它们记住了鸟巢所在的那个洞穴，走开了。可是熊心里老不安宁，很想去看看那王宫，没过一会儿又走过去。正好国王和王后真飞走了，熊一瞅鸟巢，看见里边躺着五六只雏鸟。"这就是王宫!"熊嚷起来，"这样的王宫真寒碜! 你们也不是王子公主，你们是些私生子!"小鹪鹩们一听，真气得要命，一齐叫："不，我们不是私生子，我们的父母都挺正派! 熊，你等着跟你算帐吧!"熊和狼一听害了怕，转身逃回自己的洞中。小鹪鹩却继续吵吵闹闹，等父母亲又衔食物回来，就向他们说："你们先得讲清楚，我们是私生子呢或者不是，要不我们宁肯饿死，也绝不碰一只苍蝇腿儿! 熊刚才来过，骂我们私生子，知道吗?"老鹪鹩听了说："别着急，会讲清楚的。"即同鹪鹩太太一道飞到熊窝前，冲里叫："老狗熊，干吗骂我孩子?一定叫你受到报应，咱们要和你血战到底!"这样，便对熊宣了战。熊因此动员了地球上的所有四条腿儿动物，公牛啊，毛驴啊，母牛啊，鹿啊，狍子啊，等等等等。鹪鹩呢，则号召一切天上飞的动物参战，不单是大大小小的鸟儿，还有蚊子、黄蜂、蜜蜂、苍蝇也通通得来助阵。

约定的开战时间到了，鹪鹩派出侦察兵去打听敌方的总司令是谁。蚊子是所有探子中最狡猾的一个，它飞到森林中敌人聚集的地方，落在树上的一片叶子底下，等着敌人发布口令。只见熊站在那儿，把狐狸叫到自己跟前，说："狐狸，你是一切走兽中最有计谋的一个，我请你当司令，统率我们作战。""好！"狐狸回答，"可我们定什么为号令呢？"谁都不知道。见此情景，狐狸又说："我有一条又美又长的蓬蓬松松的尾巴，简直像把红色的鸡毛掸子。当我把尾巴高高翘起，那说明情况不错，你们可以大胆挺进；但我要是耷拉下它，你们就得赶紧撤退。"蚊子听了飞回营去，详详细细向鹪鹩作了汇报。

第二天早上，战斗开始啦，嚯！只见走兽们一齐咆哮着嗥叫着冲上来，阵势大得地都颤抖了。鹪鹩率领着它的军队也从空中迎上去，啼鸣着，啸叫着，嗡嗡着，叫人听着好害怕。两支军队眼看就要交锋了，这时鹪鹩派出一群黄蜂，叫它们钻到狐狸尾巴底下去，狠命地螫它。狐狸被螫了第一下，身子打了个哆嗦，只抬抬后腿，到底忍住疼痛，坚持把尾巴翘得高高的；当它被螫第二下，已禁不住把尾巴耷拉下来了一会儿；可在被螫第三下时，它实在受不了啦，大叫一声，把尾巴夹在了两条后腿中间。走兽们一看，以为大势不妙，纷纷开始逃窜，各自回到了自己洞中。这样，鸟儿们打赢了这场战争。

随后，鹪鹩先生和鹪鹩太太飞回窝去，对孩子们大声宣告："孩子们，庆祝吧，尽情地吃喝吧，咱们打胜啦！"谁知小鹪鹩却回答："不，我们不吃，先得叫熊来我们窝跟前道个歉，说我们是正正经经生的孩子！"于是，公鹪鹩又飞到熊窝外，大叫道："狗熊，我命令你到我家去，向我的孩子们赔不是，说他们是正正经经生的孩子，否则我踢断你的肋巴骨！"熊害怕极了，爬去向人家赔了不是。这一下，小鹪鹩们才心满意足，聚在一块儿吃喝狂欢，直至深夜。

103. 甜　粥

　　从前，有个贫穷而虔诚的女孩单独和母亲生活在一起，一点吃的东西也没有了。这时，女孩去到森林中，在那里遇见一个老太婆。老太婆已知道她们的苦楚，送给她一只罐子，告诉她只要对罐子说："罐子，煮吧！"它就会煮出甜美可口的小米粥来；只要说"罐子，停下！"罐子又会停止煮。女孩把罐子拿回家给她母亲，从此母女俩便摆脱了饥饿和贫困，啥时候想吃就可以吃甜粥。一天，女孩出门去了，母亲说："罐子，煮吧！"罐子于是煮起来；她吃饱了，想让罐子别再煮，却不知道讲那句话。这下子，就一个劲儿地煮啊，煮啊，粥溢出罐子，还煮还煮，溢满了厨房和整幢房子，还煮还煮，接着又溢满旁边的房屋和一条街，好像要叫全世界的人全吃饱似的。这可就大难临头啦，谁也不知怎么办好。最后，还剩一丝丝空隙，女孩终于回来了，只说："罐子，停下！"罐子不再煮下去了。从此，谁要再进城，都必须吃到里边去。

104. 聪 明 人

　　一天，一个农民从屋角拿出他的榛木手杖，对妻子说："特莉涅，我现在出门去，三天后才回来。我不在时如果牲口贩子来家里，要买咱们那三条母牛，那你可以卖掉，可是一定得卖两百银币，少了不成，听见了吗？""上帝保佑你只管去吧，我一定照办，"妻子回答。"噢，你！"丈夫说，"你小时候有一次摔坏了脑袋，眼下还留着后遗症。我可告诉你了，你要干傻事，我会把你的背捶青，而且不用染料，只用我手头这根棍子，捶得你一年还不了原来的颜色，你相信好啦！"

第二天早上，牲口贩子来了。农妇没费多少口舌，就和他做成了买卖。他看看牛，听她要了价，便说："这价钱挺公道，我乐意出。我这就把牲口牵走。"他从链子上解下牛，把它们赶出圈外。当他快赶出院门时，农妇一把抓住他的袖子，嚷道："你得先给我两百银币来着，不给我不放你走！""对对对，"贩子回答，"我只是忘记了把钱包捆在腰上。不过请放心，在付款之前，我给你个保证。我牵走两条牛，第三条留给你作抵押，该好吧？"农妇觉得有理，让贩子牵走了牛，心想："汉斯回来见我干得这么聪明，一定会高兴。"第三天，农民果然回来了，一进门就问牛卖了没有。"当然当然，亲爱的汉斯，"老婆回答，"照你说的，卖了两百银币喽。根本值不到这么多，可那家伙却价也没还就要了。""钱在哪里？"农民问。"钱？钱我没拿着，"老婆回答，"他正好忘了带上钱包，不过马上会送来——他给我留下了很好的抵押品。""什么抵押品？"农民问。"三条牛中的一条呀，他不把另外两条的钱付清，就别想牵走这条！咱干得可聪明喽，咱留下了最小的一条，它吃得最少嘛。"丈夫一听大怒，高高举起棍子，准备像说的那样替她捶背。可突然他把棍子放了下来，说："你是活在上帝这个世界上最蠢的蠢货，倒叫我可怜你。我愿去大路上等三天，看看能不能找到一个头脑比你更简单的人。找着了，免掉你挨揍；找不着呢，你就得不折不扣地领你应得的奖赏啦！"

农民走出门去，坐在大路边的一块石头上，等着碰运气。一会儿，他看见驶来一辆两侧有栅栏的牛车，一个农妇站在车上正当中的地方，而不坐在身边的草堆上，或者牵着牛走在一旁。农民想："她看来正是你找的人。"立刻从地上跳起，在牛车前跑过来，跑过去，活像个脑袋有毛病的人。"你干什么，大哥？"农妇问他，"我不认识你，你打哪儿来呀？""我是从天上掉下来的，"他

361

回答，"这会儿不知道该怎么回去啦！你能搭我上去吗？""不行啊，"女的回答，"我不认识路。可如果你是天上来的，该可以告诉我我男人过得怎么样；他已经去那里三年，你一定见过他吧？""我当然见过他。不过，不是所有人都过得好的。他在放羊，那些可爱的牲口给他添了不少麻烦，跑到了山上，在荒野里走丢啦，他不得不去追赶，把它们找拢来。他衣服也撕破了，很快就一块一块从身上掉下来。可是天上又没裁缝，圣彼得一个都不放进去，跟你从童话里知道的一样。""真想不到哟！"农妇大声感叹，说，"告诉你，我想回去把他还挂在柜子里的礼拜天穿的好衣服取来，这衣服他在天堂里穿上也不丢人。劳你的驾，替我带去吧！""这可能不行啊，"农民回答，"衣服不准带进天堂去，一到门口就会被没收的。""听我讲，"农妇说，"昨天我把我上好的小麦卖了，得了一笔钱，我想捎给他。你把钱包藏在口袋里，不会有谁看见的。""要是没别的办法，我愿为你效劳，"农民回答。"你只管坐在这儿好啦，我去取钱包，马上就回来。"农妇说，"我不坐在草捆上，而站在车当中，这样牛拉起来轻一些嘛。"她赶着牛走了，农民想："这女人是天生的蠢货，她真拿钱来，算我老婆有运气，不用再挨揍。"没过多久，农妇果然跑回来，拿着钱包，亲手塞进了他的口袋。为他肯帮忙，她道不完的谢，最后终于走了。

农妇回到家，见着自己刚从地里回来的儿子，对他讲了她的意外经历，最后说："我非常高兴，找到了机会给我可怜的丈夫捎点东西去。谁料到呢，他在天堂里还会缺少东西！"儿子一听惊讶极了。"妈，"他说，"不是每天都有人从天上下来的，我想马上出去，看还能不能找到这个人。他一定得告诉我天上像什么样子，还有那儿干活儿的情况！"说完，他给马装好鞍子，骑着急急忙忙赶去。他找到了那个农民，这老兄坐在一棵柳树下，正打算数钱包里的钱。"您看见那个从天上下来的人没有？"小伙子大声问他。"看见啦，"他回答，"他已经往回走，上了那边那座山，从山上登

362

天要近一些。不过，您加劲儿跑还能赶上他。""唉，"小伙子回答，"我干了一整天的活儿，再骑着马追到这儿，已经累得不行了！您认识那个人，劳您驾，骑上我的马去劝他回来吧。"农民想，啊哈，这又是个有灯无芯的傻瓜蛋！于是说："我当然可以为您效劳。"说着就骑上马，急驰而去。小伙子坐在树下一直等到天黑了，却不见农民回来。"肯定是天上下来那个人太忙，不肯回来，"他想，"那个农民呢就把马给了他，让他带给我父亲啦。"小伙子回到家，对母亲讲了发生的事情：他已把马给父亲送去，免得父亲老是两条腿跑来跑去。"你做得对，"母亲回答，"你年轻力壮，可以步行。"

农民回到家，把马拴在圈里作抵押的母牛旁边，然后去对老婆说："特莉涅，算你运气，我找到了两个比你还傻的傻瓜蛋；这次就免了你的打，留着下次和你算总帐吧！"随后，他点上烟袋，往安乐椅里一坐，说："这次的交易挺不赖，两条瘦牛换一匹油光水滑的骏马，外加一大袋钱。要是愚蠢总能带来这么多好处，我也认为它该受尊重。"农民是这个想法，而你呢，肯定也更喜欢头脑简单的人呗。

105. 虾蟆的童话

一

从前有个小孩，他母亲每天中午都给他一小碗牛奶和一些小面包，他也总端着碗坐到院子里去。可每当他开始吃的时候，就从墙缝里爬出来一只虾蟆，把小脑袋埋进牛奶里和他一块儿吃。孩子很高兴，因此他端着碗坐在那儿不见虾蟆马上来，就会喊它：

　　　　"虾蟆，虾蟆，快跑快跑，
　　　　快来啊，你这小不点儿，
　　　　来吃点面包，喝点牛奶吧，
　　　　把精力恢复，身体养好！"

　　虾蟆果然很快跑来，吃得津津有味。它也感激孩子，不时地从它秘密的宝藏中给他带来各式各样的东西，发光的宝石啊，珍珠啊，金子的玩具啊。可虾蟆只喝牛奶，不碰小面包。一次，孩子拿起小勺，轻轻敲了它脑袋一下，说："小东西，也吃点面包呀！"他的母亲站在厨房里听见他和人说话，一看他正用小勺打一只虾蟆，就抓起一块柴跑出来，把善良的小动物给打死啦。

　　从此，孩子一天天变了，在虾蟆和他一块儿吃饭的时候，他长得又高又壮；这时却日渐消瘦，漂亮的红红的脸蛋儿不见了。没过多久，夜里猫头鹰开始啼叫，红胸鸲收集枝叶编结成一个下葬的花环，孩子呢，很快就躺在了灵床上。

二

　　一个孤儿坐在城墙边纺线，突然看见从墙根下的洞里爬出来只虾蟆。她赶紧把自己的蓝色丝围巾铺在身旁的地上，因为虾蟆都很喜欢这样的围巾，老爱爬到上面来。果然，那虾蟆一见围巾，立刻转身爬进洞去，一会儿又爬回来，衔着一只小小的金冠，把它放在围巾上又爬走了。小姑娘拾起金冠，只见它闪闪发光，是用很细很细的金丝编成的。不一会儿，虾蟆又回来了，可是已不见金冠，它便爬到墙边上，急得把小脑袋往墙上撞，直撞到精疲力竭，终于倒在地上死了。要是女孩没有拿那金冠，虾蟆多半还会从洞里搬出更多的宝藏来哩。

364

三

虾蟆叫："咕咕，咕咕。"小孩子说："出来，出来。"虾蟆爬出来了，小孩子问他妹妹的情况："你没见着穿红袜子的小姑娘吗？"虾蟆回答："不，我没有！你怎么样？咕咕，咕咕，咕咕。"

106. 穷磨工和小花猫

在一家磨坊里生活着一位老磨坊主，他既没妻子，也没儿女，只有三个小伙计在替他干活儿。他们在他那里干了好些个年头，一天，主人对他们说："我已经老了，想从此退休。你们出去，看谁给我牵回家来最好的马，我就把磨坊赠送给谁。他呢，因此也就负责为我养老送终。"他们中的第三个可还只是个学徒，另外两个认为他挺蠢，不相信他会得到磨坊，连他自己也根本不抱什么希望。三人一块儿出发，走到了村外，两个大伙计就对愚蠢的汉斯说："你只能呆在这儿，你一辈子别想弄到任何一匹马的。"可是汉斯仍旧跟着往前走。天晚了，他们走到一个山洞前，就钻进洞里去睡觉。两个机灵鬼等汉斯睡着了，却爬起来继续赶路，把小汉斯独自留在了洞里，还自以为干得很漂亮。是的，其实活该他们倒霉啦！第二天，太阳升起，汉斯醒来发现自己躺在一个很深的山洞里。他东张张，西望望，然后叫道："上帝啊，我这是在哪里？"他站起身，爬出洞外，走进森林，心里想："我一个人被孤零零地抛弃在这儿，叫我怎样找得着马哟！"他正这么无目的地边想边走，突然碰见一只小花猫，对他很和气地说："汉斯，你想去哪儿？""唉，你帮不了我的忙哟。""你的心思是什么，我已经清清楚楚。"小猫说，"你想弄到一匹骏马呗。跟我走，替我忠实地当七年长工，我就给你一匹骏马，一匹比你一辈子见过的都更漂亮的马！"汉斯想："嗯，这是一只怪猫，可我倒想看看，它说的话是不是真的。"于是，猫带他回到自己中了邪的宫殿，在那儿它的佣人净是些小猫，它们敏捷地在楼梯上跑上跑上，都快快活活的样子。晚上，它们上桌子进餐时，有三只小猫负责奏乐：一只拉大提琴，一只拉小提琴，第三只拼命鼓起腮帮子在吹号。进餐完毕，餐桌抬开了，花猫说："来吧，汉斯，陪我跳跳舞。""不行，"汉斯回答，"我不和一只母猫跳舞，我从来没干过这种事儿。""那带他上床睡觉去吧！"母猫命令小猫。于是，它们一只端着灯领他进卧室，一只替他脱掉鞋，一只替他脱掉袜子，最后，还有一只吹熄了房中的灯。第二天清早，小猫们又来帮助汉斯起床，一只替他穿上袜子，一只替他拴好袜带儿，一只提来鞋子，一只替他洗脸，最后一只用尾巴把他的脸擦干。"你们干得挺麻利，"汉斯说。他呢，也得为花猫做事，每天把柴劈小，为此领到了一把银斧头，楔子和锯条也是银的，锤子是铜的喽。叫劈柴就劈柴，他于是留在猫宫中，有好吃的好喝的，只是除去那只花猫和它的一帮仆从，再见不着任何人。一天，花猫对汉斯说："去我的草地割草，把割下的草晒干！"说着给了他一把银镰刀，一块金磨刀石，不过叫他要全部原物归还。汉斯去草地上割草，晒草。下工以后，拿着镰刀、磨刀石和干草回家去，问花猫是不是还不肯给他报酬。"不，"花猫回答，"你先还得再为我做一件事。那边放着建筑用的木料、斧子、包角铁和一切必须的东西，可全都是银子的，用它们先替我造一幢小屋吧！"汉斯造好小屋，说现在他什么活儿都干了，可就是还没得到骏马。其实呢，他这七年过得跟半年一样快。花猫问他想不想看一下它的马。"好的，"汉斯回答。它于是为他打开那小屋。当门一推开，只见里边站着十二匹骏马，啊，它们一匹匹高昂着脖子，皮毛都梳理得油光水滑，叫汉斯看得心花怒放。接着，花猫让他吃饱喝足，说："现在回去吧，不过马不给你

366

带走；而是三天后，我自己给你送来。"汉斯于是动身回家，花猫给他指了去磨坊的路。它甚至没给汉斯一件新衣服，他只好仍然穿着自己带来的又旧又破的裤子——七年后，这裤子他穿上已又短又小，捉襟见肘。他到家时，另外两个伙计也回来了。他俩虽说各人都带回一匹马，可一匹是瞎的，一匹是跛的。他们问："汉斯，你的马在哪儿呀？"——"它三天后就会来。"那两人一听哈哈大笑，说："真的，汉斯，你要能在哪儿弄到一匹马，它准是什么宝贝喽！"汉斯走进房去，磨坊主却不叫他坐上餐桌，因为他穿得太破烂，有什么人来会叫主人家感到丢脸。他们给他一点东西去外边吃；天晚了大家去睡觉，两个伙计也不给他铺位，最后汉斯只好钻进鹅舍，睡在一点干草上。三天过去了，他清早醒来，突然看见驶来一辆六匹马拉的马车。哗！马一匹匹光闪闪的，漂亮极了；一名仆人还另外带着匹骏马，是准备给穷磨工的了。从马车上下来一位美丽的公主，径直走进磨坊。这位公主啊，就是汉斯替它做了七年工的那只花猫呗。她问磨坊主，那个小磨工在什么地方。磨坊主回答："那小子我们不能叫他进屋来，穿得太破烂了，现在躺在鹅舍里。"公主于是吩咐马上带他来。大伙儿把汉斯拽出鹅舍，他不得不扯拢自己的小裤子，勉强遮掩住身体。这时仆人解开行李，取出一些漂亮衣服，先得替汉斯洗干净身子，才把衣服给他穿上。一当穿戴起来，真是没有一个国王比他更英俊漂亮。随后，公主要求看另外两个伙计弄回来的马——一匹是瞎的，一匹是跛的。看罢，她吩咐仆人把她的第七匹马牵来。磨坊主一见说，这样的骏马他家还从来没来过。"可它属于最年轻的磨工哩，"公主说。"那磨坊就该给他！"磨坊主回答。谁知公主却宣布，这马留给磨坊主，磨坊也仍然归他所有。说完拉着她忠实的汉斯，让他坐上马车，一同驶去了。他们先去汉斯用银工具建造的小屋，小屋已变成一座宏伟的宫殿，宫内一切器物全是银的和金的。公主和汉斯结了婚，她非常非常富有，叫他一生不缺少受用。所以嘛，这个世界上没有任何一个人可以讲，谁脑子笨就会一点出息也没有。

107. 两个漫游者

山和谷不会相遇，人跟人却会碰在一起，好人也罢，坏人也罢。就这样，一个鞋匠和一个裁缝有一天在漫游途中走到一起来了。裁缝是个漂亮的小个儿，一路上总是高高兴兴、快快活活的。他看见鞋匠从对面走来，从来者的背囊便知道了他是干什么营生的，于是高声唱起一首讥讽鞋匠的歌：

> "给我缝严线缝，
> 给我捩紧绳子，
> 把鞋两边涂上沥青，
> 敲啊，敲牢鞋钉子！"

可鞋匠不习惯人家和他开玩笑，拉长了脸子，活像喝了醋似的，瞧那神气仿佛马上要动手和裁缝算帐。那小个子呢却立刻陪笑脸，并且递给他一瓶酒说："我没有恶意，请喝上一口消消气吧。"鞋匠猛喝一口，脸上的乌云果然散了。他把酒瓶还给裁缝，说："我大大地喝了它一口，人大概只说喝得挺多挺多，而不说太渴太渴。愿意咱俩一块儿走吗？""我没问题，"裁缝回答，"如果你乐意去一座不缺少活儿干的大城市的话。""我也正想去一座大城市，"鞋匠回答，"在一个小城镇没什么搞头——而乡下人更愿意打赤脚。"于是两人便结伴同行，就像雪地里的两只黄鼠狼一样，不断地迈动双脚迅速往前走，走，走。

他俩有的是时间，可用来掰的和咬的东西却不够。每到一座城市，他们便四处去拜访自己的同行，小裁缝模样愉快活泼，充满朝气，加之脸蛋儿红红的挺漂亮，谁都乐意送他点什么，碰上运气好的时候，师傅家的女儿还会在大门口吻他一下，送他上路。每次再与鞋匠会合，他口袋里的东西总要多些。气鼓鼓的鞋匠老拉着脸，说："越是大坏蛋，越有好福气！"裁缝呢却又是笑，又是唱，并把自己所得到的一切都分些给他的同伴。碰上口袋里有了几枚响叮当的银毫子，他便往酒馆里一坐，高兴地直拍桌子，叫酒杯都跳起舞来，对于他正所谓："赚得容易花得快。"

他俩漫游了一段时间，来到一片大森林跟前，通往京城的路就从林中穿过。可是人行的小路一共有两条，一条要走七天，一条只走两天，他俩呢却谁都不清楚哪儿是短的一条。两个漫游者于是坐在一棵橡树底下，商量怎么作准备，带多少天的面包上路。鞋匠说："必须作长远打算，我愿意带七天的面包。""什么！"裁缝道："像头驴子一样背上驮七天的面包，连头都没法再转一下？我靠上帝保佑，不用作任何考虑。要是钱嘛，装在袋子里就不担心是夏天还是冬天，面包可不成，大热天会变得干硬并且生霉的。再说我的衣服也穿不了那么久。为什么我们就找不到那条近路呢？带两天的面包，行啦！"于是两人各自买了面包，然后凭着运气，走进森林中。

森林里静悄悄像座教堂。风不吹，鸟不鸣，也没小溪发出喧闹声；树上枝叶茂密，没漏下一线阳光。鞋匠一声不吭，背上沉重的面包压得他汗流满面，脸色阴沉，很不高兴的样子。裁缝却快快活活，连跑带跳，一会儿口里吹着树叶，一会儿唱起小曲儿，心里想："看见我这么愉快，上帝在天上也一定会高兴的。"这么走了两天，可到第三天森林还没到尽头，小裁缝却已把自己的面包吃光了，这时他的心已变得沉重了一些，然而他并未失去勇气，仍旧得过且过，听天由命，凭运气继续赶路。第三天傍晚，他饿着肚子躺在一棵树下，第二天早上再饿着肚子爬起来。第四天也这么撑过去了，不过当鞋匠坐在一棵倾倒了的树上享用他的面包时，小裁缝已啥也没有了，只剩下看着人家吃的份儿。要是他求鞋匠给他一小块面包，这位就讥笑他说："你总是那么高高兴兴，这下你可以尝一尝心里不高兴是个啥滋味儿啦——鸟儿早上唱得太早，晚上准会碰见老鹰！"一句话，鞋匠没有同情心。可到第五天早晨，可怜的裁缝不再爬得起来了，身体虚弱得几乎说不出一句话，脸颊苍白，双眼通红。这时鞋匠对他说了："今天我愿意给你一块面包，不过为此我要剜掉你的右眼。"不幸的小裁缝自然希望保住性命，只得接受条件。他最后一次用两只眼睛哭过之后，便仰起脸，让那铁石心肠的鞋匠用一把尖刀把他右眼剜掉了。这时，他想起从前在家里偷吃东西，母亲曾说过的一句话："能吃多少吃多少，必须忍受的就忍受。"裁缝吃下自己付出了高昂代价的面包，重新站起来，忘掉了他的不幸，他聊以自慰的是，用一只眼睛仍然看得挺清楚。可是在第六天，饥饿重又到来，几乎咬噬掉了他的心。晚上他倒在一棵树下，第七天早上虚弱得站不起来，死神已经骑在他的脖子上。这时鞋匠又开了口："我愿意发善心，再给你一个面包。不过不能白给，为此我要把你左眼也剜掉。"到了现在，小裁缝才真认识到自己生活轻浮，便请求仁慈的主宽恕，然后说："你要怎么办就怎么办吧，我愿意忍受必须忍受的痛苦。可你考虑好了，上帝并不随时作出裁判，将来自会有一个时刻，你施加于我的恶行将受到报应，要知道我并没有对你不起呵。在过好日子时，我有什么都与你分享。我的营生要求一针接一针地缝啊，我要没了两眼，不能再缝，就唯有当乞丐了。只是在我瞎了以后，别扔下我一个人躺在这里，那样我一定会饿死的！"谁知鞋匠这个遭到上帝蔑视的家伙硬是掏出刀来，一下剜掉了他的左眼珠子。随后，鞋匠给他一个面包吃，并且递一根棍子给他，让他跟在后边继续往前走。

太阳落山时，两人终于走出了森林，但见在林子前边的野地上，立着一副绞架。鞋匠把瞎裁缝领到绞架前，让他躺在那里，自己走自己的了。不幸的裁缝又累又痛又饿，很快睡着了，一睡睡了个大天亮。天亮时他醒过来，却不知道自己躺在什么地方。绞架上吊着两个可怜的罪人，每人的脑袋上蹲着一只乌鸦。这当儿，一个吊死鬼说起话来："喂，老兄，醒了吗？""噢，醒啦，"另一个回答。"那我告诉你一件事，"第一个又说，"昨天夜里从绞架上落到咱们头顶上来的露水，谁要用它去洗脸谁就会重新长出眼睛。要是瞎子们知道这样可以恢复视力，他们当中的某些人还未必肯相信哩。"裁缝一听，赶紧掏出手帕来按在草上，等手帕被露水打湿了，就用它去擦洗眼窝。果然，吊死鬼的话马上应验了，小裁缝的空眼窝里又有了一双健康水灵的眼珠子。不一会儿，他便看见朝阳从群山后升起，在他面前的平原上，已矗立着那座有着无数雄伟塔楼和城门的伟大京城，塔尖上的金球和十字架已在阳光中闪着光彩。小裁缝能分辨清树上的每一片叶子，能看见飞过的一只只鸟儿乃至那些在空中起舞的微小蚊蚋。他从口袋里掏出缝衣针来，和从前一样很容易地穿好了线，不禁高兴得心花怒放起来。他连忙跪在地上感谢上帝的恩典，并且做了晨祷。他也没忘记替那两个可怜的罪人做祷告，这两个家伙吊在那儿像大钟的摆锤，让风刮得你撞我，我撞你。随后，他背上自己的小包袱，很快忘了已经忍受的刻骨铭心的痛苦，又唱着歌，吹着口哨，继续漫游了。

　　他最先遇见的是一匹在田野上东跑西跳的棕色小驹子。他抓住小马驹的鬃毛，想跃上马背，骑着进城去。小马驹去求他放了它，说："我还太年轻啊，就算像你这么轻一个裁缝也可压断我的脊背。放掉我吧，等我长壮实了再说。也许将来有一天我会报答你的。""去吧，"裁缝回答，"我看呀，你也是这么个快活小子哩。"说着还用枝条在小马驹背上抽了一下，它于是高兴地尥着蹶子，越过树篱跳过壕沟，奔进田野里去了。

从昨天起，小裁缝就什么东西也没有吃。他说："阳光倒是充满了我的两眼，我却没有面包填肚子。待会儿只要碰见什么勉强可以吃的东西，就只好委屈它让我吃下去。"说话间，一只鹳鸟正十分气派地从草地上走来。"等一等，等一等，"小裁缝高声叫着，一把抓住鹳鸟的瘦腿，"我不知道你吃得吃不得，只是饥饿不容我长久地挑选，我必须砍掉你的头，把你烤熟。""别这样，"鹳鸟回答，"我是只神鸟，没任何人伤害我，我对人类益处大着呐。你要是放了我的生，将来我会报答你。""那就飞走吧，长腿老兄，"裁缝说。鹳鸟腾空而起，把两条长腿悬在身体下面，冉冉飞去了。

"这可怎么好啊？"小裁缝自言自语说。"我饿得越来越厉害，我的肚皮越来越空。现在不管碰见什么，都活该它倒霉！"说话间，他看见水塘中游来几只小鸭子。"你们来得正好，"他说着便抓起一只，想拧断它的脖子。这当口一只藏在芦苇丛中的老母鸭却嘎嘎嘎叫起来，张着大嘴壳子游到他跟前，哀求小裁缝可怜可怜她孩子。"你不想想，"老母鸭说，"人家要是抢走你，把你给杀死，你的母亲会多么伤心难过！""别讲啦！"好心的裁缝回答。"我把你的孩子还给你，"说着就把逮着的那只小鸭放回了水中。

他转身走去，来到一棵空了一半的老树跟前，看见一些野蜂飞进飞出。"为我做的善事，我马上要得到报答喽，"小裁缝说，"蜂蜜一定会提起我的精神。"谁知蜂王爬出来警告他说："你要侵犯我的臣民，捣毁我的巢穴，我们就把千万根火辣辣的针刺扎进你皮肤中！可要是你不打搅我们，自己走自己的路，有朝一日我们会以另外的方式为你效力。"

小裁缝看出这儿也没什么搞头。"唉，"他说，"三只碗空着，第四只碗里也啥都没有，这顿饭真太差劲儿喽！"就这样，他拖着沉重的脚步，肚子空空地进了城。这当儿城里正敲响正午的钟声，也就是说旅店内已为他做好了饭，他可以马上坐下去吃。他吃饱了，便说："这下我还想干干活儿呐。"他在城里转来转去，寻找一位老板，也很快找到了一个不错的安身之处。因为他的手艺学得很踏实，没过多久就已干出了名，城里没谁不希望让小裁缝替自己缝一件新褂子。他的声望一天天增长。他说："我的手艺虽说已经到家，可是仍然一天比一天更精。"终于，国王封他当了宫里的御裁缝。

可世界上巧事就是多：在同一天，他过去的旅伴，那个鞋匠，也当上了宫里的鞋匠。这家伙认出了小裁缝，见他又有了两只好眼睛，良心便不得安宁。"不能等他来报复我，"他暗想，"我得先给他挖个陷坑！"然而，挖坑陷人者，自己会陷下去。傍晚，鞋匠收工后，趁着苍茫的暮色溜到国王跟前，说："国王陛下，那裁缝是个狂妄自大的家伙，竟夸口要去找回古时候就已丢失的金王冠！""这我倒觉得非常好，"国王回答，并吩咐第二天早上带来小裁缝，命令他去找回金冠来，不然他永远不得再回京城。"哈哈，"小裁缝想，"那无赖真会瞎说。不过，这满腹牢骚的国王既然要我办没人能办到的事，那我与其等到明天，不如今天就离开京城，继续漫游去吧。"就这样，他又捆好包袱，可是刚走出城门，他便深感惋惜，惋惜他不得不放弃自己的幸福，惋惜自己不得不眼睁睁离开这座他生活得很适意的城市。他走到那片碰见过一群鸭子的池塘边，见那只老母鸭正坐在岸边上，用长嘴壳子擦拭自己的羽毛。老母鸭立刻认出了小裁缝，问他干吗这样垂头丧气。"你要听了我的遭遇，就不会大惊小怪啦！"他回答，接着对它讲了自己的不幸。"嗨，如果就这点事情，"老母鸭说，"我们会有办法。金冠掉进水里去了，现在就在塘底，我们马上去捞起来。你呢，只须把手帕摊开在岸上喽。"说完，它便带着它那十二只小鸭崽儿潜下塘底，过了五分钟又浮上来，坐在它用翅膀稳住的金冠中间，十二只小鸭崽儿在周围游着，全都把嘴壳子伸在金冠下面，托着它使它沉不下去。它们游到岸边，把金冠抬上手帕。你想象不出，这金冠多么辉煌美丽：阳光照耀下，它如同十万颗红宝石聚在一处似的无比灿烂。裁缝把手帕的四只角拴拢来，拎着金冠见国王。国王喜出望外，把一条金项链戴在了小裁缝的脖子上。

鞋匠见一计不成，又心生一计，溜到国王跟前说："国王陛下呵，那裁缝又骄傲自大，口出狂言，说他能把整个王宫里里外外及其能动的和不能动的一切，统统用蜡泥捏出来！"国王传来小裁缝，命令他用蜡捏出整座宫殿及其里里外外附属的一切，不管是活动的或是固定的，什么也不准少；如果他捏不成，或者捏成后少了哪怕只是墙头的一颗钉子，都要罚他终生关在地牢里。小裁缝想："真是越来越讨厌，谁能受得了！"把包袱往背上一撂，继续漫游去了。他走到那株空树干前坐下来，耷拉着脑袋。蜜蜂们飞出树洞，蜂王问他是不是得了僵脖子病，脑袋这么耷拉着。"唉，不是，"小裁缝回答，"我感到压抑是另有原因，"于是讲了国王要求他干的事。蜜蜂们开始交头接耳，营营嗡嗡；蜂王则说："只管回家去好了，到明天这个时候再来，并带上张大帕子，一切会好的。"小裁缝于是往回走，蜜蜂呢却飞向王宫，径直飞进敞开的窗户，在里边的旮旮旯旯四处爬，把一切一切全看了个仔细。随后它们飞回窝，用蜂蜡照样造出一座宫殿来，造得是那样快，叫人以为是从眼前的地下长出来的。傍晚，已经大功告成。小裁缝第二天早上走来，他面前便立着一幢辉煌的宫殿，墙头不差一颗钉子，屋顶不缺一片砖瓦，然而却那么玲珑精巧，洁白如雪，还散发出蜂蜜的甜香气味儿。裁缝小心翼翼地把它包在帕子里，带给了国王。国王惊讶得不得了，把它陈放在宫内最大的厅堂中，赏赐了一幢大石头房子给小裁缝。

谁知鞋匠还不甘休，第三次溜到国王那儿说："国王陛下，裁缝听说宫中的院子里没有喷泉，就夸下海口，要让院子中央喷出一人高的泉水，而且明亮得像水晶一样。"于是国王召来裁缝，对他说："如果我院子里明天不喷出一股泉水，像你许诺的那样，我就叫刽子手就地把你脑袋砍掉！"可怜的裁缝没多考虑，赶紧逃出城门，因为这次已严重到要他的命，他想起来不禁泪流满面。他忧心忡忡地往前走，不想他曾经放掉的那匹小马驹迎面跑来，它已经长成一头漂亮的棕色骏马。"现在是时候喽，我会报答你对我做的好事，"马对他说。"我知道你有什么难处，马上就帮你解决，你只管骑到我背上来好了，它现在能承得住两个你啊！"裁缝恢复了勇气，一跃上马，骏马便撒开四蹄驰向京城，径直来到王宫的院子里。在院内它狂奔了三圈，快得如同闪电，跑完三圈突然倒下了。就在这一瞬间，突然发出一声可怕的巨响：院子中央一大块土像颗炮弹似地射向空中，飞出宫殿去了；紧接着，院中喷起一道水柱，像一个人骑在马上那么高，而且这样清亮光洁，跟水晶一般，道道阳光已开始在水柱顶上尽情舞蹈。国王一见惊讶得跳了起来，走上前去，当着众人的面拥抱了小裁缝。

不料幸福并不久长。国王有够多的女儿，一个比一个更美丽，却完全没有儿子。于是，万恶的鞋匠第四次跑到国王跟前，说："国王陛下唷，裁缝那小子不改狂妄自大的老毛病，现在竟夸口说只要他愿意，就能从空中给陛下您弄来一位王子！"国王下令叫来小裁缝，对他说："九天之内，你如给我弄个儿子来，我就把大女儿许配给你作妻子。"小裁缝想："这奖赏自然挺重的，叫人生怕出力不够多。可是樱桃对我来说悬得也太高喽，我爬上去摘，脚底的树枝会折断，我便摔下来了啊！"他走回家，叠着腿坐在工作台上，考虑该怎么办。"不行！"他终于叫道，"我必须离开，在这儿没法过安宁的生活！"他捆好包袱，急急忙忙逃出城去。到了草地上，他看见自己的老相识鹳鸟，这家伙正像个大智大慧者似的在那儿踱来踱去，还不时地停下来细细观察一只青蛙，可到最后还是一口把它吞掉。鹳鸟走过来，招呼裁缝，主动问他道："我看见你背着包袱，你干嘛要离开京城？"裁缝对它讲国王要求他做的事，说他完不成这个任务，并且抱怨他运气太不好。"别为这点事伤脑筋了，"鹳鸟说，"我愿意解除你的困境。我早就在往城里送婴儿，也可以从井里叼个小王子出来嘛。①回家去静静等着。从今天算起九天后你再去王宫，到时候我会来的。"小裁缝于是走回家去，然后准时去到王宫。他没呆一会儿，鹳鸟就飞来敲他的窗户。小裁缝推开窗，长腿老兄小心翼翼地跨了进来，步态庄严地走在光洁的大理石地板上，嘴里却衔着个美得像天使一般的婴孩；小婴孩冲王后伸出了他小手儿。鹳鸟把婴孩放到王后怀中；王后对他又是拥抱，又是亲吻，高兴得了不得。鹳鸟临飞走前从肩上取下旅行袋，把它递给了王后。袋里放的是一些装着五颜六色糖豌豆的纸包，是准备分给小公主们的礼物。最大的那位公主没分到甜豌豆，却得到了快活的裁缝作丈夫。"我好像中了头奖喽，"裁缝说。"我妈她讲得果然不错，她老是说什么'谁只要信赖上帝并且有福分，谁就不可能失败'来着。"

鞋匠不得不做小裁缝在婚礼上跳舞穿的鞋。随后，他奉命永远离开京城。沿着通向森林的路，他走到了那座绞架跟前。他又气又恨又受着暑热的烤炙，累得倒在地下了。他刚想闭上眼睡一会儿，蹲在吊死鬼头上那两只乌鸦便嘎嘎嘎叫着扑下来，把他的两只眼睛啄走了。他疯了似地奔进森林，想必饿死在了里边，因为谁也没再见过他，或者听见他一点消息。

108. 汉斯我的刺猬

从前有个农民，他有够多的钱和田产。可是，尽管他很富有，却缺少一点福分：他和他的妻子养不出小孩。经常地，他和其他农民一块儿进城去，人家都取笑他，问他为什么总没有孩子。终于有一次，他气坏了，冲回家就说："我一定要个孩子，就算是只

---

① 德国民间有鹳鸟或仙鹤送子的传说。

刺猬也好!"这一说,他老婆果然生了个儿子,上半身是刺猬,下半身是男孩,叫她一见大吃一惊,对她的丈夫说:"你瞧,都怪你诅咒了我!""说这些全都没用啦,"丈夫回答,"好歹得给孩子受洗,只是咱们没法子请教父了。"妻子说:"再说咱们也给他取不了别的圣名,只能叫他'汉斯我的刺猬'。"行完了洗礼,牧师讲:"这孩子身上长着刺,不好睡普通的床铺。"于是就在灶台背后铺了些干草,把汉斯我的刺猬放在上面。他也没法吃母亲的奶,不然他会用刺刺伤母亲的。就这样,小汉斯在灶台背后躺了八年。他的父亲讨厌他了,心想他死掉还好些,可他没有死,而是一直躺在那里。这时候,城里开集市,农民想去赶集,问他老婆要不要带点什么。"带点肉,还有几个小面包,都是家常需要的,"妻子回答。随后农民又问家里的女仆,女仆要一双拖鞋和一双厚底袜子。他最后也问:"汉斯我的刺猬,你要什么?""爸爸,"儿子回答,"我要一只风笛。"农民赶集回来,给他老婆她要买的肉和小面包,给女仆她要的拖鞋和袜子,临了儿他走到灶后边,把风笛拿给汉斯我的刺猬。汉斯接过风笛,说:"爸爸,去铁匠铺替我的大公鸡钉上掌子,我要骑它出去,再也不回来啦。"父亲很高兴能甩掉这包袱,让铁匠给公鸡钉掌子,钉好了,汉斯我的刺猬便骑上去离开了家,随身带走几头猪和驴,准备在森林中放养。到了林子里,大公鸡驮着他飞到一棵高高的树上,好坐在那儿照看猪和驴。他一坐坐了许多年,直到牲口已完全长大,他的父亲却不知道儿子的任何消息。每当他坐在树上,便吹自己的风笛,吹出的曲调异常动听。一天,国王坐车穿过森林迷了路,忽然听见风笛声,感到非常奇怪,就派一个侍从去看一看乐声来自何处。侍从东瞅西望,却只看见树顶上蹲着只公鸡模样的大鸟,鸟背上坐着个刺猬,在那儿吹风笛。随后,国王让侍从问他为什么坐在上面,他知不知道去王宫的路。汉斯我的刺猬听了爬下树来,说他乐意给国王带路,只要国王给他立个字据,答应把自己回到宫里在院子里最先碰见的东西赐给他。国王暗想："这个容易，汉斯我的刺猬不识字，我愿写什么就可以写什么。"接着他取出笔和墨水，在纸上写了几句，写好后，汉斯我的刺猬便指给他路，使他顺利地回到了家。他的女儿远远看见他归来，满心欢喜地跑来迎接他，亲吻他。突然他想起汉斯我的刺猬，就告诉女儿自己刚才的奇遇，说他对一只奇怪的小动物立了字据，要把回家来最先碰见的东西赐给它；那动物像骑马似地骑在一只公鸡背上，还奏着美妙动人的乐曲。不过，他在字据上写的是：汉斯我的刺猬不识字，所以不能让他得他要的东西。公主听了很高兴，说这就好了，她可是一辈子也不愿去他那儿。

　　汉斯我的刺猬呢，却仍旧放他的猪和驴子，仍旧高高兴兴地坐在树顶上，吹奏他的风笛。这时又有另外一位国王带着侍从和兵士坐车经过，因为森林很大，也迷路了，不知怎样才能回家去。突然，他同样听见远远飘来美妙的笛声，就问一个士兵是怎么回事，要他去看一看。士兵走到了树下，看见树顶上蹲着只公鸡，公鸡背上坐着汉斯我的刺猬。他问汉斯在上边干嘛，汉斯回答："我在放牧猪和驴子，可您有何贵干？"士兵说，他们迷路了，回不了自己的王国，问汉斯愿不愿给他们指路。汉斯我的刺猬于是和公鸡一起下了树，对那位老国王说，他乐意替他指路，只要国王肯把回到家在宫前碰见的第一件东西赐给他。国王说行，并且写了一张字据给汉斯我的刺猬。写好了，汉斯便骑着公鸡在前面领路，国王于是幸福地回到了自己的王宫。当他走到宫前的院子时，上上下下欣喜若狂。他有一个非常美丽的独生女儿，这当儿第一个向他奔来，扑进他的怀中，亲吻着他，为自己老父亲的归来高兴到了极点。她问他，在世界上什么地方呆了这么久；他告诉她，他迷了路差一点回不了家，幸亏在穿过大森林时，有一个半像刺猬半像是人的怪物骑着一只公鸡蹲在高高的树上，在那儿吹奏美妙的乐曲，是这怪物帮助了他，指给他回家的路，可是呢，他却答

378

应了把在院子里第一个碰见他的东西赏赐给怪物，而这不正好是公主吗？为此，老国王说自己心里十分难过。谁料女儿却向他保证，为了自己的老父亲的缘故，那怪物什么时候来，她都乐意马上跟他去。

汉斯我的刺猬却继续放他的猪。由于猪又不断生猪，它们很快便多得挤满了整个森林。汉斯我的刺猬因此不打算在森林里住下去，带信给他父亲，让村里腾出所有的圈来，汉斯他要带着一大群猪回去啦，叫所有会杀猪的人统统都来杀吧。他父亲一听挺纳闷儿，他本来以为汉斯我的刺猬早就死了呐。汉斯我的刺猬果然骑着大公鸡，赶着猪群进村来任人屠宰。哗！那一片杀猪剁肉的声音，几里外都听得见。随后，汉斯我的刺猬对父亲说："爸爸，让铁匠给我的公鸡再打打掌，这次我走了一辈子再不回来。"父亲于是牵公鸡去打掌，心里为汉斯我的刺猬不愿再回来感到高兴。

汉斯我的刺猬骑着鸡，去到第一个王国。可那儿的国王已经下令，一当有谁骑着公鸡吹着风笛到来，大家都要一齐放箭射他，用刀砍他，用矛刺他，叫他进不了城。这时汉斯我的刺猬骑在鸡上走来，士兵们果然一齐举着刀矛向他冲去，谁知他用马刺刺了公鸡一下，公鸡便飞起来，越过城门，一直降落到了国王的窗外，在那儿汉斯冲国王喊，说应该遵守诺言，把女儿给他，不然他就要国王和公主的命。这时国王只好对女儿说好话，要她跟汉斯我的刺猬去，以便救他和她自己的命。于是，公主穿上一身白衣裙，父亲给了她一辆六匹马拉的车和一些漂亮使女，还有不少的钱财。她坐上马车，汉斯我的刺猬带着鸡和风笛坐在她身旁，然后他们就告了别，驱车离去。老国王想，他再也见不着他们了，实际并非如此。离开京城，他们走了一段路，汉斯我的刺猬一下子脱掉自己的华丽衣服，用他的刺猬皮把公主刺得浑身鲜血淋漓，说："这就是你们狡诈虚伪的报酬，去，我不想要你！"说着赶她回家去，她呢，一辈子都受人鄙视。

汉斯我的刺猬骑着鸡，吹着风笛，继续走向第二个王国。他替那儿的国王同样带过路，可这位国王却吩咐手下，一当有个叫汉斯我的刺猬的人到来，他们都得举枪向他致敬，放他自由进城，对他高呼万岁，把他送到宫里。这当儿，公主看见汉斯也吓了一跳，因为他长相实在太怪异了，可是她想，既然她已答应自己父亲，也不应再改主意。于是，汉斯我的刺猬受到公主的欢迎，和她成了亲。她要他一起参加宴会，并且坐在他身边，他俩一块儿又吃又喝。等到晚上，他们想去睡觉了，她突然害怕起他满身的刺来，可他却说不用害怕，不会使她受苦的。他请求老国王派四个士兵来守在他们卧室外边，并且生一大堆火，等他进了卧室想上床睡觉，他便会从自己的刺猬皮中爬出来，把皮扔在床前，这时士兵们要飞快跑过去，捡起皮来投进一旁的火中，并且要注意让火一直把它烧干净。这当儿，钟敲十一点了，汉斯走进卧室，脱下身上的刺猬皮来放在床前，士兵们赶紧过去，飞快捡起来扔进火堆中。火把皮烧没了，汉斯得了救，躺在床上完全成了人的样子，只是皮肤黑得跟煤一样。国王派人请来御医，御医用上好的香膏给汉斯搽洗，涂抹，不久他就变白，成了一位英俊的男子。公主看着好不高兴，第二天早上兴致勃勃地起床来，又是吃，又是喝，算是真正很好地庆祝了他俩的结合。紧接着，汉斯我的刺猬从老国王手里继承了王位。

过了一些年，他带着自己的王后驱车去他父亲那儿，对他说，他是他的儿子；他父亲却回答自己没有儿子，只生过一个像只刺猬似的小怪物，而且早已离家走了。汉斯于是使父亲认出了他；老爷子高兴极了，跟随儿子去了他的王国。

我的童话已经结束，
溜进了古斯特的小屋。

109. 小 寿 衣

一位母亲有个七岁的小男孩，他漂亮可爱极了，没谁见了不喜欢的，他母亲也爱他胜过了爱世界上的一切。谁料他突然生了病，被仁慈的上帝招了回去，对此他母亲绝望极啦，白天黑夜地只知道哭泣。可在下葬后不久，夜里孩子又出现在他生前常坐常玩儿的地方，母亲哭泣，他也跟着哭泣，早晨来临，他才不见了。不想母亲却哭个没完没了，于是，一天夜里，孩子就穿着他入殓时穿的那件白色小寿衣，头戴一顶小花冠，坐到她脚跟前，对她说："唉，妈妈，别再哭了，你老哭我在棺材里睡不着呵；你的眼泪全掉在我的小寿衣上，叫它老是干不了。"母亲听了大吃一惊，不再哭哭啼啼。第二天夜里，孩子又来了，他手里擎着一盏小灯，说："你瞧，我的小寿衣很快干了，我在墓穴中已经得到安宁。"从此，母亲把自己的痛苦看作是上帝的旨意，默默地耐心地忍受着，夜里她的孩子也不再出现，而是安睡在他那地下的小床上了。

110. 荆棘丛中的犹太人

从前，一个富人有一名长工，这长工勤劳而忠实地为他干活儿，早上总是第一个起床，晚上总是最后一个就寝。每当遇上什么别人都不肯沾手的脏活儿重活儿，他总是抢着去完成，他从无怨言，而是对什么都满意，成天地乐乐呵呵。他一年干完了，东家却一点儿不给他工钱，心想："这样做最聪明，可以给我省下一些钱；他嘛反正不会走，会乖乖儿地继续为我干。"长工呢也没吱声，第二年仍像头一年一样地做他的事，可到了年末，还是一个工钱没得着。他又认了，继续留在富人家里。第三年也干完了，东家想了想，把手伸进口袋，可是却什么也没掏出来。这下长工终于开了口，说："老爷，我老老实实地为你干了三年，请你行行好，给我理应得到的报酬吧。我打算走了，希望出去见见世面。"——那吝啬鬼回答："是啊，我亲爱的长工，你是勤勤恳恳为我干了，我是该好好酬劳你，"说着手又伸进口袋，可掏出来给长工的只是三个银毫子，"喏，给你一年一枚银币。这样多而优厚的报酬，你很少能在别的东家那里挣到喽！"善良的长工不大懂钱方面的事，收了那三枚银毫子，心里想："这下你口袋装满了，还有什么可发愁的？还吃苦受累干嘛！"

他于是上了路，于是越岭翻山，尽情地又是唱，又是跳。这当儿，他经过一处小树丛，从树后转出来一个小矮人儿，大声招呼他说："上哪儿去呀，快活老兄？我看得出来，你心情挺轻松哩。""我干吗要发愁呢？"长工回答，"咱有的是钱，三年的工钱在咱口袋里叮当作响呐！""你究竟有多少财宝？"小矮人儿问。"多少？三个银币，一点儿不差。""听着，"小矮人儿说，"我是个可怜的穷光蛋，把你那三枚银币送给我吧。我不能再干活儿，你呢还年轻，可以轻易挣到你糊口的面包。"长工心肠很好，他可怜小矮人儿，就把自己的三个银毫子递给他，说："上帝保佑，我不会缺这点钱的。"小矮人儿这时候讲："我看你心很好，愿意满足你三个愿望，一枚银币一个。挑选吧！""啊哈，"长工回答，"你原来是位神仙。好吧，你既然要我选，我第一要支鸟枪，能瞄准什么就射中什么的；第二要把提琴，我一拉起来，所有听见琴声的人都跟着跳舞；第三嘛，我无论向谁提出一个请求，他都不能拒绝。""行！我让你满足所有这些愿望。"小矮人儿说着伸手到小树丛里一抓，请你想一想，提琴和鸟枪已到他手里，好像早已准备好一样。他把它们交给长工，说："你不管请求得到什么，世界上没谁能拒绝你。"

"心呵，你还渴望什么呢！"长工自言自语，高高兴兴朝前走去。没走一会儿，他碰见一个蓄着长长的山羊胡子的犹太人，站

382

在那儿倾听一只蹲在大树顶上的小鸟的鸣啭。"真是上帝创造的奇迹呵!"犹太人喊道,"一只小小的鸟儿,嗓音却响得惊人!它要是我的就好喽!要有谁能逮住它就好喽!""如果再没别的要求,那鸟马上就会下来。"长工说着便举起枪,一枪射个正着,小鸟随即掉进荆棘丛里。"去,奸刁的家伙,"长工对犹太人说,"去捡你的鸟儿吧!""嗨,你先生要肯去掉家伙两个字,就有一只尖耳朵狗去叼它。不过呢,既然你已把鸟打下来了,我还是愿意去拾喽。"犹太人说着趴在地上,开始朝树丛里面钻。一会儿,他已钻到荆棘中间,善良的长工却突然来了兴致,心痒难熬,忍不住取出提琴拉了起来。与此同时,犹太人也开始抬起腿往上蹦跳;长工拉得越带劲儿,他跳得也越欢。可是,荆棘撕破他寒碜的袍子,挂住他长长的山羊胡,刺他划他,使他遍体鳞伤。"主啊,"犹太人叫起来,"这么拉我怎么得了!求先生别拉了吧,我不想跳舞!"长工却不听他的,心想:"你盘剥人盘剥得够了,现在让荆棘丛同样剥你的皮吧!"于是又拉起琴来,害得犹太人越跳越高,袍子全撕成碎片挂了荆棘上。"哎唷,哎唷!"犹太人大声叫唤,"先生您要什么我就给您什么,只要您停止拉琴,哪怕是满满一袋金子!""既然你这么慷慨。"长工说,"我愿意停止拉,不过我还得赞你两句,你的舞跳得可真叫不错哩!"随后他拿起钱袋,径直走了。

犹太人站着不动,只是静静地目送着长工,直到他走远了,完全出了他的视线,他才鼓足全身的劲儿大叫:"你这个倒霉乐师,你这个在啤酒馆混饭吃的提琴手,等着吧,只要我单独碰见你!我要追得你跑掉鞋后跟!你这个穷鬼,你招摇撞骗,一钱不值!"犹太人用他能想得出的话,继续地骂呀骂呀,直到差不多骂够了,出够了恶气,才骂回城里找法官去了。"法官老爷啊,哎唷,哎唷!您瞧,我在光天化日下被一个坏蛋抢了,打成了这可怕的样子,真是叫地上的石头见着也会同情呵,衣裳撕得稀烂!浑身被刺伤拉伤!连钱袋一起抢去了我的一点点财物!净是金币啊,一块比一块可讨人爱！看在上帝份上，把这家伙投进监狱吧！"法官问："是个士兵用剑把你刺成这样的吗？""上帝保佑他还没有一把亮晃晃的剑，"犹太人回答，"可他背着一支枪，脖子下挂着把提琴。这恶棍认起来挺容易。"法官于是派手下去追善良的长工。他们追到了他，他正慢吞吞地往前走着。他们从他身上搜出了那袋金币。他被押到法官面前，说："我没碰这个犹太人，也没拿他的钱，是他自愿把它送给我的，只为了我停止拉琴，因为我的音乐他受不了。""上帝保佑！"犹太人叫起来，"这小子撒谎像抓墙上的苍蝇！"法官呢也不相信长工的话，说："这样的辩解太荒唐，没有哪个犹太人会这么讲。"说罢，就以在光天化日下抢劫的罪名，判处善良的长工受绞刑。眼看他要被押走了，犹太人还冲他喊："你这个懒虫！你这个狗乐师，你现在自作自受了吧！"谁知长工却跟着刽子手，镇定自若地爬上绞架的梯子，爬到最后一级时突然转过身来，对法官说："在我死去以前，请再答应我一个请求吧。""好的，"法官回答，"只要你不是请求饶你的命。""我不求饶命，"长工说，"我只求允许我在最后一刻再拉一拉我的提琴。"犹太人一听便拼命叫喊："看在上帝份上，别准他拉！别准他拉！""为什么不该最后赐他一点短暂的快乐呢？"法官却说，"我已同意他了，就这么办吧。"其实呢，他也没法拒绝长工，因为小矮人儿曾给了他这种本领。犹太人却大喊大叫："噢，天！噢，天！请把我捆起来！请把我捆紧！"这当儿，善良的长工从脖子上取下提琴，摆好架势，刚拉出第一弓，所有人立刻跟着身子摇摇晃晃，法官、书记和公差们全一样，绳子也从那个准备捆犹太人的公差手中滑掉了。一拉第二弓，所有人都抬起了腿，刽子手也丢下善良的长工，做好了跳舞的准备。拉第三弓时，大伙儿都往上跳起，开始认真手舞足蹈起来，而法官和犹太人跳在最前面，也跳得最好。不多一会儿，所有到市集广场来瞧稀奇的人，不分老幼，不管胖子瘦子，全跟着一起跳开了，甚至跟着主人一起跳的狗儿，也用后腿支撑着蹦蹦跳跳。长工拉得越久，舞友们跳得越高，结果脑袋相互碰撞，痛得他们哇哇乱叫。终于，法官气喘吁吁地喊出来："别拉啦，我饶你的命！"善良的长工同意了，放下提琴，把它挂回脖子上，从绞架上的梯子上走下来。那个犹太人倒在地上直喘气，长工走到他身边，说："奸刁的家伙，现在坦白吧，你这些钱从哪儿弄来的，要不我又取下提琴，重新拉起来。""是我偷的，是我偷的，"犹太人连忙喊，"而你的钱却是诚实劳动挣的。"最后，法官判处犹太人偷窃罪，下令处了他绞刑。

111. 训练有素的猎人

从前有个年轻小伙子，他学会了做钳工，便对父亲说，他现在想去世界上闯一闯，试一试自己的运气。"好啊，"父亲回答，"你这想法我很同意。"于是给他一点钱作旅费。这样，小伙子便东游西荡，寻找活儿干。过了一段时间，他再也找不着钳工活儿，而且本身也觉得干腻了，相反却对狩猎产生了兴趣。一天，他在漫游途中遇见一位身穿绿色衣服的猎人。猎人问他从哪儿来，上哪儿去。小伙子回答，他是个钳工伙计，可是不再喜欢自己这门手艺，而很希望以打猎为生，不知道猎人肯不肯收他当学徒。"呵，好的，只要你肯跟我去。"小伙子于是跟着猎人，约定当他几年帮手，向他学习狩猎。满师后，小伙子又希望独自去碰碰运气，临行，师傅没给他任何报酬，只赠送他一支气枪。这支枪很不一般，用它射击真是百发百中。小伙子走啊走啊，来到一片走了一天仍不见边缘的很大很大的森林里。天晚了，他爬上一棵大树，避免野兽的侵扰。快到午夜的时候，他仿佛看见远处有一点闪闪烁烁的亮光，便透过树枝细心观察，弄清了它的方位。随后，他摘下头上的帽子，把它扔到朝向亮光一边的树下，然后才爬下来，打算以帽子作前进的路标。这时他下了树，走向他的帽子，把它捡起来戴回到头上，径直朝前走去。他越往前走，亮光变得越大，等他走近一看，那是个硕大无比的火堆，火堆边围坐着三个巨人，正用铁扦叉着一头牛在火上烤呐！只听一个巨人说："我可得尝一尝，看肉是不是马上可吃了。"说着就撕下一大块来，准备往嘴里送。谁料猎人却一枪把他手里的肉射飞了。巨人说："嗨唷，这风从我手里把肉刮跑啦。"边说边另外撕下一块。他正要咬肉，猎人又一枪射落了它。这时巨人便给坐在旁边的同伴一记耳光，怒喝道："你干吗夺走我的肉？"——"我没有夺走你的肉，"同伴回答，"没准儿是一位神枪手给你射飞啦。"巨人又撕下第三块肉，可是没能把它抓住，还是让猎人射掉了。这下，巨人们说："能把人嘴边上的食物射掉，准是个呱呱叫的射手，这样的好汉对我们会有用的，"于是大声呼喊，"请过来吧，你这位神枪手，过来一块儿烤烤火，吃饱肚子，我们不会伤害你的！可要是你不肯，我们就硬逮住你，那你就完啦！"听见喊叫，小伙子走上前去，说他是个训练有素的猎手，无论用自己的猎枪瞄准哪儿，都弹无虚发，准保命中。巨人们说，他要肯跟他们一起，准会得到好处，并且告诉他，在森林前边有一片大湖，湖对岸耸立着一座塔楼，塔楼中坐着一位美丽的公主，他们很想去把她抢走。"好，"年轻猎人说，"我愿意马上去弄她来。""可还有一点，"巨人接着说："塔里有只小狗，人一走近它就吠叫起来，它一叫宫里的所有人也都醒了，因此我们便进不去。你是不是能一枪射死这只狗呢？""能！"猎手回答，"对我来说等于闹着玩儿。"他随即上了船，越过大湖，可是刚一登岸，那只小狗便跑过来，张嘴要叫；他呢，举起猎枪，先射死了它。巨人们一见这情景，高兴极了，以为公主肯定已归他们，可是猎人却想先去看清情况，因此呢，他继续四处观察，发现床下摆着一双拖鞋，右边的一只绣着公主的父王的名字，有一颗星作装饰；左边的一只绣着公主自己的名字，也饰着一颗星。她还围着一条金线绣的大绸围巾，右边是她父亲的名字，左边是她

386

自己的名字，字母完全是金灿灿的。猎人取出剪刀来，剪下围巾垂在右边的一片，把它放进自己背囊中，然后拾起右边一只绣着国王名字的拖鞋，同样放了进去。这时公主仍旧躺在那儿酣睡，身子完全裹在了睡衣里。猎人又从这睡衣上剪一小块下来，放到其它东西一起。不过，他做了这一切，却始终没有碰公主一下。随后他再往前走，让公主照样睡下去。他回到大门口，巨人们仍然站在那儿等他，一心以为他会把公主带来啦。他呢却大声叫他们进去，说公主已控制在他手中，只是他没法替他们开门，好在门上有个大洞，他们必须钻洞进去。第一个巨人听了走上来，猎人把他的头发挽在手上，拽巨人的脑袋到洞里，举起刀来一下砍掉它，然后把巨人的身子整个拽了进去。接着他又叫第二个巨人，同样砍掉了他的脑袋，终于，第三个巨人也被斩了首。猎人从她的敌人手中救出了美丽的公主，心里非常高兴。他割下巨人们的舌头，把它们藏进自己的背囊。临了儿，他想："我现在要回父亲那儿去了，让他瞧瞧我已经干成些什么，然后再到世界上漫游。上帝准备赐给我的幸福，我肯定会得到。"

等到国王在宫里醒过来，看见地上躺着三个被杀死了的巨人。他随即走进女儿的卧室，唤醒她，问她这要了巨人性命的可能是什么人。公主回答："亲爱的父王，我不知道，我睡着了。"说罢她下床想穿拖鞋，发现右脚的一只没有了；她看一看自己的围巾，发现被剪去了垂在右边的一片；她再瞅瞅自己的睡衣，也少了一块。国王召集整个宫廷的侍从、卫士和所有其他人，问是谁救了公主，杀死了那三个巨人。这时他手下有一个相貌丑陋的独眼儿军官站出来说，这事是他干的。老国王听后宣布，既然是他完成了这一壮举，就让他娶他的女儿吧。他女儿却说："不，爸爸，要我嫁给这个人，我宁愿去世界上飘泊流浪，哪怕走到天涯海角！"国王只好讲，她要真不肯嫁给这个军官，那就要脱下公主的华丽服装，穿上村姑的粗布衣服，离开王宫。国王还要女儿去找一个制陶工，在那儿学卖陶器。公主果真换下华丽的衣服，去找一位制陶工赊了一批陶器，答应他如果傍晚卖出去了，就付钱给他。老国王呢却命令她坐到一个街角上去卖她的货，随后又调来几辆农民的大车，要它们从她的货摊中间驶过去，把她的所有陶器辗碎。眼下公主刚把她的货摆在街上，马车果然驶来；一辗什么全成了碎片。她哭起来，哀号道："上帝啊，这下我该怎么还制陶工的钱呢？"国王就想用这办法逼迫女儿嫁给那独眼儿军官，她不肯，却又去找制陶工，问他愿不愿再赊一次货给她。他回答不行，她得先还清上一次的钱。没办法，她回到父亲那里，哭诉哀号，要求去世界上飘泊。国王回答："我准备派人在森林中建造一间小屋，让你终生住在里面，为过往的每一个人烧饭，可是不许你收钱！"小屋造好了，在门上挂了一块牌子，牌子上写着："今天免费，明天收钱。"随后公主便长时间住在那里。外边不久就传开了，说小屋内住着位少女，免费为人烧饭，在她门前的牌子上写着呐。那个猎人也听见了传说，心想："这对你倒不错，你不是穷得一个子儿也没有么。"于是，他提起猎枪，背上背囊，囊中还装着当初他在宫里带走的所有证物。他走进森林，找到了挂着牌子的小屋，牌上果然写着：今天免费，明天收钱。他腰间挂着曾砍掉巨人脑袋的宝刀，大胆跨进小屋，要求给自己一点吃的。他很高兴见到的是一位漂亮姑娘，公主呢也确实美得像画上的一样。她问猎人打哪儿来，想上哪儿去。他回答："我在世界上漫游来着。"她听了又问，他那把刀从哪儿得到的，在刀柄上可嵌着她父亲的名字哟。他反问，她是不是国王的女儿。"是的，"她回答。"用这把刀，"年轻猎人说，"我斩了三个巨人的脑袋，"说着从背囊中掏出他们的舌头来作凭证，随后也给她看了那只拖鞋、那片围巾和那块睡衣。公主喜出望外，说，他才是那个真正救了她的男子。接着，他们一起去见老国王，把他请到她的小屋里，公主告诉他，猎人才是真正从巨人手里搭救她的勇士。老国王看了所有证物，不可能再怀疑，说：他了解了全部真象非常高兴，猎人呢，也应该娶他女儿做妻子。一听这话，姑娘打心眼儿乐开了。他们随即给猎人穿戴起来，使他看上去像一个外国贵人；国王则吩咐摆宴。大伙儿坐到了席上，独眼儿军官坐在公主左边，猎人在她右边。军官以为他是一位来访的外国贵族。他们吃饱喝足以后，老国王对军官说，要出一个谜语让他猜猜，就是：有人自称杀死了三个巨人，可问他巨人的舌头在哪儿，他说他得看看，巨人的脑袋里却没舌头，这是怎么搞的？军官随口回答："那他们可能没长舌头呗。""胡说！"国王道，"每个动物都有舌头。"接着又问，一个反对国王的人该当何罪。军官回答："该碎尸万段！"国王便说，他自己说出了对他的判决。军官于是被关进监狱，然后砍成了四大块，公主和猎人结了婚，并在不久以后接来他的父母，让他们幸福地和儿子生活在一起。老国王逝世后，年轻人继承了王位。

112. 天上取回的连枷

一个农民牵着两头牛下地耕田。他到了地里，两畜牲的角突然开始长，而且越长越长，越长越长，等到他回家时，牛角已长得门都进不了啦。幸好这时走来一位屠户，农民把牛转让给他，和他做成这样一笔交易：农民得量给屠户一升萝卜籽；萝卜籽有多少粒，屠户便乐意付给他多少银币。这就是说，卖的价钱不赖！农民于是回到家，背来一升萝卜籽，可是在半路上，口袋里掉了一粒种籽出来。屠户按照商定，如数付了钱给农民，也就是说，农民要是没掉那粒萝卜籽，他就会多得一个银元。可是哪知道，他顺原路往回走，却见那粒种子已长成一棵树，一棵一直伸到天上的树。农民于是想："既然有了机会，就该去看看天使们在上边干什么，瞅瞅他们究竟啥模样。"他爬上树去，见天使们在打燕麦，便仔细观看。正这么看着看着，他突然发现脚下的树开始在晃动，低头一瞧，原来有一个人正在砍树呐！"这下糟啦，你会摔下去的，"他想。情急之中，他不知道更好的办法，赶紧抓起堆在旁边的燕麦秆子，用来搓一根草绳，然后又抓过一些天上到处扔着的镢头和连枷，自己则顺着绳子往下溜。谁知溜到地上，他却不偏不倚，正好掉进了一个很深很深的洞里。真叫幸运，他有一把镢头，用镢头为自己挖出了台阶，爬回到地面上，而那把连枷呢，他就带回去作为物证，叫谁也不能再怀疑他讲的故事。

113. 两个国王的孩子

从前，一位国王养了个小儿子。有人为孩子占卜，预言他十六岁时将被一头鹿害死。他长到那么大的时候，经常和猎手们一块儿去打猎。一次，在森林中，王子掉了队，忽然发现一头大鹿，便想射死它，然而却没打中。他跟着鹿追啊追啊，一直追到了森林外边。突然一下子，鹿不见了，王子面前站着一个很高大的巨人，对他说："我找到了你，这就好啦。为了追上你，我已经跑坏了六双玻璃溜冰鞋！"说完便带领王子越过一条大河，去到一座雄伟的王宫，在那儿，王子得和其他人一起吃饭。他们一块儿吃完以后，国王说："我有三个女儿，你得在我大女儿房里守一夜，从晚上九点到清晨六点，每次敲钟我都亲自来叫你，要是你不回答，第二天早上我就把你杀掉；可要是你每次都回答，那你就得娶她做妻子。"两个年轻人进了卧室，那儿站着一个石头人，公主对它说："九点钟的时候我爸爸要来，以后每个钟头来一次，直到三点，他每次问你都代王子回答吧！"石头人很快点起头来，随后逐渐减慢，直到完全停止。第二天早上，国王告诉王子："你干得不坏，只是我不能把大女儿嫁给你，你得到我二女儿房里再守一夜，然后我才考虑你是否可以娶我的大女儿。不过，我每个钟头都要亲自来叫你，你必须回答；要是我叫你你不回答，你就得流血啦！"

两个年轻人走进卧室，那儿站着一个更高大的石像，公主对它说：
"我的爸爸来问，你就回答吧。"石人很快地点头，然后逐渐慢下
来，直到又完全停住。王子躺在门槛上，用手枕着脑袋，睡着了。
第二天，国王对他讲："你干得不错，只是我还不能把女儿嫁给你，
你得在我小女儿那里再守一夜，然后我才愿意考虑你是否可以娶
我的女儿。不过，我每个钟头都会亲自来，听见我喊你时得回答；
我喊你不回答，我就要叫你流血啦！"两个年轻人一起走进小公主
的卧室，那儿的石头人比前两个更高大得多。小公主对它说："要
是我爸爸来喊，你就回答。"又高又大的石人点了足足半个小时的
脑袋，最后完全停了下来。王子仍旧躺在门槛上，睡着了。第二
天早上，国王说："你夜守得不错。只是现在还不能把女儿嫁给你。
我有一片大森林，从今天早上六点到晚上六点，你要能把它砍伐
光，我才愿意考虑。"说完，他给王子一把玻璃斧头、一把玻璃楔
子和一柄玻璃板斧。王子走进森林，举起斧头一砍，斧头便断了；
他再拿起楔子，用板斧朝上一敲，楔子便变得粉碎。他非常难过，
心想这次一定会死了，便坐在地上哭起来。到了中午，国王说：
"你们三个姑娘得有一个给他送点吃的去。""不，"两个大女儿回
答，"我们啥也不送，他最后看守的哪个，哪个就该送吃的去！"于
是，小女儿只好送饭给王子。到了森林中，她问他干得怎么样。
"唉，"他回答说，太糟糕啦。她叫他过来先吃一点饭，"不，"他
说，他吃不下，他反正要死了，不想再吃什么。小公主劝了他很
久，叫他多少尝一尝，他才过去吃了一点。他吃过以后，小公主
说："我想替你捉一捉虱子，一会儿你也许会改变想法哩。"她于
是替他捉虱子，他呢，由于疲倦，很快睡着了。这当儿，小公主
摘下自己的围巾，打了一个结儿，拿它朝地上敲打三下，说："小
地精，出来吧！"一眨眼，果然钻出来许多小地精，齐声问道，公
主有何吩咐。公主说："在三小时内，必须把这片大森林砍伐掉，
并且把所有木柴堆放好！"小地精们于是去四面八方找来全部亲

戚，让他们帮着一起干。接着他们马上开始砍，只干了三个小时，就全部完工了。他们去向公主报告，她又拿起自己的白围巾，说："小地精，回家去吧！"小地精们马上又不见。王子醒来，非常高兴，小公主对他说："等到打六点，你就回家去。"他照办了，国王问他："你把森林砍光了吗？""是的，"王子回答。可等到一起坐上餐桌，国王却说："我现在不能把女儿嫁给你。"还有一件事要他先去完成。王子问什么事。国王回答："我有一大池塘，明天早上你得去掏污泥，使池塘清亮得像镜子，水里还要有各式各样的鱼。"第二天早上，国王给了他一把玻璃铲子，说："到晚上六点以前你得把池塘掏完！"王子走到塘边，把铲子往污泥中一插，铲柄就断了。他只好用铲头去挖，铲头也坏了。他难过之极。中午，小公主送饭来，问他干得怎样。王子回答，糟透啦，这回他准保要掉脑袋。他说："我的工具又不中用了。""噢，"公主说，"你应该先来吃一点，待会儿你会改变想法的。""不，"王子回答，他吃不下，心里太难过喽。公主对他劝啊，劝啊，终于使他过去吃了一点。然后她又替他捉虱子，他又睡着了。公主从脖子上解下围巾来，打了一个结儿，用结儿在地上敲打三下，说："小地精，出来吧！"面前一下子来了许多小矮人儿，齐声问公主有什么愿望。她回答，必须在三小时内把大池塘掏干净，要它光亮得能让人照镜子，而且水里还有各种游鱼。小地精去请来他们的亲戚，让亲戚帮着掏湖，不到两小时，也就掏完了。他们又去向公主报告："任务已经完成！"公主于是拿起围巾，又在地上敲打三下，说："小地精，回家去吧！"小矮人儿们又全都不知去向。王子醒来，池塘已掏干净。公主也走了，临走叫他六点钟回宫去。他回到家，国王问："你塘掏好了吗？""掏好了，"王子回答。这挺不错。可在他们又坐下吃饭时，国王却说："你掏干净了池塘，只是我还不能把女儿嫁给你，你得再做件事情。""什么事情呢？"王子问。原来国王有一座大山，山上长满了荆棘，王子必须去把荆棘砍光，然

392

后在山上建造一座雄伟的宫殿，宫殿必须是人所能想象的那么美丽豪华，而且一切家具陈设应有尽有。第二天早上起床后，国王给他一把玻璃斧头和一支玻璃钻子，说晚上六点前必须全部完成。王子在山上砍第一丛荆棘，斧子就碎子，玻璃片四处乱飞，钻子也同样不顶用了。他非常难过，等着自己的爱人到来，看她能不能帮他脱离困境。到了中午，小公主送来饮食，他迎上去，向她述说他的遭遇，吃了一点东西，然后让她给他捉虱子，自己又睡着了。这时公主再拿出围巾来，在地上敲打三下，说："小地精，出来吧！"小地精们马上跑来，问她有什么愿望。她回答："在三小时内必须砍掉这山上的全部荆棘，并且建造一座宫殿，要像一个人能够想象的那样雄伟豪华，一切陈设应有尽有。"小地精于是请自己的亲戚们来帮忙，期限一到，全部工作都完成了。他们去向公主报告，公主又拿起围巾在地上敲打三下，说："小地精，回家去吧！"小地精们又马上不见了。王子醒来，看看一切全好了，高兴得真像天空中的一只小鸟。钟敲六点，他俩一道回家去。国王问王子："宫殿也建好了吗？""建好了，"王子回答。谁知坐下进餐时，国王却说："在两个大女儿结婚前，我不能把小女儿嫁给你。"王子和小公主因此很悲哀，可他又毫无办法。一天夜里，他去找到公主，带她一块逃跑。跑了一会儿，公主一回头，看见自己父亲追上来了。"呵，"她说，"怎么办呢？父亲追来了，要抓我们回去！我想把你变成一丛荆棘，把我自己变成一朵玫瑰花，然后藏在荆棘中间。"国王赶到了，见面前长着一丛荆棘和一朵玫瑰花，他想摘玫瑰，荆棘却刺了他的手指，他只好回家去。王后问他为什么没带他们回来。他回答，他眼看追上了，他们却突然不知去向，面前只立着一丛荆棘和一朵玫瑰。王后说："你只需摘下那玫瑰，荆棘肯定会跟来的。"于是国王又回去摘玫瑰。他到了那儿，两个年轻人早跑远了，国王只好跟在后面追。公主突然回头，又看见父亲追上来了，说："呵，怎么办呢？我准备把你变成一座教堂，把我自己变成牧师；我要站在祭坛上面布道。"国王赶到一看，那儿有座教堂，一位牧师正站在里边的祭坛上布道。他听了一会儿，又回去了。王后问他，为什么没带他们回来，他回答："不行呵，我追了他们很久，以为快追到了，面前突然出现一座教堂，一位牧师站在祭坛上布道来着。""你该把牧师带回来，"王后说，"教堂多半会跟着走的。看来让你去也没有用，我只好自己去追喽。"她追了一阵，已经远远看见他俩，这时公主一调头看见母亲追来，忙说："呵，多么倒霉，我母亲亲自追来啦！我想把你变成一片池塘，把自己变成一条游鱼。"母亲赶到了，看见一个大池塘，池塘中央有一条鱼一会儿跃起，一会儿从水里伸出脑袋，好不快活。王后想捉那鱼，可是抓不着它。王后气坏了，为了捉鱼，干脆喝掉了整个池塘的水，可喝了感到很恶心，很想吐，最后又把满池水吐了出来。她说："我看清楚了，所有办法都不行。"于是劝他们自己回去。他们回去了，王后便给女儿三个胡桃，说："要是你处于巨大的危难之中，就可以用它们解救。"随后，两个年轻人又离开了。他俩一块儿走了大约十个小时，来到王子自己的宫殿附近，面前有一座村庄。进村后，王子说："你等在这儿，亲爱的，我先回宫去，然后派车和侍从来接你。"他回到宫中，大伙儿又见到王子，都高兴极了。他于是宣布，他已有一位未婚妻，现在在村子里，叫他们驾车去接她回来。车也很快套好，不少侍从已坐上去，王子正想登车，他母亲却亲吻儿子一下，这一吻，就使王子忘记了一切，既忘了已发生的事，也忘了将要做的事。接着王后下令卸掉马套，侍从们各自回去。这期间，姑娘却坐在村里等了又等，心想王子会去接她，哪知却一个人也没见去。姑娘只好到磨坊当帮工。这磨坊也属于王宫，她每天下午都得坐在河边洗罐子。一天，王后从宫里来到河边散步，看见那儿坐着美丽的公主，不禁说："啊，好漂亮的姑娘！真太叫我喜欢啦！"她叫大伙儿都来看公主，可是没有谁认识。这样过了很久，公主替磨坊主干得勤勤恳恳。这期间，王后已替儿子选到一位未婚妻，她是一位很远的地方的女子。新娘一到，王后让她马上和王子举行婚礼，很多人都想跑去瞧热闹，公主也请求磨坊主准许她去。磨坊主回答：“你去吧。”她临走，敲开三只胡桃中的一只，里边摆着件非常非常好看的裙子，她穿上走进教堂，站在祭坛对面。新娘和新郎进教堂来，坐在祭坛前头，牧师正要祝福他俩，新娘一转头，看见公主站在那儿，立刻跳起来说，她也要有一件和那姑娘同样漂亮的裙子，否则绝不成亲。于是他俩回到宫里，派人去问姑娘，她那条裙子卖不卖。不，卖她是不卖的，不过嘛换也许可以。他们问她，怎样才能交换呢。她回答，如果夜里准许她在王子卧室门前睡觉，她就愿意交换。好，他们说，她可以这么做。谁料侍从奉命给王子喝了安眠药，公主躺在他卧室门前整夜哭诉，说她为他砍掉了森林，掏干净了池塘，建造了宫殿，把他先变成荆棘，然后又变成教堂，最后还变成了池塘，他却很快把一切全忘记啦！可是，王子一点儿听不见，倒是侍从被哭醒了，仔细地听却不明白是什么意思。第二天早上，他们起床后，新娘便穿起那漂亮连衣裙，和新郎一起去教堂。这其间，公主打开第二只胡桃，里边藏着一套更漂亮的衣服，她又穿起来，去站在教堂里的祭坛对面。随后就发生了上一次同样的事情。夜里，公主又躺在去王子卧室的门前，侍从又奉命给王子送来安眠药，可他这次把安眠药倒掉了，而给王子喝的是提神熬夜的药水。磨坊的小女工又开始在门前哭泣诉说，把她做的事一件件讲出来。王子全听见了，感到很难过，随即回忆起了自己经历过的所有事情。他很想去见公主，可惜卧室门让王后锁死了。第二天早晨，他赶紧去到爱人身旁，向她讲了事情的全部经过，求她别生他的气，他竟把她忘了这么长的时间。这时公主打开第三只胡桃，里面藏着一套更加漂亮得多的衣服，她穿好以后，跟着她自己的新郎乘车去到教堂。一大群孩子跑来向他们献花，在他们脚下牵起一条条彩带。

他们请牧师为他们祝福，热热闹闹地完成了婚礼。那伪善的母亲和远道来的未婚妻只好滚蛋。那最后讲这个童话的人，眼下还健在呐。

114. 聪明的小裁缝

从前，有个公主骄傲得要命：每次来一个求婚的人，她都给他出一则谜语，他要猜不着，就准被她奚落一通，撵出宫去。她还公开宣布，谁猜中了她的谜，谁便和她结婚，不论是什么人，只要愿意都不妨来试试。终于有一天，有三个裁缝结伴而来。两个大裁缝想，他们做过那么多精工细活儿，一针一针都缝得那么准，难道还会失败不成；这次他们也一定会成功。第三个裁缝却是个不中用的小冒失鬼，连自己的本行还没学通，可是却以为自己准会交上好运，要知道这样的机会他再碰不上了呀。这当儿，两位大裁缝对他说："你就留在家里好啦，你那么一点点脑筋，管不了什么用的！"小裁缝却不上当，说他肩膀上既然长着个脑袋，就自会有主意，说着已扬长而去，仿佛整个世界都属于他一样。

三人一块儿到公主面前通报了姓名，请她出谜语给他们猜，说什么眼下是真正有脑筋的人到啦，他们的脑子啊，精细得简直可以穿进针眼儿里去呵。公主于是说："我头上有两种头发，请问是什么颜色的？""如果没别的了，那一定是黑色和白色，"第一个裁缝回答，"就像我们的黑底白点子花布来着。""错了！"公主说，"第二个猜吧！"第二个裁缝猜道："既然不是黑色和白色，那准是褐色和红色的，像家父他老人家的礼服。""错了！"公主说，"第三个来回答吧，看样子，他挺有把握哩！"这时，小裁缝大胆走上前来，说："公主有一些银发和一些金发，这就是两种颜色喽。"公主一听便脸色苍白，差一点吓得晕倒过去，因为小裁缝确实猜中了，而她本来坚信世界上是没人猜得出来的。她终于镇定下来，说：

396

"你这样还不能算赢了我，你必须再完成一件事：在下边的厩舍里躺着一头熊，我要你睡在它身旁过一夜。第二天早晨，要是你还能活着爬起来，我就让你娶我。"公主想这样摆脱小裁缝，因为那熊还从来没让靠近它爪子的人活下来过。小裁缝却毫不畏惧，反倒高高兴兴地说："只要大胆地干，已成功了一半！"

当晚，小裁缝被带进了熊舍里。那熊呢也打算立刻扑向这小家伙，用它的爪子殷勤地接待客人。"慢来，慢来，"小裁缝说，"我这就叫你安安静静。"说着，他不慌不忙地从袋里掏出一把胡桃，咬开壳儿，吃掉所有的核。熊看见了，嘴馋起来，也想吃胡桃。小裁缝于是伸手进口袋，抓一把递给熊；可这不是胡桃，而是些石头。熊把石头放进嘴里，可是不管怎么咬都咬不开。"唉，"它想，"你真是个大笨蛋呵！连几颗胡桃都咬不开。"于是对小裁缝说："朋友，给我咬开这些胡桃！""喏，你瞧见了，你是怎样一个窝囊废，"小裁缝说，"白长一张大嘴，连颗小小的胡桃也咬不破。"他说着接过石头，手一晃，就换成一颗胡桃塞进嘴里，咔啦一声，胡桃被咬成了两半。"我得再试试这玩艺儿，"熊说，"看你咬得这么轻松，我想我也一定行。"小裁缝又把石头给它，它又拼命地咬啊，咬啊。你也不相信它咬得开，对不对？这件事过去以后，小裁缝从外套下抽出一把小提琴来，用它拉了一曲。熊一听见音乐，禁不住跳起了舞，跳过一会儿以后，它真是太喜欢这乐器啦，便问小裁缝："告诉我，拉提琴难吗？""容易得像儿戏，瞧，我用左手手指按弦，用右手拿弓子在上面滑动，豆来咪法嗖，啦啦啦啦啦，真是好玩儿极喽！""这么简单我也想学，"熊说，"学会了，我啥时想跳舞就可以跳。你看怎么样？愿意教教我吗？""打心眼儿里愿意，"小裁缝回答，"要是你够灵巧的话，可先伸过你的爪子来我看看，好长啊！我得替你把指甲修短一点。"说着，他搬来老虎钳，熊把脚爪放上去，小裁缝便拧紧了螺丝，说："现在你就等我去拿剪刀来吧。"熊被夹得大声咆哮，可怎么吼叫小裁缝都不理睬，而是倒在屋角里的一捆干草上，睡着了。

公主夜里听见熊吼叫得很厉害，只以为它是高兴得发出咆哮，一定已要了小裁缝的小命儿。早晨，她无忧无虑，心满意足地起床来，可她往厩舍一瞅，小裁缝却好端端地站在那儿，健康活泼得如同水里的鱼一样。她因为公开作过许诺，再也无话可讲，国王调来一辆马车，她只得乘车和小裁缝一道上教堂去，在那儿接受婚姻。他俩上车以后，另外两个坏心眼裁缝妒嫉自己小伙计的运气，跑进厩舍放掉了老虎钳上的熊。熊气急败坏地追赶着马车，公主已听见它粗重的喘息和咆哮声，心里害怕，急忙喊："哎唷，熊从背后追来抓你啦！"小裁缝好不机灵，立刻用头倒立起来，又叉开双脚伸到车窗外，大叫："你看见老虎钳了吗？你要不滚开，又把你夹起来！"熊一见这情形，扭头逃跑了。这样，咱小裁缝平平安安乘车到了教堂，公主被许配给了他，他和她一起过得快快活活，像原野上的云雀。谁要不相信这个童话，谁就得付一个银元。

115. 明亮的太阳将揭露这件事

一个裁缝伙计靠着自己的手艺周游世界，有一阵子却找不着活儿干，因而穷困不堪，最后真到了一文不名，没法糊口的地步。这时，他在路上遇见个犹太人，心想，这家伙身上钱很多，便把上帝抛到脑后，走上前去对他说："把你的钱给我；不给，我打死你！"犹太人忙回答："求你饶命，钱我没有，充其量就八个银毫子。""你到底还是有钱呐，八个银毫子也得交出来！"裁缝说着便开始动武，直打得犹太人奄奄一息。犹太人眼看快死了，最后说了一句："明亮的太阳将揭露这件事！"说完便没了气儿。年轻的裁缝伸手进他袋里掏钱，可掏到的确实如犹太人讲的，仅仅是八个银毫子。接着他把犹太人拖起来，扛到一处灌木丛后边，自己又做他的手艺去了。他这样漫游了一段时间，来到一座城里替一位师傅帮工。师傅有个漂亮女儿，年轻裁缝爱上她，娶了她，夫妇俩过着愉快美满的生活。

很久以后，他们已生了两个孩子，这时岳父岳母双双去世，年轻夫妇便独自掌握家务。一天早晨，丈夫坐在窗前的桌子旁，妻子给他送来咖啡，他把咖啡已斟进杯子里，正准备端起来喝，这时阳光照在了杯子里，返光映到墙壁上面，晃过来晃过去，还画出一个个圈儿。裁缝看着墙上，说："嗯，它很想揭露，却不能够！"妻子听见了，问："嗨，亲爱的，你说什么呀！你这话是啥意思？"丈夫回答："这我不能告诉你。"妻子却说："你必须告诉我，如果你爱我的话。"接着对他甜言蜜语，向他保证绝不再让任何人知道，一直缠着他叫他不得安宁。终于，他讲了，在许多年以前，他如何在漫游途中穷困潦倒，不名一文，打死了一个犹太人。那犹太人快死时最后说："明亮的太阳将揭露这件事！"这会儿太阳正想这么做，在墙上晃来晃去地画圈儿，可是又没能够揭露。讲完，他特别请求妻子别告诉任何人，否则他就没命啦；她也答应保守秘密。可谁想裁缝一坐下去干活儿，妻子去她教母那儿，悄悄讲了丈夫的事，不过对她说千万不能再告诉任何人。然而，三天以后，全城都知道裁缝杀人的事了，他于是上了法庭，判了死刑。明亮的太阳到底还是揭露了那件事。

116. 蓝　灯

从前有一个士兵，他为国王服役了许多许多年。可是战争结束时，他因为受过许多伤，不能再服役了，国王却对他说："你可以回家啦，我不再需要你；你也再得不到钱，因为只有替我服役的人，才配领取薪水。"这下士兵可懵了头，叫他拿什么活下去呢？他忧心忡忡地离开国王，走啊走啊走了一整天，傍晚终于走进一片森林。天黑了，他看见一点灯光，便走过去。他来到一幢房子

399

跟前，房子里住着一个巫婆。

"求你给我一个睡觉的地方，一点儿吃的和喝的吧，"他对她说，"不然我就要渴死饿死啦。"

"喔哟！"巫婆回答，"谁肯给一个游荡的士兵什么呢？不过嘛，我倒愿意发发善心，收容你住下，只是你得我叫干什么就干什么。"

"你要我干什么呢？"士兵问。

"我要你明儿个给我松园子的土。"

士兵答应了，第二天拼命干了一整天，可到晚上还是没把土松完。

"我瞧呐，"巫婆说，"今儿个你只能干这么多了。我愿意再留你住一夜，可明天你得给我劈一车木柴，把它们劈成一小块一小块的。"

士兵又干了一整天。到了晚上，巫婆提出让他再住一夜，说："明儿个你只需替我办一件小事。我屋子后面有一口干枯的老井，我的一盏灯掉下去了。它发出蓝色的亮光，永远不会熄灭。我要你去把它给我捡上来。"

第二天，老巫婆把士兵领到井边，用筐子把他放进井里。他找到了发着蓝光的灯，发信号让巫婆拉他上去。她也真的拉了，可是当他快拢井口的时候，她便伸手下来，想把蓝灯夺走。"不，"士兵发觉她没安好心，说，"灯我不能给你，我得先两只脚站在大地上。"巫婆一听可气坏啦，把士兵重新放到井下，自己走了。

可怜的士兵摔在潮湿的井底下，没有受伤，还有那盏蓝灯，也仍然放着光。可这有什么用处呢？他看得清楚，他是死定了。他非常伤心，呆呆地坐了好久。这时候，他无意中伸手进衣袋，摸到了他的烟斗，发现里边还装着半斗烟丝。"这是你最后的享受啦，"他想。他从衣袋中拔出烟斗，就着蓝色的灯焰点燃它，开始抽起来。烟雾慢慢在井底弥漫，忽然，在士兵面前出现一个黑色的小矮人儿，问他："先生有何吩咐？""我能吩咐你什么呢？"士兵惊讶极了，反问道。"我必须做你要求的一切。"小矮人儿回答。"好，"士兵说，"那就首先帮助我出井去吧。"

小矮人儿拉住他的手，领着他穿过一条地道，也没有忘记带上蓝灯。途中，他指给士兵看一处处巫婆聚敛隐藏起来的财宝，士兵能搬动多少，就搬走了多少金子。回到地面上，他立刻命令小矮人儿："现在去把老巫婆给我捆来，让她接受审判。"不一会儿，巫婆就骑着野猫。发出可怕的叫喊声，风一样地打面前跑过去了；再过一会儿，小矮人儿已经回来报告说："判决已执行，巫婆已上绞架。主人还有何吩咐？"他问。"暂时没有，"士兵回答，"你可以回家去了。可一当我喊你，你得马上来啊。""那很简单，"小矮人儿说，"你只需把烟斗在蓝灯上点燃，我立刻便站在你面前。"说完已消失得无影无踪。

士兵回到他原来的城里，住进了最好的旅馆，订做了许多漂亮衣服。随后，他吩咐旅馆的老板，替他尽可能华丽地装饰布置一间房间。房间布置好了，他已经住进去，便唤来黑色的小矮人，对他讲："我曾忠心耿耿地替国王当兵，他却赶走了我，让我饿肚子，现在我要报仇。""我该做什么呢？"小矮人儿问。"等夜深了，公主已经睡着，你把她悄悄背来，我要让她给我当女仆。"小矮人儿说："这对我是很容易的，但对你却有危险；要是被发现你就糟啦。"

午夜十二点的钟声刚响，士兵的房门一下子开了，小矮人儿背着公主走进房来。"啊哈，是你来了吗？"士兵嚷嚷道，"快给我干活儿！快去拿扫帚来扫房间。"公主扫完了，他又叫她去他坐的圈椅前，冲着她伸出双脚，说："替我脱掉靴子。"然后他把靴子扔到公主脸上，公主只好把它们捡起来，擦呀擦呀，直到靴子锃亮。士兵命令什么她就干什么，一声不吭，两眼半睁不闭，完全不表示反抗。等到公鸡叫头遍的时候，小矮人儿又背她回王宫，放她到床上。

第二天早晨，公主起床后去见她的父亲，对他讲她做了一个奇怪的梦："我被背着飞快地穿过一条条街道，到了一个士兵的房里。我被迫给他当女仆，侍候他，做种种的粗活儿，扫屋子，擦皮靴。这只是一个梦，可这会儿我却疲倦得真的就像做了所有那一切似的。""这梦可能是真事，"国王说。"我给你提个建议：你在衣袋里装满豌豆，并且把衣袋戳一个小孔——要是人家又来背你，豌豆就会掉出来，在路上留下痕迹。"国王说这话时，哪知小矮人儿正好隐了身站在旁边，也听得一清二楚。夜里，当睡梦中的公主又被背着穿过街道，虽然也从衣袋里掉出来一些豌豆，却未能留下任何踪迹，因为机灵的小矮人儿先已在所有街道洒上豌豆了。公主呢，又不得不做苦工一直到鸡叫。

　　第二天早上，国王派出大批臣仆去寻找踪迹，可是白费劲儿，因为满街都趴着穷孩子，他们一边拾豌豆，一边说："昨天夜里下了豌豆雨喽。"

　　"咱们得另想办法，"国王说。"今晚上你上床时，别脱鞋子。在你从那儿回来之前，先把一只鞋藏好，我准能够找到它的。"这诡计又让黑色的小矮人儿听见了。在士兵晚上要他去背公主时，他劝士兵算了，说对付这样一条诡计，他没有办法，要是鞋子在士兵房里给搜出来，那他就倒霉啦。"照我说的做！"士兵回答。这样，公主在第三天夜里还是得做苦工，不过，在被背回皇宫之前，她把一只鞋藏在了士兵的床底下。

　　第二天早上，国王派人在全城寻找他女儿的鞋，终于在士兵的房里把它给找着了。士兵本人呢，经小矮人儿请求已经逃出城去，但很快就被赶上了，逮进了监牢。他在逃走的时候忘记了最重要的东西，那蓝灯和金子。他在口袋里所有的，仅仅是一个金币。这当儿，他身戴着沉重的铁镣，站在牢房的窗口，看见他当兵时的一个同伴正好打外边走过。他敲敲玻璃窗，同伴走了过来，他便说："行个好儿吧，劳驾去把我忘在旅馆里的小包取来，这儿我酬谢你一个金币。"同伴跑去取来了士兵要的东西。等他又剩下一个人，便立刻点燃烟斗，唤来了黑色小矮人儿。"别害怕，"小家伙对主人说，"不管他们押你去哪儿，都去好啦，什么都不用担心，只是得带着蓝灯。"

第二天对士兵进行审判，虽然他没干什么坏事，法官却判了他死刑。在就要被拉出去处决之前，他求国王给他最后一个恩典。"求我准你什么呢？"国王问。"我求你准我在路上再抽一斗烟。""你可以抽三斗，"国王回答，"可你别以为我会饶你的命。"士兵于是拔出烟斗，在蓝灯上点着。一当袅袅地升起一个个烟圈，黑色的小矮人儿已出现在眼前，手中还攥着根小棒槌，问："主人有何吩咐？""给我揍那些伪善的法官和他们的差人，揍得他们趴在地上；对那个国王也别手软，他待我真太坏啦！"

小矮人儿闪电般地冲过来冲过去，手中的棒槌上下翻飞，只要挨着谁谁就立刻倒在地上，再也动弹不得。国王吓坏了，跪下来请求饶恕只为保住老命，他把王国让给了士兵，并且叫女儿做了他的妻子。

117. 犟孩子

从前有个孩子脾气很倔强，母亲要他做什么他总不听。仁慈的上帝因此不喜欢他，让他病倒了。没有医生能治好他，不久，他就死了。在他被放进墓坑，盖上泥土的当儿，他的一条小胳臂突然伸起来，高高举着。人们把它按下去，重新盖上土，可是没有用，他那小胳臂仍旧一次又一次举起。最后，母亲只得亲自走到墓坑边上，用荆条抽打它。母亲这样做了，那小胳臂才缩进去，孩子呢，也就静静地呆在地下啦。

118. 三个走方郎中

　　三个外科医生在世界上闯荡,他们自以为手艺已经到了家。一天,他们到一家旅店过夜,老板问他们打哪儿来,准备上哪儿去。"我们靠自己的本事四方行医。"——"把你们的本领给我露一手吧!"老板说。于是,第一个回答,他准备砍下自己一支手,明天早上再重新接好;第二个回答,他准备掏出自己的心,明天早上再重新治好;第三个回答,他准备挖出自己的双眼,明天早上再装进去。"你们要真做得到,"老板说,"你们的本领便到了家。"原来这三个家伙有一种油膏,任何创伤只要一涂都会痊愈。装油膏的小瓶儿他们老是带在身边。随后,他们果然说到做到,从自己身上割掉了手、心和眼睛,把它们一起放在一只盘子里,交给老板。老板把盘子递给一名女仆,让她锁进柜子里,妥为保管。谁知女仆暗地里有个相好,是个当兵的。当天晚上,老板、三个走方郎中和店里的所有人都睡了,当兵的来看她,想要吃点东西。女仆打开柜子,取了吃的给他,却爱得昏了头,竟忘了关柜门,急忙回到爱人桌边,和他闲聊去啦。她坐在那儿好不快活,完全没想到会出什么事,这时猫却溜进屋来,发现柜门开着,就叼起三个郎中的手、心和眼睛逃走了。当兵的吃完了,女仆收拾餐具,才想起去关柜门,可到那一看,主人交给她保管的盘子已经空空的。她吓得对自己的相好说:"哎呀,叫我这可怜的丫头怎么办哟!手没了,心和眼也没了,明天早晨够我受的喽!""别吱声!"士兵说。"我帮你对付过去。外边绞架上吊着个小偷,我去把他的手割来。到底是哪只手?""右手。"接着,姑娘给他一把快刀,他便去割下那可怜的罪人的右手,带了回来。随后他又逮住那只猫,挖出它的双眼,这下缺少的只是心了。"你们不是刚宰过猪,肉还堆在地窖里吗?""是的,"女仆回答。"喏,这就好啦!"说罢,士兵走下

404

地窖，取来了猪心。女仆把全部东西放进盘里，藏到柜子中。等到送走了自己的相好，她也安安心心地躺到了床上。

清晨，郎中们起身后叫女仆去取装着手、心和眼睛的盘子。她从柜子里一端来，第一个郎中就把那只贼手接到断臂上，抹上他那油膏，手马上长合拢了。第二个抓过猫眼，嵌进自己的眼窝中；第三个装好了猪心。老板站在一旁看着，对他们的本领赞叹不已，说这等事情他从未见过，一定向所有的人宣传推荐。随后，三个付了住宿费，又上路了。

他们慢慢走着，可那个长着猪心的老兄总是跟不上队，只要哪儿有个角落，他就跑过去用鼻子东嗅西嗅，跟猪儿一样。两个同伴拽住他的衣服不让他去，可是没有用，他总是挣脱，跑去躺在最脏最臭的垃圾堆中。第二个呢情况也挺奇怪，他揉着眼睛对另一个说："老兄，怎么搞的？这不是我的眼睛喽，我什么都看不见，请哪位牵我一下，免得我摔倒呵！"就这样，他们艰难地一直走到晚上，才找着另一家旅店。他们走进餐厅，一个角落里的桌子边坐着位富人，正在数钱。长着贼手那家伙围着他转来转去，胳臂连连抽动了好多次，终于，趁富人刚一转过脸，他的手便伸进钱堆，捞了一大把。另一个郎中见了说："伙计，你干啥？偷窃可是不允许的呵，不害羞！""嗨，"他回答，"我有什么办法？我这手忍不住要抽动，愿也罢，不愿也罢，我非去抓不可哟。"这以后，他们上床睡觉。他们躺在那儿，周围黑得伸手不见五指。突然，长猫眼那个醒了，唤醒另外两个说："伙计们，快瞧瞧，你们有没有看见有些白老鼠在跑来跑去？"另外两个坐起来，可是什么也看不见。这下他就说了："咱们的情况不对头呵！咱们没有得到自己的器官，那老板骗了咱们，必须回去找他！"于是，第二天一早他们便折回去，对老板说，他们没得到自己本来的东西，而是一个装了只贼手，一个嵌了双猫眼，第三个装了个猪心。老板回答，这准是女仆的责任，想叫她来问，哪知她一看见三个走方郎中又回来了，就已溜出后门，一去不再回头。三个郎中要求老板赔偿损失，给他们许多钱，否则放火烧他房子。老板只好把现有的和能搞到的钱统统给他们，三个家伙才带上走了。钱是够他们一辈子用的，可是，他们却宁肯要自己本来的器官。

119. 七个施瓦本人

从前，有七个施瓦本人聚在一起，第一个叫舒尔茨，第二个叫雅克利，第三个叫马尔利，第四个叫耶格里，第五个叫米歇尔，第六个叫汉斯，第七个叫怀特里。他们七个全都下决心去闯荡世界，寻求冒险，完成一些伟大的事业。可是，为了手里好歹也有家伙，走起路来放心大胆，他们认为哪怕仅仅去订打一支挺粗挺长的矛，也是好的。他们七个人一起拎着这只矛，最勇敢、最魁梧的走在最前面，他只能是舒尔茨先生，然后一个紧跟一个，尾巴上的是怀特里。

七月的一天，他们走了很远的路，可要到他们必须去过夜的村庄，面前还有一大段距离。这时天已晚了，突然，在朦胧中的草地上，一只大甲虫或者大黄蜂什么的，从离他们不远的一丛小树后飞过来，同时发出嗡嗡嗡的可怕叫声。舒尔茨吓得浑身冒汗，差点扔掉了手里的矛。"听啊，听啊！"他叫伙伴们，"主呵，我听见在擂鼓哩！"在他背后拎矛的是雅克利，我不知道他鼻子里钻进了什么气味儿，只听他说："嗯，确实有点什么，我嗅到火药和引信的味道。"一听这话舒尔茨就开始逃跑，他一跳跳过道围篱，不巧正好落在农民晒过草留下来的耙梳上，脚一踩耙齿，耙柄便翘起来，给了他脸上狠狠一击。"哎唷，哎唷！"舒尔茨叫唤起来。"俘虏我吧，我投降，我投降！"其他六个人也一起争先恐后跳过来，齐声喊："你要投降，我也投降！你要投降，我也投降！"等了好久，不见敌人来捆他们拖他们走，他们才发觉上了当。为

406

了不让别人知道这事嘲笑他们，讽刺他们，他们一齐发誓彼此绝不提它，除非有谁无意间说走了嘴。

　　随后他们继续前进，经历了第二个危险，却非第一次那个可比。几天后，他们不经意走进一片荒原。在那儿的太阳地里蹲着只兔子在打瞌睡，一双耳朵高高竖着，一对玻璃球似的圆眼瞪得大大的。他们一见这可怕的野兽全吓坏了，赶紧商量怎么办才最少危险。因为，要是逃吧，又担心那怪物会追上来，带皮带毛把他们全吞吃掉。于是，他们说："我们必须进行一次伟大的殊死搏斗，勇敢地开始已成功一半喽。"说着，七个人一齐握紧长矛，舒尔茨在最前头，怀特里在尾巴上。舒尔茨还一直稳住矛，在最后的怀特里却已鼓足勇气，一心想刺出来，同时大喊：

　　　　　"以全体施瓦本人的名义，刺吧，

　　　　　不然我诅咒你们，像瘫子一直趴下！"

　　可汉斯知道他底细，说：

　　　　　"我敢打赌，你只会吹牛，

　　　　　每次斗龙，他总落在后头！"

　　米歇尔叫起来：

　　　　　"一点儿不错，一点儿不错，

　　　　　那家伙完全就是个恶魔！"

　　这时轮到了耶格里，他说：

　　　　　"他要不是魔鬼，也是他妈咪，

　　　　　或者是魔鬼的异母兄弟。"

　　马尔利突然有个好想法，对怀特里说：

　　　　　"冲，怀特里，冲，冲到头上去，

　　　　　我愿意在你背后，坚决支持你！"

　　怀特里才不听他的，雅克利就讲：

　　　　　"舒尔茨先生必须带头前进，

　　　　　要知道光荣也属于他一个人。"

407

这一下，舒尔茨才壮了胆，威风凛凛地说：

"让咱们大胆无畏，投入战斗，

拿出英雄本色，叫恶鬼低头！"

说罢，七个人一齐冲向那凶龙。舒尔茨不断祈祷，求上帝保佑自己，但怎么祈祷也没用，他仍离敌人越来越近，最后只得恐怖地大吼："嘀！嘀嘀！嘀！嘀嘀！"兔子让他给吼醒了，吓得急忙逃走。看见它仓皇逃窜，舒尔茨高兴得叫起来：

"天啊，怀特里，瞧，那是什么？

那恶魔原来是只小兔崽子！"

这伙施瓦本人继续寻找冒险机会，来到了摩塞尔河畔。这是一条绿色的、平静的、水很深的河流，河上桥不多，有好多地方得乘船过去。七个施瓦本人不了解情况，就冲河对岸一个正在干活的人喊，让他告诉他们怎样过河。离得太远了，又不懂他们的话，那人不明白他们想干什么，就用他的特里尔土话问："干啥罗？干啥罗？"舒尔茨没听清楚，硬以为人家在说："蹚水过！蹚水过！"他因为走在头里，便迈开双脚，径直冲进摩塞尔河去。不多一会儿，他已陷进烂泥和深深的漩涡，他的帽子却被刮到了对岸，一只青蛙跳上去蹲着，"呱呱呱，呱呱呱"叫起来。另外六个在河那边听见了，说："咱们的伙计，领头的舒尔茨先生在叫'快快快'了，咱们干吗还不蹚过去？"说罢，便一起冲下河去，全部淹死了。这就是说，一只青蛙要了他六个的命，那伙施瓦本人没有哪个再回家去。

120. 三个手艺人

从前有三个年轻手艺人，他们约定在漫游途中始终在一起，总在同一座城里干活儿。可是过了一段时间，他们在各自的老板那

408

里找不到工作了，最后一个个都破衣烂衫，简直活不下去。这时，他们中的一个说："咱们怎么办？这儿呆不下去了，还是流浪去吧。如果到了下一座城市还找不着活儿干，咱们就在客栈老板那儿约好，不管到哪儿都写信通知他，以便相互有个音讯，然后咱们就各奔前程吧。"在另外两个看来，这也是上策。商量好后，他们便继续往前走。走着走着，迎面来了一个衣冠楚楚的人，问他们是干什么的。"我们是些手艺人，正在找工作。在这以前，我们一直呆在一起；可要是再找不着活儿干，我们就只好分开啦。""这没有必要嘛，"那人说，"只要你们肯照我说的做，我就让你们不缺钱和工作；是的，你们甚至会变成阔佬，出门还有马车坐哩。"一个手艺人回答："如果不损害我们的灵魂和死后升天堂，那我们愿意遵命。""不会，我对你们才没兴趣呢，"那人说。可是，另一个手艺人瞅了瞅他的脚，发现一只是人脚，一只却是马蹄子，便不想理他的茬儿。哪知魔鬼又说："别三心二意啦！我选中的不是你们，而是另一个家伙的灵魂，他一半已属于我，单等他恶贯满盈罢了。"三个手艺人现在放了心，同意了魔鬼的建议；魔鬼便说出他的要求，就是无论对什么问题，第一个总回答："我们三个一起，"第二个总回答："要钱，"第三个总回答："这就对喽。"他要他们总是挨着顺序回答，除此而外不准讲任何别的话；一旦违反这条戒律，所有的钱会马上消失，反之，只要遵守它，他们的口袋便永远胀鼓鼓的。而且，一开始，他们能拿动多少，魔鬼就给了他们多少钱，然后打发他们上城里的某一家旅馆去。他们走进店门，老板便迎上来问："几位想吃点什么吗？""我们三个一起，"第一个回答。"好。"第二个说。"那是当然，"老板应道。第三个说："这就对喽。""不错，是对喽。"于是给他们送来了好吃的和好喝的，把他们服侍得十分周到。吃完饭该付钱了，老板送给第一个一份账单；他说："我们三个一起，"第二个说："要钱，"第三个说："这就对喽。""这自然对，"老板讲，"三个一起给钱；不给钱我可没东西招待啊。"然而，他们付的比他要的还多，其他客人见了都说："这三个家伙准是疯了！""是的，他们是这样，"老板讲，"他们脑瓜儿是有点毛病。"就这样，他三个在旅馆里住了一段时间，说的话仅仅只是："我们三个一起，""要钱，""这就对喽。"只不过，旅馆里的事情他们却看得清清楚楚，全都心里明白。一天，有个大商人带着许多钱来到店里，说："老板，请你替我把钱保管一下；这儿住着三个愚蠢的手艺人，他们没准儿会偷我的呐。"老板照办了。他在把旅行袋搬进卧室去的时候，感觉出袋里装着沉甸甸的金子。到了半夜，他想所有人都睡着了，就和老婆一起摸进富商的房间，用劈柴的斧头把人家给砍死了；行完凶，他俩又躺下睡觉。天亮后，店里闹开了，只见商人死在床上，尸体泡在血泊中。客人们全聚在一起，老板便说："这是那三个疯傻的手艺人干的！"客人们随声附和："除了他们，谁还干得出来呵！"老板于是叫人喊他们来，问他："是你们杀了这个商人吗？""我们三个一起，"第一个回答；"要钱，"第二个回答；"这就对喽，"第三个回答。"这下各位听见了，他们自己已经承认，"老板说。三个老兄于是被关进监狱，判了死刑。他们这才看出问题严重，心里十分害怕，可夜里魔鬼来告诉他们："只要再坚持一天；别轻举妄动而丢掉幸福。不会伤着你们一根毫毛的。"第二天上午，他们被押上法庭，法官审问道："你们是杀人凶手吗？""我们三个一起。""你们为什么杀死商人？"

　　"要钱。""你们这几个恶棍，"法官说，"你们不怕犯罪受罚吗？""这就对喽。""他们招认了，而且死不悔改，"法官说，"马上押他们去处决！"他们于是被押了出去，老板忍不住也挤进看热闹的圈子中。这当儿，行刑的士兵抓住他们，已经把他们推到断头台上；刽子手站在旁边，手里提明晃晃的钢刀。突然，一辆四匹火红的骏马拉着的马车飞驰而来，马蹄把铺路的石头踏得迸出了火星，从车窗中有人伸出一条白手巾在挥动。法官一见说："赦免令来了。"

与此同时，马车里果然传来"赦免，赦免！"的喊声。接着，魔鬼变成了一个地位显赫、衣著华丽的大老爷，走下马车，说："你们三个是无辜的。你们现在可以自由讲话了，把你们所见所闻统统说出来吧！"于是最年长的一个手艺人讲："我们没有杀死商人。杀人凶手就站在那边的人群中，"说着朝那旅馆老板一指，"你们要我罪证快去他的地窖，那里还吊着另一些被他害死的人。"法官立即派行刑的士兵去察看，发现情况真跟他说的一样。士兵们向法官报告了，他便命令把老板押上断头台斩了首。这时候，魔鬼对三个手艺人说："喏，我想抓的灵魂已抓到了；你们恢复了自由，钱呢也尽够一辈子用的喽。"

121. 无畏的王子

从前有个王子，他厌倦了在父亲王宫里的生活，又生来无所畏惧，于是想："我要去广大的世界上，从此不会再感到寂寞无聊，而且将看见许多奇异的东西。"他告别父母亲，从早到晚地一个劲儿走啊，走啊，完全不在乎这样会走到哪里。一天，他走到一个巨人的房子前面，因为累了，便坐在门前休息。他两眼漫无目的地望来望去，在院子里看见了巨人的玩具：一些硕大的木球和几根人那么高的木柱子。休息了一会儿，王子兴致来了，走过去竖起柱子，推着球去撞击；每当柱子被撞倒了，他便又吼又叫，兴高采烈。巨人听见喧闹声，从窗口探出头来，看见一个普通平常的小人儿，在玩他的九柱戏哩。"小崽子！"他吼起来，"谁叫你玩我的玩艺儿？谁给了你这么大的力气？"王子抬头望着巨人，回答："噢，你这大块头，你以为只有你才长着强壮的胳膊吗？我只要乐意，什么都能够干！"巨人来到院子里，很惊讶地看着王子滚球，看了一会儿说："小伙计，你要真是好样儿的，就去生命树上给咱

411

摘个苹果来吧。""你要它干吗?"王子问。"我不是为自己要,"巨人回答,"可我有个未婚妻,是她想要。我已经走遍天涯海角,却找不着那生命树。""我一定要找着,"王子说,"我不知道有什么东西能妨碍我摘下树上的苹果。""你大概以为,这挺容易吧?"巨人说。"生命树长在四周围着铁栏杆的园子中,铁栏杆前,一只挨一只地躺着守卫园子的野兽,不放任何人进去。""它们会放我进去的,"王子说。"好,就算你进了园子,看见树上挂着那只苹果,可它还不是你的:在它前面挂着一个环,谁想摘苹果,必须把手伸过去,而这还没任何人办到过喽。""我一定会办到,"王子说。

王子随即告别巨人,越过无数高山深谷,穿过一片片田野、一片片森林,走啊走啊,终于找到那奇怪的园子。周围果然躺着许多野兽,可全都垂着脑袋在睡觉。王子走拢去它们也不醒,他便从它们身上踩过去,翻过铁栏,顺利进了园子里。那棵生命树长在园子中央,枝头上的苹果闪着红光。他抱着树杆爬上去,正想伸手抓一只苹果,却看见前面挂着只环子,可他并未费力就伸手过去,摘到了苹果。这时环子在他胳膊上收紧了,他呢,只觉得自己血管里突然灌进一股强大的力量。他拿着苹果爬下树,不想再翻铁栏杆了,抓住大门只那么一摇,门就嘎啦啦开了。他走出园子,一头躺在门前的雄狮惊醒了,跟着他跑来,但并非带着怒气和野性,而是非常温驯,就像王子是它主人。

他把答应采来的苹果交给巨人,说:"你瞧,我没费劲儿就把它采来了。"巨人高兴自己的愿望实现得这么快,急忙去见未婚妻,把她想要的苹果给她。她是一位美丽而聪明的少女,见巨人胳膊上没有环,便说:"我不信是你摘来了苹果,除非看见你胳膊上戴着环。"巨人说:"我只需要回去取它来,"心里想,那小人儿要不自愿交出来,硬抢他的也挺容易。他于是要王子把环给他,王子却拒绝了。"苹果归谁环也归谁嘛,"巨人说:"你不乖乖儿地交出来,就只好跟我干仗啦!"

他俩搏斗了很久很久，巨人没法战胜王子，魔环使他更有力了。这当儿，巨人心生一计，说："噢，我打架打热了，你也一样；咱俩下河洗洗澡，凉快凉快，然后再开始打吧。"王子完全没什么心计，和巨人走到河边，连同衣服一块儿脱掉了环子，先跳下河去了。巨人马上抓起环子逃跑，谁知那头雄狮发现他偷东西，跟着便追上去，一口从巨人手里夺下宝环，把它还给了自己的主人。这时巨人藏在一棵橡树背后，趁王子忙着穿衣服时冷不防扑上来，把他的两只眼睛剜掉了。

可怜的王子瞎了眼，不知所措地站在那里。这时巨人又走过来牵住他的手，装成一个领他路的人，却把他带到了峭岩的尖上。然后他让王子站着，心里暗想："只要再往外走几步，他非摔死不可，我就可以捋掉他那宝环。"然而忠实的雄狮没有抛弃自己的主人，而是咬着他的衣服，慢慢把他往回拖。巨人走回来准备抢死人的东西，一看自己的计谋竟失了算。"难道这么个小不点儿也干他不掉！"他自言自语，气急败坏，抓住王子领他走另一条路又来到一处深渊边上；可是雄狮看出了他的歹毒用心，再一次帮助主人脱离了险境：巨人牵盲王子到深渊边上便放开他的手，想留他独自在那里，雄狮却冲撞巨人，叫他跌下深渊，摔了个粉身碎骨。

忠诚的狮子把主人从深渊边拽回来，领到一棵树下，树旁流着一条清清的小溪。王子坐在溪边，雄狮却躺下去，用脚爪浇些溪水到王子脸上。刚刚有几滴水湿润他的眼窝，他就又看见一点什么，发现身旁正好飞过只小鸟儿，却一下撞在了树干上；小鸟掉到溪水中，洗了洗澡又飞起来，顺顺当当地穿过树林飞走了，像是恢复了视力似的。王子由此得到上帝的启示，俯身到溪水里洗了脸，洗了眼睛。等他再坐起来，双眼已经又明又亮，比以往任何时候更加炯炯有神。

王子感谢了上帝的巨大恩典，领着他的雄狮继续漫游世界。一天，他走到一座中了魔的宫殿前，看见大门口站着一个身段优雅、面貌秀丽的少女，可全身却是漆黑的。姑娘招呼他说："唉，你要能搭救我，解除我身上的魔法就好罗！""我该做什么呢？"王子问。姑娘回答："你得在这座魔宫的大厅里过三夜，但心里不能产生丝毫恐惧。他们会狠狠折磨你，你得坚持住，一声不吭，我就得救了；他们不能置你于死地。"王子听了说："我不害怕，我愿靠上帝保佑尝试尝试！"说完，他高高兴兴走进宫去，天黑了，便坐在大厅里等着。周围一片死寂，可一到半夜，突然喧声大作，从所有屋角和墙旮旯跑出来许许多多小魔鬼。他们像看不见他似的，自顾自坐在大厅中央，生起一堆火，开始赌起钱来。一个家伙输了，于是说："嗯，情况不对，有个外人在这里，害得我赌输了！""等等，让我来玩儿，你烤烤火去，"另一个说。他们喊叫得越来越厉害，叫谁听着也害怕。王子却静静坐着，毫无畏惧；可是魔鬼们终于从地上跳起，一起扑向他，而且他们的数目多得叫他没法抗拒。他们抓住他在地上拖来拖去，掐他、戳他，打他，折磨他，他却一声不吭。天快亮了，魔鬼们突然消失，王子已完全精疲力竭，手脚几乎都动弹不了啦。天亮后，那黑色少女却来到他身边，手里拿着小瓶儿，瓶中盛着生命水；她用这水替王子洗了一下，他顿时感觉疼痛全消，神清气爽，精力充沛。少女说："你已成功地坚持过一夜，可还有两夜等着你呐！"她说完走了，临走时，王子发现她脚的皮肤已经变白。当天夜里，魔鬼们又跑来玩他们的把戏：他们扑向王子，比前一夜更狠地打他，打得他遍体鳞伤。然而他静静地忍受着一切，魔鬼们只得丢下他。当天空露出朝霞，那少女又来了。用生命水治好了他的伤。她走的时候，王子欣喜地发现，除了手指尖，她全身已经变白了。现在他只需再坚持一夜，可这一夜却是最难受的。魔鬼们又来了。"你还在这儿吗？"他们大叫。"我们要整得你停止呼吸！"说着，他们便戳他，打他，把他扔来扔去，拽他的胳膊腿儿，活像要把他撕碎一样；他却忍受着一切，完全不吱声。终于，魔鬼们不见了，可他已晕倒在地，不再动弹，甚至抬不起眼睑去看一看那少女。她又进来了，正用生命水滋润他，浇洒他，这么一来，他突然解除了所有疼痛，感觉精神抖擞，就像刚刚睡醒。他睁开眼，看见姑娘站在他面前，皮肤雪白，如同白昼一样漂亮。"站起来，"她说，"把你的宝剑在那楼梯上挥舞三下，一切都得救啦！"王子照着做了，整个宫殿果然解除了魔法，少女原来是一位富有的公主。侍从们走来报告，大厅里已备好宴席，摆上美味佳肴。他们于是坐下来一块儿进餐饮酒，当晚便欢天喜地地举行了婚礼。

122. 老母驴

　　一天，有个年轻的猎人去森林里打埋伏。他的心情轻松又愉快，一边走一边用树叶吹着小曲儿。忽然他碰见一个模样丑陋的老婆子。老婆子招呼他，对他说："你好，亲爱的猎人！看样子你快活而满足，我呢却忍受着饥渴，给一点施舍吧。"猎人可怜这穷老婆子，便伸手进口袋，尽自己可能地给了她一些东西。给完了他想继续往前走，老婆子却拦住他，说："听我告诉你，亲爱的猎人，为报答你的好心肠，我要送你一件礼物。你只管走你的，过一会儿会走到一棵大树跟前；树上蹲着九只鸟，它们爪子里抓着件斗篷，在你争我抢。你要举起猎枪朝它们中间射去。他们准会把斗篷给你扔下来，可还有只鸟被枪打中死了，也会掉下来。你快捡起斗篷；它是一件如意斗篷呐，你只需把它往肩上一披，心里想去什么地方马上就会到那里。你还得掏出死鸟的心来一口吞掉，这样每天早上起床时，你便会在枕头底下发现一块金子。"

　　猎人感谢年老的女智者，心里暗想："她答应的真是美极啦，只希望全都是真的。"哪知道他走出差不多一百步，就听见头顶上的树枝间传来一片唧唧喳喳的鸟叫声，不由得抬头一看，果然看见一群鸟用喙子、用脚爪拽住一大块布在扯来扯去，你叫我喊，相互争抢，谁都想独自据为己有的样子。"哈，真稀奇，硬像老婆婆讲的一个样！"猎人说，马上从肩上取下枪来瞄准，朝鸟群中间放了一枪，打得羽毛四处乱飞。鸟儿立刻惊叫着飞走了，一只被射死了的却掉下树来，斗篷同样掉下来了。遵照老婆子的嘱咐，猎人剖开死鸟，掏出鸟心来吞下肚去，带着斗篷回到了家里。

第二天清晨醒来，他想起老婆子的许诺，想看看它是否也已兑现。可不，他一翻起枕头，眼前就有块金子在闪闪发亮，第二天早上他又找到一块，以后每天起床来都是如此。他积攒了一大堆金子，最后却想："要是我老呆在家里，我所有这些金子又有什么用呢？我要出去，好好见见世面。"

于是，他告别父母，背上背囊，挎上猎枪，闯世界去了。一天，他穿过一片茂密的森林，森林完了，来到一片平原，他见到面前矗立着一座雄伟的宫殿。宫殿的一扇窗户里，站着个老太婆，旁边还有位漂亮极了的少女，正在向楼下张望。这老太婆却是个女巫，她告诉少女："那边森林里走出来一个人，他身体内有件珍宝，咱们一定要把它骗到手，我心爱的小女儿，要知道，咱们更配得到那宝贝。他呀，肚子里有颗鸟心，所以每天早上都能在枕头下找到块金子。"接着，她对姑娘讲怎么下手，怎么做戏，最后恶狠狠地瞪着姑娘，威胁说："你要是不听我的话，一定倒霉！"这当儿，猎人走近了，看见姑娘便自言自语起来："我已经东游西荡很久喽，现在想休息休息。到那座华丽的宫殿去呆一呆，反正我有的是黄金嘛。"话虽如此，真正的原因却是他已相中了那位美人儿。

他跨进宫门，受到了亲切的迎接，礼貌的招待。没过多久，他已完全迷上那巫婆的女儿，什么也顾不到啦，只是望着她的眼睛；她要求什么，他都乐意做。这时候，老巫婆说："喏，咱们这就必须取到鸟心。他失去以后，不会有任何感觉。"接着，她们调制一种药水，煮开后，斟在一只杯子里。老巫婆把杯子递给姑娘，命令她给猎人送去。她对他讲："呵，亲爱的，喝了吧，为着我！"猎人接过杯子，刚一吞下那药水，立刻从肚子里呕吐出了鸟心。姑娘悄悄把它捡起来吞了，因为老巫婆要她这样。从此，猎人的枕头下再没发现金子；金子已跑到姑娘的枕下，每天早晨老婆子都一定去取。那小伙子呢，却对姑娘爱得发了痴，完全不想其它，一心只渴望和她一起消磨时光。

这时，老巫婆又说了："鸟心咱们有了，可如意斗篷也一定得夺过来。"姑娘却回答："斗篷咱们就留给他吧，他可是已失去自己的财富了呵。"巫婆一听大怒，说："那样的斗篷是世间难得的宝物，我一定要，非要不可！"她教给姑娘鬼点子，说，如果她不听话，一定叫她吃苦头。姑娘只好照老婆子说的做，随后便走到窗前，眺望着远方，装出一副忧郁的样子。猎人问："你干吗忧伤地站在那儿？""唉，我亲爱的，"她回答，"对面有一座宝石山，那儿产精美无比的红宝石。我非常想得到它们，因此一想起来就十分难过；可又有谁能替我去取呢？只有鸟儿能飞上山去，人是绝对去不了的啊！""如果你忧虑的只是这点事，"猎人说，"我愿马上就解除你心头的苦闷。"说完，他把她拉到自己的斗篷底下，心里想要去对面的宝石山，一眨眼工夫，两人已经坐在了山上。但见四周宝石闪闪发光，瞅着真叫人心里高兴，他们挑最美最珍贵的搜集了一些。这当儿，老巫婆却作起法来，猎人突然感到眼皮沉重，便对姑娘说："咱们坐下来休息一下吧，我困极了，几乎已经站不稳。"他俩坐下去，猎人把头枕在姑娘怀中，睡着了。刚等他睡熟，她便从他肩上解下斗篷，拿去自己披上。再拾起地上的宝石，一发愿回家去了。

猎人睡够了醒过来，发现自己心爱的人骗了他，把他一个人丢在了荒山上。"呵，"他叹道，"世间竟有这样的大骗子！"他坐在那儿忧心忡忡，心痛难忍，却不知怎么办才好。这宝石山呢，属

417

于一群狂暴粗野的巨人，他们住在山上，在山上胡作非为。猎人那样坐了没多久，就看见来了三个巨人。他赶紧躺在地上。装作酣睡的样子。巨人们走过来，第一个用脚踢踢他，说："这是条什么虫子，敢躺在这儿做白日梦？""踩死他！"第二个说。"值得花力气吗？"第三个不屑地讲，"留他一条命吧，他在这儿呆不长；他一往上爬，爬到了山尖，白云就会卷住他，把他带走的。"他们一边谈话，一边往前走；猎人却记住了他们说的，一等他们走远，他便站起来，向着山顶爬去。他在山顶坐了一会儿，一朵白云飘飘来到，卷起他，带着他在天空中飞了一会儿，最后降落在一座大菜园子里。菜园四周高墙环绕，他是缓缓地落在了圆白菜和其它蔬菜中间的地上。

猎人转头四望，说："我只要有点吃的就好喽，肚子真叫饿，这么往前走会很吃力啊！可这儿见不到苹果梨子和其它水果，到处除了菜叶子还是菜叶子。"终于，他想："不得已我可以吃点莴苣嘛，味道虽不怎么样，却可以提起我的精神。"于是，他选了一窝最粗壮的吃起来，可是刚吞下几口，他就觉得情况不对，好像他已经完全变了。果然，他长了四条腿，一个大脑袋，两只长耳朵：他惊恐地看出，自己已变成一头毛驴。由于仍然很饿，并受他现在的天性决定，多汁的莴苣变得很有味道了，他贪婪地吃个没有完。吃啊吃啊，他终于碰到了另一种莴苣，可他刚吃下一点，又感觉发生了变化：他恢复了自己原来的人样儿。

这时猎人躺在地上睡了，消除了疲劳。第二天早上醒来，他把坏莴苣和好莴苣各摘了一棵，想："它们会帮我夺回自己的东西，惩罚那不忠实的人。"随后，他把莴苣藏在身上，翻出围墙，动身找他爱人的宫殿去了。他东奔西走了好多天，侥幸把它给找着啦。他马上染黑脸面，叫他亲生母亲见了也休想认出来，这样才去宫里借宿。"我累死了，"他说，"再没法往前走。""你是谁啊，老乡？做什么样的营生？"巫婆问。他回答："我是国王的使者，被派出来寻找天底下长的最美味可口的莴苣。我也非常幸运地找到了,正藏在身上哩。只是太阳烤晒得太厉害,我担心鲜嫩的菜叶会蔫掉,不晓得能不能把它送到呵。"

老婆子听说有美味的莴苣,嘴馋起来,说道:"亲爱的老乡,让我尝尝那美妙的莴苣好吗?""行啊行啊,"猎人回答,"我有两棵,愿意送你一棵,"说着打开口袋,把坏的一棵递给她。老婆子毫无防备,想吃那新奇的菜想得口水快流出来了,急忙亲自下厨房去做起来。做好后,她等不及端上桌子,伸手抓了几片叶子来塞进嘴里,哪知刚一咽下肚去,她已失去人形,变成一头驴跑到了院子里。这当儿巫婆的女仆走进厨房,见莴苣已做好了,想把它端上桌子,可半道又犯了偷偷尝一点的毛病,吃下了几片叶子。结果莴苣的奇妙作用又马上显示出来,女仆同样变成头母驴,跑到老巫婆一起去了,而装莴苣的大碗却掉在了地上。这时,"国王的使者"和美丽的姑娘坐在一起,她等了好久不见人送菜来,也馋了,就问:"不知道莴苣在哪儿呵?"猎人想一定是菜已经起作用,说:"我去厨房里看看吧。"他走下楼,见两头母驴在院子里兜圈子,莴苣却撒了一地。"行啦,"他说,"那两个已得到惩罚。"说着把剩余的菜叶儿捡起来放在碗里,端去给姑娘。"我给你送佳肴来了,免得你久等,"他告诉她。姑娘于是吃了一些,立刻也和另外两个一样失去人形,变成母驴跑进院子去了。

猎人先洗了脸,让那些变成驴的家伙能认出他,然后才走进院子,说:"现在该你们得到背信弃义的报应啦!"他用一条绳子拴起三头母驴,把它们赶到一座磨坊前。他敲敲窗户,磨坊主探出脑袋来问有什么事。猎人回答:"我有三头蠢驴,再不高兴养了。你要愿意收留它们,喂它们饲料,把它们圈住,照我说的那样对待它们,你要多少钱我就给你多少钱。""当然可以,当然可以,"磨坊主回答,"可要我怎样对待它们呢?"于是,猎人告诉他,那头老驴,就是从前的巫婆,他每天得揍它三次,却只给一顿草料吃；那头年轻点的母驴，就是从前的女仆，他每天要揍它三次，也喂它三顿；那最小的一头驴，就是从前的漂亮姑娘，他不用揍它，只要喂它三次。要知道，猎人还是不忍心让姑娘挨打哟。随后他回到宫里，在那儿找到了他所需要的一切。

　　几天后，磨坊主来说，他必须报告：那头一天光挨揍却只有一次草吃的老母驴死了。"另外两头虽然没死，也得到三顿草料吃，"他说，"却显得十分伤心，看样子也熬不了多久喽。"猎人听得心肠软了，克制住怨恨，告诉磨坊主把它们给他赶回来。两头母驴回来后，他给它们吃了好莴苣，它俩马上又变成人了。美丽的姑娘一下跪在猎人面前，说："唉，亲爱的，原谅我对你干的坏事！都是我母亲逼着我干的，我本心才不愿意呐，因为我打心眼儿喜欢你。你的如意斗篷挂在我衣柜里；我愿意喝呕吐药，吐出鸟心来还给你。"猎人一听也改了想法，说："留着吧，反正都一样，因为我要娶你，让你做我忠实的妻子。"随后举行了婚礼，他们一直到死，都愉快和睦。

123. 森林中的老婆子

　　一个贫穷的使女陪主人乘车穿过一片大森林。车走着走着，突然从密林中间冲出来一伙强盗。强盗见人就杀，所有人都丧了命，只有使女一害怕跳出了马车，躲藏在一棵树背后。强盗们带上赃物走了，她才回到车旁，眼前一片惨状。她伤心地哭起来，说："我这可怜的女孩呵，叫我怎么办呢?我不知道怎么走出这森林去，这儿又没任何人住，我非饿死不可喽!"她东奔西走，想找一条路却没能找到。天晚了，她坐在一棵树下，想一直这么坐着听凭上帝的安排，不管发生什么都不肯再走了。她这么坐了一会儿，不想突然飞来一只小白鸽，喙儿里还衔着把小小的金钥匙。小白鸽

420

把钥匙放在姑娘手上，说："你瞧那边有棵大树，树上有一把小锁。用这钥匙开开那锁吧，这样你就找得到足够的食物，不会再挨饿啦！"姑娘立刻走到那棵树前，打开小锁，果然发现一小碗牛奶和一些个就牛奶吃的白面包，她吃过以后就饱了。这时候，她又说："现在是家里的鸡公鸡母飞上栖木的时候啦，我累得要死，要是也能躺到我的床上有多好！"话音刚落，小白鸽又飞了来，喙儿里衔着另一把金钥匙，告诉她："你去开开那边那棵树，你会找到一张床的。"姑娘开了树上的锁，果然发现一张漂亮又柔软的床。随后她祷告上帝保佑自己一夜平安，祷告完便躺在床上睡着了。第二天早上，小白鸽第三次飞来，又给她衔来一把小小的金钥匙，说："去打开那儿那棵树，你会发现一些衣服。"姑娘打开树，果然里边有一些衣服，全都镶嵌着金银珠宝，漂亮华丽得没见哪个公主穿过哩。就这样，贫穷的使女在森林中生活了一段时间，小白鸽每天都飞来，准备好她必须的一切。这样的生活真是宁静而美好啊。

可是有一天，小白鸽飞来说："为了我，有件事你肯做吗？""我打心眼儿乐意，"姑娘回答。小鸽子于是对她讲："我要领你去一幢小屋，人走进屋去，在屋子中央的火炉旁坐着个老太婆，对你说'你好！'你可千万千万别回答她，不管她有什么反应，而是继续朝她右手边走去。那儿有扇门，打开门，你走进一间小房间，里边的桌子上摆着许多各式各样的戒指，有的嵌着晶莹闪烁的钻石，美丽极了，可你不要动它们，而要找出一枚朴素的戒指，尽快给我带回来。"于是，姑娘走到小屋前，跨进门，屋里坐着个老婆子，一见姑娘惊讶得张大了双眼，说："你好，我的孩子！"姑娘不回答，径直走向房间门。"你想去哪儿？"老婆子叫起来，抓住姑娘的裙子，想阻止她。"这是我的家；我不同意，谁也不许进来！"可姑娘仍旧默不作声，从她手里挣脱，径直进房间去了。房里的桌上果然堆着好多好多戒指，在她眼前晶莹闪烁，熠熠生辉。

她翻来捡去，寻找那枚朴素普通的戒指，可是没找到。她正找着找着，突然发现老婆子溜了进来，提起一只鸟笼，想要逃走。她马上赶过去，夺过老太婆手中的鸟笼，举起一看，只见笼里关着只小鸟，喙儿衔着的正是那只朴素的戒指。她抠出它，拿着它高高兴兴跑出小屋，心想小白鸽一定会来接戒指。哪知它却没有来。姑娘背靠在一棵树上，等待着小白鸽。她这么站在那儿，突然背后的树好像变软了，弯曲了，把树枝垂了下来。而且，树枝一下子搂住她，成了两条胳膊。姑娘扭头一看，那树已是一位英俊的男子，正搂着她亲吻哩。他说："你从那老婆子的手中搭救了我，她可是个凶残的女巫啊。她把我变成了一棵树，每天我有几小时是一只白鸽子，什么时候她还拥有这只戒指，什么时候我就恢复不了人形呀！"这期间，他的仆人和马也全部解除了魔法，都从树木变回原来的模样，来到他身旁。接着，他们动身回他的王国，他原本是位王子。他和姑娘结了婚，生活得很幸福。

124. 三兄弟

　　一个男人有三个儿子，除去他住的那幢房子以外别无任何财产。这样，三兄弟谁都很想在他死后得到这房子，而他呢，偏偏对哥儿三个一样地爱，不知道该怎样做，才不亏了他们中的任何一个人。卖掉房子分钱给他们吧，他又不情愿，因房子是祖上传下来的。终于，他想起一个办法，对他的儿子们说："去世界上碰碰运气，每个人各学一种手艺。等你们回来时，哪个做的活儿最漂亮，哪个就要这幢房子。"

　　儿子们挺满意，老大想学铁匠，老二想学理发匠，老三想当剑术师。随后他们商定了回家来的时间，便各奔前程。事有凑巧，他们每人都找到了个很棒的师傅，学会了些真本领。铁匠经常奉命给国王的马打马掌，心想："没问题，这下房子准归我。"理发匠净替一些大老爷修面，也以为房子是他的了。剑术师挨了不少剑，但咬紧牙关从不泄气，因为他心里想："要是你害怕挨剑刺，就永远得不到那所房子喽。"约定的时间过去了，三兄弟一齐回到父亲身边，可是都不知道怎样找到最好的机会显示自己的本领，便坐一块儿想主意。这么坐着说着，忽见一只兔子从地里跑过。"咳，来得正好！"理发师说，立即拿来脸盆和肥皂，刷出许多泡沫，等到兔子一靠拢来，就在它很快跑过一刹那间给它抹上肥皂沫儿，同时给它剃成一撮小胡子，而且在这整个过程中一点没割着它，丝毫没使它感觉疼痛。"我很满意，"父亲说，"他两个要不能干得更出色，房子就是你的。"没过多久，一位贵人乘着马车急驰而来。"现在请你瞧瞧我的能耐，爸爸！"铁匠一边说，一边跑去追赶马车，随即拔掉那急驰中的马的四块马蹄铁，在急驰中为它钉上四块新的。"好样儿的！"父亲说，"你的活儿干得和你二弟一样棒，我真不知该把房子给谁。""爸爸，"这时老三说话了，"让我也显一显身手吧。"说时正好下起了雨，他便拔出剑来，飞速在头顶舞动，结果一滴雨也没掉在他身上。雨呢越下越大，最后真成了倾盆大雨，他的剑也越舞越快，结果身上仍然完全是干的，就像安坐在房里一样。父亲一见，不禁惊呼："你的本事最了不起，房子归你啦！"

两位哥哥也遵守诺言，同意把房给老三。由于他们是那样地相亲相爱，三个人都仍旧一齐住在同一幢房子里，各自干自己的营生。他们手艺全学到了家，又挺能干，便挣了许多钱。就这样，哥儿三个一起愉快地生活到老，当其中一个病了死了，另外两个也伤心得生了病，很快同样去世啦。因为他们那样有能耐，那样相亲相爱，便三个一块儿葬在了同一座坟墓里。

125. 魔鬼和他的祖母

　　从前有过一次大战，国王指挥着许多士兵，可是却只给他们很少的薪饷，叫他们活不下去。于是有三个士兵聚在一起，想要开小差。一个对另一个说："咱们要是给逮住了，就得被送上绞架，这可怎么办呢？"另一个回答："瞧那边有一大块麦地，咱们只要藏在里面，任何人也找不着。部队不可能进去搜，明天必须开拔。"他们于是钻进麦地里。谁料部队并没开走，而是留在了周围一带。三个逃兵在麦地里蹲了两天两夜，饿得差点儿死去，可要是出来吧，也准是死。这时，他们说："咱们逃跑有啥好处哟，还不是得悲惨地死在这儿！"正说着，空中飞过一条火龙。火龙降落在他们身边，问他们藏在这儿干什么。他们回答："我们是三个士兵，因为薪饷太少太少，开小差啦。现在我们要是一直躺在这儿，只会饿死；要是出去吧，就一定会在绞架上荡秋千哟！""如果你们肯给我当七年差，"火龙说："我愿意领你们穿过部队，叫任何人也抓不着你们。""我们没别的办法，只能接受你的条件，"士兵们回答。话刚出口，火龙便用爪子抓起他们，从部队头顶上空飞过去，再远远地放回到地上；可是，这龙不是别的任何人，正是魔鬼啊！魔鬼给他们一条小鞭子，说道："用这鞭子抽得噼噼啪啪响，你们想要多少钱就有多少钱在你们面前跳来跳去，随后你们可以过大人先生们的生活，有马骑，有车坐；可是七年满了，你们就得归我。"说完递给他们一本文书，要他们一个一个签字画押。"不过呢，"魔鬼继续说，"我先还要出一个谜语，你们要是能猜着，就可以获得自由，不再受我管束。"火龙飞走了，三人带着他们的小鞭子继续旅行。钱很多，他们便为自己订做了一些华丽的服装，穿起来招摇过市，到哪儿都过得又快活又阔绰，有马骑，有车坐，有

424

吃又有喝，只是不干任何坏事。时间过得很快，不觉七年已完，他们中的两个感到非常害怕，怕得简直要死。可是第三个却满不在乎，对他俩说："哥儿们，怕什么怕？咱头脑清醒着哩，准能猜中他那个谜语！"他们走到野外，坐在地上，前两个一脸的烦恼忧虑。这时走来一个老太婆，问他们干吗哭丧着脸。"唉，这关你啥事哟，反正你又帮不了忙。""谁知道呢？"老太婆回答。"只管把你们的苦闷告诉我好了。"三个逃兵于是对她讲，他们给魔鬼当了仆人，整整七年呐；魔鬼呢像耙干草似地给他们弄来许多钱，可为此他们向他签了卖身契，如果七年后他们猜不出一个谜语，灵魂就要落入魔鬼的掌心啦。老太婆说："要我帮助你们，你们中有一个必须进森林里去，走到一处像小房子模样的垮塌的岩壁前，他必须跨进去，然后才能找到帮助。"两个哭丧着脸的家伙想："这哪能搭救咱们！"因此坐着不肯动；那生性快活的另外一个却站起来，走进森林，一直走啊走啊，终于找到那间岩壁垮塌成的小屋。可是屋里坐着个很老很老的老婆子，她是魔鬼的祖母，问士兵从哪儿来，到这儿有什么事。他对老太婆讲了事情的全部经过。因为他很得她的欢心，她产生了同情，便答应给他帮助。随后，老婆子揭开盖在地窖上的一块大石板，说："你藏在里边，可以听见这儿所讲的一切，只是得悄悄地坐着，千万别动。等火龙来了，我会问他谜语的事，他什么都告诉我，你留心他怎么回答就是了。"夜里钟敲十二点，火龙飞来要吃的。老祖母摆好餐具，端来酒菜，魔鬼很高兴。他们一块儿又吃又喝，同时拉着家常。这时祖母问他这一天过得怎么样，逮住了多少灵魂。"今儿个情况不怎么好。"魔鬼回答，"不过呢我已抓着三个当兵的，他们肯定逃不出我的手心。""嗯，三个当兵的，"老祖母说，"这种人有两下子，还可能逃脱你的控制哟。""他们肯定归我，"魔鬼轻蔑地回答，"我还出了一个谜语让他们猜，他们永远也猜不出来。""那是个什么谜语呢？"老太婆问。"这我可以告诉你：在辽阔的北海中，躺着只死

425

长尾猴，这是他们的烤肉；一只鲸鱼的肋巴骨是他们的银勺子；一条空心的老马腿是他们的望远镜。"等魔鬼上床睡觉去了，老祖母揭开石板，让士兵出来。"你全都记住了吗？""记住了，"士兵说，"我知道得够多了，不再有问题。"随后，他只好另走一条路，从窗户爬出去，急急忙忙赶回他的伙伴那儿。他告诉他们，魔鬼怎样中了他祖母的计，他自己怎样听魔鬼亲口说出了谜底。这一来他们三个可高兴喽，拿起鞭子猛抽一气，抽得金钱遍地乱跳。七年终于满了，魔鬼拿来文书，让他们看自己的签字，说："我要带你们去地狱，让你们在那儿吃一餐饭；你们要能猜出给你们吃的烤肉是什么，我就放掉你们，并且让你们保留这条鞭子。"第一个士兵首先回答："在辽阔的白海里躺着只死长尾猴，它将是烤肉。""唔！唔！唔！"魔鬼气得直哼哼，又问第二个，"那你们用的勺子是什么？""一头鲸鱼的肋巴骨，它是咱们的银勺子。""噢！噢！噢！"魔鬼气得嗷嗷叫，扮个怪脸，再问最后一个士兵，"你们也知道，你们的望远镜是什么吗？""一条老马腿，将是我们的望远镜。"魔鬼一听，知道再管不了他们，便大叫一声，飞走了。三个士兵却继续拥有那条小鞭子，用它随心所欲地抽打出了许许多多钱，愉快地生活直至老死。

126. 忠实的斐雷南和不忠实的斐雷南

从前有夫妻两个，他们有钱的时候没生孩子，可等他们穷了，却生下一个小男孩。他们没法替孩子找到教父，丈夫于是想去其他地方，看在那里能不能找着一个。途中，他碰见一个穷人。这人问他去哪儿，他回答想去看看能不能替儿子找个教父；他很穷啊，谁也不肯做他儿子的教父。"噢，"穷人说，"你穷，我也穷，我愿意当你儿子的教父；只是呢，我穷得太厉害了，什么礼物都

426

不能送给孩子。回去告诉产妇，叫她带孩子上教堂去吧。"夫妻俩一起来到教堂，那穷叫花子已经等在里面了。他给孩子取了个名字，叫做：忠实的斐雷南。

在离开教堂时，穷叫花子说："现在该回家去了，可我没有什么东西送你们，你们呢也不要给我任何东西。"话虽如此，他还是给了做母亲的一把钥匙，告诉她拿回家去交给孩子他爸，要他好好保管，待孩子满十四岁了再让他到荒野上去，那儿有座宫殿，他用这钥匙正好能打开宫门，这样宫里的东西就全归他啦。一眨眼孩子已经七岁，而且长得挺聪明，一次他和其他孩子玩儿，这个讲从教父那儿得到了多少礼物，那个讲自己得到了还更多，只有他什么也说不出来，于是哭着回家问他爸："未必教父什么也没给我吗？""是啊，"父亲回答，"你只得到一把钥匙来着。要是荒野矗立着一座宫殿。你就去用这钥匙打开它吧。"孩子马上去了，可既没见着宫殿，也没听说有过宫殿。又过了七年，孩子已经十四岁，便再一次去到荒野里，那儿果然有一座宫殿耸立着啦。他打开宫殿，里边什么也没有，只有一匹马，一匹白色的骏马。他得到这匹马很高兴，就骑上跑回去见他爸。"现在我也有匹白马喽，现在我也要去旅行喽！"他说。

他很快动身了。途中，他看见路上躺着支鹅毛笔，一开始想把它拾起来，可接着改变了想法："嗨，还是随它去吧，你不管走到哪儿，需要有笔总归找得着的。"他刚要离开，背后却有个声音在喊："忠实的斐雷南，把它拿走吧！"他回头一看，却不见任何人，就回去拾起了笔。他骑在马上又走了一会儿，来到一条河边，见岸上躺着条鱼，正张大嘴巴喘气，便说："等等，我亲爱的鱼儿，我要帮助你回到水里去。"说着他就抓住鱼尾巴，把它扔下河里去了。鱼呢却从水里伸出脑袋，说："你从污泥中救出了我，我要送你一支笛子；遇上危难你只要一吹它，我就马上来救你，还有你不慎掉了东西在水时，一吹笛子我也会帮你捞上来。"他又骑着马走去，迎面碰见一个人。这人问他去哪儿。"噢，去最近的地方。""你叫什么来着？""叫忠实的斐雷南。""瞧，咱俩差不多同名呀，我叫不忠实的斐雷南。"于是两人一道去了最近的地方，一道住进了旅馆里。

这下可糟啦，因为不忠实的斐雷南知道别人想的一切和准备做的一切，并且会各式各样的邪术。当时旅馆里有位挺不错的女孩，眉目清秀，穿戴也很漂亮。她爱上了忠实的斐雷南，因为小伙子挺英俊。她问他想去哪。呵，他打算四处漫游。她劝他留下别走，说这儿有位国王，想找一个侍从或者骑着马开路的人，要他应征去。他回答，他不好平白无故地去找人家自己推荐自己。女孩听了说："噢，这事我替你包了，"说完就去见国王，讲她认识一个英俊的小伙子，可以当他的侍从。国王很高兴，让小伙子去见他，要他当自己的侍从。可他更乐意做开路骑士，因为他得和他的马在一起；国王于是让他当了开路骑士。这事让不忠实的斐雷南知道了，他问姑娘："等等，你只帮助他，不肯帮助我吗？""呵，"姑娘回答，"我也要帮助你，"心里却想，"这家伙你不能得罪，他是个信不过的人。"她去到国王面前，推荐他做侍从，国王也同意了。

每天早晨，不忠实的斐雷南服侍国王穿衣服，国王总是唉声叹气："唉，要是我心爱的人在我身边就好啦！"不忠实的斐雷南呢，一直对忠实的斐雷南心怀嫉恨，趁国王又一次叹息时便对他说："您不是有个开路骑士吗，您派他去把她接来好啦！他要是不肯去，就叫他人头落地。"国王于是叫来忠实的斐雷南，告诉他，他有一个爱人在什么地方，要他去接来；他要是不肯去，就得掉脑袋。

忠实的斐雷南走进马厩，对着他的白马哀叹哭泣："我真是个不幸的人啊！"突然，背后有谁在喊："忠实的斐雷南，你哭什么呢？"他回头一看，却不见人影，便又继续哭道："我亲爱的小白马啊，现在我不得不扔下你，现在我要死了哟！"突然又有声音喊："忠实的斐雷南，你哭什么呢？"这时他才发现，是他的白马在问他。"是你在喊吗，我的小白马？你会讲话吗？"他接着又说："国王要我去一个地方接他的未婚妻，你知不知道我该怎么办？""去告诉国王，"白马回答，"他如果能给你需要的东西，你就愿意去替他把她接来。这些东西是：一满船肉，一满船面包；他要是给了你，你就会成功。因为河上有一些巨人，你不带肉给他们，他们会撕碎你；而且还有些大鸟，你不为它们准备面包，它们会啄掉你的眼睛。"于是，国王下令国内所有的屠户宰杀牲畜，所有的面包师烘烤面包，终于把船装得满满的。随后，白马对忠实的斐雷南说："好啦，骑上我，带我一起上船吧。如果巨人们来了，你就说：

> '安静，安静，亲爱的巨人，
> 我已经很好为你们作过考虑，
> 我已经带了些好东西给你们。'

如果大鸟来了，你又说：

> '安静，安静，亲爱的小鸟，
> 我已经很好为你们作过考虑，
> 我已经把什么都给你们带来了。'

这样，他们便不会伤害你；当你走到宫殿，巨人们还会帮你开门。你带几个巨人进去，公主就躺在里面睡觉；可你不能唤醒她，而是让巨人连床抬起她，装到船上。"忠实的斐雷南完全照白马的话做了，把带去的东西给了巨人和大鸟，于是巨人心甘情愿地连床把公主抬到了国王那里。谁知公主走到国王跟前说，她如果拿不到那些丢在自己宫里的文件，就活不下去。经不忠实的斐雷南挑唆，国王又叫去忠实的斐雷南，命令他去宫里取回文件来，不然将他处死。他又走进马厩，哭着说："我亲爱的白马啊，现在我还得去一次，我该怎么办哟？"白马回答，他应该再把船装满食物。于是和上次一样，巨人和大鸟肉吃饱了，变得温和起来。到达宫殿以后，白马叫他走进去，文件果然摆在公主卧室里的桌子上。忠实的斐雷南取了文件。可是他们到了河上，他却把文件掉到水里去了，白马一见说："现在我没法儿帮助你了呵！"这时候，忠实的斐雷南想起那支笛子，便开始吹它，鱼听见笛声游过来，衔起文件还给他。他把文件送回宫去，国王和公主便举行了婚礼。

谁想王后不爱国王，因为国王是个塌鼻子，却很爱忠实的斐雷南。一天，宫里所有的男人都聚在一起，王后突然说，她也会耍魔术，能把一个人的脑袋砍下来再安上，要谁自愿出来试一试。可谁也不肯第一个出来，又由于不忠实的斐雷南挑唆，忠实的斐雷南奉命带头作试验，被王后砍掉脑袋又安上去，伤口也果然很快愈合了，只是脖子上留了一圈红线。国王见了问："我的宝贝儿，你从哪儿学来这一手？""是啊，"王后回答，"我会这种本领，要不要也拿你试一试？""好的，好的！"他说。王后于是砍掉丈夫的脑袋，但是却不安上去，她装作无能为力，怎么也安不好的样子，结果国王被埋葬了，她便嫁给忠实的斐雷南。

忠实的斐雷南仍旧经常骑他的白马。一天，他骑在马上，白马告诉他到从前的那片荒野上去，到了那儿骑着它奔跑三圈。他照着做了，白马便用后脚直立起来，成了一位王子。

127. 铁 炉 子

从前，在愿望还有用处的年代，一位王子遭受老巫婆的诅咒，困在了森林中的一座大铁炉子里。他就这么在里边熬过了许多年，没谁能够搭救他。一天，一位公主到森林里来走迷了，找不到回她父亲王国的路了。她在林子里胡乱转了九天，最后站在大铁炉子前面。突然从里边传出一个声音，问她："你打哪儿来，想上哪儿去？"她回答："我找不着父亲的王国，没法回家去了。"炉子里的声音说道："我愿帮助你回家去，而且要不了多长时间，只要你保证做我要求的事。我是一个比你这位公主更加伟大的王子，我要娶你为妻。"公主听后吓了一跳，心想："亲爱的主啊，跟一座铁炉子我能干啥哟！"可是，她很希望回父亲家里去，便作出了他要求的保证。他呢却说："你得带上把刀子再来，在铁炉壁上戳一个洞。"说完，他给她一个向导。这向导一声不吭地走在她身边，两小时便送她回到了家。看见公主回来了，宫中一片欢腾。老国王又是拥抱她，又是吻她；她反倒愁眉苦脸，说："亲爱的爸爸啊，我的经历多可怕哟！要不是走到一座大铁炉旁，我从密密的大森林中就再也回不来啦。可是，我为此不得不保证再回到它那儿去，搭救他，并且嫁给他做妻子。"老国王一听，吓得几乎晕倒过去，要知道，他只有这一个独生女呀！他们经过商量，决定拿漂亮的磨坊主的女儿代替公主，把她领进森林中，给她一把刀子，叫她在铁炉子壁上戳个洞。她呢，戳了整整二十四小时，却一点儿铁屑也没刮下来。第二天天亮了，忽听铁炉子里喊："我觉得，外边已是白天了吧？"姑娘回答："我也觉得天亮了，好像已听见父亲的水磨在啪啦啦响哩。""原来你是磨坊主的女儿。快出森林去，叫公主自己来！"姑娘回去报告国王，森林里那家伙不要她，要他的女儿。国王吓坏了，公主又哭起来。不过，他们还有一个牧猪人的女儿，比磨坊主的女儿更加漂亮，他们想给她一些钱，让她代替公主去铁炉子那儿。她于是被带到了森林里，在那儿用刀子也整整刮了二十四小时，可是一点儿没刮掉。第二天天亮了，铁炉子里又叫起来："我觉得外边亮了哩。"姑娘回答："我也一样，我

431

觉得已听见父亲在吹牧猪的号角啦。""原来你是牧猪人的女儿!快去叫公主自己来,告诉她必须遵守自己的诺言。她不来,整个王国将倒塌掉,一切建筑会变为平地!"公主听了这个情况,开始哭起来,可她毫无别的办法,只有兑现自己的诺言。她告别父亲,带上刀子,到森林里的大铁炉子那儿去。她一走到就动手刮,铁屑开始往下掉,过了两小时,炉壁上已刮出一个小小的洞。她凑着小洞往里瞧,看见一个异常英俊的小伙子,啊,浑身上下珠光宝气,一下子就喜欢得不得了。她更带劲儿地刮呀刮呀,终于把洞扩大到王子能钻出来了。王子一出来便对她说:"你是我的,我是你的。你是我的未婚妻,从铁炉里搭救出了我。"他想带公主回他的王国去,公主却求他允许她再去看看自己的父亲,他也同意了,只是要她和她父亲最多只说三句话,然后马上回来。公主回到了家,可她说的话超过了三句,那铁炉子立刻不见了,远远地飞到了玻璃山和锋利的宝剑那边;然而王子却已得救,不再关在里面。随后,公主与自己父亲告了别,带上一些钱,但并不多,重新走进大森林中找铁炉子,可已经找不到了。她一连找了九天,饿得实在不行,却一点办法也没有,因为再没有吃的东西了。天黑了,她坐在一棵小树上,打算在上边过夜——在下边害怕野兽嘛。到了半夜,她发现远远地有一点儿亮光,心想:"啊,我这下有救啦!"便从树上爬下来,朝那亮光走去,一边走一边还在祈祷。她终于走到一幢古老的小屋前。屋周围长满野草,只在门外堆着一小堆木柴。她想:"唉,叫我怎么进去呢!"她从窗口往里瞧,看见屋里只有大大小小的一群蛤蟆,可是却有一张餐桌,桌上已摆满美酒佳肴,杯子盘子全银亮银亮的。公主鼓起勇气去敲了敲门,只听一只肥大的蛤蟆叫道:

"绿色的小闺女,
盘腿儿的小闺女,

盘腿儿的小狗狗，

蹦过来又蹦过去，

快看啊，门外是谁呢！”

于是蹦过来一只小蛤蟆，为公主开了门。她跨进屋，所有蛤
蟆都叫欢迎欢迎，并要她坐下。它们问：“您打哪儿来？想上哪儿
去？”她于是讲了自己的全部遭遇，说她违反了说话不得超出三句
的戒规，铁炉子和王子一起不见了；现在她决定去寻找他，哪怕
翻山越岭，走遍天涯，也一定要把他找着才罢休。那只胖大蛤蟆
听了说：

“绿色的小闺女，

盘腿儿的小闺女，

盘腿儿的小狗狗，

蹦过来又蹦过去，

快，去取那大匣子来这里！”

那只小蛤蟆马上蹦过去，背来一只匣子。随后它们给公主吃
的喝的，吃喝完又带她到一张像用绸子和天鹅绒铺垫的漂亮床前，
公主躺到床上，平平安安地睡着了。第二天天一亮，她起了身。那
只老蛤蟆从大匣子里取出三根针来递给她，要她带上，说她需要
它们，因为她不得不翻越一座玻璃山和三口锋利的宝剑，还要过
一条大河——只有这三道难关都过了，她才能找到自己爱人。说
完，老蛤蟆给了她三样宝物，要她好好保管，那就是：三根针，一
个犁铧的轮子，三只胡桃。带着这些东西，公主又上了路。她走
到玻璃山前，山上滑得要命，她便把针插在脚后面，然后再往前
爬，就这样翻越了过去。到了山那边，她把针插在一个地方并且
记住。随后到了三把锋利的宝剑前，她又站到犁铧轮上，从剑锋

上滚了过去。终于，她走到一条大河边，渡过大河，面前便出现一座雄伟华丽的宫殿。她走进宫去，自称是一个穷使女，希望人家雇佣她，给她一份工作做。她自然知道，她从大森林的铁炉子里拯救的王子，就住在宫中。她于是被雇用当了厨房的使唤丫头，工钱异常微薄。这时候，王子身边已有另外一位女子，他打算娶她，因为他以为公主早死了。傍晚，公主洗净餐具，做完厨房的所有工作以后，伸手进衣袋里摸到了老蛤蟆给她的三枚胡桃。她咬开一枚，想吃核儿，可瞧啊，里边竟藏着一套王族才能穿的华贵衣裙。王子的未婚妻听见这事，来要那套裙子，说它不是一个使女可以穿的，自己愿意出钱买。公主却回答，不，她不乐意卖，可只要女主人答应她一件事，她就把衣服白给她，那就是：她要在王子的房间睡一夜。女主人答应了使女的条件——那件衣服太美啦，她还从来没穿过呵。现在天晚了，她便对自己未婚夫说："那傻丫头想在你房里睡一夜。""只要你同意，我也不反对，"王子回答。可是未婚妻给他喝一杯酒，在酒里她先掺进了安眠药水。这样，公主和他走进卧室，他马上就睡得叫也叫不醒。公主哭了一通宵，大声诉说道："我把你从原始森林和大铁炉子中救了出来，我为找你翻越了一座玻璃山和三把锋利的宝剑，渡过了一条大河，最后终于找到你，可你却什么也不想听我说呵！"王子的侍从们坐在卧室门前，听见她一整夜这么哭诉，第二天早上便报告了自己的王子。当天晚上，公主洗刷好餐具以后，又咬开第二只胡桃，里面藏着的是一套更加漂亮得多的裙子，王子的未婚妻这一件也想买。可是使女不稀罕钱，而要求在王子的卧室里再睡一夜。未婚妻又给王子喝了安眠药，他因此睡得什么也听不见。公主只能整夜地哭诉："我从原始森林和大铁炉中搭救了你；为找你，我翻越了一座玻璃山和三把锋利的宝剑，渡过了一条大河，终于找到你，可你现在什么也不想听我说呵！"侍从们坐在门外听见她整夜哭诉，早上向主人作了报告。第三天傍晚，公主洗刷完餐具，咬开第三枚胡桃，里边藏着的衣服更加美丽，更加辉煌，象纯金制成的一样。王子那未婚妻见了又想要，姑娘给了她，条件是允许她在王子房里再睡一夜。这次王子有了防备，没喝安眠药水。到时候公主一开始哭诉："我的心肝宝贝儿哟，我从可怕的原始森林和铁炉子里搭救了你……"王子立刻跳起来，说："你是我真正的未婚妻！你是我的，我是你的！"当夜，他就带她坐上一辆马车。那假未婚妻呢，他们却拿走了她的衣服，叫她起不来床。他们来到大河边，乘渡船过去，到了三把锋利的宝剑前面，坐在犁铧轮上溜过去了，又把那三根针插在玻璃山上。这样，他俩终于找着那间古老的小屋，可他们一踏进去，小屋变成了一座宏大的宫殿；蛤蟆们也全都解除了魔法，尽是些公主和王子，一个个高兴极啦。接着举行了婚礼，他俩便留在这座比新娘的父亲的宫殿大得多的王宫中。可老国王抱怨一个人太孤单啦，他们因此驱车去接他来住在一起，这样子，他们有了两个王国，婚姻生活很美满。

那边跑来一只老鼠，

我这童话到此结束。

128. 懒惰的纺纱女

一座村子里生活着夫妻俩。妻子懒惰得老是不想干活儿，丈夫让她纺纱她总纺不完，有时纺完了，她不绕成线团，而是让纱全部留在纺车上。丈夫骂她，她还有理，说："嗨，叫我怎么绕，我没有绞盘，你先去森林里给我弄一个来吧！""噢，如果就这点原因，那我去森林里砍些做绞盘的木料来好啦。"丈夫回答。可妻子呢，却怕他有了木料，做成绞盘，她自己因此得绕线，然后还要纺新的。她脑子转了转，想出一个好主意，悄悄跟在丈夫身后进了森林。这时候，他爬到一棵树上，边选边砍木料，她呢，却溜到下边丈夫看不见的灌木丛中，朝树上喊：

> "谁砍绞盘木料，谁准会死掉；
> 谁用绞盘绕线，谁准会完蛋！"

丈夫侧耳细听，放下了斧头，考虑这是怎么回事。"哎，什么呀，随它去吧！"他终于说，"只不过是你耳鸣产生了错觉，别没来由地做胆小鬼！"于是重新抓起斧头要砍。突然树下又喊起来：

> "谁砍绞盘木料，谁准会死掉；
> 谁用绞盘绕线，谁准会完蛋！"

他又停下来，感到有些害怕了，认真考虑那事情。可过了一会儿，他胆儿又壮了，第三次抓起斧头想砍。谁知突然间，树下第三次喊起来，而且更加大声：

> "谁砍绞盘木料，谁准会死掉；
> 谁用绞盘绕线，谁准会完蛋！"

这下他真受够了，失去了干活儿的全部兴致，赶快溜下树来，逃回家去。妻子走另一条道拼命跑在头里，比他早回到家。这时他踏进屋子，她装作无事人似的问："喂，砍回来做绞盘的好料了吗？""没，"丈夫回答，"我看呐，这线绕不得了！"接着，他给她讲了在森林里碰见的事，从此不再拿纺纱绕线烦她。

可是没过多久，丈夫又开始抱怨家里不整洁啦。"太太，"他说，"这么让纺好的线留在纺车上，真叫伤德！""你知道不知道，"妻子回答，"我们没做成绞盘，要绕线只好站在阁楼上，我站在下边把线轴抛给你，你再扔下来，如此反反复复才成得了线团。"
"好，也行！"丈夫说。于是夫妻俩便这么干。干完了，丈夫说：
"线绕成了，现在还得煮。"妻子又害怕起来，嘴里尽管讲："好的，
明天一早咱们就煮，"脑子却想出一条新的诡计。她第二天早上起
来，生好火，摆上锅子，可却没放进线绞，而是扔了一团麻疙瘩
在锅中，让它一个劲儿地煮啊煮。然后她去找还睡在床上的丈夫，
对他说："我得出去一会儿，现在你起来，去看看煮在火炉上锅子
里的纱线。可你得及时去。注意啊，一当鸡叫了你还没去看，纱
线就会变成乱麻团。"丈夫清醒了，不想误事，赶快爬起来，奔进
厨房。可他走到锅边往里一瞅，谅讶地发现锅中除了一团乱麻什
么也没有。可怜的男子不敢再吭一声，以为是自己出了错儿，失
职了，从今以后只字不提纺纱煮线这档子事。不过呢，你自己一
定会讲，那是个挺恶劣的妻子。

129. 本领高强的四弟兄

　　一个穷人有四个儿子。孩子们长大了，父亲对他们说："亲爱
的孩子们，你们现在得到世界上去啦，我一无所有，没什么好给
你们。走吧，去外边学一样手艺，看看你们都能混得怎么样！"于
是，哥儿四个各拿一根漫游的手杖，告别自己的父亲，一块儿出
了城门。走了一些时候，他们来到一个岔路口，面前有四条路通
四个不同的方向。这时候老大说："咱们得在这儿分手啦；可四年
后的今天，咱们要再来这里相聚。在这之前，咱们各人寻找自己
的幸福去吧！"

　　眼下哥儿四个便各走各的路。老大走着走着碰见一个人，这
人问他从哪儿来，打算去哪儿。他回答："我打算学一种手艺。"那
人说："跟我去学当小偷吧！""不，"他回答，"这算不得正当的职

业，而且，到头来会吊在绞架下当钟摆呀！""哎，"那人说，"对绞架你不用担心，我呢，只想教你取别人得不到的东西，而且在谁都不会察觉的情况下。"老大终于被说动了，跟那人学会了当小偷，手艺精得一旦想要什么，什么就逃不出他的手心。老二也碰见一个人，这人向他提出同样的问题，想知道他打算学什么手艺。他回答："我还不知道喽。""那就跟我去学当星象家吧。这职业再好不过，没什么瞒得过一个星象家！"老二挺高兴，成了一名很在行的星象家，在出了师打算继续漫游的时候，师傅给他一副望远镜，说："用它你可以看见人间和天上发生的一切，什么也逃不过你的眼睛。"老三被一位猎人收为了徒弟。猎人认真教他，传授给他狩猎必须的一切技能，使他成了一名干练的猎手。临别时，师傅送他一支猎枪，说："这支枪棒极了，你用它将会百发百中！"最小的兄弟同样碰见一个人。这人招呼他，问他有什么打算。"你没兴趣当一个裁缝吗？""我想没有，"他回答，"从早到晚低头弯腰坐在那儿，一个劲儿把针锥来锥去，还有烧熨斗什么的，都不合我的想法。""哎，什么呀！"那人说。"你讲的只是你心目中的裁缝。跟着我，你会学到一种完全不同的缝纫手艺，一种体面的、在相当程度上非常荣耀的手艺。"老四被说服了，跟那人去学做裁缝，把本领学得十分扎实。临别时，师傅送他一根针，说："用它你可以缝拢想缝的一切，不管是脆得像蛋还是硬得像钢，而且缝后会完全成为一个整体，不再见得着任何接缝。"

　　四年过去了，哥儿四个如约在同一天相聚在十字路口，相互又是拥抱，又是亲吻，然后一块儿回家去见父亲。"啊，"父亲高兴地说，"上帝保佑，你们终于回到了我的身边！"随后，四弟兄讲了他们的经历，讲了每个人都已学会一门手艺。当时他们正好坐在房子前面的一棵大树下，父亲便说："现在我想试你们一试，看你们都有什么能耐。"接着，他抬头望望，对二儿子说："这棵树梢顶的两根枝丫中间，有一个画眉窠，告诉我，窠里有多少只蛋?"星象家掏出望远镜，看了看树上回答："一共五只呗。"父亲听了又告诉大儿子："去把蛋取下来，但不得惊动坐在上边孵蛋的母鸟！"本领高强的小偷爬上树去，从毫不察觉而仍然静静坐着的鸟儿身体底下取走五只蛋，拿下来交给了父亲。父亲接过蛋，在桌子的每个角上放一只，把第五只放在桌子中央，对猎人说："你要一枪把五只蛋都从中间射成两半！"猎人举起枪射那些蛋，果然如父亲要求的，他虽然只放了一枪，五只蛋却全分开了。他显然有一种弹药，能拐着弯儿击中目标。"现在轮到你啦，"父亲对小儿子说，"你把蛋都缝拢来吧，还有蛋里的那些雏鸟，而且要缝得丝毫看不出被枪打过的样子！"裁缝马上掏出针来，按照父亲的要求缝。他缝好了，小偷又得把蛋摆回树上的窠里，送进母鸟的身体底下而没被它发觉。这小家伙把蛋完全孵好了，几天后，雏鸟爬出壳来，在颈子上裁缝缝过的地方都有一圈红印。

"好呵，"父亲对儿子们说，"我得认真夸奖你们，你们很好地利用自己的时间，学会一点有用的东西。我没法讲你们哪个最值得称赞。只要你们很快有机会用自己的手艺，优劣就自会分明。"没过多久，国内闹了个大乱子：公主让一条龙给掳跑啦。国王日夜焦虑，向全国宣布：谁能救回公主，就让谁娶她做妻子。那四弟兄商量说："咱们显身手的机会来啦！"于是一道动身去救公主。"我马上会知道她在哪儿，"星象家一边用望远镜看，一边说，"已经看见了，她坐在离这儿很远的海中的一块礁石上，旁边有一条龙守着呐。"说完他去见国王，求国王给他和他兄弟一艘船，然后和他们乘船过海，一直到礁石前面。公主坐在上边，那龙却躺在她怀里睡觉来着。猎人讲："我不敢开枪，怕把那美丽的公主一块儿打死啦。""那我倒想试一试自己的运气，"小偷说，说完便溜上礁石，从龙的身体底下偷出了公主，动作又轻又灵巧，那怪物一点没感觉，仍然继续呼呼大睡。他们高兴极了，赶快带着公主上船驶向大海里。那龙醒来不见了公主，立刻飞上天空，气急败坏地跟着他们追来。可正当它在船的上空盘旋准备下降，猎人便举枪瞄准，一枪射穿了它的心脏。这怪物死了，谁知在掉下来时却把船砸碎了。他们幸好还抓住一块木板，抱着在大海上漂来荡去。情况又万分危急。好一个裁缝，这时他掏出自己的宝针来，先飞快几针把手边的板子缝在一起，再爬上去坐在上面，搜集起船的所有碎片。随后，他把它们也全部缝拢，并且缝得那么灵巧快速，不一会儿，船又可以扬帆航行了，他们便幸福地返回公主的王国。

国王再见到自己的女儿，真叫高兴啊。他对四弟兄讲："你们中的一个可以娶她，但究竟是哪一个，由你们自己决定。"于是他们发生了激烈的争吵，因为谁都说该自己娶公主。星象家说："要是我不看见她，你们的本领全都白搭，所以嘛她是我的！""看见又有什么用，要是我不把她从龙身下弄出来？所以她是我的！"小偷说。猎人说："我要不一枪打死那怪物，你们和公主全给它咬碎喽，所以她该归我！"裁缝说："不是我凭自己的本事把船替你们修好缝拢，你们全都悲惨地淹死了啊，所以她该归我！"听了他们的争论，国王宣布："你们每个人都有同样的权利，可是又不能每个人都娶姑娘做妻子，因此我就谁都不让娶；不过，为报答你们，我愿把半个王国分给你们。"哥儿几个满意这个决定，说："这样更好些，免得我们弟兄闹分裂。"于是每个人得到王国的一部分，一起和父亲过着美满幸福的生活，直到上帝召唤他们回去。

130. 一只眼、两只眼和三只眼

一个妇人有三个女儿。大女儿叫一只眼，因为她只有一只独眼，端端正正长在额头中央；二女儿叫两只眼，因为她和普通人一样有两只眼睛；最小的女儿叫三只眼，因为她有三只眼睛，第三只同样端端正正长在她的额头中央。可是，正因为那两只眼长

440

相跟普通人一个样，姊妹们和母亲都讨厌她。她们对她说："你长着两只眼睛，跟那些平平庸庸的人是一路货；你不属于我们一起！"她们把她使来唤去，扔破衣服给她穿，只让她吃残汤剩饭，一有机会就叫她伤心难过。

一天，两只眼被派到野外去放羊，可是还完全饿着肚子，因为姊妹们只给了她很少一点东西吃。这时她坐在一条土埂上，开始哭啊哭啊，哭得泪水像两条小溪似地从她眼睛里流了出来。哭着哭着，她一抬头，看见身旁站着一个女人。这女人问她："两只眼啊，你在这儿哭什么哟？"两只眼回答："叫我能不哭吗？就因为我和普通人似的有两只眼睛，我的姐姐妹妹和母亲不喜欢我，把我从一个角落推到另一个角落，扔给我旧衣服穿，给我吃的只是残汤剩饭。今天她们只给我吃了很少一点东西，叫我还饿得什么似的啊！"聪明的女人说："两只眼，擦干你的泪水，我要教你一个办法，叫你再也不挨饿。你只须对你的羊说：

'小羊儿，你要咩咩叫，
小桌儿，你请快摆好！'

这样你面前就会出现一张铺着干净台布的桌子，桌上摆着精美的食物，你高兴吃多少就可以吃多少。吃饱了，不再需要桌子，你只须说：

'小羊儿，你要咩咩叫，
小桌儿，你好撤走了！'

这样，它又会在你眼前消失掉。"说完，聪明的女人走了。两只眼却心里嘀咕："我得马上试一下，看她说的是不是真的，而且我也饿得太厉害啦。"于是说：

441

> "小羊儿，你要咩咩叫，
>
> 小桌儿，你请快摆好！"

话刚出口，面前就立着一张铺着白色台布的小桌子，桌上摆好了一套盘子、刀叉和银调羹，满桌的精美食物还冒着热气，像是刚从厨房端上来的呀。两只眼念了她会的最简短祷词："主啊，欢迎你随时光临作客，阿门！"接着便动手吃起来，吃得津津有味。吃饱了，她又照那聪明女人教的说：

> "小羊儿，你要咩咩叫，
>
> 小桌儿，你好撤走了！"

刚说完，小桌子和上面摆的一切又不知去向。"这样过日子倒挺美呵。"两只眼想，心情于是变得十分舒畅和愉快。

傍晚，她赶羊回到家，发现姐姐和妹妹递给她的陶碗里只有一点点食物，便碰都没碰。第二天，她又出去放羊时，她把给她的那几小片面包留在了原来的地方。她头一二次这样做，姐妹俩还完全没注意；可每次都如此，她们就警觉起来，说："两只眼有些不对劲儿喽，每次都把吃的扔下走了，从前可是给她什么总吃个精光。她必定有另外的办法弄吃的！"她们为了探清真相，就由一只眼跟她去放羊的野外，注意她做什么和是不是有谁给她送饮食来。

眼下两只眼又要出去了，一只眼走过去对她说："今天我和你一起去野外，看看羊放得好不好，是不是赶到了草多的地方。"两只眼看透了一只眼的心思，把羊赶进深草中，说："来，一只眼，咱们坐下，我给你唱点什么吧。"一只眼坐下了，因为走了没走惯的长路，天气又炎热，她已经很困，加上两只眼一个劲儿地反复唱：

> "一只眼，你醒着吗？
> 一只眼，你睡了吗？"

一只眼便渐渐合上眼，睡着了。两只眼见她已经睡得死死的，不会再泄露任何秘密，才说：

> "小羊儿，你要咩咩叫，
> 小桌儿，你请快摆好！"

接着便坐到桌旁又吃又喝，直到肚子饱了，才又叫：

> "小羊儿，你要咩咩叫，
> 小桌儿，你好撤走了！"

于是一切马上消失。两只眼唤醒一只眼，说："一只眼，你要来放羊却睡大觉，羊不跑十万八千里才怪哩！走，咱们该回家了。"她们回到家，两只眼仍旧没碰碗里的食物，一只眼却没法向母亲透露两只眼不想吃东西的原因，只得为自己开脱说："我在野外睡着了。"

第二天，母亲告诉三只眼："这次你跟着去，注意两只眼在外边吃东西没有，是不是有谁给她送饮食来，要知道，她肯定偷偷吃过喝过。"于是，三只眼走过去对两只眼讲："我想跟你去，看看羊放得好不好，是不是赶到了草多的地方。"两只眼看透了三只眼的心思，把羊赶到深草里，说："咱们坐下吧，三只眼，我想给你唱点什么。"三只眼坐下来，可由于跑了路，天气又热，她已经困了。两只眼又唱起上次的歌子：

443

"三只眼，你醒着吗？"

可是，她本该接着唱：

"三只眼，你睡着了吗？"

却由于不小心，竟唱成：

"两只眼，你睡了吗？"

接着便一个劲儿地唱：

"三只眼，你醒着吗？
两只眼，你睡了吗？

唱着唱着，三只眼的两只眼睛闭上了，睡着了。可是那没有被歌子唱到的第三只眼却没睡着。尽管三只眼也闭上了它，但只是狡猾地装做睡了的样子，其实眯缝着什么都看得清清楚楚。两只眼以为三只眼已经睡熟了，又念道：

"小羊儿，你要咩咩叫，
小桌儿，你请快摆好！"

接着便尽情吃喝，吃喝完又叫小桌子撤走：

"小羊儿，你要咩咩叫，
小桌儿，你好撤走了！"

444

三只眼看清楚了一切。两只眼走过去唤她，对她说："嗨，三只眼，你睡着了？你羊放得真不错！走，咱们回去吧。"她们回到家，两只眼又什么都不吃，三只眼于是告诉母亲："我现在知道那傲慢东西为什么不吃了！在野外，她对羊念叨：

> '小羊儿，你要咩咩叫，
> 小桌儿，你请快摆好！'

这样她面前就出现一张小餐桌，摆满了最好的饭菜，比咱们家里吃的还好哩！她吃饱了，又念叨：

> '小羊儿，你要咩咩叫，
> 小桌儿，你好撤走了！'

一切又不知去向。我把整个经过看得清清楚楚。她念咒语催睡了我的两只眼睛，可我额头上的第三只眼幸好一直醒着。"那嫉妒心重的母亲听了，吼起来："你竟敢比我们吃得还好？我叫你再不想吃！"提来一把屠刀，一刀戳进母羊的心脏，羊倒地死了。

两只眼见此情景，十分伤心地走出家门，坐在土埂上痛哭流涕。突然，那个聪明的女人又出现在她身旁，问："两只眼啊，你在哭什么？""我能够不哭吗？"她回答。"那只母羊，每当我念你教我的咒语，每天都替我把餐桌摆得好好的，现在却让我母亲给打死啦！这下我又得挨饿，又得苦闷呵！"聪明的女人说："两只眼，我想给你出个好主意：你去求你的姐姐妹妹，让她们把那只被杀死的羊的内脏给你；然后你把羊内脏埋在家门前的地下，这样你就会得到幸福。"说完，那女人不见了。两只眼回家对姐妹们说："好姐姐，好妹妹，把我的羊给我一点吧，我不要什么好肉，

445

只给我下水得啦！"那两个笑着回答："下水你可以拿去，只是别再想其它。"于是两只眼拿走羊内脏，傍晚悄悄地照那聪明女人的建议把它埋在家门前。

第二天早上母女几个醒来，走出家门看见面前挺立着一株奇妙美丽的树，树上的叶子是银的，叶子中间的果实是金的，可以讲在整个广大的世界上也算美妙绝伦，再不会有什么东西会更珍贵了。可她们不知道，一夜之间怎么会来这样一株树。只有两只眼看出来，树是由羊的内脏长出来的，因为它正好挺立在埋羊内脏的地方。这时候，母亲对一只眼说："爬上去，孩子，给我把果子摘下来！"一只眼爬上去了，可伸出手想摘果子，树枝却从她手中跑掉啦，而且每次都这样，结果不管她怎么折腾，还是一只金苹果也没摘着。母亲于是讲："三只眼，你上去，你有三只眼睛，会比一只眼瞅得准些！"一只眼溜下来，三只眼爬上树，但也不能强一点，因为不管她怎么张大眼看，那些金苹果老往后退。终于，母亲不耐烦了，便自个儿爬上树，可是跟一只眼和三只眼一个样，还是摘不着金苹果，还是一抓一个空。这时两只眼开了口："让我上来试试，没准我行哩。"尽管姐妹俩叫起来："你！你个两只眼还想搞什么名堂！"可她已经爬上去，奇怪这下金苹果不再往后退了，相反倒自动掉进她的手中，于是她便一个接一个地摘啊摘啊，摘下来了满满一围裙。母亲从两只眼手中把果子接过去，可她并不因此待这可怜的姑娘比一只眼和三只眼好点，相反只是更加嫉妒，嫉妒只有她一个人能采下果子，因而对她更加狠毒。

一天，母女几个正好一起站在树下，远远来了一位年轻骑士。"快，趴下去，别叫我们替你害羞！"一只眼和三只眼喊，同时把正好放在树旁的空桶飞快盖在可怜的姑娘身上，把刚摘的一些金苹果也推到桶底下。骑士跑近了，是一个很英俊的小伙子，他勒住马，观赏着眼前美妙的金果银叶树，问姐妹俩："这棵树是谁的？要是谁能给我一丫树枝，要什么我都给他。"一只眼和三只眼回答，这树归她们所有，她们很乐意折一丫树枝给骑士先生。她俩也确实花了很大力气去折，可就是折不到，因为树枝和果子总是从她们面前退开。骑士见了说："这就怪喽，说树是你们的，你们却没能力折下一点枝丫！"姐妹俩坚持树是她们的财产，可是正这么说着，两只眼却从桶下滚出几只金苹果，一滚滚到了骑士的脚下，因为呀，两只眼生气啦，她气一只眼和三只眼不说真话。骑士一见金苹果，惊讶地问从哪儿来的。一只眼和三只眼回答，她们还有个姊妹，可是不敢在人前露脸，因为她和常人一样只有两只眼睛。骑士却希望见她，便大声唤："两只眼的姑娘，你出来吧！"两只眼于是放心大胆地从桶底下钻出来，骑士被她的美貌绝伦惊呆了，说："你，两只眼的姑娘，一定能给我折丫树枝下来。""是的，"两只眼回答，"我想我能办到，因为树是我的。"说着就爬上去，轻而易举地折下了一丫长着许多银叶子和金苹果的树枝，递给骑士。骑士问："两只眼的姑娘，你要我报答你什么？""唉，"姑娘回答，"我从早到晚忍受饥渴，吃苦受罪，你要能带走我，搭救我，我就太幸福啦！"于是，骑士把两只眼抱上马，带回他父亲的宫殿。在那儿，他给姑娘漂亮衣服穿上，让她随心所欲地吃喝；他真是太爱她了，请牧师为她和自己祝福婚配，然后热热闹闹地进行庆祝。

两只眼被英俊的骑士带走以后，那姐妹俩才真叫嫉妒她的好运气喽。"这棵宝树反正还留在咱们这儿，"她俩想，"就算咱们摘不着果子，可谁见了都会停住脚，来咱们面前赞美它。谁知道啥时候咱们也会交好运呢！"没想第二天清早，树不知去向，她俩的希望也破灭了。这时两只眼从自己卧室里往外望，很高兴地发现树已长在她门前，它原来跟着她来啦。

两只眼过了很久的快活日子。一天有两个穷叫花婆来到她宫外，求她给一点施舍。她一瞅两人的面孔，认出原来是自己的姐妹一只眼和三只眼。她俩堕入了穷困，不得不四处流浪，到人家门前乞讨面包。两只眼却欢迎她们，善待她们，让她们吃饱穿暖，使得两人打心眼儿感到悔恨，恨自己年轻时对自己的姊妹干了坏事。

131. 美丽的小卡特琳
与庇弗·帕弗·波特里

"你好，霍伦特老爹。"——"谢谢，庇弗·帕弗·波特里。"——"我可以娶你女儿做妻子吗？"——"可以呀，只要她妈玛尔荷、她哥霍恩施托尔兹、她姐凯塞特劳特和美丽的小卡特琳本人同意，事情就成了。"

"玛尔荷妈妈在哪儿呢？"

"她在圈里挤牛奶。"

"你好，玛尔荷大妈！"——"谢谢，庇弗·帕弗·波特里。"——"我可以娶你女儿做妻子吗？"——"可以，只要她爸霍伦特、她哥霍恩施托尔兹、她姐凯塞特劳特和美丽的小卡特琳本人同意，事情就成了。"

"霍恩施托尔兹大哥在哪儿呢？"

"他在房里劈柴。"

"你好，霍恩施托尔兹大哥！"——"谢谢，庇弗·帕弗·波特里。"——"我可以娶你妹妹做妻子吗？"——"可以呀，只要爸爸霍伦特、妈妈玛尔荷、她姐凯塞特劳特和美丽的小卡特琳本人同意，事情就成了。"

"凯塞特劳特姐姐在哪儿呢？"

"她在园子里割菜。"

"你好，凯塞特劳特姐姐！"——"谢谢，庇弗·帕弗·波特里。"——"我可以娶你妹妹做妻子吗？"——"可以呀，只要爸爸霍伦特、妈妈玛尔荷、她哥霍恩施托尔兹和美丽的小卡特琳本人同意，事情就成了。"

"美丽的小卡特琳在哪儿呢？"

"她在房里数她的钱。"

"你好，美丽的小卡特琳！"——"谢谢，庇弗·帕弗·波特里。"——"你愿意做我的宝贝儿吗？"——"呵，可以，只要我爸霍伦特、我妈玛尔荷、我哥霍恩施托尔兹、我姐凯塞特劳特同意，事情就成了。"

"美丽的小卡特琳，你有多少嫁妆？"

"十四芬尼现款，三块半欠款，半磅苹果干，一把鲜梨片，一把胡萝卜，等等等等，难道不是一份挺好的嫁妆吗？

庇弗·帕弗·波特里，你会什么手艺？你是裁缝吗？"——"还要好得多。"——"鞋匠吗？"——"还要好得多。"——"农民吗？"——"还要好得多。"——"细木匠吗？"——"还要好得多。"——"铁匠吗？"——"还要好得多。"——"磨坊工人吗？"——"还要好得多。"——"没准是个扎扫帚的吧？"——"不错，我是个扎扫帚的，这难道不是一门挺好的手艺吗？"

132. 狐狸和马

　　一个农民有一匹忠心的马。马老了，不能再干活儿，主人不想再给它任何吃的，便说："自然我是再也用不着你了，不过呢还是对你怀着好意，你要表明自己还强壮得能给我拖来一头狮子，我就愿留下你。可现在离开我的马厩吧！"说着把马赶到了旷野中。马挺悲伤，走到森林里去寻找躲避风雨的地方。在那儿狐狸碰见它，问："干吗垂头丧气，孤孤单单地在走来走去呵？""唉，"马回答，"吝啬和忠心没法呆在同一所房子里：我主人忘了我曾长年累月为他效力，见我现在不大能耕地了，就不再喂我，把我赶出了家门。"——"一点没安慰安慰你么？"——"安慰了更糟：他说什么我要是还强壮得能给他拖一头狮子去，他就愿留下我。可

449

他明晓得我办不到！"狐狸说："我愿意帮你试试。你只要躺在地上，伸开四肢，一动不动地装死就行了。"马按狐狸的要求做了，狐狸于是去不远处的狮穴，对狮子说："外边躺着匹死马哩，快跟我去，你可以在那儿美餐一顿喽！"狮子跟着去了。它俩站在马旁边，狐狸却说："在这儿吃你不会觉得舒服，是不是？我愿把它的尾巴绑在你身上，让你拖它回洞去，不慌不忙地受用。"狮子觉得这主意挺好，便站过去，十分耐心地让狐狸把马捆牢在它身上。谁知狐狸却用马尾巴捆住狮子的四条腿，一转一转地捆得仔细极了，牢固极了，叫它无力再挣脱。捆完后，狐狸拍拍马的肩膀，说："拉呀，伙计，拉呀！"马一下子从地上跳起，拖着狮子就跑。狮子开始大声咆哮，吓得整个森林的鸟类都飞起来，可马任随狮子咆哮怒吼，一口气把它拖过田野，到了主人门前。主人见此情景，改变了想法，对马讲："你就留在我这里，我会好好养着你。"他果然一直让它吃足草料，直到它老死。

133. 跳舞跳破了的鞋子

从前，一位国王有十二个女儿，一个比一个更漂亮。她们一起睡在一座大厅里，床并排着。每天晚上，她们上床以后，国王总锁住厅门，并且闩好杠子。可是，早上他来打开厅门一看，她们的鞋都跳舞跳破了，而谁也弄不清楚是怎么回事。于是国王下令通告全国：谁要能弄清楚她们夜里在哪儿跳舞，谁就可以从她们中挑选一个做妻子，并且在国王死后继承王位；可是，谁要是报名后三天三夜还弄不出结果，谁就把小命儿丢啦。没过多久，一位王子自告奋勇，前来冒险。他受到殷勤接待，晚上被领进了紧挨着公主们寝室的房间。他的床搭在房里，他要注意看她们去哪儿跳舞。为了不让她们暗中搞名堂，或者从其它地方跑出去，厅门便敞开着。可是呢，王子的眼皮却像挂着铅，很快睡着了。他

450

第二天早上醒来，发现她们十二个全去跳过舞，因为她们的鞋摆在那儿，鞋底上全有破洞。第二天和第三天晚上情况一个样，那位王子就被毫不留情地砍了脑袋。以后还来过许多自愿冒险的人，结果也一个个丢了性命。这时候，有个穷当兵的受了伤，不能再服役了，正朝着国王居住的京城走去。走着走着，一个老妇人碰见士兵，问他上哪儿去。他回答："我自己也不大清楚喽，"接着又开玩笑说，"我倒有兴趣去弄明白公主们在哪儿跳破了鞋子，然后当一当国王来着。""这并不太困难，"老妇人说，"你绝不能喝他们晚上送来的酒，一定要装得睡死了的样子。"说完她给他一件斗篷，告诉他："只要你把它披上，人家就看不见你了；然后你可以去悄悄跟踪那十二个女孩子。"士兵得到这么好的建议，当真动了心，于是鼓起勇气去国王那儿应征。他和其他人一样受到殷勤接待。被穿戴打扮得漂漂亮亮。晚上睡觉的时间到了，他被领进大厅前边的房间。他正要上床，大公主给他送来一杯酒；可他事先在下巴底下绑了一块海绵，把酒倒进了海绵里，自己一滴也没有喝。然后他躺在床上，躺了一会儿就开始像睡得很熟似地打起呼来。十二个公主听见他的呼噜声，都笑了，大公主则说："这家伙也没命喽！"说完，她们起了床，打开柜子、箱子、匣子，取出华丽的衣裙来，纷纷对着镜子穿戴打扮，跳来跳去，为马上去参加舞会高兴极了。只有最小的一个公主说："我不知道为什么你们这么高兴，我心里却是很是异样：咱们准是大祸临头了吧！""你呀，真是个傻丫头，老是胆战心惊的，"大公主说。"难道你忘了，有多少王子已经枉费心机？这当兵的我甚至不用给他喝安眠药，他就睡得像死猪似的。"她们全都打扮好以后，先去看士兵的情况；他呢，紧闭双眼，一点儿不动弹，她们就相信毫无问题了。这时大公主才走到自己床前，在床沿上敲了敲，床立刻沉进地里，她们接着一个一个走下地洞，大公主走在最前面。士兵目睹了一切，没怎么犹豫，便披上斗篷，跟在最小那个公主后边走下去。走在

451

台阶的中间，他踩着了她的裙子边儿，小公主惊叫起来："怎么回事儿？谁拽我的裙子？""别发傻，"大公主说，"你是让钉子挂了一下。"这时她们已下完台阶，到了地底下，走在一条美丽奇异的林荫道上。哈，树上的叶子全是银的，闪闪发亮，好看极啦！士兵想："你要带点证据回去，"伸手便折下一丫树枝，树上跟着嘎啦响了一声。小公主又叫起来："不对啊！你们没听见响声？"大公主却回答说："那是在鸣枪祝贺，因为我们马上就会救出咱们的王子。"说着，她们走进另一条林荫道，那儿树叶全是金子的。终于进了第三条林荫道，那儿的树叶全是亮晶晶钻石的。从这两条林荫道上，士兵又各折了一丫树枝，而每折一次都嘎啦一声响，把小公主吓一跳；可大公主坚持说，这是在鸣枪致贺。公主们继续往前走，来到一条大河边。河上有十二条小船，每条船里坐着一位英俊的王子。他们在那儿等候十二位公主，各人搂了一位上自己船里去；士兵呢，跟着最小的公主上了船。这时候王子说："我不知道为什么今天船重得多，我必须使出全身力气，才能划它前进。""还能为什么呢？"小公主说。"天气太暖和了呗，我也感觉得热喽。"河对岸，有一座灯火辉煌的宫殿，从里面飘送出来欢快的音乐声，鼓号声。他们划过河，走进宫殿，每个王子都和自己心爱的公主跳舞；士兵跟着跳，却没人能看见。每当有一位公主端着酒杯，举到嘴边正要喝，他就抢先喝干它，小公主因此也很害怕，大公主却总是叫她住嘴。她们一直跳到第二天凌晨三点，鞋子全跳破了，才不得不停止。王子们又划船送她们过河去，士兵这一次坐进了大公主的船里。到了岸上，她们与自己的王子告别，答应当天夜里再去。在上台阶时，士兵跑到前边，抢先躺上床。等那十二位拖着步子慢慢爬上来，他又已经鼾声大作，叫她们全听见了，说："对这人咱们不用担心。"接着，她们脱掉华丽衣裙，把跳破了的鞋子放在床前，躺下睡了。第二天早上，士兵什么也不想讲，而是希望再目睹那奇异的情景，因此第二夜和第三夜仍旧跟着去了。情况跟第一次一样，公主们每次都跳到鞋破了才罢休。只是在第三次，他带回去一只酒杯作凭证。该他回答问题的时候了，士兵把三根树枝和一只酒杯藏在身上，来到国王面前，那十二位公主却站在门背后，偷听他说什么。一等国王提出问题："我的十二个女儿夜里在哪儿跳破了她们的鞋?"他便回答："和十二位王子在一座地下宫殿里，"接着又报告事情经过，并且拿出了凭证。国王立刻叫传来他的十二个女儿，问她们士兵讲的是不是真的；她们看见事已败露，否认一点用没有，只好完全承认了。随后国王问士兵，他选哪一个公主做他妻子。士兵回答："我年纪已不轻，请赐我大公主吧。"还在当天就举行了婚礼，并且宣布了国王死后由他继承王位。那些个王子呢，得救的日子又推迟了，推迟的天数正是他们与十二个公主跳舞的夜数。

134. 六个仆人

古时候有一位年老的女王，她是一个巫婆，可她女儿却是天底下最美丽的女孩子。老太婆一门心思只想坑人害人，每来一个求婚者，她总说谁想娶她女儿，都得先解一道难题，解不出就要他的命。许多人让姑娘的美貌迷住了，大着胆子来求婚，可却完不成老太婆交的任务，结果没什么饶恕可讲，只得跪在地上，让她的人砍掉脑袋了事。有一位王子也听说公主美貌绝伦，便对自己的父亲讲："让我去吧，我想向她求婚。""永远也休想！你去就等于找死!"国王回答。可是，王子从此病倒了，病得快要死去。他整整躺了七年，哪个医生也治不好他。父亲眼看着已不存在希望，才满心伤痛地对他说："你就去碰碰运气好啦，我再没办法救你了。"儿子一听腾地从病床上跳起来，健康恢复了，高高兴兴地上了路。

他骑着马越过一片荒野，远远地看见前边地上似乎堆着一大堆干草，谁知走拢后才辨认出来，那是一个仰卧在地上的人的肚子，这肚子近看跟座小山一样。大胖子看见旅行的王子，坐起来说："您如果需要用，就请雇我吧！"王子回答："我要你这么个大胖子干什么？""噢，"胖子说，"这算得了啥，我若认真鼓鼓气儿，还会比现在胖三千倍呐！""要是这样，"王子说，"我可能用得着你，跟我走吧。"胖子于是跟着王子。走了一会儿，他们看见地上躺着另一个人，把耳朵贴在草地上。王子问："你在那儿干什么？""我在倾听。"那人回答。——"你这样专心地倾听什么？"——"我听世界上正发生的事情，因为什么也逃不过我的耳朵，甚至草在生长我都听得见。""告诉我，"王子问，"在那个女儿很漂亮的老女王的宫中，你听见什么了？"那人回答："我听见宝剑落下的声音，一个求婚者被斩首啦。"王子说："我用得着你，跟我走吧。"于是三个人继续前进，突然看见地上横着一双脚以及一截腿，却怎么也望不着它们的尽头。他们走啊走啊，走完好长一段路，才看见身子，又走一阵，才终于看见脑袋。"嗨，"王子说，"好一条晾衣竿！""噢，"高长子回答，"这不算啥。要是我认真伸展开四肢，我还会长三千倍，比地球上最高的山还高呐！我很乐意为您效劳，要是您愿意雇我的话。""跟我走，"王子说，"我用得着你。"他们朝前走去，看见一个人坐在路上，用布扎住了眼睛。王子问他："你眼睛有毛病，见不得亮光吗？""不，"那人回答，"我不能取下罩布，否则我眼睛望着什么，什么就会破裂，我的目光太厉害喽。这要对您有用处，我愿做您的仆人。""走吧，"王子说，"我用得着你。"他们继续前进，见一个人躺在大太阳底下冻得浑身颤抖，没有任何肢体处于静止状态。"太阳晒得这么热，你怎么还冻得慌？"王子问。"唉，"那人回答，"我天生的体质就不一样，外边越热，我身体越冷，寒冷会一直侵入我的骨髓；相反，外边越冷，我越感觉热：坐在冰中间我会热得受不了；坐在火中间我会冻得受不了。""你真是个怪人，"王子说，"不过你要乐意替我

454

效力，就跟着来吧。"他们又上了路，忽见一个人站在那儿，正把脖子伸得长长地四处张望，望到了所有山峰的另一边。王子问："你这样起劲儿地望什么？"那人回答："我目光特锐利，可以看清所有森林原野，深谷高山，可以看穿整个世界。""你要愿意，就跟我来吧，"王子说，"我正好缺你这么个仆人哩。"

于是，王子领着自己的六个仆人，来到老女巫生活的城市。他没说他是谁，却讲："您要肯把美丽的女儿嫁给我，我可以完成您交的任何事情。"老巫婆很高兴，又有一个漂亮小伙子落进了她的圈套中，便说："我要给你出三个难题，你能每一个都解决了，我就让你做我女儿的丈夫和主宰。""第一个是什么？"王子问。——"我扔了一枚戒指在红海里，你去给我拿来吧！"王子马上回到他仆人那儿，说："第一件事情不容易，得从红海中捞回一只戒指，快出主意呵！"这时候，那个目光锐利的仆人说："让我看看它掉在哪儿，"说着向红海深处望去，"在那儿，挂在一块尖尖的礁石上哩。"那高长子背他到海边，讲："只要你看得见，我就能把它捞上来。""没问题，如果就这点事。"大胖子嚷嚷着，立刻趴下身子，把嘴凑近海水。只见海浪就像跌落深涧似地涌进他嘴里，一会儿他已把大海喝干。高长子微微弯下腰，用一只手拾起戒指。王子拿到了戒指，非常高兴，把它呈给老巫婆。老婆子很惊讶，说："不错，是原来那只。算你幸运，解决了第一个难题，可马上还有第二个。你瞧我宫前的草地上，那儿牧放着三百头肥牛，你得连皮带毛、连骨带角把它们通通吃掉；还有在下边地窖里存放着三百桶酒，你也得喝光它们。要是有一根牛毛和一小滴酒剩下来，我就要你的命！""我不可以请些客人吗？"王子问，"没人陪着，吃喝无味啊。"老婆子冷笑一声，回答说："我准你请一个客人，让你有个伴，可多了不行。"

王子回到他的仆人那儿，对大胖子说："今天你做我的客人，好好饱餐一顿。"胖子于是放大肚皮，吃掉了三百头肥牛，一根毫毛也没剩下，吃完后问早餐是否就这么点儿东西。那酒呢，他干脆抱着桶喝，根本用不着酒杯什么的，并且连最后一滴也用指甲刮起来吮干净了。吃完后，王子去见老巫婆，对她讲，第二个难题也已解决。巫婆大吃一惊，说："还从来没谁做到这一步哩。不过还剩一个难题喽，"她心里嘀咕，"你逃不出我的手心，一定保不住你的脑袋！"她接着说："今天晚上，我把我女儿领到你房里，你要用胳臂搂住她。你俩这么坐在一块儿，可当心别睡着啦！打十二点时我来察看，那会儿要是她已不在你的怀抱里，你就完了。"王子想："这事儿容易，我要把眼睛睁得大大的。"尽管如此，他仍旧叫来仆人，告诉他们老太婆讲了什么，并且说："谁知道这后边捣的什么鬼呢！小心总是好的，你们要守着，别让那姑娘再出我的房间。"夜晚到了，老婆子果然领来自己女儿，把她交到王子怀抱里。接着，高长子卷曲起身子，把他俩团团围住；大胖子朝门口一站，叫任何活人别想再挤进来。他俩就这么坐着，姑娘不说一句话。可这时月光透过窗户照着她的脸庞，让王子看清了她那仙女一般的美貌。他无所事事地一直望着她，心中充满了爱慕和喜悦。这样望着望着，他的眼睛慢慢疲倦了。快到十一点的时候，老婆子突然施出魔法，让他们全都睡着了，就在这一瞬间，姑娘也逃了出去。

　　他们一直沉睡到十二点差一刻，这时魔法失去效力，他们又全醒过来了。"呵，真糟糕！真倒霉！"王子叫道，"这下我完啦！"忠心的仆人们开始抱怨，那耳朵特灵的一位却说："别吵，我想听听。"他倾听了一会儿，然后讲："公主坐在一个离这儿三百小时路程的岩洞里，正为自己的不幸哭泣呵。只有你一个人能帮助她，高长子。你只要伸直腿，几步就到了那儿。""好，"高长子回答，"只是目光异常厉害的老兄得一块儿去，好使岩石崩开。"说着，高长子背起那个扎着眼罩的人，一翻掌之间就到了被施过魔法的岩洞前。高长子帮他伙计解下遮眼布，这位只用目光一扫，山岩便崩裂成了无数小块。高长子抱起姑娘，一眨眼送她回到王子房里，随后以同样的速度把他的伙计也接了回来。不等钟敲十二点，大伙儿又像先前一样坐好了，个个精神振作，情绪高昂。钟敲十二点时，老巫婆偷偷来了，她面带讥讽，好像想说："这下他可是我的啦！"一心以为她女儿已坐在三百小时路程之外的岩洞中。可当她看见女儿仍然搂在王子怀里，才吓坏了，说："这是一个比我能耐更大的人呵！"她再没什么可挑剔，只得把女儿许配给王子。临了儿她还咬着女儿的耳朵说："你不能按自己心愿挑选一位丈夫，必须受一个普通老百姓支配，真丢人！"

这一来，姑娘骄傲的心中充满了怨恨，想方设法要报复。第二天早上，她叫人用车运来三百担柴，对王子说，母亲的三个难题虽然解决了，但要她做他妻子，还先得有一个人自愿坐在大柴堆中，忍受烈火的焚烧。她心想，他的仆人没谁为了他愿意被烧死；他在对她的爱情的驱使下，会自己坐到柴堆里去，这样她不是就自由了吗？谁知仆人们却说："我们全都出过点力了，只有这位怕冷的老兄还什么没干，现在该看他的啦！"说着便抬他到柴堆上，点着了火。大火熊熊燃烧，烧了整整三天，才烧光所有的柴，火渐渐熄灭。这时却见在灰烬中间，那老兄站在那儿，冻得浑身哆嗦像白杨树叶儿一样，嘴里还说什么："我一辈子也没忍受过这样的严寒，再延长一会儿，不冻硬我才怪！"

再没什么办法了，美丽的姑娘只好接受陌生青年做丈夫。可在他们乘车去教堂时，老婆子说："我受不了这样的羞辱！"于是派她的军队去追赶，下令见人都杀掉，一定要抢回她的女儿来。谁料听觉灵敏的仆人竖起耳朵，听见了她在背后说的话。"咱们怎么办？"他问大胖子。大胖子自有办法，他只是往车后吐了一两口口水，他喝下去的大海的一部分便吐出来了，变成了一片大湖，老巫婆的军队全部困在湖中，作了淹死鬼。巫婆听见报告，又派来铁甲骑兵；然而耳朵灵敏的仆人听见他们盔甲的撞击声，立刻解下他那个伙计的遮眼布。这位呢只是狠狠瞪了敌人两眼，他们的铁盔铁甲都像玻璃一般粉碎了。这下王子一行才不受干扰地往前走。等两位新人在教堂里举行了结婚仪式，六个仆人便向他告别说："您的心愿已得到满足，不再需要我们了。我们打算继续漫游，碰一碰自己的运气。"

在离王子的宫殿半小时路程的地方，有一座村子，村外正好有个牧人在放一群猪。到了村中，新郎便对新娘说："你真知道我是谁吗？我不是什么王子，而是一个牧猪人。那儿放猪那位是我父亲，咱俩也必须干这个，必须当他的帮手。"随后，他带她住进旅店，并悄悄吩咐店主，在夜里拿走他们王室的华丽衣服。第二天早上公主醒来，不再有衣服穿。这当儿老板娘送来一件旧长袍和几双旧羊毛袜，还做出一副慷慨施舍的样子，说："不是看在你男人份上，我才不给你呐！"这一来，她真相信丈夫是个牧猪人了，只好和他一起牧放猪群，心里想："我以前太傲慢自大，真是活该！"这样过了八天，她再也受不了啦，因为双脚已经受伤。这时走来几个人，问她知不知道她丈夫是谁。"知道，"她回答，"他是个猪倌呗，刚刚出门做带子丝线的小买卖去了。"那几个人却讲："跟着走吧，我们领你见他去。"说罢带她进了王宫。她一跨进大厅，她的丈夫浑身华服地出现在面前。她却没认出来，直到他搂住她，吻她，对她说："我为你受了许多苦，所以也让你体会体会。"这时候，才举行了隆重的婚礼。那位讲这个童话的先生，自称也是婚礼的来宾。

135. 白新娘和黑新娘

一个女人带着自己亲生的女儿和养女去野外割喂牲口的草，这时亲爱的上帝变成一个穷人，走来问她们："去村里的路怎么走？""你要想知道，就得自己找，"那位母亲回答。她的女儿还加

458

了一句："你要是担心找不着，就该带个向导嘛。"只有她的养女说："可怜的人呵，我愿意给你领路，跟我来吧。"亲爱的上帝生那母女俩的气了，背转身去诅咒她们，使她们模样变成黑得像夜晚，丑得像罪孽。相反，对可怜的养女他却很仁慈，跟她走到村子附近给了她祝福，还对她讲："你可以任选三件事，我将满足你的愿望。"姑娘于是说："我希望美丽纯洁得像太阳。"话音刚落，她已洁白妩媚得如白昼一样了。"我还想要一个永远不会空的钱包。"仁慈的上帝也把钱包给了她，但对她说："别忘了最好的东西。""第三，我希望死后在天国获得永生。"上帝也答应满足她这个愿望，然后和她分了手。

继母和自己女儿回到家里，发现她俩都已变得像煤一般黑而丑陋，相反，她的养女却又美又白，心中不禁增加了恶意，于是啥也不考虑，一门心思只想加害于她。然而养女有个哥哥，名叫雷吉纳，她很爱他哥哥，对他讲了发生的一切事情。一天，雷吉纳对她说："亲爱的妹妹，我想把你画下来，以便在眼前经常见到你。我真是太爱你啦，恨不得每时每刻都看见你的模样。""不过呢，"她回答，"我求你别叫任何人看见画像。"于是，雷吉纳把自己的妹妹画下来，把画像挂在了他的小卧室里。可是，他住在王宫中，因为他是国王的车夫。他每天都站在像前，感谢上帝赐给他亲爱的妹妹幸福。这时节，正好他服侍的国王死了妻子，因为她美丽绝伦，再也找不出第二个来啦，国王深感悲痛。不想他的侍从们却发现，他那车夫每天都站在一张美女的像前发呆，认为他不对劲儿，便报告了国王。国王叫他把画像送去，一见画中人竟与自己死去的王后一模一样，要说有不同只是更加美貌，不由得爱上了她，爱得个死去活来。他让人叫去车夫，问他画的是谁。车夫回答是他妹妹，于是国王下决心非她不娶，马上吩咐给车夫车马和华丽的衣服，打发他去接来他自己挑中的新娘子。当雷吉纳带着使命回到家，他妹妹非常高兴；只是那黑丫头嫉妒她的福分，因此气恼得要命，对她母亲说："你所有的法术都不管用，你反正不能为我创造这样的幸福！""别吭声，"老婆子讲，"我一定把它弄给你。"说着，她便用巫术弄浑了车夫的双眼，使他差不多成了盲人，又塞住白皮肤少女的耳朵，使她差不多成了聋子。接着，他们上了车，先是穿着王室华丽衣裙的新娘子，然后是继母和她女儿；雷吉纳则坐在前边高高的座位上赶车。他们走了一会儿，车夫叫起来：

> "我的小妹妹，快盖住身体，
> 别让雨淋湿了你呵，
> 别让风吹脏了你呵，
> 见到国王，你要洁白又美丽！"

新娘问："我亲爱的哥哥在说什么？""哎，"老婆子回答，"他说了，你应该把身上的绣金衣服脱下来，给你妹妹穿。"于是，她脱下衣服来给黑丫头穿上了，这一个却换给她一件破灰褂子。他们继续往前走，一会儿新娘的哥哥又叫道：

> "我的小妹妹，快盖住身体，
> 别让雨淋湿了你呵，
> 别让风吹脏了你呵，
> 见到国王，你要洁白又美丽！"

新娘问："我亲爱的哥哥在说什么？""哎，"继母回答，"他说了，你应该把头上的绣金帽子揭下来，给你妹妹戴。"新娘于是揭下帽子来给黑丫头戴上了，自己光着头坐在那里。他们继续前进，一会儿她哥哥又叫起来：

"我的小妹妹，快盖住身体，
　　　别让雨淋湿了你呵，
　　　别让风吹脏了你呵，
　　　见到国王，你要洁白又美丽！"

　　新娘问："我亲爱的哥哥在说什么？""哎，"老婆子说，"他说了，希望你看一看车子外边。"这当儿，他们正驶过大河上的一座桥。新娘站起来，刚把身子探到车外，那母女俩便猛地推她出去，让她掉进了水很深的河中间。就在她沉下去的一刹那，镜子一样平滑的水下蹿出来只雪白雪白的鸭子，顺流向下游游去了。车夫一点没察觉，继续把车往前赶，送黑母女到了宫里。随后，他当黑丫头是自己妹妹，领她去见国王。他眼睛昏花，却看得见绣金衣裙的闪光，因此把她当成了真的新娘。国王呢，一见他那冒充的新娘丑陋无比，大发雷霆，下令把车夫扔进了一个养满毒蛇的土坑里。可是老巫婆却有办法蒙骗国王，用妖术弄昏花了他的眼睛，结果他便留下了她和她的女儿，甚至使他觉得这黑丫头还不坏，因而真的和她结了婚。

　　一天晚上，黑新娘正坐在国王怀里，一只白色的鸭子从下水道游进了宫里的厨房，对厨师的小帮工说：

　　　"小哥小哥，请快生火，
　　　让我把羽毛暖和暖和。"

　　小伙子照办了，在灶里生起火来。鸭子走过去坐在旁边，一会儿抖动身子，一会儿用喙儿梳理羽毛。她这么坐着烤火烤舒服了，便问：

　　　"我的哥哥雷吉纳怎么样？"

小帮工回答：

"他被关在蛇坑里，
已给咬得遍体鳞伤！"

她又问：

"那黑丑婆，她在宫里做什么？"

小帮工回答：

"她坐在国王怀中，非常暖和。"

鸭子说：

"上帝怜悯我哟！"

说完又从下水道游出去了。

　　第二天晚上，她又来问同样的问题；第三天晚上又来了一次。这样子，小帮工再也不忍心不管，便去见国王，向他说出了一切。国王呢，想亲自看一看，第二天晚上去到厨房，一等鸭子从下水道里探出头来，他便拔出剑来，砍断它的脖子，突然，鸭子变成了美丽无比的少女，跟她哥哥画上画的那个一模一样。国王大喜，见她站在那儿全身湿淋淋的，就命令送来华丽的衣服给她穿上。接着，她告诉国王自己怎么受了蒙蔽欺骗，最后被推进了河里。她的第一个请求是：快放她哥哥出蛇坑。国王先满足了这个请求，然后走进老巫婆呆的房间，问她："一个干了下边种种坏事的女人，

462

应该得到什么报应?"接着便列举出所有的事情。老巫婆呢一点没察觉是咋回事,因此回答:"该扒光她的衣服,关她在一只钉满钉子的桶里,在桶前面套一匹马,让马拉着桶全世界跑去。"结果就完全照这样处治了老巫婆和她的黑女儿。国王随后娶了洁白而美丽的真新娘,给了她忠诚的哥哥奖赏,使他成了一位富有而体面的人。

136. 铁汉斯

从前,一位国王在他的宫殿附近有片大森林,森林里出没游荡着形形色色的野兽。一天,国王派一个猎手去里边射猎一头鹿,谁知他却一去不回。"也许他碰见不幸啦,"国王说,第二天又派了另外两名猎手去森林里找他,结果这两人一样没有回来。第三天,国王下令集合全体猎手,对他们说:"你们要踏遍整个林子,不找到他们三个绝不罢休!"哪晓得,他们也一个未见归来;他们所带去的一群猎狗,也通通失踪了。从此,没谁敢冒险再进林子里去了。这森林便处在深沉的寂静和与世隔绝中,人们只偶尔看见一只鹰或秃鹫在它顶上飞过。这样过了许多年,一天有个外乡的猎人来见国王,求国王雇用他,自告奋勇要进那危险的森林里去。国王却不答应,说:"那里面不安全,我怕你情况会和其他人一样糟,进去了休想出得来。"猎人回答:"主上,我心甘情愿去冒险:我生来还不知什么叫畏惧哩!"

猎人于是带着他的狗走进森林。没走多久,狗便发现一头野兽的足迹,想跟踪追去。可没追几步,它已站在一处深深泥沼边,没法再前进。突然,从泥水中伸出来一条光光的手臂,一把抓住狗,把它拖进了水里。猎人见此情景,回去带来了三个汉子,让他们用桶舀水。水干见底了,他发现那儿躺着个野人,浑身像铁锈一般呈褐色,头发长得盖过脸,一直拖到了膝头。他们用绳子

463

绑住他,把他拖回宫里。这一来上上下下对这个野人惊讶极了,国王呢却下令把他关进院子里的一只铁笼子,禁止开笼门,违者处以死刑,并且把钥匙交给了王后亲自保管。从这以后,谁都可以放心大胆地去森林里了。

国王有一个八岁的儿子。一天,小家伙在院里玩,不小心把他的金球滚到铁笼里去了。他跑过去说:"把我的球扔出来!""不行,"野人回答,"除非把笼门给我打开。""不,"小男孩说,"我不开,国王不允许。"说完便跑了。第二天,他又来要他的球,野人说:"给我开门吧!"小男孩还是不愿意。第三天,国王骑着马打猎去了,小家伙又来说:"就算我愿意,我也开不了,我没有钥匙呀!"野人听了回答:"钥匙摆在你母亲的枕头底下,你可以去拿嘛。"小家伙渴望找回球,把所有顾虑全抛在脑后,去取来了钥匙。铁门开启挺困难,男孩夹痛了手指。门一开,野人便走出来,把金球还给孩子,自己飞快跑了。小家伙突然感到害怕,在背后大声叫他,喊他:"嗨,野人,别跑,不然我要挨揍啦!"野人跑回来,举起小男孩,让他骑在自己脖子上,大步走进森林中去了。国王回宫来发现铁笼子空了,问王后出了什么事。王后一无所知,找钥匙却不知去向。她呼喊自己的小儿子,完全没人回答。国王派手下去野外寻找,也不见踪影。这下他很容易猜着出了什么事,于是乎整个宫里都忧伤难过极了。

野人回到幽暗的森林里,把小男孩从肩上放下来,对他说:"你再见不着爸爸妈妈啦,可我愿意收养你,因为你放了我,我呢也可怜你。只要我告诉你什么你就做什么,你会过得挺好的。我有许多许多金银财宝,世界上没谁能和我比呐。"他用苔藓为男孩铺一张床,小家伙在上边睡着了。第二天早上醒来,野人带他到一口井边,对他说:"你瞧,这金井明亮得像水晶一样,我派你坐在这儿守着,别让任何东西掉下去亵渎了它。每天晚上我来看,你是不是执行了我的命令。"男孩坐在井边上,看见井里一会儿游出

464

一条金鱼，一会儿游出一条金蛇，注意着没让任何东西掉下去。他这么坐着坐着，突然手指头痛得很厉害，情不自禁地把指头伸进水里。他很快又缩回指头，可是一看，它已完全变成金的了，任他怎么使劲儿想再洗掉都是枉然。傍晚叫铁汉斯的野人又来了，望着男孩问："这井出什么事了吗？""没有，没有，"他回答，同时把指头藏在背后不让野人看见。谁知野人却说："你把指头浸到井水里去了，这次算了吧，可你小心，别再让任何东西掉进去。"第二天一大早，男孩又坐在井边看守着它。他那手指又痛起来，忍不住，他把它在头上擦一下，不幸掉了一根头发进井里。他赶快捞出头发，可是已完全变成金的了。野人铁汉斯回来，已知道发生了什么事。"你掉了一根头发在井里，"他说，"我愿意再原谅你一次，可要是第三次发生这样的事情，井就被玷污了，我就不能再留你在我这里。"第三天，男孩坐在井边，手指不管痛得多厉害也不动一动。可是，他觉得坐着很无聊，不禁看了看倒映在水中的面影。为了看得更清楚，他身子越俯越低，长发于是从肩上滑下来，掉进了井水中。他赶紧坐直身子，但满脑袋头发已变成金的，像太阳一般灿烂发光。你们可以想象，可怜的小家伙有多害怕。他掏出手帕来包在头上，想不让铁汉斯看见他头发。铁汉斯回来已知道一切，对他说："解下那手帕！"于是满头的金发都露出来了，小男孩不管怎么辩解都没有用。"你没经受住考验，不能再留在这里。到世界上去吧，去体会体会贫穷是什么滋味儿。不过你心肠并不坏，我也希望你好，所以嘛允许你一件事：你要有什么难处，可以来森林里喊：'铁汉斯！'我就会来帮助你。我的势力很大，大得超出你的想象；金子银子我有的是喽！"

小王子离开了森林，不管有路无路一个劲儿地往前走，终于来到一座大城市里。他在城里找活儿干，可是找不到；再说呢，他也没学过任何可以谋生的手艺。最后，他走到宫里问能不能收留他。侍从们不知道能用他干什么，但却喜欢他的模样儿，就让他留下了。后来御厨师收他当帮手，叫他劈柴、挑水和扫灶里的灰。一天，厨师手边正好没别人可以支使，便派他给国王上菜去，他呢，不想让人看见自己的金头发，头上仍然戴着他的小帽子。国王从未碰见过这等事，说："你给国王上菜来，必须脱掉帽子！""唉，不成啊，国王，"他回答，"我头上长着癞子。"国王一听传来厨师，骂他一顿，问他怎么能找这么个小瘪三来当下手，要他马上撵出去。御厨师却可怜他，用他去调了一个小花匠。

从此男孩得在园子里插苗浇水，锄草挖沟，忍受风吹雨打。一次夏天里他独个儿在园中干活儿，天气酷热难当，他忍不住揭下帽子想凉快凉快。这时太阳照着他的金发，反射出明亮耀眼的光芒，光芒落到了公主的卧室里面，她跳起来看是怎么回事。她一眼看见男孩，就唤他："小伙子，给我送一束花来！"他连忙戴上小帽，采集一些野花扎成一束。他拿着花正上楼去，花匠师傅碰见他，喝道："你怎么能送这么差的花给公主？快，去换些最漂亮最稀罕的来！""唉，不用换，"他回答，"野花更香，公主会更喜欢。"他走进公主的卧室，她讲："摘下你的帽子，戴着帽子来见我不合礼仪！"小伙子又回答："我不能啊，我是个癞痢头。"公主却伸手摘掉了他的帽子，他满脑袋金发立刻垂到肩上，看上去真是漂亮极啦。他想要逃走，公主却抓住他胳臂，给了他一把金币。他拿着走了，可并不在意这些金币，而把它们带给花匠，说："我送给你的孩子，他们可以拿去玩儿。"第二天，公主又叫住他，让他再给她送一束野花去。他拿着花刚进门，公主马上来抓他帽子，想摘掉它；他却用两只手死死按着。公主又给了他一把金币，他仍旧不想留着，又送给花匠的孩子们玩儿。第三天情况还一样，公主没能摘掉他的小帽，他也不想要她的金币。

不久，这个国家被迫卷入战争。国王聚集起他的臣民，可是不知道能不能抵抗住有一支强大军队的处于优势的敌人。这时小花匠说："我已长大了，自愿参加战斗，只请给我一匹马吧！"其

466

他人笑起来，说："等我们先走了，你再去找一匹；我们愿给你留一匹在厩里。"他们出发以后，小伙子果然去厩里牵出来一匹马，一匹一只脚瘸了的马，走起来一颠一簸、一摇一拐的。尽管如此，他还是跨上去，骑着它来到黑森林里。在林边上，他大喊三声"铁汉斯"，喊声响彻整个森林。紧接着，那野人便出现了，问他道："你想要什么？"——"我想要一匹骏马，我准备去打仗。"——"你可以得到骏马，还有你没要求给你的东西。"说完，野人回森林深处去了。没过一会儿，一个马夫从林子里牵出来一匹马，这马喷着响鼻，简直不可驯服的样子。马后边还跟一大队士兵，全都穿着铁甲，他们的宝剑在阳光中光闪闪的。小伙子把他的瘸腿马交给马夫，自己跃上另一匹马，骑着跑在队伍前面。他赶到战场，这时国王的大部分军队已战死，剩下的也差不多快被迫后退了。小伙子正好带领他的铁军冲上去，其势有如暴风骤雨，反抗的敌人全被歼灭了。其余的想逃走，小伙子却紧追不放，直至敌人一个不剩。可是，他接着并没去见国王，而是绕道领着队伍又去到森林，把铁汉斯叫了出来。"你想要什么？"野人问。——"收回你的骏马和军队，把我那瘸腿马还我吧！"他的要求得到了满足，便骑着瘸马回城去。国王这时已回到宫中，他女儿迎着他，向他祝贺胜利。"取得胜利的不是我，"他说，"而是一位不认识的骑士，多亏他带领自己的部队来为我助战呵！"公主希望了解这陌生骑士是谁，国王却不知道，只说："他追敌人去了，后来我再没看见他。"公主去向花匠打听他的助手，他却笑着说："他呀，刚骑着他的瘸马回来，其他人都讥笑他，冲他喊：'瞧，咱们的跛腿儿驾到喽！'他们问他：'刚才躺在哪道篱笆后打盹儿来着？'他却回答：'我立了头功，没我就完啦。'这一说，他被嘲笑得更厉害。"

国王对女儿说："我要下令向全国宣告，一连举行三天盛大庆祝会，安排你在会上抛金苹果。那陌生骑士没准儿会来的。"举行庆祝会的公告发出后，小伙子又去森林叫铁汉斯。"你想要什么？"

467

野人问。——"我希望接住那金苹果。""没问题，你肯定会接着，"铁汉斯说，"我还要给你一套红色的盔甲，让你骑在一匹威武的枣红马上。"到了那一天，小伙子纵马奔进骑士们中间，没被任何人认出来。公主走到高台边上，向骑士们抛下一个金苹果，可接着它的不是任何别的人，单单是那小伙子。然而他一得到苹果，立刻跑开了。第二天，铁汉斯给他换了一身白盔白甲，让他骑上一匹白色骏马。再次是他接着金苹果，可他又片刻不曾停留，拿着金苹果就跑了。国王因此很生气，说："真是岂有此理！他无论如何该来见见我，说说他叫什么名字。"他下了命令：如果那骑士又来接着就跑，卫士们要紧紧追赶他；如果他不好好回来，格杀勿论。第三天，小伙子从铁汉斯处得到一套黑盔甲和一匹黑驹，又接到了金苹果。可是，正当他拿着要跑，国王的卫士已经赶来，其中一个冲到他身边，用剑尖刺伤了他的腿。尽管如此，他仍摆脱了追赶者；只是他的马跑得太快，抖落了他的头盔，卫士们看清了他满脑袋金发。他们回去一一向国王作了禀报。

第二天，公主向花匠打听他的小帮工。"他在园子里干活儿，"花匠回答。"这怪人也去参加了庆祝会，昨天晚上才回来。他还让我的孩子们看了他在会上赢来的三只金苹果呐。"随后国王把小伙子传了去，他出现时头上又戴着自己那顶小帽儿。谁料公主却径直走向他，一把摘掉他的帽子，他的金头发便垂到了肩上；他的模样英俊得叫所有人惊讶不止。"你就是那个每天来参加庆祝，一天换一套不同颜色的装备，把三个金苹果全接住了骑士吗？"国王问。"是的，"小伙子回答，"这儿就是那些金苹果，"说着从口袋里掏出它们来，递给国王。"如果您还要更多证据，您可以看看您的人在追赶我时给我刺的伤口。不过，我也是那个帮你战胜了敌人的骑士喽。"——"你既然能完成这样的业绩，那你不会是个小花匠。告诉我，你父亲是谁？"——"我父亲是位强大的国王；我自己金子有的是，要好多有好多。"——"看起来，我欠着你的情

哩，"国王说，"我可以对你有所表示吗？""可以，"小伙子回答，
"您当然能，只要把您的女儿给我做妻子就是了。"公主一听喜笑
颜开，说："这个人挺直爽，不过从他的一头金发，我早看出他不
是个小花匠。"说完就走上前吻了他。结婚时，他的父母亲也请来
了，老俩口更喜出望外，因为他们没想到还能见着自己的爱子。婚
宴正进行中，突然音乐一下子停了，两扇厅门大大打开，一位威
严的国王带着大队侍从走了进来。他走到小伙子跟前，拥抱了他，
说："我就是铁汉斯，一度被魔法变成了野人，你却把我救了。我
拥有的所有财富，全部归属于你！"

137. 三个黑公主

　　东印度被敌人包围了，敌人要先得六百元赔款，才肯退兵。城
里于是击鼓宣布，谁能弄来所需的六百元钱，就举谁当市长。当
地有个穷苦渔民，带着儿子在海上打鱼时，敌人抓走了他的儿子，
为此给了他六百元。现在他就去把这些钱交给城里的老爷们，于
是敌军走了，渔夫当上了市长。当时还发出过通告：谁不称他为
"市长大人"，谁就要被处绞刑。

　　这期间，他的儿子从敌人手里逃脱出来，跑到了一座高山上
的大森林里。那山突然分开了，他走进一座着了魔的大宫殿中，里
边的椅子、桌子、板凳全都罩着黑布。宫里住着三个公主，全身
穿着黑衣服，只有脸上有一点点是白的。她们告诉他不用害怕，她
们不会伤害他，因为他能够救她们。他回答，好的，他乐意救她
们，只要他知道该怎么办。她们叫他一整年别跟她们讲话，也别
细瞧她们。如果他需要什么，可以告诉她们，她们呢，能回答才
回答。他在山里住了一些时候，一天他说他想去看自己父亲。她
们回答，他可以去，只是得带上这个钱包，穿上这件衣服，并且
八天内必须回来。

这样，他被托到了空中，平安地到达了东印度。在渔舍里，他找不到自己的父亲，就问人家贫穷的渔夫到哪儿去了。人家告诉他千万不能这么叫，不然会上绞架。他去到父亲那里，问："渔夫，你怎么跑这儿来啦？"父亲回答："快别这样叫我，让城里的老爷们听见了，你会被绞死。"可他根本不肯改口，结果就被押向绞架。在押到之前，他说："老爷们啊，请允许我临死前再回老渔舍一趟吧！"到了那儿，他穿上原来的破衣衫，回去对那些人说："你们请看，我不是个穷渔夫的儿子吗？我曾经就穿着这衣服，为我的父母亲挣面包！"他们这才认出他，请求他原谅，送他回到了家。在家里，他讲了自己的全部经历：他走到高山上的森林中，山突然分开了，他走进一座魔宫，里边一切陈设全是黑色的。这时出来三个公主，也是一身黑色，唯有脸上有一点点是白的。她们叫他别害怕，说他可以救她们。他的母亲听了，说那可不好呵，于是叫他带上一支供烛，让他滴一些热蜡到黑公主脸上。

青年回到魔宫里，心里有点儿害怕，碰上三位公主正在睡觉，就滴了一点蜡在她们脸上，突然，她们全都变白了一半。三个公主一下子跳起来，喝道："你这该死的狗，世界上现在没有，将来也不会有任何人能救我们啦！此仇不报，我们绝不甘休。我们还有三个兄弟，他们带着七条锁链；他们会把你撕得粉碎！"突然，整个宫殿内响起啸叫声，他刚好来得及跳出窗户，摔折了腿，宫殿却沉进地里，山又合拢了。从此，谁也不知道宫殿到了什么地方。

138. 克诺斯特和他的三个儿子

维勒尔和索斯特之间住着一个男人，名叫克诺斯特。此人有三个儿子，一个眼瞎，一个脚跛，一个精光着身子。一天，他哥儿仨经过野地，看见一只小兔。瞎子射死它，跛子逮住它，身子精光的老三把它藏进了衣袋里。他们来到一条大河边，河上漂着三只船，一只在漏水，一只正下沉，第三只没有底。哥儿三个全上了那只没底的船，过河后走进一片很大很大的森林，森林里有棵很粗很粗的树，树干中有座极其雄伟的教堂，教堂内有位白山毛榉执事和一位黄杨木神父，他俩正用大棒槌在洒圣水。

> 有福了呵，
> 能避开这圣水的人！

139. 布拉克家的闺女

一次，布拉克家有个闺女去希内恩堡下边的圣安娜教堂。因为她很想有个丈夫，又以为教堂里没有任何人，就唱起来：

> "呵，仁慈的圣安娜，
> 快保佑我找个丈夫吧。
> 你也许知道有个人：
> 他住在苏特美门外，
> 长着一个金黄头发，
> 你也许清楚这个人！"

谁料教堂的执事站在祭坛背后听见了，便装得尖声尖气地叫："他不要你，他不要你！"姑娘还以为是站在母亲安娜身边的小玛利亚在叫哩，因此气得喊起来："多嘴丫头，蠢东西，闭住你的嘴巴，让你妈说吧！"

140. 拉 家 常

"你想去哪儿?"——"去瓦尔佩。"——"我去瓦尔佩,你也去瓦尔佩;好,好,咱们一块儿走。"

"你也有丈夫吗?你丈夫叫什么?"——"哈姆。"——"我的丈夫叫哈姆,你的丈夫也叫哈姆;我去瓦尔佩,你也去瓦尔佩;好,好,咱们一块儿走。"

"你也有孩子吗?你孩子叫什么?"——"格林德。"——"我孩子叫格林德,你孩子也叫格林德;我丈夫叫哈姆,你孩子也叫哈姆;我去瓦尔佩,你也去瓦尔佩;好,好,咱们一块儿走。"

"你也有架摇篮吗?你的摇篮叫什么?"——"喜波戴格。"——"我的摇篮叫喜波戴格,你的摇篮也叫喜波戴格;我孩子叫格林德,你孩子也叫格林德;我丈夫叫哈姆,你丈夫也叫哈姆;好,好,咱们一块儿走。"

"你也有个仆人吗?你仆人叫什么?"——"马赫米尔斯莱希特。"——"我仆人叫马赫米尔斯莱希特,你仆人也叫马赫米尔斯莱希特;我的摇篮叫喜波戴格,你的摇篮也叫喜波戴格;我孩子叫格林德,你孩子也叫格林德;我丈夫叫哈姆,你丈夫也叫哈姆;好,好,咱们一块儿走吧!"

141. 羊 羔 和 小 鱼

从前有一对小兄妹,两人相亲相爱。他们的亲生母亲死了,有一个继母。继母待他俩不好,暗地里想方设法整他们。一天,兄妹俩和其他孩子一块儿在家门外的草地上玩儿,草地边上有座紧

472

挨着房子一侧的池塘。孩子们跑来跑去捉迷藏，念顺口溜决定谁当"老鼠"：

> "厄涅克，白涅克，让我爱你，
> 我还要把我的小鸟送给你；
> 我让小鸟去给我些草来，
> 我把草料喂给母牛吃；
> 我让母牛为我挤牛奶，
> 我把牛奶送给面包师；
> 我让面包师给我烤蛋糕，
> 我把蛋糕喂给猫儿吃；
> 我让猫儿替我捉老鼠
> 我让老鼠熏在烟囱里，
> 熏好的老鼠再切切细！"

这时孩子们站成一个圆圈，这"切细"一词正好落在谁身上，谁就得马上逃跑，其他人就当猫儿去追捕他。孩子们正这么奔来跑去玩得高兴，继母在窗口瞅见了，十分恼火。她懂得巫术，于是诅咒小兄妹俩，把哥哥变成一条鱼，把妹妹变成了一只羊羔。小鱼儿在池塘中游来游去，非常难过；小羊羔在草地上走来走去，一点不吃不喝，难过极了。这样过了很久时间，家里来了些稀客。狠毒的继母想："这下机会来啦。"叫过厨师吩咐道："去草地上把小羊抓来杀了吧，咱们没别的东西待客喽！"厨师果然去抓来小羊，带进厨房，捆住它四蹄；小羊呢，一切都驯顺地忍受。眼看着厨师已拔出尖刀，在门槛上磨了两磨，正准备宰小羊，它却瞧见，在厨房里的阴沟中有条小鱼游来游去，并且探出脑袋望着它。这鱼儿就是那小哥哥呀！要知道它一见厨师抓走小羊，自己也从大池塘中游进厨房来了。这时小羊羔对它叫起来：

473

> "深深池水中的小哥哥哟，
> 我是多么难过又伤心，
> 厨师啊他已磨刀霍霍，
> 要一刀戳穿啊我的心！"

小鱼回答道：

> "在地面上的小妹妹哟，
> 我虽然在深深池塘里，
> 却一样地啊难过伤心！"

厨师听见小羊羔会讲话，而且对下边的小鱼喊叫得那么凄惨，不禁一惊，心想这肯定不是天生的羊羔，而是一个被恶毒的主妇诅咒过的人。他于是说："别做声，我不愿杀你，"说罢另杀一头羊来为客人做菜，却牵小羊去一位好心的农妇家，对她讲了所见所闻的一切。这农妇碰巧当过小妹妹的奶妈，立刻猜出是怎么回事，便牵小羊去找一位女先知。女先知对小羊和小鱼念了一道吉咒，他俩马上恢复人形，然后被她领进大森林的一幢屋中。在那儿，小兄妹俩尽管寂寞，却生活得满足而幸福。

142. 思默里山

从前有兄弟俩，一个富，一个穷。富哥哥却不肯送任何一点东西给穷弟弟；弟弟只好靠卖粮食勉强为生，常常穷得没有给老婆孩子吃的面包。一次，他推着小车穿过森林，突然看见旁边有座光秃秃的大山，因为他从来没见过这座山，便站住脚，惊讶地

474

观察起来。正当他这么站在那里，却见来了十二个粗野高大的汉子，他以为是强盗，便赶紧把他的小车推到灌木丛中，自己却爬上一棵大树，等着看发生什么事。十二个汉子呢，走到山跟前，叫道："塞姆西山，开门！塞姆西山，开门！"那秃山果然从中间分开了。十二个汉子往里走，一走进去，山又自己关了起来。可是过一会儿，它重新分开，那十二汉子一个个往外走，全背着沉重的口袋。等全体都出来后，他们又说："塞姆西山，关上！塞姆西山，关上！"于是山合到一起，再不见有任何出入口。十二个汉子慢慢离去。等完全见不到他们了，穷弟弟才爬下树来，对山里究竟藏着什么秘宝很感到好奇。他于是走到山跟前，说道："塞姆西山，开门！塞姆西山，开门！"秃山同样在他眼前分开了。他走进去，整座山原来是座金银坑，后边还有大堆大堆的珍珠和亮晶晶的钻石，就像粮食一般高高地堆集在那里。穷弟弟简直傻了眼，不知可不可以拿一些走。终于，他把衣袋装满了金子，珍珠和钻石却没有去碰。他走出山门，同样念叨说："塞姆西山，关上！塞姆西山，关上！"山就合拢了，他也推着小车回家去。现在他不用再发愁喽，用他的金子不但替老婆孩子买面包，还买酒，不但自己生活愉快和体面，还给穷人施舍，对谁都做好事。钱用完了，他便从哥哥那儿借只箩筐再去取，只是一点不动那大堆大堆的珍珠宝石。第三次他又打算去取钱，便再一次向他哥哥借箩筐。可这个富人早就嫉妒他的财富和家中的美好生活，想不通他的钱是从哪儿来的，借箩筐去干什么用，于是想出一条计策：他在箩筐底上涂了些沥青，当箩筐还来时，里边便粘着一枚金币。他立刻去找弟弟，问他："你拿箩筐装什么去了？""装小麦和大麦，"弟弟回答。他于是向他亮出金币，威胁他说，他如果不讲真话，就去法院告发他。弟弟只好向他讲述了全部经过。这有钱的哥哥立刻吩咐套车，然后亲自驾车去森林里，决心利用机会狠捞一把，运许许多多宝藏回来。到了山前，他叫："塞姆西山，开门！塞姆西山，开门！"山分开了，他走进去。眼前一下出现那么多各种各样的珍宝，他久久不知道从哪儿下手才好。终于，他装了尽可能多的钻石，想要运出山来，谁知他的心窍全让财富占据了，竟忘了这山的名字，以致叫："思默里山，开门！思默里山，开门！"这名字可不对，山呢自然毫无动静，仍旧严丝合缝。他害怕起来，越想心里越乱，所有那些财宝都一点帮不了他。天晚了，山突然自动分开，那十二个强盗却走了进来，一见他又笑又吼："狡猾的偷儿，我们终于逮住你了！你以为我们没发现，你已进来过两次了。只是我们没能逮着，第三次你休想再出去！"他急忙叫："不是我，是我兄弟！"可是不管他怎样求饶，不管他怎样辩解，强盗们还是砍了他的脑袋。

143. 旅 行 去

从前，一个穷苦的女人有个儿子。儿子很想去旅行，母亲就说："你怎么能旅行呢？咱们没有一点钱让你带在路上用。"儿子却回答："我自会有办法嘛，我打算总是讲：'不多，不多，不多喽。'"

他这样走了好些日子，嘴里一直念叨："不多，不多，不多喽。""你这家伙说什么呀，不多？"渔夫们拖起网多，打到的鱼果然不多，于是抓起棍子给年轻人一顿揍，说："你瞧瞧咱怎么打谷子吧！""我到底该怎么说呢？"小伙子问。——"你该说：好好地捕，好好地捕！"

于是，他又走了好些时候，总是说："好好地捕，好好地捕！"直到来到一副绞架前，那儿人家正要处决一个可怜的罪人。他见了说："早上好！好好地捕，好好地捕！"——"你这家伙说什么呀，好好地捕？难道世界上坏蛋还多的是？绞死这一个还不够？"

说着，他又挨了顿打。"我到底该说什么哟？"——"你该说：上帝安慰可怜的灵魂。"

小伙子又走啊走啊，总是说："上帝安慰可怜的灵魂！"走着走着来到一条水沟边。那儿站着个剥皮匠，正在剥一匹马的皮。小伙子说："早上好，上帝安慰可怜的灵魂！""你这浑小子说什么来着？"剥皮匠举起铁钩给他太阳穴一击，疼得他眼冒金星。"我到底该说什么呀？"——"你该说：你这死畜牲，快躺进沟里。"

他又一个劲儿边走边说："你这死畜牲，快躺进沟里！你这死畜牲，快躺进沟里！"这时候，他碰见一辆载满客的马车，便说："早上好，你这死畜牲，快躺进沟里！"话刚出口，马车果然翻进了沟中，车夫抓起鞭子，给小伙子一阵抽，抽得他只好回到母亲那儿。从此，他一辈子没再去旅行。

144. 小 毛 驴

从前有一位国王和一位王后，他们非常富有，想要什么全都能得到，就是没有孩子。王后日夜叫苦，说："我好比一块农田，却什么都长不出来啊！"终于上帝让她如了愿。可谁知她分娩了，孩子的样子却不像个小人儿，而是一头小毛驴。妈妈一见它，才真叫苦连天，大声哀嚎，说她宁可没有孩子也不要一头驴，想叫人把它扔进水里喂鱼去。然而国王讲："别这样，既然上帝把他赐给咱们，他就该做我的儿子和继承人，在我死后戴王冠，坐王位。"这样，小毛驴被养起来，渐渐长大了，耳朵也变得又细又长，高高地立着。除此而外，他性情倒活跃，老是跳来蹦去地玩耍，而且特别喜欢音乐，因此去找一位有名的乐师说："教我学音乐吧，我要弹琴弹得和你一样好。""唉，亲爱的少爷，"乐师回答，"这对你恐怕困难喽。您的指头太粗，天生不是弹琴的料；我担心，琴

477

弦经不住啊。"可不管说什么也没用，小毛驴就是想弹琴，一定要弹琴，学习既有恒心又十分勤奋，结果真和师傅本人弹得一样好了。一天，这小王子散步时陷入了沉思，不觉来到一口井边。他往井里一瞧，看见了自己的驴模样。因此他懊丧极了，以致离家出走，随身只带了一个忠实的伙伴。他们四处漂流，最后来到一个王国。统治这王国的老国王只有一个独生女儿，可是却漂亮极了。小毛驴说："咱们在这儿呆下来吧，"说着一边敲城门，一边叫喊："城外有客人到啦，快开门让他进去！"然而城门没开，这时他便坐在地上，取出琴来，用他的两只前脚弹奏出了异常优美动人的乐曲。守门人听得睁大眼睛，急忙跑去报告国王说："城外坐着头小毛驴，琴弹的棒得像个大师！""那就给我请这位音乐家进来吧，"国王说。可小毛驴一踏进大厅，所有人都笑话起他来。于是，国王指定毛驴琴师坐在下边的仆人桌上，和他们一块儿进餐；他呢却不情愿，说："我不是普通驴子，我是一位贵族。"其他人说："你要真是贵族，就和武士们坐在一起吧。"——"不，我要坐在国王身边！"国王笑了，兴致很好地讲："好，满足你的要求，小毛驴，到我这儿来。"随后国王又问："小毛驴，你觉得我女儿怎么样？"小毛驴转头去望着公主，点着脑袋回答："太好啦，像她这么漂亮的姑娘我还没见过！""喏，我让你也坐在她身边。"国王说。"我正好求之不得喽。"驴子说着便坐了过去，和公主一块儿又吃又喝，不过却懂得举止文雅，注意卫生。高贵的毛驴在宫里住了很长时候，终于想："这一切又有什么用呵，你到底还得回去！"于是难过地垂着脑袋，去国王跟前道别。国王已经喜欢他了，便问："小毛驴，你怎么啦？瞧你这悲伤的模样儿！留在我这里吧，你要什么我给你什么。你想要金子是吗？""不，"小毛驴回答，摇了摇头。——"你要我的王国？"——"也不是。"于是国王说："只要我知道什么能叫你开心就好了！你是不是想娶我美丽的女儿做妻子？""啊，是的是的，"小毛驴回答，"我很想娶她。"

说着，一下子变得活泼愉快起来，因为那正是他在心中藏了很久的希望。这样便举行盛大豪华的婚礼。新婚之夜，新郎新娘被送进了房间，国王想知道小毛驴是不是还举止文雅和有教养，指使一名侍从躲在了新房中。现在他俩已在房里，新郎便拴上门，环顾一下四周，确定就他夫妻两个在一起了，突然脱掉身上的驴皮，变成一位英俊的王子站在公主面前。"现在你瞧我是谁，"他讲，"还有，我该配得上你吧？"新娘一见高兴极了，亲吻着他，打心眼儿里爱他。可一到早上，他又跳起来披上驴皮，叫谁也想不到里边藏着一个多么英俊的青年。不久，老国王也来了。"嗨，"他叹道，"这小毛驴已经醒了！你没嫁给一个正常的人做妻子，大概很伤心吧？"他问自己女儿。——"呵不，爸爸，我非常爱他，就像他是个美男子；我一生一世都不愿离开他！"国王感到奇怪，藏在新房里的侍从却来向他揭开全部真象。国王说："这绝不会是真的。"——"那您今晚上亲自去守着，就会亲眼看见一切。我说啊，国王陛下：您不妨把他的皮拿去扔进火里，这样他一定得现原形了。""你这主意不错。"国王回答。当晚等两个新人睡着以后，他便溜进新房，走到床前，见月光中果然躺着一位高贵的年轻人，驴皮则脱下来扔在了地上。他赶快拿走驴皮，下令在院子里生起一大堆火，把皮扔进火里，一直看着把它烧成了灰才离去。可是，他想看看被偷了皮的新郎有什么表现，便彻夜不眠，竖着耳朵听动静。小伙子睡醒了，随着第一道晨光起床来，想披上驴皮，谁知已经找不着。他好不惊讶，又伤心又恐惧地说："我看真得走啦！"可他跨出房门，国王已经站在那儿，对他讲："我的孩子，这么急去哪儿？想做什么？留下吧，你如此英俊，我不让你再离开我。现在我就给你我王国的一半；等我死了，你会整个得到它！""既然这样，我希望也善始善终，"年轻人回答，"我就在您这儿了。"于是，老国王给了他半个王国。一年后，老国王一死，整个王国都是他的了；他父亲死后，他又得到一个王国，因此过着荣华富贵

479

的生活。

145. 不孝的儿子

一天，一对夫妇坐在家门口，面前的桌上摆着一只烤鸡，想要一块儿把它吃掉。这时丈夫看见自己的老父亲来了，急忙把鸡藏起来，因为他一点儿也不肯分给父亲。老人过来喝了一口酒，走了。儿子现在又打算把烤鸡端到桌上，可一伸手，烤鸡已变成一只大癞虾蟆，它一跳跳到他脸上，蹲在那儿不再离去。一当谁想抓它走，它就恶狠狠地瞪着谁，好像准备跳到他脸上去，从此谁都不敢去碰它一碰。不孝的儿子只好每天喂癞虾蟆吃的，不喂它就吃他的脸。这样，他再不得安宁，只好四处漂泊流浪。

146. 萝　　卜

从前，有两弟兄都在当兵，可是一个有钱，一个贫穷。后来，穷弟弟想摆脱困境，便脱下军装，当了农民。于是他开垦出一小块地，撒了些萝卜籽。有一粒种子出芽了，长成一个萝卜；萝卜又大又长，眼看着一天天粗壮起来，压根儿不想停止，最后简直可以称为萝卜王，真是从来没有过，将来也不会再有。临了儿，这萝卜王大得单独装满了一辆车，必须两头公牛才拉得动它；农民不知道拿它怎么办，也不晓得这是福还是祸。终于，他想："你卖掉它吧，未必能赚到多少钱；你留着吃吧，小萝卜还不是一样；最好啊，把它拿去献给国王，以此向他表示敬意。"于是他把萝卜装上车，套好两头公牛，把它运到宫里送给了国王。"这是什么稀罕物儿呵？"国王说，"我见过许许多多的奇事，却第一次碰上这样的庞然大物！要怎样的种子才长得出它呢？要不单单让你碰了巧，你是个幸运儿。""嗨，哪里！"农民说，"我不是幸运儿，我是个穷丘八，因为再养不活自己，才挂上军装，种起地来。我还有个哥哥，他挺富，国王陛下您多半也知道他；可我却一无所有，因而也被世人全忘啦！"国王听后对他感到同情，说："我要让你摆脱贫困，赐你一份家产，叫你跟你有钱的哥哥一样富。"说完，国王给了他大量金子、田地、牧场和牲畜，使他成为一个大富翁，他哥哥的财产简直没法和他相比。他哥哥听说弟弟仅用一个萝卜就换来这么多好处，很嫉妒他，想过来又想过去，看自己怎样也能交这样的好运。可他呢，想干得更聪明，拿了一些金子和骏马去献给国王，一心以为国王会回赠多得多的东西给自己；要知道，他弟弟用一个萝卜已换回那么多东西，他这些珍贵礼品自然什么都能得到喽！国王收下他的礼物，说真不知能回赠他什么比那个大萝卜更稀奇和更好的东西。这一来，富人不得不把弟弟的萝卜装上车，运回家去。到家后，他一肚子怒气和怨恨不知向谁发泄，终于生出恶念，决定把弟弟害死。他雇到几个凶手，让他们埋伏起来，自己随即去找弟弟说："亲爱的弟弟，我知道一处秘密宝藏，咱俩一块儿去取出来分了吧。"弟弟同意去，一点不存戒心地跟他走，可刚一到野外，凶手们就扑上来捆住弟弟，想把他在树上吊死。他们正干着，突然远远响起嘹亮的歌声和马蹄声，他们吓得要死，不顾三七二十一地把俘虏塞进口袋，胡乱扯到树上就仓皇逃走了。弟弟呢，在上边费了老半天劲，才把口袋弄个洞，把脑袋伸出来。远处走来的并非别的什么人，而是一个流浪的学士，一个年轻小伙子——他骑着马，快乐地唱着歌儿，从穿过森林的路上跑来。树上那位发现底下有人经过，便叫："你好啊，来得正是时候！"学士东望望，西瞅瞅，不知声音从哪儿传来的，最后问："谁在叫我？"这时树顶上回答："抬起头看，我坐在上边的智慧袋里，一会儿就学会了许多重要东西，相比之下，一切学校屁用没得。还差一点点我就学完了，爬下树来将成为比谁都更聪明的人。我善观星宿和天象，能辨所有的风朝哪儿吹，知道海里沙有多少粒，还会治病，熟悉草木、飞鸟和石头的作用和效力。你要来里边坐一坐，定会感觉出这智慧袋有多么神奇美妙。"听了这一通吹，学士惊讶地说："感谢上帝，我正好来了。能让我也进袋里呆一呆吗？"上面那位口气像挺勉强的样子："要有报酬并且说点好话，我自然可以让你进来呆一会儿。不过你得再等一小时，我还有一点必须先学完哩。"学生等了一会儿，感到时间太长了，恳求早些放他进去，他对知识的渴求实在太迫切。于是，上面那位装出终于让步似的，说："若要我从智慧之家中出来，你必须拽着绳子放下口袋，然后你才好进去。"学士便把他放下来，解开口袋，救出了他，随即自己喊道："喏，快拽我上去！"便喊边往口袋里钻。"慢着！"另一个说，"这样不成，"说着抓住学士的脑袋，把他倒着塞进袋里，用绳子扎紧，然后顺着树杆把这智慧的门徒扯上去，使他在空中来回摆动，问他："我亲近的伙计，怎么样？瞧，你已经感觉智慧在到来了吧。你体验到了有多美。你得静静地呆着，直到终于变得聪明些！"说罢，农民便跨上学士的马走了。可一小时后，他派人来放学士下了树。

147. 烈火烧出的年轻人

当我主耶稣还在人世间巡行的时代，一天晚上，他和圣彼得投宿到一个铁匠家里，得到了殷勤的接待。这时候，一个又老又重病缠身的穷叫花子，也来到这个人家，请求铁匠施舍。圣彼得可怜他，便说："主和师傅呵，你要乐意，就请治好他的病痛，让他有自谋生路的能力吧！"耶稣发了慈悲，说："铁匠，把你的炉子借一下，替我加上煤，现在我要把这病老头变成个年轻人。"铁匠非常乐意，于是圣彼得扯着风箱，炉火熊熊燃烧起来，这时我们的主便抓住小老头儿，推他进炉子里红红的火中，他在里边红得如一株玫瑰，同时大声赞美上帝。随后耶稣走到冷却槽前，把那烧得通红的人儿拖进去，让水没了他的顶，等他完全冷却了，又给他祝福，瞧呵，那小人儿一下子跳出来，皮肤细嫩，腰板毕挺，精神抖擞，跟只有二十岁似的。铁匠清清楚楚地看见了全过程，现在邀请他们三个一起去吃晚饭。他有一个半盲的驼背老姨姐，这老太太走到年轻人面前细细端详，了解火有没有把他烧疼。他从来没感觉这么舒坦过哩，年轻人回答，坐在烈火中间，他仿佛沐浴在清露里。

　　年轻人说的话，一整夜都在老太太耳朵里回响。第二天一早，主耶稣谢过铁匠，又上路走了，铁匠便以为他也能把老姨姐变年轻，因为他真地观看了，记住了那让人返老还童的高招嘛。他唤来姨姐，问她想不想也变成个十八岁的蹦蹦跳跳的女孩子。她回答："打心眼儿里愿意!"要知道那小伙子被烧得怪舒服哩。铁匠于是烧旺炉火，把老太太推进火中，只见她在里边翻来滚去，发出一声声惨叫。"坐稳了，叫什么，蹦什么? 我现在才开始好好鼓风呐!"说着又扯起风箱来，老太太的破衣烂衫全烧着了。她叫个不停，铁匠才想："嗯，手艺还不到家，"便把她拽出来，扔进冷却槽。老太太没命地喊，铁匠的老婆和弟媳妇在对面楼上也听见了。她们跑下楼来，见老姨姐又哭又叫，身子蜷成一团躺在水槽里，脸上皱纹挤成一堆，已没了人样儿。两个女人都怀孕在身，这么一受惊吓，当天夜里便生下两个孩子，可是也不像人，而像猢狲，所以跑进森林去了。也就是他们，成了后来这些猴子的祖先。

148. 上帝的动物和魔鬼的动物

　　上帝创造了所有的动物，挑中狼做他的狗;只是忘了造山羊。于是魔鬼也着手创造，造出了尾巴又细又长的山羊来。这下可好，山羊每次去草地放牧，总把它们的尾巴挂在刺篱笆中，害得魔鬼去费老大的劲儿为它们解。终于，魔鬼被搞烦了，就跑去咬掉所有山羊的尾巴，结果只剩下了今天我们还见着的一截短桩桩。

现在他能让山羊去放牧自己了，可是却让上帝瞧见，羊群一会儿啃坏一棵果实累累的树，一会咬断珍贵的葡萄藤，一会儿糟蹋掉其它细嫩的植物。上帝看着心疼，出于仁慈便赶去他的狼；狼呢，很快把那儿走来走去的山羊撕得粉碎。魔鬼听见消息，到上帝跟前说："你的造物把我的造物咬死啦！"上帝回答："瞧你造了些什么害人精！"魔鬼说："我没别的办法：就像我生性要害人，我造的动物也只能是这样；你呢，得好好赔我。""我赔你就是，只等橡树一落叶，你来吧，那时钱已经准备好啦。"橡树叶子落了的时候，魔鬼来讨债。谁知上帝说："在君士坦丁堡的教堂里长着棵大橡树，它的叶子还全在哩。"魔鬼大发脾气，骂骂咧咧地走了，想去找那棵橡树。它在沙漠中胡乱走了六个月，终于找到它，可等他赶回来，其它橡树又全部长满了绿叶。这样，他不得不把账勾消了，一气之下挖掉其它所有山羊的眼睛，而把自己血红血红的眼睛给山羊安了进去。

因此，所有山羊都长着魔鬼般的眼睛和咬短了的尾巴；而魔鬼呢，也挺喜欢变成山羊的模样。

149. 鸡驮的木梁

一次，一个魔术师站在一大圈人中间表演他的魔术。他让一只鸡驮来一根木梁，木梁很沉，可鸡驮着却像轻得跟羽毛似的。谁知有一个女孩子，她刚找到一丛四片叶子的三叶草，因此变聪明了，没有任何幻术能再蒙蔽她的眼睛，一下看出那木梁不过是根麦秸而已。她忍不住叫起来："乡亲们，你们不见那鸡驮的不是什么横梁,而只是根麦秆吗!"她一叫,魔术立刻失灵,人们看清了究竟,便给魔术师一阵谩骂羞辱,把他赶跑了。他呢,内心充满怨恨,说:"我一定要报仇!"过了一些时候,女孩举行婚礼,打扮好了由大队亲友陪着走过郊野,去教堂所在的地方。走着走着,来到一条涨大水的溪边,溪上没有桥,也没可以踩着过去的跳蹬。这时新娘子挺矫健,提起裙子就要涉水过去。可她刚站到水中,身边一个男人——他正是魔术师——已大声讥讽起来:"哎唷,你眼睛长哪儿去了,竟当这是水?!"新娘一下醒悟过来,发现自己正提着裙子,站在一片开满蓝花的亚麻地中间。人们全都目睹了这一幕,也连骂带笑地赶走了她。

150. 老丐婆

从前有个老太婆,你多半已经见过一个老太婆讨饭的情形吧?这个老太婆也讨饭,每当她讨到一点东西,总说:"上帝报答你。"一天,老婆子来到一家门前,一个淘气却和善的小伙子正站在那儿烤火。见她站在旁边冷得发抖,小伙子便和蔼地对可怜的老婆子说:"来吧,老妈妈,来烤一烤!"她走过去,可是靠火太近了,身上的破衣服燃起来,她却没察觉。小伙子站在那儿看见了,本该把火扑灭。他本该把火扑灭,是不是?就算他没有水吧,他也该把身体内的水从眼睛里统统哭出来,这样不就有两条美丽的小溪,可以灭火了吗!

151. 三个懒虫

一位国王有三个儿子,他同样地爱他们,因此不知道自己死后让哪一个当国王好。他临终的时候把儿子们叫到病榻前，说："亲爱的孩子们，我想出来一个办法，现在告诉你们：你们当中谁最懒，谁就接替我当国王吧。"大王子听了说："爸爸，王国归我了，因为我非常懒，例如我躺在床上准备睡觉，这时有水滴到我眼睛里叫我睡不着，我也懒得闭上眼睛。"二王子说："爸爸，王国该归我，因为我更懒，要是我坐在火炉边烤火，我宁肯让火烧着我的脚后跟，也懒得把腿往后缩一缩。"三王子说："王国是我的，因为我才叫懒哩。即使我要被绞死，绞索已套到脖子上，这时有谁塞把快刀到我手里，让我割断绞绳，我还是宁肯被绞死，也懒得举起手去割绳子。"国王一听，对三儿子说："你懒得最到家，国王该你当。"

*151. 十二个懒长工

十二个白天什么也没干的长工，到了傍晚仍不肯加劲儿干活，而是往草地上一躺，各人吹嘘起自己的懒功来。第一个说："你们懒不懒与我无关，我自有我的懒法。我的首先任务是保养身体：我吃得不少，喝得更多。我吃完四顿饭就节食一段短短的时间，等又饿了，吃起来胃口再好不过。早起不是我的事；可一到中午，我早找好了午休的地方。东家叫我我装做没听见；他再叫，我还得等一等，实在不行才爬起来，慢吞吞地踅过去。这样嘛，生活才可以忍受。"第二个长工说："我负责养一匹马。可我老用衔铁塞住它的嘴，不高兴就根本不喂它，却告诉东家说，它吃过啦。我自己呢，则躺进燕麦里睡四个钟头。睡够了，伸出脚来在马身上蹭几蹭，这就算刷了马，给它做了清洁。谁肯找那些麻烦呢？就这样，干活儿已叫我吃不消。"第三个说："干什么活儿哟，还不是自找苦吃？再说一点好处没有。我嘛，干脆躺在太阳地里睡大觉。开始打雨点了，可有什么必要起来呢？上帝保佑，让它下就是。最后下得唰唰响了，雨急得甚至打掉了冲跑了我的头发，在我脑袋上弄了一个大洞，我呢用张橡皮膏往上一贴，就这样对付过去。这样的伤口，我早已不止一两处呵。"第四个说："该我干什么活儿了，我先打一个钟头盹儿，养精蓄锐。然后，我才不慌不忙地问，是否有什么人做我的帮手呢？有帮手，我就把主要的活儿给他们干，自己只在一旁瞧着。要知道，这对我也仍旧太困难。"第五个讲："叫我怎说啊！你们想想，竟要我清扫马厩的粪便，把它装上车。慢慢来吧，所以我叉起一点点，只抬到一半高的地方就先休息一刻钟，最后才完全叉上车去。就算我一天运走一车，剩下也够多喽。我才不想拼死拼活地干呀。"第六个说："你们真不害羞，我才不怕干任何工作哩！只是呢，我睡三星期觉懒得脱一次衣服。干吗系鞋带？脚下的鞋掉就掉呗，一点妨碍没有。我想上楼，就一只脚一只脚地慢慢挪到最下边一级，然后数剩下的是多少，以便预先弄清在哪儿必须休息。"第七个说："我这样不行哟，东家监视着我干活儿，只不过整天不在家里。可我一点没误事。如果蜗牛爬行也算是跑的话，要想让我往前走，必须四个壮汉来拼命推。一张木板床上并排躺着六个人睡觉，我可以挤进去一样睡，一睡着就再叫不醒，他们想让我回去，只好抬我走。"第八个说："我看，只有我是个活泼好动的人喽。我遇上面前有块石头，也不肯花力气抬起腿来迈过去，而干脆躺到地上；身上湿了，满是污泥浊水，我便一直躺着，等太阳替我晒干，我充其量翻翻身，让它能晒着。"第九个说："这算得了什么！今天有个面包摆在我面前，我却懒得去抓，差点儿没饿死。旁边还有个水壶，可我嫌太大太重，宁肯渴死也不愿去提。就连翻翻身我都觉得太累，成天便像根棍子似地躺着。"第十个说："懒惰害我吃了苦头，让我折了一条腿，腿肚子也肿啦！当时我们三个人躺在大路上，我伸直了腿。突然有人赶来一辆车，轮子从我身上辗

487

了过去。我自然可以把腿缩回来，可我没听见大车到了：一些蚊子在我耳朵里嗡嗡叫，从我鼻孔钻进来，再从我嘴里飞出去；谁肯花力气去赶它们哟！"第十一个说："昨天我辞了我的工。我没兴趣再替主人把那些死沉的书搬来又搬走，整天搬个没完没了。不过说真的，是他辞了我，也不肯继续雇我下去，因为我让他的衣服蒙上了灰，叫蛀虫咬得稀烂。他辞我有道理。"第十二个说："今天派我赶车去地里，我在车上铺个草铺，真正睡着了。缰绳从我手里滑掉啦，我醒来时，马几乎挣脱辕，马套全丢了，背绳、颈圈、口勒、衔铁通通不知去向，而且车也陷进泥坑中，动不得了。不动就不动，我又腿儿一伸，躺倒在草铺上。终于，主人自己来把车推出了泥坑；他不来，眼下我也不会躺在这儿，而还在那车上舒舒服服睡大觉哩。"·

152. 聪明的牧童

从前有一个牧童，别人不论问什么，他都能给一个聪明的回答，因而远近闻名。他那国家的国王也听说了这件事，可是不相信，就把牧童叫了去。国王对他说："你要是能回答我提出的三个问题，我就准备把你看作亲生儿子，让你和我一起住在王宫里。"牧童问："是三个什么样的问题呢？"国王说："第一个问题是：世界上的海洋中有多少滴水？"牧童回答："国王陛下，请您下令把世界上的所有河流都堵起来，不再让一滴水流到海洋里去，这样我才能数清楚，并且告诉您，海里到底有多少滴水。"国王说："第二个问题是：天上有多少星星？"牧童回答："请给我一张很大很大的白纸。"拿到白纸他就用笔在上面点了许多很细很细的小点子，细得几乎看不见，更没法数清楚，谁要是盯着看，就会两眼昏花。随后牧童说："天上的星星就跟我纸上的小点子一样多，请你们数好了。"可是谁都没这个本领。国王又说："第三个问题是：

488

"永恒有多少秒钟？"牧童马上回答："在后波美拉尼亚有一座金刚石山，这座山往上要走一小时，横走也要一个小时，往里走同样要一个小时。每一百年有一只鸟飞到山上来磨它的嘴壳子，等整座山都被磨掉的时候，永恒的第一秒钟就算过去了。"

国王说："你像个智者一样地回答了我的三个问题，从今后你就和我一起住在王宫里，我愿意把你看作我的亲生儿子。"

153. 星星银元

从前有一个小姑娘，她的父母亲都死了，她穷得没有房子住，也没有床睡，最后就只剩下了身上穿的衣服和手里拿的一小块面包，这面包还是一个好心人送她的。可是这个小姑娘很善良和虔诚，因为她在世上无依无靠，就唯有怀着对仁慈的上帝的信赖，到野外去流浪，在那儿她遇见一个穷人，那人说："唉，给我点吃的吧，我饿极了。"小姑娘把那小块面包全给了他，说："上帝保佑你，"然后就走了。这时走来一个孩子，哭哭啼啼地哀求说："我的头真冷啊，给我点什么遮一遮吧。"小姑娘听了，就把自己的帽子摘下来给了他。往前没走多远，又来一个孩子，他没有穿外套，冷得很厉害，小姑娘就把自己的外套给了他。再往前走了一会儿，又有一个孩子想要她的裙子，小姑娘就脱下裙子给了她。最后，她来到一片森林，这时天已经黑了。走着走着又来了一个小孩子，向她讨一件衬裙，虔诚的小姑娘想："天已经黑了，谁也瞧不见你，你完全可以把衬裙给她，"于是她脱下衬裙，送给了那个小孩子。这下子她站在那儿，什么也没有了。可是突然间天上的星星纷纷掉了下来，变成了硬梆梆的亮铮铮的银元。尽管她刚才已把自己的衬裙给了人，现在身上却穿着一件崭新的，由亚麻精纺而成的衬裙。小姑娘把银元兜在衬裙里，从此过着富有的生活。

154. 骗来的银毫子

有一天，父亲母亲和孩子们坐在桌旁吃午饭，同桌的还有一位来访的好朋友。他们正这么吃着，钟敲了十二点，这时客人看见门开了，走进来一个面容苍白的孩子，穿着一身雪白的衣服，他既不朝四周看，也不说一句话，就径直走进隔壁房间去了。一会儿，他又走回来，同样不声不响地出了房门。第二天和第三天，小孩子又照样来了。客人终于忍不住问父亲，那个每天中午都走进隔壁房间的漂亮小孩子是谁家的。"我没看见什么小孩子，"父亲回答，"也不知道他是谁家的。"再过一天，小孩子又来了，客人就指给父亲看，父亲却没看见，他的妻子和孩子们也同样地什么都没有瞧见。于是客人站起来，走到隔壁房间门口，将门推开一点点往里瞅。他看见那个小孩子坐在地上，正用手指头起劲地在地板缝里挖呀掏呀；可当他发现有陌生人时，就一下子消失了。随后客人把自己所看到的一切讲了，并且仔细描绘出那孩子的模样，这一来那位母亲才知道他是谁，并说道："唉，那是我四个星期以前死去的可爱的孩子呀。"随后他们挖开地板，找到了两枚银毫子。这两枚银毫子是有一次那孩子从母亲那儿要去的，说是准备施舍给一个穷人，可是他转念一想："你可以用它们去买一块烤饼呀。"于是他把那两枚银毫子扣了下来，藏在地板的缝隙里。可谁知道他躺在坟墓里还不得安宁，每天中午都回来找那两枚银元。后来，父母亲把两枚银毫子施舍给了一位穷人，从此那小孩子才没有再出现。

155. 挑选未婚妻

有一个年轻的牧人很想结婚。他认识三姐妹，她们都非常漂亮，使牧人挑选起来感到困难，他下不了决心娶她们之中哪一个。他于是问自己的母亲该怎么办，母亲说："把她们三个都请来，端一份干酪在她们面前，注意看她们怎么个吃法。"小伙子照样办了。大姐把干酪连皮儿也吞进了肚里；二姐慌里慌张地削干酪表面的皮，由于太急躁，把很多鲜干酪连带着削掉了；只有三妹不慌不忙，既没多削也没少削。牧人把这一切告诉了母亲，母亲说："那就娶三妹作妻子吧。"小伙子听了母亲的话，从此和妻子过着幸福美满的生活。

156. 扔掉的乱麻线

　　从前有个姑娘，她年轻又漂亮，却非常的懒散。每当要她纺线，她总是很不耐烦，只要麻线里有一个疙瘩，她立刻把整团麻线扯出来，往地下一扔就不要了。这姑娘有一个使女却非常的勤快，她每次总是把小姐扔掉的乱麻捡起来，洗干净，织成细细的麻线，然后用它们织出了一件漂亮的衣裙。一个年轻人向懒小姐求婚，很快就决定举行婚礼。欢乐的新婚之夜，勤快的使女穿着自己的漂亮裙子，高高兴兴地跳起了舞。新娘看见说：

　　　　　　"呸，穿着我扔掉的乱麻团，
　　　　　　还有脸蹦蹦跳跳！"

　　新郎听了，就问新娘是什么意思。新娘告诉他，那丫头穿的裙子是用她扔掉的乱麻团织的哩。新郎一听，明白她是个懒家伙，而那个穷使女却非常勤快，便不再理睬新娘，径直走到使女身边，挑选她做了自己的妻子。

157. 老麻雀和它的四个孩子

一只老麻雀在燕子窝里养了四个孩子。就在孩子们刚会飞的时候，一群顽童来捅燕子窝，幸好小麻雀全部随着一阵风飞走了。可这一来老麻雀很伤心：孩子们已经到世界上去了，他却没能事先给他们一些好教训，让他们了解外边存在各式各样的危险。

秋天到了，许多麻雀聚集在一块麦田里。就在这儿，老麻雀碰见它的四个儿子，高高兴兴把它们带回了家。"唉，我亲爱的孩子们啊，整个夏天我是多么为你们担心，因为你们没有得到我教训，就随风飞走了。可得听我的话，紧跟着你们的父亲，凡事都小心谨慎才是，因为我们这些小鸟儿是经不起大风险的啊！"接着，他问老大在哪儿过的夏天，又是怎样养活自己的。"我一直呆在一些花园里，在樱桃成熟之前寻找蛹和蛐虫吃。""唉，我的孩子，"父亲说，"你的口福算不错；不过呢这样做也很危险，因此将来得特别特别地小心才成，特别是当花园里有人走来走去的时候，他们常常拿着些绿色的棍子，棍子的中间是空的，前边有一个小孔。""是的，爸爸，可要是在那小孔上用蜡粘了一片绿色的叶子会怎样呢？"儿子问。——"你在哪儿见过这样的怪东西？""在一个商人的花园里，"儿子说。"噢，我的孩子，"父亲说，"商人都是些机灵鬼——你要是老在这些人身边转，你也会学得非常世故圆滑。将来你只要很好地利用这些经验就行了，只是别太自信了啊。"

接下来他又问老二："你是哪儿过的？""在王宫里，"老二回答。——"麻雀和其他没有经验的小鸟不适合在这种地方安家，这里除了金子、绸缎和天鹅绒，就是些武器和铠甲，另外还有凶恶的枭和食雀鹰。你应该到马棚去，人们在那儿筛选燕麦或打谷子，

492

在那里你才能过得幸福，不仅每天都能吃上碎米，而且生命也有保障。""不错，爸爸，"老二说，"但要是那些年轻的马夫恶作剧，在稻草堆里布下陷阱或罗网，也有麻雀被逮住呵。""你在哪儿看见的？"父亲问。——"在王宫里，那些马夫就是这样。"——"噢，我的儿子，宫里那帮家伙都是坏蛋！在王宫里，你要是呆在那些老爷身边而又没吃亏，那你一定长进不小，知道怎样在这个世界上混。可你千万要当心：机灵的小狗也常常被狼吃掉哩。"

　　父亲把老三叫到跟前："你是在哪儿混来着？"——"我是在公路和村道旁碰运气，时不时能吃到一颗谷粒或大麦。""是这样，"父亲说，"你的口福不浅，但要注意安全，要经常抬起头来看一看，特别是有人弯腰捡石头的时候，那你就快倒霉了。""确实是这样，"儿子回答，"但要是有人预先把一块砖头或石子放在胸前或衣袋里呢？"——"你是在哪儿看见的？"——"那些矿工就是这样，爸爸，他们走出地面的时候都悄悄带些石头在身上。"——"矿工和工匠们都是些机灵鬼儿，你跟你们在一起，会长一些见识的：

　　　　去吧，快快把你的东西看牢，
　　　　矿上的捣蛋鬼已把好些麻雀害死了。"

　　最后，父亲走到小儿子跟前，说："我亲爱的小宝贝啊，你永远是那样幼稚，那样弱不禁风，和我呆在一起吧。这个世界有很多凶狠的大鸟，它们长着钩子似的弯嘴巴和锋利的长爪子。它们专门窥视我们这些可怜的小鸟儿，想把我们吃掉。和你的同类呆在一起，吃吃树上和房屋上的小蜘蛛和毛毛虫吧，这样，你就能永远幸福。"——"嗨，我亲爱的爸爸，谁要能不损害他人就填饱肚子，那他一定长命百岁，只要他早早晚晚按照仁慈的上帝的旨意进食和行动，不管是食雀鹰、秃鹫、鹞鹰或是其他凶狠的大鸟统统不能伤害他。上帝是我们所有林中小鸟和家雀的造物主和保护者，他连小乌鸦的呼喊和祈祷也听得到；他要不乐意，我们这些雀呀鸟呀没有一只会掉到地上。"——"这些你是在哪儿学的？"儿子回答："当大风把我吹走的时候，我到了一座教堂里。那个夏天我在那儿吃窗上的苍蝇和蜘蛛，就听见神父布道时讲了这番话。整个夏天，上帝就这样养活我，保佑我躲过了所有的不幸和凶狠的大鸟。"——"太好啦！我亲爱的儿子，你就飞到一座座教堂里去，帮助清除蜘蛛和嗡嗡乱飞的苍蝇吧，还要像小乌鸦一样向上帝呼唤，把自己托付给永恒的上帝，这样你就能永保幸福，即使世上满是凶狠狡猾的大鸟。

> 谁只要把自己的一切托付给上帝，
> 谁只要沉默、受苦、等待、祈祷并且宽容而有耐性
> 谁只要保持坚定的信仰和善良的心灵；
> 上帝就会保佑他，帮助他得到安宁。"

158. 极乐世界的童话

　　我在极乐时代旅行，看见罗马城和拉特兰宫悬挂在一根细丝线上，看见一个没有脚的人跑得比飞马还快，一把锋利的剑斩断了一座桥。我看见一头银鼻子的幼驴在追赶两只飞跑的兔子，枝繁叶茂的菩提树上长着热腾腾的扁甜饼。我还看见一只又瘦又老的山羊背上驮着一百桶猪油和六十车盐。这难道不是弥天大谎吗？我看见一副没有马和牛拉的犁在耕田，一个周岁大的幼童把四块磨石从雷根堡扔向特里尔，又从特里尔飞到了斯特拉斯堡，一只鹰轻松自如地游过了莱茵河。我听见鱼儿在相互嬉闹，欢叫声直冲云霄；一股甜滋滋的蜂蜜像水一样从深谷流向高山；这真是些稀奇古怪的事儿。还有两只乌鸦在割一块草地；我又瞧见两只蚊

子合力造一座桥，两只鸽子拔狼身上的毛，两个孩子在扔两只小山羊，两只青蛙在一起打麦子。我还瞧见两只小鼠在加封一位大主教，两只猫在把熊的舌头往外扯。突然跑来一只蜗牛，把两头雄狮给活活打死了。一位理发师站在那儿给一个妇女刮胡子，两个吃奶的孩子命令母亲不要出声。我还看见两只猎犬从河里拉出一座磨坊，一匹老马站在一边说，就该这样。院子中间立着四匹骏马，用尽全身力气在打麦子；两只山羊在生火炉，一头红母牛正把面包扔进炉里去。一只公鸡突然叫起来："咯咯咯咯，童话讲完喽，咯咯咯咯。"

159. 底特马尔斯的谎言

我想给大家讲点事情。我曾看见两只烤鸡飞起来，飞得很快，肚皮朝天背朝地；看见铁砧和一块磨石在莱茵河上漂游，漂得很慢很慢，无声无息。一只青蛙坐在冰上，啃食着犁头过五旬节。我看见三个人拄着拐杖，蹬着高跷走来，想逮一只兔子；其中一个是聋子，一个是瞎子，一个是哑巴，而第四个人是脚一点不能动弹的瘫子。你们想知道他们是如何逮兔子的吗？最先是瞎子看见兔子在田野里跑，哑巴就立即叫瘫子去捉，瘫子一把抓住了兔子的脖子。另外，还有几个人想在陆地上驾着帆船航行，于是迎风扯起了帆，驶过了大片大片田野；他们随后向一座高山驶去，在那儿可悲地淹死了。一个螃蟹赶走了一只兔子，一头母牛爬到屋顶上仰天大睡。在底特马尔斯地方，苍蝇跟咱们这儿的山羊一般大。快快打开你的窗户，让谎言统统飞出去吧。

160. 谜语童话

三个女人变成了三朵花儿，生长在田野上。其中有一个每天夜里都可以回家去。一次，天快亮了，她又得回到田野上的同伴那儿去，再变成一朵花，这时她便对丈夫说："如果今天早晨你来把我摘下，那我就得救了，就可以永远和你生活在一起。"丈夫也照她说的做了。现在问题是：三朵花儿一模一样，没有丝毫差别，她丈夫是怎样认出她的呢？答案是：因为她在屋里过的夜，而不像另外两朵花儿在田野上，所以身上没有露水，丈夫就凭这点认出了她。

161. 白雪与红玫

　　一个穷寡妇孤独地住在一所小屋里，小屋前有片园子，园子里长着两株小玫瑰，一株开的是白花，一株开的是红花。寡妇有两个女儿，她们长得就像那两株小玫瑰，因此也一个叫白雪，一个叫红玫。她们虔诚而又善良，勤劳而又耐心，世界上再没有哪两个孩子能像她们：只是与红玫相比，白雪还更沉静，更温柔罢了。红玫喜欢在草地上和田野里跑跑跳跳，采摘鲜花，捕捉雀鸟；白雪却更愿意呆在家里陪伴母亲，帮她做家务，或者在没事做的时候念书给她听。两姊妹相亲相爱，每次一块儿出去总是手牵着手，只要白雪说："我们谁也别离开谁，"红玫一定会回答："一辈子也不分开！"这时候，母亲便加上一句："一个有了什么，就应该和另一个分享。"经常地，姊妹俩自个儿跑进森林去，寻找和采摘红红的草莓；从来没有一只野兽伤害她们，相反倒与她们挺亲热。小兔儿从她们手里吃白菜叶，麂子在她们身边吃草，鹿高高兴兴地在她们面前蹦来跳去，小鸟蹲在枝头不肯飞走，唱它们会唱的所有歌子。姊妹俩从未遇见过任何意外；要是她们在森林里耽搁久了，夜幕笼罩住了她们，她俩干脆就并排躺在苔藓上，一睡睡到大天明；母亲呢，也知道这情况，所以并不为她们担心。一

496

次，她们在森林里过了夜，清晨让曙光给唤醒了，一睁眼看见在她们睡觉的地方旁边，坐着个非常漂亮的小男孩，一身白色的小衣服闪闪发亮。小男孩站起来，非常和蔼地看了看她们，一句话没讲就走进密林深处去了。这时候她们转过头，才发现自己是睡在一个悬崖边上，黑暗中要是再往前走几步，肯定就已掉进深渊。母亲告诉她们，那白衣男孩准是个保佑好孩子的天使。

白雪和红玫把母亲的小屋收拾得干干净净，让人往里一瞅都觉得愉快。夏天，红玫负责收拾屋子，每天清晨不等母亲醒来，就放一束鲜花在她床前，花束中总有白玫瑰和红玫瑰各一朵。冬天，白雪生起火炉，把锅子挂在火炉上边的铁钩上；锅子是铜打的，却擦拭得像金子似的闪闪发光。傍晚，雪花飘落下来，母亲说："去，白雪，把门闩上。"随后一家人就围着火炉坐下来，母亲戴上眼镜，念一本很大的书，姊妹俩一边听，一边纺线。在她们身旁的地上，躺着一只小羊羔；在她们背后的栖木上，蹲着一只小白鸽，把脑袋藏在翅膀里。

一天晚上，她们正这么亲亲热热地坐在一起，突然响起了敲门声，像是有谁想进来的样子。母亲说："快去开门，红玫，多半是个来借宿的漫游者！"红玫走过去，拉开门闩，心想一定是个穷人吧，哪知才不哩，伸进门来的竟是一个大大的、黑黑的熊脑袋。红玫惊叫一声，调头就跑；小羊羔咩咩直叫，小白鸽扑扑乱飞；白雪吓得藏在了母亲的床铺背后。不料那熊却开口讲起话来："你们甭害怕，我不会伤害你们的。我快冻死啦，只想上你们这儿暖和暖和。""可怜的熊，"母亲说，"躺到火炉边来吧，只是当心别烧着你的皮毛。"接着，她又喊："白雪，红玫，出来啊，熊不会伤害你们的，它说的是老实话。"

姊妹俩走出来，羊羔和鸽子也慢慢靠近火炉，不再害怕熊。熊说："孩子们，替我拍拍皮袍子里的雪吧。"姊妹俩便去拿来扫帚，把熊皮扫得干干净净。熊呢，立刻伸脚伸腿儿躺在火炉边，暖和舒服得咕噜咕噜直哼哼。不一会儿，姊妹俩就和这笨客人耍熟了，并大胆地戏弄起它来。她们用手拽熊的毛，用脚踏它的背，推得它滚来滚去，或者拿榛树条来抽它，熊被弄得直哼哼，她们便乐得笑起来。熊呢，也乐意让她们逗着玩儿；只有当她们搞得太过份了，它才嚷嚷："饶命吧，饶命吧，孩子们！

> 白雪白雪，红玫红玫，
> 你快打死你的求婚者。"

睡觉的时间到了，其他人准备上床，母亲对熊说："上帝保佑，你就躺在火炉旁边别动吧，这样你就不怕天气寒冷恶劣了。"第二天天蒙蒙亮，姊妹俩就放熊出去；它于是踏着雪，回到森林中。从此以后，熊每天晚上准时一定来躺在火炉旁边，让孩子们尽情与它戏耍；她们慢慢地习惯了这个黑伙伴，不等到它来就不肯闩门。

春天来了，野外一片绿色。一天早上，熊对白雪说："现在我得走了，整个夏天都不能再来。""你到底要上哪儿去，亲爱的熊？"白雪问。"我得去森林中守护我的宝藏，不让凶恶的侏儒们盗取；只有等冬天地面冻硬了，他们才只好呆在地底下，没有办法钻出来。现在可不成，太阳晒得地面解了冻，他们于是往外钻，往上爬，寻找和偷取东西。什么只要一落进他们手中，搬进他们的洞穴，就很难再见天日。"

白雪为分别难过极了。她拉开门闩，熊在挤出门时让门上的钩子挂住，撕掉了一块毛皮，白雪突然觉得有金子在眼前一闪似的，但又觉得没看明白。熊急忙跑开了，很快消失在了树林里面。

过了一段时间，母亲打发姊妹俩去林子里捡柴。在林中她发现一棵大树，被砍断了倒在地上。草丛里的树干旁有什么东西在跳上跳下，究竟是什么她们却分辨不清楚。走近一些，她们才看清是一个小侏儒，生着一张皱巴巴的老脸，拖着一尺长的白胡子。

他胡子的下半截夹在了树干的一道裂缝里,小侏儒像只拴在绳子上的小狗般跳来蹦去,不知道该怎么办。他睁大一对火红的小眼睛瞪着姊妹俩,吼道:"你们站在那儿干什么!不能过来帮帮我吗?""你这是怎么啦,小矮人?"红玫问。"好奇的蠢丫头!"侏儒回答。"我这不是想把树劈开,给厨房砍点碎柴吗?大木头橛子一烧我们需要的那一丁点儿食物马上焦了;我们才吃不了你们这些粗鲁贪馋的人那么多哩。我已经很幸运地把楔子打进去,一切看来都令人满意。可是该死木楔子太光滑,一不留神就跳了出来,劈开的树干迅速合拢,把我漂亮的白胡子紧紧夹住了。瞧,它现在就这么夹着,叫我脱身不得。叫你俩面孔光滑苍白的傻瓜蛋笑去吧!呸,你俩真讨厌,真讨厌!"

小姑娘使出全身的劲儿,也没能把小老头儿的胡子拔出来。它夹得太紧了。"我跑回去叫些人来吧,"红玫说。"又傻又疯!"小侏儒猖猖地道。"谁还要你去叫人!有你两个我已嫌多,你们难道想不出更好的办法吗?""别着急,"白雪说,"我一定有法子,"说着从袋里掏出把小剪刀,剪掉了夹住的胡子尖尖。侏儒一感到脱身了,飞快抓起一只藏在树根之间的口袋,口袋内装满了金子。"你们这些笨蛋,"他嘴里嘟嘟哝哝,"你们把我威严的胡子剪掉了一截!让魔鬼来给你们报应!"说着,他提起口袋往背上一搭,瞧也不瞧俩孩子就走了。

过了一些时候,白雪和红玫想去钓鱼来做一道菜。快到溪边,她们看见一个蝗虫大的东西在朝水边蹦,像是想跳进水里去。她们跑过去,认出又是那个小侏儒。"你想上哪儿?"红玫问。"你该不是想跳水吧?""我才不是这样的傻瓜哩!"侏儒大声叫道。"你们没看见,那条该死的鱼想把我拖下去?"

原来,小老头儿坐在溪边钓鱼,不幸风一刮他的胡子就和钓线绞在了一起,跟着又有一条大鱼上了钩;这小不点儿没有力气把鱼拉上来,反而让鱼占了上风,被鱼一点点拽了过去。小老头儿虽然抓住一切能抓的草根草茎，可是没多大用处，他还是不得不受鱼的摆布，时时刻刻都有被拉下水去的危险。姊妹俩来得正好，她们抓住他，试图把他的胡须与钓线解开；可是白费劲儿，胡须和钓线纠缠得太紧了。没有办法，只好又掏出小剪刀，把胡子剪掉了一点点。侏儒一看便冲她们叫起来："你这两个害人精，你们就这么毁坏人家的相貌么？你们剪断了我的胡子尖尖还不够，现在又剪去它最珍贵的部分！我没脸再见家里的人。你们快给我滚吧，滚得越快越好！"接着，他拎起一袋藏在芦苇中的珍珠，拖着它，没再说一句话，便转到一块石头背后，没影儿了。

没过多久，母亲打发姊妹俩去城里买针线和绳子、带子。她们途经一片荒原，荒原上到处散布着巨大的岩石。突然，她们看见空中飞来一只大鸟，慢慢地在她们头顶上盘旋，越飞越低，越飞越低，最后终于在不远处的一块岩石旁急速降落。紧接着她们便听见一声钻心的惨叫。她们跑过去一看，不禁大惊：那只鹰抓住了她们的老相识——那个白胡子侏儒，正想把他掠走。好心肠的小姑娘赶紧拉住侏儒，和鹰长时间地拖过来拽过去，直到鹰终于放弃自己的猎获物。小矮人儿吓坏了，可等他一恢复镇定，立刻尖声喊叫："你们干吗不小心点儿？看把我薄薄的褂子撕扯成了啥模样，到处筋筋吊吊，洞洞眼眼！真叫笨，真叫蠢啊，你们！"说完，他扛起一袋宝石，又钻进了岩石下边的地洞。姊妹俩已习惯了他的忘恩负义，就只管走自己的路，进城买东西去了。回家时她们又经过荒原，正碰着小侏儒把他口袋里宝石倒在一块干净平整的地上；他没想到这么晚还有人来，着实吃了一惊。夕阳照射着晶莹的宝石，七色斑斓，光彩悦目，两个小姑娘站住脚，看呆了。"你们站在那儿张着大嘴干什么！"老侏儒叫起来，岩灰色的脸气得跟朱砂一样红。他正想继续骂下去，忽听一声咆哮，从林子里冲出来一头黑熊。老侏儒吓得跳起来，可他没来得及逃回洞去，熊已冲到他身边。他心惊胆战地叫道："亲爱的熊先生，请饶命，我情愿把我所有宝藏全给您！瞧瞧地上的那些美丽的宝石吧。请留给我这条命！我这么个小家伙对您有啥意思？还不够您塞牙缝的！快，去抓那两个坏心眼儿的女孩子，她们的肉嫩乎乎的，像两只肥肥的小鹌鹑，上帝保佑，你就吃掉她们吧！"黑熊才不听他的呐，举起爪子给他就是一击，老侏儒不再动弹了。

姊妹俩撒腿就跑，熊却在背后喊她们："白雪和红玫，别害怕，等我和你们一块儿走！"她们这才听出它的声音，站住了脚。熊赶上了她们，突然熊皮从他身上掉下了，站在她们面前的是一位英俊青年，浑身的衣服都是金的。"我本来是位王子，"他说，"可恶的侏儒偷走了我的财宝，把我变成了一头野熊，整天在森林里跑，直到他死了我才得救。现在他已受到应得的惩罚。"

白雪和王子结了婚，红玫做了他弟弟的妻子；他们平分了老侏儒搜集秘藏在地洞内的许许多多财宝。老母亲和她的孩子们在一起，宁静幸福地生活了许多年。她把两株玫瑰也移栽宫里。它们生长在她窗前，年年开放出美丽无比的花朵，有白的也有红的。

162. 聪明的仆人

如果主人有一个聪明的仆人，他虽然听话，但却不照主人说的办，而是自作主张，那这位主人该有多幸福，他的家庭该有多舒适啊！一个如此这般聪明的仆人名叫汉斯，一天被主人派出去找一条丢失的牛。他去了很久，主人就想："这个忠诚的汉斯，他真是不辞辛劳哩。"但汉斯老是不回来，主人怕他出事，就亲自去找他。主人找啊找啊，最后，看见仆人在空荡荡的田野上跑来跑去。"唔，亲爱的汉斯，"主人追上他，问："我叫你出来找牛，你找到了吗？""没有，主人，"他回答说，"我没有找到，再说也没去找。"——"那你在找什么呢，汉斯？"——"比牛更好的东西，

501

并且我很幸运地找到了。""是什么东西哟，汉斯?""三只画眉鸟儿。"仆人回答说。"在哪儿?"主人问。"一只我看见了，一只我听见它在叫，另一只我正追它哩。"聪明的仆人回答。

你们跟着学吧，别管你们的主人和他的命令；想到什么，喜欢什么，干脆干什么。这样，你们行事就会和聪明的汉斯一样聪明。

163. 玻璃棺材

别对任何人说一个穷裁缝成不了大事,不能获得崇高的声誉。其实，只要他运气好就成，别的一切都不关紧要。一天，一个好样儿又能干的小裁缝出外漫游，走到一片大森林里迷了路。天渐渐黑了，他一个人非常害怕，只得寻找过夜的地方。软绵绵的苔薛倒不失为一张好床，只是他害怕野兽。怎么也睡不着。最后他决定在树上过夜。他找到一棵高高的橡树，爬到树顶上。谢天谢地，他随身带着熨斗，否则刮过树顶的大风，非把他卷走不可。

他担惊受怕地在黑暗中熬过了几小时，突然，看见不远处有一点闪亮的灯光。他想：那儿一定住得有人，呆在那里要比呆在树上好，于是小心翼翼地爬下树，朝灯光的方向走去。他来到一间芦苇编成的小屋前，大胆地敲了敲门。门开了，灯光下他看见一位头发花白的小老头，穿着一件用五颜六色的碎布头拼成的衣服。"你是谁，想干嘛?"老头儿瓮声瓮气地问。"我是一个穷裁缝，"他回答，"黑夜里我在这片荒野迷了路，求求你让我在你的小屋里过一夜。""走你的路，"老人不耐烦地回答，"我不想同流浪汉打交道，你还是另找住处吧。"他说完就想回屋，裁缝却死死扯住他的衣角，苦苦地哀求。老人其实并不像装的那样凶，终于心软了，带他进了屋，还给他东西吃，又在屋角给了他一个很好的睡处。

502

裁缝困极了，没摇篮曲也马上睡着，而且舒舒服服地一觉睡到大天亮，要不是被吵吵嚷嚷的声音惊醒，他还不肯起身哩。透过薄墙，传来一阵阵可怕的咆哮声。小裁缝出乎意料地突然有了胆量，跳起来匆忙穿上衣服，跑出去一看，只见草屋旁边一条黑牛正和一头美丽的鹿在激烈地搏斗。它们怒气冲冲地你撞我顶你，大地都被蹬踏得抖动起来；它们的叫声直冲云霄。很长一段时间难分胜负，最后，鹿把角刺进了牛肚子里，牛倒在地上，发出吓人的叫声，鹿再给它几下，它才咽了气。

　　裁缝目瞪口呆地看完这场争斗，站在那儿动弹不得。鹿却飞跑过来，不等他逃走，就把他叉在长长的鹿角上，飞快地穿过了无数的田野、山谷、草地和森林。裁缝来不及思索，只两手牢牢抓住鹿角，一切听天由命。他感到自己真像飞起来了。终于，鹿在一处悬崖断壁前停住了，轻轻把裁缝放下；他却已是半死不活，花了很长时间才回过神来。等他稍微恢复了，站在他身边的鹿用角使劲一顶岩壁上的一道门，门就开了，这时从门内喷出来火焰，接着又是一阵浓烟，鹿却消失不见了。裁缝不知所措，他不晓得怎样才能走出这片荒野。崖壁中突然有一个声音朝他喊道："进来吧，别害怕，不会伤害你的。"尽管他还是犹豫，却在某种神秘力量的驱使下照办了。穿过一道铁门，他来到一间十分宽敞的大厅，只见天花板、墙壁和地面全是由研磨得明亮光滑的方石板铺成，每一块上面还刻着他不认识的符号。他观赏完这一切，正想走出去，又听见刚才那个声音对他说："把脚踏在大厅中央那块石板上，你会交好运的。"

　　他勇气大增，于是照着做了。他一踏上去，脚下的石板就开始下陷，慢慢地降到了很深很深的地底下。石板停下不动了，裁缝四处望望，发现他又站在和刚才一样宽敞的大厅里，只是这儿有更多好看和令他赞叹的东西。墙壁上打有不少凹穴，里面放着透明的玻璃瓶，瓶里要么装着五颜六色的酒精，要么一种淡蓝色

503

气体。两只大大的玻璃箱面对面放在地上，引起了他的好奇。他朝其中一只走去，看见里面有一座漂亮的建筑物，就跟座府邸似的，周围有农庄、马厩、谷仓和其他的建筑，所有一切都很小，但做得极精致，好像出自某位一丝不苟的能工巧匠之手。

他真想盯着这些稀奇的东西看个够，要不是那个声音又说起话来，要他回头看对面的那只玻璃箱。他是多么惊奇啊，他瞧见里面有一位美丽无比的姑娘。姑娘躺在那儿，好像睡着了，长长的金发披在肩上，好像一件极值钱的外套。她双目紧闭，只是生气勃勃的脸色和随着呼吸动来动去的缎带使人毫不怀疑她还活着。小裁缝的心砰砰跳着，他仔细打量那位美人。突然。她睁开眼睛，一看到裁缝又惊又喜。"老天有眼，"她叫道，"我快自由了！快！快帮我逃出这座牢笼：你把玻璃棺材上的闩子打开，我就得救了。"裁缝立即照办。姑娘掀开玻璃盖爬出来，快步走向厅角，穿上一件宽松的大衣，然后坐到一块石板上。她叫年轻人过去，亲昵地吻了一下他的嘴，然后说："我盼望已久的救星，仁慈的老天派你来结束我的不幸。我的不幸结束之日，就是你的幸福开始之时。你是老天为我选定的丈夫，你将得到我的爱，得到人世间所有的财富，你将平安幸福地度过一生。坐下吧，听我讲讲我的遭遇。

"我是一位富有的伯爵的女儿。在我还很小的时候，父母亲就去世了。按他们的遗愿，把我托付给了我的哥哥，由他抚养我长大。我们相亲相爱，思想情趣完全一致，于是我们决定永远都不结婚，在一起生活一辈子。我们家里宾客不断，邻居和朋友们常常来拜访我们，我们也尽量周到地接待每一位客人。一天晚上，府里来了一位骑马的陌生人，他借口不能赶到下一个地点，请求在这儿过夜。我们友好地答应了他的请求。晚饭时，他和我们谈天，还穿插讲一些动听的故事，使我们挺高兴。我哥哥对他印象很好，请求他在我们这儿多呆几天，他稍微犹豫一下便答应了。很晚我们才吃完饭，然后领客人去了他的房间。我因为累了，赶紧上床睡觉。没睡多久，一阵美妙轻柔的音乐声把我从梦中唤醒，但我不知道是从哪儿传来的，于是想叫醒睡在隔壁房间的女仆。突然，我吃惊地发觉，某种神秘的力量使我说不出话来。就像中了魔法一样，连一点点声音也发不出来了。微弱的灯光下，我看见那位客人穿过两扇紧紧关着的门，踏进我的房间。他走近后对我说，那美妙的音乐是他为唤醒我而用魔力发出的，现在他穿过重重府门来到这里，就是为了向我求爱。我讨厌他施展魔法，因此不屑回答。他一动不动地站了一会儿，显然想得到有利的回答，但我还是一声不吭，他很生气，说要报复我，会有办法惩罚我的傲慢，说完就走了。我一夜不得安宁，快天亮时才睡着了。醒来后，我急忙去找哥哥，想告诉他所发生的一切，但他不在房里。仆人告诉我，一大早他就和客人骑马打猎了。

"我立刻知道事情不妙，急忙穿好衣服，叫人给我常骑的马备好鞍子，然后只带了一个仆人，飞快地朝森林驰去。仆人和马一起摔倒了，折断了马腿，无法再跟上我。可我仍然继续朝前赶，几分钟后看见那个陌生人用绳子牵着头漂亮的鹿朝我走来。我问他把我哥哥弄到哪儿去了，怎么抓到了这头鹿？——鹿大大的眼睛在不住流泪——陌生人不回答，却大笑起来。我气极了，掏出手枪对准那个怪物开了枪，谁料子弹却从他胸脯反弹回来，打中了我的马的脑袋。我摔倒在地，陌生人口中念念有词，使我失去了知觉。

"我醒来发现自己躺在这地下墓穴的玻璃棺材里。那怪物还出现过一次，告诉我他把我哥哥变成了一头鹿，我家的府邸和其他财产全缩小了，锁进了那个玻璃箱；他还把我们的仆人全变成气体，关在玻璃瓶里。如果我满足他的愿望，他将毫不费力地让一切复原；他只需开箱子和瓶子，一切都将恢复原状。可我仍像当初那样一言不发，他于是不见了，让我躺在这牢狱里沉睡。我做

505

了一个美梦，梦见有位青年来救我。今天我一睁开眼睛就看见你，我知道美梦成真了。请帮帮我，照我梦见的那样做。首先把装府邸的玻璃箱抬到那块大石板上去。"

石板刚一承受重量，就载着他和姑娘往上升。他们穿过地板的开口到了上面的大厅中，从那儿很容易走到了户外。姑娘打开箱子，奇迹出现了，府邸、房舍和农场都膨胀起来，很快变得跟真的一样大。他们又迅速返回地下，把装满气体的瓶子放在石板上运上来。姑娘刚开瓶子，蓝色的气体就涌出来，变成一个个的真人；姑娘认出正是她的仆人们。更高兴的是，她哥哥杀死了那个变成黑牛的妖怪，恢复了人形，这时正从森林里朝她走来哩。也就在这一天，姑娘遵守诺言，在祭坛前和那幸运的裁缝举行了婚礼。

164. 懒虫海因茨

海因茨是个懒虫。虽说他每天要做的仅仅是赶自己那只羊到草地上去放，但傍晚干完活儿回到家仍旧不停地唉声叹气。"这真是一件苦差事呀，"他说，"实在是累人哟，一年年地直到深秋，都得把羊儿赶到野外去。要是放羊时能躺下睡觉就好了！可是不行，你得睁着眼，不让羊儿伤着幼树，不让它穿过篱笆到别人花园里去，更不能让它跑了。怎么才可以休息休息，过几天舒心日子啊！"他坐下来，专心致志地考虑怎样摆脱这个重担。可想了很久，还是枉费心机。突然，他恍然大悟："我知道该咋办了，"他高兴得大声说，"我要和胖姑娘特丽涅结婚，反正她也有只羊，可以连带着放我那只，这样我就用不着苦自己了。"

海因茨站起身来，挪动疲乏的双脚，横穿过公路。胖姑娘特丽涅的父母就住在附近，他向他们勤劳和品行很好的女儿求婚。他们考虑了一会儿，心想："物以类聚，人以群分。"便同意了。于是胖胖的特丽涅成了海因茨的妻子，每天赶两只羊出去放。海因茨过着轻松舒适的生活，不再因干活太累需要休息，倒是得治治懒病。时不时地他也跟着去放羊，说什么："这只是为了劳动后休息起来更有味儿，否则就会失掉所有的感觉。"

谁知胖特丽涅也勤快不了多少。"亲爱的海因茨，"有一天她说，"我们何必自找苦呢？何必让最美好的青年时代在操劳中溜走呢？两只山羊——它们每天一大早就'咩咩咩'地把人从美梦中吵醒——把它们给我们的邻居，让他给我们换一箱蜜蜂，不更好吗？我们只需把它往屋子后面太阳地一放，就不用再管了。蜜蜂不用人照看，也不需赶到草地上去放：它们自己会飞出去，然后自己飞回来酿蜜，用不着我们花一丁点儿力气。""说得对，你真聪明，"海因茨说，"我们马上照你说的办吧。再说，蜂蜜比羊奶更好喝，更养人，并且能保存更长的时间。"

邻居十分情愿用一箱蜜蜂换两只母羊。蜂儿们不知疲倦地飞进飞出，从早到晚，于是甜美诱人的蜂蜜装满了蜂箱。到了秋天，海因茨便从里边取出了满满一大罐。

他们把罐子放到一块固定在卧室墙上的木板上。由于害怕被人偷走或被耗子吃掉，胖女子特丽涅找来一根粗棍子，放在床边，为的是不起床就能拿到棍子，把不速之客赶跑。

懒惰的海因茨不到中午是不肯下床的，"谁早起，谁破财，"他说。一天早上，天已大亮了，他还躺在被窝里，刚从酣睡中醒过来，对妻子说："女人家喜欢甜食，你不就爱吃蜂蜜吗？最好在你一个人吃光之前，拿它去换只怀有小鹅的母鹅吧。""别忙，"特丽涅回答，"等我们有了能放鹅的孩子再说。难道要我自己整天吃苦受罪，去照顾那些小鹅，毫无必要地浪费力气吗？""你以为儿子会替你放鹅？"海因茨说，"现在的孩子哪像从前那样听话，他们都想怎么干就怎么干，自以为比父母更聪明，就像那个仆人，你让他找牛，他偏偏去追那三只画眉。""噢，"特丽涅说，"儿子要不照我的做，就没他好日子过。我要用棍子揍他个半死。看着，海因茨，"她一边激动地大声说，一边操起平时赶耗子的粗棍子，"看着，我就这样揍他。"她高举棍子，但不幸却打着了搁在板子上的蜜蜂罐。罐子飞到墙上，落下来摔成了碎片，甜滋滋的蜂蜜流了一地。"怀有小鹅的母鹅这下完了，"海因茨说，"用不着我们再放。幸运的是罐子没有砸着头，我们有一切理由对自己的命运心满意足。"这时，他发现一块陶罐碎片上还沾着点蜂蜜，就伸手去捡，一边满意地说："还有一点点，老婆，我们把它吃了吧。一场虚惊过后我们可以再睡一会儿。比平时晚起一点儿有什么关系，反正还早哩。""可不！"特丽涅说，"反正来得及的。你知道，有只蜗牛应邀去参加婚礼，它走呀走呀，到达时人家已在给婴儿行洗礼，它还让房前的篱笆绊了一交，因此说：'急了总出问题喽。'"

165. 怪鸟格莱弗

从前有个国王。他的王国在哪儿，他名叫什么，我都已经忘记。他没有儿子，只有一个独生女儿。这姑娘经常生病，没有一个医生能治好她。预言家告诉国王，他女儿要吃了苹果，才会恢复健康。国王于是通告全国：谁给公主送来苹果，让她吃了恢复健康，就让谁娶她做妻子，并且继承王位。一对有三个儿子的夫妇听见这件事，丈夫便对大儿子说："去园子里摘一篮漂亮的红苹果，送进宫里边，没准儿公主吃了能健康起来哩。这样你就可以娶她，并且当国王呐。"小伙子照着做了，上了路。他走了一会儿，碰见个花白胡子的小矮人儿，问他篮子里提着什么。乌利——小伙子叫这个名字——回答说："虾蟆腿儿呗。""那就让它是，而且永远是吧！"小矮人儿说，说完便走了。乌利终于到了宫门前，让

508

人报告国王他送来了苹果，公主吃了会变得健康起来。国王听了很高兴，传乌利进去，可是妈呀！篮子一揭开，苹果不知去向，篮里只有些虾蟆腿儿，还一抽一搐地在动哩。国王勃然大怒，下令撵他出宫。乌利回到家，对父亲讲了事情的经过。老头子只好再派二儿塞默去。可塞默的遭遇跟乌利完全一样。他也碰见花白胡子的小矮人儿，问他篮子里提着什么，他回答："猪鬃呗。""那就让它是，而且永远是吧！"小矮人儿说。塞默来到宫前，说他送来了让公主吃后恢复健康的苹果。卫士却不放他进去，说已经有人来愚弄过他们。塞默坚持请求，说他真有那样的苹果，求他们一定放他进去。卫士终于相信了他，把他带到国王面前。谁知他一揭开篮子，里面全是猪鬃！这一来国王更气坏了，下令用鞭子把塞默抽出宫去。到家后，他讲了事情经过。这时被大伙儿唤做"傻瓜汉斯"的小儿子走过来，问父亲允不允许他也送苹果去。"嗨，"父亲说，"你哪里适合哟！两个聪明的哥哥都没办到，你还能干什么？"可是小伙子不甘休："唉，爸爸，我也想去啊！""给我走开，你这傻小子，你得变聪明了再说。"父亲回答，说完转身想走开。汉斯却拽住他的衣服，说："唉，爸爸，我也想去啊！""好好好，随你去吧，你也会空着手回来的！"父亲回答的口气已不耐烦。小伙子高兴得跳起来。"是的，瞧你一副傻样儿，而且一天比一天笨，"父亲又说。汉斯听着无动于衷，照样地非常高兴。可是天很快黑了，汉斯想，等到明天再说吧，今天反正到不了王宫。夜里他躺在床上睡不着，后来终于迷糊了一会儿，却做起梦来，梦见了美丽的公主、一座座宫殿、金子银子和其它珍宝。第二天一大早他上了路，很快又碰见那个奇怪的小矮人儿，穿着件灰褂子，问他提篮里装的是什么。汉斯回答是苹果，送去给公主治病吃的。"喏，"小矮人儿说，"是就是，永远不变！"谁知在宫前，人家硬不放汉斯进去，因为已经来过两个家伙，说的是送苹果来，结果一个只有虾蟆腿儿，一个只有猪鬃。汉斯却坚持不懈，

509

说他送来的不是虾蟆腿儿，而是全国长得最好的苹果来着。他讲得那么诚恳，卫士想，这人不会撒谎，放他进了宫。他们做得对，因为汉斯当着国王的面揭开篮子，果然是黄黄的金苹果。国王很高兴，马上叫人给公主送去，然后紧张地期待着送来报告，想知道效果怎么样。没过多久，果然有人送报告来了。可请各位猜一猜：来的人是谁？原来是公主自己！她一吃下苹果，立刻健康地跳下了床。国王一见，高兴得没法形容。可是现在他还不肯把公主嫁给汉斯，要他先造一条船，这船在旱地上要比在水中驶得更灵便。汉斯接受这个条件，回家讲了事情经过。父亲于是派老大乌利去林子里，造这样一艘船。乌利努力干起来，边干边吹口哨。中午，太阳已经当顶，那灰白胡子的小矮人儿来问他在做什么。乌利回答："木勺儿。""那就让它是，而且永远是吧！"小矮人说。晚上，乌利以为现在船做好了，可等他坐进去，却完全变成了只木勺子。第二天，塞默去林子里，可是结果和乌利完全一样。第三天，傻瓜汉斯去了。他干得十分认真，整个森林都回荡着他劈木料的有力声响，一边干还一边快乐地唱歌和吹口哨。中午酷热难当的时候，小矮人儿又来了，他问汉斯在干啥。"做一艘船，一艘在旱地上比水里还更灵便的船，"汉斯回答，说他只要把船造好了，就可以娶公主做妻子。"喏，"小矮人儿说，"那就让它是，而且永远是吧！"傍晚，夕阳美得像黄金一样时，汉斯造好了船和有关的用具。他坐上船，划向王宫；船跑得像风一样快。国王老远看见了，可是仍不肯把女儿嫁给汉斯，说他必须先去牧放一百只兔子，从早放到晚，如果跑丢了一只，他就甭想娶公主。汉斯同意了，第二天便带着兔子去草地上，十分留心不让任何一只跑掉。过了几个小时，宫里走来一个使女，叫汉斯快给她一只兔子，她要拿去招待客人。可汉斯看透了她的用心，回答说不能给她，国王可以明天再用胡椒兔丁待客嘛。使女再三恳求，最后竟哭了起来。汉斯于是说，如果公主亲自来要，他愿给她一只的。使女回宫报告，

510

公主自己果然来了。可在这之前，那小矮人儿又来问汉斯在干什么。嗨，他得在这儿放一百只兔子，只有一只不丢失，他才能娶公主，当国王。"好。"小矮人儿回答，"这儿给你一支笛子，要是一只兔子跑了，你吹一下它就会回来。"公主到了草地上，汉斯给她一只兔子，放在她的围裙里。可是她走出大约一百步，汉斯吹起了笛子，那小兔就从她围裙里跳出来，呼地一下跑回兔群里去了。到了晚上，汉斯又吹一次笛子，看清楚所有兔子都在，便赶它们回王宫。国王惊讶汉斯怎么能放一百只兔子一只不丢，可尽管这样还是不肯把女儿给他，要叫他再去偷一根怪鸟格莱弗尾巴上的羽毛来。汉斯马上动身，努力往前赶路。傍晚他走到一座府邸前，请求借宿，因为那时候还没有旅馆。主人很高兴地答应了，问他去什么地方。汉斯回答："去找怪鸟格莱弗。"——"噢，找怪鸟格莱弗！人家说格莱弗什么全知道；我丢了一把开铁箱的钥匙，劳你驾，替我问问它在哪儿好吗？""当然可以，"汉斯回答，"我一定替你问。"第二天一早他继续往前走，半路上又到另一座宫堡投宿。堡主听说他要去怪鸟格莱弗那儿，就讲他家的女儿病了，用尽所有的药全不见效，求他行行好，问一问格莱弗，什么才能治好女儿的病。汉斯回答很乐意替他问，然后继续往前走。他走到一条河边，那儿没有渡船，只有一个大高个儿汉子背所有人过河去。这汉子问汉斯去哪儿。"去找怪鸟格莱弗。"汉斯回答。"喏，"汉子说，"你到了它那里，代我问一问我为什么必须背所有的人过河。""好的，"汉斯回答，"上帝保佑，我一定代你问。"大高个儿把汉斯放在肩上，扛过河去。汉斯终于走到格莱弗家，可只有格莱弗的妻子在家里，它自己不在。它妻子问汉斯干什么，汉斯向她讲了一切：他自己要怪鸟尾巴上一根羽毛；一座府邸的主人丢了钱箱的钥匙，请他代问格莱弗钥匙在什么地方；另外一位堡主的女儿生了病，请他问什么能治好她的病；离此地不远有一条河，那儿有个大汉背所有的人过河，请他问他为什么必须背。格

511

莱弗的妻子说："你瞧，好朋友，没有一个基督徒能和格莱弗讲话，它会把他们全吃掉。你想办成事，就只好钻到它床底下，夜里等它睡熟了，再伸手拔它一根尾巴毛；你想知道的那些事，我愿意问它自己。"汉斯完全同意，钻到了床底下。晚上格莱弗回家来，一进屋就说："太太，我嗅到一个基督徒的气味儿!""是的，"它妻子回答，"今天是来过一个基督徒，可他又走了。"格莱弗听了没再讲什么。半夜，神鸟鼾声大作，汉斯伸出手来，拔了它尾巴上一根毛。怪鸟一下子痛醒了，叫道："太太，我嗅到一个基督徒的气味儿，还觉得有谁在拽我尾巴!"它妻子回答："你一定是在做梦，我已经告诉你，今天来过一个基督徒，可他又走了。他向我讲了各式各样的事情，说一座府邸里开钱箱的钥匙丢了，怎么找也找不着。""噢，这些傻瓜，"怪鸟格莱弗说，"钥匙在柴屋里门背后的一堆木头下边呗。""他还说一座宫堡的小姐病了，用什么办法都治不好啊。""噢，这些傻瓜，"格莱弗说，"在地窖的楼梯下有只癞虾蟆，它用姑娘的头发做了窝。她把头发取回去，病就会好喽。"——"他还说离这儿不远有一条河。河边有个汉子不得不背所有的人过河去。""噢，这个傻瓜，"怪鸟说，"他只要有一次把背的人丢在河中间，就不用背任何人啦。"第二天一大早，格莱弗起来走了。这时汉斯从床下爬出来，已得到一根美丽的羽毛，也听见了怪鸟讲的关于钥匙、病女孩和大高个儿的话。格莱弗的妻子再对他重述了一遍，免得他忘记。随后，他便往回走，先来到河边的大高个儿那里，大高个儿立刻问怪鸟格莱弗讲了什么，汉斯回答，他得先背他过河去，过了河他会告诉他的。大高个儿背汉斯过去了，汉斯才对他说，他只要把随便一个人丢在河中间，就不用再背任何人了。大高个儿非常高兴，对汉斯说为了对他表示感谢，愿意再背他一个来回。汉斯回答，不，不劳驾了，他对大高个儿已挺满意，说完就走了。接着他来到有小姐生病的宫堡，因为她不能走路，就背她走到地窖的楼梯下，取出底下的虾蟆窝，把它塞进小姐手里；她呢马上从汉斯背上跳下来，抢先跑上楼梯，病完全好了。她的父母高兴极了，送给汉斯金子银子，他要多少就给多少。汉斯又走到那座府邸，马上去柴屋门背后的一堆木头下找出钥匙，把它交给了主人。主人也异常高兴，为报答汉斯，从钱箱里取出许多金子来送他，还加上母牛、绵羊、山羊等各种各样的东西。就这样，汉斯回到国王那儿便带着钱、金子、银子、母牛、绵羊、山羊等等。国王见了问这么多东西从哪儿来的，汉斯回答，格莱弗给的，要多少给多少。国王心想，他也可以这么干，并且马上动身去了。谁料他走到河边，赶上是汉斯走后的头一个，那大高个儿于是丢他在河中间自己走了；国王被淹死在河里。汉斯娶了公主，当上了国王。

166. 强壮的汉斯

从前有一个男人和一个女人，他们只有一个叫汉斯的孩子，一家人单独住在一个偏僻的山谷里。一天，母亲带着仅仅两岁的汉斯，到林间去拾冷杉枝。正是春暖花开的时候，小孩子看见五颜六色的鲜花很高兴，于是母亲带着他继续往森林里走。突然，丛林中跳出两个强盗，抓住母亲和孩子，带着他们朝长年没人往的森林深处走去。可怜的女人苦苦哀求强盗放走她和她的孩子，可强盗的心是石头做的：他们不理睬她的哀告请求，强迫他们继续朝前走。穿过了无数荆棘和灌木，大约两小时后，他们来到一座壁前，壁上有扇门，强盗敲了几下，门就开了。他们走过一段长长的暗道，最后进了一个大山洞，里面被炉火照得很明亮。只见四周墙壁上挂着剑和刀之类的杀人凶器，在炉火的照射下闪着寒光；洞中央摆着一张黑色桌子，另外四个强盗坐在那儿打牌，上首那人是他们的头儿。他看见女人，便走过来招呼她，叫她不要害怕，叫她只管放心，他们不会伤害她的；但她必须操持家务，只要她把一切弄得有条有理，他们是不会亏待她的。随后，他们给了她一些吃的，又指给她看她和孩子睡觉的床。

女人在强盗窝里过了许多年，汉斯已长得又高又壮。母亲给他讲故事，教他念在洞里找到的一本破旧的骑士书。汉斯九岁那年，他用枞树枝做了一根很粗的棒子，把它藏在床背后，然后去问自己的母亲："亲爱的妈妈，现在请你告诉你，谁是我的父亲，我很想知道，一定要知道。"母亲静静地不说话，不愿告诉儿子真情，怕引起汉斯的思乡病；再说她也明白，无法无天的强盗是决不会放汉斯走的。想到汉斯不能回到自己父亲身边去，她的心都快碎了。晚上，强盗们抢劫回来，汉斯手持大木棒，走到头儿跟前说："我现在想知道，谁是我的父亲；如果你不马上告诉我，我就把你打死。"强盗头儿哈哈大笑，给了汉斯一耳光，打得他滚到了桌子底下。汉斯站起来，没有说话，心想："我要再等一年，然后再试一试，也许那时结果会好些。"一年后，他又拿出那根棒子，抹去上面的灰尘，仔细瞧了瞧，说："这是一根结实有力的棒子。"晚上，强盗们回家来，一罐接一罐地喝酒，然后就醉了。这时汉斯拿着棒子，走到强盗头儿面前，问谁是他的父亲。强盗头儿又狠狠地给他一个耳光，打得他滚到了桌子底下。但是没过一会儿，汉斯就站起来，抡起棒子朝头儿和其他强盗打去，打得他们手脚都不再能动弹。母亲站在角落里，看到他这样勇猛强壮，十分惊讶。汉斯打完强盗，走到母亲跟前，说："现在我处境很危险，但我一定要知道，谁是我的父亲。""亲爱的汉斯，"母亲说，"走，我们这就去找，一定要找到他。"她取下强盗头儿身上的大门钥匙；汉斯找来一只很大的面口袋，装满金银财宝后背在身上。他们离开了山洞。汉斯从黑暗的洞中走进太阳地里，展现在他眼前的是怎样一幅景象啊：绿色的森林，无数的鲜花和小鸟，还有空中的朝阳。他站在那儿，惊喜地注视着眼前的一切，仿佛做梦一般。母

亲在找回家的路。走了几个小时之后，他们幸运地来到了那孤寂
的山谷，来到他们的小屋前。父亲坐在门前，当他认出眼前的妻
子，并且听说汉斯就是自己的儿子时，高兴得直掉泪；他早就以
为母子俩都死了哩。汉斯虽说才十二岁，却比父亲高一个头。他
们一道进了屋，汉斯刚把口袋放到炉边的长凳上，屋子就发出嘎
啦啦的破裂声，长凳和地板跟着也开裂了；沉重的袋子掉到地窖
里。"天啊，"父亲喊道，"这是怎么回事？你把我们的屋子给毁啦！"
"别担心，亲爱的爸爸，"汉斯回答说，"袋子里面的东西用来造一
座新房子绰绰有余。"父子俩立即动手建新房，还买来家畜和土地，
开始经营农庄。汉斯负责犁地，他走到犁后面，把它深深推进泥
土里，这样一来，前面的两头公牛几乎用不着再拉了。第二年春
天，汉斯对父亲说："爸爸，这些钱你留着。请找人给我做一根又
重又结实的散步用的手杖，我要出远门。"手杖做好后，汉斯离开
了家，走啊走啊，来到一座阴暗的大森林里。突然，他听到"喀
嚓喀嚓"的声音，便四处张望，看见一棵枞树从头到脚像根绳子
一样拧在了一起。他再抬头往上瞧，看见有个大汉抓住树干，把
它转来转去，好像那不是大树，而是一根柳条。"喂！"汉斯大声
喊道，"你在上面干什么？"——"我昨天打了些柴禾，想搓根绳
子去捆，"那人回答。"我很高兴，"汉斯想，"他力气挺大。"接着
对他喊："别干这个了，跟我走吧。"大汉从树上爬下来，他比汉
斯高出整整一个头，虽说汉斯也不矮。"你就叫'旋转枞树的人'
好了。"汉斯对他说。他们继续朝前走，忽然听见铁锤使劲敲打的
声音，每打一下，大地都要抖三抖。不一会儿，他们来到一座坚
硬的石峭壁前，见一个巨人站在那儿，正用拳头把一大块一大块
的岩石敲下来。汉斯问这是在干吗，巨人回答说："我晚上睡觉的
时候，熊和狼还有其他猛兽老在我身边嗅来嗅去，弄得我睡不好
觉。所以我想造间房子，晚上睡在里面，这样才能休息好。""嗨，
太棒了，"汉斯心想，"这人你也用得着，"于是对他说："别再造

515

了，和我们一道走吧。你应该叫'劈岩石的人'。"巨人答应了，便和他们一道穿过森林。他们三个走到哪儿，哪儿的野兽就全被吓住，然后跑得远远的。傍晚，他们来到一座古老的没人居住的宫殿前，走进去，睡在大厅里。第二天早晨，汉斯走进宫前的花园；那儿长满荆棘和灌木，显得非常荒凉。他正走来走去，一头野猪朝他冲来，他用手杖给它一棍，这畜牲就倒在地上死了。汉斯把它搭在肩上，扛进宫殿。大伙儿把野猪叉在铁扦上烤着吃，吃得都很高兴。以后他们每天轮流由其中两个去打猎，另一个留在家里做饭，每人每天可以吃九磅肉。第一天，"旋转枞树的人"留在家里，汉斯和"劈岩石的人"去打猎。"旋转枞树的人"正忙着做饭，一个满脸皱纹的小老头走进宫殿，向他要肉吃。"走开，可怜虫，"他回答说，"你还吃什么肉！"可让"旋转枞树的人"大吃一惊的是，这个矮小的毫不起眼的小老头儿竟向他扑来，抡起拳头朝他一阵猛打，打得他毫无招架之功，一头倒到地上，上气不接下气。小老头儿直到完全解了恨，方才离去。另外两个人打猎回来，"旋转枞树的人"只字不提那个小老头儿和他挨打的事；他心想："等他俩呆在家里的时候，也尝尝那个好斗的小老头儿的厉害吧。"仅仅这个念头就够他乐一阵子的了。第二天，"劈岩石的人"留在家里，他的遭遇跟"旋转枞树的人"一模一样，也因为不愿拿肉给小老头儿吃，被他结结实实揍了一顿。另外两个人晚上打猎回来，"旋转枞树的人"就看出他出了什么事，但两人都不吭声，心想："让汉斯也尝尝这个滋味吧。"第三天，轮到汉斯留在家里烧饭。他正在厨房认真干活，站在灶台边打锅里泡沫，小老头儿走来，开口就向他要块肉吃。汉斯想："这是个可怜的小矮人，我愿意从我那份里分些给他，这样他们两个也不吃亏，"于是递给他一块肉。小矮人儿狼吞虎咽地吃完后，又伸手要，好心的汉斯又给了他，并告诉他说这块肉很好，他该满意的。没想到小矮人儿又第三次开口要肉。"你脸皮真厚，"汉斯说，并且不再给

516

他肉。凶恶的小老头儿想扑上来，像对待"旋转枞树的人"和"劈岩石的人"那样对待汉斯，但他认错了人。汉斯毫不费力地给他几巴掌，打得他滚到台阶下去了。汉斯想追他，因为人高腿长的缘故，反而被他绊倒了。当他爬起来，小矮人儿已跑到他前面。汉斯一直追进森林，看见小矮人儿溜进一个地洞里去了。汉斯只好回家，但把那个地方记下来了。另外两个人回到家，看到汉斯安然无恙，都感到很奇怪。汉斯告诉他们所发生的一切，于是他们便都不再隐瞒自己的遭遇。汉斯笑起来，说："这都怪你们，谁叫你们要吝啬那点肉呢。可更丢人的是，你们这么大的个儿，却被小矮人儿打了一顿。"随后，他们三个带上箩筐和绳子，朝小矮人儿溜进去的地洞走去。他们让汉斯坐在筐里，随身带着他的棍子，然后把他放进洞口。汉斯到了地下，发现一扇门。他打开门，见里面坐着一位美丽如画，不，美得简直无法形容的年轻姑娘；姑娘旁边就坐着那个小矮人儿，正冷笑着像看一只长尾猴那样瞪着汉斯。姑娘却被链子捆着，可怜巴巴地望着汉斯，使他对她充满了同情。汉斯想："你必须把她从凶狠的小矮人手里救出来！"于是狠狠给了小老头儿一棒，他倒在地上死了。姑娘身上的链子也立刻松脱掉；汉斯呢，却被她的美貌迷住了。她告诉他，她本是一位公主，被一个野蛮的伯爵从故乡抢走，关在了这儿的地洞里，因为她不愿理他。小矮人是伯爵派来看管她的，她受够了他的折磨。汉斯把姑娘放到箩筐里面，让那两个伙伴把他拉了上去。箩筐又放下来，但汉斯信不过那两个家伙，心想："他们已经表现得不老实，没把小矮人的事告诉你，谁知道他们对你安什么心呢？"于是他只把棍子放进了箩筐。幸亏如此，因为箩筐才吊到半空中，那两个家伙把绳子放了，如果汉斯真的坐在里面，就准会摔死。可眼下他却不知道怎样才能上得去，想去想来，还是想不出个办法。"真叫人伤心啊，"他对自己说，"要是你在这洞底活活饿死。"他走过来走过去，又来到姑娘曾经坐在里面的小屋前，看见小矮人手指上套着枚闪闪发光的戒指，便把它捋下来，戴在自己手上。当他把戒指在手指上一转动，突然听见有什么东西正在头顶上窸窸窣窣地响，抬头一看，原来是几个天使在翩翩飞舞。天使们说，他是她们的主人，问他有何吩咐。一开始汉斯完全傻了眼，但很快便吩咐他们把他抬出洞去。天使们立即照办，汉斯只觉得自己仿佛也飞了起来，但到了地面，已不见一个人影儿；他回到宫殿，也没有人。"旋转枞树的人"和"劈岩石的人"都逃走了，还带走了那位美丽的公主。汉斯于是转动戒指，天使又出现了，告诉他那两个家伙已在海上。汉斯不停地跑啊跑啊，一直追到了海边。他朝远方望去，发现在距离岸边很远的海面上有一条小船，那两个不忠实的伙伴正坐在船上。汉斯气愤极了，不加思索地带上棒子跳进海里，向前游去。谁知棒子实在太重，拖着他沉下去，几乎把他淹死。这时他赶紧转动戒指，一眨眼工夫天使便飞来了，带着他闪电般地迅速靠近小船。汉斯挥动棒子，给那两个坏伙计应得的惩罚，把他们打落了水。美丽的姑娘刚才怕极了，汉斯现在又一次救了她，摇着船把她送回她父母亲家里，随后和她结了婚，大伙儿因此都高兴极了。

167. 天堂里的农民

一个贫苦而虔诚的农民死了，来到天堂的门前。同时有个财主也到了那里，想要进天堂去。圣彼得拎着钥匙来开门，放了财主进去；农民呢他好像没看见，随手又把门关了。农民听见财主在里边受到热烈欢迎，既有乐队奏乐，又有天使合唱。随后又悄没声儿了，圣彼得来打开门，放农民进去。农民以为他现在进去，也会奏乐唱歌，实际却毫无动静；他只是受到亲切接待，天使迎向他，却没谁唱歌来着。于是农民问圣彼得，为什么欢迎他不唱歌，像欢迎那位财主，看起来，天堂里和人间一样，也不一视同仁哩。圣彼得回答："不，没这回事儿，你在这儿和其他所有人一样受欢迎，也一定会像那富人一样享受天堂里的所有欢乐；只不过呢，像你似的贫农天天都有不少进天堂，富人进天堂的百年才一个呐。"

168. 瘦瘦的丽丝

瘦瘦的丽丝跟懒惰的海因茨和胖胖的特丽涅想法完全不同。那两个人从不让任何事情打扰自己休息,丽丝她却从早忙到晚,让她的丈夫大个子伦茨也干很多活儿，叫他背的东西比一头驮三袋小麦的驴子还重。可尽管如此，他们仍一无所有，一事无成。一天晚上，丽丝躺在床上，累得无法动弹，却心事重重，无法入睡。她用胳膊肘撞撞身边的丈夫，说："伦茨，你听我讲讲我的想法：假使我找到一块金币，别人又送我一块，我自己再去借一块，你也给我一块，那么，我一共就有四块金币，我就打算去买头小母牛。"丈夫听了非常高兴："虽然我不知道上哪儿去弄你想我送给你的那块金币，"他说，"但等你真有了这笔钱，你就可以买头母牛；你只管照你想法去做就好了，我非常高兴。"接着，他又说："等这头母牛下了崽儿，我就可以时不时地喝喝牛奶，提提神。""牛奶不是给你喝的，"妻子说，"应该让小牛喝，这样它才能长得膘肥体壮，才能卖个好价钱。""那是当然，"丈夫回答，"不过我们也可以喝一点点，不碍事的。""谁教你这样对待母牛？"妻子说，"不管碍不碍事，我都不会答应。你要是胡思乱想，休想喝到一滴牛奶！你这个傻大个儿，你这个贪得无厌的家伙，你想把我辛辛苦苦挣来的东西全吃光，是吗？""老婆，"丈夫说，"安静点，否则我把你的嘴用帕子堵起来！""什么？"妻子喊道，"你想吓唬我，你这馋鬼，你这电线杆，你这懒鬼海因茨。"她想揪他的头发，可大个子伦茨已经坐起来，用一只手把瘦丽丝的两条细胳膊捏在一起，另一只手把她的脑袋按在枕头上，随她骂多久，就按多久，直到她疲倦得睡着了才松开。第二天早晨，他们醒来后有没有继续吵，丽丝有没有出去找她想得到的那块金币，这些我就不知道喽。

169. 林 中 小 屋

一个贫穷的砍柴人带着妻子和三个女儿，住在孤寂的森林边的一间小屋里。一天早晨，他又要去砍柴的时候，对妻子说："叫大女儿把午饭给我送到森林中来，要不我干不完活。为了她不迷路，"他接着说，"我随身带只装着小米的袋子，沿途撒些米粒在地上。"当太阳高高挂在森林上空的时候，大女儿带着满满一锅汤上路了。可田野和森林中的麻雀、云雀、燕雀、金翅雀还有山鸟，早已把小米吃得精光，女孩找不到它们的一点痕迹。她只好凭运气继续朝前走，直到夕阳西沉、黑夜降临的时候。树木在黑暗中沙沙作响，猫头鹰在低声叫唤，她害怕起来。这时，她看见远处有点灯光，在树丛中一闪一闪。"那儿一定住得有人，"她想，"他们可以收留我一夜，"便朝灯光走去。没走多久，她来到一座窗户口亮着灯的房屋面前，她敲了敲门，屋里面响起粗鲁的叫声："进来。"女孩走进黑洞洞的前厅，又敲了敲房间的门，"只管进来好了，"那个声音又叫道。她推开门，里面桌子旁边坐着一个头发花白的老头，双手托着脸，白胡子拖过桌子，差不多挨到了地上。火炉边躺着三只动物：一只小母鸡、一只小公鸡和一只花斑奶牛。女孩给老头讲了自己的遭遇，请求在这儿过一夜。老头儿说：

"美丽的小母鸡，

美丽的小公鸡，

还有你，美丽的花奶牛，

你们可乐意？"

"嘟嘟嘟，"动物们回答。意思想必是："我们很乐意。"因为
老头儿接下来说："这里什么东西都挺多，你到外面灶上去给我们
做顿晚饭吧。"女孩发现厨房里面东西应有尽有，用都用不完，便
做了一顿可口的晚饭，但却没有想到那些动物。她把盛满食物的
碗端到桌上，坐在花白头发的老头对面便吃起来，刚才她真饿了。
吃饱之后，她说："我现在已非常疲倦，我睡觉的床在哪儿？"动
物们回答说：

"你和他一块儿吃了，

你和他一块儿喝了，

你根本没有想到我们，

现在你该自己去看过夜的地方了。"

这时老头儿开了口："上楼去，你就会看见一间小屋，里面摆
有两张床，把它们抖干净，铺上白色亚麻床单，我一会儿也要上
来睡。"女孩上了楼，她把床单抖了抖又重新铺好之后，就倒在其
中一张床上，没有等那老头儿。过了一会儿，老头儿上来了，用
灯照照那女孩，然后摇了摇头。他看见她已睡得很沉，便打开地
板上的一道暗门，让她沉到了地窖里。

砍柴人很晚才回家。他责备妻子让他饿了一整天。"我没有
错，"妻子回答说，"大女儿早就带上午饭出去了。她一定迷了路，
明天就会回来的。"第二天天还没亮，砍柴人就起来，要到森林里
去，并且要求这次让二女儿给他送饭。"我要带一袋扁豆，它比小

米大些，这样她能看得清楚，就不会迷路了。"到了中午，二女儿带上午饭出发了，但那些扁豆已经不知去向：林中的鸟儿们就跟昨天一样，把它们吃得一颗也不剩。女孩在森林中迷了路，傍晚也来到那个老头儿住的房前。她被叫进去，向老头儿要了吃的，又请求在这儿过夜。白胡子老头照样问那三个动物：

> "美丽的小母鸡，
> 美丽的小公鸡，
> 还有你，美丽的花奶牛，
> 你们可乐意？"

动物们还是回答："嘟嘟嘟，"一切都像昨天一样。女孩做了顿可口的饭菜，和老头儿一起吃饱喝足了，没有想到那几只动物。当她问在哪儿过夜时，动物们回答说：

> "你和他一块儿吃了，
> 你和他一块儿喝了，
> 你根本没有想到我们，
> 现在你该自己去看过夜的地方了。"

她睡着之后，老头儿才上来，看着她摇了摇头，便让她也沉到了地窖里。

第三天早晨，砍柴人对妻子说："今天让小女儿给我送饭，她总是又善良又听话，会找着路的，不会像她那两个野丫头姐姐似地到处疯跑。"母亲不愿意，说："难道还要我失去我最亲爱的孩子吗？""别担心，"父亲说，"小女儿不会迷路的，她那么聪明，又很懂事。再说我要多带些豌豆去撒；它比扁豆还要大，可以给她指路。"但是当小女儿挎上篮子出门的时候，森林中的鸽子已把豌豆吞下肚去了，小女孩不知该朝哪个方向走。她十分担心，老是想着可怜的父亲将会挨饿，而善良的母亲看见她没回家又该多么伤心啊。终于，天黑了，她看见前边有微弱的灯光，便来到那座森林中的小屋前。她很有礼貌地请求主人让她在那儿过夜，白胡子老头儿又问他的动物们：

> “美丽的小母鸡，
> 美丽的小公鸡，
> 还有你，美丽的花奶牛，
> 你们可乐意？”

“嘟嘟嘟，”它们同声说道，这时小姑娘走近动物躺在那里的火炉旁，伸出手抚摸可爱的小母鸡和小公鸡光滑的羽毛，还用手在花斑奶牛的两只角之间搔来搔去。当她按老头儿的吩咐做好一顿可口的晚饭，把它端到桌上，然后说道：“我难道能只顾自己吃饭，却眼见着可爱的动物们什么吃的都没有吗？外面厨房里有很充足的食物，我先要把它们照顾好。”她于是出去拿了些大麦来撒在小公鸡和小母鸡面前，又给奶牛抱来满满一抱散发着清香的干草。“好好吃吧，可爱的动物们，”她说，“如果你们渴了，还有好喝的哩。”她又提来了满满一桶水，小公鸡和小母鸡跳到桶的边沿上，把嘴伸进去然后又抬起头来，就像鸟儿喝水那样；牛儿也尽情地喝了一口。把动物喂饱之后，小女孩才面对老头儿坐到桌边，吃他吃剩的东西。不一会儿，小公鸡小母鸡把头埋到了翅膀里面，花奶牛也眯缝着眼睛。这时小姑娘才问：“我现在可以去休息了吗？”

> “美丽的小母鸡，
> 美丽的小公鸡，

还有你，美丽的花奶牛，
你们可乐意？"

动物们回答说：

"嘟嘟嘟，
你和我们一块儿吃，
你和我们一块儿喝，
你把我们全都想到，
我们祝你睡个好觉。"

小女孩走上楼，把鸭毛枕头抖松，铺上了干净的亚麻床单。她
弄完之后，老头儿上楼来，睡到了其中一张床上；他的白胡子一
直拖到了脚跟。小姑娘躺到另外一张床上，祈祷完以后就睡熟了。
她静静地睡到午夜，突然房子里响声大作，把她给弄醒了。房
子的所有角落都发出卡嗒卡嗒的声响，房门弹开打在墙上，横梁
也轰轰作响，就像开脱榫了似的，楼梯也好像在下沉，最后只听
一声巨响，仿佛整个房顶都要塌了似的。后来一切却又恢复平静，
小女孩一点也没有受到伤害，她躺在床上，一动未动，一会儿又
进入了梦乡。可是，当她早晨在明亮的阳光中醒来，她的眼前却
是怎样的景象啊！她躺在一间宽敞的大厅里，周围的一切如皇宫
一般地富丽堂皇：四周墙边的绿缎底上生长着金色的花朵，床是
象牙雕成，床上的被盖是红天鹅绒缝成的，旁边的一张椅子上摆
着一双用珍珠串成的拖鞋。女孩认为是在做梦，可是三个穿着美
丽的仆人走进来，问她有何吩咐。"你们去吧，"她回答，"我要马
上起来，给那位老人做饭，然后还要喂美丽的小母鸡、美丽的小
公鸡和美丽的花奶牛。"她想，那位老人该已起床了吧，就转过头
朝他的床望了一眼。谁知老头儿不在床上，躺在那儿的是一个陌

524

生男子。她细细打量一下，他既年轻又英俊。这时年轻人醒了，坐起来说："我本是一位王子，一个凶狠的女巫把我变成了头发花白的老头儿，生活在森林中，除了我那三个变成小母鸡、小公鸡和花奶牛的仆人，谁也不能跟我在一起。只有等一位好心肠的女孩到我们这儿来，她不仅要对人好，对动物也得充满爱心，到那时魔法才能消除。你就是那位好姑娘，昨天午夜，我们通过你得救了，那座森林中的破屋又重新变成我的皇宫。"他们起床后，王子吩咐三位仆人去接姑娘的父母参加婚礼。"可我那两个姐姐在哪儿呢？"姑娘问。——"我把她们关在地窖里面了，明天要把她们送到森林里去，给一位烧炭工当使女，一直到她们心肠变好，不再让可怜的动物们挨饿才罢休。"

170. 同 甘 共 苦

从前有一个爱吵架的裁缝。他的妻子善良、勤劳又虔诚，但却总不能得他欢心，无论她做什么，他都不满意，老是嘀嘀咕咕，对她又是打又是骂。这事终于被官府知道了，就把他传去投进监狱，好让他悔过自新。他坐了一段时间的牢才被释放，还必须发誓，从此不再打自己的老婆，而是与她和睦相处，同甘共苦，就像夫妻之间应当的那样。过了一段幸福日子，他的老毛病又犯了，又变得唠唠叨叨，喜欢争吵。因为他不敢再动手打她，便扯她的头发。女人挣脱开，逃到院子里，他却拿起尺子和剪刀就追，追得她到处跑，并且用尺子、剪刀和手边正好拿着的其它东西掷她。如果掷中了，他就哈哈大笑；如果没掷中，他更大发雷霆，谩骂个不止。他就这样不停地追打，直到邻居们跑来帮他妻子。裁缝又被官府传去，叫他想想自己说过的话。"亲爱的老爷，"他回答说，"我说话算话的，并没有打她，而是与她同甘共苦。""这怎么可能呢?"法官问,"她再次严厉地控告了你,不是吗?"——"我没有打她,而只是想用手给她梳梳头,因为她看上去那么迷人。她却挣脱开,气冲冲地跑了。我急忙去追她,为了让她乖乖儿地回来,就把碰巧拿在手中的东西扔过去,作为善意的纪念。而且我和她也同甘共苦了,因为每当掷中她,我就高兴,她就难受;要是我没掷中呢,她就高兴,我却难受。"但是法官们对这回答不满意,给了他应得的惩罚。

171. "篱笆国王"

古时候,每种响声都有它的意思。铁匠的锤子响,是说:"铁匠米托!铁匠米托!"木匠的刨刀响,是说:"你有!你有!"磨坊的轮子响,是说:"上帝保佑!上帝保佑!"如果磨坊主是个骗子,水磨转动的时候,就说标准德语,先慢慢地问:"谁在那儿?谁在那儿?"然后又迅速回答:"磨坊主!磨坊主!"最后很快地说:"大胆地偷,大胆地偷,一担偷三斗。"

那时候,所有的鸟儿都有自己的语言,每个人都能听懂,现在就只剩下啾啾声、唧唧声和吹口哨似的声音,还有的仿佛是没有词儿的音乐。鸟儿们心血来潮,不愿继续过没有主子的生活,于是想推举它们中的一个做国王。只有田凫一个不同意:它自由自在活着,也想自由地死去,因而忧心忡忡地飞去飞来,大声喊道:"我去哪儿啊?我去那儿啊?"它逃到偏僻的没有人迹的沼泽地,从此再没在同类中露面。

为了商量大事,鸟儿们在一个美丽的五月的早晨从森林、田野的四面八方聚集到一起来了,有老鹰和苍头燕、猫头鹰和乌鸦,还有百灵和麻雀,我有什么必要挨个叫出它们的名字来呢?就连布谷鸟也来了,还有它的"打钟匠"戴胜。戴胜这种鸟之所以叫

"打钟匠"，是因为它总比布谷鸟早叫几天。另外还有一只无名的小不点儿也混在鸟群中。那只碰巧全然没听说这件事的母鸡对盛大的聚会感到吃惊，"这究竟是干嘛？干嘛？"它咯咯地问道。公鸡却安慰它亲爱的母鸡说："那是一帮有钱有势的家伙。"并且把它们的打算告诉了它。鸟儿们决定，谁飞得最高，谁就当国王。灌木丛中有只雨蛙听见了，警告说："不，不，不！不，不，不！"因为他认为，这样会惹出很多眼泪。可乌鸦回答："没问题！"它认为一切都会很顺利。

随后大家决定，趁这晴朗的早晨一起飞到天上，免得事后有谁说："我本来可以飞得更高的，只是天黑了，没法再往上飞。"信号一发，鸟儿全都飞向蓝天。田野扬起灰尘，嗖嗖声、呼呼声和扑扑扑的振翅声响成一片，那光景仿佛 天空中掠过一片黑云。小鸟们很快就落在后面，再也飞不动了，只好重新回到地面；较大的鸟坚持得久些，但谁也比不上雄鹰。它飞得那么高，好像要把太阳的眼睛啄下来似的。当它看见其他鸟都不如它飞得高时，就想："你不用飞得更高了，你已经是鸟王。"于是往下降。在它下面的鸟儿齐声向它呼喊："鸟王只有是你，没有谁比你飞得更高。""除我以外，"那只没有名字的小鸟大声叫道，原来它刚才藏在了鹰的胸毛里。它不感到累，这时就飞向空中，飞得比鹰还要高，仿佛能看见上帝坐在宝座上。飞得够高了，它才收拢翅膀，降落下来，用尖利的嗓音大声嚷着："我是鸟王，我是鸟王。"

"你配当我们的大王？"鸟儿们怒冲冲地喊起来，"你是使用了阴谋诡计才飞那么高！"它们重新规定，谁落到地上落得最深，谁就当王。于是，鹅用宽宽的胸脯啪地一下摔在地上。公鸡一落地就很快啄洞。鸭子最倒霉，它跳进一个坑里扭伤了脚，只好摇摇摆摆朝近旁的池塘走去，一边走一边叫："胡扯蛋！胡扯蛋！"那只无名小鸟却找到一个老鼠洞，溜下去后用尖细的声音朝上喊："我是鸟王，我是鸟王。"

"什么，你是我们的国王？"鸟儿们更气愤了，"你以为，你的阴谋会得逞？"它们决定把小鸟关在它呆的洞里，饿死它。猫头鹰被选为看守，责任是不让那无赖溜出来，要不它就别想活命。到了晚上，鸟儿们白天努力飞行都十分疲倦了，便带着老婆孩子上床睡觉。猫头鹰独自坚守在老鼠洞边，大眼睛一眨不眨地盯着地面。可是它也疲倦了，就想："你可以闭上一只眼，用睁开的那只眼盯着，那小坏蛋出不来的。"它于是闭上一只眼，用另一只眼死死盯着老鼠洞。那小东西探出头来瞅了瞅，妄图溜掉，猫头鹰立刻走过去，小东西便缩回了头。不一会儿，猫头鹰睁开另一只眼，闭上刚才睁着一眼睛，想这样换来换去地熬过一夜。哪晓得它闭上这只眼时，忘了把另一只睁开，而双眼刚一闭上，就呼呼睡着了。那只小鸟很快发觉这情况，便溜之大吉。

从此以后，猫头鹰再不敢在白天露面，否则别的鸟会追赶它，拔光它身上的羽毛。它只在夜间飞出来，对老鼠恨得要命，专门捕捉它们，因为是它们打了那些个可恶的洞。那只小鸟儿呢也不肯再露面，它害怕被逮住后有生命危险。它在篱笆间钻来钻去，感到绝对安全了，才时不时地叫两声："我是鸟王！我是鸟王！"其他鸟儿因此便讽刺它，叫它"篱笆国王"。

没有谁比云雀更高兴了，因为它不用听"篱笆国王"的使唤。太阳一出来，它便飞到空中高唱："啊，多么美好呀！真是美好呀！真美好！真美好！啊，哪儿也没这么美好！"

172. 比目鱼

鱼儿们早就不满自己的王国里没有秩序。它们谁也不顾及别人，想怎样游就怎样游，在那些愿意呆在一起的鱼儿中间横冲直撞，或者拦住它们的去路，甚至大鱼还用尾巴打小鱼，把它赶得老远，或者干脆把小鱼吞掉。"我们要有一位主持正义和公道的鱼王，那该多好啊。"鱼儿们说。于是大家取得一致意见，要能最快游过潮头并且给弱小者帮助的鱼当国王。

它们在岸边排好队，梭子鱼用尾巴发生信号，大家便一起开始游。梭鱼像箭一样射出去，同它一起的有鲱鱼、海底鱼、鲈鱼、鲤鱼和其他各种各样的鱼。比目鱼也在其中，也想到达目的地。

突然有谁喊道："鲱鱼领先了！鲱鱼领先了！""谁领先了？"身体扁平的比目鱼不耐烦地大声问，它生性好嫉妒，却落在了后面，"谁领先了？""鲱鱼，鲱鱼领先了，"别的鱼回答。"就是那个光身子的鲱鱼吗？"小心眼儿的比目鱼喊道："就是那个光身子的鲱鱼吗？"从此后，比目鱼因为受到惩罚，变成了歪嘴。

173. 鸬鹚和戴胜

"您最喜欢在哪儿放牧？"有人问一位年老的放牛人。——"在草不太肥也不太瘦的地方，先生；除此之外都不好。""为什么呢？"那位先生又问。"你听见那边牧场传来的低沉的叫声吗？"牧人回答，"那是鸬鹚在叫，它曾经是个牧人，戴胜也一样。我给你讲个故事吧。

"以前鸬鹚赶牛到肥沃的青草地去放，那儿开满了鲜花，牛儿因此变得放肆了，粗野了。而戴胜呢，却赶牛到贫瘠的高山去放，那儿风沙很大，牛儿因此变得瘦弱不堪。到了晚上该回家了，鸬鹚没法把牛儿集合到一起，它们一个个胆大包天，从他身边逃开了。鸬鹚喊'花牛，回来！'可是没用，它们不听他的。戴胜呢，却不能赶他的牛儿上路，因为它们太瘦弱无力。'起来，起来，起来！'戴胜喊，但是没用，牛儿仍旧躺在沙地里。做事没有尺度，就会这个样子。直到今天，它们虽然不再放牧，鸬鹚还是在喊：

'花牛，回来！'戴胜也在叫：'起来，起来，起来啊！'"

174. 猫 头 鹰

　　几百年前，人类远没有今天这样聪明和狡猾，那时候在一座小城里，发生了一件怪事。一只名叫舒唬的大猫头鹰夜间偶然从邻近的森林窜进了一家居民的谷仓里，天亮后却不敢从躲藏的地方出来，因为害怕其他鸟儿，它们只要一看见它，就会发出吓人的叫喊。清晨，那家的仆人来谷仓取干草，看见角落里坐只猫头鹰吓了一大跳，赶紧跑去报告主人说，一个他生平从未见过的怪物坐在谷仓里，头上的眼睛滴溜溜地转动，准能一口把人吃下去。"我早了解你，"主人说，"你的勇气只够在田里追赶山鸟；一看见条死狗躺在地上，你就得先拿根棍子，才敢走拢去。不过我还是得去亲眼看看是个什么样的奇物。"主人补充说完，便勇敢地走进谷仓，四下窥视。可是，当他亲眼看见那怪样的可怕的动物时，吓得比他的仆人还厉害。他三脚两步逃出来，跑去向邻居们求援，要他们帮忙对付那头危险的闻所未闻的动物，否则它会从现在呆着的谷仓跑出来，全城都要遭殃的。接着，大街小巷响起一片叫喊声和喧闹声，市民们纷纷带着铁扦、干草叉、镰刀和斧头等武器，仿佛要开出去同敌人作战似的；最后，以市长为首的市议会的老爷们也来了。大家在广场上集合好，便向谷仓进发，并从四面八方将它团团围住。随后，最勇敢的一位站出来，抱着前刺的铁扦走进仓去，但很快便脸色苍白，大叫着跳了出来，吓得说不出一句话。另外两个人又鼓起勇气走进去，结果也好不了多少。终于站出来一位又高又壮的汉子，他因为作战勇猛而远近闻名，只听他说："光看是赶不走那怪物的，得动真格的。可我看，你们全变成娘们儿了，没有一个敢啃狐狸。"他让人取来铠甲、剑和矛，然后装备好自己。人人都夸他勇敢，尽管也有很多人担心他丢小命儿。谷仓的两扇门都打开了，人们看见猫头鹰坐在屋中间粗大的横梁上面。勇士让人搬来一架梯子，把它靠好后准备爬上去，这时大家齐声朝他呼喊，要他表现出男子气概，像杀死凶龙的圣乔治那样。勇士很快爬到了上面，猫头鹰看见他想靠近自己，同时被底下人群的喊叫声弄糊涂了，不知道怎样逃出去，便竖起羽毛，张开翅膀，一双眼睛转来转去，嘴一张一合地发出沙哑的吼声："舒唬，舒唬！""戳它，戳它！"外面的人群朝勇敢的英雄喊。"谁要是站在我现在站的位置，他就不会叫'戳它，戳它'了，"英雄回答。他的脚尽管又向上挪了一级，却已开始发抖，接着便昏头昏脑地退了回来。

这下再没谁愿意去冒险了。他们说："那怪物龇牙咧嘴地呵两口气，就把我们中最强壮的人给毒坏了，差点儿死去，我们其他人难道还有必要去玩儿命吗？"大伙儿于是商量怎样才能使整座城市免于毁灭，可是很久也没商量出个结果，直到最后市长想到了一条出路。"我的意见是，"他说，"我们从市财政里拿出钱来给谷仓的主人，赔偿谷仓以及存在里面的粮食、麦草和干草，让他一点不受损失，然后把整座谷仓连同里面那可怕的畜牲一起烧掉，这样就谁也没有生命危险了。眼下已顾不上节约，吝啬会坏大事。"市民们都同意他的意见。于是谷仓的四角被点烧，猫头鹰也连带着被活活烧死了。谁要是不相信，自己去那儿问好喽。

175. 月　　亮

古时候有个国家，那儿晚上总是黑洞洞的，天空就像蒙着一块黑布，因为从来没出过月亮，也不见闪烁的星星。在创造世界之初，夜光原已够用了。有一次，这个国家的四个小伙子外出漫游，到了另一个国家。那儿一到傍晚太阳消失在群山背后，就有一个闪闪发光的圆球挂在橡树梢头，向大地四周撒下柔和的光。尽管那圆球没有太阳一般灿烂耀眼，人们也能凭借它看清和分辨一切。四个漫游者看呆了，问一位驾车经过的农民，这是一种什么灯。"这是月亮，"农民回答，"我们村长花三枚银币买来挂在橡树上的。每天都得给它加油，保持它的清洁，好让它一直发出亮光。就为这个，村长每周能从我们手里收一枚银币。"

农民走后，他们中的一个说："我们也许用得着这盏灯。我们家乡有棵一般高的橡树，我们可以把灯挂在上面。晚上要能不再摸黑走路，那该多么好！""你们知道吗？"第二个小伙子说，"我们要把车和马弄来，运走这个月亮。这里的人可以重新买一个嘛。""我很会爬树，"第三个小伙子说，"我现在就去取它下来。"于是，第四个小伙子驾来一辆马车，第三个爬上树去，在月亮上钻了一个洞，用绳子把它穿起拖了下来。闪闪发光的圆球放上车后，他们用一块布把它遮起来，免得有人发现这偷窃勾当。他们顺利地把月亮运回家，挂在了一棵高高的橡树上。男女老少看见这盏新灯柔光四射，照亮了田野，照亮了房舍，都无比高兴。地精们也从岩洞里跑出来，小矮人们也穿着他们的小红褂子，在草地围成一圈跳起了舞。

那四个小伙子不断给月亮加油，擦拭灯芯，也每周收取一枚银币的报酬。可是他们渐渐地老了。当第一个病倒后，知道自己已快死了，便立下遗嘱，要求将月亮的四分之一作为他的财产带进坟墓里去。他真死了，村长于是爬到树上，用一把剪枝的剪刀剪了月亮的四分之一下来，放进他的棺材里。月亮的光线暗了一点，但还不明显。第二个人死后，也得到了四分之一，这下光线更暗了。第三个人死后，也带走了他的那份儿，月亮的光线越发微弱。等到第四个人进坟墓的时候，黑暗重新笼罩了大地。人们在没有灯光的情况下外出，经常脑袋和脑袋撞在一起。

然而，月亮的各部分在地狱里又重新合拢在一起。这一下，在原先一直是黑暗统治的地方，死人们都不睡了，纷纷从沉睡中苏醒过来。他们非常惊讶，居然又看见了东西：月亮的光线对他们来说已经足够，因为他们的视力变得很弱了，再受不了太阳的光芒。他们全都爬起来，一个个兴高采烈，又按照原来的方式生活。他们一些去跳舞和赌博，一些跑到酒店去要酒喝，喝醉后又是吵又是闹，最后举起棍棒互相殴打。喧闹声越来越厉害，终于传到了天堂里。

镇守天堂大门的圣彼得以为地狱发生了暴乱，便召集天兵天将，让他们准备好，一旦凶恶的敌人及其同伙妄图攻占天使们的领地，就赶他们回去。可是敌人没有来，他便自己骑上马，穿过天堂的大门，走到地狱里去。他安抚死鬼们，叫他们各自又躺到坟墓里，然后带上月亮走了。后来，他把月亮高高挂在了天上。

176. 寿　　命

上帝创造好世界，决定给所有的生物限定寿命。驴子走过来问："主啊，我可以活多久？""30年，"上帝回答，"你看行吗？""唉，主啊，"驴子说，"这时间真够长哟！请想想我活得多辛苦吧：从早到晚驮重东西，把一袋袋麦子拉到磨坊去，好让其他人有面包吃。而为了使我们打起精神干活儿，除了拳打脚踢就没有别的。请减去这长时间的一部分吧！"上帝同情驴子，减了它十八年寿命。驴子安心地走了，却又来了狗。"你想活多久？"上帝对狗说，"驴子嫌三十年太多，你该满意吧？""主啊，"狗回答，"您愿这样吗？请想一想，我得四处奔跑，我的腿可坚持不了这么长的时间；一旦我倒了嗓子没法叫，掉了牙齿没法咬，那我除了从一个角落跑进另一个角落，口里发出猎猎之声，还能干什么哟？"上帝见狗说得有理，便减去它十二年寿命。紧接着猴子又来了。"你也许愿意活三十年吧?"上帝对它说,"你不需要像驴子和狗那样干活儿,而且总是高高兴兴的。""唉,主啊,"猴儿回答,"看起来是这样,其实却不然。就算天上下小米粥,我也无福消受啊。我时刻得装滑稽,扮鬼脸,逗人们发笑,但等他们扔给我一个苹果,我咬了才发觉是酸的。欢乐的背后经常隐藏着悲哀呀!三十年叫我怎么受得了。"上帝发了慈悲减了它十年寿命。

最后来了一个人,他是那样愉快、健康、生气勃勃。他请求上帝限定他的寿命。"你可以活三十年,"上帝说,"你觉得够吗?""太短了!"人大声回答,"我建好自己的房子,有了火焰熊熊的炉灶;我种下一棵棵树,等树开了花结了果,我正打算好好享受生活,可我却要死了!呵,上帝,延长延长我的寿命吧。""我把驴子减去的十八年加给你,"上帝说。"这哪儿够啊!"人回答。——"狗的十二年也归你。"——"还是太少了。""那么,"上帝说,"我再把猴子的十年给你加上,再多却没有喽。"人走了,可是并未满足。

这一来,人就能活到七十岁,头三十年是属于人自己的,很快便会过去,这段时间人身体健康,心情舒畅,工作也愉快,正好享受自己的生命;紧接着是本来属于驴子的十八年,这时重担一个接一个压到人的身上,他得驮粮食养活别人,而拳打脚踢却是对他忠心效力的回报;接下来是属于狗的十二年,这时人躺在角落里嘟嘟囔囔,已经没有牙齿咬东西了;再往后,是猴子的十年来收场,这时人已痴呆傻气,尽干蠢事,成了孩子们取笑的对象。

177. 死神的使者

很久很久以前,有个巨人漫游在乡间大道上,突然一个陌生

人跳到他跟前吼道："站住！不许前进一步！""什么？"巨人说，
"你这小矮子，我两根手指头就能把你捏碎，你竟敢拦我的路？你
是谁，说起话来竟这样放肆？""我是死神，"那人回答，"没谁敢
违抗我，包括你也得听我的指挥。"巨人不服气，和死神打了起来。
他们激战了很久，最后巨人占到上风，一拳把死神打倒在了一块
石头边。巨人继续走自己的路，死神失败了，浑身无力地躺在那
里，站都没法站起来。"要是我一直躺在这鬼地方，那将怎样呢？"
他说，"世上将不再有谁死去，将挤满了人，以致他们连站的地方
都不会有了。"这时走来一个朝气蓬勃的青年人，一边哼着歌儿，
一边东张西望。他看见昏迷不醒的死神，便同情地走过去扶起他，
用自己的水瓶灌了他一口凉水，一直等到他恢复过来。"你知不知
道我是谁？知不知道被你救活的是什么人？"死神一边站起身，一
边问。"不，"年轻人回答，"我不认识你。""我是死神，"他说，
"我不放过任何人，你也不能例外。但为了让你知道我很感谢你，
我保证将来绝不突然降临到你身边，而是先派我的使者来打招呼，
然后我再亲自来接你。""行啊，"年轻人说，"能知道你何时来总
要好些，至少在这之前我不用提心吊胆。"说完他就走了，依旧高
高兴兴地过一天是一天。唯有青春和健康无法长久保持，很快疾
病和痛苦已结伴而来，不分昼夜地折磨他，使他不得安宁。"我还
不会死哟，"他自言自语，"因为死神事先要派使者来。我只希望
这疾病缠身的痛苦日子早点过去。"没过多久，他病好了，又重新
过得快快活活。可突然有一天，有谁拍了拍他的肩膀，他回头一
看，原来是死神站在他的背后。死神说："跟我来，你与这个世界
告别的日子到了。""什么，"那人问道，"你难道想说话不算话？你
不是向我保证过，在你自己来之前先派你的使者来吗？我可一个
也没看见哩。""别扯了，"死神回答，"我不是接二连三派使者来
过吗？感冒发烧不是来了吗？它不是撞你，摇你，把你摔倒？你
不是头昏脑胀吗？关节炎不是在你的四肢上又拧又捏？你的耳朵

不是嗡嗡作响吗？牙痛不是咬噬着你的面颊？你眼前不是越来越昏暗？这些都不说了，每天晚上，我的亲兄弟'睡眠'，不是老让你想起我吗？夜间你躺在那儿，不是就跟死了一样吗？"那人无言以对，只好听天由命，跟着死神走了。

178. 鞋 匠 师 傅

　　鞋匠师傅又瘦又矮，但却生性好动，一分钟也安静不下来。他有一张毫无血色的麻脸，脸上最显眼的要数他那狮子鼻；灰白色的头发乱蓬蓬的，一双眯眯眼不停地东望望西瞅瞅。他什么都留意，什么都挑剔，什么都比别人在行，而且总是有理。每当他走在大街上，两条胳膊总是有力地划来划去，以至有一次他把一个提水姑娘的水桶打到半空中，自己被淋成了个落汤鸡。"笨蛋，"他一边抖身上的水，一边朝姑娘吼道，"难道你没瞧见我从你背后来了吗？"论手艺他是位鞋匠，缝鞋时总是把线拽得老长，谁要是不与他保持足够的距离，谁准会挨上他一拳。没有哪个伙计在他那儿能呆上一个月，再好的手艺他也总是挑出眼儿。一会儿说针脚不匀啦，一会儿说一只鞋比另一只长啦，一会儿说一个鞋跟比另一个高啦，一会儿说皮子没有锤够啦。"慢着，"他对徒弟说，"我让你瞧瞧，怎么才叫把皮子锤软！"说着便操起皮带，在徒弟背上抽几下。他把他们全叫作懒虫，他自己却没干多少，因为他一刻钟也坐不住。他妻子一早起来生火做饭，他就会从床上跳起来，光着脚丫跑进厨房，吼道："你想把房子给我烧了吗？这么大的火，足够烤熟一头牛！未必柴不花钱买？"要是几个女仆站在水桶边有说有笑，他便严加申斥："这些蠢鹅站在那儿叽叽喳喳，只知闲扯，不晓得干活。再说用新肥皂干什么？可怕的浪费外加可耻的懒惰！她们只想保养手，不肯好好搓衣服。"他跳过去，却把一桶肥皂水撞翻，这下整个厨房都淹在水里了。要是谁造一座新房子，他就跑到窗子边去观望。"瞧他们又用红砂石砌墙，"他嚷道，"这种砂石永远干不了，住在里边没有人能保持健康。再瞧一瞧，那些伙计砖砌得多糟糕，灰浆也不顶事，里面必须加碎石，而不是沙子。我会看到这座房子垮下来，砸在这些人头上的。"他坐着才缝几针，马上又跳起来，解下皮围裙，高声说："我得好好劝劝那些家伙。"他碰见了木匠们。"这是怎么搞的？"他大声质问，"你们不沿着墨线砍，你们以为这样横梁直得了吗？总有一天全会散架。"他夺过一个木匠手中的斧头，想给人家示范怎样砍，这时走过来一辆载着泥土的马车，他又扔下斧头，跳到赶车的农民面前。"你有毛病怎么的？"他吼道，"谁会让小马拉装得这么重的车子？可怜的畜牲不压得倒下才怪！"农民不搭理，鞋匠师傅只好气冲冲地跑回自己的作坊。他正要坐下来重新干活，徒弟递给他一只鞋。"这又是怎么搞的？"他吼徒弟，"我不是告诉过你，鞋口不要剪得太开吗？谁愿意买这样的鞋呢？除了鞋底就啥也没有。我要求毫不含糊地照我说的办。""师傅，"徒弟回答，"你太对了，这只鞋完全要不得。不过呢，它正是你自己裁的，自己缝的那只。刚才你跳起来，把它扔到了桌下，我只是替你捡起来而已。在这件事上，天使也没法说你正确。"

一天夜里，鞋匠师傅做了一个梦，梦见自己死了，正走在通往天堂的路上，走到后使劲敲起门来。"真奇怪，"他说，"他们门上没有装环，叫人手都敲痛了。"大使徒彼得来开门，想看看是谁这样急着要进门。"啊，原来是你，鞋匠师傅，"他说，"我会放你进来的，但是得敬告你，你必须改掉旧习惯，对在天堂看见的一切都别挑剔，否则你会倒霉的。""其实你用不着警告我，"鞋匠回答，"我知道好歹；再说，这里的一切，谢天谢地，都十全十美，没有什么可指责的，不像在尘世。"于是他进了门，在天堂的大厅里走来走去。他东张西望，一会儿摇摇头，一会儿嘀咕几句。这时，他瞧见两个天使在抬一根横梁。这就是人在自己眼中有了却视而不见，偏偏去找别人眼里的木屑的那根。只不过，两位天使不是竖着往前抬，而是横着在抬。"谁见过这么蠢的事呵！"鞋匠师傅想，不过忍着没吭声。"横抬也好，竖抬也好，归根到底一个样，只要行得通就行。事实上，我看他们也没碰倒什么。"不一会儿，他又看见两个天使从井里打水倒进一个容器里，同时却发现容器上有很多孔，水从四方流了出来。这是在用雨水浇灌大地。"一群笨蛋！"他脱口而出，幸运的是马上改了主意，心里想："也许这只是为了消遣呢？只要好玩，就可以干干这种无聊的事，尤其是在天堂里，这儿的人我发觉都只是在偷懒。"他继续朝前走，看见一辆车陷进了泥坑里。"毫不奇怪，"他对站在一旁的那个人说，"谁会这样傻装东西？你那运的究竟是什么？""虔诚的愿望，"那人回答，"我没法送它们到正路上；幸亏我还把车推上来了，在这地方他们是不会丢下我不管的。"果然来了一位天使，在他车前套了两匹马。"太好了，"鞋匠想，"不过两匹马拉不出这辆车来，至少也得四匹。"又来了一位天使，也牵了两匹马，但没把它们套在车前，而是套在了车后面。这对鞋匠师傅来说真太过份。"混帐！"他终于发作了，"你这是干什么？自从有了世界，谁从坑里拉起来过车子？你们这些家伙狂妄自大，以为什么都比别人懂得多。"他还想继续说下去，一位天堂里的居民已抓住他的衣领，猛地把他推出了天门。出门后他还回过头去望了望那辆车，看见四匹长着翅膀的马把它拖出了坑。

就在这时候鞋匠师傅醒了。"显然天堂和尘世有些个不一样。"他自言自语说，"那儿有些事情情有可原。可是谁眼见着四匹马同时套在车前和车后能不冒火呢？不错，它们长得有翅膀，可谁事先知道呢？再说，真是蠢得要命：那些马既然有四条腿可以跑，何必再装上翅膀？不过，我得起床了，否则他们会把我的家弄得个乱七八糟。幸运就幸运在，我并没有真的死。"

179. 井边的牧鹅女

从前有个很老很老的老婆婆，她和一群鹅住在大山之间的荒野里，那儿有她的一座小房子。荒野四周环绕着一片大森林，每天早晨，老婆婆都拄着拐杖，晃晃悠悠地去到森林。她在那儿不停地忙啊忙啊，别人真无法相信她这么大年纪还能做那么多的事：她给自己的鹅打草，采摘手能够着的野果，还把所有这些背回家去。别人一定认为这么重的东西一定会把她压倒在地，可她却总是成功地把它背回去了。如果有谁碰见她，她都十分和蔼地打招呼："你好，亲爱的乡亲，今天天气不错哩。是的，你看见我拖着这么多草准吃惊，可每个人都得背起他自己的负担啊。"不过人们不愿遇见她，宁可绕弯路；要是一位父亲带着儿子走过她身边，便会小声对儿子说："小心这个老婆子，她狡猾极了，是个女巫。"

一天早晨，一个英俊的青年在森林中走。这时阳光明媚，鸟儿歌唱，凉风轻拂着树叶，青年满心喜悦和欢乐。就在他一个人都遇不到时，突然看见那个老巫婆，她正跪在地上用镰刀割草。她已经割好整整一捆草，旁边还放着两个装满野梨和野苹果的篮子。"嗨，老太太，"青年说，"你怎么搬得动这么多东西！""我不搬不成啊，亲爱的先生，"她回答说："有钱人家的少爷不用干这个。可农民有句话叫做：别再东张西望，你的背像弯弓一样。"

"你愿意帮我吗？"见青年站在旁边不走，老婆子问。"你的背直挺挺的，你腿脚还利索，干这个很容易。再说我的家离这儿不远，就在这座山背后的荒原上。你很快就能走到。"青年对老婆子充满同情，说："虽然我父亲不是农民而是位富有的伯爵，但为了让你看看并非只有农民才能背重东西，我愿意帮你背回去。""如果你愿试一试，那我很高兴，"她说，"你肯定得走一小时的路，可这对你算得了什么呢？那儿的梨和苹果你也得捎上。"年轻的伯爵听说要走一小时，便有点疑虑，可老婆子不放过他，把草捆拴在他背上，再把两只蓝子挎在他手腕。"你瞧，这挺轻松不是？"她说。"不，不轻松，"伯爵满面愁容地回答，"草捆压在背上挺沉，好像里面尽装的大石头；苹果和梨也重得像灌了铅。我差不多快憋气了。"他很想把东西全放下，但是老太太不让。"瞧啊，"她讥讽道，"这位年轻先生不肯搬我这个老太婆常常搬的东西。说漂亮话他在行，真干起来却想逃之夭夭。还站在那儿干吗呢？"她继续说，"走吧，快抬腿儿！没有人会替你背的。"只要走的是平路，年轻人还能坚持；但当他们来到山前，不得不朝上爬，脚下的石头又像活了一样往下滚，他就吃不消了。汗珠一颗颗挂在额头，流到背上，叫他感觉一会儿热，一会儿冷。"老婆婆，"他说，"我不行了，想休息一会儿。""没有的事儿！"老太婆回答"我们到了以后，你才能休息，现在你可得往前走。谁知道你打的什么主意呢？""老婆子，你好不讲理！"伯爵说，想放下草捆，但是枉费心机：包袱牢牢地挂在背上，好像长在了一起似的。他转过来，转过去，怎样也摔不掉它。老太太哈哈大笑，高兴得拄着拐杖乱蹦乱跳。"别生气，亲爱的先生，"她说，"你的脸红得跟火鸡一样了。耐心地背着你的包袱吧，到家后我会多多给你酒钱的。"伯爵无可奈何，只好认命，耐心地跟在老太婆后面慢慢走去。老太婆好像越来越矫健，他的负荷却越变越沉重。突然，她往上一跳，跳到草捆上坐起来。她虽然枯瘦如柴，却比最胖的乡下姑娘还沉。年轻人两膝打颤，可要是不往前走吧，老婆子又会用树枝和麻秆抽打他的腿。他气喘吁吁地爬上山，终于到了老婆子的家，这时他差不多要倒下了。那些鹅看见老婆子，便竖起翅膀，伸着脖子朝她跑来，一路哦哦叫着。一个上了年纪的女人手里拿着根树枝，跟在鹅后面走来。她又高又壮，丑得像个夜叉。"妈妈，"她对老婆子说，"出了什么事，你在外面呆这么久？""没事儿，我的女儿，"老婆子回答，"我没遇到什么坏事；恰恰相反，这位好心的先生帮我背东西，我走累了，你想想，他还连我一起背上。这段路对我们来说根本不算远，我们很高兴，还一直闹着玩儿哩。"终于，老婆子走过来，从年轻人背上取下草捆，接过他腕上的篮子，非常和蔼地看着他说："现在坐到门前的长凳上去好好休息休息。你理应得到的你那份报酬，也一定少不了。"然后她对牧鹅女说："我的女儿，你进屋去，你不适合同一位年轻的先生单独在一起；咱们不应火上加油，否则他会爱上你的。"伯爵听了哭 笑不得，心想："这样一个宝贝，哪怕她再年轻三十岁，也打动不了我的心啊。"这时候，老婆子像抚摸孩子一样抚摸她的鹅，随后和女儿一道进屋去了。年轻人躺在野苹果树下的一条长凳上。空气温馨宜人，四周铺展着绿色的草地，草地上开满了樱草、野麝香和无数各色各样的花。一条清清的小溪从草地中间流过，阳光照在水面上闪闪发亮，白鹅有的来来去去地散步，有的在水中嬉戏。"这儿真美呀，"青年说，"可我累得眼皮都抬不起了；我得睡一会儿。但愿别起风，把我的腿从身上吹跑；它们真软得跟火绒似的。"

　　刚睡了一会儿，老婆子就走来把他摇醒。"起来，"她说，"你不能留在这里。不错，我是搞得你够苦的，但还没有生命危险。我现在把你的报酬给你。金银财宝你不需要，我要给你别的东西，"说着便把一只用一整块绿宝石精雕而成的小匣儿放到他手中，继续说："好好保管，它会给你带来幸福。"伯爵跳起来，因为他感到自己非常清醒和重新有劲儿了。他于是感谢老太太送他这件礼物，随后便上了路，对那美丽的小女儿却连一眼都没有望。走了一大段路，他还听见远处传来鹅群的欢叫声。

　　伯爵在荒野里转悠了三天，才找到出路。他来到一座大城市，因为没人认识他，便被带到了王宫里。国王和王后坐在宝座上，他单膝跪下，从口袋里掏出绿宝石雕成的小匣儿，放到王后跟前。王后叫他起来，把匣儿递给她。不等打开匣子看上一眼，她就昏倒在地了。国王的侍从把伯爵抓了起来，要投他进监狱。这时王后睁开眼睛，命令把他放了，还叫所有的人都出去，她要和伯爵单独谈话。

剩下王后一个人，她伤心地哭了起来，说："我身边的荣华富贵对我有何用，每天早晨我总是伴着忧愁和痛苦醒来。我本来有三个女儿，其中小女儿非常美丽，大家都说她简直是个奇迹。她像雪一样白净，像苹果花一样娇艳；她的金发像灿烂的阳光。她哭的时候，眼里掉下来的不是泪水，全是珍珠和宝石。她十五岁那年，国王传三个女儿来他宝座前，当小女儿仿佛初升的太阳一般光彩照人地走进来时，你真该看看在场那些人是怎样睁大了眼睛！国王说：孩子们，我不知道我的末日哪一天到来，我要在今天决定你们每一个在我死后得到些什么。你们三个都爱我，但其中最爱我的那个应得到最好的东西。三个女儿都说自己最爱他。'你们能告诉我，你们怎样爱我吗？'国王问。'这样，我就知道你们是怎样想的。'大女儿说：'我爱父亲像爱最甜的点心。'二女儿说：'我爱父亲像爱我最漂亮的衣服。'小女儿却沉默不语，父亲便问她：'你呢，我最亲爱的孩子，你是怎样爱我的？''我不知道，'她回答说，'没有任何东西能和我对你的爱相比。'父亲却坚持要她说，于是她终于说了：'没有盐，再好的佳肴我也不喜欢；所以，我爱父亲就像爱盐一样。'国王听了，很生气地说：'既然你像爱盐一样爱我，那就用盐来回报你的爱好了。'于是他把王国分给两个大女儿，却让人捆一袋盐在小女儿身上，还命令两个侍从把她押到荒无人烟的森林里去。我们全都为她求情，却没法让国王消气。"王后继续说，"当小女儿不得不离开我们的时候，她哭得多么伤心啊！整条路都洒满了从她眼里掉下来的珍珠。没过多久，国王对自己过于严厉的做法感到后悔，派人到森林里去找那可怜的孩子，但找遍了也未见她的踪影。只要我一想到她可能被野兽吃掉了，就伤心得不能自已。有时我又希望并以此自慰她还活着，希

542

望她要么藏在哪个山洞里，要么被好心人收留了，可是，请你想想，当我打开你的绿宝石匣儿，看见里面有一颗珍珠，形状跟从我女儿眼里掉出来的一模一样，你准能够想象我有多么激动。你得告诉我，你是如何得到这颗珍珠的。"伯爵告诉她，是从森林中一个老太婆那里得到的；在他看来，老太婆有些非同一般，一定是个巫婆。国王和王后决定去找那个老太婆，认为他们准能从有珍珠的地方得到他们女儿的消息。

在外面荒原上，老太婆坐在纺车边纺线。天已经黑了，脚下炉子里燃着一块木片发出微弱的亮光。突然外面响起一阵喧闹，是鹅群从草地回来了，正发出嘎嘎的叫声。不多会儿，女儿也进来了，可老太太几乎没夸她，只对她摇了摇头。女儿坐到她身边，接过纺锤，像个年轻姑娘一样灵巧地纺起线来。她们这样坐了两个钟头，相互没说一句话。临了儿，有什么在窗外叫，两只眼睛忽闪忽闪往里瞅。原来是一只老猫头鹰，它还唬唬唬地叫了三声。老太婆朝天望了望，然后说："时间到了，女儿，去干你的活儿吧。"

姑娘起身出去了。她到底去哪儿呢？穿过草地后她继续朝前走，一直走进山谷，最后她来到了三棵古老橡树旁的井边。这时又大又圆的月亮爬上山顶，发出明亮的光，仿佛针掉在地上也能找到。她取下脸面上的皮，把头埋向井边洗起脸来。洗完后，她把那张皮浸到水里，然后再平铺在草地上。这样，在月光的照射下，皮又将变白变干起来。可现在姑娘成了什么样子啊！你们一辈子也不会见过！她花白的假辫子掉下了，一头金发像太阳光一样撒开，仿佛一件外套罩住了她整个身体。两只眼睛像夜空中的星星一样晶莹闪烁，娇嫩红艳的双颊仿佛盛开的苹果花。

可是美丽的少女十分忧伤。她坐到地上，伤心地哭起来，眼里的泪珠一滴一滴从长发间落到地上。她就这样坐在那儿。她还会坐很久，要不是附近的树枝间发出了沙沙的声音。她像听见猎人射击的小鹿似地一跳而起。这时月亮刚巧被一团黑云遮住，转

543

瞬间，姑娘又已套上老皮，她像一盏被风刮灭的灯似地遽然消失。

姑娘像一片白杨树叶似地颤抖着跑回家。老婆子站在门前，姑娘想告诉她遇见的事情，她却和蔼地笑了笑，说："我已经全知道了。"她把姑娘带进屋，再点燃一块木片，但没再坐到纺车前去，而是拿来一把扫帚，开始打扫屋子。"一切都要弄得干干净净的，"她对姑娘说。"可是，妈妈，"姑娘说，"你为什么这么晚才开始干呢？你有什么打算？""你知不知道现在几点钟？"老太婆问。"还没到午夜，"姑娘回答，"可已经过了十一点。""你没想起吗，你就是三年前的今天到我这儿来的啊！"老太太继续说，"你在这儿的日子已经过完，我们不能再呆在一起。"姑娘吃了一惊，说："唉，亲爱的妈妈，你想赶我走吗？你叫我去哪儿呢？我没有朋友，也没有家，我能到哪儿去呢？凡是你要求的事情我都做了，你对我也总是很满意。别赶我走吧！"老太婆不愿告诉姑娘她将面临什么。"我不再呆在这儿了，"她对姑娘说，"可我搬走的时候，房屋必须干干净净，所以不要影响我干活。你自己呢不用担心，你会找到住处的。而且我将给你的报酬也会使你满意。""可你告诉我，会发生什么事？"姑娘继续问。——"我再对你说一遍，不要打扰我工作。别再讲一句话，回你房间去，把脸上的皮取下来，穿上那件你当初来我这里时穿的那件绸衣服，然后呆在你房里，直到我叫你。"

现在回头来讲讲国王和王后，他们和伯爵一起出了宫殿，想到荒野上去找那个老太婆。夜里，伯爵在森林里掉了队，只好一个人继续朝前走。第二天，他觉得又回到了正路，便不停地朝前赶，直到黑暗降临，他才爬到一棵树上，准备在那儿过夜，因为他担心，天黑他会迷路。当月亮照亮了这片地方，他看见一个人影从山上下来。这人手里虽然没拿鞭子，他却一眼认出就是那个牧羊女。"噢，"他失声叫出，"她来了，我刚才逃脱一个巫婆的手心，莫非又要落入另一个巫婆手里。"可是他是怎样地吃惊呀，当

544

牧羊女走到井边，取下假皮洗脸，金色的长发披散在肩上，是那样地美，美得他还从未见过呐！他大气不敢出，却竭尽全力在树枝间伸长脖子，目不转睛地盯着姑娘。要不是他身体太往前倾，就是别的什么原因，喀的一声突然树枝断了，而就在这一瞬间，姑娘匆忙套上假皮，像小鹿似地跳起来，月亮也跟着藏到云后，姑娘就这样在他眼皮下消失了。

她刚遁去，伯爵已从树上跳下来，脚步敏捷地追赶她。没追多久，他看见昏暗中有两个人影穿过草地，正是国王和王后。他们远远瞅见老太婆小屋内的灯光，便朝这里走来。伯爵把他在井旁看见的怪事告诉他俩，他们毫不怀疑那就是自己失踪的女儿。他们满心高兴地朝前走，很快到了小屋跟前。那些鹅蹲成一圈，脑袋插进翅膀里在睡觉，一听见他们都动起来。他们朝窗里一瞧，老太婆正静悄悄地坐在屋里纺线，只点了点脑袋，没有回头看。屋子里很干净，好像是些脚上不粘灰尘的小雾人儿住在这儿。可他们没看见自己的女儿。他们盯着屋里的一切看了很久，终于鼓起勇气，轻轻地敲了敲窗户。老太婆看上去像一直在等他们，这时站起来，非常和气地大声说："只管进来，我已经认识你们了。"他们走进屋，老太婆又说："要是三年前你们不错误地把自己善良可爱的孩子赶出家门，那也就用不着走这么远的路了。只是这对她也没什么坏处，三年来她的任务是放鹅。她没因此学坏，而是保持着纯结的心灵；你们却一直生活在焦虑不安中，受到了足够的惩罚。"说完，她走到另一扇门前，喊道："出来吧，我的女儿。"门开了，身穿绸裙服的公主走了出来。只见她满头金发，两眼炯炯有神，仿佛一位从天而降的天使。

她朝自己的父母走去，搂住他们亲吻，大伙儿全都高兴得哭了。年轻的伯爵站在他们旁边，姑娘一见他，脸就跟原野上的玫瑰一样红，自己却不明白为什么。国王开口了："亲爱的孩子，我的王国已经送人，我该拿什么给你呢？""她什么也不需要，"老太婆说，"我要把她为你们流的眼泪还给她，那全是一颗颗珍珠，比海里采撷的还要美，比你的整个王国更值钱。另外，我还要把这座小屋，作为她在这儿劳动的报酬送给她。"说完这些话，老太婆便从他们眼前消失了。四周的墙壁有点儿嘎嘎作响，他们转头一望，小屋已变成座华丽的宫殿，御膳桌已经摆好，许多仆人正往来奔忙。

故事还没讲完，可给我讲它的祖母记忆已很差，她把以后的情节忘了。我总相信，美丽的公主和伯爵结了婚，一起住在那座宫殿里，过着幸福美满的生活，一直到见上帝。当初小屋前养的那群雪白的鹅，是否全是些被老太太收养的少女——请别多心①——现在有没有恢复人形，留在年轻的皇后身边当使女，我都不清楚，但我猜想是的。不过有一点确切无疑：老太太不是人们说的巫婆，而是位好心肠的女智者。多半也是她，在公主出世时就恩赐她哭起来不掉泪，而是落下一颗颗珍珠。如今这种事不再有喽，否则穷人也会很快富起来。

180. 夏娃的各色各样的孩子

亚当和夏娃被逐出伊甸园后，不得不在贫瘠的土地上建造房屋，辛勤劳动，艰苦度日。亚当种田，夏娃纺羊毛。夏娃每年生一个孩子，可孩子们长得不一样，有的美，有的丑。过了很长一段时间，上帝派一位天使到他们家，通知他们上帝要来看他们过日子。夏娃见上帝如此开恩，十分高兴，便起劲儿打扫房子，用鲜花装饰它，还撒了芦苇在地上。然后，她把孩子们叫来，但只叫了那些漂亮的。她给他们洗脸洗澡和梳头，换上新洗的衬衣，并

---

① 在德语里，鹅代表蠢笨

546

且告诫他们，在上帝面前要老老实实，规规矩矩。他们应该向上帝恭恭敬敬地鞠躬，恭恭敬敬地与他握手，并且要谦虚有礼地回答他的问题。丑孩子们呢，她却不让露面。她把他们一个藏在干草下，另一个藏在屋顶下，第三个藏在草垛中，第四个藏在炉子里，第五个藏进地窖，第六个藏在雪橇下，第七个藏在酒桶脚底，第八个藏在她的旧皮袄下面，第九个和第十个藏在她平时用来给孩子们做衣服的布匹底下，第十一个和第十二个藏在她用来给他们做鞋的皮革下面。她刚弄好，就响起了敲门声。亚当透过门缝一瞅，看见正是上帝，便恭恭敬敬地打开门，上帝走了进来。屋里，漂亮的孩子们排好了队，向他鞠躬，与他握手，对他下跪。上帝开始祝福他们，把手抚在第一个孩子头上，说："你将成为一位强有力的国王。"同样地，他对第二个说："你将成为一位王公。"对第三个说："你将成为一位伯爵。"对第四个说，"你将成为一位骑士。"对第五个说，"你将成为一位贵族。"对第六个说，"你将成为一位市民。"对第七个说，"你将成为一位商人。"对第八个说，"你将成为一位学者。"就这样，上帝把美好的祝福分给了孩子们。夏娃看见上帝如此和蔼仁慈，便想："我去把我那些丑孩子也叫来吧，也许他同样会赐福给他们的。"她于是跑去从干草下、草垛里、炉子中和其他藏身处把他们找来。一群脏兮兮、黑乎乎和长着疥疮的粗鲁孩子，走到了上帝跟前。上帝笑了，打量着他们所有人说："我也要给这些孩子祝福。"他把手抚在第一个孩子头上，说："你将成为农夫。"对第二个说："你，渔夫。"对第三个，说，"你，铁匠。"对第四个说，"你，制革匠。"对第五个说，"你，织布工。"对第六个说，"你，鞋匠。"对第七个说，"你，裁缝。"对第八个说，"你，制陶工。"对第九个说，"你，马车夫。"对第十个说，"你，船夫。"对第十一个说："你，邮差。"对第十二个说，"你，终生作仆人。"

夏娃在一旁听了，忙说："主啊，你的祝福怎么如此不平等！

他们可都是我亲生的孩子啊！你应该一视同仁地赐福才是。"谁知上帝回答："夏娃啊，这个你就不懂了。我应该，我必须让你的孩子们遍布全世界：如果他们都当王公贵族，那谁来种麦子、打麦子、磨面和烤面包呢？谁来打铁、织布、做木匠活儿、建房子、挖沟渠、裁衣服和缝衣服呢？每个人都应尽自己的本份，这样才能互相支持，使所有人都像身体上的器官四肢一样自然得到供养。"夏娃听了回答："啊，主，原谅我太性急，说了冒犯你的话。就让你神圣的意愿也在我的孩子们身上实现吧。"

181. 池塘里的水妖

从前有一个磨坊主，他和妻子过着快乐的生活。他们有钱又有地，而且一年比一年更富足。谁料不幸一夜之间来临：他们的财产就像当初增长得快，现在也一年年消失得快，到头来连磨坊主本人住在里面的磨房，都几乎不能说是他自己的财产了。他苦闷，干完白天的活躺下后也不得安定，而是愁得在床上翻来覆去。一天早晨，天还未亮他就起了床，出门来到户外，以为这样心情会好一些。他走过磨坊的水堤，正好迎来第一缕朝阳。这时，他听见水池里有什么东西在沙沙响，回头一看，见一个美女从水中慢慢升起。长长的秀发从她双肩披撒下来，遮住了白皙的身体，她用柔嫩的双手拢住它们。他明白了，这是池中的水妖；他怕极了，不知该走开还是留下。水妖却以温柔的嗓音叫他的名字，问他为什么这样悲伤。开始磨坊主没吱声，可当他听见她说话如此和善，便鼓起勇气告诉她说，他曾过着富足幸福的生活，现在却穷得一筹莫展。"别着急，"水妖说，"我愿让你比以前任何时候都更富有和快活，只是你得答应把你家里慢慢长大的那个活物给我。""除了小狗和小猫，还会有别的什么呢？"磨坊主想，便答应了水妖的

548

要求。水妖重新沉到了水里。磨坊主满怀喜悦和勇气，急急忙忙向磨房走去，还没走到，使女就出来朝他喊，"恭喜恭喜！"原来他的妻子为他生了个儿子。磨坊主闪电击中一般站住了，他这才明白，阴险的水妖早已知道这事，所以骗了他。他耷拉着脑袋走到妻子床前，妻子问他："为什么你不为生了这样漂亮的孩子高兴？"他便告诉妻子他的遭遇和他的许诺。"财富和幸福对我有什么用，如果我得失去我的孩子！"他接着说，"可我该怎么办呢？"那些来贺喜的亲友们也想不出办法。

这期间幸运又回到了磨坊主的家中。他做什么都能成功，箱子柜子好像自动就装满了，橱柜中的银钱一夜之间就增多起来。没过多久，他的财产变得比以前更多了。可是，他无法心情坦荡，快快活活；他对水妖的许诺折磨着他的心。每当走过水池，他都害怕水妖冒出来，向他索债。他不让孩子本人到水池附近去。"小心，"他对儿子说，"你挨近水池，就会有一只手伸出来抓住你，把你拖下水去。"然而，年复一年地过去了，水妖没有再出现，磨坊主开始放心了。

小男孩长成了小伙子，到一位猎人那儿去学徒，满师后成了个能干的猎手，村长雇用了他。村里有个美丽忠实的姑娘，很让猎人倾心。磨坊主发觉后，送给他一所小房子，两个年轻人举行了婚礼，从此相亲相爱，过着幸福安宁的生活。

一天，猎人追赶一头鹿。鹿跑出森林，逃到了空旷的田野，猎人在后面追赶，终于一箭把它射倒在地。他没发觉，自己正处在危险的水池附近。他把鹿的内脏掏出来后，走到池边去洗沾满鹿血的手。谁知不等他把手伸进去，水里已冒出水妖来，笑着用湿漉漉的双臂抱住他，很快把他往下拖，一会儿波浪便淹没了他的脑袋。

到晚上，猎人没回家，妻子害怕起来，出门去寻找他。因为猎人经常对她讲，他得当心水妖的暗算，不敢走近水池边，她也已经猜着出了什么事。她急忙赶到水边，见岸上摆着丈夫的猎袋，就再不怀疑自己遭遇的不幸了。她悲痛欲绝，呼唤着自己最亲爱的人的名字，但是没有用处。她又飞快地跑到水池对岸，重新呼唤他。她狠狠咒骂那水妖，但是没有回答。湖面平静如镜，水中只有明月的半张面孔把她仰望。

可怜的女人没有离开水池，而是绕着它一个劲儿地跑啊跑啊，时而一声不吭，时而大声吼叫，时而咽咽啜泣。最后她精疲力竭，倒在地上沉沉睡去，一会儿做了一个梦。

她梦见在巨岩间心惊胆战地往上爬，荆棘和蔓藤缠住了她的脚，抽打在她脸上，风吹乱了她的长发。可当她到达山顶，看见的却是一幅完全不同的景象：天空蔚蓝，空气温和，面前是平缓的坡地；在一片碧绿的鲜花盛开的草地上，立着一间清洁的小屋。她走上去推开门，里面坐着一位白发苍苍的老太太，向她和蔼地招手。就在这时，可怜的女人醒了。天已破晓，她立即决定去寻梦。她很吃力地爬上山顶，上面的情景跟她在梦里所见的一个样。老太太和蔼地接待了她，指着一把椅子让她坐。"你一定遇到了不幸，"她说，"因为你找到我这偏僻的小屋来了。"女人哭着把自己的遭遇告诉了她。"别发愁，"老太太说，"我会帮助你的：这把金梳子给你。等到满月升起的那天，你就到湖边去，坐在岸上用这把梳子梳你长长的黑发。梳完，你把它放在岸边，随后你会看见将发生的事情。"

女人回去了，但到满月那段时间对她来说过得很慢。终于，明晃晃的月轮挂在了天上，她便来到湖边，坐下去用金梳子梳长长的黑发，梳完后把它放在了岸上。不一会儿，湖底飒飒作响，一个浪涛涌起来，滚到岸边，卷走了金梳子。金梳子沉下去不久，湖水分成两半，猎人的头冒了出来。他没有说话，却用悲伤的目光望着妻子。就在这时，第二个浪涛咆哮而来，淹没了猎人的头。所有一切都不见了，湖水又像刚才一样平静，只有月亮圆圆的脸庞

550

映照在湖面上。

　　女人伤心地回到家，但夜里又梦见了老太太的小屋。第二天一早，她又踏上上山的路，向智慧的老太太诉说自己的不幸。老人给了她一支金笛，说："等到下次满月升起的那天晚上，带着这支笛子坐到湖边，吹一首动听的歌，吹完后把它放在岸上，你会看到将发生的事情。"

　　女人按照老太太说的做了，刚把笛子放在岸上，湖底又出现飒飒的响声，一个浪涛涌上来，滚到岸边，卷走了笛子。湖水很快分成两半，这次不光是头，猎人的半个身体都露了出来。他满怀期待地向妻子伸出手臂，谁料第二个浪涛呼啸而来，淹没了他，又把他拖下去了。

　　"唉，这对我有什么用？"不幸的女人说，"我只是看见了我最亲爱的人，随后又得失去他。"她心里重新充满懊恼，但梦境第三次把她带到了老太太的小屋。她去了，智慧的老人给了她一辆金纺车，安慰她说："我们还没做完所有的事情。等到下次满月的晚上，你带着这辆纺车坐到岸边去纺满满一轴线。然后把纺车留在岸上，你将会看到发生的事情。"

　　女人丝毫不差地照办了。满月刚一升起，她就拿着纺车来到岸边，认认真真地纺起线来，直到亚麻用完，线轴上缠满了纺好的线才停下。纺车刚一放到岸上，湖底就发出比前两次更厉害的喧声，一个大浪猛打过来，把纺车卷走了。很快，随着一股水柱升起，猎人的头部和整个身体冒了出来。他迅速跳上岸，抓住妻子的手就跑。但没等他们跑上一小段，整个湖水都可怖地咆哮着漫上岸，迅猛地冲进了广阔的田野。两个逃跑者眼看死到临头，这时妻子在恐怖中间向老太太发出了呼救的喊叫。就在这一瞬间，夫妻两人的模样变了，妻子变成一只蟾蜍，丈夫变成一只青蛙。已经赶上他们的洪水不再能淹死他们，但却把他们分开了，冲到了很远的地方。

洪水退去，他俩回到陆上，都恢复了人形。可他俩谁也不知道另一个在哪里。他们混在无家可归的陌生人中，两人之间隔着高山和深谷。为了谋生，两人都不得不放羊。长年累月，他们赶着羊群越过田野，穿过森林，心中充满悲伤和思念。

　　当又一个春天来到人间，一天两人出来放羊，竟不期然地走到了一起。他看见远处的山坡上有一群羊，就赶自己的羊上那儿去。他们相遇在一个山谷中，互相没有认出来，不过都为不再孤独一人而感到高兴。从此以后，两人每天一起放羊；他们虽然说话不多，却都感到欣慰。一天晚上空中满月照耀，羊儿都已安息，这时牧人从口袋里取出笛子，吹了一首优美但哀伤的歌。吹完后他发现，牧羊女在伤心地哭泣。"你为什么哭呢？"他问。"唉，"牧羊女回答，"也是一个满月的晚上，我最后一次用笛子吹过这首歌，我最亲爱的人便从水中露出了头来。"他盯着她细看，仿佛突然脱去了眼罩，他一下认出了他最心爱的妻。她呢也望着他，月光照在他脸上，她也把他认了出来。他们相互拥抱，相互亲吻。他们是否幸福，谁也无需再问。

182. 矮人的礼物

　　裁缝和金匠一道徒步旅行。一天傍晚，太阳落坡后，他们听见远方响起音乐声，而且越来越清楚，越来越清楚。这乐声听起来很特别，但异常优美悦耳，他们因而忘了所有的疲劳，快步继续朝前走去。他们来到一个山坡上，月亮正好已经升起；他们在那儿看见很多小矮人，正男男女女地手牵手，围成一圈兴高采烈地旋转跳舞，边舞边唱着十分优美的歌儿。这就是旅行者刚才听到的音乐声。人群中间坐着一位老者，他比其他人略高一点，身穿一件五颜六色的外套，花白的胡子拖在了胸前。两个旅行者非常吃惊，一动不动地站在那儿看矮人们跳舞。老者招手叫他们进去，矮人们热情地对他们打开跳舞的圈子。金匠是个驼背，和所有的驼背一样，他非常胆大，就进去了。裁缝开始有些不好意思，没敢往前走，但他看到其他人玩得实在是欢，也鼓起勇气，跟着进去了。很快圈子又围拢来，矮人们唱得跳得更狂更野，老者却取下挂在皮带上的一把大刀来磨，磨得很亮后，便转过头来盯着两个陌生人。他俩十分害怕，可还来不及考虑怎么办，老人已抓住金匠，很快把他的头发和胡子剃得精光，接着裁缝也一样。但马上他们就不害怕了，因为老人剃完后和气地拍了拍他俩的肩膀，仿佛想说，他们做得对：没有反抗，顺从地忍受了一切。老者用手指着旁边的一堆煤，打着手势告诉他们，把煤装满他们的衣袋。两人照办了虽说不知道煤对他们有什么用。随后他们继续赶路，去找过夜的地方。当他们走到山谷里，附近修道院的钟正好敲十二点；顷刻间歌声沉寂，一切都已消失，只有月光冷清地照在山坡上。两个旅行者找到一家旅店，躺在草铺上，盖上衣服睡了，因为太累忘了先把煤取出来。第二天，他们被压在身上的重物提早弄醒了，手伸进衣袋一摸，他们几乎不敢相信自己的眼睛：口袋里装的不是煤，而是纯金。而且，很幸运，他们的头发和胡子又重新很浓密地长上了。他们一下子成了富翁，而金匠天生贪婪，衣袋装得格外满，足足比裁缝多一倍。一个贪心的人，他再多也不满足，多了还想更多。金匠向裁缝建议再呆一天，到了晚上好再去山上老头儿那里拿更多的财宝回来。裁缝不乐意，说："我足够了，已经心满意足。现在我要当师傅，和我可爱的东西——他这样称呼他的心上人——结婚，我是一个幸福的男人。"不过，为了陪金匠，他仍愿意呆一天。傍晚，金匠在肩上加挂了几只口袋，好多装些，然后便朝山坡走去。和昨天晚上一个样，他又看见小矮人们唱歌跳舞，老头儿又把他的头发胡子剃个精光，示意他把煤带走。他毫不迟疑能装多少就装多少，欣喜若狂地赶回旅店，盖上衣服睡觉。"金子压得再重,"他说,"我也抗得住。"最后,他带着甜密的梦想入睡了,以为第二天从梦中醒来就成了一个很富有的人。谁知他睁开眼睛,一骨碌爬起来去检查那些个口袋时,他简直呆住了:他掏出来的不是别的,仍是黑乎乎的煤,随他掏多少次都一个样。"前天晚上我得到的金子总还在吧?"他想,便取出来看。哪知他又怔住了,他看见那些金子也同样变成了煤。他用煤粉染黑的手拍自己的脑门儿,才发觉整个脑袋和下巴光秃秃的,一毛不剩。可他的恶运还没到此为止,现在他才发现,他不光是背上有个驼包,胸前也隆起了同样大的一堆。这下他明白自己太贪心受到了惩罚,不禁放声大哭起来。哭声吵醒了好心的裁缝,他极力安慰这不幸的人,说:"你是我的旅伴,你将留在我身边,分享我的财宝。"他这样说也这样做了。只是可怜的金匠一辈子得背着两个驼包,用帽子遮掩他的秃脑袋。

183. 巨人和裁缝

有个裁缝是个吹牛大王,但是却很喜欢赖帐。一天,他产生了到外面森林去走一走、看一看的想法,刚一闲下来,便离开了他的作坊:

> 一个人出去漫游,
> 越过桥梁,穿过小径,
> 一会儿东,一会儿西,
> 不断前进,再前进。

到了郊外,他看见远处的蓝天下有一座陡峭的山峰,山峰背后,在莽莽苍苍的阴暗的森林里,有一座高耸入云的塔楼。"我的妈啊!"裁缝喊道,"这是什么哟?"在强烈的好奇心的驱使下,他兴冲冲地奔过去。跑到近处,他不禁目瞪口呆:塔楼竟长着脚,一步跳过陡峻的山峰,变成一个高大无比的巨人,站在了裁缝面前。"你在这儿干吗,小不点儿?"他吼道,声音响亮得仿佛四周在打雷。裁缝小声回答:"我想看看,在森林里是否能挣一块面包?""原来是这样,"巨人说,"那你可以给我干活儿。"——"如果有必要,也完全可以。可我将得到什么报酬呢?""你将得到什么报酬?"巨人说,"你听好了,一年有三百六十五天,如果闰年,还多一天。你认为对吗?""我想是这样,"裁缝回答,心里却在想:"得见风使舵喽。我得想法很快溜走。"

接着,巨人对他说:"小浑蛋,去给我提罐水来。""干吗不干脆连井带泉一起搬来呢?"吹牛大王一边问,一边拎着罐子朝井边走去。"什么,连井带泉一起搬来?"巨人嘟哝着,本来就有点笨头笨脑,这时便害怕起来:这家伙厉害着哩,他一定身怀奇异的功夫。你得当心呵,老汉斯,他可不是给你当仆人的料。裁缝提回来水,巨人命令他去森林里砍几块木材回家。"干吗不干脆把整片森林一刀砍下来呢?

整整一片森林,
不分老树新苗,
不管有疤无疤,
统统一刀砍下?"
小裁缝问罢,就去砍树了。
什么,什么,
整整一片森林,
不分老树新苗,
不管有疤无疤,
统统一刀砍下?

还有连井带泉？轻信的巨人喃喃自语，更加害怕了："这家伙厉害着哩，他一定身怀奇异的功夫。你得当心呵，老汉斯，他可不是给你当仆人的料。"裁缝砍回柴来，巨人命令他去打两三头野猪当晚餐。"干吗不干脆一箭射它一千头？"狂妄自大的裁缝说。"什么？"那个大块头胆小鬼叫道，完全被吓呆了，"今天就别再干了，你睡觉去吧。"

巨人吓得一夜没合眼，想过来想过去，怎样才能尽快赶跑这令他头痛的妖怪仆人。只要耐心，办法总有。第二天早晨，巨人和裁缝朝一块沼泽地走去，沼泽地周围长得有很多柳树。这时，巨人说："听着，裁缝坐到一根柳枝上去。我哪怕豁出性命也想瞧一瞧，看你能不能把它压弯。"——飒！裁缝跃到上面，屏住呼吸，使劲用力，直到枝条弯了下来。可当他重新吸气时，令巨人非常高兴的是，枝条又把他反弹到了空中，因为他不幸口袋里没有带熨斗，便被弹得很高很高，谁都无法再看到他。如果他没有再掉下来的话，那他可能还在云里雾里飘荡着呐。

184. 钉　　子

一位商人在交易会上生意兴隆，所有的货全卖出去了，钱袋里塞满了金子银子。现在他打算回家去，想在天黑前赶到家。他把装钱的旅行袋绑在马背上，骑着往前走。中午他在一座城里休息。当他准备继续走时，仆人把马牵到他面前说："东家，马左边后掌缺了一颗钉。""让它缺吧，"商人回答，"我还要赶六小时路，铁掌恐怕掉不了。我时间很紧。"下午，他再一次下马，让仆人给马喂食，这时仆人到房间里来报告："东家，您那马的左后掌掉了。要我牵它找铁匠去吗？""掉就掉吧，"商人回答，"剩下的几个小时，这马也许能坚持住。我得赶时间哩。"他继续朝前骑，可没过

556

多久，马脚跛了。跛了没一会儿，马就走得磕磕绊绊。磕磕绊绊地走了没多久，马终于倒在地上，折了一条腿。商人只好下了马，把旅行袋从马背上解下来，扛在肩上步行回家，直到深夜才走到。"倒霉全倒在那颗该死的钉子，"他自己说。正是：欲速则不达。

185．坟墓里的穷孩子

从前有个贫苦的牧童，他的父母亲都死了。当局把他交给一位富人，让他养育这个牧童。谁知这富人和他妻子心肠很不好，他俩各啬成性，为富不仁，谁只要吃他们一口面包，他们也会心生恼恨。那穷孩子不论怎样做，得到的食物都很少，相反打却挨得更多。

一天，他奉命照看母鸡和它的小鸡仔，母鸡却带着小鸡穿过荆棘篱笆跑散了。就在一眨眼间，老鹰猛扑下来，把母鸡抓到了空中。牧童用尽全身力气叫："小偷，小偷，不要脸。"可是有什么用？老鹰没把猎物还回来。富人听见叫声跑来，一看母鸡丢了，勃然大怒，立刻狠揍了男孩一顿，揍得他几天都动弹不得。随后，他得照看没有了母鸡的小鸡，这一来可更糟糕，一只跑到了东，一只跑到了西。于是他自作聪明，把它们全套在一条绳子上，心想这样子老鹰就一只也抢不走了。然而大错特错！几天后，他由于跑来跑去又累又饿，便睡着了，老鹰飞来抓住一只小鸡，其他小鸡因为套在同一条绳子上，便全被带走了。老鹰落到一棵树上，吃掉了所有小鸡。这时富农正好回家，看见这一不幸事故，立刻火冒三丈，狠心毒打那孩子，打得他好多天躺在床上动弹不得。

当孩子重新站得起来时，富农对他说："你这个小子太笨了，不能让你再喂鸡，当个跑腿吧。"于是他派他去法官那儿，给法官送一篮葡萄，另外还交给了他一封信。路上，可怜的男孩又饥又渴，忍不住吃了两颗葡萄。他把篮子交给法官，法官看完信，数了数葡萄，说："少了两颗！"孩子老老实实地承认：他因为又饿又渴，把那两颗葡萄吃了。法官给富农写了封信，要再送同样多葡萄给他。这次孩子也得带一封信给法官，可他又感到非常饿和非常渴，便再次吃了两颗葡萄。只不过，他先把信从篮子里取了出来，压在一块石头下面，自个儿往上一坐，好让信看不见他偷吃，不能再泄露他的秘密。法官发现还是少了两颗葡萄，又问他。"唉，"男孩说，"您是怎么知道的？信不可能知道，因为我先已把它压在石头下面了。"法官见他头脑如此简单，不禁笑了，随后带封信给富农，在信里劝他对这可怜的孩子要好一点，别在吃喝方面克扣他，并且要教他懂得什么对，什么不对。

"我这就叫你瞧瞧对与不对的差别，"狠心的富人说，"可你想吃饭，就得干活，你要做错了事，就得狠狠挨揍，受管教！"第二天，他给了孩子一件苦差事，让他把几捆喂马的草铡碎，并且威胁说："五小时后我就回来，如果到那时草还没铡碎，我就揍你，一直揍到你手脚全动不了。"富农说完，就带着妻子和男仆女佣到年市上去了。他只给男孩留了一小块面包。孩子走到马棚边，使出全身力气开始干活。他干热了，就脱下外套，放在干草上。他害怕完不成任务，便不停地铡啊，铡啊。就在这么拼命干着的时候，他一不留神，把衣服连同稻草一起铡碎了。他发觉这不幸已太迟，已无法挽回。"唉，"他大声说："这下我完了，那个狠心的男人不会白吓我，要是回来看见我干的事，一定会打死我的。我不如自己结束自己的生命吧！"

从前有一次，男孩听见富农的妻子说："床下我放了一罐毒药。"其实她这样讲，只是为了吓唬嘴馋的人，因为那里面装的是蜂蜜。这时男孩爬到床下，拖出罐子，把里面的蜂蜜吃了个精光。"我不明白，"他说，"人们讲死很苦，我却觉得怪甜。难怪太太那么盼望死哩。"他坐到一张小椅子上等死。哪知道他不但没有慢慢变得虚弱，反而因为吃了这有营养的东西而变得有力气了。"这一定不是毒药，"他说，"不过东家有次说过，他衣柜里藏有一小瓶毒苍蝇的药水，那准是真正的毒药，会让我死掉的。"但那也不是什么毒苍蝇的药，而是匈牙利葡萄酒。男孩取出酒瓶，一饮而尽。"这么死我也觉得挺甜，"他说。可不一会儿，酒性发作了，他感到晕头转向，便以为自己的末日快到了。"我觉得，我肯定快死了，"他说，"我要到外面的墓地里去找一座坟墓。"他跟跟跄跄地朝前走，来到墓地上，躺到一个新挖的墓坑里，神志越来越不清了。墓地旁有一家小酒店，那儿正举行婚礼，他听见传来音乐声，以为自己已经进了天堂，他这样直到完全失去知觉。可怜的孩子再没有醒来，发热的葡萄酒和冰凉的夜露水夺去了他的生命；他永远留在了躺进去的坟墓里。

富农听到男孩的死讯大吃一惊，生怕被法院传讯：没错儿，他吓得倒在地上失去了知觉。不料妻子当时正站在火炉边熬满满一锅猪油，急忙跑过来扶他。不料火苗窜进锅里，引燃了整座房子，几小时后就把它烧成了灰烬。受着良心的谴责，他们在贫困潦倒中度过了余生。

186. 真正的新娘

从前有一位姑娘年轻又美丽，她的妈妈却很早就死了，继母使她尝尽了各种各样的痛苦。每当继母给她布置一件工作，不管有多么困难，她总是勤勤恳恳，尽力去完成。但是，她却无法打动恶婆子的心：她总不满意，总觉得不够。姑娘越是勤劳，分配给她的任务也越多。继母一门心事就是不停加重姑娘的负担，叫她活得挺难受。

一天，继母对姑娘说："这儿有十二磅羽毛你得把它们撕干净，要是今天晚上还完不成，你就等着挨打吧。你认为，你可以整天偷懒吗？"可怜的女孩坐下来干活，泪水却从脸颊滚滚落下，因为她看出，一天内是不可能干完活儿的。她撕好一小堆羽毛放在面前，可是一叹气或者害怕得双手一拍，绒毛便四处飞散，她必须再把它们拣拢来，从头开始工作。这当儿，她把胳膊肘支在桌上，两手托着腮，大声说："上帝的大地上就没有一个人可怜我吗？"话音刚落，她便听见一个温柔的声音说："别难过，我的孩子，我来帮你。"姑娘抬头一看，一位老婆婆站在她身边。她慈祥地拉起姑娘的手，说："尽管告诉我你的苦衷吧。"因为她说得那么真诚，姑娘便对她讲自己悲惨的生活，讲负担如何一个接一个加在她肩上，叫她有永远干不完的活儿。"如果我今晚不理完这些羽毛，继母就要打我；她是 这样威胁我的，我知道她说到做到！"说着泪水又流出来了，好心的老婆婆却说："别担心，我的孩子你去休息吧，我帮你把活儿干完。"姑娘躺到床上，很快就睡着了。老婆婆坐到桌边的羽毛面前，呼！羽绒自动飞离了羽茎，老婆婆瘦削的双手几乎没碰它们，十二磅羽毛很快就理完了。姑娘醒来时，雪白的羽绒已高高堆积在眼前，屋里完全打扫得干干净净，老婆婆却不见了。姑娘向上帝表示感谢，静静地坐着直到晚上。这时继母走进来，看见干完的活儿非常惊讶。"你看见了，特鲁勒，"她说，"人只要勤快，有什么做不到！你就不能再做点什么吗？可你却坐在那里，无所事事！"她出门时自言自语："这妮子除了吃饭还有点能耐，得让她干更重的活儿。"

第二天早晨，她把姑娘叫去说："这儿有个勺子，用它给我把花园旁边的大水池舀干。要是到晚上你还干不完，那你明白会有什么结果。"姑娘接过勺一看，上面有许多孔；即使勺子不是这样，用它也永远舀不干一大池水啊！她立即去干活，跪在水边舀啊舀啊，泪珠掉进了池塘里。谁知好心的老婆婆又出现了，她了解姑娘苦恼的原因后说："别担心，我的孩子，去树丛中躺着睡一会儿吧，我来帮你干。"剩下老婆婆一人，她只摸了一下大池塘，池水就像蒸汽一样升上天 空，随着白云飞去，水池渐渐地空了。太阳下山前姑娘醒了，她走回来一看，只见还有些鱼儿在泥浆中挣扎。她去到继母那儿，告诉她活儿已经干完了。"你早就应该干完！"继母说。她脸都气白了，可又想出了新的毒计。

第三天早晨，她对姑娘说："你必须在那边平原上给我造一座美丽的宫殿，晚上必须完成。"姑娘大吃一惊，说："我怎么完得成这样一项大工程？""我不许谁顶嘴，"继母吼道，"你既然能用一只漏勺把池水舀干，那你也能造一座宫殿。今天我就要住进去，如果缺了什么，哪怕只是厨房或地窖中最不起眼的东西，那你明白将有什么下场！"她赶走了姑娘。姑娘来到谷地里，那儿重重叠叠堆满了岩石，她使尽全身力气，也搬不动即使最小的一块。她坐下哭了，盼望着好心肠的老婆婆的到来。老婆婆没让她等多久就来了，安慰她说："你只管躺到那边荫凉地睡觉去。我来替你造这座宫殿。如果你高兴，你自己可以住在里面。"姑娘走后，老婆婆碰碰那些灰色的岩石，它们很快便动起来聚成一体，高高耸立着，仿佛是巨人造的墙壁。不一会儿，宫殿建起来了，好像有许多看不见的手在工作，在一块一块地垒着石头。只听大地轰鸣，巨大的柱子自动插入云霄，整整齐齐地排列成行。屋顶上的瓦盖得有条不紊。中午，一面很大的风信旗已旋转在塔尖上，就像一个衣裙飘飘欲飞的金色少女。到晚上宫殿内部也装修好了。老婆婆是怎样干的我不知道；可房间的四壁确实罩着丝绸和天鹅绒，室内确实摆设着彩绣的椅子，一张张大理石桌旁配的是装饰华美的扶手椅，水晶枝形吊灯从天花板上垂下来，映照在光洁的地板上。一些绿色的鹦鹉蹲在金鸟笼里，还有奇禽异鸟唱着动听的歌。到处都是那么富丽堂皇，仿佛将有一位国王搬进来住似的。太阳快落坡的时候，姑娘醒了，觉得眼前闪耀着千百盏灯光。她快步走过去，穿过宽敞的大门进入宫殿。台阶上铺着红毡，金色的栏杆旁开满了鲜花。她看见房间里是那么富丽堂皇，一下子惊呆了。谁知道她会这样站多久呵，如果不是想到了继母的话。"唉，"她对自己说，"要是她终于满意了，从此不再折磨我，那该多好！"姑娘走去报告继母，宫殿建成了。"我要马上搬进去，"继母说，从位子上站了起来。她跨进宫殿，不得不用手遮住眼睛，光线是那样地刺眼。"你瞧，"她对姑娘说，"这对你多么容易！我该给你布置更艰苦的任务才是。"她走遍所有的房间，搜寻着每一个角落，看是否还缺少什么或有什么不足，但她什么也没找出来。"现在我们到下面去，"她说，用阴险的眼光盯着姑娘，"厨房和地窖也必须检查，如果你忘了什么，你就逃不掉惩罚。"然而炉火正旺，锅里煮着食物，火钳和铲子都放在灶旁，靠墙摆着亮锃锃的黄铜餐具。什么都不缺，甚至连煤箱和水桶也不少。"地窖的门在哪儿？"继母叫道，"如果里面没有摆满酒桶，那就有你好瞧的呐！"她自己动手把升降门推上去，走下楼梯，哪 知她走不到两步，沉重的门没有卡牢，已自动坠落下来。姑娘听见一声大叫，急忙把门抬起来，想去救她，但她已摔下楼梯，女孩发现她躺在地上断了气。

这下华丽的宫殿属于姑娘一个人了。开头她一点不知道怎样适应这幸福生活，漂亮的衣服一直挂在柜子里，箱笼中藏满了金银和珍宝；她没有愿望不能实现。很快，她美貌和富有的名声传遍了全世界，每天都有求婚者到来，但没有谁能打动她的心。终于来了一位知道如何使她倾心的王子，她和他相爱了。宫中花园里有一棵绿油油的菩提树。一天，他俩亲密地坐在树下，这时王子对她说："我想回家去，征求我父母对我俩婚事的同意，我请求你在这棵菩提树下等我，过不了几小时我就会回来。"姑娘在他左边面颊上吻了吻，说："永远忠实于我，别让其他人吻你这边面颊。我将在这儿的菩提树下等着，直等到你回来。"

姑娘一直坐在树下，一直等到太阳都落山了，王子还是没有再回来。她坐在那儿从早到晚等了他整整三天，还是徒劳。当王子第四天还未回来，她便说："他一定遇到了不幸，我要找他去，在找到他之前绝不回来。"姑娘收拾起三件最美丽的衣裙，第一件绣的是闪闪发光的星星，第二件绣的是银色的月亮，第三件绣的是金色的太阳。她再包一把宝石在手巾里，便上了路。她到处打听她的未婚夫，但没谁见过他，没有人知道他。她到处漂泊，走遍了整个世界还是没找到他。最后，她到一个农民家里当放牧女，把衣服和宝石藏在了一块石头底下。

如今她过着牧女的生活，负责放牧牲口，心中却充满忧伤，充满对自己爱人的思念。她有一头小牛与她很亲热。她常亲手喂它草吃。她只要说：

> "小牛，小牛，跪下来，
> 可别也把你的牧女忘记，
> 就像王子忘记了他那
> 等在菩提树下的未婚妻。"

小牛便跪下来，让姑娘抚摸。她在度过了忧愁孤单的几年后，全国上下都传说公主将举行婚礼。通往城里的大路要经过姑娘住的村子。一天，她出外放牧，刚好遇见新郎经过。只见他高傲地骑在马上，瞅都没瞅她一眼；可姑娘一看，就认出他是她的爱人，难过得心如刀绞。"唉，"她说，"我原以为他一直忠诚于我，实际却早把我忘了！"

第二天，新郎又从这条路经过。当他走近时，牧女便对小牛说：

> "小牛，小牛，跪下来，
> 可别也把你的牧女忘记，
> 就像王子忘记了他那
> 等在菩提树下的未婚妻。"

他听见声音，便低下头，勒住马。他望着牧牛女的脸庞，然后把手罩在眼睛上，仿佛想回忆起什么。可是他很快又往前走了，一转眼已无影无踪。"唉，"姑娘说，"他再也认不得我了！"于是更加痛苦。

没过多久，王宫连续三天举行大型庆祝活动，全国每个人都受到了邀请。"现在我要最后试一试，"姑娘想。晚上，她走到藏宝物的石头旁边，取出绣有金色太阳的衣裙穿上，再用宝石打扮自己一番，然后解开包在头巾里的秀发，让长长的发鬈从肩上披撒下来。她就这样朝城里走去，黑暗中没有被人留意。可她一走进灯光辉煌的大厅，所有的人都被她震住了，自动让出一条路来，她是谁却没有人知道。王子朝她走来，但也没认出她。他邀请她跳舞，对她的美貌大为倾倒，再想不起另一位新娘。舞会散了，她消失在人群中，急匆匆地在天亮之前赶回了村子，又穿上她那牧女的衣服。

第二天晚上，她拿出绣有银色月亮的衣服穿起来，插一支半月形的宝石首饰在发间。她一出现在舞会上，所有的眼睛都转向了她，王子也急忙朝她走来，对她充满爱慕之情，只和她一个人跳舞，不屑看别的姑娘一眼。离开之前，她不得不向王子保证，她最后一个晚上还来参加舞会。

她第三次出现时，穿着绣满星星的衣裙，每走一步都熠熠闪光，手链和裙带上的宝石也是星形的。王子已经等她很久，迫不及待地挤到了她面前。"请告诉我，你是谁，"他说，"我觉得，我认识你已经很久了。""你不知道，当你离开我时，我是怎么做的吗？"她回答，说着挨近他，吻了吻他的左边面颊。就在这一瞬间，王子恍然大悟，认出了自己真正的新娘。"走吧，"他对新娘说，"我不能再呆在这儿了！"说着牵起她的手，带她到了外面马车旁。仿佛是风在拉车，马儿飞快跑向那奇异的宫殿，老远就看见窗户里灯火通明。当他们驶过那株菩提树，树上正飞舞着数不清的萤火虫；菩提树摇动树枝，送过来阵阵清香。台阶旁鲜花盛开，房里传来异国珍禽的鸣唱，大厅里聚集着所有的臣仆，牧师正等着为新郎和他真正的新娘举行婚礼。

187. 兔子和刺猬

这个故事听起来像纯属虚构，孩子们，可它呀却是真的。因为把它讲给我听的爷爷，每次在不慌不忙地讲完以后总要说："它一定是真的喽，孩子们，要不谁会讲它。"就这样，这故事流传了下来。

秋天里一个礼拜天的早晨，荞麦正好开花，太阳明亮地悬挂在天上，温暖的晨风拂过刚收割过的田野，百灵鸟在空中歌唱，蜂儿在荞麦花间营营嗡嗡，人们则穿着礼拜日的漂亮衣服上教堂去，真是万物都快快活活，刺猬也是一样。

刺猬站在自己家门口，双臂抱在胸前，看着晨风吹拂的情景，不经意地哼起一只小曲儿来，哼得不好也不坏。就像一只刺猬在可爱的礼拜天清晨常哼的那样。哼着哼着，它突然想到何不趁老婆孩子还在洗漱穿衣的时候，自己先去地里溜达溜达，看一看胡萝卜已长成什么样子了。胡萝卜地离它家非常近，它和全家常去那儿饱餐，把它当成自己的财产。说走就走，刺猬随手关上家门，向地里走去。没走多远，在绕过挡在胡萝卜地前边的野玫瑰丛时，它遇上了兔子；兔子也出来干同样的勾当：去察看它的白菜地。刺猬看见兔子，友好地向它道了一声早安。兔子生来一副贵族脾气，高傲得要死，对刺猬的问候不只不答理，还摆出一脸瞧不起人的样子，对刺猬说："怎么搞的，一大早就来地里瞎逛？""我散步来着，"刺猬回答。"你散步？"兔子笑起来，"照我想，你那腿本可以派点更好的用场喽！"这样的话太伤刺猬的心，要知道说什么它

565

都可以忍受，就是不愿让人说它的腿一个字，因为它天生腿是歪的。"怎么？"刺猬说，"你难道以为，你那几条腿儿更有能耐吗？""我是这么以为哩，"兔子回答。"那咱们试一试，"刺猬说，"我打赌，咱们要是赛跑，我一定跑赢你！""真可笑，你长着歪腿还想赛跑！"兔子回答。"不过我愿奉陪，如果你兴趣真的很大的话。可赌什么呢？""一块金币加一瓶烧酒，"刺猬说。"行啊，"兔子说，"击掌吧，然后马上开始。""不，不用这么急，"刺猬说，"我肚子还空着哩，想先回家去吃早饭，半个钟头后再回这儿来。"

兔子同意了，刺猬立刻往回走。半道上它心里嘀咕："兔子仗着自己腿长，可我一定要跑赢它。它虽然是个贵族，却脑袋愚蠢，不输才怪哩。"回到家里，刺猬对妻子讲："太太，快穿衣服，跟我到地里去。""有什么事呵？"妻子问。——"我要和兔子赛跑，赌一块金币和一瓶酒；我要你也在场。""我的上帝啊，"妻子一听就冲刺猬嚷起来，"孩儿他爸，你这是疯了，还是完全失去了理智怎么的？你怎么能和兔子赛跑哟！""住嘴，婆娘！"刺猬喝道，"这是我的事情，男人的事情你甭多嘴。快，穿衣服，然后跟我走！"刺猬的妻子有什么办法呢？她愿也罢，不愿也罢，只好跟着去了。

它们走在半路上，刺猬对妻子说："喏，注意我给你讲的话。你瞧，那儿有一块长条形的地，那就是我们的赛场。也就是说，兔子跑一条犁沟，我跑另一条犁沟，我们都从那上边起跑。喏，你什么也不用干，只站到犁沟下边，每当兔子跑过来，你就对它喊："我已到喽！"

说着话，已来到地里，刺猬给妻子指好站的位置，然后独自向上边走去。它走到时，兔子早等在那儿。"可以开始了吗？"兔子问。"当然当然，"刺猬回答。——"那就各就各位！"说着，它们都站进自己的犁沟。兔子数道："一——二——三！"三字刚出口，它已闪电般跑向地的下边一头。刺猬呢，只跑了大约三步，就身子一蹲，静静坐在犁沟里不再动。

566

这时候，兔子全速跑到地的下边一头，刺猬太太便冲它喊："我已到喽!"兔子一愣，心里好生奇怪，只以为冲它喊的是刺猬自己，因为谁都知道，刺猬太太和她丈夫长相硬是一模一样。

兔子呢却想："这样可不行啊。"它叫道："再跑一次，往回跑!"它又闪电般跑起来，差点儿没跑掉了耳朵。刺猬太太却静静地坐在老地方。兔子跑到上边一头，刺猬又冲它喊："我已到喽!"兔子非常恼火，大叫："再来一次，跑回去!""我才不怕哩，"刺猬回答，"你高兴跑多少次，我陪你多少次。"这样兔子一气儿跑了七十三趟，刺猬仍坚持着。每次兔子跑到下边或者上边，刺猬的妻子或刺猬便说："我已到喽!"

可到了第七十四趟，兔子没能再跑完。它倒在犁沟中间，血从喉咙里涌出来，当场就死了。刺猬却拿起赢来的金币和烧酒，把藏在下边的妻子喊上去，夫妻俩高高兴兴地回到了家。它们要是不曾死掉，现在还活着呐。

这就是布克斯特胡德荒原上刺猬叫兔子跑死的故事。从那时起，没哪只兔子再敢和那儿的刺猬赛跑。

这个故事的教益是：第一，一个人不管多么高贵，都不可以妄自尊大，嘲弄小人物，即使这人是只刺猬；第二，谁想结婚，最好娶一个与他地位相等、长相也差不多的妻子。这就是说，你要是只刺猬，你挑选的妻子也该是刺猬，如此等等。

188. 纺锤、梭子和针

从前有个女孩在她还很小的时候父母就去世了。她的教母独自一人住在村头的小屋里，靠纺线、织布和缝衣服养活自己。老太太把被遗弃的女孩接到自己身边，教她做活计，把她培养成了一个十分虔诚的人。女孩长到十五岁时，老太太病倒了，她把孩子叫到床边，说："亲爱的女儿，我感觉末日快到了。我留给你这间小屋，你住在里面遮风避雨吧！还有这纺锤，这梭子和针，你可以拿它们糊口。"她还把手放在女孩头上，祝福她说："心中永远装着上帝，你会幸福平安的！"说完便合上了眼。在教母下葬时，女孩痛哭流涕地走在她的棺材后面，向她表示最后的敬意。

现在女孩独自一人住在小屋里，很是勤劳，纺线、织布和缝衣样样都干，而她无论做什么，好心的老太太的祝福都应验了。比如小屋里的亚麻布好像自动会增多，而一当她织完一块布或是一张地毯，或是缝好一件衣服，她又很快就能找到出大价钱的买主。这样，她不但没有感到贫穷，还能分给别人一些东西。

这个时候，王子正周游全国，想寻找一位未婚妻。他不能选个穷姑娘，又不想要个富家小姐。他说："一个同时既最穷又最富的姑娘，我就让她做我的妻子。"他来到女孩住的村庄，便像在任何一个地方那样，问村子里哪个姑娘最穷又最富。村民们先告诉他最富的那位，然后说，最穷的是住在村头小屋里的那个姑娘。富家小姐盛装坐在门前，王子一走近她便站起来，迎上前向他敬礼。他看看她，一言未发便过去了。他来到最穷的姑娘屋前，姑娘没有站在门口，而是坐在小房间里。王子勒住马，透过正好有明亮的阳光射进去的窗口，看见姑娘坐在纺车前，勤快地在纺线。姑娘抬起头，发觉王子正朝里窥视，脸一下通红通红，急忙垂下眼睑继续纺线。这次她纺的线是否均匀，我就不知道喽。可她一直不停地纺啊纺啊，直纺到王子离开了才停止。接着她走到窗前，推开窗户，说："屋里好热啊。"说时却盯着王子的背影，直到辨认不出他帽子上的白色羽毛了才作罢。

姑娘重新坐在小屋里干活儿，继续纺她的线。这时，她突然想起以前干活儿时老太太曾说过不止一次的话，便自个儿唱起来：

"纺锤，纺锤，快快出去，
把那位求婚者带到我屋里。"

怎么怎么？纺锤转瞬间从她手中滑落，一跳一跳地出门去了！她惊讶地站起来，跟上去看怎么回事。她看见纺锤欢快地跳到了田野上，身后拖着闪闪发光的金线。不一会儿，它就从姑娘视线里消失了。姑娘不再有纺锤，便拿起梭子，坐到织机前织起布来。

纺锤不停地向前跳呀跳呀，刚好在线完时追上了王子。"我看见了什么呀？"王子叫起来。"这支纺锤也许想给我带路吧？"他于是掉转马头，沿着金线往回走。姑娘呢还坐在那儿干活儿，又唱道：

"小梭子，小梭子，把线纺细，
去领那位求婚者来我这里。"

梭子立刻从她手中滑落，跳到了门外。可在门槛前它就开始织地毯，织一块人们见所未见的最最漂亮的地毯。它两边织着盛开的玫瑰和白合花，中间金色的底子上织着绿色的藤蔓；许多小兔在藤蔓间跳跃，一只只小鹿从中探出脑袋；顶上的枝头栖息着五颜六色的鸟儿，除去它们不能唱歌以外，便什么都不缺了。梭子跳过来，跳过去，地毯上就自动长出来了一切。

梭子跑掉了，姑娘便坐下来缝衣服。她把针拈在手里，唱道：

"针儿，针儿，你尖又细，
快把小屋内求婚者弄整齐。"

这时针便从她手指间滑掉了，在小屋里飞来飞去，快得跟闪电一样。这跟看不见的精灵在工作没有差别。很快，桌子和长凳

569

蒙上了绿罩布，椅子蒙上了天鹅绒，窗户挂起了绸窗帘。针刚完成最后一个动作，姑娘已透过窗户看见了王子帽子上的白羽毛。王子被纺锤用金线引了来。他跨下马鞍，踏过地毯，走进小屋。他一进房间，看见姑娘穿着简朴的衣服站在那儿，脸蛋红扑扑的，像灌木丛中盛开的玫瑰。"你既是最穷也是最富的姑娘，"王子对她说，"跟我来，我要你成为我的新娘。"姑娘没说话，只把手伸给了他。王子吻了她一下，领她走出小屋，把她抱上马，带她回王宫去了。在宫里，他们举行了欢乐热闹的婚礼。纺锤、梭子和针藏在了宝库里，备受珍视。

189. 农民和魔鬼

从前有一个聪明而狡猾的农民，他搞的恶作剧人们津津乐道；其中最精彩的故事是讲他怎样战胜魔鬼，愚弄魔鬼。

一天，农民耕完地准备回家去时，天色已经晚了。突然，他看见自己的地中间有一堆燃烧着的煤，便万分惊讶地走过去，见烧红的煤炭上坐着一个黑色小魔鬼。"你准是坐在一堆财宝上吧？"农民说。"是的，"魔鬼回答，"是坐在一堆财宝上，其中的金子银子比你平生见过的还要多哩。""这财宝在我的田地上，应该属于我！"农民说。"它是你的，"魔鬼回答，"只要你把这块地往后两年收成的一半给我。我有足够的钱，但我想要土地里的果实。"农民答应了这笔交易。"但是，为避免分配的吵架，"他说，"地面上的那部分就归你，地下的就归我吧。"魔鬼欣然同意了。谁知狡猾的农民却撒的是萝卜的种。到了收获季节，魔鬼出现，想取走他那份果实，但除了枯黄的叶子外一无所获；农民呢，却高高兴兴地在挖萝卜。"这次算你占了便宜，"魔鬼说，"下次这样可不行。地面上长的将归你，我要地下的。""这种分法也行啊，"农民说。

但到了播种的时候，他不再种萝卜了，而是种了小麦。麦子熟了，农民到地里割走了挂满穗子的全部麦秆；魔鬼来时除了余茎一无所获，气冲冲地钻到岩缝里去了。"对狐狸就得这样欺骗。"农民说，随后取走了那宗财宝。

190. 桌上的面包屑

一天，大公鸡对它的小鸡仔说："走，去房里吃饭桌上的面包屑；咱们的太太出去串门儿去了。"小鸡们回答："不，不，我们不去，太太知道了要揍我们的。"公鸡听了讲："她才不会知道喽，走吧走吧；她从来不给咱们好东西吃。"小鸡们还是回答："不，不，算了，算了，我们不去。"可是公鸡纠缠不休，最后它们只好去桌子上，仔仔细细啄食面包屑。正在这时，太太回来了，很快抓起棍子，把它们从桌上赶下地，狠狠揍了一顿。它们逃到房外，对公鸡说："看，看，看，怪你不是?"大公鸡笑起来，回答说："哈哈，我咋会不知道呢?"小鸡仔们只好走了。

191. 小海兔

从前有一位公主。在她宫里，紧连着高高的尖顶，有一座大厅，厅里开了十二扇窗户，分别朝着不同的方向。公主只要走上去，朝四面八方眺望，她的整个王国便尽收眼底。在第一扇窗口，她已比别人看得清楚；到第二扇窗口，还要看得清楚些；到第三扇窗口就更加清楚了，而依此类推，直到第十二扇窗户，她已把地上地下的一切全看得明明白白，没什么逃得过她的眼睛。正因此，她很傲慢，不愿服从任何人，而要独自掌握统治权。于是，她公开宣布不嫁给任何人，除非此人能在她的眼皮底下藏起来，让她也找不到。可是，如果谁要尝试一下却又被她找到了，那他就将斩首示众。宫门前已经立着九十七根挂着人头的柱子，很长时间都再没谁来报名了。公主心满意足，想："我将自由自在过一辈子。"这时，有三兄弟来见她，对她说，他们想试试自己的运气。老大以为爬进石灰石洞里就保险了，公主却在第一扇窗前就看见了他，叫人把他拉出来砍了头。老二溜进宫殿的地窖，公主同样在第一扇窗前就看见了他，他的头也被砍了下来，挂在第九十九根柱子上。老三却走到公主跟前，请求给他一天时间考虑，并求公主发发慈悲，如果她把他发现了，就请她再给他两次机会；要是第三次他也失败了，他将不再吝惜生命。因为他人长得英俊，请求又那么诚恳，公主便说："好吧，我答应你，可是你也幸运不了。"

第二天，他想了很久该怎么躲藏，可是徒劳。这时他抓起猎枪，到野外去打猎。他看见一只乌鸦，瞄准了正要扣动板机，乌鸦却大声喊起来："别开枪，我会报答你的！"猎手放下枪，继续朝前走，走到湖边，碰见一条从湖底游到水面上来的大鱼。他又瞄准这鱼，鱼也大声说："别开枪，我会报答你的！"他让鱼游走了。他又继续前进，碰见一只跛脚狐狸。他开了一枪，但未射中，这时狐狸叫道："你最好过来，帮我把脚掌里的刺拔掉。"猎人尽管照着做了，可还是想打死狐狸，剥它的皮。狐狸说："别这样，我会报答你的！"年轻人让它跑了。这时天色已晚，他便回家去了。

第二天，到了该他躲藏的日子，可任随他绞尽脑汁，也想不出该躲到哪儿。他去森林里找乌鸦，说："我放了你的生，现在请告诉我，我该藏到哪儿，公主才看不见。"乌鸦垂下头，想了很久很久，最后嘎声回答："我有办法了。"说着从自己窝里取出一只蛋，把它分成两半，把青年关在里面，然后再完全合好，自己坐到上面。公主走到第一扇窗前，她没有发现他；后面几扇也同样如此，她开始不安起来。但到了第十一扇窗前，她看见了他。她

572

派人射死乌鸦，取来蛋剖开，年轻人不得不出来了。公主说："饶你这一次。你要不干好点，你就完喽。"

第三天，青年去到湖边，把鱼叫过来说："我曾放你一条生路，现在请告诉我，我该藏到什么地方，公主才不会发现我。"鱼儿想了想，终于喊道："有办法啦！我把你关在我肚子里。"鱼把青年吞进肚子，游到湖底去了。公主在一扇扇窗前望，即使到了第十一扇窗户，也没看见青年在哪里，感到了惊惶失措。可是，在第十二扇窗户前面，她终于发现了他。她派人把鱼捉住杀了，年轻人只得出来。谁都可以想象他此时的心情。公主说："已经给了你两次机会，你的头看来要挂在第一百根柱子上了。"

最后一天，青年心情沉重 来到郊野，碰见了狐狸。"你知道所有的藏身之处，"他说，"我曾放了你一条生路，现在请给我出出主意，我该藏在哪儿才能不让公主发现。""这事挺伤脑筋，"狐狸回答说，并做出一副沉思的面孔。终于，它大声说："有啦有啦！"它带青年走到一处泉水旁，然后自己跳进水里，出来时就变成了一个市场上的小商贩。年轻人也得沉到水中去，变成了一只小海兔。商人来到城里，兜售这只乖巧的小海兔。很多人跑来看稀奇，最后公主也来了。她因为十分喜欢小海兔，便买下它，付给了商人很多钱。在狐狸把青年递给公主前，对他说："当公主走到窗户边，你赶紧溜进她的发辫里去。"现在，公主寻找年轻人的时辰到了，她依次从第一扇走到第十一扇窗户，都没看见他；她到了第十二扇窗前仍不见他的踪影，不禁又气又怕，使劲把第十二扇窗户一关，由于用力过猛，所有窗户的玻璃都打得粉碎了，整座宫殿都震动起来。

公主往回走，感觉到小海兔在她的辫子里，便把它抓出来，往地上一摔，大喝道："滚，别让我看见你！"小海兔跑去商人那儿。他俩急急忙忙来到泉边，沉下水去，恢复了原来的模样。年轻人向狐狸道谢，说："乌鸦和鱼跟你相比，真是愚蠢极了！你真正诡

573

计多端，名不虚传啊！”

年轻人径直来到宫中，公主已在等他，准备接受命运的安排。他们举行了婚礼，青年如今成了整个王国的国王和主宰。他从未告诉妻子他第三次藏在哪儿，是谁帮了他的忙。这样公主就相信这一切全是靠他自己的本领，因而很尊重他，心里常想：“他可比你更行呵！”

192. 神偷手

一天，一位老农和他的妻子坐在简陋的屋前，干活儿累了想休息休息。这时突然驶来一辆套着四匹黑马的华丽马车，从车上下来一位衣冠楚楚的先生。老农站起来，走到这位先生面前，问有何吩咐。陌生人把手伸给老农，说：“我什么也不需要，只想品尝一顿乡村饭食。给我烧点马铃薯，就像你们平时吃的那样，然后我愿意坐到你们的餐桌旁，高高兴兴吃它一顿。”老农微笑了，说：“您是伯爵还是侯爵，或者甚至是位公爵吧？贵人们有时就有这样的欲望；不过，您的愿望会得到满足。”老太太走进厨房，开始洗和刮马铃薯，想把它们做成农民爱吃的团子。当她站在那儿干活的时候，农民对陌生人说：“跟我先到园子里去一下吧，我还有点活儿要干。”他先已在那儿挖了几个坑，现在想把树栽进去。“你没有孩子帮你干活儿吗？”陌生人问。“没有，”老农回答。“从前我倒是有过一个儿子，”他接着说，“可他早就去远方了。他是个宠坏了的孩子，聪明刁钻，什么也不愿学，尽做可恶的事，最后从我身边跑了，打那以后我再没有听到他的消息。”老人拿来一株幼苗，把它插进坑里，再插一根桩子在旁边，把土铲进坑按紧，然后用稻草绳把幼苗的上、中、下三部分牢牢绑在桩子上。“可请你告诉我，”陌生先生说，“那边角落里有棵快弯到地上的歪歪扭扭和满是节疤的树，你为什么不把它也像这棵树一样，绑在桩子上让它长直呢?"老人笑了笑，回答说:"先生，您怎么想怎么说啊。看得出来，你没搞过园艺这玩意儿。那边那棵树已经老了，硬了，没有人能让它再长直；要想培植树，只有在幼年时期。""这就像你的儿子一样，"陌生人说，"如果你在他还小时就教育他，那他就不会跑了；现在他一定也变得顽固不化，满身节疤了吧?""肯定，"老农回答，"他离开我已经很久，一定变了一个人喽。""如果他走到你面前，你还能认出他来吗?"陌生人问。"从相貌很难认出来，"老农回答，"可他身上有个特征，就是肩上有块看上去像豆子的胎记。"他说完这话，年轻人已脱下上衣，露出肩膀，指着一块胎记给老农看。"主啊，"老农大叫起来，"你真是我的儿子!"亲子之情在心中油然升起。可是，他又继续说，"你怎么会是我儿子呢?你成了大人物，过着荣华富贵的生活。你是走哪条路到了这一步的呢?""唉，父亲，"儿子回答，"我这棵幼树没有绑在桩子上，长弯了，如今已老得无法再变直。我是怎样获得这一切的吗?因为我成了小偷。可别害怕，我是个神偷手。对我来说既没有锁，也没有门闩:我想要什么，什么就是我的。别以为我像普通小偷那样胡来，我只拿富人多余的东西；穷人则是安全的，我甚至倒接济他们，而不取他们的任何财物。同样，凡是我不费力气，不动脑筋，不施巧计就能得到的东西，我碰都不碰。""唉，我的儿子，"父亲说，"这样我也不喜欢，小偷总归是小偷。我告诉你，不会有好下场的。"他把年轻人带到母亲身边。她听说这是她儿子，高兴得哭了。但当他告诉她，儿子成了个高级小偷时，她又泪流满面。最后她说:"即使他成为小偷，他还是我的儿子，并且我又亲眼见到了他。"

他们坐到餐桌旁，年轻人和自己的父母一起又吃着他已很久不曾吃过的粗糙饮食。父亲说:"如果我们的东家，如住在那边府邸里的伯爵，得知你是什么人和干些什么勾当，那他就不会像当初那样把你抱在洗礼钵上，而要让你在绞刑架上荡秋千啦！"——
"别担心，爸爸，他不能把我怎样，因为我的手艺精着哩。我今天
还要亲自去见他。"天快晚了，高级小偷坐进他的马车，向伯爵府
驶去。伯爵殷勤地接待他，以为他是个有教养的人。但在陌生人
暴露自己的身份后，伯爵变得脸色苍白，沉默了好一阵。最后，他
说："你是我的教子，所以我愿赐你公平，对你宽容。既然你自夸
是神偷手，那我就想试试你的本领，要是你经不起试验，你就得
和绞索攀亲结缘，乌鸦的聒噪就是你成亲时的乐声。""伯爵老爷，"
神偷手说，"请想出三个难题，能多难就多难好啦。如果我完成不
了，您想把我怎么样就怎么样！"伯爵思考了一会儿，说："好吧，
首先你得把我的坐骑从马棚里偷走；其次，在我和夫人睡着了的
时候，把被子从我们身下弄去，还不能让我们发觉，而且要摘走
我夫人手指上的结婚戒指；第三也是最后，你得从教堂里给我把
牧师和执事偷出去。全部记好了，事关你的性命喽！"

　　神偷手去到邻近的城市，从一位老农妇手里买来她的衣服穿
上，然后把脸涂成棕色，还在上面画了几道皱纹。最后，他在一
个小圆桶里装满陈年匈牙利酒，酒里面混得有烈性催眠药水。他
把小桶放进背篓，背在背上，不慌不忙地，步履蹒跚地向伯爵的
府邸走去，到达时天已经黑了。他坐到院子里的一块石头上，像
个肺部有病的老太婆那样咳嗽起来，搓着手，好像冻坏了似的。马
棚门口躺着一群士兵在烤火，其中一个发现了老太婆，便朝她喊：
"过来，老妈妈，和我们一起暖和暖和。你想必没有过夜的地方，
准备随遇而安是吧？"老太婆小步趱过来，请求把背篓从她背上卸
下，然后靠近士兵们坐到火旁。"你的小圆桶里面装的是什么，你
这个邋遢的老太婆？"一个士兵问。"几口上好的葡萄酒，"她回答，
"我靠这种买卖为生。你只要付钱和说点儿中听的话，我愿意给你
一杯。""斟来吧。"那个士兵说。他品尝完一杯后，大声道："这
酒挺好，我愿再喝一杯。"他又要了一杯，其他人也学他的样。

"嗨，伙伴们，"一个人朝坐在马棚里的那些士兵喊道，"这儿有个老太婆，她的酒跟她本人一般陈。你们也来喝一口吧，用它暖胃要比咱们烤火强呐！"老太婆把酒背进马棚，见一个士兵骑在备了鞍的马上，另一个手里牵着马笼头，第三个抓着马尾巴。他们要多少酒老太太就给斟多少，直到酒桶见了底儿。不一会儿，马笼头从一个士兵手中滑脱，他倒到地上，开始打鼾；另一个也松开了马尾巴，躺到地上，鼾声比前一个还大，坐在马鞍子上那个虽然 还是坐着，头却差不多弯到了马脖子上，也睡着了，嘴里粗气，好像扯风箱一样。外面的士兵早就睡着，躺在地上一动不动，仿佛成了石头人。当神偷手看见他事已成功，就把一根绳子而非马笼头塞到原先牵马笼头那人手里，把一把稻草扎的条帚塞到抓马尾巴的那人手里。可是，他该拿坐在马背上的士兵怎么办呢？他不想把他掀下来，那样做这家伙也许会醒来，大喊大叫。然而，他有了个好主意：他解开鞍带，把几条串在墙上的铁环里的绳子牢牢系住鞍子，于是让那睡梦中的骑士连鞍子一起悬在空中，然后把绳子绕在柱子上拴紧。他又迅速解开了套马的链子。可是，如果他骑马走过院子中的石板地，府里的人就会听见响声。他于是先用旧布裹住马蹄才小心翼翼地把马牵出院子，然后就跃上马背，溜之大吉。

第二天天刚破晓，神偷手骑着盗来的宝马跑到伯爵府，伯爵刚刚起床，正往窗外观看。"早晨好，伯爵老爷，"神偷手大声冲他说，"这就是我幸运地从您马棚牵走的马。您瞧，您的士兵们躺在那儿睡得多么香甜！如果您肯劳驾进马棚去，您还会看见，您的士兵们多会享福哟！"伯爵忍不住笑了，然后说："你成功了一次，但第二次不会这样走运。我警告你，如果你让我当小偷逮住，我也将像处置小偷那样处置你！"

晚上，伯爵夫人上床时，紧紧握拢了戴结婚戒指的那只手。伯爵说："所有的门都关上拴好了。我一夜不睡，专等那小偷到来，如果他从窗户往里爬，我就一枪把他撂倒。"谁知神偷手趁着夜色去到野外的绞架下，割断吊死在那儿的一个可怜罪人头上的绳子，把他扛在背上，向伯爵府走去。他在伯爵夫妇卧室外面搭起一架梯子，让那死人坐在自己肩膀上，然后开始往上爬。他爬到一定的高度，死人的头出现在窗口，等候在床上的伯爵看见了，就朝他开了枪。神偷手立即让可怜的罪人摔下去，自己却跳下梯子，藏进一个角落。那天夜里月光明亮，神偷手清楚地看见伯爵怎样从窗口顺着梯子爬下来，把死人拖到了花园里。伯爵动手在那儿挖坑，准备埋掉死人。"现在时机来了，"小偷想，赶紧偷偷从角落里溜出来，爬上梯子，径直走进伯爵夫人的卧室。"亲爱的妻子，"他学着伯爵的声音说，"那小偷死了，可他毕竟是我的教子哟。他更像个捣蛋鬼，而不是恶棍：我不愿他公开受辱，再说我还可怜他那穷苦的父母。我想天亮之前自个儿把他埋在花园里，不让事情传扬出去。给我床单，我想裹起尸体，像埋一条狗那样把他埋掉。"伯爵夫人把床单递给了他。"你知道，"小偷继续说，"我突然觉得该对他宽洪大量，把戒指也给我吧，这不幸的人为它丧了生，就让他把它带到坟墓里去好啦。"妻子虽不情愿这样做，却又不想违抗伯爵，还是把戒指从手指上捋下来，递给了他。小偷拿着这两样东西走了，不等伯爵在花园里埋完死人，他已幸运地回家去了。

　　第二天早晨，神偷手来把床单和戒指还给伯爵，伯爵是怎样地拉长了脸啊！"你会巫术吗？"他问行窃大师，"谁把你从我亲自埋你进去的墓穴里弄出来了，并且使你重新复生的？""你埋葬的不是我，"小偷回答，"而是绞架上的一个可怜的犯人。"于是详详细细地告诉他所发生的一切，使伯爵不得不承认，他是一个老奸巨猾的窃贼。"但还没完哩，"伯爵继续说，"你还得解决第三个难题，如果你这次失败了，那么现在的一切都于事无补。"神偷手笑了笑，没作回答。

夜幕降临，他背上搭着一条长口袋，腋下挟着个包裹，手里提着灯笼，朝村子里的教堂走去。口袋里装的螃蟹，包裹里是短蜡烛。他坐到教堂的墓地上，取出一只螃蟹，点燃一根短蜡粘在它背上让它爬行。他又从口袋里取了第二只，如法炮制一番，然后继续搞下去，直到取出口袋中最后一只螃蟹。接着，他穿上一件黑色道士袍一样的长袍，粘一把花白胡须在下巴上。最后他完全让人认不出来了，便拿着刚才装螃蟹的口袋，走进教堂，踏上布道台。钟楼上的钟正敲十二点，敲完最后一下，他开始用刺耳的尖声高喊道："听着吧，你们这些有罪的人，万物的末日到了，世界的末日到了！听着，听着：谁想和我一同上天堂，就爬进这个口袋。我是开关天堂大门的圣彼得。你们瞧啊，外面墓地上死者在巡游，在收集他们的尸骨。来吧，来吧，爬进袋子里来，世界快毁灭了！"喊叫声响遍整个村庄，牧师和执事住在离教堂最近的地方，最先听见他叫喊。当他们看见墓地上游移的亮光，感觉发生了不平常的事，再走进教堂听了一会儿布道，执事便碰碰牧师说："这倒不坏，我们可以利用这个机会，在世界末日到来之前一起轻轻松松进天堂去。""当然可以，"牧师回答说，"我也是这样想，你如果愿意，咱们就去吧。""好的，"执事回答，"不过牧师先生，该你先走一步，我跟着你来。"于是，牧师走在前面，踏上布道台，神偷手正张开口袋等在那儿哩。牧师先爬了进去，然后是执事。神偷手很快系紧口袋，握着袋颈，把袋子拖下布道台的台阶。两个傻瓜的脑袋在台阶上不断磕磕碰碰，神偷手就叫道："现在咱们在翻山呐。"随后，他用同样的方式把他们拖过村庄，拖过水坑时，又说："现在咱们正穿过潮湿的云层。"当终于把他们拖上伯爵府的台阶时，他喊道："咱们现在正在天堂的台阶上，马上就要到天堂的前院了。"他到了上面，把口袋推进鸽子笼里，鸽子飞来飞去，他就说："你们听，天使们多么欢喜，在拍打翅膀哩！"最后，他插上笼门走了。

第二天早晨，他来到伯爵面前，告诉伯爵第三个任务也完成了，他已把牧师和执事从教堂偷了出来。"你把他们丢在哪儿了？"伯爵问。——"他们躺在上面鸽子笼里的一个口袋中，以为自己已进了天堂哩。"伯爵亲自上去一看，证明了他说的是真话。他把牧师和执事从口袋里放出来，说："你真是个神偷手，算你胜利了。这次我饶了你，但你得离开我的领地。你如果再回来，那就只有上绞架的份了。"神偷手告别了父母，再一次远走他乡，从此再没有谁听到他的消息。

193. 鼓　　手

一天傍晚，一位年轻的鼓手独自走在田野上，来到一片湖边，看见岸上摆着三件小小的白色亚麻衬衫。"多么精致的亚麻呀，"说着，他把其中一件塞进了口袋里。他走回家去，没再想捡到的东西，便上床睡觉。正要睡着，他觉得有人在叫他的名字。仔细听听，他听见一个很轻很轻的声音对他说："鼓手，醒醒，鼓手，醒醒！"因为夜很黑，他看不见人，却觉得有个影子在床前晃动。"你想要什么？"他问。"把我的衬衣还给我，"那个声音回答，"昨天晚上你从湖边把它拿走了。""告诉我你是谁，"鼓手说，"你就会重新得到它。""唉，"那声音答道，"我是一位强大的国王的女儿，可却落入了巫婆的魔掌，被囚禁在玻璃山上。每天我都得同我的两个姐姐在湖里洗澡，没有了衣服我无法再飞回去。我的姐姐们已经走了，我却不得不留下来。求求你，把我的衬衣还给我吧！""别着急，可怜的孩子，"鼓手说，"我非常愿意还给你。"他从口袋里取出衣服，在黑暗中递给了她。她一把抓过去，想这就走。"等一等，"鼓手说，"也许我能帮你哩。"——"你只有登上玻璃山，把我从巫婆的魔法中解救出来，才能够帮助我。但你到

580

不了玻璃山。就算你近在山前了，你也没法上去啊""凡是我想做的，我总能做到，"鼓手说，"我同情你，而且我什么都不怕。只是呢，我不认识通往玻璃山的路。""那条路穿过食人者居住的大森林，"公主回答，"其他情况我不能告诉你。"接着，他听见她飞走了。

　　天一亮，鼓手便出发了。他把鼓挂在身上，毫无畏惧地径直走进森林。他走了一会儿，没有看见一个巨人，便想："我得把这些睡懒觉的家伙唤起来，"于是把鼓挂到胸前，一阵紧擂，吓得树上的鸟儿叽叽喳喳飞了起来。不一会儿，一个躺在草丛中睡觉的巨人站起身，站直后足有一棵枞树那么高。"你这个混蛋，"他朝鼓手吼道，"你在这儿敲什么鼓，把我从美梦中吵醒了？""我敲鼓嘛，"鼓手答道，"是因为有几千人跟在我后面，要凭我的鼓声辨认路。""他们来我的森林中干什么？"巨人问。——"他们想宰了你，从森林中铲除像你这样的怪物。""哈哈，"巨人说，"我要把你们踩死，像踩死蚂蚁一样。""你以为，你对付得了他们？"鼓手说，"当你弯腰想捉住谁，他便跑开藏起来；可当你躺下睡觉的时候，他们便从四面八方的灌木丛中跑出来，爬到你身上。他们每人皮带上都插着把铁锄头，用来敲你的脑壳。"巨人不安起来，心想："如果我和这群狡猾的人打交道，我也许会吃亏哩。我可以扼住熊和狼的咽喉，却无法防备小虫子。""听着，小家伙，"他说，"你撤回去，我向你保证以后不再打扰你和你的伙伴们。如果你还有什么愿望，就说出来吧，我或许可以为你效点力。""你的腿长，比我跑得快，"鼓手说，"你把我背上玻璃山去，我就给我的伙伴发出撤退的信号，他们这次就不会打扰你了。""来吧，小家伙，"巨人说，"坐到我的肩上，我愿把你带到你要求去的地方。"巨人扛起了他；鼓手坐在他脖子上，高兴地擂起鼓来。巨人想："这一定是叫其他人撤退的信号。"没多久，第二个巨人出现在路边，他从第一个身上接过鼓手，把他塞在自己的扣眼里。鼓手抱住有盘子那么大的扣子，稳稳坐着，十分快乐地东张西望。接着他们来到第三个巨人身边，他把鼓手从扣眼里取出来，放在他的帽檐上，鼓手在上面走来走去，越过树顶眺望远方，看见远处的蓝天下有一座山，便想："这一定是玻璃山了。"事实也真如此。巨人只再往前迈几步，他们便到了山脚。巨人把他放下来，鼓手却要求背他到山顶上去。可巨人摇摇头，大胡子掩着的嘴里嘀咕几句什么，便回森林去了。

这下可怜的鼓手便站在了山前。山是那么高，仿佛有三座山重叠在一起，而且光滑如同镜子，鼓手不知道怎样才上得去。他开始往上爬，但是白费劲，一次又一次地滚了下来。"但愿我是只鸟儿就好啦！"他想。可但愿有什么用，他没有长出翅膀。他站在那儿，不知所措。正在这时，他看见不远处有两个人在激烈争吵，便走上前去，知道他们是为了马鞍子的缘故。马鞍子就摆在他们面前的地上，两个人谁都想要。"你们好傻呀，"他说，"为一个马鞍子吵嘴，而且又没有马！""为这鞍子吵值得，"他们一个回答，"谁骑在上面，任他想去哪儿，都立刻会到那儿，哪怕是去世界的尽头也不怕，只要他说出自己的愿望就成。这鞍子是我们俩共有的，现在轮到我骑了，他却不肯。""我马上替你们解决这项争执。"鼓手说着往前走了一段，把一根白色的棍子插在地上，然后回来说："现在朝那个目标快跑，谁先跑到谁先骑。"两人快跑起来，可不等他们跑出几步，鼓手已跳上马鞍，发愿要上玻璃山去，一眨眼果然到了那里。山上面是一块平地，那儿坐落着一间古老的石屋，房子前面伸展着一片大鱼塘，鱼塘后面是阴森森的树林。他看不见人和动物，四周一片寂静，只有风儿吹动树梢，沙沙作响，白云低低地从他头上飘过，他来到石屋前，敲了敲门。到他敲第三遍时，门开了，开门的是一个脸呈棕色两眼通红的老婆子。她长鼻子上架着一副眼镜，目光尖利地盯着来人，问他干吗。"我想进来，吃顿饭，住一夜，"鼓手回答。"如果你肯做三件工作，你就能实现愿望，"老太婆说。"为什么不肯呢？"他回答，"我不怕干活儿，即使很艰苦。"老太婆放他进屋，给他饭吃，晚上还给了他一张好床。第二天早晨，他醒来后，老太太从细瘦的手指上取下一枚顶针，递给他说："现在去干活儿，用这枚顶针把外面的池水舀干！可得在傍晚前干完，还要把池里所有的鱼按种类和大小选出来，排列好。""真是件奇怪的工作！"鼓手说，却仍走到池塘边去舀水。他舀了整整一个上午。但用一枚顶针哪怕舀上一千年，又能把一大池塘的水怎么样呢？中午时分，他想："这全是徒劳，干和不干都一个样！"便停下来坐到地上。这时，一位姑娘从房里走出来，递给他一小篮食物，说："你坐在这儿挺发愁的样子，有什么麻烦吗？"他看了姑娘一眼，发觉她很美，"唉，"他说，"我第一件工作完不成，以后的事又会怎样呵？我远道而来，为了寻找据说住在这儿的一位公主，但没有找到她。我想继续往前走。""留在这儿吧，"姑娘说，"我愿帮你解决困难。你累了，把头靠在我怀里睡一会儿吧，等你醒来，活儿便干完喽。"鼓手表示同意。他刚一闭上眼睛，姑娘就转动一枚愿望戒指，说："水出来，鱼出来！"一刹那，水果真像一片白云升到空中，随其他云彩飞走了；鱼儿噼噼啪啪跳到岸上，全都按大小和类别相互紧挨着躺在一起。鼓手醒来时，惊讶地发现一切都做好了。可是姑娘对他说："有条鱼没有躺在同类旁边，而是单独在一处。晚上老太婆来的时候，看见一切都按他的要求做好了，就会问：'为什么单单这条鱼躺在一边？'这时你就把这条鱼扔到她脸上，说：'这是给你的，老巫婆。'"晚上老婆子果真来问那个问题，鼓手就把鱼扔到了她脸上。她做起不当回事儿的样子，一声没吭，却狠狠地盯着鼓手。第二天早晨，她说："昨天你太轻松了，我得给你一件难点的活儿干。今天你必须把整片森林砍光，把树木劈成柴，堆成堆，晚上必须全部做完。"她给鼓手一把斧头，一柄大锤和两个楔子。可是斧头是铅铸的，大锤和楔子是白铁皮打。他一砍，斧口就卷了，锤子和楔

583

子就瘪了。他不知怎么办，但到中午，姑娘又带着吃的来了，安慰他说："把头放在我的怀里睡会儿吧，等你醒来，活儿已经干完。"她转动她的愿望戒指，转眼间，整片森林哗哗哗地倒下来，树干自动裂开成一小块一小块，并且摆成一堆一堆，仿佛有些看不见的巨人在完成这项工作。鼓手醒来时，姑娘说："你瞧，木头全劈好摆好了：只有一根枝桠是多余的，等老太婆来问这根是怎么回事，你就拿它打她一下，说，'这是给你的，你这个巫婆！'"老婆子来了，说："你瞧，这活儿多容易！可那根枝桠扔在旁边给谁？""给你呐，老巫婆！"鼓手回答，用枝桠打了她一下。谁知她却装出没感觉的样子，冷笑着说："明天早上你得把所有木材堆成一堆，点火烧掉！"天一亮，鼓手就起床开始运木材，可一个人又怎么可能把整整一片森林堆在一处呢？工作没有进展，然而姑娘没有抛下困难中的鼓手不顾，中午又给他送了饭来。他吃完后，把头枕在她怀里睡着了。他醒来时，堆积如山的木材已燃起熊熊烈焰，火舌直冲云霄。"听着，"姑娘说，"巫婆来时，会叫你做各种各样的事。你要毫无畏惧地去做她要求的一切，她就伤害不了你。要是你害怕，火就会烧着你，把你烧死。最后，等一切都做完了，你就双手抓住她，把她扔到火堆中。"姑娘走了，老婆子悄悄溜来说："呼！可冻坏我了。可这儿燃着一堆火，可以暖和暖和我这把老骨头，这我不就舒服了？那儿却有根圆木没有燃烧，你去给我取出来吧。如果你这样做了，你就获得了自由，就可以想去哪儿去那儿。快跳进去！"鼓手不加思索，跳到了火焰中间。火焰一点儿没伤着他，连他一根头发也没烤焦。他把圆木抱出来，立在地上。木头刚一挨地，立刻变了：那位在危难中帮助过他的姑娘站在他面前；从她身上穿的金光闪闪的丝绸衣服，他认出她就是那位公主。谁知老婆子阴险地笑了笑，说："你以为你已得到她，可实际上还没有喽！"说着朝姑娘走去，想把她拖走。这时鼓手双手抓住巫婆，高高举起来扔进火堆，火焰立刻吞没了她。他们除掉了一个巫婆，感到非常高兴。

　　这时，公主望着鼓手，发现他是个英俊的青年，再想到他为了搭救自己甘冒生命危险，便把手伸给他说："你为了我什么都敢做，我也愿为你做任何事情。答应我对我永远忠诚吧，这样你将成为我的丈夫。我们将不缺少财富，巫婆聚敛的一切对我们已经足够了。"说着，她领他走进石屋，里面摆着藏满巫婆财宝的箱子柜子。他们没动金银，只拿了些宝石。他们不愿再呆在玻璃山上，于是鼓手对公主说："过来，坐在我的马鞍上，我们会像鸟儿一样飞下去。""这个旧鞍子我不喜欢，"公主回答，"我只须转动我的如意戒指，咱们就到家了。""很好，"鼓手说，"那么我们就发愿去城门前吧。"他们一下就到了那儿。鼓手说："我想先去看我父母，向他们报告平安。你就在这儿的田野上等我，我很快回来。""唉，"公主说，"我求你注意，到时候别亲你父母的右脸颊，否则你将忘记一切，把我一个人孤零零地丢在这儿的田野里。""我怎么会忘记你啊？"他说，说着郑重地握着她的手保证，一定很快回来。他踏进父母的家门，却没有人知道他是谁，因为他样子变了：他呆在玻璃山上的三天其实是三年。等认出他后，他的父母搂着他的脖子，他也异常激动，禁不住亲了他们的两边面颊，没有想到姑娘的话。他一亲吻他们的右边面颊，就把公主忘到了九霄云外。他倒空口袋，把硕大的宝石一把一把抓到桌子上。父母二人面对如此多的财富不知怎么才好。后来，父亲造了一座豪华的府邸，让四周环绕着花园、森林和草地，仿佛里面住着一位侯爵。宫殿造好后，母亲说，"我给你挑了一位姑娘，三天后举行婚礼。"儿子对父母安排的一切都很满意。

　　可怜的公主在城外站了很久很久，等着青年回来。到了晚上，她说："一定是他亲了父母的右边面颊，把我给忘了！"公主悲痛欲绝，希望独自住进一间孤寂的林中小屋，不愿再回到父亲的宫里去。每天傍晚，她都进城去，从他房前走过。有时他看见了她，但已不再认识。终于她听见别人议论："明天，他的婚礼就要举行了。"她于是说："我要试一试，看能不能赢得他的心。"婚礼的第一天，她转动她的如意戒指，说："我要一条像太阳似的闪闪发光的裙子！"很快裙子就摆在她面前，闪闪发亮，好像是用一缕缕阳光织成的。当所有的客人到齐了，她才走进大厅，每个人看见那美丽的裙子都很惊异，特别是那位新娘，她最喜爱漂亮的衣服，于是走到陌生女子面前，问她是否愿意出卖。"给钱不卖，"公主回答，"但如果新婚的第一晚允许我呆在新郎卧室的门外，我就把它白给你。"新娘抑制不住自己的欲望，便答应了；不过她在新郎晚上喝的酒里渗了催眠药水，新郎喝了便沉沉睡去。等到万籁俱寂，公主悄悄来到他卧室门前，把门推开一条缝，朝里唤道：

> "鼓手，鼓手，你听我说，
> 难道你真的忘记了我？
> 在玻璃山，你不曾坐在我身旁？
> 我不曾帮你从巫婆手里把命逃脱？
> 你不曾握住我的手，表示你的忠诚？
> 鼓手，鼓手，你回答我。"

可一切全是徒劳，鼓手没有醒。第二天天亮，公主没有达到目的，只好走了。第二天晚上，她又转动如意戒指，说："我要一件像月亮一样泛着银光的衣服。"她身穿月光一样柔美的衣服出现在晚会上，又激起了新娘的欲望。她用这件衣服换得新娘的同意，当晚又到了新郎的卧室门前。她在静静的夜晚大声唤道：

　　　　“鼓手，鼓手，你听我说，

　　　难道你真的忘记了我？

　　　在玻璃山，你不曾坐在我身旁？

　　　我不曾帮你从巫婆手里把命逃脱？

　　　你不曾握住我的手，表示你的忠诚？

　　　鼓手，鼓手，你回答我。”

　　可是鼓手被催眠药水麻醉了，没有被叫醒。清晨，公主又悲哀地回到林中小屋。然而，新郎府里的人们听见陌生少女的诉苦，便转告了新郎。他们还告诉他，他没能够听到，是因为新娘在他酒里下了安眠药。第三天晚上，公主再次转动如意戒指，说：“给我一件像星星一样亮晶晶的衣服。”当她出现在晚会上，新娘看见这件远远胜过其他服装的衣服，激动得不能自已，说：“我应该得到它，必须得到它。”像前两次一样，公主把衣服给了新娘，得到允许晚上到新郎卧室的门前去。新郎这次没喝临睡前递给他的葡萄酒，而是把它浇到了床下。房里安静下来后，他听见一个温柔的声音朝他呼唤：

　　　　“鼓手，鼓手，你听我说，

　　　难道你真的忘记了我？

　　　在玻璃山，你不曾坐在我身旁？

　　　我不曾帮你从巫婆手里把命逃脱？

　　　你不曾握住我的手，表示你的忠诚？

　　　鼓手，鼓手，你回答我。”

　　鼓手突然恢复了记忆。“唉，”他失声喊出，“我怎么能做出这样不忠实的事呢？只怪我一时太高兴，吻了父母亲的右脸颊，因而昏了脑袋。”他跳起来，拉着公主的手，领她到父母床前。“这

587

才是我真正的新娘，"他说，"如果我和别人结婚，我就大错特错。"
父母听完整个事情的经过，答应了他。于是大厅里重新点亮灯，鼓
号手也招来了，亲朋好友接到邀请又一次光临，在十分欢乐的气
氛中举行了真正的婚礼。第一位新娘得到漂亮的衣服作为补偿，也
感到心满意足。

194. 麦　　穗

　　很久很久以前，当上帝自己还在人世间巡游的时候，土地的
收成要比现在多得多。那时，一支麦穗不是结五六十粒籽，而是
四百至五百。麦秆从头到脚都长满麦粒：麦子有多长，穗子就有
多长。然而人类就是这样，过着富足的生活就不再珍惜上帝的赐
予，变得漫不经心和大手大脚起来。一天，一个妇女领着小孩路
过一片麦地，小孩在她旁边蹦蹦跳跳，掉进了水坑，弄脏了衣服。
这时母亲便扯下一把美丽的穗子，用去给孩子擦衣服。碰巧走来
的上帝看见这情景，十分愤怒，说："从此麦秆再也不结穗子，人
类不配再享受上天的恩赐。"周围的人听后吓坏了，纷纷跪下，恳
求上帝还是让麦秆上结些穗子吧；他们说即使自己不配这恩典，但
为了无辜的鸡鸭也得求上帝开恩，否则它们也会饿死的。上帝预
见鸡鸭的苦难，生出怜悯之心，同意了人的要求。于是，麦秆便
像现在这样，只在顶上留下了穗子。

195. 坟　　山

　　一天，有个富农站在他的农庄里，望着他的田地和果园：谷
物长势正旺，果树挂满了果实。去年的粮食还存了老大一堆在阁

楼上，重得快压断梁柱。他再走进牲口棚，棚里关着膘肥体壮的公牛和母牛，还有养得油光水滑的骏马。最后他回到他的卧室里，瞅了瞅那一只只装着钱的大铁箱。就在他这样站着视察他的财富的当口，突然响起急促的敲门声，但敲的不是他房间的门，而是他心灵的门。门开了，他听见一个声音对他说："你用它为你的家人做过好事吗？你正视过穷人的困苦吗？你与挨饿的人分享过你的面包吗？你觉得你拥有的已经足够，或是还不断贪求更多？"他的心毫不犹豫地回答："我冷酷无情，从未给过我的家人什么好处。如果有穷人来了，我便把视线移开。我不曾考虑过上帝怎么看，一心只想增加财富。即使天下一切都是我的，对我来说也不够哩。"他听见自己这么回答，吓了一大跳，膝盖开始发抖，不得不坐下来。这时，又一次响起敲门声，但这次是敲他房间的门。来人是他邻居，一个穷光蛋，有一大堆无法喂饱的孩子。"我知道，"穷人想，"我的邻居很富有，但非常冷酷。我不相信他会帮我，可孩子们吵着要面包，我只好鼓起勇气去试一试。"他对富人说："你不轻易施舍你的东西，可我站在这儿如同一个水快没顶的人。我的孩子们在挨饿，借给我四升麦子吧。"富农久久地望着他，这时与人为善的第一束阳光溶化了一滴他贪欲的坚冰，使他回答："我不想借给你四升麦子，而要白送给你八升，但你必须答应一个条件。""要我做什么呢？"穷人问。——"我死后，你要在我墓旁守三个晚上。"听到这个要求，农民心里很害怕；但由于所处的困境，又只好什么都答应下来。于是他答应了，带着谷子回到家里。

　　富农好像对即将发生什么有预见似的，三天后，他突然倒在地上死了。人们弄不清是怎么回事，但谁也不为他难过。他下葬后，穷人记起自己的诺言，本想置之不理，却又考虑："他对你总算行过善，你用他的麦子喂饱了你挨饿的孩子；即使没这件事，你答应了的事也必须照办。"黑夜来临，他朝墓地走去，坐在富农的坟包上。四周一片死寂，只有月光照在坟山上，时不时飞过一只猫头鹰，发出凄厉的叫声。第二天太阳升起来了，穷人平安地回到家。第二夜也这样过去了。第三天晚上，他感到特别害怕，仿佛定要出什么事似的。他走到野外，看见墓地的墙根边站着一个从未见过的男人，年纪已经不轻了，脸上有不少疤痕，一双眼睛锐利而急切地东瞅西瞅，全身裹在一件旧大衣里，只露出一双长统马靴。"你在这儿找什么？"农民招呼他说，"在这偏僻的墓地你不害怕吗？""我什么也不找，"陌生人回答，"可我也不怕什么。我就像那个外出学害怕的小伙子一样，努力了结果白费。只不过他娶到一位公主作妻子，还得到她巨大的财富；我却仍旧是个穷光蛋。我只是一个退伍士兵，因为我别无栖身之处，就想在这儿过夜。""如果你不害怕，"农民说，"那就和我呆在一起，帮我守那座坟墓。""守卫是士兵的职责，"他回答，"我们在这儿不管遇上什么，吉也罢，凶也罢，都将共同分担。"农民同意了，他们一块儿坐到坟头上。

直到午夜，一切都悄然无声。突然，空中响起一声刺耳的嗯哨声，两个守墓人看见一个恶魔实实在在地站在他们面前。"滚开，你们这些流氓，"恶魔冲他俩吼道，"那个躺在坟墓里的家伙是我的，我要把他逮走！你两个要是不滚下来，我就扭断你们的脖子。""插红羽毛的先生，"士兵说，"你不是我的长官，我不必服从你，再说我还没学会害怕哩。走你的路吧，我们要一直坐在这儿。"魔鬼想："你最好用金钱去俘虏这两个穷小子。"便改用温和的腔调，非常亲切地问，他们是否愿意得到一袋金子，然后回家去。"这倒可以考虑，"士兵回答，"但一袋金子对我们来说不够。如果你肯给装满我一只靴子那么多的金子，我们就愿意开路，把这地盘让给你。""我身上没带这么多，"魔鬼说，"不过我愿意去取。邻近那座城里住着一个换钱的人，他是我的好朋友，会乐意借给我那么多的。"魔鬼走后，士兵脱下左脚的靴子，说："咱们可以耍一耍那个黑家伙。把你的刀子递给我吧，老弟。"随后，他割掉靴底，把靴子放在坟墓旁边一个遮了一半的土坑边上的深草里。"一切就绪，"他说，"专等那扫烟囱的家伙回来了。"

两人坐下去等着。没等多久，魔鬼回来了，手上提着一小袋金子。"只管往里倒吧，"士兵说，把靴子稍稍提高了点，"可是一定不够。"魔鬼倒空了袋子，金子漏到土坑中去，靴子仍是空的。"愚蠢的魔鬼，"士兵大声说，"这不行，我不是告诉你了吗？回去多拿些来！"魔鬼摇摇头走了，一小时后腋下夹了个大得多的口袋回来。"只管倒吧，"士兵高声说，"不过我怀疑能装满一靴子。"金子往下倒叮当作响，可靴子是空的。魔鬼两眼火红，朝里瞅了瞅，相信了事实。"你的小腿肚真粗得可耻。"魔鬼吼道，咧了咧嘴。"你以为，"士兵回答，"我像你长着只马蹄子吗？从什么时候起你变得这样吝啬的？快去多弄些金子来，否则咱们的交易就吹了。"魔鬼再一次奔波。这次他去的时间长些，等他终于回来时，气喘吁吁地在肩上扛着一个大口袋。他把袋里的东西倒进靴子，可靴子仅比先前稍稍多装了一点儿。他勃然大怒，想从士兵手中夺过靴子。然而就在这一瞬间，天空中初升的太阳已射出第一道霞光，恶魔大叫一声逃走了。可怜的灵魂便得了救。

农民想平分那些金子，士兵却说："把我那份儿给别的穷人吧！我要搬到你的小屋里去，咱们分享剩余的金子，一起过平静安宁的生活，直到上帝不再乐意。"

196. 林克兰克老头儿

从前，一位国王有个女儿，他下令造了一座玻璃山，宣布说：谁要能跑过玻璃山不摔倒，谁就可以娶他女儿做妻子。有一个男子非常爱公主，他问国王可以娶他女儿吗？可以，国王回答，如果他能翻过玻璃山而不摔倒，他便可以和她结婚。这时候公主说，她愿和他一块儿去，并且在他要摔倒时扶持他。于是她和他一起去翻越玻璃山，可谁知到了半山腰，公主滑倒了，这时山一下子裂开来，公主掉下去被埋住了。她那爱人看不见她，因为山一下子又已经合拢，他于是哀嚎起来，一个劲儿地哭啊哭啊。国王也很伤心，下令劈开玻璃山，想要找回公主，可是弄不清公主掉在了什么地方。公主呢，这时候在很深很深的地底下走进一个大洞，在洞里遇见了一个蓄着长长的花白胡子的老人。老人对她说，如果她肯做他的女仆，他叫做什么就做什么，他愿饶她的命，否则他便杀死她。公主只好是照他说的做。每天早上，老人从衣袋里掏出一架梯子，靠在洞壁上，顺着它爬出洞去，到了上边再把梯子收起来带走了。公主则替他烧饭，铺床，做所有的家务活儿。老人每次回家来，总带着大堆大堆的金子银子。公主在他那儿过了许多年，已很老了。老人叫公主曼斯洛特太太，公主叫他老林克兰克。一天，老人又出去了，公主在家替他铺好床，洗好碗，关上了所有门窗，只留下了太阳光正好射进来的滑动窗没有关。老林克兰克回家来，一边敲门一边叫："曼斯洛特太太，请给我开门。""不，"公主回答，"老林克兰克，我不给你开门。"老人于是叫：

> "可怜的林克兰克我在这儿站着，
> 用十七条长长的腿，
> 用一只镀了金的脚，
> 曼斯洛特太太，替我洗碗呵！"

"你所有的碗我都洗好了，"公主回答。老人又叫道：

> "可怜的林克兰克我在这儿站着,
> 用十七条长长的腿,
> 用一只镀了金的脚,
> 曼斯洛特太太,替我铺床呵!"

"我已经把你的床铺好了,"公主回答。老人又叫起来:

> "可怜的林克兰克我在这儿站着,
> 用十七条长长的腿,
> 用一只镀了金的脚,
> 曼斯洛特太太,替我开门呵!"

他一边叫一边围着房子转。他转着转着,看见小滑窗开着,心想:"我该朝里瞅瞅,看她在做什么,为什么不愿给我开门。"于是他凑到窗边,可因为胡子太长,脑袋伸不进窗口里去。他因此先把胡子塞进窗户里面,谁知刚塞完,曼斯洛特太太便跑过来,一拽她拴在滑窗上的绳子,窗户掉下来,把老人的胡子紧紧夹住了。老头儿哀嚎起来,大叫疼死了,请求公主行行好,放了他,公主回答不行,除非他把那架用来爬出山洞去的梯子交给她。老头儿愿也罢。不愿也罢,都只得告诉公主藏梯子的地方。公主于是又拴了一根很长很长的绳子在滑窗上,然后再架好梯子,爬出了山洞。到了山顶上,她才拉开了窗子。公主回到了父亲那儿,讲了自己的全部经历。国王喜出望外,公主的爱人也还等着她。他们便马上去挖开玻璃山,找到了老林克兰克和他的所有金子银子。国王下令杀了老头儿,取走他的金银。公主呢,和她的爱人结了婚,过着幸福快乐的生活。

197. 水晶球

　　从前有个女魔术师，她有三个和睦友爱的儿子。可她信不过他们，认为孩子们想夺她的权。于是她把老大变成一只鹰，让他不得不在高山顶上栖身；人们时常看见它在空中翱翔盘旋。她把老二变成鲸鱼，住在深海底下；人们只看见它时不时地喷出一股巨大的水柱。兄弟俩每天只有两小时是人样儿。三儿子因为害怕母亲把他变成猛兽，比如一头熊或是一只狼什么的，便离家出走了。可是他听说，住在金太阳宫里的公主中了魔，等待着有人去解救；而每个去的人都得冒生命危险，已经有二十三个小伙子悲惨地丧了命，现在只剩下一个人可以去救，以后便谁也不能去了。老三生性勇敢，便决心去寻找金太阳宫殿。他已走了很长时间，却到哪里也没能找到，这时误入了一片大森林，不知道该从何处出去。突然，他看见远处有两个巨人在向他招手，他走过去，巨人就说："我们在争一顶帽子，不知它该归谁，我俩一样强壮，谁也打不败谁。小矮子要比我们聪明，所以我们就让你来作决定。""你们怎么会为一顶旧帽子争吵不休呢？"年轻人问。——"你不知道它有多少特殊功用。这是一顶如意帽，谁戴上它，就能愿去哪儿去哪儿，并且立刻就到目的地。""把帽子给我，"年轻人说，"我往前走一段，然后叫你们，你们就跑过来，谁先到我跟前，这顶帽子便归谁。"他戴上帽子往前走，却一心牵挂着公主，把那两个巨人给忘了。他不停地走啊，走啊，突然内心深处发出一声叹息："嗨，我要是在金太阳宫就好啦！"话刚出口，他已经站在位于一座高山顶上的金太阳宫门前。

　　他走进宫门，穿过所有房间，直到最后一间才找到公主。可他看见她时却大吃一惊：她那炭灰色的脸上布满皱纹，双眼黯淡无光，头发成了红色。"你是那位世人都夸她美貌的公主吗？"他叫出声来。"唉，"她回答，"这不是我本来的模样。可人们用肉眼只能看见我这丑样子。你要想知道我的本来面目，那就看看这面镜子，它不受魔法影响，会让你瞧见我真实的面容。"公主把镜子递到青年手里，他在镜中看到一位世界上最美丽的姑娘的形象，还见她伤心得泪流满面。他于是问："怎样才能救你？我不怕任何危险！"公主回答："谁要得到了水晶球，把它举在魔术师面前，就能破除他的魔力；我呢也会恢复原来的面貌。唉！"她继续说，"已经有好些人因此送了命；你年纪轻轻，要是也去冒这么大的险，叫我于心不忍呵。""什么也拦不住我！"青年说，"告诉我，我该怎么做。""你应该知道一切，"公主回答，"你从宫殿坐落的这座山下去，在山下的泉水边站着一头野公牛，你必须和它搏斗。如果你幸运地杀死了他，它就会变成一只火鸟飞上天；它体内有一只烧红了的蛋，水晶球就是藏在里面的蛋黄。可火鸟不会让蛋掉下来，除非迫不得已。如果蛋掉到地上，它又会自动燃起来，烧掉周围的一切，蛋本身连同水晶球也将熔化，这样你所有的努力便白费啦！"

年轻人下山来到泉边，在那儿，公牛喘着粗气，向他咆哮。经过长时间的搏斗，他把剑刺进牛体，牛倒下了。转瞬间，牛变成一只火鸟，想要飞走；可那只年轻人的大哥变的鹰从云端飞来，扑向它，把它赶向海边，又用嘴啄它，使得它无可奈何地扔下了蛋。不幸蛋没有掉进海里，而是落在了岸边渔夫的屋顶上。小屋开始冒烟，正要燃起熊熊火焰，这时海里掀起小屋一般高的波浪，淹过屋顶，扑灭了火。是年轻人的另一位兄长，那条鲸鱼，游过来掀起的波浪。火扑灭后，年轻人寻找那只蛋，并且幸运地找到了。蛋还没有熔解，只是蛋壳被冷水突然一浸已经破裂，他正好能够把水晶球完好无损地取出来。

年轻人去找到魔术师，把水晶球往他面前一举，他便说："我的魔力被破了，从今后你就是金太阳宫的国王。你还能够使你两位哥哥恢复人形。"接着，年轻人赶紧去找公主，一踏进她的房间，就见她站在那儿，真是光彩照人，无比美丽，两人随即高高兴兴地交换了戒指。

198. 玛 琳 姑 娘

从前有一位国王，他有一个儿子想娶一位强国的公主为妻，那位公主名叫玛琳，生得非常漂亮。因为公主的父亲想把她嫁给别的人，所以没答应王子求婚。可两个年轻人十分相爱，不愿意分离，玛琳姑娘便对自己的父亲说："我不能也不愿其他人做我的丈夫。"父亲勃然大怒，下令修建一座照不进阳光和月光的阴暗高塔。塔建好了，他说："你得在里面呆上七年，然后我来看你固执的念头打消没有。"供七年吃喝的东西搬进高塔以后，公主和她的使女被带进去，塔便封死了，从此与人世隔绝。

她们坐在黑暗中，不知道白天黑夜。王子经常绕着塔走来走去，呼唤她的名字，但声音从外面穿不透厚厚的墙壁。除了伤心抱怨，她们还能干什么呢？然而，时间还是慢慢地逝去，从吃喝的东西的减少，她们发现七年的期限快满了，于是想，获救的时刻已到。谁知却听不见一声锤子敲打的声音，墙上的石头一块也没掉下来，仿佛她的父亲把她们给忘了。她们只剩下维持几天的食物，眼看着可能活活饿死，玛琳姑娘就说："我们必须最后试一试，看能不能把墙戳穿。"她拿来切面包用的刀，在一处石头缝涂灰浆的地方挖呀钻呀，累了就让使女接替她干。经过长时间的努力，她们终于取下了第一块石头，接着又取第二块、第三块。三天后，第一束光线照进了她们阴暗的栖身所。终于，口子大得她们能够朝外观望。天空是蓝色的，清新的空气扑面而来，但周围

596

的一切是多么触目惊心啊：她父亲的宫殿已化作一片废墟，目力所及，城镇和村落全烧成了灰烬，四周的田野全遭到了毁坏，一个人影儿也看不见。当墙上的口子大得她们足以钻出去时，使女首先跳了出来，玛琳姑娘跟在她后面。可她们该上哪儿去呢？敌人毁坏了整个王国，驱逐了国王，屠杀了他所有的臣民。她们朝前走去，试图寻找另一个国家，可哪儿都找不到一处可栖身的地方，遇不见一个能施舍给她们一口面包的人。她们饿极了，只好用荨麻树枝充饥。经过长途跋涉，她们来到另一个国家，便到处找活做；但敲了许多家的门，都被一一回绝，没有谁肯同情她们。终于，她们来到一座大城市，朝王宫走去。谁知这里的人也叫她们走开，直到最后，才有位厨师说，她们可以留在厨房里当清洁工。

她们两人呆的那个王国的王子，正是玛琳姑娘以前的情人；他的父亲已替他选定了另一位新娘，新娘子不仅相貌丑，而且心肠狠。举行婚礼的日期已经确定，新娘也来了。她由于奇丑无比，不愿见任何人，便把自己锁在房间里，玛琳姑娘负责从厨房给她送饭。新娘和新郎上教堂那天终于到了。新娘却自惭形秽，怕在大街上露面遭到世人的讥讽和嘲笑，便对玛琳姑娘说："你的好运气来了，我扭伤了脚，不能上街；你就穿上我的婚礼服，顶替我吧。对你来说，没有比这更大的荣耀了。"玛琳姑娘却拒绝说："我不奢求不属于我的荣誉。"新娘说给她金子，她仍然没答应。最后新娘火了："你要是不听我的话，那你就别想活命。我只须一句话，就叫你人头落地。"于是玛琳只好服从，穿戴上新娘华丽的服装和首饰。当她踏进王宫的大厅，所有在场的人都被她无与伦比的美貌给震住了。国王对儿子说："这就是我为你挑选的新娘，你引她去教堂吧。"新郎也惊呆了，心想："她长得和我的玛琳姑娘一模一样，叫我真以为她就是玛琳本人；但她关在塔里已经很久很久，或许已经死了啊。"他拉起姑娘的手，引她去教堂。路旁立着一丛荨麻，玛琳便说：

> "荨麻丛啊，
> 小小的荨麻丛，
> 你为何孤零零长在这里？
> 从前我曾饥饿难熬，
> 既没有煮，也没有烧，
> 就这么生吃过你。"

"你在念什么？"王子问。"什么也没念，"她答道，"我只是想到了玛琳姑娘。"王子很奇怪她竟知道玛琳姑娘，但却一言未发。他们经过墓地前的小桥，新娘子又说：

> "墓地前的小桥啊，你莫断掉，
> 我不是真正的新娘子啊。"

"你在说什么？"王子问。"没什么，"她回答，"我只是想到了玛琳姑娘。""你认识玛琳姑娘？"王子问。"不，"她回答，"我怎么会认识她，我只是听说过她罢了。"他们来到教堂门前，新娘又说：

> "教堂的大门啊，你别垮掉，
> 我不是真正的新娘子啊。"

"你在那儿说什么？"王子问。"唉，"她回答，"我只是想到了玛琳姑娘。"这时王子取来一串珍贵的项链，戴在新娘的脖子上，扣好链环。随后他们迈进教堂；在祭坛前，牧师把他俩的手拉在一起，使他们成了婚。王子领新娘往回走。一路上她一言未发。一

598

回到王宫，她就急忙跑回丑新娘的房间，脱下华丽的衣服，取下首饰，重又套上自己的灰罩衣，只在脖子上留下了从新郎那儿得到的项链。

夜晚来临，丑新娘就要被引到王子的房里去，她便在脸上遮了块面纱，为的是不让王子发觉这是个骗局。等所有来宾都散去后，王子问她："你对路边的荨麻丛到底说了些什么？""对什么荨麻丛？"她在反问，"我没有向任何荨麻丛说话呀。""要是你不曾这么做，那你就不是真新娘，"王子说。于是她脑子一转，说："我要去找我的使女，她保管着我的思想。"她走出去，呵斥玛琳姑娘说："丫头，你对荨麻丛说了些什么？""我只是说：

> 荨麻丛啊，
> 小小的荨麻丛，
> 你为何孤零零长在这里？
> 从前我曾饥饿难熬，
> 既没有煮，也没有烧，
> 就这么生吃过你。"

新娘跑回房间，说："现在我知道我对荨麻丛说了些什么啦，"便把刚听到的话重复一遍。"那你对墓地前的小桥说了些什么呢，在我们经过的时候？"王子问。"墓地前的小桥？"新娘问，"我没有同什么小桥说话呀。"——"那你仍然不是真新娘。"丑姑娘于是又说："我要去找我的使女，她保管着我的思想。"她跑出去，呵斥玛琳姑娘说："丫头，你对墓地前的小桥说了些什么？"——"我什么也没说，除了：

> 墓地前的小桥啊，你别断掉，
> 我不是真正的新娘子啊。"

"你真该死，竟这么讲！"丑新娘大喝道，却匆匆跑回房间，说："这下我知道我对墓地前的小桥说的些什么了，"便重复了那两句话。——"可你对教堂的大门是怎么说的呢？""对教堂的大门？"她反问，"我没同教堂的大门说话。"——"那你仍然不是真正的新娘。"她又出去呵斥玛琳说："丫头，你对教堂的大门说了些什么？"——"我什么也没说，除了：

> 教堂的大门啊，你别垮掉，
> 我不是真正的新娘子啊。"

"我真想扭断你的脖子，"丑新娘吼道。她气得不得了，急匆匆跑回房间，说："现在我知道我对教堂的大门说了些什么，"便重复了那些话。"那你把我在教堂门口给你的项链放哪儿去了呢？""什么样的项链？"她问，"你没有给我项链。"——"我亲手给你戴在脖子上，并且亲手扣好的：如果你不知道这个，你就不是真正的新娘！"说着扯下新娘脸上的面纱。一见她那张奇丑无比的脸，王子惊得往后退了几步，说："你是怎么到这儿来的？你是谁？"——"我是和你订过婚的新娘，因为害怕在大庭广众中露面会遭到人们的讥笑，就命令打扫清洁的使女穿上我的衣服，代替我去了教堂。""那姑娘在哪里？"王子问，"我想见她，去把她给我领来。"丑新娘出去却对仆人们说，那个打扫清洁的使女是个骗子，命令他们把她拖到院子里去斩首。仆人们抓住使女，想拖她出去，可是使女大声呼救，王子听见她的喊声，急忙从房里跑来，下令立即释放姑娘。仆人们拿来蜡烛，王子发现她脖子上戴着他在教堂前给她的那条金项链。"你才是真正的新娘，"他说，"是你和我一同上的教堂：跟我到我的房间去吧。"等两人单独在一起，王子说："你曾在去教堂的路上提到玛琳姑娘，她原来是我的未婚妻。如果

600

我认为这有可能，那我就确信她已站在我的面前：你和她长得完全一模一样啊。"姑娘回答："我就是为你在黑暗中关了七年的玛琳姑娘。这些年来，我忍饥挨渴，穷困潦倒，受尽磨难，幸好今天阳光重新照到了我的身上。我在教堂里和你成了亲，是你合法的妻子。"接着，他们互相亲吻，然后幸福地度过了一生。那个假新娘遭到报应，被砍了头。

那座关押过玛琳姑娘的高塔长久地矗立着。当孩子们从塔旁经过，便唱道：

> "丁当，丁当，丁丁当，
> 是谁关在塔里面？
> 里面关着一位公主，
> 可惜我不能把她见，
> 高塔垮不了，
> 石头难戳穿，
> 穿花衣衫的小汉斯啊，
> 来吧，快跟在我后面。"

199. 水牛皮靴

有个无所畏惧的士兵，对什么事都不在意。这样一个人退了伍，因为不学无术，挣不到饭钱，只好四处流浪，向好心的人乞求施舍。他肩上搭着一件旧风衣，脚上还剩得有一双水牛皮缝的马靴。一天，他漫不经心地朝原野里走啊走啊，终于走到一片森林里。他不知道自己到了什么地方，只见一根砍断的树干上坐着个衣冠齐楚的男子，身穿绿色猎装，士兵与他握握手，然后坐到他旁边的草地上，伸直双腿。"我看，你穿的靴子不赖，还擦得雪亮雪亮的，"他对猎手说。"可要是你像我一样不得不东奔西跑，那它们也穿不了多久。瞧瞧我脚上这双，是用水牛皮做的，已经穿了很久，却仍然与我爬山涉水，患难与共。"过了一会儿，士兵站起来，说："我不能呆了，饥饿催我继续前进。可是，穿亮靴子的老兄，我怎样才走得出去呢？""我自己都不知道，"猎手回答，"我在森林中迷了路。""这么说你和我一样喽？"士兵说。"物以类聚，同病相怜，咱俩就呆在一起，一同去找路吧。"猎手笑了笑，他们就一起往前走啊，走啊，直到黑夜来临。"我们走不出森林了，"士兵说，"可我看见那边远处有微弱的亮光，去那儿可能有吃的。"他们找到一所石头房子，上前敲了敲门，来开门的是一位老太太。"我们想找个地方过夜，"士兵说，"还想要点东西填填肚子，我的胃已瘪得像个旧行囊。""这儿你们不能久留，"老太太说，"这是个强盗窝，你们最好放聪明点，趁他们还没回来赶快离开。要是被他们发现了，你们非送命不可。""不会那么严重，"士兵回答，"我已经两天两夜都没吃一口东西；在这儿丧命或是在森林中活活饿死，对我来说都一个样。让我进去得了。"猎手起初不想跟他进屋，但被他拽着袖子给拉进去了："来吧，兄弟，不会马上送命的。"

老太太同情地说："悄悄躲到炉子后面。要是他们有吃剩的东西，等他们睡着后我就偷偷塞给你们。"他们刚一坐到角落里，十二个强盗就冲了进来，坐到已摆好餐具的饭桌前，大喊大叫要吃喝。老太太端进来一大块烤肉，强盗们吃得津津有味。士兵闻到香味，便对猎手说："我再也忍不住了，我要坐到桌边去一块儿吃。""你会送掉咱俩的命的，"猎手说着抓住士兵的手臂。可士兵大声咳起嗽来，强盗们听见了，放下手中的刀叉，跑过去，发现了躲在炉子后面的两个人。"啊哈，两位先生，"他们大声说，"你们坐在角落里干什么？是派来的探子吗？等着吧，让你们到绞架上荡秋千去！""客气点好不好！"士兵说，"我饿了，先给我点吃的，然后随便你们把我怎么样。"强盗全愣住了，只听强盗头儿说："我看你胆儿挺大。好吧，先给你吃的，可吃过后你得死。""走着瞧吧，"士兵说着坐到桌旁，肆无忌惮地大嚼起烤肉来。"靴子锃亮的老兄，过来一起吃吧，"他朝猎手喊道，"否则你会像我一样饥肠辘辘。哪怕在家里，你也吃不到比这更好的烤肉哩。"可猎手不愿吃。强盗们惊讶地注视着这一切，说："这家伙真不客气。"过了一会儿，士兵又说："这烤肉嘛挺不错，再弄点好喝的来吧。"强盗头儿兴致不错，竟接受了这要求，大声吩咐老太太说："去地窖拿瓶酒来，要上好的。"士兵砰的一声拔出瓶塞，提着酒瓶走到猎手面前，说："注意看，兄弟，你将大吃一惊：现在我要祝这帮坏蛋长命百岁。"说着举起酒瓶在强盗们头上晃来晃去，大声喊道："你们全都将活得好好的，可现在得把嘴张大，举给右臂，"说着猛喝一口。他话音刚落，强盗全像石头人似的一动不动地坐着，嘴大大张开，右臂举向空中。猎手对士兵说："我看你还会别的魔术。可现在走吧，让咱们回家去。"——"噢，好兄弟，现在出发为时过早；我们打败了敌人，得先拿到战利品。这帮家伙在那儿坐得稳稳的，吃惊得张大了嘴；只要我不同意，他们是动不了的。过来吃喝一点吧。"老太太只好又去拿来一瓶上好的酒，士兵又吃了能管三天三夜的饭食，才站起来身来。天终于亮了，士兵说："现在已到了撤退的时候，为了缩短行程，让老太太给我们指去城里最近的那条路。"到了城里，士兵去见他从前的一些战友，说："我在城外森林里偶然发现一个贼窝，跟我走，咱们一起去把它端掉。"他领着战友们，并对猎手说："你也一起回去，看看我们怎样制服那帮坏蛋，叫他们鸡飞狗跳。"他让同伴团团包围住强盗，然后举起酒瓶喝了一口，把瓶子在强盗头上晃来晃去，大声说："你们该活过来啦！"眨眼间，他们果然恢复了知觉，但很快被老兵们制服，手脚被绳子捆了起来。接着，士兵叫大伙儿像扔袋子一样把他们扔上车，说："立即开到监狱去。"猎手却把一个老兵叫到一旁，向他交待了另外一件事情。

"穿亮靴子的兄弟,"士兵说,"我们幸运地战胜了敌人,肚子也填得饱饱的,虽说耽误了点时间,现在却可以安安心心地赶路了。"他们快到城里时,士兵看见很多人拥出城门,兴高采烈地欢呼着,还在空中挥舞绿色的枝条。接着他又看见御林军列队走来。"这是怎么回事?"他惊讶地问猎人。"你难道不知道,"猎手回答,"国王离开他的王国已经很长一段时间。今天他回来了,所有这些人都是来迎接他的。"——"那国王在哪儿?我没看见他。""他就在这儿,"猎手回答,"我就是国王,我派人通报了我这时到达。"说着敞开猎装,露出了国王的华服。士兵大吃一惊,急忙双膝跪下,请求国王原谅他不知情,误把国王当成自己一类的人,还用那样一个绰号称呼他。国王却握住他的手,说:"你是个勇敢的士兵,并且救了我的命。你不会再吃苦受穷,我会照顾你的。而且,你如果想吃一顿像在强盗窝里吃过的鲜美烤肉,那就尽管到我的御房里来好了,只是你在祝别人健康之前,必须先征得我的同意。"

200. 金钥匙

大雪铺地的冬天,一个穷孩子不得不驾雪橇出门去拉柴。他拾来柴火装在车上。因为冻坏了,便先不回家,而是想生堆火稍微暖和暖和身子。他刨开雪,腾出一块干地,就在这时,他捡到了一把小小的金钥匙。他于是想,钥匙在哪儿,与这把钥匙相配的锁就在哪儿,便往地里刨了刨,终于找到一个小铁箱。"要是钥匙能开就好了!"他想,"小箱子里一定有值线的东西。"他找了找,但没找到锁孔。终于,他发现了一个孔,但小得几乎看不见。他用钥匙试了试,很幸运能插进去。他转了一圈;可我们得等一等,要等他完全打开锁,揭开盖子,然后才能知道,小铁箱里到底装着什么奇异的东西。

儿童宗教传说

1. 林中的圣约瑟

从前，一位母亲有三个女儿，大女儿不懂礼貌，心眼儿也坏；二女儿已经好得多，虽说仍有一些缺点；三女儿呢，却是个虔诚而善良的孩子。谁知这母亲真怪，偏偏喜欢的是大女儿，讨厌小女儿。因此她常常派可怜的小姑娘去一片大森林中捡柴，想这样把她扔掉。她暗自盘算，小姑娘会迷路，再也回不来啦。可是每一个虔诚的孩子都有自己的保护天使，天使没有抛弃她，总是把她领上正确的道路。一次，保护她的小天使似乎不在跟前，小女儿走不出森林了。她一个劲儿地走啊走啊，一直走到天黑，忽然看见远处有一点小小的亮光，便跑过去，到了一间小茅屋前面。她敲门，门打开了，她走到第二扇门前，再敲，门又开了。给她开门的，是一位老爷爷，长长的白胡子，模样挺威严，他不是别人，正是圣约瑟①。他非常和蔼地说："进来吧，好孩子，坐到我那火炉边的椅子上，暖和暖和身子，你要是口渴，我去给你拿点清水

---

① 耶稣的父亲。

来。可是在这林子里，我没有什么东西给你吃，只有几根胡萝卜，你得先刮一下，再煮来吃。"说着，圣约瑟把萝卜递给小姑娘。小姑娘把它们刮干净了，然后取出母亲给她的一小块煎饼和面包，一起放进火炉旁的小锅子里，为自己煮成糊糊。糊糊煮好了，圣约瑟说："我很饿哟，把你的食物分给我一点吧。"小姑娘挺乐意，分给他的比自己留下来的还多，可是有上帝的祝福，她仍旧吃饱了。他们吃完以后，圣约瑟说："现在咱们睡觉去吧，不过我只有一张床，你就睡床上，我睡在地下的草里好啦。""不，"小姑娘应道，"你仍旧睡自己的床，我觉得草铺已经够软和。"可是圣约瑟却抱起小姑娘来放到床上，她做过祷告便睡着了。第二天早上醒来，她想向圣约瑟道早安，却瞧不见他。她下床四处寻找，可哪儿也找不着。终于，她在门背后发现一袋钱，重得她刚好扛得动；钱袋上写着：给昨天夜里在这儿睡过觉的孩子！小姑娘拿了钱袋，蹦蹦跳跳走了，并且幸运地回到了母亲身边，因为她把钱全给了母亲，母亲无话可说，只得对她表示满意。

第二天，二女儿也来了兴致，想到森林里去。母亲给了她一块大得多的煎饼和面包。她的情况和小妹妹完全一样。傍晚她进了圣约瑟的小屋，他递给她几根胡萝卜煮糊糊。煮好了，他同样对她说："我很饿哟，把你的食物分给我一点吧。"姑娘回答："一块儿吃得啦！"吃完，圣约瑟要把床让给她，自己睡草铺，她回答："不，你也睡床上，咱们够宽的呀。"圣约瑟却抱她到小床上，自己钻进了草铺。早上姑娘醒来，找圣约瑟已经不知去向，可却在门背后发现了巴掌大的一小袋钱，钱袋上写着：给昨天夜里在这儿睡过觉的孩子！于是，二女儿拿着钱袋跑回家去，把它交给母亲，只是悄悄儿给自己留下了几枚钱币。

这一来大女儿好奇了，打算第二天也到森林里去。她要多少煎饼母亲给她多少，此外还有面包和乳酪。傍晚，和两个妹妹一样，她也在小茅屋里找到了圣约瑟。糊糊煮好后，圣约瑟说："我很饿哟，把你的食物分给我一点吧。""等着，"姑娘回答，"等我吃饱了，剩下的给你吃。"可她吃得几乎一点儿不剩，圣约瑟只好刮碗吃。随后，善良的老爷爷把床让给她，自己准备睡在草上；她一点不客气地同意了，自己往床上一躺，把硬梆梆的草铺留给了老人。第二天早上，她醒来找不着圣约瑟，可是一点不在意，而是急着去门背后找钱袋。她仿佛觉得地上有个什么，却又辨认不清究竟是什么，便弯下腰去，鼻尖触到了上面。哪知道那东西竟粘在她鼻子上，她直起身来，一看吓了一大跳：在她原来那个上边又多出来一个鼻子！她开始大哭大叫，可是一点用处没有，那鼻子伸得老长老长，她不想看也一直得看。她一个劲儿地叫啊，跑啊，终于碰见圣约瑟，一头扑倒在他脚下，久久地哀求他，直到他可怜她了，取掉她多的那个鼻子，还送给她两枚小钱。她走到家，母亲站在门前问："你得到了什么礼物？""一大口袋钱，"她撒谎说，"可我在路上把它掉啦。""掉啦！"母亲嚷起来，"呵，咱们一定要找回来。"说着拉住她的手，打算和她去找。她呢，开始哭起来，不愿一块儿去，可最后到底去了。哪知道在路上，她们遇着许多蜥蜴和毒蛇的攻击，一点办法没有。蜥蜴和蛇到头来咬死了坏女孩，咬伤了母亲的脚，惩罚她没有教育好自己这个女儿。

2. 十 二 使 徒

　　一位母亲生活在基督诞生的三百年前，她生了十二个儿子，却穷困贫苦得不知道用什么养活他们。她每天祷告上帝，求他让她所有的孩子与已经预言要降临人间的救世主在一起。可是她穷得越来越厉害，只得一个接一个地打发走儿子，任他们去世界上自谋生计。大儿子叫彼得，他已经走了很远，在整整走了一天之后来到一片大森林里。他寻找出去的路，可是找不着，反倒迷失方

609

向，进入了密林深处。这时他又非常饿了，饿得几乎站立不住。终于，他精疲力竭，只得躺在地上，等待着死亡到来。谁知突然，他身旁站着一个男孩，浑身光芒四射，美丽而又和蔼，就像一位天使。孩子拍拍小手，彼得不得不抬头望他。他于是问："干嘛这么伤心绝望地躺着呢？""唉，"彼得回答，"我在世界上四处漂泊，寻找自己的一口面包，为的是还能见到已经预言要诞生的亲爱的基督；我最大的心愿莫过于此啊。"男孩说："跟我来，我让你的心愿实现。"说着，他拉住可怜的彼得的手，带他来到岩壁中间的一个大山洞前。他们走进洞去，只见四周全闪着金银和水晶的光芒，洞的中央则并排摆着十二张摇床。这时候，小天使说："躺在第一张床上睡一会儿，我愿意摇你。"彼得照着做了，小天使给唱了催眠曲，把他摇啊摇啊，直摇到他睡着了。在他沉睡的时间里，他的二弟来了，也是他的保护天使领进来的，也像彼得一样被摇进了睡乡。就这样，其他兄弟依次一个个到来，直至十二个全部躺在金摇床里睡了。可他们一睡睡了三百年，最后一夜，救世主耶稣终于降生。这时候，他们苏醒过来，与耶稣基督同在一个世界上，成为了他十二个使徒。

3. 玫　　瑰

从前有个穷妇人，她养了两个孩子，小的一个孩子每天得去树林里打柴。一天，他走进林子里很远的地方，碰见一个小孩；孩子个儿虽小却挺能干，勤快地帮他拾柴，还替他扛回家里。可随后，一眨眼小孩就不见了。小儿子把经过告诉母亲，母亲却不相信。临了儿，他拿回家来一枝玫瑰花，告诉母亲这花是那美丽的孩子给他的，那孩子对他讲，一等玫瑰开放，他又会来。母亲把玫瑰插在了水里。一天早上，小儿子很久没起床，母亲走到床边，发现孩子已经死了，可躺在那儿却容光焕发。就在这天早晨，玫

610

瑰花开了。

4. 贫穷和谦卑指引天国之路

从前有个王子，他漫步到野外，一副忧心忡忡的模样。他凝视天空，天是那么美丽、那么晴朗，那么蔚蓝，他不由得叹了一口气，说："嗨，人到了天上才真不知多舒服呵！"正好这时，他看见走来一个白头发的穷老头，便招呼他，问他说："我怎样才能上天堂呢？"老头儿回答："通过贫穷和谦虚呗。你穿上我的破烂衣服，在世界漂泊七年，尝尝穷困的滋味儿。别收取钱财，你要是饿了，就向好心肠的人们讨一点儿面包充饥。这样，你会逐渐接近天堂的。"王子听了，果真脱下自己华丽的衣服，披上乞丐的破衣衫，走到广大的世界上，忍饥挨饿，受苦受穷。他除去一点食物以外什么都不要，也不讲任何话，只是祈祷上帝有朝一日接他上天堂去。七年过去了，他又来到自己父亲的王宫，可谁都不再认识他。他对卫士们说"去报告我父母亲，我回来了。"卫士们却不信，还笑话他，让他老站着。他又说："去告诉我的兄弟们，叫他们下来，我非常想再见见他们呐。"卫士们还是不肯相信，直到终于有一个去向王子们报告，可王子们也不信，也不理。没办法，他写了一封信给他母亲。这一来，王后出于怜悯，才给他楼梯下的一块地方住，并让两个侍从每天送食物给他。谁知其中一个心很坏，说："一个叫花子凭什么吃这么好的东西！"于是扣下来要么自己吃，要么给狗吃，只为那身体虚弱、骨瘦如柴的王子送去一些水；另一个侍从却忠厚诚实，替他领到什么就送去什么。食物很少，只可以借此维持生命；他呢极力忍耐着，身体一天比一天更加衰弱。终于，他病得很厉害了，便要求领圣体。弥撒刚做一半，谁知京城里和附近地区的圣钟一起自动敲响了。做完弥撒，神父去看睡在楼梯下的穷人，他却已经死了，只是一只手拿着枝玫瑰，一只手拿着束百合。在他身旁有一张纸，纸上写着他的故事。

他下葬后，他坟墓的一侧长出了一株玫瑰，另一侧长出了一丛百合。

5. 上帝的食粮

从前有两姐妹，他们一个没有孩子，但却富有；另一个有五个孩子，成了寡妇，穷得连让自己和孩子们吃饱的面包都没有。实在没办法，寡妇去找她的姐姐，说："我的孩子们和我饿得要命，你很有钱，就给我一口面包吃吧。"哪知这个异常富有的女人也异常冷酷，她回答说："我自己也一点儿吃的没有哩。"接着便恶言恶语地打发走了自己的穷妹子。过了一些时候，富姐姐的丈夫回家来，想切一块面包吃，哪知他刚切一刀，那大面包便流出了红红的鲜血。妻子见着吓了一跳，对他讲刚才妹妹来的事。丈夫急忙赶去妹妹家，准备给她周济。他跨进寡妇的房间，发现她正在祈祷，怀里抱着两个最小的孩子，三个大的却躺在床上，已经饿死了。他要给她食物，她回答说："对于人间的食粮，我们已不稀罕；上帝已经满足三个孩子的食欲，我们的祈求他也一定会听见的。"话刚出口，她最小的两个孩子便咽了气。紧接着，她也心痛欲裂，倒在地上死了。

6. 三根绿色枝条

从前有个隐士，住在山脚下的森林里，用祈祷和做善事打发他的时光。每天傍晚，为了对上帝表示敬意，他还背几桶水上山去，一些动物因而有了饮水，一些植物因而得到滋养。要知道山顶上经常刮大风，刮得空气和土壤十分干燥，为了得到一口水，那些惧怕人的野鸟只好在高空盘旋，凭借它们犀利的目光细细地寻找。就因为隐士这么虔诚，上帝的一位天使对他现了形，每天跟随着他走上山，数着他的脚步，等他完工后便给他送来食物，正像乌鸦根据上帝的吩咐，给那位预言家饮食一样。①隐士始终这么虔诚，年纪已非常老了。一天，他远远地看见有一个可怜的罪人被押解着走向绞架，不禁自言自语："他这是罪有应得啊。"傍晚，他背水上山时，那个陪伴他的天使没有出现，也没有给他送食物来。他猛地一惊，连忙反省自己，心想自己必定作了什么孽，把上帝惹恼了，可究竟怎么回事他却不知道。于是他不吃不喝，跪倒地上日夜祈祷。一天，他正在林中痛哭流涕，忽然听见一只鸟儿唱得格外动听，格外优美，心情因而越加沉郁，说："瞧你唱得多快活哟！主没有生你的气。唉，你要能告诉我我怎么得罪了他，让我知道赎罪，使我的心重新快活起来就好罗！"哪知鸟儿突然说起话来，道："你做了不义的事，诅咒了那个被送上绞架的可怜的囚犯，上帝因此生你的气了；只有他才有裁判权呵。不过，只要你悔悟和赎罪，他还是会原谅你的。"话音刚落，他身旁已站着那位天使，手里擎着一根干枯的枝条，说："这根干树枝你一直背在身上，直到它发出三条绿色的新枝来；可是夜里，你要睡觉了，也得把它枕在头底下。你得挨门挨户去乞讨你吃的面包，你在同一所房子里顶多只能呆一夜。这就是上帝给你的处罚。"

　　隐士于是背上那根枯木，回到他久已生疏的人世上。他吃的喝的，只是在人家门口得到的施舍；而有时他的乞求人家不听，有时连房门都对他紧闭不开，使他经常整天整天地吃不上一口面包。一次，从早到晚，他讨了一家又一家，可就是谁都不给他一点什

---

　　① 预言指以色列人以利亚。上帝吩咐乌鸦供养他的故事见《圣经·旧约》《列王记》。

么，谁都不肯留他过夜；没法子，他只好走进郊外的一片树林，找啊找啊，终于发现了一眼窑洞，洞内坐着一个老婆子。他于是说："好心的老妈妈，留我在你家过一夜吧。""不，"老婆子回答，"就算我愿意，我也不敢呀。我有三个儿子，都又凶狠又野蛮，他们去抢劫后回家来，如果发现你在这儿，一定会把咱们俩都杀掉！"隐士却讲："只管留下我吧，他们一点也不会伤害你和我的。"老太婆心肠挺好，被他说动了。他这才躺在石阶下，用枯木枕着脑袋。老太婆瞅见了，问他原因。他告诉她，他随身带着这枯木四处流浪，夜里用它当枕头，是为了赎补自己的罪过。他曾经看见一个可怜的罪人去上绞架，而说他是罪有应得，这样便触犯了上帝。老太婆一听哭起来，叹道："天啊，如果一句话说错上帝都要惩罚，那我的儿子们在接受上帝审判时，会有什么下场呵！"

半夜里，强盗们回家来，大吵大闹。他们点上火把，照亮窑洞，看见石梯底下躺着一个人，立刻大发雷霆，冲自己母亲喊："这个人是谁？我们不是禁止留宿任何人吗？"母亲回答："让他睡着吧，他是个正在赎罪的可怜人。""他干什么啦？"强盗们问。"老人家，"母亲叫隐士，"你给我们讲讲你的罪行好吗？"隐士于是爬起来，告诉他们自己怎么说错一句话就犯了罪，惹恼了上帝，因此受到现在这样的惩罚。强盗们被他的故事深深震动了，对自己的过去感到害怕起来，开始反省和诚心地悔过赎罪。隐士使三个罪人知道悔改以后，重新躺在石梯下睡觉。谁料第二天早上，人家发现他已死了；而与此同时，从他枕在脑袋底下的枯木中，却高高地长出来三根绿色的嫩枝条。这就是说，上帝又给他恩典，把他接上了天堂。

7. 圣母的小酒杯

一次，一个车夫把他满载葡萄酒的车驾得陷住了，费尽力气也拖不出来。这时候，圣母玛利亚正好路过，见这可怜人被难住了，便对他说："我又累又渴，给我一杯酒喝吧，我愿意使你的车活动。""我很乐意，"车夫回答，"只是我没有给你斟酒的酒杯呀。"圣母伸手摘下一朵叫野旋子的小白花，递给车天。这花样子很像一只玻璃杯，花瓣上带着红色纹路。车夫用它斟满酒，圣母把酒喝下去，转瞬间车便活动了，车夫又能驾着往前走。直到今天，那小花还叫圣母的小酒杯来着。

8. 老妈妈

一座大城市里有位老妈妈，她晚上孤孤单单地坐在自己的房间里，回忆着自己怎么先失去丈夫，再失去两个孩子，随后渐渐失去了所有的亲戚，到头来连最后一个朋友也死了，现在只剩下她孤苦伶仃一个人，心里深感悲伤。尤其使她难过的是失去了两个儿子；痛苦中，她抱怨起上帝来。她这么静静地坐着，陷入了沉思，突然听见早祷的钟声响了。她奇怪自己竟在伤心难过中熬过了一整夜，于是点上灯到教堂去。她走进教堂，里边已经很明亮，但不是像往常一样点着许多蜡烛，而是弥漫着朦胧的晨光。教堂中也挤满了人，没有一个座位是空的。老妈妈走到自己的老位子旁，它也被人占了，整个长凳上挤得满满的。她定睛一看，那些人全是自己死去的亲友；他们坐在那儿，穿着式样老旧的衣服，却面无血色。他们既不念经，也不唱圣诗，可教堂内响着轻轻的

615

嗡嗡声和嗖嗖声。这时一个老姑妈站起来对她说："那儿，你瞧那祭坛上，你会瞧见你的儿子。"老妈妈照祭坛望去，果然见她的两个孩子一个吊在绞架上，一个五花大绑在刑轮上。那老姑妈又说："你看，如果上帝不在他们还是清白无邪的孩子时就招回他们，让他们继续活着，那他们的下场就会这样子！"

老妈妈哆哆嗦嗦回到家，立刻跪在地上感谢上帝，感谢他待她好得超出了她的理解。两天以后，老妈妈躺在床上死了。

9. 天国的婚礼

从前，一个贫苦的农家少年在教堂里听牧师讲："谁想进天堂，谁就必须永远行得端，走得正。"少年于是上了路，一个劲儿地朝正前方走啊走啊，逢山翻山，遇谷越谷，一点不肯偏离方向。终于，他走到一座大城市，进了教堂里边，正碰上在做弥撒。他看见四周一片辉煌，以为自己已经在天国里，便坐下来，打心眼儿感到欣喜。弥撒做完了，教堂执事叫他出去，他回答："不，我再也不出去啦，我很高兴终于进了天堂。"执事只好去找牧师，向他报告，教堂里有个少年，赖在那儿不肯出去，因为他相信，他是在天堂里。牧师说："既然他这么认为，就让他呆在里边好啦。"随后牧师去问少年，他愿不愿干活儿。"愿喽。"小家伙回答，他早已习惯干活儿了，不过呢他绝不再离开天堂。这样，他便留了下来。当他看见人们来到木头雕的怀抱小耶稣的圣母像前，跪在地上祷告，他想："这就是仁慈的上帝，"并且讲："我说，亲爱的上帝，你怎么这么瘦啊！人们肯定叫你挨饿啦，我要把我每天的食物分一半给你。"从此，他真的每天把他的一半食物给雕像，那圣像呢，也开始享用起食物来。四个礼拜过去以后，人们发现圣像变胖了，变壮了，好生奇怪。牧师也弄不懂怎么回事，便藏在教堂里跟踪小家伙，终于发现他分面包给圣母；圣母呢，也接受了。

　　过了一段时间，少年病了，整整八天没下床。可当他重新能起床时，他的头一件事就是给圣母送吃的去。牧师尾随在后边，听他说："亲爱的上帝呵，别怪罪我这么久什么都没给你送来；我病了，起不来床啊！"圣像回答他道："我看见了你的好心，已经够满意的。下个礼拜日，我要带你去参加一次婚礼。"少年很高兴去，他对牧师讲了这事。牧师请他去问圣像，他好不好也跟着去。"不行，"圣像回答少年，"只准你一个去。"牧师想让少年有所准备，先吃一顿晚餐，小家伙同意了。礼拜天，当晚餐送给少年，他却倒地死去，永远和天国结合在了一起。

10. 榛 树 条

　　一天下午，圣婴耶稣躺在摇篮里睡着了，他妈妈走过去，满怀喜悦地望着他说："你睡了吗，我的孩子？你就好好睡吧，我想偷空儿去森林中为你采一把草莓来。我知道，你醒了看见草莓会高兴的。"在森林中，圣母玛利亚找到一个长着许多极鲜美的草莓的地方，可是她弯下腰去正要摘一颗，突然从草中窜起一条蝮蛇来。她吓了一跳，扔下草莓，掉头就跑。蝮蛇跟在她背后嗖嗖嗖追来，不过你们可以想象，圣母自有妙计：她躲到一株榛子树后面，静静地站在那儿，最后蝮蛇又爬走了。随后她采了许多草莓，在动身回家时说："这次榛子树保护了我，我要它将来也保护其他人。"因此，从古至今，绿色的榛树条都是人们用来对付蝮蛇和其它蛇类以及爬虫最保险的武器。

补　　遗

1. 穿靴子的猫

　　磨坊主有三个儿子，一座磨坊，一头毛驴和一只公猫。儿子们必须磨面，毛驴必须驮来麦子驮走面粉，猫必须逮老鼠。后来，磨坊主死了，三个儿子分到了遗产，老大分的是磨坊，老二分的是毛驴，老三分的只是一只猫，别的什么也没他的份儿。他很难过，不禁自言自语说："我分得可是最差啦。大哥可以磨面，二哥可以骑他的毛驴，叫我拿这只公猫来干什么？充其量，我只能请人用它的皮，替我缝一双毛手套。""听着，"公猫听懂了他所说的一切，突然开了腔，"你不用请人杀死我用我的皮毛给你缝一双破手套，你只需让人给我做双靴子，叫我穿着它们抛头露面，马上我就叫你得到好处。"磨坊主的小儿子奇怪猫竟会说话，刚巧有一个鞋匠打屋前经过，他就唤他进来，让他替猫量了一双靴子。靴子做成了，猫立刻穿起来，还取过一只口袋，在袋底上装满粮食，袋口却穿上一根可以抽紧的绳子，然后它把口袋往背上一搭，用两条腿直立着像人一样走出门去了。

　　当时统治国家的是一个酷爱吃鹌鹑的国王。可糟糕就糟糕在捕不到鹌鹑。巨大的森林中鹌鹑倒是多得很，只不过它们太胆小，没有哪个猎人能够靠近。公猫了解这个情况，想出来了更好办法。他走进林子，打开口袋，摊好粮食，却把绳子藏进草中，牵到一丛小树背后。接着它自己也隐蔽起来，同时四处张望，留神着周围的动静。一会儿，跑来一群鹌鹑。它们发现了粮食，一只接一只地跳进了口袋。口袋里的鹌鹑够多了，公猫便一拉绳子，冲上前去把它们一个个的脖子拧断。然后他把口袋搭在背上，径直朝皇宫走去。卫兵喝斥它："站住！上哪儿去？""去见国王，"公猫立刻回答。"你疯了吗，一只老猫想见国王？""随它去吧，"另一名卫兵说。"国王不是经常很无聊吗？没准儿这只猫能用妙儿妙儿妙的叫声，让他开开心哩。"

穿靴子的猫来到国王座前，鞠了一个躬，说道："我的主人，伯爵×××"——这时它背出一个很长很高贵的姓氏——"向国王陛下请安，派我给陛下送来一些个他刚刚套住的鹌鹑。"

望着那些又肥又美的鹌鹑，国王惊讶莫名，喜不自胜，命人去取来国库里的黄金装进公猫的口袋，一直装到它快背不动为止，说："这些拿回去给你主人，并且多多感谢他的礼物。"

磨坊主那可怜的小儿子呢，当时正坐在家里的窗口边，一只手支着脑袋在想，这下他为订做那双猫靴把最后一点钱都花掉啦，看它能给他换来什么大好处呢。不想雄猫已走进屋子，把背上的口袋扔到地上，解开绳子，把金子倒在了他跟前，说："这是你的靴子换来的。国王还问候你，向你表示感谢。"磨坊主的儿子喜出望外，不明白怎么一下子就发了财啦。公猫呢，一边脱靴子，一边给他讲事情的经过，最后说："眼下你虽然有了足够的钱，可还不能以此为满足；明儿个我再穿着靴子出去，要让你变得更富。再说我已告诉国王，你是一位伯爵哩。"第二天，说到做到，雄猫果真又穿起靴子去打猎，为国王献上了一大袋鹌鹑。这样子过了一天又一天，每天它都要带回家来一些金子。而且，穿靴子的猫可

622

受国王的宠爱啦，它在宫里进进出出，转转悠悠，真叫自由自在。有一天，他转进了国王的厨房，蹲在灶旁边取暖，赶巧马车夫走进来，咒骂说："唯愿国王和公主都上了绞架才好！我想去酒馆里喝他一杯，玩玩牌，他们却偏让我驾车送他们去湖边闲逛。"公猫听见了车夫的话，立刻溜回家报告主人："你要是想成为伯爵和发财，就跟我去湖边上，在湖里洗澡。"磨坊主的儿子不知该怎么回答才是，可也依了雄猫，跟着它到了湖边，把身上的衣服脱得精光，跳进了湖水中。雄猫收拾起他的衣服，拿到远远的地方去藏了起来。它刚藏好，国王的车就到了；雄猫立刻开始叫苦连天："唉唷唷，最最仁慈的国王呀！我的主人，他在湖里洗澡，突然来了一个强盗，抢走了他摆在岸边上的衣服，这会儿伯爵老爷他泡在水里出不来啦，要是再这么呆下去他会受凉病死了的！"国王一听马上叫停车，派了一名侍从赶回宫中，取来一套国王的衣服。那位伯爵老爷于是有了华贵无比的衣服穿，加之国王相信那些鹌鹑真是他送的，对他本来已非常器重，就要求他登上车和自己坐在一起。公主呢也不反对他坐在身边，因为伯爵年轻而又英俊，很得她的欢心。

　　雄猫却赶到了头里，来在一片有一百多人刈草的大草地上。"这片草地是谁的，老乡们？"雄猫问。"大魔法师的呗。""听着，国王马上要过来啦，他如果问这片草地归谁所有，就回答：伯爵！要是你们不这么做，就全都会送命。"说完雄猫又继续往前走，来到一片谁也望不到边的麦田跟前，田里有两百多人在割麦子。"这些麦子是谁的，老乡们？""魔法师的呗。""听着，国王马上要过来啦，他如果问这些麦子属于谁，就回答：伯爵！要是你们不这么做，就全都会送命。"

　　雄猫最后走到了一片茂密的树林跟前，林子里有三百多人在砍伐高大的橡树，改制木材。"这片树林是谁的，老乡们？""魔法师的呗。""听着，国王马上要过来啦，他如果问这片树林属于谁，就回答：伯爵！要是你们不这么做，就全都会送命。"

　　雄猫仍一个劲儿向前走，人们全都目送着它。因为它模样怪奇特的，穿着一双靴就像人似地大摇大摆地走着，谁见着都挺畏惧。不一会儿，它走到魔法师的宫殿门口，大着胆子闯了进去，一直来到魔法师跟前。魔法师很鄙视地瞅着它，问它想干什么。雄猫鞠了一躬，说道："我听人讲你高兴变成什么动物就能变什么动物；变成狗啊、狐狸啊还有狼啊什么的我都乐意相信；可要说变成一头象，我看就完全不可能啦。所以嘛，我这会儿来亲眼看看。"魔法师傲慢地说："这在我太容易了。"说着已变成一头大象。"了不起！可你也能变成狮子吗？""那也没什么。"魔法师回答，在雄猫面前立刻站着一头雄狮。雄猫装出惊恐的样子，嚷嚷道："真不可思议，从没听说过，这样的奇迹我连做梦都不敢想！不过呢，你要是还能变成一只像老鼠一样的小动物，那才叫盖了帽儿啦。毫无疑问，你比世界上任何一位魔法师都本领大；只是呢，变老鼠这点对你确实是要求太高了吧。"这一番甜言蜜语听得魔法师乐滋滋的，他说："瞧好了，亲爱的小猫咪，这我也会。"话音刚落，房里已见一只小老鼠在蹦来蹦去。雄猫追赶着老鼠，一下子将它扑住吃掉了。

　　这时候，国王带着伯爵和公主继续乘车游逛，来到那片大草地。"草地是谁的？"国王问。"伯爵老爷的，"众人照雄猫的命令回答。"您有一片多么美好的领地啊，伯爵先生，"国王说。随后，他们来到了麦田边。"这些麦子是谁的，老乡们？""伯爵老爷的。""嗨！伯爵先生，多广大肥沃的田产啊！"接着又到了树林跟前。"这些木材是谁的，老乡们？""伯爵老爷的。"国王更加吃惊，说："您肯定是个大富翁，伯爵先生；我不相信我自己也有这么茂密的树林。"

　　终于，一行人到了宫殿门口，雄猫站在台阶顶上，见车一停稳便跳下来，拉开车门说："国王陛下，您这儿已经到达我主人伯爵老爷的宫里啦。他对您御驾光临将感到三生有幸。"国王下了车，对眼前这座比他的皇宫还大还美的宏伟建筑惊讶不已；伯爵呢，却牵着公主登上台阶，进了那整个儿闪耀着黄金和宝石光彩的大厅。接着，公主被许配给了伯爵。国王一死，伯爵便当了国王；那只穿靴子的猫呢，也当了宰相。

2. 傻瓜汉斯

从前有个国王，他和自己的独生女儿一起过着幸福的生活。可是突然有一天，公主生了个孩子，却谁也不知道孩子的父亲是什么人。国王很久都不晓得该怎么办，最后终于命令公主带着孩子到教堂里去，到了那儿给孩子手中塞一只柠檬，然后看他把柠檬递给谁，就让谁做他的父亲和公主的丈夫。说办就办了，只不过还吩咐守门的人，除了英俊的青年不得放其他任何人进去。谁知城里有个瘸腿又驼背的小个子青年，呆头呆脑的被人家叫做傻瓜汉斯，他混在人丛中没被发现，也挤进教堂来了，而那孩子却偏偏把柠檬递到傻瓜汉斯手里。公主吓坏了，国王气得跳起来，下令把母子连同傻瓜汉斯一起关进一只大木桶，把桶扔进海里。木桶很快漂走了，他们在海上孤零零地漂啊，漂啊，公主便抱怨开了："你这个自命不凡的讨厌的小驼背，是你造成了我的不幸！这孩子跟你一点不相干，你挤进教堂里来干什么哟？""呵，不，"傻瓜汉斯回答，"他跟我就是有点关系，因为有一天我希望过你生一个孩子，而我希望什么，都总会实现。"——"你说的要是真的，那就给咱们希望点吃的来吧。""这我也行啊，"傻瓜汉斯说，但是他希望的只是一大碗马铃薯。公主本来想的是更可口的东西，只不过太饿了，也帮他吃掉了马铃薯。他们吃饱以后，傻瓜汉斯说："现在我希望咱们有一艘漂亮的船！"话音未落，他们已经坐在一艘豪华大船里,他们想要什么船上都有很多很多。舵手把船径直驶向陆地,他们登岸后傻瓜汉斯说:"现在希望那边有一座宫殿!"一座华丽的宫殿立刻矗立起来了,一群穿绣金制服的侍从迎接着公主母子,把他们领进宫中。等他们到了大厅中间,傻瓜汉斯又说:"我希望现在变成一位年轻聪明的王子!"刚说完,驼子不见了,他变得英俊、魁梧而又面目和善,赢得了公主的欢心,做了她的丈夫。

这样,他们一起快活地过了很长时间。一次,老国王骑马出游迷失了方向,来到了他们宫前。他从来没见过这么华丽的宫殿,非常惊讶地走了进去。公主立刻认出自己的父亲,他却没认出她,因为他以为女儿早已淹死在海里啦。公主殷勤地款待他,在他要回家去的时候,却悄悄地塞了一只金杯到他口袋里。等他骑上马走远了,她便派一队骑兵去追赶他,拉住他对他进行搜查,看他有没有偷金杯。金杯在他口袋里找到了,骑兵们把他押回宫里。他对公主发誓,他没偷金 杯,也不知道金杯是怎么跑进他口袋去的。"所以得谨慎小心,不能动辄就怪罪人家嘛。"公主说,随后又告诉老国王她是他女儿。老国王喜出望外,和他们一过着幸福的生活;他死后,傻瓜汉斯当了国王。

3. 鼠皮公主

一位国王有三个女儿。一天,他想知道哪个最爱他,便把三姐妹唤到跟前去问。大女儿说,她爱父亲胜过爱整个王国;二女儿说,她爱他胜过爱世界上的所有珍珠宝贝;三女儿却回答,她爱他胜过了爱食盐。国王一听大动肝火:小女儿竟拿对他的爱与如此平凡的东西相比!他把她交给一名侍从,命令他带她进森林里去杀了。他们走进森林以后,公主求侍从饶她的命。侍从也忠于公主，不忍心害她，而且说他愿追随她，完全听她差遣。公主呢却什么要求也没有，只想得到一件鼠皮衣服。侍从弄来鼠皮衣服以后，她便穿上走了。她径直来到邻近的一位国王的宫里，冒充一个男子，请求国王收留她作仆从。国王答应了，让她在身边伺候他。每天晚上她得替他脱靴子，他每次都把靴子扔到她脑袋上。一天，他问她从哪儿来。"从不把靴子往人家脑袋上扔的那个国家来。"国王一听就留心了。后来，其他侍从给国王弄到一枚戒指，鼠皮公主却把这枚非常非常珍贵的戒指弄丢了，想必是她自己偷走了它吧。国王把鼠皮公主传去，问她戒指去哪儿啦。这一来，她没法再假装下去，只好脱掉鼠皮，露出了金黄色的流水一般的长发，原来她是这样地美，这样地娇艳，国王马上从自己脑袋摘下王冠来为她戴上，宣布她是自己的王后。

行婚礼时，也邀请来鼠皮公主的父亲。他以为小女儿早已死了，因此没能认出她来。可是在宴席上，为他上的菜全都没放盐，他火了，说："我宁肯不活，也不吃这样的菜！"话一出口，年轻的王后马上对他讲："现在没盐你不想活了吧？可你曾经下令处死我，就为我说了我爱你胜过爱食盐！"这样，国王认出自己的女儿，亲吻了她，请求她原谅。他重新得到她太高兴啦。对于他，这比他的王国和全世界所有的宝石，还要可贵。

4. 懒汉和勤快人

从前有两个年轻手艺人，他们一道漫游，发誓永不分开。可是来到一座大城市后，他俩中的一个变成了浪荡子，忘记了自己的誓言，抛下他的伙伴独自东跑西跑，哪儿闹得最疯狂就最爱上哪儿；另一个却始终吃苦耐劳，勤奋工作，活儿干完以后才继续漫游。一天夜里，他从一座绞架前经过却不知道，只看见绞架下边的地上睡着一个人，可怜巴巴，衣不蔽体。借着明亮的星光，他认出这可怜虫是他当初的伙伴，便躺倒在他身边，用自己的斗篷盖住他，一起睡着了。可是没过多久，他又被吵醒了，一听是两个声音在对话，而对话的，是两只蹲在绞架上的乌鸦。只听第一只乌鸦说："上帝会养活我！"另一只却道："你自己也得干活儿啊！"说完这些话，第一只乌鸦已虚弱得掉到地上，另一只却一直蹲在它旁边，等到天亮了，便去弄来一点儿虫子和水，灌它吃下去，使它有了精神，重新活过来。两个手艺人见此情景，十分惊异，问第二只乌鸦另一只为什么这样虚弱，这样狼狈。病弱的一只自己回答："因为我什么也不肯干，以为天上会掉粮食下来喽！"两个手艺人带着乌鸦，来到下一个地方。一只乌鸦挺勤快，自己寻找吃的东西，还每天早上洗澡，用喙儿梳理羽毛；另一只却老在屋角里磨磨蹭蹭，没精打彩，羽毛蓬乱。过了一些时候，房东的闺女——一个模样俊俏的姑娘——非常喜欢勤快的乌鸦了，把它从地上抱起来，用手抚摸它，最后把它贴在自己脸上，高兴得吻了它一下。这一来乌鸦掉到地上，就地一滚，翅膀扑打几下，变成了一个年轻的美男子。随后他讲，另外那只乌鸦是他兄弟，他俩触怒了自己的父亲，他因此诅咒说："你两个变成乌鸦飞来飞去吧！直到一位美丽的姑娘亲吻你们，你们才会得到解救！"也就这样，一只乌鸦得救了，另一只懒惰的乌鸦却没谁肯吻它，到死还是只乌鸦。——那个浪荡子由此接受教训，变得勤快规矩起来，一直没再离开自己的伙伴。

5. 雄狮和青蛙

一位国王和王后有一个儿子一个女儿，夫妇俩打心眼儿里疼爱他们兄妹。王子经常打猎，有时候在森林里呆很长时间，最后一次竟一去不再回来。他妹妹因此伤心痛哭，哭得眼睛都快瞎了，终于再也忍不住，就走进森林找自己哥哥去。她走啊走啊，累得走不动了，只好停下来四处张望，突然发现身边站着一头雄狮。狮子看样子挺和善，挺友好。她于是骑到狮子背上。狮子驮着她往前走，还一个劲儿地用尾巴抚摸她，凉爽她发烧的脸颊。它跑了很长一段路，来到一个洞穴前，把公主驮进洞中。公主呢并不害怕，也不想跳下来，因为狮子挺友善嘛。于是继续往洞里走，越往里走越黑，最后黑沉沉的什么也看不见。这么过了一会儿，他们又看见阳光，来到了一座美丽得出奇的花园里。四周生气盎然，花啊草啊全沐浴着阳光，花园的中央耸立着一座华丽的宫殿。他们走到宫门外，雄狮站住了，公主才从它背上爬下来。这时候，狮子开始讲话了："我让你住在这漂亮的宫里，替我做事。你要是什么全按我的要求做，就会重新看见你的哥哥。"

于是，公主做了雄狮的佣人，对他百依百顺。一天，她在花园里散步，园中尽管很美，她却十分忧伤，因为世界完全抛弃了她，使她孤孤单单一个人。她正这么走来走去，看见了片池塘，发现在池塘中央有个小岛，岛上撑着顶小帐篷。她定睛望去，瞅见帐篷下边蹲着只青绿色的叶蛙，这小家伙头上顶着片蔷薇叶子，算是它的便帽。叶蛙瞅了瞅她，说："干吗这么伤心啊？""唉，"公主回答，"怎么能叫我不难过呢？"于是向青蛙好好地诉了她的苦。青蛙听罢很和善地对她说："你需要什么只管来找我，我愿意给你出主意，帮你的忙。"——"可叫我怎么报答你呢？""你一点用不着报答我，"青蛙呱呱地回答，"你只要每天摘片新鲜蔷薇叶来给我做帽子就行了。"公主回宫去时，已不再那么难过。每当雄狮想要什么，她就跑去池塘边，青蛙跳过来蹦过去，很快就弄到了她要的东西。一天，雄狮说："今天晚上我想吃一顿蚊子酱，你可得好好做喽。"公主一想，这叫我怎么做哟，简直不可能，只好跑去向她那青蛙诉苦，青蛙却回答："别担心，不过一点蚊子酱，我一

629

定能做!"说着身子一蹲,张开大嘴,东一嘴西一嘴地衔起蚊子来,要多少衔多少。随后它跳来跳去搜集木片,用它们生起一堆火。火燃了,它把蚊子压成酱。放到火上。没到两个钟头,蚊子酱烧好了,真是要多美有多美。这时候,青蛙告诉姑娘:"可我先不把它给你,你得答应我,一等狮子睡着了,就用藏在它床背后的剑,砍掉它的脑袋!""不,"公主回答,"这我不干,狮子一直待我很好啊!""你要不肯干,就永远见不到你的哥哥,"青蛙说,"而且呢,这么做也一点不会伤害狮子本身。"这么一讲,公主鼓起了勇气,接过蚊子酱,送到雄狮面前。"看样子挺不错哩,"狮子一边伸过鼻子去闻,一边说,说完便用嘴咬,很快吃得一干二净。吃完了,它感觉疲倦,想睡一会儿,便对公主说:"来,坐在我旁边,搔搔我耳朵背后,直到使我睡着。"公主于是坐在它身旁,用左手搔它,右手却去床后边找宝剑。狮子睡着了,她立刻拔出剑来,闭紧眼睛,一剑砍掉了雄狮的脑袋。谁知她睁眼一看,狮子不见了,站在她身旁的是她亲爱的哥哥。哥哥激动地亲吻她,说:"你使我得救啦!我就是那头雄狮,遭人诅咒成了这样,一直要等一位姑娘出于对我的爱心亲手砍掉狮子脑袋,才得解脱。"接着,兄妹二人走进花园,想对青蛙表示感谢。他们看见青蛙正东蹦西跳,在搜集小木块准备生火。火燃旺了,它自己一下子跳进去,火继续烧了一会儿,然后熄了,余烬中站着一位美丽的少女;她原来是王子心爱的姑娘,也遭了诅咒来着。于是,他们一道回到老国王和王后那儿,随即举行盛大的婚礼,谁去参加了都没有饿着肚子回家去。

格林童话谈片

杨武能

> 北方、西方和南方分崩离析，
> 宝座破碎，王国战栗……

　　歌德著名的《西东合集》这开头两行诗，极其概括而生动地描述出了欧洲在十九世纪初急剧动荡和危机四伏的情景。可就是在这极不安定的时代，就是在四分五裂、兵荒马乱的德国，《格林童话》诞生了！它的搜集工作开始于 1806 年，正值拿破仑发布大陆封锁令，着手全面征服欧洲的时候；它的第一卷出版于 1812 年，正值拿破仑进军莫斯科并且遭到惨败，第二年又紧接着在德国的土地上进行规模空前的莱比锡大会战；它的第二卷出版于 1815 年，这时野心勃勃的拿破仑彻底失败了，欧洲出现反动复辟。然而当年谁会想到，在将近两百年后的今天，当那些夺去千百万人身家性命的血肉横飞的战争已被人淡忘，当那些曾经叱咤风云的皇帝、元帅、宰相都仅仅在历史书中留下苍白的影子，一部似乎并不起眼的《格林童话》却流传了下来，从德国流传到整个欧洲，从欧洲流传到全世界，而且显然还会千百年地继续流传下去。

　　这难道不是人类社会的一个奇特现象，不是世界文化史上的一个奇观！念及此，禁不住浮想联翩，感叹不已：文学的伟力，精神的不朽，心智劳动的巨大价值，全从《格林童话》得到了证明啊！

就文学谈文学，《格林童话》也确实"不起眼"，因为它只是童话，只是所谓的"小儿科"，"哄哄孩子们的玩意儿"罢了，而且还并非创作，只是民间文学的搜集和整理。要知道，在一些人的意识中，只有创作才与创造性的劳动画上了等号，才是艰巨而伟大的；其它如外国文学的翻译和民间文学的搜集整理，似乎都不可与创作同日语。谁知《格林童话》就创造一个奇迹，令人惊叹，令人深思！据统计，历来以德语印行的书籍，除去马丁·路德 1521 年翻译的《圣经》以外，《格林童话》就是最多的了。是啊，《格林童话》正是孩子们的《圣经》，哪儿有孩子有家庭就有《格林童话》，何止在德语国家，何止在欧洲！在我们中国，它不是也早已家喻户晓，并且把我们一代又一代人儿时的梦境装饰得更加美丽，更加奇幻么？没有人统计，但我敢断言，《格林童话》是实际读者最多的一部德语文学作品乃至外国文学作品，超过了歌德的《维特》，超过了莎士比亚的《汉姆莱特》，超过了巴尔扎克……，超过了普希金……，等等。

《格林童话》不是又证明，民间文学和民间文学的搜集整理者，同样可以伟大和不朽？常被视为"小儿科"的童话创作和搜集整理，实在不可小视。

在色彩斑斓、瑰丽奇幻的世界童话之园，与《格林童话》差不多同样引人注目、同样广为流传，只有《安徒生童话》。我说"差不多"，是因为它们之间确有许多不同的地方。不同的根源主要在于：后者是作家个人的创作，前者是民间童话的搜集整理。当然，归根到底，《格林童话》也可以讲是创作，不过它的作者不仅仅为格林哥儿俩，而是千百万人民群众，而是几百年来讲述它、聆听它、聆听后又再讲述它的一代代人。我们今天之所以径称它为《格林童话》，而不用《儿童和家庭童话集》这个原来的题名，实在是因为它的搜集整理者功不可没。

作为伟大作家的精心创造，《安徒生童话》的优点很明显。在艺术方面，它谋篇布局更合理，叙事言情乃至心理描写更加细腻也更加精炼；《格林童话》则有不少粗糙、重复、不合理，而且几乎不存在心理描写，只有单纯的情节向前发展。在内容方面，《安徒生童话》主题思想更明确，更富于时代性和社会性，往往提出了一些尖锐的问题，让读者自己去解答，自己去深思；《格林童话》则不然，它提出的多是善与恶、勤与懒、贫与富和类似的带普遍意义的问题，更富于趣味性和娱悦性，几乎总给读者一个满意解答，一个千篇一律的 Happy end，如此等等。

《安徒生童话》的上述优点，特别是内容方面的优点，受到我们热烈的推崇和高度的重视，这是完全可以理解的，在有着"文以载道"的悠久传统的古老国度，在十分强调文学的教育作用的现代中国。不过，要是以千百万小读者自己幼稚的眼睛来看，而不请我们的评论家来作精到的阐述分析，上面的优点仍旧是优点吗？我怀疑。试想想，我们的女儿在读完《卖火柴的小女孩》时是多么不愿看见一具"小小的尸体"，而希望有个白马王子来带走那可怜的小姊妹呵！还有作为家长的我们，内心中似乎也并不乐意自己的孩子过早地领略人世的苦难，而希望他们的童梦更纯、更美、更长，更加温暖、更加光明，充满幸福和希望。

这样讲，丝毫没有贬低《安徒生童话》的意思。作为创作童话——德语文学里也叫"艺术童话"——它自有区别于纯粹的"童话"的任务和价值。例如，众所周知，安徒生的童话也是他个人的遭遇、经历和社会观、人生观的反映。[①] 但不庸讳言，《格林童话》以其单纯、稚拙、富有娱悦性和幻想奇丽等特点，更为符合"童话"的本质，也更易于小读者接受。事实上，在世界各国，脍炙人口、家传户诵的格林童话的名篇佳作，要多得多；它们的那许多人物和动物主人公，也更为孩子们喜爱。

在欧洲，《格林童话》不是一个孤立的存在。再说，它产生在十九世纪初的德国，也不偶然。

《格林童话》的不少故事在欧洲其它国家同样广为流传。例如早在 1697 年，法国便出版了著名作家夏尔·贝洛的《鹅妈妈的故事或寓有道德教训的往日的故事》，篇幅虽然单薄，却已包括《小红帽》、《灰姑娘》、《林中睡美人》、《蓝胡子》和《穿靴子的猫》等篇，它们与格林兄弟后来搜集整理的内容仅大同小异而已。[②]严格地讲，不论看题材来源还是看艺术特点，《格林童话》都是典型的欧洲民间童话。

然而，《格林童话》之源不仅仅在欧洲，还从遥远的非洲、亚洲摄取了营养，还从诸如阿拉伯的《一千零一夜》乃至印度、中国的民间传说和故事里拿去动人的内容，吸收消化，变成了自己的东西。例如《玻璃瓶中的妖怪》和《思默里山》，显然与《巴格达窃贼》和《阿里巴巴四十大盗》有亲缘关系。

当然，反过来，像《格林童话》似的民间文学，又可以成为后世作家创作的题材来源。读《渔夫和他的妻子》和《六只天鹅》，不由得会想到普希金的叙事长诗《渔夫和金鱼的故事》，想到安徒生的《野天鹅》，等等。而且，在德国，近一两百年来不少杰出的作家如霍夫曼、豪夫、施笃姆、黑塞都创作了许多"艺术

---

① 请参阅浦漫汀《从安徒生的性格特点看他的童话创作》，载《外国文学研究》1983 年 3 期。
② 请参阅倪维中《"鹅妈妈"三百年》，载《读书》1992 年 5 期。

童话",这恐怕也与《格林童话》的问世并获得巨大成功不无关系吧。

顺便提一下杨宪益先生有趣而惊人的发现:早在《格林童话》问世一千余年前的九世纪甚或八世纪,我国的《酉阳杂俎·支诺皋》里已记载着一个"扫灰娘"即灰姑娘的故事。据杨先生考证,此故事系经南海从欧洲传入,扫灰娘的名字叶限和脚上穿的金履,都和与《灰姑娘》极相似的情节一样,确凿地表明了它的来历。①

从比较文学的角度,从文学传播、交流和影响的角度,《格林童话》同样大有文章可做。

说《格林童话》产生在十九世纪初的德国并非偶然,是因为从上世纪七十年代的狂飙突进运动到浪漫派,德国的文学家们都提倡发掘文学的民族传统,十分重视民歌、传说、童话等民间文学的搜集整理工作。像狂飙突进时期的赫尔德和歌德,浪漫派的阿尔尼姆和布伦塔诺,全都身体力行,并有重大建树,赫尔德搜集的《民歌中各族人民的声音》和阿尔尼姆与布伦塔诺搜集的《男孩的奇异号角》这两部民歌集,都载入了史册;而歌德则从民间文学中为自己的创作,特别是为抒情诗和《浮士德》的创作,摄取了极为宝贵的素材与思想艺术营养。

格林兄弟——雅各布·格林(Jakob Grimm,1785—1863)和威廉·格林(Wilhelm Grimm,1786—1859)本身就是浪漫派运动的参加者,与这个运动中期也即鼎盛时期的海德堡派相当接近,尤其与他们的领袖人物阿尔尼姆和布伦塔诺关系密切。格林兄弟身为语言学家而热衷于搜集整理民间童话、传说,显系受了浪漫派的影响,阿尔尼姆和布伦塔诺更给他们不少具体的指导和帮助。特别是阿尔尼姆,他不但鼓励他俩及时出版《儿童和家庭童话集》的

---

① 见《译余偶拾》,北京三联书店 1983 年版第 77 页。同书中"英雄降龙故事"和"国王新衣故事"也很值得注意。

第一卷，帮助他们认识这些作品的巨大价值，而且代为联系好了出版社。这就难怪，书在1812年圣诞节前一问世，格林兄弟就怀着感激的心情立刻寄给阿尔尼姆一本。书前印有给他妻子即布伦塔诺的妹妹贝蒂娜的献词，因为她也参与过兄弟俩的搜集工作。

我似乎在不厌其烦地扯《格林童话》与浪漫派的关系，但并非没有原因。经过了很久的酝酿，最近我国德语文学界终于采取像样的集体行动，开始为德国浪漫派正名，做替他们摘"消极"和"反动"帽子的工作。我个人认为，要对他们评价得实事求是，以理服人，重要的一端便在摆出他们各方面的实绩——包括创作、理论建树以及民间文学搜集整理和外国文学翻译介绍的实绩。而这当中，《格林童话》不是一块非常压秤的砝码，光彩耀眼的砝码，可以放到衡量德国浪漫派功过是非的天秤上去吗？

《格林童话》产生于十九世纪初的德国，具体讲"几乎就在黑森、莱茵河、金齐希河一带"靠北部的地区，自然便带有浓重的地域色彩、民族色彩和时代色彩。随便列举几点，以说明这个问题——

故事经常发生在黑黝黝的森林中和茫茫的原野上，有时也出现河流和湖泊，但却绝少提到大海——偶尔提到也只与漂泊到远方的异国有关——山呢，也多为幻想出的不高却难爬的"玻璃山"。这些都告诉我们：当时的德国也和现在一样，是个多森林和草原的内陆国。

自十七世纪的"三十年战争"以后，德国分裂成了数以百计的小国小邦，其中势力较大的也多达三十六个。它们之间相互争斗，还不时地与周围的邻国争斗，使德国几百年间战火不断，一直充当欧洲的战场。因此，在《格林童话》中东一个国家西一个国家，国王、王子、公主更是难以尽数，且有相当多关于退伍老兵的故事，例如《蓝灯》和《魔鬼的邋遢兄弟》等等。除去士兵，经常出现的还有手艺人、农民和看林人，这些职业自然与当时的社会经济发展水准紧相联系。说到德国的手艺人，他们有一个古老而特别的传统，就是出师以后都必须长时间外出漫游，在漫游途中讨生活，长见识，磨练技艺。这样做很有好处，但也使他们经历许多危险，碰见许多怪事。因此漫游途中的手艺人，特别是文弱而招人同情的小裁缝，就常常成为民间童话的主人公——不只是民间童话，在凯勒、海涅等许多作家的创作里同样如此。还有森林中的巫婆、强盗以及各式各样的小精灵、小侏儒等等，不管是现实的还是幻想的，也通通有鲜明的德国色彩。

至于那些涉及基督教信仰的内容——例如在最后的十篇"儿童宗教传说"中——则是欧洲童话乃至整个西方文学的共通性问题。还有对公主、王子的崇拜，对后母和兄弟姊妹中的长者一律加以贬斥等等，同样如此，就不细说了。

与内容相比较，《格林童话》在艺术形式方面则具更多的欧洲民间童话的共性。它们的主要特点可以用单纯、明晰、稚拙这些符合儿童心理特征的字眼来概括：

情节几乎全是单线的，只是在向前发展时往往会出现一个两个波折或反复；没有倒叙和伏笔之类较复杂的东西；

故事开头往往是一个人面临着难题、困境和强烈的不可抑制的欲望等等，诸如必须把美丽的公主送给凶龙做妻子，必须去为重病的国王寻找长命水，急欲去世界上冒险、发财、娶一个好妻子什么的。接着便是一而再、再而三的努力奋斗，不畏艰险，不怕挫折，终于获得成功或者胜利，一律地以善有善报恶有恶报的Happy end 告终；

故事中的人物包括动物善恶分明，内心的好坏黑白一目了然，而且始终如一、各走极端。他们大致可分为三类：1、主人公多为大好人；2、主人公的对立面，总是大坏蛋诸如恶毒的继母、巫婆、凶龙、狼等等；3、主人公的助手或是嫉妒者或是失败的竞争者这样一些起陪衬对比作用的人物；

故事多限于情节的叙述，极少人物心理和自然环境的描写，更无时代历史背景的交待。当困难无法克服时，往往出现外来的神奇力量的帮助，诸如善良的小精灵、小动物、仙女和忠心而呆傻的巨人，当需要抒发感情时，往往插入简单的民歌、儿歌，而且反复使用……

以上所有的艺术特点，都来自民间文学口传易记的需要，也适合儿童幼小心灵的接受能力。

顺便提一下，总共 210 多篇格林童话中，有一小部分严格地讲并非童话，而只能算寓言、笑话或幽默故事——它们可以从《伊索寓言》和德国十六世纪的民间滑稽故事书里找到源头——自然也就没法纳入上述的欧洲民间童话"模式"。

没必要再谈《格林童话》本身在文学史上不可取代的地位、在世界各国的广泛影响，却不能不说一说它的两位搜集整理者，说一说他们为此而付出的巨大劳动，而表现的卓识远见和坚强毅力。

格林兄弟原本都是语言学家，他们编汇的《德语语法》和大型《德语词典》，堪称现代日尔曼语言的奠基之作和丰碑。可是，从 1806 年开始，在人心惶惶的多事之秋，在寂寞孤单和尚无出版前景的情况下，他们凭着为了子孙后代恢复和保存民间文学遗产的信念，作了六年的努力，终于完成第一卷的搜集整理工作。随后，他们又花了两年多时间，第二卷才得问世，整个计划才大功告成。在这过程里，他们不知作了多少艰难跋涉，哪儿有善讲故事的老奶奶或老大爷，他们就一定纡尊降贵，去说服、去恳求、去聆听人家讲述，同时一字一句地完整忠实地记录下来。忠实，这是他们信守的搜集和记录的原则，是就内容和总体格调而言；另一方面，他们又坚持对语言作必须的清理、加工，以实现完整和统一。对于民间文学的搜集整理者，单看这样的工作精神和态度；

不也令人钦佩吗？

关于格林童话，赫尔曼·黑塞讲："在记录它们时所表现的高贵的忠诚，我们尽可心安理得地写进德国人的光荣册中。就童话的内容本身，很容易归纳出某些德意志民族的特点，但却不应该这样做。恰恰是童话和民间传说这样的文学向我们表明，以其常常是惊人的相互一致有力地向我们表明：文学是一种超越疆界的东西，人类这个概念对它正合式。"①

引黑塞这段话，不只为补充和修正前文关于《格林童话》的民族及地域特色的说法，而更想强调：它确实属于全人类，属于我们大家。

早在 1915 年，上海商务印书馆就印过时谐译的《儿童与家庭童话集》，至今我国（包括台湾省）已出版格林童话的各种本子四五十种，只不过其中全译本不多，且相当数量系从其它文字转译。笔者有幸应约把它们重新全部译出，而且比魏以新前辈译于 1934 年、1959 年校订重版的《格林童话全集》（人民文学出版社）还多收了 5 篇，即 216 篇。做这件工作心情格外愉快，体力却不轻松。幸得都是学德文的妻女积极协助和参与，终于将它完成。此刻，跟郭沫若前辈当年译完《浮士德》时一样，我也自认为做了一件很有意义的工作。

1992 年 12 月 　　四川大学

---

① 见 Hermann Gerster "Bruder Grimm", RowohilVerlag 1984，S. 139。

译林出版社"名著译林"书目

教父	23.3元
少年维特的烦恼/亲合力	17元
羊脂球	17元
麦田里的守望者	13元
第二十二条军规	23.5元
希腊古典神话	29.5元
忏悔录	22.5元
琥珀	38.8元
纯真年代	15元
小妇人	22.5元
格列佛游记	15元
爱的教育	18元
神秘岛	23.6元
地心游记	11.6元
海底两万里	19.5元
小王子	16.7元
变色龙	17.5元
战争与和平(上、下)	68元
欧叶妮·格朗台	11.3元
蒙田随笔全集(上、中、下)	58元
死魂灵	19.5元
蝴蝶梦	18元
雾都孤儿	20元
苦儿流浪记	22元
绿山墙的安妮	17.4元
项狄传	32.6元
小公主	14.5元
斯巴达克斯	25.5元

2

孤独漫步者的遐想	18 元
一个陌生女人的来信	17 元
约翰·克利斯朵夫(上、下)	63.8 元
青年近卫军	28.6 元
雪国·古都·千只鹤	18 元
环游黑海历险记	18 元
巨人传	16.6 元
老人与海	9.5 元
八十天环游地球	12.5 元
名人传	20.5 元
汤姆叔叔的小屋	23.8 元
荆棘鸟	28 元
神曲(地狱篇、炼狱篇、天堂篇)	60 元
罗生门	18.7 元
昆虫记	21.5 元
伊索寓言全集	13.8 元
格林童话全集	25 元
好兵帅克	29.8 元
童年·在人间·我的大学	28 元
汤姆·索亚历险记	14 元
泰戈尔诗选	13.5 元
堂吉诃德	35 元
追忆似水年华(上、下)	68 元
巴黎圣母院	20 元
茶花女	10 元
金银岛	12.5 元
骑鹅历险记	14.8 元
复活	20 元

哈姆莱特/罗密欧与朱丽叶	13.5 元
高老头	13.8 元
安徒生童话选	21 元
哈克贝里·芬历险记	16 元
悲惨世界(上、下)	60 元
安娜·卡列宁娜	28 元
十日谈	31 元
西线无战事	12.5 元
远大前程	22.2 元
双城记	16.8 元
野性的呼唤	19 元
漂亮朋友	16.5 元
城堡	17.6 元
从地球到月球	17.6 元
吹牛大王历险记	16 元
木偶奇遇记	13.5 元
卓娅和舒拉的故事	14.5 元
大卫·科波菲尔(上、下)	47.8 元
警察与赞美诗	16 元
黑郁金香	14 元
十五岁的小船长	18.5 元
魔戒起源:精灵宝钻	21.3 元
魔戒前传:霍比特人	15 元
魔戒:魔戒再现	22.6 元
魔戒:双塔奇兵	18.8 元
魔戒:王者无敌	21.2 元